LES MILLE ET UNE NUITS

II

LES MILLE ET UNE NUITS

Contes arabes

II

Traduction d'Antoine Galland

Notice et dossier
par
Jean-Paul Sermain

GF Flammarion

ISBN : 978-2-0807-1201-1

NOTICE

Comment continuer Les Mille et Une Nuits ?

Antoine Galland, né en 1646 en Picardie, d'origine modeste, fait d'excellentes études classiques et, de 1670 à 1688, presque sans interruption, séjourne à Constantinople ou voyage sur le pourtour méditerranéen, employé par l'ambassade de France ou chargé de rapporter pour le gouvernement et de riches amateurs des manuscrits, des médailles, des antiques. Parlant le grec moderne, le perse, le turc et l'arabe, il est séduit par les civilisations du Moyen-Orient et veut les faire connaître au public occidental. Il note dans des journaux le résultat de ses observations et de ses analyses, écrit des essais et traduit des historiens, des ouvrages géographiques et deux recueils de contes turc et arabe. Revenu en France en 1688, il travaille à l'édition de textes ou à l'établissement de catalogues de collectionneurs. Fin 1701, il reçoit de Syrie un manuscrit partiel des *Mille et Une Nuits* qui s'est révélé le plus ancien de tous. Il a joué un rôle décisif dans l'histoire de l'œuvre car il comporte les deux éléments qui lui confèrent son identité. D'abord l'histoire qui sert ensuite de cadre à l'ensemble des contes : le royaume de Perse est menacé puisque le roi, bouleversé d'avoir vu sa femme infidèle, prend chaque jour une nouvelle épouse qu'il fait exécuter le lendemain ; Scheherazade, la fille du vizir, va au-devant du danger et se fait épouser ; elle s'arrange pour raconter au lever du jour des histoires à son mari ; maintenant ainsi sa curiosité éveillée, elle obtient de lui qu'il repousse sa condamnation à mort et, au bout de mille et une nuits, qu'il lui accorde une grâce définitive. Le second apport inestimable du manuscrit Galland est l'organisation des contes proposés par Scheherazade en cycles comportant à leur tour une histoire cadre où des histoires sont offertes en échange d'une vie.

Galland commence sa traduction en 1702. Le libraire Barbin publie les quatre premiers tomes en 1704 [1] et deux autres en 1705, puis un en 1706. L'œuvre rencontre un succès immédiat qui s'étend très vite à l'Europe entière. Pourtant trois ans s'écoulent avant le prochain volume qui paraît en 1709, trois ans encore avant le suivant en 1712, les deux derniers étant publiés en 1717, deux ans après la mort de leur auteur. Ce n'est pas que Galland se soit fatigué, *Les Mille et Une Nuits* le délassent de ses travaux savants, mais la matière lui manque et il hésite. Son manuscrit ne comporte que deux cent quatre-vingts nuits et s'arrête au début de l'histoire de Caramalzaman (toutes les copies qui offrent la même version du recueil sont tronquées au même endroit). Galland dispose de manuscrits complémentaires, aujourd'hui disparus, qui lui fournissent parfois des détails, la fin de l'*Histoire des amours de Caramalzaman* et deux autres contes. Après la parution du tome VII en 1706, il met au net le conte de Ganem. Quand le tome VIII paraît à la fin de 1709, il y découvre deux autres contes ajoutés à son insu par le libraire, l'*Histoire du prince Zeyn* et l'*Histoire de Codadad*, tirés d'un recueil anonyme turc, *Al-Faraj ba'd al-shidda*, que Pétis de la Croix est en train de traduire en préparation des *Mille et Un Jours* [2]. Pétis se dit innocent de la piraterie du libraire, et Galland dit qu'il le croit. Il rompt avec la « boutique Barbin ». Découragé, il est prêt à tout abandonner, mais, en novembre 1710, il prend contact avec un nouveau libraire car il a décidé d'exploiter une nouvelle source de contes. Au printemps 1709, un Syrien, Hanna, lui a raconté plusieurs histoires, Galland en note les résumés dans son journal et, à partir d'eux, rédige les contes devenus les plus célèbres de son œuvre [3]. Il a opéré comme les rédacteurs arabes des manuscrits, complétant son recueil avec des histoires trouvées ici ou là. Le traducteur est en train de se faire conteur.

En tête du tome IX, paru finalement en 1712 chez Delaulne, Galland récuse la paternité des contes turcs frauduleusement introduits par le libraire dans le tome VIII. Notre deuxième tome contient d'abord ce que Galland a trouvé dans la dernière partie de son manuscrit principal : la conclusion du cycle du tailleur, d'esprit comique, puis,

1. Rappelons qu'ils font la matière de notre tome I.

2. Ils sont publiés en 1710-1712 avec un titre factice, *Les Mille et Un Jours*, et un récit cadre forgé à l'imitation des *Mille et Une Nuits*. Voir le dossier de l'édition due à P. Sebag, Paris, Phébus, 2003.

3. Ces contes occupent notre tome III.

une fois l'organisation cyclique abandonnée [1], trois contes simplement juxtaposés et caractérisés par une thématique amoureuse. Pour une raison qu'on ignore, Galland a interverti l'ordre original des contes et fait glisser l'*Histoire des amours de Caramalzaman* avant celle de *Noureddin* et celle de *Beder.* Figure aussi dans ce volume ce que Galland a tiré ensuite de ses sources secondaires : la fin de l'*Histoire des amours de Caramalzaman*, une autre histoire d'amour, celle de Ganem et un autre récit comique, l'*Histoire du dormeur éveillé* [2].

Esprit et humour noir

Avant d'arriver aux histoires d'amour, le manuscrit suivi par Galland comporte un dernier cycle de contes, encadré par l'histoire du tailleur, qui se distingue des autres par son registre comique, fortement teinté d'humour noir. D'emblée le divertissement y est associé à un motif funèbre : le tailleur bossu, invité pour amuser, s'étouffe avec une arête de poisson et ses hôtes, de peur d'être accusés de meurtre, s'en débarrassent chez le voisin. Mais celui-ci, furieux, ne voit pas qu'il s'agit d'un cadavre, se fâche, le brutalise et se croit responsable du décès. La même histoire se reproduit trois fois. Le dernier protagoniste est arrêté et condamné à mort, les trois autres, pris de remords, viennent successivement avouer leur crime imaginaire. Tout le sel du récit repose sur la répétition du même schéma, sur le renouvellement des circonstances qui conduisent à la même erreur et sur l'art avec lequel Galland désigne le corps du bossu selon les perceptions erronées des personnages. Le sultan juge qu'aucune histoire ne peut être plus surprenante que celle du bossu. Chacun des quatre assassins présumés relève le défi et raconte une histoire dont il a eu connaissance. Chacune a été rapportée dans des conditions similaires et possède des traits voisins. Le narrateur rencontre quelqu'un qui l'étonne par une mutilation et lui explique son malheur : il s'est engagé dans une intrigue amoureuse plutôt libre qui tourne mal par l'effet d'un quiproquo, d'une

1. L'exception notable d'un retour à l'organisation cyclique est, dans les éditions tardives, l'*Histoire des sept vizirs*, forgée indépendamment des *Nuits* et fort ancienne.

2. Notre deuxième tome comprend donc les tomes VI et VII de l'édition originale, le seul conte du tome VIII qui soit de Galland et le premier conte du tome IX paru en 1712, qui était prêt depuis la fin de 1708.

confusion inattendue, et il finit par trébucher sur un détail après avoir échappé à de grands périls. Le héros de la première histoire laisse en récompense de chaque nuit d'amour une grosse somme puis, à court d'argent, vole et se fait prendre, tout cela pour rien, puisque sa maîtresse a conservé pour lui l'argent et lui fait don de sa fortune. Dans la seconde histoire, le pourvoyeur s'introduit dans le harem, risque d'être surpris par le calife, et est cruellement châtié d'avoir mal lavé ses mains qui sentent l'ail le jour de ses noces. Un même déséquilibre caractérise le destin du héros suivant, le seul à être confronté au surnaturel : on ne lui reproche pas d'avoir enterré le cadavre d'une des sœurs licencieuses qu'il convoite, mais d'avoir volé un collier abandonné dans la maison. L'histoire du tailleur est plus légère : pour se rendre à un rendez-vous galant avec une femme mariée, il fait venir un barbier qui le retarde par son babillage, le suit jusqu'à la maison de sa maîtresse et alerte involontairement le mari. Le tailleur qui rapporte cette histoire enchaîne avec celle que le barbier a faite pour se défendre d'être trop bavard. Pour une fois, il a failli mourir d'avoir gardé le silence : conduit à partager par inadvertance une expédition de voleurs, il ne dit rien quand la bande est jugée, et c'est quand on s'aperçoit qu'il y a un condamné en trop (motif traditionnel) qu'il s'explique et échappe à la mort. Comme les autres, il frôle le pire, mais cette fois le détail, loin de l'accabler, est ce qui le sauve. Il raconte aussi les malheurs de ses frères qui ont chacun une tare physique et, soit par sottise soit par malchance, sont les victimes des méchants qui cherchent à les exploiter ou à se moquer d'eux. Ces récits de gueux innocents amusent le sultan, malgré leur aspect sinistre, encore renforcé par la mécanique de la répétition.

Les divers récits de ce cycle se ressemblent et valent d'abord par la complexité de la composition, par l'art de la variation et par leur humour noir qui s'appuie sur des misères physiques (l'aveugle trompé, le « brèche dent » qui se croit aimable) et sur les accidents bizarres arrivés à des personnages plus dignes mais impliqués dans des situations peu sérieuses (ils ne cherchent dans l'amour que le plaisir) : c'est la forme prise par la violence qui les rend drôles. L'esprit de ces contes est proche des traditions occidentales ; Galland va au contraire renouveler le récit comique dans ses derniers volumes. L'*Histoire du dormeur éveillé*, qui en fait partie, puisqu'elle ne fut publiée qu'en 1712, est la dernière à lui venir de ses manuscrits et peut être lue comme une transition vers cette création plus personnelle. Il n'a pas dû surprendre les lecteurs, puisqu'il reprend un subterfuge utilisé à la fin de l'*Histoire de Noureddin* (il consiste à trafiquer le réel pour troubler un personnage sur son identité), et que, dans son invention et son propos, il est proche d'épisodes marquants de la deuxième partie de *Don Quichotte*, celle que Cervantès publie à la fin de sa vie, en 1614.

Ce qui distingue d'abord l'*Histoire du dormeur éveillé* est la personnalité originale de la victime du canular, Abou Hassan. Comme de nombreux jeunes héros des *Nuits*, quand il hérite de son père, il fait la fête et tient table ouverte. Mais il reste mesuré dans son « dérèglement » : il n'y consacre que la moitié de sa fortune, garde l'autre comme assurance. Au bout d'un an, il a dépensé la partie consacrée aux plaisirs. Abou Hassan se caractérise ensuite par sa relation affectueuse avec sa mère qui le félicite de sa « sage précaution ». Il découvre l'infidélité de ses amis, appelés par Galland « amis de bouteille » puis « amis de table », et l'effet de la pauvreté : elle vous fait regarder « comme un étranger ». Il forme le projet de recevoir chaque jour pour une seule soirée un voyageur arrivant à Bagdad. La partie centrale du conte naît d'une autre bizarrerie, fréquente dans les *Nuits* : l'intervention du calife qui inspecte la police de sa ville en sortant le soir incognito. Il est reçu par le héros, qui ne perçoit pas la différence « infinie » de leur rang et le traite en égal : l'écart social qui commande la littérature comique est au cœur de ce récit, mais c'est pour être progressivement comblé. Le calife remercie son hôte et l'invite à formuler un souhait. Abou Hassan dit qu'il voudrait corriger un imam et ses acolytes qui veulent contrôler la vie privée des habitants – ultérieurement traités de « cagots » et d'« hypocrites », ils évoquent, pour les amateurs du *Tartuffe*, un intégrisme dangereux.

Le calife endort Abou Hassan et l'installe au palais où chacun, dûment chapitré, en lui en donnant le titre, les honneurs et les fonctions, le persuade qu'il est le calife ; ainsi convaincu, il châtie les cagots de son quartier et fait donner de l'argent à sa mère. Ramené chez lui, il continue à se prendre pour le calife, bat sa mère et finit à l'hôpital des fous. À force de persécutions cruelles, il accepte sa véritable identité. Le calife, témoin caché, ne cesse de rire, veut pousser plus loin le canular et réussit une seconde fois à se faire inviter par le héros et à le remettre dans la situation du calife, en demandant à sa cour de faire comme s'il venait juste de se réveiller. Abou Hassan, incertain, fait si bien rire le calife que celui-ci lui explique tout et s'enchante de son sens de l'impromptu. L'agrément du conte repose sur la double perception des événements, celle de la victime et celle des organisateurs de la comédie, dont le lecteur est complice, et sur l'impossibilité pour les personnages pris dans le canular de décrire leur expérience : ce qu'ils en disent est à la fois exact et faux. Sauf la manipulation, qui est la seule explication juste, ils envisagent tous les possibles irrationnels : l'irruption du « merveilleux », le « malin génie » (où Galland se souvient de Descartes) et les « démons », la maladie de « l'imagination », « l'aliénation », une « impression fantastique ». Dans la troisième partie de l'histoire, le dormeur éveillé, marié à une esclave de Zobéide, la femme du calife, dépense en un an sa fortune. Il monte à son tour avec son épouse un canular : chacun fait semblant d'avoir perdu son conjoint, reçoit des consolations financières de la part du calife et de Zobéide, puis les amène à se disputer sur l'identité du mort et du survivant. Le héros se venge ainsi de l'humiliation précédente. Le conte, engagé d'abord dans la voie traditionnelle où un petit est ridiculisé par les grands, opère un retournement et fait triompher le subalterne par son esprit. Galland amplifiera cette transformation du registre comique avec Aladdin, Ali Baba et Morgiane.

Des contes d'amour

Entre le cycle du bossu et le conte du dormeur éveillé, l'un et l'autre de veine comique, prennent place cinq contes indépendants remarquables par leur ampleur et leur thématique amoureuse [1]. Galland doit les trois premiers à son manuscrit principal, il leur ajoute l'histoire de Caralmazaman et celle de Ganem. Il ignore ce qu'on trouve dans les versions plus tardives des *Nuits*, des contes un peu gaillards, comme celui de Zoumouroud, proches de Boccace et des conteurs du XVIe siècle, ou des histoires impliquant la polygamie musulmane. Il reste à l'écart de l'imaginaire du harem. Son manuscrit jusqu'alors a donné à l'amour une place secondaire et l'a associé à la licence, à la transgression,

1. Sur la manière dont Galland traduit l'évocation de l'amour de son manuscrit, voir William Trapnell, « Le coup de foudre dans *Les Mille et Une Nuits* », dans *Littérature et séduction, Mélanges en l'honneur de Laurent Versini*, Paris, Klincksieck, 1997, p. 473-482.

souvent à des mondes souterrains : les femmes s'offrent spontanément à des hommes prêts à en profiter (cette image de l'amour domine déjà le récit initial des *Nuits*). Le premier calender n'est qu'un complice obligé des amours incestueuses de son cousin, le deuxième, dans une grotte, découvre la femme du génie, s'unit à elle avant de provoquer sa mort, le troisième passe une nuit avec chacune des quarante femmes qui l'ont accueilli, mais ce n'est pas ce qu'il cherche : une autre curiosité le perd. Les dames de Bagdad sont victimes d'une envie et d'une jalousie maladives (dans un épisode initial supprimé par Galland elles satisfont une curiosité sexuelle infantile). Sindbad n'est pas mû par l'amour, pas plus que le dormeur éveillé. Dans l'*Histoire de Noureddin*, rien ne dit qu'il est amoureux, il jouit d'une aubaine miraculeuse digne des contes de fées ou des récits comiques : il se retrouve brusquement dans le lit d'une belle inconnue à lui faire un enfant, puis il n'y pense plus (il peut même conclure qu'il a rêvé le tout, à l'inverse de la femme restée enceinte). Le cycle du bossu associe l'attirance sexuelle à des circonstances grotesques (les mains qui sentent l'ail, le barbier babillard) ou inquiétantes, quand le héros ignore tout de sa docile partenaire. Pour l'essentiel l'amour se réduit à la réalisation d'un fantasme ou à la satisfaction d'une pulsion. Cette inspiration se retrouve de façon fugace, au sein des cinq contes d'amour, dans les aventures des princes Amgiad et Hassad (qui sont enchâssées dans l'*Histoire des amours de Caramalzaman*), dans un épisode concernant Beder, et elle vient menacer la relation sentimentale de Noureddin et de la belle Persienne : le libertinage sert de frontière pour renforcer la singularité de la passion. Ainsi Amgiad, « très bien fait et tout frais sorti du bain » (t. II, p. 230) est surpris par une dame qui le sollicite « d'un air riant et en lui faisant les yeux doux » : « Il ne pouvait se résoudre de laisser échapper une si belle fortune. » C'est pourtant ce qui arrive, parce que la femme se révèle une folle sanguinaire et qu'il doit la tuer. Dans l'*Histoire de Beder*, l'épisode de la reine d'Ébène est du même ordre : elle jette son dévolu sur les beaux jeunes gens et, après en avoir joui quarante jours, les transforme en oiseaux [1].

1. Cette façon symbolique de dire sa propre bestialité est soulignée dans la *Nuit 265* du manuscrit par un épisode adventice, écarté par Galland pour sa redondance et sa crudité : la reine Labe (la reine d'Ébène chez Galland) reste attachée à un Noir changé en oiseau et, pour se joindre à lui de temps en temps, se fait elle-même oiseau.

L'aventure où Beder subit une relation physique imposée contraste avec l'intrigue principale, vouée à la passion, tout comme le libertinage d'Amgiad tranche avec l'engagement amoureux de son père, Caramalzaman. De même, l'histoire d'Aboulhassan s'oppose fortement au cycle du *Petit Bossu* qui précède : presque sans intrigue, elle associe la richesse du décor à l'intensité des sentiments, marquée dans des évanouissements et dans les morts d'amour simultanées et indépendantes des deux amants. Dans sa traduction, Galland tire son vocabulaire de la littérature galante de son temps avec la « sympathie » soudaine, la « tendresse », les « ennuis », les « songes », la « langueur ». Il calque la « violence de la passion » sur des souvenirs de Racine (« il y a d'aussi belles nuits que les plus beaux jours », t. II, p. 90) ou des *Lettres portugaises* (dont l'auteur est le père de la dédicataire des *Nuits*, la marquise d'O). Le conte pourtant ne recourt pas, comme le roman contemporain de Galland, à des analyses exposant les contradictions et les aberrations du cœur. Il ne peut montrer la vie intérieure qu'à partir des actions et des comportements des personnages, de leurs itinéraires, des obstacles rencontrés, des configurations étoilées ou symétriques de situations et, dans le meilleur des cas, des implications symboliques du merveilleux. Ainsi, l'*Histoire de Beder* prince de Perse, et de Giauhare, princesse du royaume de Samandal, l'un régnant sur la terre l'autre dans la mer, fait de l'amour la rencontre de deux mondes. Elle évoque la légende de Mélusine et le motif du chevalier épris de la femme-cygne dont les *Nuits* plus tardives offrent plusieurs versions, avant qu'Andersen exploite plutôt l'incompatibilité de la petite sirène et de son amant. Gulnare, qui vient de la mer, s'adapte, elle, au monde terrestre, et un baume permet au fils du roi de la terre de visiter les fonds marins. Le conte fait se suivre deux histoires d'amour : celle des parents et celle du fils qui devient amoureux « par l'oreille », en entendant parler d'une autre princesse de la mer qui, récalcitrante, le punit par une métamorphose (et il en subira une autre encore). Le conte n'est guère cohérent (on ne sait pas pourquoi Gulnare se laisse vendre comme une esclave, ni pourquoi, à la fin, la princesse Giahaure consent au mariage). Il vaut pour la bizarrerie des couples mixtes et des situations où se trouvent les héros, les rebondissements de l'intrigue, le pittoresque du monde marin ou bien celui de la reine d'Ébène entourée de ses oiseaux amants.

L'histoire de Caramalzaman, prince des enfants de Khaledan, et de Badoure, princesse de la Chine, développe l'intégration du merveilleux dans la découverte et l'expression de la passion. Elle part d'une situation marquée par l'absolu et la symétrie : Caramalzaman et Badoure sont parfaits, chacun de son côté, mais refusent de se marier et en paient le prix. Le premier est emprisonné par son père et la seconde enfermée. Deux génies de sexe opposé les voient, sont éblouis et se disputent pour savoir qui l'emporte en beauté. Pour se départager, ils réunissent par magie les deux jeunes gens pendant la nuit et observent la réaction de chacun, invité à contempler son partenaire endormi. Caramalzaman et Badoure tombent successivement amoureux l'un de l'autre ; ils sont ramenés chez eux, et il ne subsiste pour toute preuve de leur nuit commune que des anneaux échangés. Chacun veut se marier avec qui il a « couché » (le conte joue sur l'équivoque du terme), s'exaspère de l'hostilité de l'entourage, passe pour fou et est puni. La légende qu'ils suscitent les aide ensuite à se retrouver et à se marier. Un nouvel accident sépare le couple, la reine se fait passer pour son mari et épouse en son nom une princesse qu'elle finit par donner comme seconde épouse à son mari retrouvé. La confusion des identités est poussée ensuite à son comble : les deux reines convoitent leurs deux fils, les princes Amgiad et Assad, qui sont les héros d'un deuxième volet du conte thématiquement différent (l'amour n'y est plus qu'un jeu). Ce qui relève de la tradition du conte merveilleux – l'intervention des génies, les comportements extrêmes, l'enchaînement des coïncidences – donne à la passion une dimension absolue et en exalte le caractère radicalement transgressif, qui s'exprime dans la révolte, dans l'identification fusionnelle puis dans l'inceste.

Les deux dernières histoires sont dépourvues de merveilleux et se distinguent par la finesse des situations et la subtilité des sentiments. L'*Histoire de Ganem* commence comme bien des contes des *Nuits* : le héros trouve pour la nuit refuge dans un cimetière, surprend une scène d'enterrement clandestin et sauve la malheureuse enfermée dans le cercueil. Après ce début bizarre, tout se déroule selon une stricte logique sociale et psychologique. La jeune femme est une favorite dont la femme du calife, en l'absence de son mari, a voulu se débarrasser. Le jeune homme qui l'a sauvée la protège, ils tombent amoureux mais restent chastes. À son retour, le calife est informé, mais, loin de remercier le héros, il se croit trompé et se venge avec furie. Il ordonne que la favorite soit enfermée, la maison du héros et celle de sa mère rasées. Il fait même exposer cette dernière nue avec sa fille et les met au ban de la société. Finalement le conte réunit les héros dans deux scènes sentimentales fort au goût du XVIIIe siècle : la mère, la fille et le fils se retrouvent, puis les deux amants. Le calife, qui a reconnu son erreur, renonce à sa favorite et permet le mariage des amoureux. Les deux registres littéraires de cette histoire, un romanesque fondé sur des situations sensationnelles et des analyses psychologiques nuancées, correspondent à deux types d'attitude chez les personnages – explosion de violence et sentiments délicats –, dont la combinaison peut apparaître comme typique de l'Orient.

L'histoire d'amour de Noureddin et de la belle Persienne est quant à elle comme écrite de biais. Elle se déroule dans un espace familial. Le père vizir, qui a trouvé à prix d'or une esclave parfaitement belle et cultivée pour son maître, la garde à rafraîchir chez lui. À ce moment-là intervient le fils dont le comportement dans toute l'histoire est expliqué par le terme de « folâtre ». Galland s'est éloigné du manuscrit en ménageant une période de transition pour que les deux jeunes gens se connaissent et tombent amoureux. Il rejoint le rédacteur arabe quand il laisse Noureddin obtenir par un mensonge les faveurs de la Persienne. Le père ulcéré ne peut plus livrer cette dernière à son maître, il pardonne à son fils et lui fait promettre de l'épouser et de ne la vendre jamais. À sa mort, le héros gaspille une immense fortune et met en vente la belle Persienne. Après une dispute avec un acheteur, le couple s'enfuit vers Bagdad. Se produit alors un épisode charmant. Survenus le soir aux abords d'un pavillon appartenant au calife, les deux héros incitent le concierge à le dire sien et à les accueillir. De fil en aiguille, de vin échangé en illumination *a giorno*, ils suscitent la curiosité du calife qui arrive incognito, accepte de faire le cuisinier et finit par nommer Noureddin gouverneur de sa ville natale, Balsora. Discrètement en retrait, c'est la belle Persienne qui provoque les divers événements : ayant en vain averti Noureddin, elle l'incite en pleurs à la mettre en vente, sa beauté lui ouvre les portes du pavillon, son badinage, son toucher délicat au luth et son chant expliquent l'immense générosité du calife, alors même que Noureddin la donne étourdiment en cadeau à ce dernier. Jusqu'au bout, le comportement de Noureddin est teinté de son humeur folâtre, au bord du libertinage, et il faut la persévérance de la belle Persienne et le jeu du hasard pour que s'accomplisse leur histoire d'amour. Elle conserve une légèreté dont le symbole est ce pavillon éclairé dans la nuit, si mal gardé, visité par un pêcheur et par les deux amants vagabonds, puis se transformant en lieu de fête improvisée où surviennent des miracles. Des personnages familiers – le fils de famille « hardi » et irréfléchi, une beauté réduite en esclavage, une mère aimante, un rival politique, un calife en goguette, un concierge trop humain – sont saisis dans une fantasmagorie : le meilleur des *Mille et Une Nuits*.

L'enchantement de l'Orient

Le pavillon où arrivent les deux amants traqués et dépourvus de tout joue donc un grand rôle dans cette dernière histoire. Galland en a légèrement modifié la description fournie par son manuscrit [1] : il choisit de placer le pavillon au bord du Tigre, de paver l'allée qui y conduit, de transformer l'espace devant la porte en vestibule, des pots remplis d'eau en fontaine et deux bancs situés à l'extérieur en sofas, où les deux époux ne tardent pas à s'endormir. Changements minimes qui accentuent l'invitation à jouir du pavillon et renforcent l'impression d'une plongée dans un univers onirique où tous les désirs sont satisfaits, mais qui garde par ailleurs la solidité des petites circonstances bien ménagées. Nul besoin de fées pour échapper à l'horreur : partez à l'aventure sans rien calculer, et une demeure charmante va apparaître et s'ouvrir pour vous…

La familiarité avec Constantinople et le pourtour méditerranéen, la fascination pour la pompe ottomane, la sympathie pour l'art de vivre oriental ont permis à Galland non seulement de rendre justice au goût des réalités sensibles et à l'esprit de plaisir propres aux *Nuits*, mais aussi d'en offrir au lecteur français et européen une image fascinante qui tranchait avec les habitudes du roman. Dans la deuxième moitié du XVIIe siècle, celui-ci a écarté les évocations du luxe, les descriptions de parcs ou de palais pour leur lien avec un romanesque absurde ; il n'introduit plus l'univers concret que dans une perspective de dérision ou de juge-

1. Voir l'étude de la traduction que fait Galland de ce passage par Rida Hawari : « Antoine Galland's translation of *The Arabian Nights* », *Revue de littérature comparée*, avril-juin 1980, p. 150-164.

ment moral et s'intéresse presque exclusivement à la science de l'homme et aux mœurs. Le conte de fées avait déjà été le refuge de ce que le nouveau roman rebutait – la préciosité sentimentale, les dialogues galants, les espaces curieux, les parures, les bibelots rares –, mais en s'autorisant du caractère archaïque et fantaisiste de ses histoires. Les *Mille et Une Nuits* amplifient ce sauvetage en faisant procéder le merveilleux de ce que recèle le monde réel pour les esprits libres : les bonheurs du hasard, le pittoresque des objets et des lieux, la disponibilité des femmes, l'inconnu des voyages, mais aussi le plaisir de faire des courses et d'en dresser la liste, le charme des toilettes, le jeu des cérémonies, le détail des repas et de leurs recettes, l'agrément des jardins, des appartements, des fontaines, le sublime de la beauté physique. *Les Mille et Une Nuits* n'ont pas seulement bénéficié de la brèche littéraire des contes de fées, elles ont contribué à un changement des mentalités qui se produit au tournant des deux siècles, à l'égal de la philosophie sensualiste, de la réhabilitation des sentiments et des passions, de la pensée politique mettant l'accent sur l'utilité des activités sociales. *Les Mille et Une Nuits* ne détournent pourtant pas le roman de sa vocation morale et psychologique, de son intérêt pour l'expression de la subjectivité. Elles constituent à elles seules un domaine original de la fiction qui donne visage aussi bien à l'aventure qu'au monde concret sous ses jours les plus séduisants. L'Orient ne retrouvera des couleurs si vives et si gaies qu'avec la génération romantique, en particulier avec Hugo. La prose assez modeste de Galland, formée à l'exactitude archéologique et au compte rendu de voyage, aura su magnifier une culture du sensible et unir au goût des choses celui de leur nom.

LES MILLE ET UNE NUITS

HISTOIRE DU BARBIER

« Sous le règne du calife Mostanser Billah*, poursuivit-il, prince si fameux par ses immenses libéralités envers les pauvres, dix voleurs obsédaient les chemins des environs de Bagdad et faisaient depuis longtemps des vols et des cruautés inouïes. Le calife, averti d'un si grand désordre, fit venir le juge de police quelques jours avant la fête du baïram, et lui ordonna, sous peine de la vie, de les lui amener tous dix... »

Scheherazade cessa de parler en cet endroit, pour avertir le sultan des Indes que le jour commençait à paraître. Ce prince se leva, et la nuit suivante la sultane reprit son discours de cette manière :

CLXVII^e NUIT

« Le juge de police, continua le barbier, fit ses diligences, et mit tant de monde en campagne que les dix voleurs furent pris le propre jour du baïram. Je me promenais alors sur le bord du Tigre; je vis dix hommes assez richement habillés qui s'embarquaient dans un bateau. J'aurais connu que c'étaient des voleurs pour peu que j'eusse fait attention aux gardes qui les accompagnaient; mais je ne regardai qu'eux, et, prévenu que c'étaient des gens qui allaient se réjouir et passer la fête en festin, j'entrai dans le bateau pêle-mêle avec eux sans dire mot, dans l'espérance qu'ils voudraient bien

* Le calife Mostanser Billah fut élevé à cette dignité l'an 623 de l'hégire, c'est-à-dire l'an 1226 de J.-C. Il fut le trente-sixième calife de la race des Abassides.

me souffrir dans leur compagnie. Nous descendîmes le Tigre, et l'on nous fit aborder devant le palais du calife. J'eus le temps de rentrer en moi-même et de m'apercevoir que j'avais mal jugé d'eux. Au sortir du bateau, nous fûmes environnés d'une nouvelle troupe de gardes du juge de police, qui nous lièrent et nous menèrent devant le calife. Je me laissai lier comme les autres sans rien dire : que m'eût-il servi de parler et de faire quelque résistance ? C'eût été le moyen de me faire maltraiter par les gardes, qui ne m'auraient pas écouté : car ce sont des brutaux qui n'entendent point raison. J'étais avec des voleurs, c'était assez pour leur faire croire que j'en devais être un.

« Dès que nous fûmes devant le calife, il ordonna le châtiment de ces dix scélérats. « Qu'on coupe, dit-il, la tête à ces dix voleurs. » Aussitôt le bourreau nous rangea sur une file à la portée de sa main, et par bonheur je me trouvai le dernier. Il coupa la tête aux dix voleurs, en commençant par le premier, et, quand il vint à moi, il s'arrêta. Le calife, voyant que le bourreau ne me frappait pas, se mit en colère : « Ne t'ai-je pas commandé, lui dit-il, de couper la tête à dix voleurs ? Pourquoi ne la coupes-tu qu'à neuf ? — Commandeur des croyants, répondit le bourreau, Dieu me garde de n'avoir pas exécuté l'ordre de Votre Majesté : voilà dix corps par terre et autant de têtes que j'ai coupées; elle peut les faire compter. » Lorsque le calife eut vu lui-même que le bourreau disait vrai, il me regarda avec étonnement, et, ne me trouvant pas la physionomie d'un voleur : « Bon vieillard, me dit-il, par quelle aventure vous trouvez-vous mêlé avec des misérables qui ont mérité mille morts ? » Je lui répondis : « Commandeur des croyants, je vais vous faire un aveu véritable. J'ai vu ce matin entrer dans un bateau ces dix personnes dont le châtiment vient de faire éclater la justice de Votre Majesté; je me suis embarqué avec eux, persuadé que c'étaient des gens qui allaient se régaler ensemble pour célébrer ce jour qui est le plus célèbre de notre religion. »

« Le calife ne put s'empêcher de rire de mon aventure; et, tout au contraire de ce jeune boiteux qui me traite de babillard, il admira ma discrétion et ma constance à garder le silence. « Commandeur des croyants, lui dis-je, que Votre Majesté ne s'étonne pas si je me suis tu dans une occasion qui aurait excité la démangeaison de parler à un autre. Je fais une profession particulière de me taire; et c'est par cette vertu que je me suis acquis le titre glorieux de silencieux. C'est ainsi qu'on m'appelle pour me distinguer de six frères que j'ai eus. C'est le fruit que j'ai tiré de ma philosophie; enfin, cette vertu fait toute ma gloire et mon bonheur. — J'ai bien de la joie, me dit le calife en souriant, qu'on vous ait donné un titre dont vous faites un si bel usage. Mais apprenez-moi quelle sorte de gens étaient vos frères : vous ressemblaient-ils ? — En aucune manière, lui repartis-je : ils étaient tous plus babillards les uns que les autres; et, quant à la figure, il y avait encore une grande différence entre eux et moi : le premier était bossu; le second, brèche-dent; le troisième, borgne; le quatrième, aveugle; le cinquième avait les oreilles coupées; et le sixième, les lèvres fendues. Il leur est arrivé des aventures qui vous feraient juger de leurs caractères, si j'avais l'honneur de les raconter à Votre Majesté. » Comme il me parut que le calife ne demandait pas mieux que de les entendre, je poursuivis sans attendre son ordre. »

HISTOIRE DU PREMIER FRÈRE

DU BARBIER

« Sire, lui dis-je, mon frère aîné, qui s'appelait Bacbouc le bossu, était tailleur de profession. Au sortir de son apprentissage, il loua une boutique vis-à-vis d'un moulin; et, comme il n'avait point encore fait de pratiques, il avait bien de la peine à vivre de son travail. Le meunier, au contraire, était fort à son aise, et possédait une très belle femme. Un jour mon frère, en travaillant dans sa boutique, leva la tête et aperçut à une fenêtre du moulin la meunière qui regardait dans la rue. Il la trouva si belle qu'il en fut enchanté. Pour la meunière, elle ne fit nulle attention à lui; elle ferma sa fenêtre et ne parut plus de tout le jour. Cependant le pauvre tailleur ne fit autre chose que lever la tête et lever les yeux vers le moulin, en travaillant. Il se piqua les doigts plus d'une fois, et son travail de ce jour-là ne fut pas trop régulier. Sur le soir, lorsqu'il fallut fermer sa boutique, il eut de la peine à s'y résoudre, parce qu'il espérait toujours que la meunière se ferait voir encore; mais enfin il fut obligé de la fermer et de se retirer à sa petite maison, où il passa une fort mauvaise nuit. Il est vrai qu'il s'en leva plus matin, et qu'impatient de revoir sa maîtresse, il vola vers sa boutique. Il ne fut pas plus heureux que le jour précédent : la meunière ne parut qu'un moment de toute la journée. Mais ce moment acheva de le rendre le plus amoureux de tous les hommes. Le troisième jour, il eut sujet d'être plus content que les deux autres. La meunière jeta les yeux sur lui par hasard, et le surprit dans une attention à la considérer qui lui fit connaître ce qui se passait dans son cœur... »

Le jour qui paraissait obligea Scheherazade d'interrompre son récit en cet endroit. Elle en reprit le fil la nuit suivante, et dit au sultan des Indes :

CLXVIII^{e} NUIT

Sire, le barbier continua l'histoire de son frère aîné.

« Commandeur des croyants, poursuivit-il en parlant toujours au calife Mostanser Billah, vous saurez que la meunière n'eut pas plus tôt pénétré les sentiments de mon frère qu'au lieu de s'en fâcher elle résolut de s'en divertir. Elle le regarda d'un air riant; mon frère la regarda de même, mais d'une manière si plaisante que la meunière referma la fenêtre au plus vite, de peur de faire un éclat de rire qui fît connaître à mon frère qu'elle le trouvait ridicule. L'innocent Bacbouc interpréta cette action à son avantage, et ne manqua pas de se flatter qu'on l'avait vu avec plaisir.

« La meunière prit donc la résolution de se réjouir de mon frère. Elle avait une pièce d'une assez belle étoffe, dont il y avait déjà longtemps qu'elle voulait se faire un habit. Elle l'enveloppa dans un beau mouchoir de broderie de soie, et le lui envoya par une jeune esclave qu'elle avait. L'esclave, bien instruite, vint à la boutique du tailleur. « Ma maîtresse vous salue, lui dit-elle, et vous prie de lui faire un habit de la pièce d'étoffe que je vous apporte, sur le modèle de celui qu'elle vous envoie en même temps; elle change souvent d'habit, et c'est une pratique dont vous serez très content. » Mon frère ne douta plus que la meunière ne fût amoureuse de lui. Il crut qu'elle ne lui envoyait du travail, immédiatement après ce qui s'était passé entre elle et lui, qu'afin de lui marquer qu'elle avait lu dans le fond de son cœur, et de l'assurer du progrès qu'il avait fait dans le sien. Prévenu de cette bonne opinion, il chargea l'esclave de dire à sa maîtresse qu'il allait tout quitter pour elle, et que l'habit serait prêt pour le lendemain matin. En effet, il y travailla avec tant de diligence qu'il l'acheva le même jour.

Le lendemain, la jeune esclave vint voir si l'habit était fait. Bacbouc le lui donna bien plié, en lui disant : « J'ai trop d'intérêt de contenter votre maîtresse pour avoir négligé son habit; je veux l'engager par ma diligence, à ne se servir désormais que de moi. » La jeune esclave fit quelques pas pour s'en aller; puis, se retournant, elle dit tout bas à mon frère : « A propos, j'oubliais de m'acquitter d'une commission qu'on m'a donnée;

ma maîtresse m'a chargée de vous faire ses compliments, et de vous demander comment vous avez passé la nuit; pour elle, la pauvre femme, elle vous aime si fort qu'elle n'en a pas dormi. — Dites-lui, répondit avec transport mon benêt de frère, que j'ai pour elle une passion si violente qu'il y a quatre nuits que je n'ai pas fermé l'œil. » Après ce compliment de la part de la meunière, il crut devoir se flatter qu'elle ne le laisserait pas languir dans l'attente de ses faveurs.

« Il n'y avait pas un quart d'heure que l'esclave avait quitté mon frère, lorsqu'il la vit revenir avec une pièce de satin. « Ma maîtresse, lui dit-elle, est très satisfaite de son habit, il lui va le mieux du monde; mais, comme il est très beau et qu'elle ne le veut porter qu'avec un caleçon neuf, elle vous prie de lui en faire un au plus tôt de cette pièce de satin. — Cela suffit, répondit Bacbouc; il sera fait aujourd'hui avant que je sorte de ma boutique; vous n'avez qu'à le venir prendre sur la fin du jour. » La meunière se montra souvent à sa fenêtre, et prodigua ses charmes à mon frère, pour lui donner du courage. Il faisait beau le voir travailler. Le caleçon fut bientôt fait. L'esclave le vint prendre; mais elle n'apporta au tailleur ni l'argent qu'il avait déboursé pour les accompagnements de l'habit et du caleçon, ni de quoi lui payer la façon de l'un et de l'autre. Cependant, ce malheureux amant, qu'on amusait et qui ne s'en apercevait pas, n'avait rien mangé de tout ce jour-là, et fut obligé d'emprunter quelques pièces de monnaie pour acheter de quoi souper. Le jour suivant, dès qu'il fut arrivé à sa boutique, la jeune esclave vint lui dire que le meunier souhaitait de lui parler. « Ma maîtresse, ajouta-t-elle, lui a dit tant de bien de vous, en lui montrant votre ouvrage, qu'il veut aussi que vous travailliez pour lui. Elle l'a fait exprès, afin que la liaison qu'elle veut former entre lui et vous serve à faire réussir ce que vous désirez également l'un et l'autre. » Mon frère se laissa persuader, et alla au moulin avec l'esclave. Le meunier le reçut fort bien, et, lui présentant une pièce de toile : « J'ai besoin de chemises, lui dit-il; voilà de la toile, je voudrais bien que vous m'en fissiez vingt; s'il y a du reste, vous me le rendrez... »

Scheherazade, frappée tout à coup par la clarté du jour qui commençait à éclairer l'appartement de Schahriar, se tut en achevant ces dernières paroles. La nuit suivante, elle poursuivit ainsi l'histoire de Bacbouc :

CLXIX[e] NUIT

« Mon frère, continua le barbier, eut du travail pour cinq ou six jours à faire vingt chemises pour le meunier, qui lui donna ensuite une autre pièce de toile pour en faire autant de caleçons. Lorsqu'ils furent achevés, Bacbouc les porta au meunier, qui lui demanda ce qu'il lui fallait pour sa peine; sur quoi mon frère dit qu'il se contenterait de vingt dragmes d'argent. Le meunier appela aussitôt la jeune esclave, et lui dit d'apporter le trébuchet pour voir si la monnaie qu'il allait donner était de poids. L'esclave, qui avait le mot, regarda mon frère en colère, pour lui marquer qu'il allait tout gâter s'il recevait de l'argent. Il se le tint pour dit; il refusa d'en prendre, quoiqu'il en eût besoin et qu'il en eût emprunté pour acheter le fil dont il avait cousu les chemises et les caleçons. Au sortir de chez le meunier, il vint me prier de lui prêter de quoi vivre, en me disant qu'on ne le payait pas. Je lui donnai quelque monnaie de cuivre que j'avais dans ma bourse, et cela le fit subsister durant quelques jours : il est vrai qu'il ne vivait que de bouillie, et qu'encore n'en mangeait-il pas tout son soûl.

« Un jour, il entra chez le meunier, qui était occupé à faire aller son moulin, et qui, croyant qu'il venait demander de l'argent, lui en offrit; mais la jeune esclave, qui était présente, lui fit encore un signe qui l'empêcha d'en accepter, et lui fit répondre au meunier qu'il ne venait pas pour cela, mais seulement pour s'informer de sa santé. Le meunier l'en remercia, et lui donna une robe de dessus à faire. Bacbouc la lui rapporta le lendemain. Le meunier tira sa bourse; la jeune esclave ne fit en ce moment que regarder mon frère : « Voisin, dit-il au meunier, rien ne presse; nous compterons une autre fois. » Ainsi, cette pauvre dupe se retira dans sa boutique avec trois grandes maladies, c'est-à-dire amoureux, affamé, et sans argent.

« La meunière était avare et méchante : elle ne se contenta pas d'avoir frustré mon frère de ce qui lui était dû, elle excita son mari à tirer vengeance de l'amour qu'il avait pour elle; et voici comme ils s'y prirent. Le meunier invita Bacbouc un soir à souper, et, après l'avoir assez mal régalé, il lui dit : « Frère, il est trop tard pour vous retirer chez vous, demeurez ici. » En parlant de cette sorte, il le mena dans un endroit du moulin où il y avait un lit. Il le laissa là, et se retira avec sa femme dans le lieu où ils avaient coutume de coucher. Au milieu de la nuit, le meunier vint trouver mon frère : « Voisin, lui dit-il, dormez-vous ? Ma mule est malade, et j'ai bien du blé à moudre ; vous me feriez beaucoup de plaisir si vous vouliez tourner le moulin à sa place. » Bacbouc, pour lui marquer qu'il était homme de bonne volonté, lui répondit qu'il était prêt à lui rendre ce service, qu'on n'avait seulement qu'à lui montrer comment il fallait faire. Alors le meunier l'attacha par le milieu du corps, de même qu'une mule, pour faire tourner le moulin ; et, lui donnant ensuite un grand coup de fouet sur les reins : « Marchez, voisin, lui dit-il. — Hé ! pourquoi me frappez-vous ? lui dit mon frère. — C'est pour vous encourager, répondit le meunier, car sans cela ma mule ne marche pas. » Bacbouc fut étonné de ce traitement ; néanmoins il n'osa s'en plaindre. Quand il eut fait cinq ou six tours, il voulut se reposer ; mais le meunier lui donna une douzaine de coups de fouet bien appliqués, en lui disant : « Courage, voisin, ne vous arrêtez pas, je vous prie ; il faut marcher sans prendre haleine, autrement vous gâteriez ma farine. »

Scheherazade cessa de parler en cet endroit, parce qu'elle vit qu'il était jour. Le lendemain elle reprit son discours de cette sorte :

CLXX^e NUIT

« Le meunier obligea mon frère à tourner ainsi le moulin pendant le reste de la nuit, continua le barbier. A la pointe du jour, il le laissa sans le détacher, et se retira à la chambre de sa femme. Bacbouc demeura quelque temps en cet état. A la fin, la jeune esclave vint, qui le détacha. « Ah ! que nous vous avons plaint, ma bonne maîtresse et moi ! s'écria la perfide. Nous n'avons aucune part au mauvais tour que son mari vous a joué. » Le malheureux Bacbouc ne lui répondit rien, tant il était fatigué et moulu de coups ; mais il regagna sa maison en faisant une ferme résolution de ne plus songer à la meunière.

« Le récit de cette histoire, poursuivit le barbier, fit

rire le calife. « Allez, me dit-il, retournez chez vous ; on va vous donner quelque chose de ma part pour vous consoler d'avoir manqué le régal auquel vous vous attendiez. — Commandeur des croyants, repris-je, je supplie Votre Majesté de trouver bon que je ne reçoive rien qu'après lui avoir raconté l'histoire de mes autres frères. » Le calife m'ayant témoigné par son silence qu'il était disposé à m'écouter, je continuai en ces termes :

HISTOIRE DU SECOND FRÈRE

DU BARBIER

« Mon second frère, qui s'appelait Bakbarah le brèche-dent, marchant un jour par la ville, rencontra une vieille dans une rue écartée. Elle l'aborda. « J'ai, lui dit-elle, un mot à vous dire; je vous prie de vous arrêter un moment. » Il s'arrêta, en lui demandant ce qu'elle lui voulait. « Si vous avez le temps de venir avec moi, reprit-elle, je vous mènerai dans un palais magnifique, où vous verrez une dame plus belle que le jour; elle vous recevra avec beaucoup de plaisir, et vous présentera la collation avec d'excellent vin : il n'est pas besoin de vous en dire davantage. — Ce que vous me dites est-il bien vrai ? répliqua mon frère. — Je ne suis pas une menteuse, repartit la vieille; je ne vous propose rien qui ne soit véritable; mais écoutez ce que j'exige de vous : il faut que vous soyez sage, que vous parliez peu, et que vous ayez une complaisance infinie. » Bakbarah ayant accepté la condition, elle marcha devant, et il la suivit. Ils arrivèrent à la porte d'un grand palais où il y avait beaucoup d'officiers et de domestiques. Quelques-uns voulurent arrêter mon frère; mais la vieille ne leur eut pas plus tôt parlé qu'ils le laissèrent passer. Alors elle se retourna vers mon frère, et lui dit : « Souvenez-vous au moins que la jeune dame chez qui je vous amène aime la douceur et la retenue : elle ne veut pas qu'on la contredise. Si vous la contentez en cela, vous pouvez compter que vous obtiendrez d'elle ce que vous voudrez. » Bakbarah la remercia de cet avis, et promit d'en profiter.

« Elle le fit entrer dans un bel appartement. C'était un grand bâtiment en carré, qui répondait à la magnificence du palais; une galerie régnait à l'entour, et l'on voyait au milieu un très beau jardin. La vieille le fit asseoir sur un sofa bien garni, et lui dit d'attendre un moment, qu'elle allait avertir de son arrivée la jeune dame.

« Mon frère qui n'était jamais entré dans un lieu si superbe, se mit à considérer toutes les beautés qui s'offraient à sa vue, et, jugeant de sa bonne fortune par la magnificence qu'il voyait, il avait de la peine à contenir sa joie. Il entendit bientôt un grand bruit, qui était causé par une troupe d'esclaves enjouées qui vinrent à lui en faisant des éclats de rire, et il aperçut au milieu d'elles une jeune dame d'une beauté extraordinaire, qui se faisait aisément reconnaître pour leur maîtresse par les égards qu'on avait pour elle. Bakbarah, qui s'était attendu à un entretien particulier avec la dame, fut extrêmement surpris de la voir arriver en si bonne compagnie. Cependant, les esclaves prirent un air sérieux en s'approchant de lui; et, lorsque la jeune dame fut près du sofa, mon frère, qui s'était levé, lui fit une profonde révérence. Elle prit la place d'honneur; et puis, l'ayant prié de se remettre à la sienne, elle lui dit d'un air riant : « Je suis ravie de vous voir, et je vous souhaite tout le bien que vous pouvez désirer. — Madame, lui répondit Bakbarah, je ne puis en souhaiter un plus grand que l'honneur que j'ai de paraître devant vous. — Il me semble que vous êtes de bonne humeur, répliqua-t-elle, et que vous voudrez bien que nous passions le temps agréablement ensemble. »

« Elle commanda aussitôt que l'on servît la collation. En même temps on couvrit une table de plusieurs corbeilles de fruits et de confitures. Elle se mit à table avec les esclaves et mon frère. Comme il était placé vis-à-vis d'elle, quand il ouvrait la bouche pour manger, elle s'apercevait qu'il était brèche-dent, et elle le faisait remarquer aux esclaves, qui en riaient de tout leur cœur avec elle. Bakbarah, qui de temps en temps levait la tête pour la regarder et qui la voyait rire, s'imagina que c'était de la joie qu'elle avait de sa venue, et se flatta que bientôt elle écarterait ses esclaves pour rester avec lui sans témoins. Elle jugea bien qu'il avait cette pensée; et, prenant plaisir à l'entretenir dans une erreur si agréable, elle lui dit des douceurs, et lui présenta de sa propre main de tout ce qu'il y avait de meilleur.

« La collation achevée, on se leva de table. Dix esclaves prirent des instruments et commencèrent à jouer et à chanter; d'autres se mirent à danser. Mon frère, pour faire l'agréable, dansa aussi, et la jeune dame même s'en mêla. Après qu'on eut dansé quelque temps, on s'assit pour prendre haleine. La jeune dame se fit donner un verre de vin, et regarda mon frère en souriant, pour lui marquer qu'elle allait boire à sa santé. Il se leva et demeura debout pendant qu'elle but. Lorsqu'elle eut bu, au lieu de rendre le verre, elle le fit remplir et le présenta à mon frère afin qu'il lui fît raison. »

Scheherazade voulait poursuivre son récit; mais, remarquant qu'il était jour, elle cessa de parler. La nuit suivante, elle reprit la parole et dit au sultan des Indes :

CLXXI^{e} NUIT

Sire, le barbier, continuant l'histoire de Bakbarah : « Mon frère, dit-il, prit le verre de la main de la jeune dame en la lui baisant, et but debout en reconnaissance de la faveur qu'elle lui avait faite. Ensuite la jeune dame le fit asseoir auprès d'elle et commença de le caresser. Elle lui passa la main derrière la tête, en lui donnant de temps en temps de petits soufflets. Ravi de ces faveurs, il s'estimait le plus heureux homme du monde; il était tenté de badiner aussi avec cette charmante personne; mais il n'osait prendre cette liberté devant tant d'esclaves qui avaient les yeux sur lui, et qui ne cessaient de rire de ce badinage. La jeune dame continua de lui donner de petits soufflets, et, à la fin, lui en appliqua un si rudement qu'il en fut scandalisé. Il en rougit, et se leva pour s'éloigner d'une si rude joueuse. Alors la vieille qui l'avait amené le regarda d'une manière à lui faire connaître qu'il avait tort, et qu'il ne se souvenait pas de l'avis qu'elle lui avait donné d'avoir de la complaisance. Il reconnut sa faute, et, pour la réparer, il se rapprocha de la jeune dame, en feignant qu'il ne s'en était pas éloigné par mauvaise humeur. Elle le tira par le bras, le fit encore asseoir près d'elle, et continua de lui faire mille caresses malicieuses. Ses esclaves, qui ne cherchaient qu'à la divertir, se mirent de la partie : l'une donnait au pauvre Bakbarah des nasardes de toute sa force, l'autre lui tirait les oreilles à les lui arracher, et d'autres enfin lui appliquaient des soufflets qui passaient la raillerie. Mon frère souffrait tout cela avec une patience admirable; il affectait même un air gai, et, regardant la vieille avec un souris forcé : « Vous l'avez bien dit, disait-il, que je trouverais une dame toute bonne, tout agréable, toute charmante! Que je vous ai d'obligations! — Ce n'est rien encore que cela, lui répondit la vieille; laissez faire, vous verrez bien autre chose. » La jeune dame prit alors la parole, et dit à mon frère : « Vous êtes un brave homme; je suis ravie de trouver en vous tant de douceur et tant de complaisance pour mes petits caprices, et une humeur si conforme à la mienne. — Madame, repartit Bakbarah, charmé de ces discours, je ne suis plus à moi, je suis tout à vous, et vous pouvez à votre gré disposer de moi. — Que vous me faites de plaisir, répliqua la dame, en me marquant tant de soumission! Je suis contente de vous, et je veux que vous le soyez aussi de moi. Qu'on lui apporte, ajouta-t-elle, le parfum et l'eau de rose. » A ces mots, deux esclaves se détachèrent, et revinrent bientôt après, l'une avec une cassolette d'argent où il y avait du bois d'aloès le plus exquis dont elle le parfuma, et l'autre avec de l'eau de rose qu'elle lui jeta au visage et dans les mains. Mon frère ne se possédait pas, tant il était aise de se voir traiter si honorablement.

Après cette cérémonie, la jeune dame commanda aux esclaves qui avaient déjà joué des instruments et chanté, de recommencer leurs concerts. Elles obéirent; et, pendant ce temps-là, la dame appela une autre esclave, et lui ordonna d'emmener mon frère avec elle, en lui disant : « Faites-lui ce que vous savez; et, quand vous aurez achevé, ramenez-le-moi. » Bakbarah, qui entendit cet ordre, se leva promptement, et, s'approchant de la vieille qui s'était aussi levée pour accompagner l'esclave et lui, il la pria de lui dire ce qu'on lui voulait faire. « C'est que notre maîtresse est curieuse, lui répondit tout bas la vieille : elle souhaite de voir comment vous seriez fait déguisé en femme; et cette esclave qui a ordre de vous mener avec elle va vous peindre les sourcils, vous raser la moustache, et vous habiller en femme. — On peut me peindre les sourcils tant qu'on voudra, répliqua mon frère, j'y consens, parce que je pourrai me laver ensuite; mais, pour me faire raser, vous voyez bien que je ne le dois pas souffrir : comment oserais-je paraître après cela sans moustache? — Gardez-vous de vous opposer à ce que l'on exige de vous, reprit la vieille; vous gâteriez vos affaires qui vont le mieux du monde. On vous aime, on veut vous rendre heureux; faut-il pour une vilaine moustache renoncer aux plus délicieuses faveurs qu'un homme puisse obtenir? » Bakbarah se rendit aux raisons de la vieille, et, sans dire un seul mot, se laissa conduire par l'esclave dans une chambre où on lui peignit les sourcils de rouge. On lui rasa la moustache, et l'on se mit en devoir de lui raser aussi la barbe. La docilité de mon frère ne put aller jusque-là. « Oh! pour ce qui est de ma barbe, s'écria-t-il, je ne souffrirai point absolument qu'on me la coupe. » L'esclave lui représenta qu'il était inutile de lui avoir ôté sa moustache s'il ne voulait pas consentir qu'on lui rasât la barbe; qu'un visage barbu ne convenait pas avec un habillement de femme; et qu'elle s'étonnait qu'un homme qui était sur le point de posséder la plus belle personne de Bagdad fît quelque attention à sa barbe. La vieille ajouta au discours de l'esclave de nouvelles raisons; elle menaça mon frère de la disgrâce de la jeune dame. Enfin, elle lui dit tant de choses qu'il se laissa faire tout ce qu'on voulut.

« Lorsqu'il fut habillé en femme, on le ramena devant la jeune dame, qui se prit si fort à rire en le voyant qu'elle se renversa sur le sofa où elle était assise. Les esclaves en firent autant en frappant les mains, si bien que mon frère demeura fort embarrassé de sa contenance. La jeune dame se releva, et, sans cesser de rire, lui dit : « Après la complaisance que vous avez eue pour moi, j'aurais tort de ne vous pas aimer de tout mon cœur; mais il faut que vous fassiez encore une chose pour l'amour de moi : c'est de danser comme vous voilà. » Il obéit; et la jeune dame et ses esclaves dansèrent avec lui en riant comme des folles. Après qu'elles eurent dansé quelque temps, elles se jetèrent toutes sur le misérable, et lui donnèrent tant de soufflets, tant de coups de poing et de coups de pied, qu'il en tomba par terre presque hors de lui-même. La vieille lui aida à se relever, pour ne pas lui donner le temps de se fâcher du mauvais traitement qu'on venait de lui faire. « Consolez-vous, lui dit-elle à l'oreille, vous êtes enfin arrivé au bout de vos souffrances et vous allez en recevoir le prix... »

Le jour qui paraissait déjà imposa silence en cet endroit à la sultane Scheherazade. Elle poursuivit ainsi la nuit suivante :

CLXXII^{e} NUIT

« La vieille, dit le barbier, continua de parler à Bakbarah. « Il ne vous reste plus, ajouta-t-elle, qu'une seule chose à faire, et ce n'est qu'une bagatelle. Vous saurez que ma maîtresse a coutume, lorsqu'elle a un peu bu comme aujourd'hui, de ne se pas laisser approcher par ceux qu'elle aime, qu'ils ne soient nus en chemise. Quand ils sont dans cet état, elle prend un peu d'avantage, et se met à courir devant eux par la galerie, et de chambre en chambre, jusqu'à ce qu'ils l'aient attrapée. C'est encore une de ses bizarreries. Quelque avantage qu'elle puisse prendre, léger et dispos comme vous êtes, vous aurez bientôt mis la main sur elle. Mettez-vous donc vite en chemise; déshabillez-vous sans faire de façons. »

« Mon bon frère en avait trop fait pour reculer. Il se déshabilla, et cependant la jeune dame se fit ôter sa robe, et demeura en jupon pour courir plus légèrement. Lorsqu'ils furent tous deux en état de commencer la course, la jeune dame prit un avantage d'environ vingt pas, et se mit à courir d'une vitesse surprenante. Mon frère la suivit de toute sa force, non sans exciter les ris de toutes les esclaves, qui frappaient des mains. La jeune dame, au lieu de perdre quelque chose de l'avantage qu'elle avait pris d'abord, en gagnait encore sur mon frère. Elle lui fit faire deux ou trois tours de galerie, et puis enfila une longue allée obscure, où elle se sauva par un détour qui lui était connu. Bakbarah, qui la suivait toujours, l'ayant perdue de vue dans l'allée, fut obligé de courir moins vite à cause de l'osbcurité. Il aperçut enfin une lumière vers laquelle, ayant repris sa course, il sortit par une porte qui fut fermée sur lui aussitôt. Imaginez-vous s'il eut lieu d'être surpris de se trouver au milieu d'une rue de corroyeurs. Ils ne le furent pas moins de le voir en chemise, les yeux peints de rouge, sans barbe et sans moustache. Ils commencèrent à frapper des mains, à le huer, et quelques-uns coururent après lui et lui cinglèrent les fesses avec des peaux. Ils l'arrêtèrent même, le mirent sur un âne qu'ils rencontrèrent par hasard, et le promenèrent par la ville, exposé à la risée de toute la populace.

« Pour comble de malheur, en passant devant la maison du juge de police, ce magistrat voulut savoir la cause de ce tumulte. Les corroyeurs lui dirent qu'ils avaient vu sortir mon frère dans l'état où il était par une porte de l'appartement des femmes du grand-vizir, qui donnait sur leur rue. Là-dessus, le juge fit donner au malheureux Bakbarah cent coups de bâton sur la plante des pieds, et le fit conduire hors de la ville avec défense d'y rentrer jamais.

« Voilà, Commandeur des croyants, dis-je au calife Mostanser Billah, l'aventure de mon second frère, que je voulais raconter à Votre Majesté. Il ne savait pas que les dames de nos seigneurs les plus puissants se divertissent quelquefois à jouer de semblables tours aux jeunes gens qui sont assez sots pour donner dans de semblables pièges... »

Scheherazade fut obligée de s'arrêter en cet endroit, à cause du jour qu'elle vit paraître. La nuit suivante, elle reprit sa narration et dit au sultan des Indes :

CLXXIII^{e} NUIT

Sire, le barbier, sans interrompre son discours, passa à l'histoire de son troisième frère.

HISTOIRE DU TROISIÈME FRÈRE

DU BARBIER

« Commandeur des croyants, dit-il au calife, mon troisième frère, qui se nommait Bakbac, était aveugle, et, sa mauvaise destinée l'ayant réduit à la mendicité, il allait de porte en porte demander l'aumône. Il avait une si longue habitude de marcher seul par les rues qu'il n'avait pas besoin de conducteur. Il avait coutume de frapper aux portes, et de ne pas répondre qu'on ne lui eût ouvert. Un jour, il frappa à la porte d'une maison; le maître du logis, qui était seul, s'écria : « Qui est là ? » Mon frère ne répondit rien à ces paroles, et frappa une seconde fois. Le maître de la maison eut beau demander encore qui était à sa porte, personne ne lui répondit. Il descend, ouvre, et demande à mon frère ce qu'il veut. « Que vous me donniez quelque chose pour l'amour de Dieu, lui dit Bakbac. — Vous êtes aveugle, ce me semble ? reprit le maître de la maison. — Hélas! oui, repartit mon frère. — Tendez la main », lui dit le maître. Mon frère la lui présenta, croyant aller recevoir l'aumône; mais le maître la lui prit seulement pour l'aider à monter jusqu'à sa chambre. Bakbac s'imagina que c'était pour le faire manger avec lui, comme cela lui arrivait ailleurs assez souvent. Quand ils furent tous deux dans la chambre, le maître lui quitta la main, se remit à sa place, et lui demanda de nouveau ce qu'il souhaitait. « Je vous ai déjà dit, lui répondit Bakbac, que je vous demandais quelque chose pour l'amour de Dieu. — Bon aveugle, répliqua le maître, tout ce que je puis faire pour vous, c'est de souhaiter que Dieu vous rende la vue. — Vous pouviez bien me dire cela à la porte, reprit mon frère, et m'épargner la peine de monter. — Et pourquoi, innocent que vous êtes, repartit le maître, ne répondez-vous pas dès la première fois lorsque vous frappez et qu'on vous demande qui est là ? D'où vient que vous donnez la peine aux gens de vous aller ouvrir quand on vous parle ? — Que voulez-vous donc faire de moi ? dit mon frère. — Je vous le répète encore, répondit le maître, je n'ai rien à vous donner. — Aidez-moi donc à descendre comme vous m'avez aidé à monter, répliqua Bakbac. — L'escalier est devant vous, repartit le maître; descendez seul si vous voulez. » Mon frère se mit à descendre; mais, le pied venant à lui manquer au milieu de l'escalier, il se fit bien du mal aux reins et à la tête en glissant jusqu'au bas. Il se releva avec assez de peine, et sortit en se plaignant et en murmurant contre le maître de la maison, qui ne fit que rire de sa chute.

« Comme il sortait du logis, deux aveugles de ses camarades qui passaient le reconnurent à sa voix. Ils s'arrêtèrent pour lui demander ce qu'il avait. Il leur conta ce qui lui était arrivé; et, après leur avoir dit que de toute la journée il n'avait rien reçu : « Je vous conjure, ajouta-t-il, de m'accompagner jusque chez moi, afin que je prenne devant vous quelque chose de l'argent que nous avons tous trois en commun, pour m'acheter de quoi souper. » Les deux aveugles y consentirent, il les mena chez lui.

« Il faut remarquer que le maître de la maison où mon frère avait été si maltraité était un voleur, homme naturellement adroit et malicieux. Il entendit par sa fenêtre ce que Bakbac avait dit à ses camarades; c'est pourquoi il descendit, les suivit, et entra avec eux dans une méchante maison où logeait mon frère. Les aveugles s'étant assis, Bakbac dit : « Frères, il faut, s'il vous plaît, fermer la porte et prendre garde s'il n'y a pas ici quelque étranger avec nous. » A ces paroles, le voleur fut fort embarrassé; mais, apercevant une corde qui se trouva par hasard attachée au plancher, il s'y prit et se soutint en l'air, pendant que les aveugles fermèrent la porte, et firent le tour de la chambre en tâtant partout avec leurs bâtons. Lorsque cela fut fait et qu'ils eurent repris leur place, il quitta la corde et alla s'asseoir doucement près de mon frère, qui, se croyant seul avec les aveugles, leur dit : « Frères, comme vous m'avez fait dépositaire de l'argent que nous recevons depuis longtemps tous trois, je veux vous faire voir que je ne suis pas indigne de la confiance que vous avez en moi. La dernière fois que nous comptâmes, vous savez que nous avions dix mille dragmes, et que nous les mîmes en dix sacs : je vais vous montrer que je n'y ai pas touché. » En disant cela, il mit la main à côté de lui sous de vieilles hardes, tira des sacs l'un après l'autre, et, les donnant à ses camarades : « Les voilà, poursuivit-il; vous pouvez juger par leur pesanteur qu'ils sont encore en leur entier; ou bien nous allons les compter si vous souhaitez. » Ses camarades lui ayant répondu qu'ils s'en fiaient bien à lui, il ouvrit un des sacs et en tira dix dragmes; les deux autres aveugles en tirèrent chacun autant.

« Mon frère remit ensuite les dix sacs à leur place; après quoi un des aveugles lui dit qu'il n'était pas besoin qu'il dépensât rien ce jour-là pour son souper, qu'il avait assez de provisions pour eux trois par la charité des bonnes gens. En même temps il tira de son bissac du pain, du fromage et quelques fruits, mit tout cela sur une table, et puis ils commencèrent à manger. Le voleur, qui était à la droite de mon frère, choisissait ce qu'il y avait de meilleur et mangeait avec eux; mais, quelque précaution qu'il pût prendre pour ne pas faire de bruit, Bakbac l'entendit mâcher, et s'écria aussitôt : « Nous sommes perdus : il y a un étranger avec nous ! » En parlant de la sorte, il étendit la main, et saisit le voleur par le bras; il se jeta sur lui en criant au voleur et en lui donnant de grands coups de poing. Les autres aveugles se mirent à crier aussi et à frapper le voleur, qui, de son côté, se défendit le mieux qu'il put. Comme il était fort et vigoureux et qu'il avait l'avantage de voir où il adressait ses coups, il en portait de furieux tantôt à l'un et tantôt à l'autre, quand il pouvait en avoir la liberté; et il criait au voleur encore plus fort que ses ennemis. Les voisins accoururent bientôt au bruit, enfoncèrent la porte, et eurent bien de la peine à séparer les combattants; mais enfin, en étant venus à bout, ils leur demandèrent le sujet de leur différend. « Messeigneurs, s'écria mon frère qui n'avait pas quitté le voleur, cet homme que je tiens est un voleur, qui est entré ici avec nous pour nous enlever le peu d'argent que nous avons. » Le voleur, qui avait fermé les yeux d'abord qu'il avait vu paraître les voisins, feignit d'être aveugle, et dit alors : « Messeigneurs, c'est un menteur; je vous jure par le nom de Dieu et par la vie du calife que je suis leur associé, et qu'ils refusent de me donner ma part légitime. Ils se sont tous trois mis contre moi, et je demande justice. » Les voisins ne voulurent pas se mêler de leur contestation, et les menèrent tous quatre au juge de police.

« Quand ils furent devant ce magistrat, le voleur, sans attendre qu'on l'interrogeât, dit en contrefaisant toujours l'aveugle : « Seigneur, puisque vous êtes commis pour administrer la justice de la part du calife, dont Dieu veuille faire prospérer la puissance, je vous déclarerai que nous sommes également criminels, mes trois camarades et moi. Mais, comme nous nous sommes engagés par serment à ne rien avouer que sous la bastonnade, si vous voulez savoir notre crime, vous n'avez qu'à commander qu'on nous la donne, et qu'à commencer par moi. » Mon frère voulut parler; mais on lui imposa silence. On mit le voleur sous le bâton... »

A ces mots, Scheherazade, remarquant qu'il était jour, interrompit sa narration. Elle en reprit ainsi la suite le lendemain :

CLXXIV^{e} NUIT

« On mit donc le voleur sous le bâton, dit le barbier, et il eut la constance de s'en laisser donner jusqu'à vingt ou trente coups; mais, faisant semblant de se laisser vaincre par la douleur, il ouvrit un œil premièrement, et bientôt après il ouvrit l'autre en criant miséricorde, et en suppliant le juge de police de faire cesser les coups. Le juge, voyant que le voleur le regardait les yeux ouverts, en fut fort étonné. « Méchant, lui dit-il, que signifie ce miracle ? — Seigneur, répondit le voleur, je vais vous découvrir un secret important, si vous voulez me faire grâce, et me donner pour gage que vous me tiendrez parole l'anneau que vous avez au doigt, et qui vous sert de cachet. Je suis prêt à vous révéler tout le mystère. »

« Le juge fit cesser les coups de bâton, lui remit son anneau, et promit de lui faire grâce. « Sur la foi de cette promesse, reprit le voleur, je vous avouerai, Seigneur, que mes camarades et moi nous voyons fort clair tous quatre. Nous feignons d'être aveugles pour entrer librement dans les maisons et pénétrer jusqu'aux appartements des femmes, où nous abusons de leur faiblesse. Je vous confesse encore que par cet artifice nous avons gagné dix mille dragmes en société; j'en ai demandé aujourd'hui à mes confrères deux mille cinq cents qui m'appartiennent pour ma part; ils me les ont refusées, parce que je leur ai déclaré que je voulais me retirer, et qu'ils ont eu peur que je ne les accusasse; et, sur mes instances à leur demander ma part, ils se sont jetés sur moi, et m'ont maltraité de la manière dont je prends à témoin les personnes qui nous ont amenés devant vous. J'attends de votre justice, Seigneur, que vous me ferez livrer vous-même les deux mille cinq cents dragmes qui me sont dues. Si vous voulez que mes camarades confessent la vérité de ce que j'avance, faites-leur donner trois fois autant de coups de bâton que j'en ai reçu, vous verrez qu'ils ouvriront les yeux comme moi. »

« Mon frère et les deux autres aveugles voulurent se justifier d'une imposture si horrible; mais le juge ne daigna pas les écouter. « Scélérats, leur dit-il, c'est donc ainsi que vous contrefaites les aveugles, que vous trompez les gens sous prétexte d'exciter leur charité, et que vous commettez de si méchantes actions ? — C'est une imposture, s'écria mon frère; il est faux qu'aucun de nous voie clair. Nous en prenons Dieu à témoin ! »

« Tout ce que put dire mon frère fut inutile, ses camarades et lui reçurent chacun deux cents coups de bâton. Le juge attendait toujours qu'ils ouvrissent les yeux, et attribuait à une grande obstination ce qui n'était pas possible qu'il arrivât. Pendant ce temps-là, le voleur disait aux aveugles : « Pauvres gens que vous êtes, ouvrez les yeux, et n'attendez pas qu'on vous fasse mourir sous le bâton. » Puis, s'adressant au juge de police : « Seigneur, lui dit-il, je vois bien qu'ils pousseront leur malice jusqu'au bout, et que jamais ils n'ouvriront les yeux : ils veulent, sans doute, éviter la honte qu'ils auraient de lire leur condamnation dans les regards de ceux qui les verraient. Il vaut mieux leur faire grâce, et envoyer quelqu'un avec moi prendre les dix mille dragmes qu'ils ont cachées. »

« Le juge n'eut garde d'y manquer; il fit accompagner le voleur par un de ses gens qui lui apporta les dix sacs. Il fit compter deux mille cinq cents dragmes au voleur, et retint le reste pour lui. A l'égard de mon frère et de ses compagnons, il en eut pitié, et se contenta de les bannir. Je n'eus pas plus tôt appris ce qui était arrivé à mon frère que je courus après lui. Il me raconta son malheur et je le ramenai secrètement dans la ville. J'aurais bien pu le justifier auprès du juge de police et faire punir le voleur comme il le méritait; mais je n'osai l'entreprendre, de peur de m'attirer à moi-même quelque mauvaise affaire.

« Ce fut ainsi que j'achevai la triste aventure de mon bon frère l'aveugle. Le calife n'en rit pas moins que de celles qu'il avait déjà entendues. Il ordonna de nouveau qu'on me donnât quelque chose ; mais, sans attendre qu'on exécutât son ordre, je commençai l'histoire de mon quatrième frère. »

HISTOIRE DU QUATRIÈME FRÈRE

DU BARBIER

« Alcouz était le nom de mon quatrième frère. Il devint borgne à l'occasion que j'aurai l'honneur de dire à Votre Majesté. Il était boucher de profession ; il avait un talent particulier pour élever et dresser des béliers à se battre, et par ce moyen il s'était acquis la connaissance et l'amitié des principaux seigneurs, qui se plaisent à voir ces sortes de combats et qui ont pour cet effet des béliers chez eux. Il était d'ailleurs fort achalandé ; il avait toujours dans sa boutique la plus belle viande qu'il y eût à la boucherie, parce qu'il était fort riche et qu'il n'épargnait rien pour avoir la meilleure.

« Un jour qu'il était dans sa boutique, un vieillard qui avait une longue barbe blanche vint acheter six livres de viande, lui en donna l'argent, et s'en alla. Mon frère trouva cet argent si beau, si blanc et si bien monnayé, qu'il le mit à part dans un coffre dans un endroit séparé. Le même vieillard ne manqua pas, durant cinq mois, de venir prendre chaque jour la même quantité de viande, et de la payer en pareille monnaie, que mon frère continua de mettre à part.

« Au bout des cinq mois, Alcouz, voulant acheter une quantité de moutons et les payer en cette belle monnaie, ouvrit le coffre ; mais, au lieu de la trouver, il fut dans un étonnement extrême de ne voir que des feuilles coupées en rond, à la place où il l'avait mise. Il se donna de grands coups à la tête, en faisant des cris qui attirèrent bientôt les voisins, dont la surprise égala la sienne, lorsqu'ils eurent appris de quoi il s'agissait. « Plût à Dieu, s'écria mon frère en pleurant, que ce traître de vieillard arrivât présentement ici avec son air hypocrite ! » Il n'eut pas plus tôt achevé ces paroles qu'il le vit venir de loin ; il courut au-devant de lui avec précipitation, et, mettant la main sur lui : « Musulmans, s'écria-t-il de toute sa force, à l'aide! Écoutez la friponnerie que ce méchant homme m'a faite. » En même temps, il raconta à une assez grande foule de peuple qui s'était assemblée autour de lui ce qu'il avait déjà conté à ses voisins. Lorsqu'il eut achevé, le vieillard, sans s'émouvoir, lui dit froidement : « Vous feriez fort bien de me laisser aller et de réparer par cette action l'affront que vous me faites devant tout le monde, de crainte que je ne vous en fasse un plus sanglant dont je serais fâché. — Hé! qu'avez-vous à dire contre moi ? lui répliqua mon frère. Je suis un honnête homme dans ma profession, et je ne vous crains pas. — Vous voulez donc que je le publie ? reprit le vieillard du même ton. Sachez, ajouta-t-il en s'adressant au peuple, qu'au lieu de vendre de la chair de mouton, comme il le doit, il vend de la chair humaine! — Vous êtes un imposteur, lui repartit mon frère. — Non, non, dit alors le vieillard; à l'heure que je vous parle, il y a un homme égorgé et attaché au dehors de votre boutique, comme un mouton; qu'on y aille, et l'on verra si je dis la vérité. »

« Avant que d'ouvrir le coffre où étaient les feuilles, mon frère avait tué un mouton ce jour-là, l'avait accommodé et exposé hors de sa boutique, selon sa coutume. Il protesta que ce que disait le vieillard était faux; mais, malgré ses protestations, la populace crédule, se laissant prévenir contre un homme accusé d'un fait si atroce, voulut en être éclaircie sur-le-champ. Elle obligea mon frère à lâcher le vieillard, s'assura de lui-même, et courut en fureur jusqu'à sa boutique, où elle vit l'homme égorgé et attaché, comme l'accusateur l'avait dit : car ce vieillard, qui était magicien, avait fasciné les yeux de tout le monde, comme il les avait fascinés à mon frère pour lui faire prendre pour de bon argent les feuilles qu'il lui avait données.

« A ce spectacle, un de ceux qui tenaient Alcouz lui dit en lui appliquant un grand coup de poing : « Comment! méchant homme, c'est donc ainsi que tu nous fais manger de la chair humaine ? » Et le vieillard, qui ne l'avait pas abandonné, lui en déchargea un autre dont il lui creva un œil. Toutes les personnes même qui purent approcher de lui ne l'épargnèrent pas. On ne se contenta pas de le maltraiter, on le conduisit devant le juge de police, à qui l'on présenta le prétendu cadavre, que l'on avait détaché et apporté pour servir de témoin contre l'accusé. « Seigneur, lui dit le vieillard magicien, vous voyez un homme qui est assez barbare pour massacrer les gens, et qui vend leur chair pour de la viande de mouton. Le public attend que vous en fassiez un châtiment exemplaire. » Le juge de police entendit mon frère avec patience; mais l'argent changé en feuilles lui parut si peu digne de foi qu'il traita mon frère d'imposteur; et, s'en rapportant au témoignage de ses yeux, il lui fit donner cinq cents coups de bâton.

« Ensuite, l'ayant obligé de lui dire où était son argent, il lui enleva tout ce qu'il avait et le bannit à perpétuité, après l'avoir exposé aux yeux de toute la ville, trois jours de suite, monté sur un chameau... »

« Mais, Sire, dit en cet endroit Scheherazade à Schahriar, la clarté du jour que je vois paraître m'impose silence. Elle se tut; et la nuit suivante elle continua d'entretenir le sultan des Indes dans ces termes :

CLXXV[e] NUIT

Sire, le barbier poursuivit ainsi l'histoire d'Alcouz :

« Je n'étais pas à Bagdad, dit-il, lorsqu'une aventure si tragique arriva à mon quatrième frère. Il se retira dans un lieu écarté, où il demeura caché jusqu'à ce qu'il fût guéri des coups de bâton dont il avait le dos meurtri : car c'était sur le dos qu'on l'avait frappé. Lorsqu'il fut en état de marcher, il se rendit la nuit, par des chemins détournés, à une ville où il n'était connu de personne, et il y prit un logement d'où il ne sortait presque pas. A la fin, ennuyé de vivre toujours enfermé, il alla se promener dans un faubourg, où il entendit tout à coup un grand bruit de cavaliers qui venaient derrière lui. Il était alors par hasard près de la porte d'une grande maison; et, comme, après ce qui lui était arrivé, il appréhendait tout, il craignit que ces cavaliers ne le suivissent pour l'arrêter : c'est pourquoi il ouvrit la porte pour se cacher, et, après l'avoir refermée, il entra dans une grande cour, où il n'eut pas plus tôt paru que deux domestiques vinrent à lui, et, le prenant au collet : « Dieu soit loué, lui dirent-ils, de ce que vous venez vous-même vous livrer à nous! Vous nous avez donné tant de peine ces trois dernières nuits que nous n'en avons pas dormi; et vous n'avez épargné notre vie que parce que nous avons su nous garantir de votre mauvais dessein. »

« Vous pouvez bien penser que mon frère fut fort surpris de ce compliment. « Bonnes gens, leur dit-il, je ne sais ce que vous me voulez, et vous me prenez sans doute pour un autre. — Non, non, répliquèrent-ils, nous n'ignorons pas que vous et vos camarades vous êtes de francs voleurs. Vous ne vous contentez pas d'avoir dérobé à notre maître tout ce qu'il avait et de l'avoir réduit à la mendicité, vous en voulez encore à sa vie. Voyons un peu si vous n'avez pas le couteau que vous aviez à la main lorsque vous nous poursuiviez hier pendant la nuit. » En disant cela, ils le fouillèrent et trouvèrent qu'il avait un couteau sur lui. « Oh! oh! s'écrièrent-ils en le prenant, oserez-vous dire encore que vous n'êtes pas un voleur ? — Hé quoi! leur répondit mon frère, est-ce qu'on ne peut pas porter un couteau sans être voleur ? Écoutez mon histoire, ajouta-t-il : au lieu d'avoir une si mauvaise opinion de moi, vous serez touchés de mes malheurs. » Bien éloignés de l'écouter, ils se jetèrent sur lui, le foulèrent aux pieds, lui arrachèrent son habit et lui déchirèrent sa chemise. Alors, voyant les cicatrices qu'il avait au dos : « Ah! chien, dirent-ils en redoublant leurs coups, tu veux nous faire accroire que tu es honnête homme, et ton dos nous fait voir le contraire! — Hélas! s'écria mon frère, il faut que mes péchés soient bien grands, puisque, après avoir été déjà maltraité si injustement, je le suis une seconde fois sans être plus coupable! »

« Les deux domestiques ne furent nullement attendris de ses plaintes; ils le menèrent au juge de police, qui lui dit : « Par quelle hardiesse es-tu entré chez eux pour les poursuivre le couteau à la main ? — Seigneur, répondit le pauvre Alcouz, je suis l'homme du monde le plus innocent, et je suis perdu si vous ne me faites la grâce de m'écouter patiemment : personne n'est plus digne de compassion que moi. — Seigneur, interrompit alors un des domestiques, voulez-vous écouter un voleur qui entre dans les maisons pour piller et assassiner les gens ? Si vous refusez de nous croire, vous n'avez qu'à regarder son dos. » En parlant ainsi, il découvrit le dos de mon frère et le fit remarquer au juge, qui, sans autre information, commanda sur-le-champ qu'on lui donnât cent coups de nerf de bœuf sur les épaules, et ensuite il le fit promener par la ville sur un chameau, et crier devant lui : *Voilà de quelle manière on châtie ceux qui entrent par force dans les maisons.*

« Cette promenade achevée, on le mit hors de la ville, avec défense d'y rentrer jamais. Quelques personnes qui le rencontrèrent après cette seconde disgrâce m'avertirent du lieu où il était. J'allai l'y trouver, et le ramenai à Bagdad secrètement, où je l'assistai de tout mon petit pouvoir.

« Le calife Mostanser Billah, poursuivit le barbier, ne rit pas tant de cette histoire que des autres. Il eut la bonté de plaindre le malheureux Alcouz. Il voulut encore me faire donner quelque chose et me renvoyer; mais, sans donner le temps d'exécuter son ordre, je repris la parole et lui dis : « Mon souverain seigneur et maître, vous voyez bien que je parle peu; et, puisque Votre Majesté m'a fait la grâce de m'écouter jusqu'ici, qu'elle ait la bonté de vouloir encore entendre les aventures de mes deux autres frères; j'espère qu'elles ne vous divertiront pas moins que les précédentes. Vous en pourrez faire faire une histoire complète qui ne sera pas indigne de votre bibliothèque. J'aurai donc l'honneur de vous dire que mon cinquième frère se nommait Alnaschar... »

« Mais je m'aperçois qu'il est jour », dit en cet endroit Scheherazade. Elle garda le silence, et reprit ainsi son discours la nuit suivante :

CLXXVI^e NUIT

Sire, le barbier continua de parler dans ces termes :

HISTOIRE DU CINQUIÈME FRÈRE

DU BARBIER

« Alnaschar, tant que vécut notre père, fut très paresseux. Au lieu de travailler pour gagner sa vie, il n'avait pas honte de la demander le soir, et de vivre le lendemain de ce qu'il avait reçu. Notre père mourut accablé de vieillesse, et nous laissa pour tout bien sept cents dragmes d'argent. Nous les partageâmes également, de sorte que chacun en eut cent pour sa part. Alnaschar, qui n'avait jamais possédé tant d'argent à la fois, se trouva fort embarrassé sur l'usage qu'il en ferait. Il se consulta longtemps lui-même là-dessus, et il se détermina enfin à les employer en verres, en bouteilles et autres pièces de verrerie, qu'il alla acheter chez un gros marchand. Il mit le tout dans un panier à jour, et choisit une fort petite boutique où il s'assit, le panier devant lui et le dos appuyé contre le mur, en attendant qu'on vînt acheter sa marchandise. Dans cette attitude, les yeux attachés sur son panier, il se mit à rêver, et, dans sa rêverie, il prononça les paroles suivantes assez haut pour être entendu d'un tailleur qu'il avait pour voisin : « Ce panier, dit-il, me coûte cent dragmes, et c'est tout ce que j'ai au monde. J'en ferai bien deux cents dragmes en le vendant en détail, et, de ces deux cents dragmes que j'emploierai encore en verrerie, j'en ferai quatre cents. Continuant ainsi, j'amasserai par la suite du temps quatre mille dragmes. De quatre mille dragmes, j'irai aisément jusqu'à huit mille. Quand j'en aurai dix mille, je laisserai là aussitôt la verrerie pour me faire joaillier. Je ferai commerce de diamants, de perles et de toutes sortes de pierreries. Possédant alors des richesses à souhait, j'achèterai une belle maison, de grandes terres; des esclaves, des eunuques, des chevaux; je ferai bonne chère et du bruit dans le monde. Je ferai venir chez moi tout ce qui se trouvera dans la ville de joueurs d'instruments, de danseurs et de danseuses. Je n'en demeurerai pas là, et j'amasserai, s'il plaît à Dieu, jusqu'à cent mille dragmes. Lorsque je me verrai riche de cent mille dragmes, je m'estimerai autant qu'un prince, et, j'enverrai demander en mariage la fille du grand vizir, en faisant représenter à ce ministre que j'aurai entendu dire des merveilles de la beauté, de la sagesse, de l'esprit et de toutes les autres qualités de sa fille, et, enfin, que je lui donnerai mille pièces d'or pour la première nuit de nos noces. Si le vizir était assez malhonnête pour me refuser sa fille, ce qui ne saurait arriver, j'irais l'enlever à sa barbe, et l'amènerais malgré lui chez moi. D'abord que j'aurai épousé la fille du grand-vizir, je lui achèterai dix eunuques noirs des plus jeunes et des mieux faits. Je m'habillerai comme un prince, et, monté sur un beau cheval qui aura une selle de fin or avec une housse d'étoffe d'or relevée de diamants et de perles, je marcherai par la ville accompagné d'esclaves devant et derrière moi, et me rendrai à l'hôtel du vizir, aux yeux des grands et des petits qui me feront de profondes révérences. En descendant chez le vizir au pied de son escalier, je monterai au milieu de mes gens rangés en deux files à droite et à gauche; et le grand-vizir, en me recevant comme son gendre, me cédera sa place et se mettra au-dessous de moi pour me faire plus d'honneur. Si cela arrive, comme je l'espère, deux de mes gens auront chacun une bourse de mille pièces d'or que je leur aurai fait apporter. J'en prendrai une, et, la lui présentant : « Voilà, lui dirai-je, les mille pièces d'or que j'ai promises pour la première nuit de mon mariage. » Et, lui offrant l'autre : « Tenez, ajouterai-je, je vous en donne encore autant, pour vous marquer que je suis homme de parole, et que je donne plus que je ne promets. » Après une action comme celle-là, on ne parlera dans le monde que de ma générosité. Je reviendrai chez moi avec la même pompe. Ma femme m'enverra complimenter de sa part par quelque officier sur la visite que j'aurai faite au vizir son père; j'honorerai l'officier d'une belle robe, et le renverrai avec un riche présent. Si elle s'avise de m'en envoyer un, je ne l'accepterai pas, et je congédierai le porteur. Je ne permettrai pas qu'elle sorte de son appartement, pour quelque cause que ce soit, que je n'en sois averti; et, quand je voudrai bien y entrer, ce sera d'une manière qui lui imprimera du respect pour moi. Enfin, il n'y aura pas de maison mieux réglée que la mienne. Je serai toujours habillé richement. Lorsque je me retirerai avec elle le soir, je serai assis à la place d'honneur, où j'affecterai un air grave, sans tourner la tête à droite ou à gauche. Je parlerai peu; et, pendant que ma femme, belle comme la pleine lune, demeurera debout devant moi avec tous ses atours, je ne ferai pas semblant de la voir. Ses femmes, qui seront autour d'elle, me diront : « Notre cher seigneur et maître, voilà votre épouse, votre humble servante, devant vous : elle attend que vouz la caressiez, et elle est bien mortifiée de ce que vous ne daignez pas seulement la regarder; elle est fatiguée d'être si longtemps debout; dites-lui au moins de s'asseoir. » Je ne répondrai rien à ce discours, ce qui augmentera leur surprise, et leur douleur. Elles se jetteront à mes pieds, et, après qu'elles y auront demeuré un temps considérable à me supplier de me laisser fléchir, je lèverai enfin la tête et jetterai sur elle un regard distrait; puis je me remettrai dans la même attitude. Dans la pensée qu'elles auront que ma femme ne sera pas assez bien ni assez proprement habillée, elles la mèneront dans son cabinet pour lui faire changer d'habit; et moi, cependant, je me lèverai de mon côté et prendrai un habit plus magnifique que celui d'auparavant. Elles reviendront une seconde fois à la charge; elles me tiendront le même discours, et je me donnerai le plaisir de ne pas regarder ma femme qu'après m'être laissé prier et solliciter avec autant d'instances et aussi longtemps que la première fois. Je commencerai dès le premier jour de mes noces à lui apprendre de quelle manière je prétends en user avec elle le reste de sa vie... »

La sultane Scheherazade se tut à ces paroles, à cause du jour qu'elle vit paraître. Elle reprit la suite de son discours le lendemain, et dit au sultan des Indes :

CLXXVII^{e} NUIT

Sire, le barbier babillard poursuivit ainsi l'histoire de son cinquième frère :

« Après les cérémonies de nos noces, continua Alnaschar, je prendrai de la main d'un de mes gens qui sera près de moi une bourse de cinq cents pièces d'or que je donnerai aux coiffeuses, afin qu'elles me laissent seul avec mon épouse. Quand elles se seront retirées, ma femme se couchera la première. Je me coucherai ensuite auprès d'elle, le dos tourné de son côté, et je passerai la nuit sans lui dire un seul mot. Le lendemain, elle ne manquera pas de se plaindre de mes mépris et de mon orgueil à sa mère, femme du grand-vizir, et j'en aurai la joie au cœur. Sa mère viendra me trouver, me baisera les mains avec respect, et me dira : « Seigneur (car elle n'osera m'appeler son gendre, de peur de me déplaire en me parlant si familièrement), je vous supplie de ne pas dédaigner de regarder ma fille, et de vous approcher d'elle : je vous assure qu'elle ne cherche qu'à vous plaire, et qu'elle vous aime de toute son âme. » Mais ma belle-mère aura beau parler, je ne lui répondrai pas une syllabe, et je demeurerai ferme dans ma gravité. Alors elle se jettera à mes pieds, me les baisera plusieurs fois et me dira : « Seigneur, serait-il possible que vous soupçonnassiez la sagesse de ma fille ? Je vous assure que je l'ai toujours eue devant les yeux, et que vous êtes le premier homme qui l'ait jamais vue en face. Cessez de lui causer une si grande mortification, faites-lui la grâce de la regarder, de lui parler, et de la fortifier dans la bonne intention qu'elle a de vous satisfaire en toute chose. » Tout cela ne me touchera point; ce que voyant ma belle-mère, elle prendra un verre de vin, et, le mettant à la main de sa fille, mon épouse : « Allez, lui dira-t-elle, présentez-lui vous-même ce verre de vin; il n'aura peut-être pas la cruauté de le refuser d'une si belle main. » Ma femme viendra avec le verre, demeurera debout et toute tremblante devant moi. Lorsqu'elle verra que je ne tournerai point la vue de son côté et que je persisterai à la dédaigner, elle me dira les larmes aux yeux : « Mon cœur, ma chère âme, mon aimable seigneur, je vous conjure, par les faveurs dont le Ciel vous comble, de me faire la grâce de recevoir ce verre de vin de la main de votre très humble servante. » Je me garderai bien de la regarder encore et de lui répondre. « Mon charmant époux, continuera-t-elle en redoublant ses pleurs et en m'approchant le verre de la bouche, je ne cesserai pas que je n'aie obtenu que vous buviez. » Alors, fatigué de ses prières, je lui lancerai un regard terrible et lui donnerai un bon soufflet sur la joue, en la repoussant du pied si vigoureusement qu'elle ira tomber bien loin au-delà du sofa.

Mon frère était tellement absorbé dans ses visions chimériques qu'il représenta l'action avec son pied, comme si elle eût été réelle, et par malheur il en frappa si rudement son panier plein de verrerie qu'il le jeta du haut de sa boutique dans la rue, de manière que toute la verrerie fut brisée en mille morceaux.

Le tailleur son voisin, qui avait ouï l'extravagance de son discours, fit un grand éclat de rire lorsqu'il vit tomber le panier. « Oh! que tu es un indigne homme! dit-il à mon frère. Ne devrais-tu pas mourir de honte de maltraiter ainsi une jeune épouse qui ne t'a donné aucun sujet de te plaindre d'elle ? Il faut que tu sois bien brutal pour mépriser les pleurs et les charmes d'une si aimable personne. Si j'étais à la place du grand-vizir, ton beau-père, je te ferais donner cent coups de nerf de bœuf, et te ferais promener par la ville avec l'éloge que tu mérites. »

« Mon frère, à cet accident si funeste pour lui, rentra en lui-même, et, voyant que c'était par son orgueil insupportable qu'il lui était arrivé, il se frappa le visage, déchira ses habits, et se mit à pleurer en poussant des cris qui firent bientôt assembler les voisins, et arrêter les passants qui allaient à la prière de midi. Comme c'était un vendredi, il y allait plus de monde que les autres jours. Les uns eurent pitié d'Alnaschar, et les autres ne firent que rire de son extravagance. Cependant, la vanité qu'il s'était mise en tête s'était dissipée avec son bien; et il pleurait encore son sort amèrement, lorsqu'une dame de considération, montée sur une mule richement caparaçonnée, vint à passer par là. L'état où elle vit mon frère excita sa compassion. Elle demanda qui il était, et ce qu'il avait à pleurer. On lui dit seulement que c'était un pauvre homme qui avait employé le peu d'argent qu'il possédait à l'achat d'un panier de verrerie, que ce panier était tombé et que toute la verrerie s'était cassée. Aussitôt la dame se tourna du côté d'un eunuque qui l'accompagnait : « Donnez-lui, dit-elle, ce que vous avez sur vous. » L'eunuque obéit, et mit entre les mains de mon frère une bourse de cinq cents pièces d'or. Alnaschar pensa mourir de joie en la recevant. Il donna mille bénédictions à la dame; et, après avoir fermé sa boutique, où sa présence n'était plus nécessaire, il s'en alla chez lui.

« Il faisait de profondes réflexions sur le grand bonheur qui venait de lui arriver, lorsqu'il entendit frapper à sa porte. Avant que d'ouvrir, il demanda qui frappait; et, ayant reconnu à la voix que c'était une femme, il ouvrit. « Mon fils, lui dit-elle, j'ai une grâce à vous demander : voilà le temps de la prière, je voudrais bien me laver pour être en état de la faire. Laissez-moi, s'il vous plaît, entrer chez vous, et me donnez un vase d'eau. » Mon frère envisagea cette femme, et vit que c'était une personne déjà fort avancée en âge. Quoiqu'il ne la connût point, il ne laissa pas de lui accorder ce qu'elle demandait. Il lui donna un vase plein d'eau, ensuite il reprit sa place; et, toujours occupé de sa dernière aventure, il mit son or dans une espèce de bourse longue et étroite, propre à porter à sa ceinture. La vieille, pendant ce temps-là, fit sa prière; et, lorsqu'elle eut achevé, elle vint trouver mon frère, se prosterna deux fois en frappant la terre de son front, comme si elle eût voulu prier Dieu; puis, s'étant relevée, elle lui souhaita toute sorte de biens... »

L'aurore, dont la clarté commençait à paraître, obligea Scheherazade à s'arrêter en cet endroit. La nuit suivante elle reprit ainsi son discours, en faisant toujours parler le barbier :

CLXXVIII^e NUIT

« La vieille souhaita donc toute sorte de biens à mon frère, et le remercia de son honnêteté. Comme elle était habillée assez pauvrement et qu'elle s'humiliait fort devant lui, il crut qu'elle lui demandait l'aumône, et il lui présenta deux pièces d'or. La vieille se retira en arrière avec surprise, comme si mon frère lui eût fait une injure. « Grand Dieu! lui dit-elle, que veut dire ceci ? Serait-il possible, Seigneur, que vous me prissiez pour une de ces misérables qui font profession d'entrer hardiment chez les gens pour demander l'aumône ? Reprenez votre argent, je n'en ai pas besoin, Dieu merci; j'appartiens à une jeune dame de cette ville qui est pourvue d'une beauté charmante, et qui est avec cela très riche; elle ne me laisse manquer de rien. »

« Mon frère ne fut pas assez fin pour s'apercevoir de l'adresse de la vieille, qui n'avait refusé les deux pièces d'or que pour en attraper davantage. Il lui demanda si elle ne pourrait pas lui procurer l'honneur de voir cette dame : « Très volontiers, lui répondit-elle, elle sera bien aise de vous épouser, et de vous mettre en possession de tous ses biens en vous faisant maître de sa personne : prenez votre argent et suivez-moi. » Ravi d'avoir trouvé une grosse somme d'argent, et presque aussitôt une femme belle et riche, il ferma les yeux à toute autre considération. Il prit les cinq cents pièces d'or et se laissa conduire par la vieille.

« Elle marcha devant lui, et il la suivit de loin, jusqu'à la porte d'une grande maison où elle frappa. Il la rejoignit dans le temps qu'une jeune esclave grecque ouvrait. La vieille le fit entrer le premier et passer au travers d'une cour bien pavée, et l'introduisit dans une salle dont l'ameublement le confirma dans la bonne opinion qu'on lui avait fait concevoir de la maîtresse de la maison. Pendant que la vieille alla avertir la dame, il s'assit; et, comme il avait chaud, il ôta son turban et le mit près de lui. Il vit bientôt entrer la jeune dame, qui le surprit bien plus par sa beauté que par la richesse de son habillement. Il se leva dès qu'il l'aperçut. La dame le pria d'un air gracieux de reprendre sa place, en s'asseyant près de lui. Elle lui marqua bien de la joie de le voir; et, après lui avoir dit quelques douceurs : « Nous ne sommes pas ici assez commodément, ajouta-t-elle; venez, donnez-moi la main. » A ces mots elle lui présenta la sienne, et le mena dans une chambre écartée, où elle s'entretint encore quelque temps avec lui; puis elle le quitta en lui disant : « Demeurez, je suis à vous dans un moment. » Il attendit; mais, au lieu de la dame, un grand esclave noir arriva le sabre à la main, et, regardant mon frère d'un œil terrible : « Que fais-tu ici ? » lui dit-il fièrement. Alnaschar, à cet aspect, fut tellement saisi de frayeur qu'il n'eut pas la force de répondre. L'esclave le dépouilla, lui enleva l'or qu'il portait, et lui déchargea plusieurs coups de sabre dans les chairs seulement. Le malheureux en tomba par terre, où il resta sans mouvement, quoiqu'il eût encore l'usage de ses sens. Le noir, le croyant mort, demanda du sel; l'esclave grecque en apporta plein un grand bassin. Ils en frottèrent les plaies de mon frère, qui eut la présence d'esprit, malgré la douleur cuisante qu'il souffrait, de ne donner aucun signe de vie. Le noir et l'esclave grecque s'étant retirés, la vieille qui avait fait tomber mon frère dans le piège vint le prendre par les pieds, et le traîna jusqu'à une trappe qu'elle ouvrit. Elle le jeta dedans, et il se trouva dans un lieu souterrain, avec plusieurs corps de gens qui avaient été assassinés. Il s'en aperçut dès qu'il fut revenu à lui, car la violence de sa chute lui avait ôté le sentiment. Le sel dont ses plaies avaient été frottées lui conserva la vie. Il reprit peu à peu assez de force pour se soutenir; et, au bout de deux jours, ayant ouvert la trappe durant la nuit, et remarqué dans la cour un endroit propre à se cacher, il y demeura jusqu'à la pointe du jour. Alors il vit paraître la détestable vieille, qui ouvrit la porte de la rue et partit pour aller chercher une autre proie. Afin qu'elle ne le vît pas, il ne sortit de ce coupe-gorge que quelques moments après elle, et il vint se réfugier chez moi, où il m'apprit toutes les aventures qui lui étaient arrivées en si peu de temps.

« Au bout d'un mois, il fut parfaitement guéri de ses blessures, par les remèdes souverains que je lui fis prendre. Il résolut de se venger de la vieille qui l'avait trompé si cruellement. Pour cet effet, il fit une bourse assez grande pour contenir cinq cents pièces d'or; et, au lieu d'or, il la remplit de morceaux de verre... »

Scheherazade, en achevant ces derniers mots, s'aperçut qu'il était jour. Elle n'en dit pas davantage cette nuit; mais le lendemain elle poursuivit de cette sorte l'histoire d'Alnaschar :

CLXXIX^{e} NUIT

« Mon frère, continua le barbier, attacha le sac de verre autour de lui avec sa ceinture, se déguisa en vieille, et prit un sabre qu'il cacha sous sa robe. Un matin, il rencontra la vieille qui se promenait déjà par la ville en cherchant l'occasion de jouer un mauvais tour à quelqu'un. Il l'aborda, et, contrefaisant la voix d'une femme : « N'auriez-vous pas, lui dit-il, un trébuchet à me prêter ? Je suis une femme de Perse nouvellement arrivée. J'ai apporté de mon pays cinq cents pièces d'or; je voudrais bien voir si elles sont de poids. — Bonne femme, lui répondit la vieille, vous ne pouviez mieux vous adresser qu'à moi. Venez, vous n'avez qu'à me suivre, je vous mènerai chez mon fils qui est changeur; il se fera un plaisir de vous les peser lui-même pour vous en épargner la peine. Ne perdons pas de temps, afin de le trouver avant qu'il aille à sa boutique. » Mon frère la suivit jusqu'à la maison où elle l'avait introduit la première fois, et la porte fut ouverte par l'esclave grecque.

« La vieille mena mon frère dans la salle, où elle lui dit d'attendre un moment, qu'elle allait faire venir son fils. Le prétendu fils parut sous la forme du vilain esclave noir : « Maudite vieille, dit-il à mon frère, lève-toi et me suis. » En disant ces mots, il marcha devant pour le mener au lieu où il voulait le massacrer. Alnaschar se leva, le suivit, et, tirant son sabre de dessous sa robe, il le lui déchargea sur le cou par-derrière si adroitement qu'il lui abattit la tête. Il la prit aussitôt d'une main, et de l'autre il traîna le cadavre jusqu'au lieu souterrain où il le jeta avec la tête. L'esclave grecque, accoutumée à ce manège, se fit bientôt voir avec le bassin plein de sel; mais, quand elle vit Alnaschar le sabre à la main, et qui avait quitté le voile dont il s'était couvert le visage, elle laissa tomber le bassin et s'enfuit; mais mon frère, courant plus fort qu'elle, la joignit et lui fit voler la tête de dessus les épaules. La méchante vieille accourut au bruit, et il se saisit d'elle avant qu'elle eût le temps de lui échapper. « Perfide! s'écria-t-il, me reconnais-tu ? — Hélas! Seigneur, répondit-elle en tremblant, qui êtes-vous ? Je ne me souviens pas de vous avoir jamais vu. — Je suis, dit-il, celui chez qui tu entras l'autre jour pour te laver et faire ta prière d'hypocrite : t'en souvient-il ? » Alors, elle se mit à genoux pour lui demander pardon; mais il la coupa en quatre pièces.

« Il ne restait plus que la dame, qui ne savait rien de ce qui venait de se passer chez elle. Il la chercha, et la trouva dans une chambre où elle pensa s'évanouir quand elle le vit paraître. Elle lui demanda la vie, et il eut la générosité de la lui accorder. « Madame, lui dit-il, comment pouvez-vous être avec des gens aussi méchants que ceux dont je viens de me venger si justement ? — J'étais, lui répondit-elle, la femme d'un honnête marchand, et la maudite vieille, dont je ne connaissais pas la méchanceté, me venait voir quelquefois. « Madame, me dit-elle un jour, nous avons de belles noces chez nous; vous y prendriez beaucoup de plaisir, si vous vouliez nous faire l'honneur de vous y trouver. » Je me laissai persuader. Je pris mon plus bel habit avec une bourse de cent pièces d'or. Je la suivis; elle me mena dans cette maison, où je trouvai ce noir qui me retint par force; et il y a trois ans que j'y suis avec bien de la douleur. — De la manière dont ce détestable noir se gouvernait, reprit mon frère, il faut qu'il ait amassé bien des richesses. — Il y en a tant, repartit-elle, que vous serez riche à jamais, si vous pouvez les emporter : suivez-moi et vous les verrez. » Elle conduisit Alnaschar dans une chambre où elle lui fit voir effectivement plusieurs coffres pleins d'or, qu'il considéra avec une admiration dont il ne pouvait revenir. « Allez, dit-elle, et amenez assez de monde pour emporter tout cela. » Mon frère ne se le fit pas dire deux fois; il sortit, et ne fut dehors qu'autant de temps qu'il lui en fallut pour assembler dix hommes. Il les amena avec lui; et, en arrivant à la maison, il fut fort étonné de trouver la porte ouverte; mais il le fut bien davantage lorsque, étant entré dans la chambre où il avait vu les coffres, il n'en trouva pas un seul. La dame, plus rusée et plus diligente que lui, les avait fait enlever et avait disparu elle-même. Au défaut des coffres, et pour ne pas s'en retourner les mains vides, il fit emporter tout ce qu'il put trouver de meubles dans les chambres et dans les garde-meubles, où il y en avait beaucoup plus qu'il ne lui en fallait pour le dédommager des cinq cents pièces d'or qui lui avaient été volées. Mais, en sortant de la maison, il oublia de fermer la porte. Les voisins, qui avaient reconnu mon frère et vu les porteurs aller et venir, coururent avertir le juge de police de ce déménagement qui leur avait paru suspect. Alnaschar passa la nuit assez tranquillement; mais le lendemain matin, comme il sortait du logis, il rencontra à sa porte vingt hommes des gens du juge de police qui se saisirent de lui. « Venez avec nous, lui dirent-ils; notre maître veut parler a vous. » Mon frère les pria de se donner un moment de patience, et leur offrit une somme d'argent pour qu'ils le laissassent échapper; mais, au lieu de l'écouter, ils le lièrent et le forcèrent de marcher avec eux. Ils rencontrèrent dans une rue un ancien ami de mon frère qui les arrêta, et s'informa d'eux pour quelle raison ils l'emmenaient; il leur proposa même une somme considérable pour le lâcher et rapporter au juge de police qu'ils ne l'avaient pas trouvé; mais il ne put rien obtenir d'eux, et ils menèrent Alnaschar au juge de police... »

Scheherazade cessa de parler en cet endroit, parce qu'elle remarqua qu'il était jour. La nuit suivante, elle reprit le fil de sa narration et dit au sultan des Indes :

CLXXX^e NUIT

« Sire, quand les gardes, poursuivit le barbier, eurent conduit mon frère devant le juge de police, ce magistrat lui dit : « Je vous demande où vous avez pris tous les meubles que vous fîtes porter hier chez vous. — Seigneur, répondit Alnaschar, je suis prêt à vous dire la vérité ; mais permettez-moi auparavant d'avoir recours à votre clémence, et de vous supplier de me donner votre parole qu'il ne me sera rien fait. — Je vous la donne », répliqua le juge. Alors mon frère lui raconta sans déguisement tout ce qui lui était arrivé, et tout ce qu'il avait fait depuis que la vieille était venue faire sa prière chez lui, jusqu'à ce qu'il ne trouva plus la jeune dame dans la chambre où il l'avait laissée après avoir tué le noir, l'esclave grecque et la vieille. A l'égard de ce qu'il avait fait emporter chez lui, il supplia le juge de lui en laisser au moins une partie pour le récompenser des cinq cents pièces d'or qu'on lui avait volées.

« Le juge, sans rien promettre à mon frère, envoya chez lui quelques-uns de ses gens pour enlever tout ce qu'il y avait ; et, lorsqu'on lui eut rapporté qu'il n'y restait plus rien, et que tout avait été mis dans son garde-meuble, il commanda aussitôt à mon frère de sortir de la ville, et de n'y revenir de sa vie, parce qu'il craignait que, s'il y demeurait, il n'allât se plaindre de son injustice au calife. Cependant Alnaschar obéit à l'ordre sans murmurer, et sortit de la ville pour se réfugier dans une autre. En chemin il fut rencontré par des voleurs qui le dépouillèrent et le mirent nu comme la main. Je n'eus pas plutôt appris cette fâcheuse nouvelle que je pris un habit et allai le trouver où il était. Après l'avoir consolé le mieux qu'il me fut possible, je le ramenai et le fis entrer secrètement dans la ville, où j'en eus autant de soin que de ses autres frères. »

HISTOIRE DU SIXIÈME FRÈRE

DU BARBIER

« Il ne me reste plus à vous raconter que l'histoire de mon sixième frère, appelé Schacabac aux lèvres fendues. Il avait eu d'abord l'industrie de bien faire valoir les cent dragmes d'argent qu'il avait eues en partage, de même que ses autres frères, de sorte qu'il s'était vu fort à son aise; mais un revers de fortune le réduisit à la nécessité de demander sa vie. Il s'en acquittait avec adresse, et il s'étudiait surtout à se procurer l'entrée des grandes maisons par l'entremise des officiers et des domestiques, pour avoir un libre accès auprès des maîtres et s'attirer leur compassion.

« Un jour qu'il passait devant un hôtel magnifique, dont la porte élevée laissait voir une cour très spacieuse où il y avait une foule de domestiques, il s'approcha de l'un d'entre eux et lui demanda à qui appartenait cet hôtel. « Bon homme, lui répondit le domestique, d'où venez-vous pour me faire cette demande ? Tout ce que vous voyez ne vous fait-il pas connaître que c'est l'hôtel d'un Barmécide * ? » Mon frère, à qui la générosité et la libéralité des Barmécides étaient connues, s'adressa aux portiers, car il y en avait plus d'un, et les pria de lui donner l'aumône. « Entrez, lui dirent-ils; personne ne vous en empêche, et adressez-vous vous-même au maître de la maison, il vous renverra content. »

Mon frère ne s'attendait pas à tant d'honnêteté; il en remercia les portiers, et entra, avec leur permission, dans l'hôtel, qui était si vaste qu'il mit beaucoup de temps à gagner l'appartement du Barmécide. Il pénétra enfin jusqu'à un grand bâtiment en carré, d'une très belle

* Les Barmécides, comme on l'a déjà dit ailleurs, étaient une noble famille de Perse qui s'était établie à Bagdad.

architecture, et entra par un vestibule qui lui fit découvrir un jardin des plus propres, avec des allées de cailloux de différentes couleurs qui réjouissaient la vue. Les appartements d'en bas qui régnaient à l'entour étaient presque tous à jour. Ils se fermaient avec de grands rideaux pour garantir du soleil, et on les ouvrait pour prendre le frais quand la chaleur était passée.

« Un lieu si agréable aurait causé de l'admiration à mon frère s'il eût eu l'esprit plus content qu'il ne l'avait. Il avança, et entra dans une salle richement meublée et ornée de peintures à feuillages d'or et d'azur, où il aperçut un homme vénérable avec une longue barbe blanche, assis sur un sofa à la place d'honneur, ce qui lui fit juger que c'était le maître de la maison. En effet, c'était le seigneur Barmécide lui-même, qui lui dit d'une manière obligeante qu'il était le bienvenu, et qui lui demanda ce qu'il souhaitait. « Seigneur, lui répondit mon frère d'un air à lui faire pitié, je suis un pauvre homme qui ai besoin de l'assistance des personnes puissantes et généreuses comme vous. » Il ne pouvait mieux s'adresser qu'à ce seigneur, qui était recommandable par mille belles qualités.

« Le Barmécide parut étonné de la réponse de mon frère; et, portant ses deux mains à son estomac, comme pour déchirer son habit en signe de douleur : « Est-il possible, s'écria-t-il, que je sois à Bagdad, et qu'un homme tel que vous soit dans la nécessité que vous dites ? Voilà ce que je ne puis souffrir. » A ces démonstrations, mon frère, prévenu qu'il allait lui donner une marque singulière de sa libéralité, lui donna mille bénédictions et lui souhaita toute sorte de biens. — Il ne sera pas dit, reprit le Barmécide, que je vous abandonne, et je ne prétends pas non plus que vous m'abandonniez. — Seigneur, répliqua mon frère, je vous jure que je n'ai rien mangé d'aujourd'hui. — Est-il bien vrai, repartit le Barmécide, que vous soyez à jeun à l'heure qu'il est ? Hélas! le pauvre homme, il meurt de faim! Holà! garçon, ajouta-t-il en élevant la voix, qu'on apporte vite le bassin et l'eau, que nous nous lavions les mains. » Quoique aucun garçon ne parût, et que mon frère ne vît ni bassin ni eau, le Barmécide néanmoins ne laissa pas de se frotter les mains comme si quelqu'un eût versé de l'eau dessus; et, en faisant cela, il disait à mon frère : « Approchez donc, lavez-vous avec moi. » Schacabac jugea bien par là que le seigneur Barmécide aimait à rire; et, comme il entendait lui-même raillerie, et qu'il n'ignorait pas la complaisance que les pauvres doivent avoir pour les riches, s'ils en veulent tirer bon parti, il s'approcha et fit comme lui.

« Allons, dit alors le Barmécide, qu'on apporte à manger, et qu'on ne nous fasse point attendre. » En achevant ces paroles, quoiqu'on n'eût rien apporté, il commença de faire comme s'il eût pris quelque chose dans un plat, de porter à sa bouche et de mâcher à vide, en disant à mon frère : « Mangez, mon hôte, je vous en prie; agissez aussi librement que si vous étiez chez vous; mangez donc : pour un homme affamé, il me semble que vous faites la petite bouche. — Pardonnez-moi, Seigneur, lui répondit Schacabac en imitant parfaitement ses gestes, vous voyez que je ne perds pas de temps et que je fais assez bien mon devoir. — Que dites-vous de ce pain ? reprit le Barmécide; ne le trouvez-vous pas excellent ? — Ah! Seigneur, repartit mon frère, qui ne voyait pas plus de pain que de viande, jamais je n'en ai mangé de si blanc ni de si délicat. — Mangez-en donc tout votre soûl, répliqua le seigneur Barmécide; je vous assure que j'ai acheté cinq cents pièces d'or la boulangère qui me fait de si bon pain... »

Scheherazade voulait continuer; mais le jour qui paraissait l'obligea de s'arrêter à ces dernières paroles. La nuit suivante, elle poursuivit de cette manière :

CLXXXI[e] NUIT

« Le Barmécide, dit le barbier, après avoir parlé de l'esclave sa boulangère, et vanté son pain que mon frère ne mangeait qu'en idée, s'écria : « Garçon, apporte-nous un autre plat. Mon brave hôte, dit-il à mon frère (encore qu'aucun garçon n'eût paru), goûtez de ce nouveau mets, et me dites si jamais vous avez mangé du mouton cuit avec du blé mondé qui fût mieux accommodé que celui-là. — Il est admirable, lui répondit mon frère; aussi je m'en donne comme il faut. — Que vous me faites de plaisir! reprit le seigneur Barmécide. Je vous conjure par la satisfaction que j'ai de vous voir si bien manger de ne rien laisser de ce mets, puisque vous le trouvez si fort à votre goût. » Peu de temps après, il demanda une oie à la sauce douce, accommodée avec du vinaigre, du miel, des raisins secs, des pois chiches et des figues sèches; ce qui fut apporté comme le plat de viande de mouton. « L'oie est bien grasse, dit le Barmécide, mangez-en seulement une cuisse et une aile. Il faut ménager votre appétit, car il nous revient encore beaucoup d'autres choses. » Effectivement, il demanda plusieurs autres plats de différentes sortes, dont mon frère, en mourant de faim, continua de faire semblant de manger. Mais ce qu'il vanta plus que tout le reste fut un agneau nourri de pistaches qu'il ordonna qu'on servît, et qui fut servi de même que les plats précédents. « Oh! pour ce mets, dit le seigneur Barmécide, c'est un mets dont on ne mange point ailleurs que chez moi : je veux que vous vous en rassasiiez. » En disant cela, il fit comme s'il eût eu un morceau à la main, et, l'approchant de la bouche de mon frère : « Tenez, lui dit-il, avalez cela : vous allez juger si j'ai tort de vous vanter ce plat. » Mon frère allongea la tête, ouvrit la bouche, feignit de prendre le morceau, de le mâcher et de l'avaler avec un extrême plaisir. « Je savais bien, reprit le Barmécide, que vous le trouveriez bon. — Rien au monde n'est plus exquis, repartit mon frère : franchement, c'est une chose délicieuse que votre table. — Qu'on apporte à présent le ragoût, s'écria le Barmécide; je crois que vous n'en serez pas moins content que de l'agneau. Hé bien, qu'en pensez-vous ? — Il est merveilleux, répondit Schacabac : on y sent tout à la fois l'ambre, le clou de girofle, la muscade, le gingembre, le poivre et les herbes les plus odorantes; et toutes ces odeurs sont si bien ménagées que l'une n'empêche pas qu'on ne sente l'autre. Quelle volupté! — Faites honneur à ce ragoût, répliqua le Barmécide; mangez-en donc, je vous en prie. Holà, garçon, ajouta-t-il en haussant la voix, qu'on nous donne un nouveau ragoût. — Non pas, s'il vous plaît, interrompit mon frère : en vérité, Seigneur, il n'est pas possible que je mange davantage; je n'en puis plus.

« — Qu'on desserve donc, dit alors le Barmécide, et qu'on apporte les fruits. » Il attendit un moment, comme pour donner le temps aux officiers de desservir; après quoi, reprenant la parole : « Goûtez de ces amandes, poursuivit-il : elles sont bonnes et fraîchement cueillies. » Ils firent l'un et l'autre de même que s'ils eussent ôté la peau des amandes, et qu'ils les eussent mangées. Après cela, le Barmécide, invitant mon frère à prendre d'autres choses : « Voilà, lui dit-il, de toutes sortes de fruits, des gâteaux, des confitures sèches, des compotes. Choisissez ce qui vous plaira. » Puis, avançant la main, comme s'il eût présenté quelque chose : « Tenez, continua-t-il, voici une tablette excellente pour aider à faire la digestion. » Schacabac fit semblant de prendre et de manger. « Seigneur, dit-il, le musc n'y manque pas. — Ces sortes de tablettes se font chez moi, répondit le Barmécide; et, en cela, comme en tout ce qui se fait dans ma maison, rien n'est épargné. » Il excita encore mon frère à manger : « Pour un homme, poursuivit-il, qui étiez encore à jeun lorsque vous êtes entré ici, il me paraît que vous n'avez guère mangé. — Seigneur, lui repartit mon frère, qui avait mal aux mâchoires à force de mâcher à vide, je vous assure que je suis tellement rempli que je ne saurais manger un seul morceau davantage.

« — Mon hôte, reprit le Barmécide, après avoir si bien mangé, il faut que nous buvions*. Vous boirez bien du vin ? — Seigneur, lui dit mon frère, je ne boirai pas de vin, s'il vous plaît, puisque cela m'est défendu. — Vous êtes trop scrupuleux, répliqua le Barmécide : faites comme moi. — J'en boirai donc par complaisance, repartit Schacabac. A ce que je vois, vous voulez que rien ne manque à votre festin. Mais, comme je ne suis point accoutumé à boire du vin, je crains de commettre quelque faute contre la bienséance, et même contre le respect qui vous est dû : c'est pourquoi je vous prie encore de me dispenser de boire du vin; je me contenterai de boire de l'eau. — Non, non, dit le Barmécide, vous boirez du vin. » En même temps, il commanda qu'on en apportât; mais le vin ne fut pas plus réel que la viande et les fruits. Il fit semblant de se verser à boire et de boire le premier; puis, faisant semblant de verser à boire pour mon frère et de lui présenter le verre : « Buvez à ma santé, lui dit-il; sachons un peu si vous trouverez ce vin bon. » Mon frère feignit de prendre le verre, de le regarder de près, comme pour voir si la couleur du vin était belle, et de se le porter au nez pour juger si l'odeur en était agréable; puis il fit une profonde inclination de tête au Barmécide pour lui marquer qu'il prenait la liberté de boire à sa santé, et enfin il fit semblant de boire avec toutes les démonstrations d'un homme qui boit avec plaisir. « Seigneur, dit-il, je trouve ce vin excellent; mais

* Les Orientaux, et particulièrement les mahométans, ne boivent qu'après le repas.

il n'est pas assez fort, ce me semble. — Si vous en souhaitez qui ait plus de force, répondit le Barmécide, vous n'avez qu'à parler : il y en a dans ma cave de plusieurs sortes. Voyez si vous serez content de celui-ci. » A ces mots, il fit semblant de se verser d'un autre vin à lui-même, et puis à mon frère. Il fit cela tant de fois que Schacabac, feignant que le vin l'avait échauffé, contrefit l'homme ivre, leva la main, et frappa le Barmécide à la tête si rudement qu'il le renversa par terre. Il voulut même le frapper encore; mais le Barmécide, présentant la main pour éviter le coup, lui cria : « Êtes-vous fou ? » Alors mon frère, se retenant, lui dit : « Seigneur, vous avez eu la bonté de recevoir chez vous votre esclave et de lui donner un grand festin : vous deviez vous contenter de m'avoir fait manger, il ne fallait pas me faire boire de vin : car je vous avais bien dit que je pourrais vous manquer de respect. J'en suis très fâché, et je vous en demande mille pardons. »

« A peine eut-il achevé ces paroles que le Barmécide, au lieu de se mettre en colère, se prit à rire de toute sa force. « Il y a longtemps, lui dit-il, que je cherche un homme de votre caractère... »

« Mais, Sire, dit Scheherazade au sultan des Indes, je ne prends pas garde qu'il est jour. » Schahriar se leva aussitôt; et la nuit suivante la sultane continua de parler dans ces termes :

CLXXXII^e NUIT

Sire, le barbier, poursuivant l'histoire de son sixième frère :

« Le Barmécide, ajouta-t-il, fit mille caresses à Schacabac. « Non seulement, lui dit-il, je vous pardonne le coup que vous m'avez donné, je veux même désormais que nous soyons amis, et que vous n'ayez pas d'autre maison que la mienne. Vous avez eu la complaisance de vous accommoder à mon humeur, et la patience de soutenir la plaisanterie jusqu'au bout; mais nous allons manger réellement. » En achevant ces paroles, il frappa des mains, et commanda à plusieurs domestiques qui parurent d'apporter la table et de servir. Il fut obéi promptement, et mon frère fut régalé des mêmes mets dont il n'avait goûté qu'en idée. Lorsqu'on eut desservi, on apporta du vin, et, en même temps, un nombre d'esclaves belles et richement habillées entrèrent et chantèrent au son des instruments quelques airs agréables. Enfin Schacabac eut tout sujet d'être content des bontés et des honnêtetés du Barmécide, qui le goûta, en usa avec lui familièrement, et lui fit donner un habit de sa garde-robe.

« Le Barmécide trouva dans mon frère tant d'esprit et une si grande intelligence en toutes choses que peu de jours après il lui confia le soin de toute sa maison et de toutes ses affaires. Mon frère s'acquitta fort bien de son emploi durant vingt années. Au bout de ce temps-là, le généreux Barmécide, accablé de vieillesse, mourut, et, n'ayant pas laissé d'héritiers, on confisqua tous ses biens au profit du prince. On dépouilla mon frère de tous ceux qu'il avait amassés, de sorte que, se voyant réduit à son premier état, il se joignit à une caravane de pèlerins de la Mecque, dans le dessein de faire pèlerinage à la faveur de leurs charités. Par malheur, la caravane fut attaquée et pillée par un nombre de Bédouins* supérieur à celui des pèlerins. Mon frère se trouva esclave d'un Bédouin qui lui donna la bastonnade pendant plusieurs jours pour l'obliger à se racheter. Schacabac lui protesta qu'il le maltraitait inutilement. « Je suis votre esclave, lui disait-il, vous pouvez disposer de moi à votre volonté, mais je vous déclare que je suis dans la dernière pauvreté, et qu'il n'est pas en mon pouvoir de me racheter. » Enfin mon frère eut beau lui exposer toute sa misère et tâcher de le fléchir par ses larmes, le Bédouin fut impitoyable, et, de dépit de se voir frustré d'une somme considérable sur laquelle il avait compté, il prit son couteau et lui fendit les lèvres, pour se venger, par cette inhumanité, de la perte qu'il croyait avoir faite.

« Le Bédouin avait une femme assez jolie, et souvent, quand il allait faire ses courses, il laissait mon frère seul avec elle. Alors la femme n'oubliait rien pour consoler mon frère de la rigueur de l'esclavage. Elle lui faisait assez connaître qu'elle l'aimait; mais il n'osait répondre à sa passion, de peur de s'en repentir, et il évitait de se trouver seul avec elle, autant qu'elle cherchait l'occasion d'être seule avec lui. Elle avait une si grande habitude de badiner et de jouer avec le cruel Schacabac toutes les fois qu'elle le voyait que cela lui arriva un jour en présence de son mari. Mon frère, sans prendre garde qu'il les

* Les Bédouins sont des Arabes errant par les déserts, qui pillent les caravanes quand elles ne sont pas assez fortes pour leur résister.

observait, s'avisa, pour ses péchés, de badiner aussi avec elle. Le Bédouin s'imagina aussitôt qu'ils vivaient tous deux dans une intelligence criminelle; et, ce soupçon le mettant en fureur, il se jeta sur mon frère, et, après l'avoir mutilé d'une manière barbare, il le conduisit sur un chameau au haut d'une montagne déserte où il le laissa. La montagne était sur le chemin de Bagdad, de sorte que les passants qui l'avaient rencontré me donnèrent avis du lieu où il était. Je m'y rendis en diligence. Je trouvai l'infortuné Schacabac dans un état déplorable. Je lui donnai le secours dont il avait besoin, et le ramenai dans la ville. »

« Voilà ce que je racontai au calife Mostanser Billah, ajouta le barbier. Ce prince m'applaudit par de nouveaux éclats de rire. « C'est présentement, me dit-il, que je ne puis douter qu'on ne vous ait donné à juste titre le surnom de silencieux : personne ne peut dire le contraire. Pour certaines causes néanmoins, je vous commande de sortir au plus tôt de la ville. Allez, et que je n'entende plus parler de vous. » Je cédai à la nécessité, et voyageai plusieurs années dans des pays éloignés. J'appris enfin que le calife était mort; je retournai à Bagdad, où je ne trouvai pas un seul de mes frères en vie. Ce fut à mon retour en cette ville que je rendis au jeune boiteux le service important que vous avez entendu. Vous êtes pourtant témoins de son ingratitude et de la manière injurieuse dont il m'a traité. Au lieu de me témoigner de la reconnaissance, il a mieux aimé me fuir et s'éloigner de son pays. Quand j'eus appris qu'il n'était plus à Bagdad, quoique personne ne me sût dire au vrai de quel côté il avait tourné ses pas, je ne laissai pas toutefois de me mettre en chemin pour le chercher. Il y a longtemps que je cours de province en province; et, lorsque j'y pensais le moins, je l'ai rencontré aujourd'hui. Je ne m'attendais pas à le voir si irrité contre moi... »

Scheherazade, en cet endroit, s'apercevant qu'il était jour, se tut; et la nuit suivante elle reprit le fil de son discours de cette sorte :

CLXXXIIIe NUIT

Sire, le tailleur acheva de raconter au sultan de Casgar l'histoire du jeune boiteux et du barbier de Bagdad, de la manière que j'eus l'honneur de dire hier à Votre Majesté.

« Quand le barbier, continua-t-il, eut fini son histoire, nous trouvâmes que le jeune homme n'avait pas eu tort de l'accuser d'être un grand parleur. Néanmoins, nous voulûmes bien qu'il demeurât avec nous, et qu'il fût du régal que le maître de la maison nous avait préparé. Nous nous mîmes donc à table, et nous nous réjouîmes jusqu'à la prière d'entre le midi et le coucher du soleil. Alors toute la compagnie se sépara, et je vins travailler à ma boutique en attendant qu'il fût temps de m'en retourner chez moi.

« Ce fut dans cet intervalle que le petit bossu, à demi ivre, se présenta devant ma boutique, qu'il chanta et joua de son tambour de basque. Je crus qu'en l'emmenant au logis avec moi je ne manquerais pas de divertir ma femme; c'est pourquoi je l'emmenai. Ma femme nous donna un plat de poisson, et j'en servis un morceau au bossu, qui le mangea sans prendre garde qu'il y avait une arête. Il tomba devant nous sans sentiment. Après avoir en vain essayé de le secourir, dans l'embarras où nous mit un accident si funeste, et dans la crainte qu'il nous causa, nous n'hésitâmes point à porter le corps hors de chez nous, et nous le fîmes adroitement recevoir chez le médecin juif. Le médecin juif le descendit dans la chambre du pourvoyeur, et le pourvoyeur le porta dans la rue, où l'on a cru que le marchand l'avait tué. Voilà, Sire, ajouta le tailleur, ce que j'avais à dire pour satisfaire Votre Majesté. C'est à elle à prononcer si nous sommes dignes de sa clémence ou de sa colère, de la vie ou de la mort. »

Le sultan de Casgar laissa voir sur son visage un air content qui redonna la vie au tailleur et à ses camarades. « Je ne puis disconvenir, dit-il, que je ne sois plus frappé de l'histoire du jeune boiteux, de celle du barbier et des aventures de ses frères, que de l'histoire de mon bouffon. Mais, avant que de vous renvoyer chez vous tous quatre et qu'on enterre le corps du bossu, je voudrais voir ce barbier qui est cause que je vous pardonne. Puisqu'il se trouve dans ma capitale, il est aisé de contenter ma curiosité. » En même temps, il dépêcha un huissier pour l'aller chercher avec le tailleur, qui savait où il pourrait être.

L'huissier et le tailleur revinrent bientôt et amenèrent le barbier, qu'ils présentèrent au sultan. Le barbier était un vieillard qui pouvait avoir quatre-vingt-dix ans. Il avait la barbe et les sourcils blancs comme neige, les oreilles pendantes et le nez fort long. Le sultan ne put s'empêcher de rire en le voyant. « Homme silencieux, lui dit-il, j'ai appris que vous saviez des histoires merveilleuses, voudriez-vous bien m'en raconter quelques-unes ? — Sire, lui répondit le barbier, laissons là, s'il vous plaît, pour le présent, les histoires que je puis savoir. Je supplie très humblement Votre Majesté de me permettre de lui demander ce que font ici devant elle ce chrétien, ce juif, ce musulman, et ce bossu mort que je vois là étendu par terre. » Le sultan sourit de la liberté du barbier, et lui répliqua : « Qu'est-ce que cela vous importe ? — Sire, repartit le barbier, il m'importe de faire la demande que je fais, afin que Votre Majesté sache que je ne suis pas un grand parleur comme quelques-uns le prétendent, mais un homme justement appelé le Silencieux... »

Scheherazade, frappée par la clarté du jour qui commençait à éclairer l'appartement du sultan des Indes, garda le silence en cet endroit, et reprit son discours la nuit suivante en ces termes :

CLXXXIV^e NUIT

Sire, le sultan de Casgar eut la complaisance de satisfaire la curiosité du barbier. Il commanda qu'on lui racontât l'histoire du petit bossu, puisqu'il paraissait le souhaiter avec ardeur. Lorsque le barbier l'eut entendue, il branla la tête, comme s'il eût voulu dire qu'il y avait là-dessous quelque chose de caché qu'il ne comprenait pas. « Véritablement, s'écria-t-il, cette histoire est surprenante; mais je suis bien aise d'examiner de près ce bossu. » Il s'en approcha, s'assit par terre, prit la tête sur ses genoux; et, après l'avoir attentivement regardée, il fit tout à coup un si grand éclat de rire et avec si peu de retenue qu'il se laissa aller sur le dos à la renverse, sans considérer qu'il était devant le sultan de Casgar. Puis, se relevant sans cesser de rire : « On le dit bien, et avec raison, s'écria-t-il encore, qu'on ne meurt pas sans cause. Si jamais histoire a mérité d'être écrite en lettres d'or, c'est celle de ce bossu. »

A ces paroles, tout le monde regarda le barbier comme

un bouffon, ou comme un vieillard qui avait l'esprit égaré. « Homme silencieux, lui dit le sultan, parlez-moi : qu'avez-vous donc à rire si fort ? — Sire, répondit le barbier, je jure par l'humeur bienfaisante de Votre Majesté que ce bossu n'est pas mort! Il est encore en vie; et je veux passer pour un extravagant si je ne vous le fais voir à l'heure même. » En achevant ces mots, il prit une boîte où il y avait plusieurs remèdes, qu'il portait sur lui pour s'en servir dans l'occasion, et il en tira une petite fiole balsamique dont il frotta longtemps le cou du bossu. Ensuite, il prit dans son étui un ferrement fort propre qu'il lui mit entre les dents; et, après lui avoir ouvert la bouche, il lui enfonça dans le gosier de petites pincettes, avec quoi il tira le morceau de poisson et l'arête qu'il fit voir à tout le monde. Aussitôt le bossu éternua, étendit les bras et les pieds, ouvrit les yeux, et donna plusieurs autres signes de vie.

Le sultan de Casgar et tous ceux qui furent témoins d'une si belle opération furent moins surpris de voir revivre le bossu, après avoir passé une nuit entière et la plus grande partie du jour sans donner aucun signe de vie, que du mérite et de la capacité du barbier, qu'on commença, malgré ses défauts, à regarder comme un grand personnage. Le sultan, ravi de joie et d'admiration, ordonna que l'histoire du bossu fût mise par écrit avec celle du barbier, afin que la mémoire, qui méritait si bien d'être conservée, ne s'en éteignît jamais. Il n'en demeura pas là : pour que le tailleur, le médecin juif, le pourvoyeur et le marchand chrétien, ne se ressouvinssent qu'avec plaisir de l'aventure que l'accident du bossu leur avait causée, il ne les renvoya chez eux qu'après leur avoir donné à chacun une robe fort riche dont il les fit revêtir en sa présence. A l'égard du barbier, il l'honora d'une grosse pension, et le retint auprès de sa personne.

La sultane Scheherazade finit ainsi cette longue suite d'aventures auxquelles la prétendue mort du bossu avait donné occasion. Comme le jour paraissait déjà, elle se tut; et sa chère sœur Dinarzade, voyant qu'elle ne parlait plus, lui dit : « Ma princesse, ma sultane, je suis d'autant plus charmée de l'histoire que vous venez d'achever qu'elle finit par un incident à quoi je ne m'attendais pas. J'avais cru le bossu mort absolument. — Cette surprise m'a fait plaisir, dit Schahriar, aussi bien que les aventures des frères du barbier. — L'histoire du jeune boiteux de Bagdad m'a encore fort divertie, reprit Dinarzade. — J'en suis bien aise, ma chère sœur, dit la sultane; et, puisque j'ai eu le bonheur de ne pas ennuyer le sultan, notre seigneur et maître, si Sa Majesté me faisait encore la grâce de me conserver la vie, j'aurais l'honneur de lui raconter demain l'histoire des amours d'Aboulhassan Ali Ebn Becar et de Schemselnihar, favorite du calife Haroun-al-Raschid, qui n'est pas moins digne de son attention et de la vôtre que l'histoire du bossu. » Le sultan des Indes, qui était assez content des choses dont Scheherazade l'avait entretenu jusqu'alors, se laissa aller au plaisir d'entendre encore l'histoire qu'elle lui promettait.

Il se leva pour faire sa prière et tenir son conseil, sans toutefois rien témoigner de sa bonne volonté à la sultane.

CLXXXV^{e} NUIT

Dinazarde, toujours soigneuse d'éveiller sa sœur, l'appela cette nuit à l'heure ordinaire. « Ma chère sœur, lui dit-elle, le jour paraîtra bientôt; je vous supplie, en attendant, de nous raconter quelqu'une de ces histoires agréables que vous savez. — Il n'en faut pas chercher d'autre, dit Schahriar, que celle des amours d'Aboulhassan Ali Ebn Becar et de Schemselnihar, favorite du calife Haroun-al-Raschid. — Sire, dit Scheherazade, je vais contenter votre curiosité. » En même temps elle commença de cette manière :

HISTOIRE D'ABOULHASSAN

ALI EBN BECAR

ET DE SCHEMSELNIHAR

FAVORITE DU CALIFE HAROUN-AL-RASCHID

Sous le règne du calife Haroun-al-Raschid, il y avait à Bagdad un droguiste qui se nomait Aboulhassan Ebn Thaher, homme puissamment riche, bien fait, et très agréable de sa personne. Il avait plus d'esprit et de politesse que n'en ont ordinairement les gens de sa profession; et sa droiture, sa sincérité et l'enjouement de son humeur le faisaient aimer et rechercher de tout le monde. Le calife, qui connaissait son mérite, avait en lui une confiance aveugle. Il l'estimait tant qu'il se reposait sur lui du soin de faire fournir aux dames ses favorites toutes les choses dont elles pouvaient avoir besoin. C'était lui qui choisissait leurs habits, leurs ameublements et leurs pierreries; ce qu'il faisait avec un goût admirable.

Ses bonnes qualités et la faveur du calife attiraient chez lui les fils des émirs et des autres officiers du premier rang; sa maison était le rendez-vous de toute la noblesse de la cour. Mais, parmi les jeunes seigneurs qui l'allaient voir tous les jours, il y en avait un qu'il considérait plus que tous les autres, et avec lequel il avait contracté une amitié particulière. Ce seigneur s'appelait Aboulhassan Ali Ebn Becar, et tirait son origine d'une ancienne famille royale de Perse. Cette famille subsistait encore à Bagdad depuis que, par la force de leurs armes, les musulmans avaient fait la conquête de ce royaume. La nature semblait avoir pris plaisir à assembler dans ce jeune prince les plus rares qualités du corps et de l'esprit. Il avait le visage d'une beauté achevée, la taille fine, un air aisé, et une physionomie si engageante qu'on ne pouvait le voir sans l'aimer d'abord. Quand il parlait, il s'exprimait toujours en des termes propres et choisis, avec un tour agréable et nouveau; le ton de sa voix avait même quelque chose qui charmait tous ceux qui l'entendaient. Avec cela, comme il avait beaucoup d'esprit et de jugement, il pensait et parlait de toutes choses avec une justesse admirable. Il avait tant de retenue et de modestie qu'il n'avançait rien qu'après avoir pris toutes les précautions possibles pour ne pas donner lieu de soupçonner qu'il préférât son sentiment à celui des autres.

Étant fait comme je viens de le représenter, il ne faut pas s'étonner si Ebn Thaher l'avait distingué des autres jeunes seigneurs de la cour, dont la plupart avaient les vices opposés à ses vertus. Un jour que ce prince était chez Ebn Thaher, ils virent arriver une dame montée sur une mule noire et blanche, au milieu de dix femmes esclaves qui l'accompagnaient à pied, toutes fort belles, autant qu'on en pouvait juger à leur air et au travers du voile qui leur couvrait le visage. La dame avait une ceinture couleur de rose, large de quatre doigts, sur laquelle éclataient des perles et des diamants d'une grosseur extraordinaire; et, pour sa beauté, il était aisé de voir qu'elle surpassait celle de ses femmes autant que la pleine lune surpasse le croissant qui n'est que de deux jours. Elle venait de faire quelque emplette; et, comme elle avait à parler à Ebn Thaher, elle entra dans sa boutique qui était propre et spacieuse, et il la reçut avec toutes les marques du plus profond respect, en la priant de s'asseoir, et lui montrant de la main la place la plus honorable.

Cependant, le prince de Perse, ne voulant pas laisser passer une si belle occasion de faire voir sa politesse et sa galanterie, accommodait le coussin d'étoffe à fond d'or qui devait servir d'appui à la dame. Après quoi il se retira promptement pour qu'elle s'assît. Ensuite, l'ayant saluée en baisant le tapis à ses pieds, il se releva et demeura debout devant elle au bas du sofa. Comme elle en usait librement chez Ebn Thaher, elle ôta son voile, et fit briller aux yeux du prince de Perse, une beauté si extraordinaire qu'il en fut frappé jusqu'au cœur. De son côté, la dame ne put s'empêcher de regarder le prince, dont la vue fit sur elle la même impression : « Seigneur, lui dit-elle d'un air obligeant, je vous prie de vous asseoir. » Le prince de Perse obéit, et s'assit sur le bord du sofa. Il avait toujours les yeux attachés sur elle, et il avalait à longs traits le doux poison de l'amour. Elle s'aperçut bientôt de ce qui se passait en son âme, et cette découverte acheva de l'enflammer pour lui. Elle se leva, s'approcha d'Ebn Thaher, et, après lui avoir dit tout bas le motif de sa venue, elle lui demanda le nom et le pays du prince de Perse. « Madame, lui répondit Ebn Thaher, ce jeune seigneur dont vous me parlez se nomme Aboulhassan Ali Ebn Becar, et est prince de race royale. »

La dame fut ravie d'apprendre que la personne qu'elle aimait déjà passionnément fût d'une si haute condition. « Vous voulez dire sans doute, reprit-elle, qu'il descend des rois de Perse. — Oui, Madame, repartit Ebn Thaher, les derniers rois de Perse sont ses ancêtres, et, depuis la conquête de ce royaume, les princes de sa maison se sont toujours rendus recommandables à la cour de nos califes.

— Vous me faites un grand plaisir, dit-elle, de me faire connaître ce jeune seigneur. Lorsque je vous enverrai cette femme, ajouta-t-elle en lui montrant une de ses esclaves, pour vous avertir de me venir voir, je vous prie de l'amener avec vous. Je suis bien aise qu'il voie la magnificence de ma maison, afin qu'il puisse publier que l'avarice ne règne point à Bagdad parmi les personnes de qualité. Vous entendez bien ce que je vous dis. N'y manquez pas; autrement je serai fâchée contre vous, et ne reviendrai ici de ma vie. »

Ebn Thaher avait trop de pénétration pour ne pas juger par ces paroles des sentiments de la dame. « Ma princesse, ma reine, repartit-il, Dieu me préserve de vous donner jamais aucun sujet de colère contre moi. Je me ferai toujours une loi d'exécuter vos ordres. » A cette réponse, la dame prit congé d'Ebn Thaher, en lui faisant une inclination de tête; et, après avoir jeté au prince de Perse un regard obligeant, elle remonta sur sa mule et partit...

La sultane Scheherazade se tut en cet endroit, au grand regret du sultan des Indes, qui fut obligé de se lever, à cause du jour qui paraissait. Elle continua cette histoire la nuit suivante, et dit à Schahriar :

CLXXXVI^e NUIT

Sire, le prince de Perse, éperdument amoureux de la dame, la conduisit des yeux tant qu'il put la voir, et il y avait déjà longtemps qu'il ne la voyait plus qu'il avait encore la vue tournée du côté qu'elle avait pris. Ebn Thaher l'avertit qu'il remarquait que quelques personnes l'observaient, et commençaient à rire de le voir en cette attitude. « Hélas ! lui dit le prince, le monde et vous auriez compassion de moi, si vous saviez que la belle dame qui vient de sortir de chez vous emporte avec elle la meilleure partie de moi-même, et que le reste cherche à n'en pas demeurer séparé ! Apprenez-moi, je vous en conjure, ajouta-t-il, quelle est cette dame tyrannique qui force les gens à l'aimer, sans leur donner le temps de se consulter. — Seigneur, lui répondit Ebn Thaher, c'est la fameuse Schemselnihar *, la première favorite du calife notre maître. — Elle est ainsi nommée avec justice, interrompit le prince, puisqu'elle est plus belle que le soleil dans un jour sans nuage. — Cela est vrai, répliqua Ebn Thaher : aussi le Commandeur des croyants l'aime, ou plutôt l'adore. Il m'a commandé très expressément de lui fournir tout ce qu'elle me demandera, et même de la prévenir, autant qu'il me sera possible, en tout ce qu'elle pourra désirer. »

Il lui parlait de la sorte afin d'empêcher qu'il ne s'engageât dans un amour qui ne pouvait être que malheureux ; mais cela ne servit qu'à l'enflammer davantage. « Je m'étais bien douté, charmante Schemselnihar, s'écria-t-il, qu'il ne me serait pas permis d'élever jusqu'à vous ma pensée. Je sens bien toutefois, quoique sans espérance d'être aimé de vous, qu'il ne sera pas en mon pouvoir de cesser de vous aimer. Je vous aimerai donc et je bénirai mon sort d'être l'esclave de l'objet le plus beau que le soleil éclaire. »

Pendant que le prince de Perse consacrait ainsi son cœur à la belle Schemselnihar, cette dame, en s'en retournant chez elle, songeait aux moyens de voir le prince et de s'entretenir en liberté avec lui. Elle ne fut pas plutôt entrée dans son palais qu'elle envoya à Ebn Thaher celle de ses femmes qu'elle lui avait montrée, et à qui elle avait donné toute sa confiance, pour lui dire de la venir voir, sans différer, avec le prince de Perse. L'esclave arriva à la boutique d'Ebn Thaher dans le temps qu'il parlait encore au prince et qu'il s'efforçait de le dissuader, par les raisons les plus fortes, d'aimer la favorite du calife. Comme elle les vit ensemble : « Seigneurs, leur dit-elle, mon honorable maîtresse Schemselnihar, la première favorite du Commandeur des croyants, vous prie de venir à son palais où elle vous attend. » Ebn Thaher, pour marquer combien il était

* Ce mot arabe signifie le soleil du jour.

prompt à obéir, se leva aussitôt sans rien répondre à l'esclave, et s'avança pour la suivre, non sans quelque répugnance. Pour le prince, il la suivit sans faire réflexion au péril qu'il y avait dans cette visite. La présence d'Ebn Thaher, qui avait l'entrée chez la favorite, le mettait là-dessus hors d'inquiétude. Ils suivirent donc l'esclave qui marchait un peu devant eux. Ils entrèrent après elle dans le palais du calife, et la joignirent à la porte du petit palais de Schemselnihar, qui était déjà ouverte. Elle les introduisit dans une grande salle où elle les pria de s'asseoir.

Le prince de Perse se crut dans un de ces palais délicieux qu'on nous promet dans l'autre monde. Il n'avait encore rien vu qui approchât de la magnificence du lieu où il se trouvait. Les tapis de pied, les coussins d'appui et les autres accompagnements du sofa, avec les ameublements, les ornements et l'architecture, étaient d'une beauté et d'une richesse surprenantes. Peu de temps après qu'ils se furent assis, Ebn Thaher et lui, une esclave noire, fort propre, leur servit une table couverte de plusieurs mets très délicats, dont l'odeur admirable faisait juger de la finesse des assaisonnements. Pendant qu'ils mangèrent, l'esclave qui les avait amenés ne les abandonna point : elle prit un grand soin de les inviter à manger des ragoûts qu'elle connaissait pour les meilleurs ; d'autres esclaves leur versèrent d'excellent vin sur la fin du repas. Ils achevèrent enfin, et on leur présenta à chacun séparément un bassin et un beau vase d'or plein d'eau pour se laver les mains ; après quoi on leur apporta le parfum d'aloès dans une cassolette portative qui était aussi d'or, dont ils se parfumèrent la barbe et l'habillement. L'eau de senteur ne fut pas oubliée : elle était dans un vase d'or enrichi de diamants et de rubis, fait exprès pour cet usage, et elle leur fut jetée dans l'une et dans l'autre main, qu'ils se passèrent sur la barbe et sur tout le visage, selon la coutume. Ils se mirent à leur place ; mais ils étaient à peine assis que l'esclave les pria de se lever et de la suivre. Elle leur ouvrit une porte de la salle où ils étaient, et ils entrèrent dans un vaste salon d'une structure merveilleuse. C'était un dôme d'une figure des plus agréables, soutenu par cent colonnes d'un beau marbre blanc comme de l'albâtre. Les bases et les chapiteaux de ces colonnes étaient ornés d'animaux à quatre pieds et d'oiseaux dorés de différentes espèces. Le tapis de pied de ce salon extraordinaire, composé d'une seule pièce à fond d'or rehaussé de bouquets de roses de soie rouge et blanche, et le dôme peint de même à l'arabesque, offraient à la vue un objet des plus charmants. Entre chaque colonne il y avait un petit sofa garni de la même sorte, avec de grands vases de porcelaine, de cristal, de jaspe, de jais, de porphyre, d'agate, et d'autres matières précieuses, garnis d'or et de pierreries. Les espaces qui étaient entre les colonnes étaient autant de grandes fenêtres avec des avances à hauteur d'appui, garnies de même que les sofas, qui avaient vue sur un jardin le plus agréable du monde. Ses allées étaient de petits cailloux de différentes couleurs, qui représentaient le tapis de pied du salon en dôme de manière qu'en regardant le tapis en dedans et en dehors, il semblait que le dôme et le jardin, avec tous ses agréments, fussent sur le même tapis. La vue était terminée à l'entour, le long des allées, par deux canaux d'eau claire comme de l'eau de roche, qui gardaient la même figure circulaire que le dôme, et dont l'un, plus élevé que l'autre, laissait tomber son eau en nappe dans le dernier; et de beaux vases de bronze dorés, garnis l'un après l'autre d'arbrisseaux et de fleurs, étaient posés sur celui-ci d'espace en espace. Ces allées faisaient une séparation entre de grands espaces plantés d'arbres droits et touffus, où mille oiseaux formaient un concert mélodieux, et divertissaient la vue par leurs vols divers, et par les combats tantôt innocents et tantôt sanglants qu'ils se livraient dans l'air.

Le prince de Perse et Ebn Thaher s'arrêtèrent longtemps à examiner cette grande magnificence. A chaque chose qui les frappait, ils s'écriaient pour marquer leur surprise et leur admiration, particulièrement le prince de Perse qui n'avait jamais rien vu de comparable à ce qu'il voyait alors. Ebn Thaher, quoiqu'il fût entré quelquefois dans ce bel endroit, ne laissait pas d'y remarquer des beautés qui lui paraissaient toutes nouvelles. Enfin, ils ne se lassaient pas d'admirer tant de choses singulières, et ils en étaient encore agréablement occupés, lorsqu'ils aperçurent une troupe de femmes richement habillées. Elles étaient toutes assises au-dehors et à quelque distance du dôme, chacune sur un siège de bois de platane des Indes, enrichi de fil d'argent à compartiments, avec un instrument de musique à la main; et elles n'attendaient que le moment qu'on leur commandât d'en jouer.

Ils allèrent tous deux se mettre dans l'avance d'où

on les voyait en face, et, en regardant à la droite, ils virent une grande cour d'où l'on montait au jardin par des degrés, et qui était environnée de très beaux appartements. L'esclave les avait quittés; et, comme ils étaient seuls, ils s'entretinrent quelque temps. « Pour vous, qui êtes un homme sage, dit le prince de Perse, je ne doute pas que vous ne regardiez avec bien de la satisfaction toutes ces marques de grandeur et de puissance. A mon égard, je ne pense pas qu'il y ait rien au monde de plus surprenant; mais, quand je viens à faire réflexion que c'est ici la demeure éclatante de la trop aimable Schemselnihar, et que c'est le premier monarque de la terre qui l'y retient, je vous avoue que je me crois le plus infortuné de tous les hommes. Il me paraît qu'il n'y a point de destinée plus cruelle que la mienne, d'aimer un objet soumis à mon rival, et dans un lieu où ce rival est si puissant que je ne suis pas même en ce moment assuré de ma vie. »

Scheherazade n'en dit pas davantage cette nuit, parce qu'elle vit paraître le jour. Le lendemain elle reprit la parole, et dit au sultan des Indes :

CLXXXVII^e NUIT

Sire, Ebn Thaher, entendant parler le prince de Perse de la manière que je disais hier à Votre Majesté, lui dit : « Seigneur, plût à Dieu que je pusse vous donner des assurances aussi certaines de l'heureux succès de vos amours que je le puis de la sûreté de votre vie. Quoique ce palais superbe appartienne au calife qui l'a fait bâtir exprès pour Schemselnihar, sous le nom de Palais des plaisirs éternels, et qu'il fasse partie du sien propre, néanmoins il faut que vous sachiez que cette dame y vit dans une entière liberté. Elle n'est point obsédée d'eunuques qui veillent sur ses actions. Elle a sa maison particulière dont elle dispose absolument. Elle sort de chez elle pour aller dans la ville sans en demander permission à personne; elle rentre lorsqu'il lui plaît; et jamais le calife ne vient la voir qu'il ne lui ait envoyé auparavant Mesrour, chef de ses eunuques pour lui en donner avis et se préparer à le recevoir. Ainsi, vous devez avoir l'esprit tranquille et donner toute votre attention au concert dont je vois que Schemselnihar veut vous régaler.

Dans le temps qu'Ebn Thaher achevait ces paroles, le prince de Perse et lui virent venir l'esclave confidente de la favorite, qui ordonna aux femmes qui étaient assises devant eux de chanter et de jouer de leurs instruments. Aussitôt elles jouèrent toutes ensemble comme pour préluder; et, quand elles eurent joué quelque temps, une seule commença de chanter, et accompagna sa voix d'un luth dont elle jouait admirablement bien. Comme elle avait été avertie du sujet sur lequel elle devait chanter, les paroles se trouvèrent si conformes aux sentiments du prince de Perse qu'il ne put s'empêcher de lui applaudir à la fin du couplet. « Serait-il possible, s'écria-t-il, que vous eussiez le don de pénétrer dans les cœurs, et que la connaissance que vous avez de ce qui se passe dans le mien vous eût obligée à nous donner un essai de votre voix charmante par ces mots? Je ne m'exprimerais pas moi-même en d'autres termes. » La femme ne répondit rien à ce discours. Elle continua et chanta plusieurs autres couplets, dont le prince fut si touché qu'il en répéta quelques-uns les larmes aux yeux; ce qui faisait assez connaître qu'il s'en appliquait le sens. Quand elle eut achevé tous les couplets, elle et ses compagnes se levèrent et chantèrent toutes ensemble, en marquant par leurs paroles *que la pleine lune allait se lever avec tout son éclat, et qu'on la verrait bientôt s'approcher du soleil.* Cela signifiait que Schemselnihar allait paraître et que le prince de Perse aurait bientôt le plaisir de la voir.

En effet, en regardant du côté de la cour, Ebn Thaher et le prince remarquèrent que l'esclave confidente s'approchait, et qu'elle était suivie de dix femmes noires qui apportaient avec bien de la peine un grand trône d'argent massif et admirablement travaillé, qu'elle fit poser devant eux à une certaine distance; après quoi les esclaves noires se retirèrent derrière les arbres à l'entrée d'une allée. Ensuite, vingt femmes toutes belles et très richement habillées d'une parure uniforme s'avancèrent en deux files, en chantant et en jouant d'un instrument qu'elles tenaient chacune, et se rangèrent auprès du trône autant d'un côté que de l'autre.

Toutes ces choses tenaient le prince de Perse et Ebn Thaher dans une attention d'autant plus grande qu'ils étaient curieux de savoir à quoi elles se termineraient. Enfin, ils virent paraître à la même porte par où étaient venues les dix femmes noires qui avaient apporté le trône et les vingt autres qui venaient d'arriver, dix autres femmes également belles et bien vêtues qui s'y arrêtèrent quelques moments. Elles attendaient la favorite, qui se montra enfin et se mit au milieu d'elles...

Le jour qui commençait à éclairer l'appartement de Schahriar imposa le silence à Scheherazade. La nuit suivante, elle poursuivit ainsi :

CLXXXVIII^{e} NUIT

Schemselnihar se mit donc au milieu des dix femmes qui l'avaient attendue à la porte. Il était aisé de la distinguer autant par sa taille et par son air majestueux que par une espèce de manteau d'une étoffe fort légère, or et bleu céleste, qu'elle portait attaché sur ses épaules, par-dessus son habillement, qui était le plus propre, le mieux entendu et le plus magnifique que l'on puisse imaginer. Les perles, les diamants et les rubis qui lui servaient d'ornement n'étaient pas en confusion : le tout était en petit nombre, mais bien choisi et d'un prix inestimable. Elle s'avança avec une majesté qui ne représentait pas mal le soleil dans sa course au milieu des nuages qui reçoivent sa splendeur sans en cacher l'éclat, et vint s'asseoir sur le trône d'argent qui avait été apporté pour elle.

Dès que le prince de Perse aperçut Schemselnihar, il n'eut plus d'yeux que pour elle : « On ne demande plus de nouvelles de ce que l'on cherche, dit-il à Ebn Thaher, d'abord qu'on le voit, et l'on n'a plus de doute sitôt que la vérité se manifeste. Voyez-vous cette charmante beauté ? C'est l'origine de mes maux : maux que je bénis, et que je ne cesserai de bénir, quelque rigoureux et de quelque durée qu'ils puissent être ! A cet objet, je ne me possède plus moi-même; mon âme se trouble, se révolte, je sens qu'elle veut m'abandonner. Pars donc, ô mon âme ! je te le permets; mais que ce soit pour le bien et la conservation de ce faible corps. C'est vous, trop cruel Ebn Thaher, qui êtes cause de ce désordre : vous avez cru me faire un grand plaisir de m'amener ici, et je vois que j'y suis venu pour achever de me perdre. Pardonnez-moi, continua-t-il en se reprenant, je me trompe, j'ai bien voulu venir, et je ne puis me plaindre que de moi-même. » Il fondit en larmes en achevant ces paroles. « Je suis bien aise, lui dit Ebn Thaher, que vous me rendiez justice. Quand je vous ai appris que Schemselnihar était la première favorite du calife, je l'ai fait exprès pour prévenir cette passion funeste que vous vous plaisez à nourrir dans votre cœur. Tout ce que vous voyez ici doit vous en dégager, et vous ne devez conserver que des sentiments de reconnaissance de l'honneur que Schemselnihar a bien voulu vous faire en m'ordonnant de vous amener avec moi. Rappelez donc votre raison égarée, et vous mettez en état de paraître devant elle comme la bienséance le demande. La voilà qui approche. Si c'était à recommencer, je prendrais d'autres mesures; mais, puisque la chose est faite, je prie Dieu que nous ne nous en repentions pas. Ce que j'ai encore à vous représenter, ajouta-t-il, c'est que l'amour est un traître qui peut vous jeter dans un précipice d'où vous ne vous tirerez jamais. »

Ebn Thaher n'eut pas le temps d'en dire davantage, parce que Schemselnihar arriva. Elle se plaça sur son trône et les salua tous deux par une inclination de tête. Mais elle arrêta ses yeux sur le prince de Perse, et ils se parlèrent l'un et l'autre un langage muet entremêlé de soupirs, par lequel en peu de moments ils se dirent plus de choses qu'ils n'en auraient pu se dire en beaucoup de temps. Plus Schemselnihar regardait le prince, plus elle trouvait dans ses regards de quoi se confirmer dans la pensée qu'il ne lui était pas indifférent; et Schemselnihar, déjà persuadée de la passion du prince, s'estimait la plus heureuse personne du monde. Elle détourna enfin les yeux de dessus lui pour commander que les premières femmes qui avaient commencé de chanter s'approchassent. Elles se levèrent; et, pendant qu'elles s'avançaient, les femmes noires, qui sortirent de l'allée où elles étaient, apportèrent leurs sièges et les placèrent près de la fenêtre de l'avance du dôme où étaient Ebn Thaher et le prince de Perse; de manière que les sièges ainsi disposés avec le trône de la favorite et les femmes qu'elle avait à ses côtés formèrent un demi-cercle devant eux.

Lorsque les femmes qui étaient assises auparavant sur ces sièges eurent repris chacune leur place avec la permission de Schemselnihar qui le leur ordonna par un signe, cette charmante favorite choisit une de ses femmes pour chanter. Cette femme, après avoir employé quelques moments à mettre son luth d'accord, chanta une chanson dont le sens était : que deux amants qui s'aimaient parfaitement avaient l'un pour l'autre une tendresse sans bornes; que leurs cœurs en deux corps différents n'en faisaient qu'un, et que, lorsque quelque obstacle s'opposait à leurs désirs, ils pouvaient se dire les larmes aux yeux : *Si nous nous aimons parce que nous nous trouvons aimables, doit-on s'en prendre à nous? Qu'on s'en prenne à la destinée!*

Schemselnihar laissa si bien connaître dans ses yeux et par ses gestes que ces paroles devaient s'appliquer à elle et au prince de Perse, qu'il ne put se contenir. Il se leva à demi, et, s'avançant par-dessus le balustre qui lui servait d'appui, il obligea une des compagnes de la femme qui venait de chanter de prendre garde à son action. Comme elle était près de lui : « Écoutez-moi, lui dit-il, et me faites la grâce d'accompagner de votre luth la chanson que vous allez entendre. » Alors il chanta un air dont les paroles tendres et passionnées exprimaient parfaitement la violence de son amour. D'abord qu'il eut achevé, Schemselnihar, suivant son exemple, dit à l'une de ses femmes : « Écoutez-moi aussi, et accompagnez ma voix. » En même temps elle chanta d'une manière qui ne fit qu'embraser davantage le cœur du prince de Perse, qui lui répondit par un nouvel air encore plus passionné que celui qu'il avait déjà chanté.

Ces deux amants s'étant déclaré par leurs chansons leur tendresse mutuelle, Schemselnihar céda à la force de la sienne. Elle se leva de dessus son trône, toute hors d'elle-même, et s'avança vers la porte du salon. Le prince, qui connut son dessein, se leva aussitôt et alla au-devant d'elle avec précipitation. Ils se rencontrèrent sous la porte, où ils se donnèrent la main et s'embrassèrent avec tant de plaisir qu'ils s'évanouirent. Ils seraient tombés, si les femmes qui avaient suivi Schemselnihar ne les en eussent empêchés. Elles les soutinrent et les transportèrent sur un sofa où elles les firent revenir à force de leur jeter de l'eau de senteur au visage et de leur faire sentir plusieurs sortes d'odeurs.

Quand ils eurent repris leurs esprits, la première chose que fit Schemselnihar fut de regarder de tous côtés; et, comme elle ne vit pas Ebn Thaher, elle demanda avec empressement où il était. Ebn Thaher s'était écarté par respect, tandis que les femmes étaient occupées à soulager leur maîtresse, et craignait en lui-même avec raison quelque suite fâcheuse de ce qu'il venait de voir. Dès qu'il eut ouï que Schemselnihar le demandait, il s'avança et se présenta devant elle...

La sultane Scheherazade cessa de parler en cet endroit, à cause du jour qui paraissait. La nuit suivante, elle poursuivit de cette manière :

CLXXXIXe NUIT

Schemselnihar fut bien aise de voir Ebn Thaher. Elle lui témoigna sa joie dans ces termes obligeants : « Ebn Thaher, je ne sais comment je pourrai reconnaître les obligations infinies que je vous ai. Sans vous je n'aurais jamais connu le prince de Perse, ni aimé ce qu'il y a au monde de plus aimable. Soyez persuadé pourtant que je ne mourrai pas ingrate, et que ma reconnaissance, s'il est possible, égalera le bienfait dont je vous suis redevable. » Ebn Thaher ne répondit à ce compliment que par une profonde inclination, et qu'en souhaitant à la favorite l'accomplissement de tout ce qu'elle pouvait désirer.

Schemselnihar se tourna du côté du prince de Perse qui était assis auprès d'elle, et, le regardant avec quelque sorte de confusion après ce qui s'était passé entre eux : « Seigneur, lui dit-elle, je suis bien assurée que vous m'aimez; et, de quelque ardeur que vous m'aimiez, vous ne pouvez douter que mon amour ne soit aussi violent que le vôtre. Mais ne nous flattons point : quelque conformité qu'il y ait entre vos sentiments et les miens, je ne vois et pour vous et pour moi que des peines, que des impatiences, que des chagrins mortels. Il n'y a pas d'autre remède à nos maux que de nous aimer toujours, de nous en remettre à la volonté du Ciel, et d'attendre ce qu'il lui plaira d'ordonner de notre destinée. — Madame, lui répondit le prince de Perse, vous me feriez la plus grande injustice du monde si vous doutiez un seul moment de la durée de mon amour. Il est uni à mon âme de manière que je puis dire qu'il en fait la meilleure partie, et que je le conserverai après ma mort. Peines, tourments, obstacles, rien ne sera capable de m'empêcher de vous aimer. » En achevant ces mots, il laissa couler des larmes en abondance, et Schemselnihar ne put retenir les siennes.

Ebn Thaher prit ce temps-là pour parler à la favorite. « Madame, lui dit-il, permettez-moi de vous représenter qu'au lieu de fondre en pleurs, vous devriez avoir de la joie de vous voir ensemble. Je ne comprends rien à votre douleur. Que sera-ce donc lorsque la nécessité vous obligera de vous séparer ? Mais que dis-je ? vous obligera : il y a longtemps que nous sommes ici; et vous savez, Madame, qu'il est temps que nous nous retirions. — Ah! que vous êtes cruel! repartit Schemselnihar. Vous qui connaissez la cause de mes larmes, n'aurez-vous pas pitié du malheureux état où vous me voyez ? Triste fatalité! Qu'ai-je commis pour être soumise à la dure loi de ne pouvoir jouir de ce que j'aime uniquement ? »

Comme elle était persuadée qu'Ebn Thaher ne lui avait parlé que par amitié, elle ne lui sut pas mauvais gré de ce qu'il lui avait dit; elle en profita même. En effet, elle fit un signe à l'esclave sa confidente, qui sortit aussitôt, et apporta peu de temps après une collation de fruits sur une petite table d'argent qu'elle posa entre sa maîtresse et le prince de Perse. Schemselnihar choisit ce qu'il y avait de meilleur, et le présenta au prince, en le priant de manger pour l'amour d'elle. Il le prit et le porta à sa bouche par l'endroit qu'elle avait touché. Il présenta à son tour quelque chose à Schemselnihar, qui le prit aussi et le mangea de la même manière. Elle n'oublia pas d'inviter Ebn Thaher à manger avec eux; mais, se voyant dans un lieu où il ne se croyait pas en sûreté, il aurait mieux aimé être chez lui, et il ne mangea que par complaisance. Après qu'on eut desservi, on apporta un bassin d'argent avec de l'eau dans un vase d'or, et ils se lavèrent les mains ensemble. Ils se remirent ensuite à leur place; et alors trois des dix femmes noires apportèrent chacune une tasse de cristal de roche pleine d'un vin exquis, sur une soucoupe d'or, qu'elles posèrent devant Schemselnihar, le prince de Perse et Ebn Thaher.

Pour être plus en particulier, Schemselnihar retint seulement auprès d'elle les dix femmes noires, avec dix autres qui savaient chanter et jouer des instruments; et, après qu'elle eut renvoyé tout le reste, elle prit une des tasses, et, la tenant à la main, elle chanta des paroles tendres qu'une des femmes accompagna de son luth. Lorsqu'elle eut achevé, elle but; ensuite elle prit une des deux autres tasses et la présenta au prince, en le priant de boire pour l'amour d'elle, de même qu'elle venait de boire pour l'amour de lui. Il la reçut avec un transport d'amour et de joie; mais, avant que de boire, il chanta à son tour une chanson qu'une autre femme accompagna d'un instrument; et, en chantant, les pleurs lui coulèrent des yeux abondamment : aussi lui marqua-t-il, par les paroles qu'il chantait, qu'il ne savait si c'était le vin qu'elle lui avait présenté qu'il allait boire, ou ses propres larmes. Schemselnihar présenta enfin la troisième tasse à Ebn Thaher, qui la remercia de sa bonté et de l'honneur qu'elle lui faisait.

Après cela, elle prit un luth des mains d'une de ses femmes, et l'accompagna de sa voix d'une manière si passionnée qu'il semblait qu'elle ne se possédait pas; et le prince de Perse, les yeux attachés sur elle, demeura immobile comme s'il eût été enchanté. Sur ces entrefaites, l'esclave confidente arriva tout émue, et, s'adressant à sa maîtresse : « Madame, lui dit-elle, Mesrour et deux autres officiers, avec plusieurs eunuques qui les accompagnent, sont à la porte et demandent à vous parler de la part du calife. » Quand le prince de Perse et Ebn Thaher eurent entendu ces paroles, ils changèrent de couleur et commencèrent à trembler, comme si leur perte eût été assurée. Mais Schemselnihar, qui s'en aperçut, les rassura par un souris...

La clarté du jour qui paraissait obligea Scheherazade d'interrompre là sa narration. Elle la reprit le lendemain de cette sorte :

CXC^e NUIT

Schemselnihar, après avoir rassuré le prince de Perse et Ebn Thaher, chargea l'esclave, sa confidente, d'aller entretenir Mesrour et les deux autres officiers du calife, jusqu'à ce qu'elle se fût mise en état de les recevoir et qu'elle lui fît dire de les amener. Aussitôt elle donna ordre qu'on fermât toutes les fenêtres du salon, et qu'on abaissât les toiles peintes qui étaient du côté du jardin; et, après avoir assuré le prince et Ebn Thaher qu'ils y pouvaient demeurer sans crainte, elle sortit par la porte qui donnait sur le jardin, qu'elle tira et ferma sur eux. Mais, quelque assurance qu'elle leur eût donnée de leur sûreté, ils ne laissèrent pas de sentir les plus vives alarmes pendant tout le temps qu'ils furent seuls.

D'abord que Schemselnihar fut dans le jardin avec les femmes qui l'avaient suivie, elle fit emporter tous les sièges qui avaient servi aux femmes qui jouaient des instruments à s'asseoir près de la fenêtre d'où le prince de Perse et Ebn Thaher les avaient entendus; et, lorsqu'elle vit les choses dans l'état qu'elle souhaitait, elle s'assit sur son trône d'argent. Alors elle envoya avertir l'esclave sa confidente d'amener le chef des eunuques et les deux officiers ses subalternes.

Ils parurent suivis de vingt eunuques noirs tous proprement habillés avec le sabre au côté, avec une ceinture d'or large de quatre doigts. De si loin qu'ils aperçurent la favorite Schemselnihar, ils lui firent une profonde révérence, qu'elle leur rendit de dessus son trône. Quand ils furent plus avancés, elle se leva, et alla au-devant de Mesrour qui marchait le premier. Elle lui demanda quelle nouvelle il apportait; il lui répondit : « Madame, le Commandeur des croyants, qui m'envoie vers vous, m'a chargé de vous témoigner qu'il ne peut vivre plus longtemps sans vous voir. Il a dessein de venir vous rendre visite cette nuit; je viens vous en avertir pour vous préparer à le recevoir. Il espère, Madame, que vous le verrez avec autant de plaisir qu'il a d'impatience d'être avec vous. »

A ce discours de Mesrour, la favorite Schemselnihar se prosterna contre terre pour marquer la soumission avec laquelle elle recevait l'ordre du calife. Lorsqu'elle se fut relevée : « Je vous prie, lui dit-elle, de dire au Commandeur des croyants que je ferai toujours gloire d'exécuter les commandements de Sa Majesté, et que son esclave s'efforcera de la recevoir avec tout le respect qui lui est dû. » En même temps elle ordonna à l'esclave sa confidente de faire mettre le palais en état de recevoir le calife, par les femmes noires destinées à ce ministère. Puis, congédiant le chef des eunuques : « Vous voyez, lui dit-elle, qu'il faudra quelque temps pour préparer toutes choses. Faites en sorte, je vous en supplie, qu'il se donne un peu de patience, afin qu'à son arrivée il ne nous trouve pas dans le désordre. »

Le chef des eunuques et sa suite s'étant retirés, Schemselnihar retourna au salon, extrêmement affligée de la nécessité où elle se voyait de renvoyer le prince de Perse plus tôt qu'elle ne s'y était attendue. Elle le rejoignit les larmes aux yeux; ce qui augmenta la frayeur d'Ebn Thaher, qui en augura quelque chose de sinistre. « Madame, lui dit le prince, je vois bien que vous venez m'annoncer qu'il faut nous séparer. Pourvu que je n'aie rien de plus funeste à redouter, j'espère que le Ciel me donnera la patience dont j'ai besoin pour supporter votre absence. — Hélas! mon cher cœur, ma chère âme, interrompit la trop tendre Schemselnihar, que je vous trouve heureux et que je me trouve malheureuse, quand je compare votre sort avec ma triste destinée! Vous souffrirez sans doute de ne me voir pas; mais ce sera toute votre peine, et vous pourrez vous en consoler par l'espérance de me revoir. Pour moi, juste Ciel! à quelle rigoureuse épreuve suis-je réduite! Je ne serai pas seulement privée de la vue de ce que j'aime uniquement, il me faudra soutenir celle d'un objet que vous m'avez rendu odieux! L'arrivée du calife ne me fera-t-elle pas souvenir de votre départ ? Et comment, occupée de votre chère image, pourrai-je montrer à ce prince la joie qu'il a remarquée dans mes yeux toutes les fois qu'il m'est venu voir ? J'aurai l'esprit distrait en lui parlant; et les moindres complaisances que j'aurai pour son amour seront autant de coups de poignard qui me perceront le cœur. Pourrai-je goûter ses paroles obligeantes et ses caresses ? Jugez, Prince, à quels tourments je serai exposée dès que je ne vous verrai plus. » Les larmes qu'elle laissa couler alors et les sanglots l'empêchèrent d'en dire davantage. Le prince de Perse voulut lui repartir; mais il n'en eut pas la force : sa propre douleur et celle que lui faisait voir sa maîtresse lui avaient ôté la parole.

Ebn Thaher, qui n'aspirait qu'à se voir hors du palais, fut obligé de les consoler en les exhortant à prendre patience. Mais l'esclave confidente vint l'interrompre : « Madame, dit-elle à Schemselnihar, il n'y a pas de temps à perdre : les eunuques commencent à arriver, et vous savez que le calife paraîtra bientôt. — O Ciel! que cette séparation est cruelle! s'écria la favorite. Hâtez-vous, dit-elle à sa confidente. Conduisez-les tous deux à la galerie qui regarde sur le jardin d'un côté et de l'autre sur le Tigre, et, lorsque la nuit répandra sur la terre sa plus grande obscurité, faites-les sortir par la porte de derrière, afin qu'ils se retirent en sûreté. » A ces mots, elle embrassa tendrement le prince de Perse sans pouvoir lui dire un seul mot, et alla au-devant du calife dans le désordre qu'il est aisé de s'imaginer.

Cependant l'esclave confidente conduisit le prince et Ebn Thaher à la galerie que Schemselnihar lui avait marquée, et, lorsqu'elle les y eut introduits, elle les y laissa et ferma sur eux la porte en se retirant, après les avoir assurés qu'ils n'avaient rien à craindre et qu'elle viendrait les faire sortir quand il en serait temps...

« Mais, Sire, dit en cet endroit Scheherazade, le jour que je vois paraître m'impose silence. » Elle se tut, et, reprenant son discours la nuit suivante :

CXCI^{e} NUIT

Sire, poursuivit-elle, l'esclave confidente de Schemselnihar s'étant retirée, le prince de Perse et Ebn Thaher oublièrent qu'elle venait de les assurer qu'ils n'avaient rien à craindre. Ils examinèrent toute la galerie, et ils furent saisis d'une frayeur extrême lorsqu'ils connurent qu'il n'y avait pas un seul endroit par où ils pussent s'échapper, au cas que le calife ou quelques-uns de ses officiers s'avisassent d'y venir.

Une grande clarté qu'ils virent tout à coup du côté du jardin au travers des jalousies les obligea de s'en approcher pour voir d'où elle venait. Elle était causée par cent flambeaux de cire blanche, qu'autant de jeunes eunuques noirs portaient à la main. Ces eunuques étaient suivis de plus de cent autres plus âgés, tous de la garde des dames du palais du calife, habillés et armés d'un sabre, de même que ceux dont j'ai déjà parlé; et le calife marchait après eux entre Mesrour, leur chef, qu'il avait à sa droite, et Vassif, leur second officier, qu'il avait à sa gauche.

Schemselnihar attendait le calife à l'entrée d'une allée, accompagnée de vingt femmes toutes d'une beauté surprenante et ornées de colliers et de pendants d'oreilles de gros diamants, et d'autres dont elles avaient la tête toute couverte. Elles chantaient au son de leurs instruments, et formaient un concert charmant. La favorite ne vit pas plus tôt paraître ce prince qu'elle s'avança et se prosterna à ses pieds. Mais, faisant cette action : « Prince de Perse, dit-elle en elle-même, si vos tristes yeux sont témoins de ce que je fais, jugez de la rigueur de mon sort. C'est devant vous que je voudrais m'humilier ainsi : mon cœur n'y sentirait aucune répugnance. »

Le calife fut ravi de voir Schemselnihar. « Levez-vous, Madame, lui dit-il, approchez-vous. Je me sais mauvais gré à moi-même de m'être privé si longtemps du plaisir de vous voir. » En achevant ces paroles, il la prit par la main; et, sans cesser de lui dire des choses obligeantes, il alla s'asseoir sur le trône d'argent que Schemselnihar lui avait fait apporter. Cette dame s'assit sur un siège devant lui, et les vingt femmes formèrent un cercle autour d'eux sur d'autres sièges, pendant que les jeunes eunuques qui tenaient les flambeaux se dispersèrent dans le jardin à certaine distance les uns des autres, afin que le calife jouît du frais de la soirée plus commodément.

Lorsque le calife fut assis, il regarda autour de lui, et vit avec une grande satisfaction tout le jardin illuminé d'une infinité d'autres lumières que les flambeaux que tenaient les jeunes eunuques. Mais il prit garde que le salon était fermé; il s'en étonna, et en demanda la raison. On l'avait fait exprès pour le surprendre. En effet, il n'eut pas plus tôt parlé que les fenêtres s'ouvrirent toutes à la fois, et qu'il le vit illuminé au-dehors et en dedans, d'une manière tout autrement bien mieux entendue qu'il ne l'avait vu auparavant. « Charmante Schemselnihar, s'écria-t-il à ce spectacle, je vous entends. Vous avez voulu me faire connaître qu'il y a d'aussi belles nuits que les plus beaux jours. Après ce que je vois, je n'en puis disconvenir. »

Revenons au prince de Perse et à Ebn Thaher que nous avons laissés dans la galerie. Ebn Thaher ne pouvait assez admirer tout ce qui s'offrait à sa vue. « Je ne suis pas jeune, dit-il, et j'ai vu de grandes fêtes en ma vie; mais je ne crois pas que l'on puisse voir rien de si surprenant, ni qui marque plus de grandeur. Tout ce qu'on nous dit des palais enchantés n'approche pas du prodigieux spectacle que nous avons devant les yeux. Que de richesse et de magnificence à la fois!

Le prince de Perse n'était pas touché de tous ces objets éclatants qui faisaient tant de plaisir à Ebn Thaher. Il n'avait des yeux que pour regarder Schemselnihar, et la présence du calife le plongeait dans une affliction inconcevable. « Cher Ebn Thaher, dit-il, plût à Dieu que j'eusse l'esprit assez libre pour ne m'arrêter, comme vous, qu'à ce qui devrait me causer de l'admiration! Mais, hélas! je suis dans un état bien différent! Tous ces objets ne servent qu'à augmenter mon tourment. Puis-je voir le calife tête à tête avec ce que j'aime, et ne pas mourir de désespoir ? Faut-il qu'un amour aussi tendre que le mien soit troublé par un rival si puissant ? Ciel! que mon destin est bizarre et cruel! Il n'y a qu'un moment que je m'estimais l'amant du monde le plus fortuné, et, dans cet instant, je me sens frapper le cœur d'un coup qui me donne la mort. Je n'y puis résister, mon cher Ebn Thaher; ma patience est à bout; mon mal m'accable, et mon courage y succombe. » En prononçant ces derniers mots, il vit qu'il se passait quelque chose dans le jardin qui l'obligea de garder le silence et d'y prêter son attention.

En effet, le calife avait ordonné à une des femmes qui étaient près de lui de chanter sur son luth; et elle commençait à chanter. Les paroles qu'elle chanta étaient fort passionnées; et le calife, persuadé qu'elle les chantait par ordre de Schemselnihar qui lui avait donné souvent de pareils témoignages de tendresse, les expliqua en sa faveur. Mais ce n'était pas l'intention de Schemselnihar pour cette fois. Elle les appliquait à son cher Ali Ebn Becar, et elle se laissa pénétrer d'une si vive douleur d'avoir devant elle un objet dont elle ne pouvait plus soutenir la présence, qu'elle s'évanouit. Elle se renversa sur le dos de sa chaise qui n'avait pas de bras d'appui, et elle serait tombée si quelques-unes de ses femmes ne l'eussent promptement secourue. Elles l'enlevèrent et l'emportèrent dans le salon.

Ebn Thaher, qui était dans la galerie, surpris de cet accident, tourna la tête du côté du prince de Perse, et, au lieu de le voir appuyé contre la jalousie pour regarder comme lui, il fut extrêmement étonné de le voir étendu à ses pieds sans mouvement. Il jugea par là de la force de l'amour dont ce prince était épris pour Schemselnihar, et il admira cet étrange effet de sympathie, qui lui causa une peine mortelle à cause du lieu où ils se trouvaient. Il fit cependant tout ce qu'il put pour faire revenir le prince, mais ce fut inutilement. Ebn Thaher était dans cet embarras, lorsque la confidente de Schemselnihar vint ouvrir la porte de la galerie, et entra hors d'haleine et comme une personne qui ne savait plus où elle en était. « Venez promptement, s'écria-t-elle, que je vous fasse sortir. Tout est ici en confusion, et je crois que voici le dernier de nos jours. — Hé! comment voulez-vous que nous partions ? répondit Ebn Thaher d'un ton qui marquait sa tristesse. Approchez de grâce, et voyez en quel état est le prince de Perse! » Quand l'esclave le vit évanoui, elle courut chercher de l'eau sans perdre le temps à discourir, et revint en peu de moments.

Enfin le prince de Perse, après qu'on lui eut jeté de l'eau sur le visage, reprit ses esprits : « Prince, lui dit alors Ebn Thaher, nous courons risque de périr ici, vous et moi, si nous y restons davantage; faites donc un effort, et nous sauvons au plus vite. » Il était si faible qu'il ne put se lever tout seul. Ebn Thaher et la confidente lui donnèrent la main, et, le soutenant des deux côtés, ils allèrent jusqu'à une petite porte de fer qui s'ouvrait sur le Tigre. Ils sortirent par là, et s'avancèrent jusque sur le bord d'un petit canal qui communiquait au fleuve. La confidente frappa des mains, et aussitôt un petit bateau parut et vint à eux avec un seul rameur. Ali Ebn Becar et son compagnon s'embarquèrent, et l'esclave confidente demeura sur le bord du canal. D'abord que le prince se fut assis dans le bateau, il étendit une main du côté du palais, et, mettant l'autre sur son cœur : « Cher objet de mon âme, s'écria-t-il d'une voix faible, recevez ma foi de cette main, pendant que je vous assure de celle-ci que mon cœur conservera éternellement le feu dont il brûle pour vous... »

En cet endroit Scheherazade s'aperçut qu'il était jour. Elle se tut, et la nuit suivante elle reprit la parole dans ces termes :

CXCII^e NUIT

Cependant le batelier ramait de toute sa force, et l'esclave confidente de Schemselnihar accompagna le prince de Perse et Ebn Thaher en marchant sur le bord du canal jusqu'à ce qu'ils fussent arrivés au courant du Tigre. Alors, comme elle ne pouvait aller plus loin, elle prit congé d'eux et se retira.

Le prince de Perse était toujours dans une grande faiblesse. Ebn Thaher le consolait et l'exhortait à prendre courage. « Songez, lui dit-il, que, quand nous serons débarqués, nous aurons encore bien du chemin à faire avant que d'arriver chez moi : car de vous mener à l'heure qu'il est, et dans l'état où vous êtes, jusqu'à votre logis, qui est bien plus éloigné que le mien, je n'en suis pas d'avis; nous pourrions même courir risque d'être rencontrés par le guet. » Ils sortirent enfin du bateau; mais le prince avait si peu de force qu'il ne pouvait marcher, ce qui mit Ebn Thaher dans un grand embarras. Il se souvint qu'il avait un ami dans le voisinage; il traîna le prince jusque-là avec beaucoup de peine. L'ami les reçut avec bien de la joie; et, quand il les eut fait asseoir, il leur demanda d'où ils venaient si tard. Ebn Thaher lui répondit : « J'ai appris ce soir qu'un homme qui me doit une somme d'argent assez considérable était dans le dessein de partir pour un long voyage; je n'ai point perdu de temps, je suis allé le chercher; et en chemin j'ai rencontré ce jeune seigneur que vous voyez, et à qui j'ai mille obligations; comme il connaît mon débiteur, il a bien voulu me faire la grâce de m'accompagner. Nous avons eu assez de peine à mettre notre homme à la raison. Nous en sommes pourtant venus à bout, et c'est ce qui est cause que nous n'avons pu sortir de chez lui que fort tard. En revenant, à quelques pas d'ici, ce bon seigneur, pour qui j'ai toute la considération possible, s'est senti tout à coup attaqué d'un mal qui m'a fait prendre la liberté de frapper à votre porte. Je me suis flatté que vous voudriez bien nous faire le plaisir de nous donner le couvert pour cette nuit. »

L'ami d'Ebn Thaher se paya de cette fable, leur dit qu'ils étaient les bienvenus, et offrit au prince de Perse, qu'il ne connaissait pas, toute l'assistance qu'il pouvait désirer. Mais Ebn Thaher, prenant la parole pour le prince, dit que son mal était d'une nature à n'avoir besoin que de repos. L'ami comprit par ce discours qu'ils souhaitaient de se reposer : c'est pourquoi il les conduisit dans un appartement, où il leur laissa la liberté de se coucher.

Si le prince de Perse dormit, ce fut d'un sommeil troublé par des songes fâcheux qui lui représentaient Schemselnihar évanouie aux pieds du calife, et l'entretenaient dans son affliction. Ebn Thaher, qui avait une grande impatience de se revoir chez lui, et qui ne doutait pas que sa famille ne fût dans une inquiétude mortelle (car il ne lui était jamais arrivé de coucher dehors), se leva et partit de bon matin, après avoir pris congé de son ami, qui s'était levé pour faire sa prière de la pointe du jour. Enfin il arriva chez lui, et la première chose que fit le prince de Perse, qui s'était fait un grand effort pour marcher, fut de se jeter sur un sofa, aussi fatigué que s'il eût fait un long voyage. Comme il n'était pas en état de se rendre à sa maison, Ebn Thaher lui fit préparer une chambre; afin qu'on ne fût point en peine de lui, il envoya dire à ses gens l'état et le lieu où il était. Il pria cependant le prince de Perse d'avoir l'esprit en repos, de commander chez lui, et d'y disposer à son gré de toutes choses. « J'accepte de bon cœur les offres obligeantes que vous me faites, lui dit le prince; mais que je ne vous embarrasse pas, s'il vous plaît; je vous conjure de faire comme si je n'étais pas chez vous. Je n'y voudrais pas demeurer un moment, si je croyais que ma présence vous contraignît en la moindre chose. »

D'abord qu'Ebn Thaher eut un moment pour se reconnaître, il apprit à sa famille tout ce qui s'était passé au palais de Schemselnihar, et finit son récit en remerciant Dieu de l'avoir délivré du danger qu'il avait couru. Les principaux domestiques du prince de Perse vinrent recevoir ses ordres chez Ebn Thaher, et l'on y vit bientôt arriver plusieurs de ses amis qu'ils avaient avertis de son indisposition. Ses amis passèrent la meilleure partie de la journée avec lui; et, si leur entretien ne put effacer les tristes idées qui causaient son mal, il en tira du moins cet avantage, qu'elles lui donnèrent quelque relâche. Il voulait prendre congé d'Ebn Thaher sur la fin du jour; mais ce fidèle ami lui trouva encore tant de faiblesse qu'il l'obligea d'attendre au lendemain. Cependant, pour contribuer à le réjouir, il lui donna le soir un concert de voix et d'instruments; mais ce concert ne servit qu'à rappeler dans la mémoire du prince celui du soir précédent, et irrita ses ennuis au lieu de les soulager, de sorte que le jour suivant son mal parut avoir augmenté. Alors Ebn Thaher ne s'opposa plus au dessein que le prince avait de se retirer dans sa maison. Il prit soin lui-même de l'y faire porter; il l'accompagna, et, quand il se vit seul avec lui dans son appartement, il lui représenta toutes les raisons qu'il avait de faire un généreux effort pour vaincre une passion dont la fin ne pouvait être heureuse ni pour lui, ni pour la favorite. « Ah! cher Ebn Thaher, s'écria le prince, qu'il vous est aisé de donner ce conseil, mais qu'il m'est difficile de le suivre! J'en conçois toute l'importance sans pouvoir en profiter. Je l'ai déjà dit, j'emporterai avec moi dans le tombeau l'amour que j'ai pour Schemselnihar. » Lorsque Ebn Thaher vit qu'il ne pouvait rien gagner sur l'esprit du prince, il prit congé de lui et voulut se retirer...

Scheherazade, en cet endroit, voyant paraître le jour, garda le silence; et le lendemain elle reprit son discours :

CXCIII^e NUIT

Le prince de Perse le retint. « Obligeant Ebn Thaher,

lui dit-il, si je vous ai déclaré qu'il n'était pas en mon pouvoir de suivre vos sages conseils, je vous supplie de ne pas m'en faire un crime, et de ne pas cesser pour cela de me donner des marques de votre amitié. Vous ne sauriez m'en donner une plus grande que de m'instruire du destin de ma chère Schemselnihar, si vous en apprenez des nouvelles. L'incertitude où je suis de son sort, les appréhensions mortelles que me cause son évanouissement, m'entretiennent dans la langueur que vous me reprochez. — Seigneur, lui répondit Ebn Thaher, vous devez espérer que son évanouissement n'aura pas eu de suites funestes, et que sa confidente viendra incessamment m'informer de quelle manière se sera passée la chose. D'abord que je saurai ce détail, je ne manquerai pas de venir vous en faire part. »

Ebn Thaher laissa le prince dans cette espérance et retourna chez lui, où il attendit inutilement tout le reste du jour la confidente de Schemselnihar. Il ne la vit pas même le lendemain. L'inquiétude où il était de savoir l'état de la santé du prince de Perse ne lui permit pas d'être plus longtemps sans le voir. Il alla chez lui dans le dessein de l'exhorter à prendre patience. Il le trouva au lit aussi malade qu'à l'ordinaire, et environné de nombre d'amis et de quelques médecins qui employaient toutes les lumières de leur art pour découvrir la cause de son mal. Dès qu'il aperçut Ebn Thaher, il le regarda en souriant, pour lui témoigner deux choses : l'une, qu'il se réjouissait de le voir, et l'autre, combien ses médecins, qui ne pouvaient deviner le sujet de sa maladie, se trompaient dans leurs raisonnements.

Les amis et les médecins se retirèrent les uns après les autres, de sorte qu'Ebn Thaher demeura seul avec le malade. Il s'approcha de son lit pour lui demander comment il se trouvait depuis qu'il ne l'avait vu. « Je vous dirai, lui répondit le prince, que mon amour, qui prend continuellement de nouvelles forces, et l'incertitude de la destinée de l'aimable Schemselnihar, augmentent mon mal à chaque moment et me mettent dans un état qui afflige mes parents et mes amis et déconcerte mes médecins qui n'y comprennent rien. Vous ne sauriez croire, ajouta-t-il, combien je souffre de voir tant de gens qui m'importunent et que je ne puis chasser honnêtement. Vous êtes le seul dont je sens que la compagnie me soulage; mais enfin ne me dissimulez rien, je vous en conjure. Quelles nouvelles m'apportez-vous de Schemselnihar ?

Avez-vous vu sa confidente ? que vous a-t-elle dit ? » Ebn Thaher répondit qu'il ne l'avait pas vue ; et il n'eut pas plus tôt appris au prince cette triste nouvelle que les larmes lui vinrent aux yeux ; il ne put repartir un seul mot, tant il avait le cœur serré. « Prince, reprit alors Ebn Thaher, permettez-moi de vous remontrer que vous êtes trop ingénieux à vous tourmenter. Au nom de Dieu, essuyez vos larmes : quelqu'un de vos gens peut entrer en ce moment, et vous savez avec quel soin vous devez cacher vos sentiments qui pourraient être démêlés par là. » Quelque chose que pût dire ce judicieux confident, il ne fut pas possible au prince de retenir ses pleurs. « Sage Ebn Thaher, s'écria-t-il quand l'usage de la parole lui fut revenu, je puis bien empêcher ma langue de révéler le secret de mon cœur ; mais je n'ai pas de pouvoir sur mes larmes dans un si grand sujet de craindre pour Schemselnihar. Si cet adorable et unique objet de mes désirs n'était plus au monde, je ne lui survivrais pas un moment. — Rejetez une pensée si affligeante, répliqua Ebn Thaher : Schemselnihar vit encore, vous n'en devez pas douter. Si elle ne vous a pas fait savoir de ses nouvelles, c'est qu'elle n'en a pu trouver l'occasion, et j'espère que cette journée ne se passera point que vous n'en appreniez. » Il ajouta à ce discours plusieurs autres choses consolantes ; après quoi il se retira.

Ebn Thaher fut à peine de retour chez lui que la confidente de Schemselnihar arriva. Elle avait un air triste, et il en conçut un mauvais présage. Il lui demanda des nouvelles de sa maîtresse. « Apprenez-moi auparavant des vôtres, lui répondit la confidente : car j'ai été dans une grande peine de vous avoir vus partir dans l'état où était le prince de Perse. » Ebn Thaher lui raconta ce qu'elle voulait savoir ; et, lorsqu'il eut achevé, l'esclave prit la parole : « Si le prince de Perse, lui dit-elle, a souffert et souffre encore pour ma maîtresse, elle n'a pas moins de peine que lui. Après que je vous eus quittés, poursuivit-elle, je retournai au salon, où je trouvai que Schemselnihar n'était pas encore revenue de son évanouissement, quelque soulagement qu'on eût tâché de lui apporter. Le calife était assis près d'elle avec toutes les marques d'une véritable douleur ; il demandait à toutes les femmes, et à moi particulièrement, si nous n'avions aucune connaissance de la cause de son mal ; mais nous gardâmes le secret, et nous lui dîmes tout autre chose que ce que nous n'ignorions pas. Nous étions cependant toutes en pleurs de la voir souffrir si longtemps, et nous n'oubliions rien de tout ce que nous pouvions imaginer pour la secourir. Enfin, il était bien minuit lorsqu'elle revint à elle. Le calife, qui avait eu la patience d'attendre ce moment, en témoigna beaucoup de joie, et demanda à Schemselnihar d'où ce mal pouvait lui être venu. Dès qu'elle entendit sa voix, elle fit un effort pour se mettre sur son séant, et, après lui avoir baisé les pieds avant qu'il pût l'en empêcher : « Sire, dit-elle, j'ai à me plaindre du Ciel de ce qu'il ne m'a pas fait la grâce entière de me laisser expirer aux pieds de Votre Majesté, pour vous marquer par là jusqu'à quel point je suis pénétrée de vos bontés. — Je suis bien persuadé que vous m'aimez, lui dit le calife; mais je vous commande de vous conserver pour l'amour de moi. Vous avez apparemment fait aujourd'hui quelque excès qui vous aura causé cette indisposition; prenez-y garde, et je vous prie de vous en abstenir une autre fois. Je suis bien aise de vous voir en meilleur état, et je vous conseille de passer ici la nuit, au lieu de retourner à votre appartement, de crainte que le mouvement ne vous soit contraire. » A ces mots, il ordonna qu'on apportât un doigt de vin qu'il lui fit prendre pour lui donner des forces. Après cela, il prit congé d'elle et se retira dans son appartement. Dès que le calife fut parti, ma maîtresse me fit signe de m'approcher. Elle me demanda de vos nouvelles avec inquiétude. Je l'assurai qu'il y avait longtemps que vous n'étiez plus dans le palais, et lui mis l'esprit en repos de ce côté-là. Je me gardai bien de lui parler de l'évanouissement du prince de Perse, de peur de la faire retomber dans l'état d'où nos soins l'avaient tirée avec tant de peine; mais ma précaution fut inutile, comme vous l'allez entendre : « Prince, s'écria-t-elle alors, je renonce désormais à tous les plaisirs tant que je serai privée de celui de ta vue. Si j'ai bien pénétré dans ton cœur, je ne fais que suivre ton exemple. Tu ne cesseras de verser des larmes que tu ne m'aies retrouvée; il est juste que je pleure et que je m'afflige jusqu'à ce que tu sois rendu à mes vœux. » En achevant ces paroles, qu'elle prononça d'une manière qui marquait la violence de sa passion, elle s'évanouit une seconde fois entre mes bras... »

En cet endroit Scheherazade, voyant paraître le jour, cessa de parler. La nuit suivante, elle poursuivit de cette sorte :

CXCIV^{e} NUIT

La confidente de Schemselnihar continua de raconter à Ebn Thaher tout ce qui était arrivé à sa maîtresse depuis son premier évanouissement. « Nous fûmes encore longtemps, dit-elle, à la faire revenir, mes compagnes et moi. Elle revint enfin; alors je lui dis : « Madame, êtes-vous donc résolue de vous laisser mourir et de nous faire mourir nous-mêmes avec vous ? Je vous supplie au nom du prince de Perse, pour qui vous avez intérêt de vivre, de vouloir conserver vos jours. De grâce, laissez-vous persuader, et faites les efforts que vous vous devez à vous-même, à l'amour du prince et à notre attachement pour vous. — Je vous suis bien obligée, reprit-elle, de vos soins, de votre zèle et de vos conseils. Mais, hélas! peuvent-ils m'être utiles ? Il ne nous est pas permis de nous flatter de quelque espérance, et ce n'est que dans le tombeau que nous devons attendre la fin de nos tourments. » Une de mes compagnes voulut la détourner de ses tristes pensées en chantant un air sur son luth; mais elle lui imposa silence et lui ordonna, comme à toutes les autres, de se retirer. Elle ne retint que moi pour passer la nuit avec elle. Quelle nuit, ô Ciel! Elle la passa dans les pleurs et dans les gémissements; et, nommant sans cesse le prince de Perse, elle se plaignait du sort qui l'avait destinée au calife, qu'elle ne pouvait aimer, et non pas à lui, qu'elle aimait éperdument. Le lendemain, comme elle n'était pas commodément dans le salon, je l'aidai à passer dans son appartement, où elle ne fut pas plus tôt arrivée que tous les médecins du palais vinrent la voir par ordre du calife; et ce prince ne fut pas longtemps sans venir lui-même. Les remèdes que les médecins ordonnèrent à Schemselnihar firent d'autant moins d'effet qu'ils ignoraient la cause de son mal, et la contrainte où la mettait la présence du calife ne faisait que l'augmenter. Elle a pourtant un peu reposé cette nuit; et, d'abord qu'elle a été éveillée, elle m'a chargé de vous venir trouver pour apprendre des nouvelles du prince de Perse.

— Je vous ai déjà informée de l'état où il est, lui dit Ebn Thaher; ainsi, retournez vers votre maîtresse, et l'assurez que le prince de Perse attendait de ses nouvelles avec la même impatience qu'elle en attendait de lui. Exhortez-la surtout à se modérer et à se vaincre, de peur qu'il ne lui échappe devant le calife quelque parole qui pourrait nous perdre avec elle. — Pour moi, reprit la confidente, je vous l'avoue, je crains tout de ses transports. J'ai pris la liberté de lui dire ce que je pensais là-dessus, et je suis persuadée qu'elle ne trouvera pas mauvais que je lui en parle encore de votre part. »

Ebn Thaher, qui ne faisait que d'arriver de chez le prince de Perse, ne jugea point à propos d'y retourner sitôt et de négliger des affaires importantes qui lui étaient survenues en rentrant chez lui ; il y alla seulement sur la fin du jour. Le prince était seul, et ne se portait pas mieux que le matin. « Ebn Thaher, lui dit-il en le voyant paraître, vous avez sans doute beaucoup d'amis ; mais ces amis ne connaissent pas ce que vous valez, comme vous me le faites connaître par votre zèle, par vos soins et par les peines que vous vous donnez lorsqu'il s'agit de les obliger. Je suis confus de tout ce que vous faites pour moi avec tant d'affection, et je ne sais comment je pourrai m'acquitter envers vous. — Prince, lui répondit Ebn Thaher, laissons là ce discours, je vous en supplie : je suis prêt non seulement à donner un des mes yeux pour vous en conserver un, mais même à sacrifier ma vie pour la vôtre. Ce n'est pas de quoi il s'agit présentement. Je viens vous dire que Schemselnihar m'a envoyé sa confidente pour me demander de vos nouvelles, et en même temps pour m'informer des siennes. Vous jugez bien que je ne lui ai rien dit qui ne lui ait confirmé l'excès de votre amour pour sa maîtresse, et la constance avec laquelle vous l'aimez. » Ebn Thaher lui fit ensuite un détail exact de tout ce que lui avait dit l'esclave confidente. Le prince l'écouta avec tous les différents mouvements de crainte, de jalousie, de tendresse et de compassion que son discours lui inspira, faisant sur chaque chose qu'il entendait toutes les réflexions affligeantes ou consolantes dont un amant aussi passionné qu'il l'était pouvait être capable.

Leur conversation dura si longtemps que, la nuit se trouvant fort avancée, le prince de Perse obligea Ebn Thaher à demeurer chez lui. Le lendemain matin, comme ce fidèle ami s'en retournait au logis, il vit venir à lui une femme qu'il reconnut pour la confidente de Schemselnihar, et qui, l'ayant abordé, lui dit : « Ma maîtresse vous salue, et je viens vous prier de sa part de rendre cette lettre au prince de Perse. » Le zélé Ebn Thaher prit la lettre et retourna chez le prince, accompagné de l'esclave confidente...

Scheherazade cessa de parler en cet endroit, à cause du jour qu'elle vit paraître. Elle reprit la suite de son discours la nuit suivante, et dit au sultan des Indes :

CXCV^{e} NUIT

Sire, quand Ebn Thaher fut entré chez le prince de Perse avec la confidente de Schemselnihar, il la pria de demeurer un moment dans l'antichambre et de l'attendre. Dès que le prince l'aperçut, il lui demanda avec empressement quelle nouvelle il avait à lui annoncer. « La meilleure que vous puissiez apprendre, lui répondit Ebn Thaher : on vous aime aussi chèrement que vous aimez. La confidente de Schemselnihar est dans votre antichambre; elle vous apporte une lettre de la part de sa maîtresse; elle n'attend que votre ordre pour entrer. — Qu'elle entre! » s'écria le prince avec un transport de joie. En disant cela, il se mit sur son séant pour la recevoir.

Comme les gens du prince étaient sortis de la chambre d'abord qu'ils avaient vu Ebn Thaher, afin de le laisser seul avec leur maître, Ebn Thaher alla ouvrir la porte lui-même et fit entrer la confidente. Le prince la reconnut et la reçut d'une manière fort obligeante. « Seigneur, lui dit-elle, je sais tous les maux que vous avez soufferts depuis que j'eus l'honneur de vous conduire au bateau qui vous attendait pour vous ramener; mais j'espère que la lettre que je vous apporte contribuera à votre guérison. » A ces mots, elle lui présenta la lettre. Il la prit, et, après l'avoir baisée plusieurs fois, il l'ouvrit et lut les paroles suivantes :

LETTRE DE SCHEMSELNIHAR
AU PRINCE DE PERSE ALI EBN BECAR

La personne qui vous rendra cette lettre vous dira de mes nouvelles mieux que moi-même, car je ne me connais plus depuis que j'ai cessé de vous voir. Privée de votre présence, je cherche à me tromper en vous entretenant, par ces lignes mal formées, avec le même plaisir que si j'avais le bonheur de vous parler.

On dit que la patience est un remède à tous les maux, et toutefois elle aigrit les miens au lieu de les soulager. Quoique votre portrait soit profondément gravé dans mon cœur, mes yeux souhaitent d'en revoir incessamment l'original, et ils perdront toute leur lumière s'il faut qu'ils en soient encore longtemps privés. Puis-je me flatter que les vôtres aient la même impatience de me voir? Oui, je le puis : ils me l'ont fait assez connaître par leurs tendres regards. Que Schemselnihar serait heureuse, et que vous seriez heureux, Prince, si mes désirs, qui sont conformes aux vôtres, n'étaient pas traversés par des obstacles insurmontables! Ces obstacles m'affligent d'autant plus vivement qu'ils vous affligent vous-même.

Ces sentiments que mes doigts tracent, et que j'exprime avec un plaisir incroyable, en les répétant plusieurs fois, partent du plus profond de mon cœur et de la blessure incurable que vous y avez faite, blessure que je bénis mille fois, malgré le cruel ennui que je souffre de votre absence. Je compterais pour rien tout ce qui s'oppose à nos amours, s'il m'était seulement permis de vous voir quelquefois en liberté : je vous posséderais alors; que pourrais-je souhaiter de plus?

Ne vous imaginez pas que mes paroles disent plus que je ne pense. Hélas ! de quelques expressions que je puisse me servir, je sens bien que je pense plus de choses que je ne vous en dis! Mes yeux, qui sont dans une veille continuelle, et qui versent incessamment des pleurs en attendant qu'ils vous revoient; mon cœur affligé qui ne désire que vous seul, les soupirs qui m'échappent toutes les fois que je pense à vous, c'est-à-dire à tout moment; mon imagination qui ne me représente plus d'autre objet que mon cher prince ; les plaintes que je fais au Ciel de la rigueur de ma destinée ; enfin, ma tristesse, mes inquiétudes, mes tourments qui ne me donnent aucun relâche depuis que je vous ai perdu de vue, sont garants de ce que je vous écris.

Ne suis-je pas bien malheureuse d'être née pour aimer, sans espérance de jouir de ce que j'aime? Cette pensée désolante m'accable à un point que j'en mourrais si je n'étais pas persuadée que vous m'aimez. Mais une si douce consolation balance mon désespoir et m'attache à la vie. Mandez-moi que vous m'aimez toujours : je garderai votre lettre précieusement, je la lirai mille fois le jour, je souffrirai mes maux avec moins d'impatience. Je souhaite que le Ciel cesse d'être irrité contre nous, et nous fasse trouver l'occasion de nous dire sans contrainte que nous nous aimons et que nous ne cesserons jamais de nous aimer. Adieu. Je salue Ebn Thaher, à qui nous avons tant d'obligations l'un et l'autre.

CXCVI[e] NUIT

Le prince de Perse ne se contenta pas d'avoir lu une fois cette lettre; il lui sembla qu'il l'avait lue avec trop peu d'attention. Il la relut plus lentement, et, en lisant, tantôt il poussait de tristes soupirs, tantôt il versait des larmes, et tantôt il faisait éclater des transports de joie et de tendresse, selon qu'il était touché de ce qu'il lisait. Enfin, il ne se lassait point de parcourir des yeux des caractères tracés par une si chère main; et il se préparait à les lire pour la troisième fois, lorsque Ebn Thaher lui représenta que la confidente n'avait pas de temps à perdre, et qu'il devait songer à faire réponse. « Hélas! s'écria le prince, comment voulez-vous que je fasse réponse à une lettre si obligeante ? En quels termes m'exprimerai-je dans le trouble où je suis ? J'ai l'esprit agité de mille pensées cruelles, et mes sentiments se détruisent au moment que je les ai conçus, pour faire place à d'autres. Pendant que mon corps se ressent des impressions de mon âme, comment pourrai-je tenir le papier et conduire la canne* pour former les lettres ? »

En parlant ainsi, il tira d'un petit bureau qu'il avait près de lui du papier, une canne taillée, et un cornet où il y avait de l'encre...

Scheherazade, apercevant le jour en cet endroit, interrompit sa narration. Elle en reprit la suite le lendemain et dit à Schahriar :

CXCVII[e] NUIT

Sire, le prince de Perse, avant que d'écrire, donna la lettre de Schemselnihar à Ebn Thaher, et le pria de la tenir ouverte pendant qu'il écrirait, afin qu'en jetant les yeux dessus, il vît mieux ce qu'il y devait répondre. Il commença d'écrire; mais les larmes qui lui tombaient

* Les Arabes, les Persans et les Turcs, quand ils écrivent, tiennent le papier de la main gauche, appuyée ordinairement sur le genou, et écrivent de la droite, avec une petite canne taillée et fendue comme nos plumes. Cette sorte de canne est creuse et ressemble à nos roseaux, mais elle a plus de consistance.

des yeux sur son papier l'obligèrent plusieurs fois de s'arrêter pour les laisser couler librement. Il acheva enfin sa lettre, et, la donnant à Ebn Thaher : « Lisez-la, je vous prie, lui dit-il, et me faites la grâce de voir si le désordre où est mon esprit m'a permis de faire une réponse raisonnable. » Ebn Thaher la prit et lut ce qui suit :

RÉPONSE DU PRINCE DE PERSE A LA LETTRE DE SCHEMSELNIHAR

J'étais plongé dans une affliction mortelle lorsqu'on m'a rendu votre lettre. A la voir seulement, j'ai été transporté d'une joie que je ne puis vous exprimer ; et, à la vue des caractères tracés par votre belle main, mes yeux ont reçu une lumière plus vive que celle qu'ils avaient perdue lorsque les vôtres se fermèrent subitement aux pieds de mon rival. Les paroles que contient cette obligeante lettre sont autant de rayons lumineux qui ont dissipé les ténèbres dont mon âme était obscurcie. Elles m'apprennent combien vous souffrez pour l'amour de moi, et me font connaître aussi que vous n'ignorez pas que je souffre pour vous, et par là elles me consolent dans mes maux. D'un côté, elles me font verser des larmes abondamment, et, de l'autre, elles embrasent mon cœur d'un feu qui le soutient, et m'empêchent d'expirer de douleur. Je n'ai pas eu un moment de repos depuis notre cruelle séparation. Votre lettre seule apporte quelque soulagement à mes peines. J'ai gardé un morne silence jusqu'au moment que je l'ai reçue : elle m'a redonné la parole. J'étais enseveli dans une mélancolie profonde, elle m'a inspiré une joie qui a d'abord éclaté dans mes yeux et sur mon visage. Mais ma surprise de recevoir une faveur que je n'ai point encore méritée a été si grande que je ne savais par où commencer pour vous en marquer ma reconnaissance. Enfin, après l'avoir baisée plusieurs fois comme un gage précieux de vos bontés, je l'ai lue et relue, et suis demeuré confus de l'excès de mon bonheur. Vous voulez que je vous mande que je vous aime toujours. Ah ! quand je ne vous aurais pas aimée aussi parfaitement que je vous aime, je ne pourrais m'empêcher de vous adorer après toutes les marques que vous me donnez d'un amour si peu commun ! Oui, je vous aime, ma chère âme, et ferai gloire de brûler toute ma vie du beau feu que vous avez allumé dans mon cœur. Je ne me plaindrai jamais de la vive ardeur dont je sens qu'il me consume ; et, quelque rigoureux que soient les maux que votre absence me cause, je les supporterai constamment, dans l'espérance de vous voir un jour. Plût à Dieu que ce fût dès aujourd'hui, et qu'au lieu de vous envoyer ma lettre, il me fût permis d'aller vous assurer que je meurs d'amour pour vous ! Mes larmes m'empêchent de vous en dire davantage. Adieu. »

Ebn Thaher ne put lire ces dernières lignes sans pleurer lui-même. Il remit la lettre entre les mains du prince de Perse, en l'assurant qu'il n'y avait rien à corriger. Le prince la ferma, et, quand il l'eut cachetée : « Je vous prie de vous approcher, dit-il à la confidente de Schemselnihar, qui était un peu éloignée de lui : voici la réponse que je fais à la lettre de votre chère maîtresse. Je vous conjure de la lui porter et de la saluer de ma part. » L'esclave confidente prit la lettre et se retira avec Ebn Thaher...

En achevant ces mots, la sultane des Indes, voyant paraître le jour, se tut; et la nuit suivante elle continua de cette manière :

CXCVIII^e NUIT

Ebn Thaher, après avoir marché quelque temps avec l'esclave confidente, la quitta et retourna dans sa maison, où il se mit à rêver profondément à l'intrigue amoureuse dans laquelle il se trouvait malheureusement engagé. Il se représenta que le prince de Perse et Schemselnihar, malgré l'intérêt qu'ils avaient de cacher leur intelligence, se ménageaient avec si peu de discrétion qu'elle pourrait bien n'être pas longtemps secrète. Il tira de là toutes les conséquences qu'un homme de bon sens en devait tirer. « Si Schemselnihar, se disait-il à lui-même, était une dame du commun, je contribuerais de tout mon pouvoir à rendre heureux son amant et elle; mais c'est la favorite du calife, et il n'y a personne qui puisse impunément entreprendre de plaire à ce qu'il aime. Sa colère tombera d'abord sur Schemselnihar; il en coûtera la vie au prince de Perse, et je serai enveloppé dans son malheur. Cependant j'ai mon honneur, mon repos, ma famille et mon bien à conserver; il faut donc, pendant que je le puis, me délivrer d'un si grand péril. »

Il fut occupé de ces pensées durant tout ce jour-là. Le lendemain matin, il alla chez le prince de Perse dans le dessein de faire un dernier effort pour l'obliger à vaincre sa passion. Effectivement, il lui représenta ce qu'il lui avait déjà inutilement représenté, qu'il ferait beaucoup mieux d'employer tout son courage à détruire le penchant qu'il avait pour Schemselnihar, que de s'y laisser entraîner; que ce penchant était d'autant plus dangereux que son rival était plus puissant. « Enfin, Seigneur, ajouta-t-il, si vous m'en croyez, vous ne songerez qu'à triompher de votre amour. Autrement vous courez risque de vous perdre avec Schemselnihar dont la vie vous doit être plus chère que la vôtre. Je vous donne ce conseil en ami, et quelque jour vous m'en remercierez. »

Le prince écouta Ebn Thaher assez impatiemment. Néanmoins, il le laissa dire tout ce qu'il voulut; mais, prenant la parole à son tour : « Ebn Thaher, lui dit-il, croyez-vous que je puisse cesser d'aimer Schemselnihar qui m'aime avec tant de tendresse ? Elle ne craint pas d'exposer sa vie pour moi, et vous voulez que le soin de conserver la mienne soit capable de m'occuper ? Non, quelque malheur qui puisse m'arriver, je veux aimer Schemselnihar jusqu'au dernier soupir. »

Ebn Thaher, choqué de l'opiniâtreté du prince de Perse, le quitta assez brusquement et se retira chez lui, où, rappelant dans son esprit ses réflexions du jour précédent, il se mit à songer fort sérieusement au parti qu'il avait à prendre. Pendant ce temps-là, un joaillier de ses intimes amis le vint voir. Ce joaillier s'était aperçu que la confidente de Schemselnihar allait chez Ebn Thaher plus souvent qu'à l'ordinaire, et qu'Ebn Thaher était presque toujours avec le prince de Perse, dont la maladie était sue de tout le monde, sans toutefois qu'on en connût la cause; tout cela lui avait donné des soupçons. Comme Ebn Thaher lui parut rêveur, il jugea bien que quelque affaire importante l'embarrassait, et, croyant être au fait, il lui demanda ce que lui voulait l'esclave confidente de Schemselnihar. Ebn Thaher demeura un peu interdit à cette demande, et voulut dissimuler en lui disant que c'était pour une bagatelle qu'elle venait si souvent chez lui. « Vous ne me parlez pas sincèrement, lui répliqua le joaillier, et vous m'allez persuader, par votre dissimulation, que cette bagatelle est une affaire plus importante que je ne l'ai cru d'abord. »

Ebn Thaher, voyant que son ami le pressait si fort, lui

dit : « Il est vrai que cette affaire est de la dernière conséquence. J'avais résolu de la tenir secrète; mais, comme je sais l'intérêt que vous prenez à tout ce qui me regarde, j'aime mieux vous en faire confidence que de vous laisser penser là-dessus ce qui n'est pas. Je ne vous recommande point le secret : vous connaîtrez par ce que je vais vous dire combien il est important de le garder. » Après ce préambule, il lui raconta les amours de Schemselnihar et du prince de Perse. « Vous savez, ajouta-t-il ensuite, en quelle considération je suis à la cour et dans la ville, auprès des plus grands seigneurs et des dames les plus qualifiées. Quelle honte pour moi si ces téméraires amours venaient à être découvertes! Mais, que dis-je ? ne serions-nous pas perdus, toute ma famille et moi ? Voilà ce qui m'embarrasse l'esprit; mais je viens de prendre mon parti. Il m'est dû et je dois; je vais travailler incessamment à satisfaire mes créanciers et à recouvrer mes dettes, et, après que j'aurai mis tout mon bien en sûreté, je me retirerai à Balsora, où je demeurerai jusqu'à ce que la tempête que je prévois soit passée. L'amitié que j'ai pour Schemselnihar et pour le prince de Perse me rend très sensible au mal qui peut leur arriver; je prie Dieu de leur faire connaître le danger où ils s'exposent et de les conserver; mais, si leur mauvaise destinée veut que leurs amours aillent à la connaissance du calife, je serai du moins à couvert de son ressentiment : car je ne les crois pas assez méchants pour vouloir m'envelopper dans leur malheur. Leur ingratitude serait extrême si cela arrivait; ce serait mal payer les services que je leur ai rendus et les bons conseils que je leur ai donnés, particulièrement au prince de Perse qui pourrait se tirer encore du précipice, lui et sa maîtresse, s'il le voulait. Il lui est aisé de sortir de Bagdad comme moi, et l'absence le dégagerait insensiblement d'une passion qui ne fera qu'augmenter tant qu'il s'obstinera à y demeurer. »

Le joaillier entendit avec une extrême surprise le récit que lui fit Ebn Thaher. « Ce que vous venez de me raconter, lui dit-il, est d'une si grande importance que je ne puis comprendre comment Schemselnihar et le prince de Perse ont été capables de s'abandonner à un amour si violent. Quelque penchant qui les entraîne l'un vers l'autre, au lieu d'y céder lâchement, ils devaient y résister et faire un meilleur usage de leur raison. Ont-ils pu s'étourdir sur les suites fâcheuses de leur intelligence ? Que leur aveuglement est déplorable! J'en vois comme vous toutes les conséquences. Mais vous êtes sage et prudent, et j'approuve la résolution que vous avez formée; c'est par là seulement que vous pouvez vous dérober aux événements funestes que vous avez à craindre. » Après cet entretien, le joaillier se leva et prit congé d'Ebn Thaher.

« Sire, dit en cet endroit Scheherazade, le jour que je vois paraître m'empêche d'entretenir Votre Majesté plus longtemps. » Elle se tut, et le lendemain elle reprit la suite de son discours.

CXCIX^{e} NUIT

Avant que le joaillier se retirât, Ebn Thaher ne manqua pas de le conjurer par l'amitié qui les unissait tous deux de ne rien dire à personne de tout ce qu'il lui avait appris. « Ayez l'esprit en repos, lui dit le joaillier; je vous garderai le secret au péril de ma vie. »

Deux jours après cette conversation, le joaillier passa devant la boutique d'Ebn Thaher, et, voyant qu'elle était fermée, il ne douta pas qu'il n'eût exécuté le dessein dont il lui avait parlé. Pour en être plus sûr, il demanda à un voisin s'il savait pourquoi elle n'était pas ouverte. Le voisin lui répondit qu'il ne savait autre chose, sinon qu'Ebn Thaher était allé faire un voyage. Il n'eut pas besoin d'en savoir davantage, et il songea d'abord au prince de Perse. « Malheureux prince, dit-il en lui-même, quel chagrin n'aurez-vous pas quand vous apprendrez cette nouvelle! Par quelle entremise entretiendrez-vous le commerce que vous avez avec Schemselnihar ? Je crains que vous n'en mouriez de désespoir. J'ai compassion de vous; il faut que je vous dédommage de la perte que vous avez faite d'un confident trop timide. »

L'affaire qui l'avait obligé de sortir n'était pas de grande conséquence; il la négligea, et, quoiqu'il ne connût le prince de Perse que pour lui avoir vendu quelques pierreries, il ne laissa pas d'aller chez lui. Il s'adressa à un de ses gens, et le pria de vouloir bien dire à son maître qu'il souhaitait de l'entretenir d'une affaire très importante. Le domestique revint bientôt trouver le joaillier, et l'introduisit dans la chambre du prince, qui était à demi couché sur le sofa, la tête sur le coussin. Comme il se souvint de l'avoir vu, il se leva pour le recevoir, lui dit qu'il était le bienvenu, et, après l'avoir prié de s'asseoir, il lui demanda s'il y avait quelque chose en quoi il pût lui rendre service, ou s'il venait lui annoncer quelque nouvelle qui le regardât lui-même. « Prince, lui répondit le joaillier, quoique je n'aie pas l'honneur d'être connu de vous particulièrement, le désir de vous marquer mon zèle m'a fait prendre la liberté de venir chez vous pour vous faire part d'une nouvelle qui vous touche; j'espère que vous me pardonnerez ma hardiesse en faveur de ma bonne intention. »

Après ce début, le joaillier entra en matière, et poursuivit ainsi : « Prince, j'aurai l'honneur de vous dire qu'il y a longtemps que la conformité d'humeur et quelques affaires que nous avons eues ensemble nous ont liés d'une étroite amitié, Ebn Thaher et moi. Je sais qu'il est connu de vous et qu'il s'est employé jusqu'à présent à vous obliger en tout ce qu'il a pu; j'ai appris cela de lui-même, car il n'a rien eu de caché pour moi, ni moi pour lui. Je viens de passer devant sa boutique, que j'ai été assez surpris de voir fermée. Je me suis adressé à un de ses voisins pour lui en demander la raison, et il m'a répondu qu'il y avait deux jours qu'Ebn Thaher avait pris congé de lui et des autres voisins, en leur offrant ses services pour Balsora, où il allait, disait-il, pour une affaire de grande importance. Je n'ai pas été satisfait de cttee réponse; et l'intérêt que je prends à ce qui le regarde m'a déterminé à venir vous demander si vous ne savez rien de particulier touchant un départ si précipité. »

A ce discours, que le joaillier avait accommodé au sujet pour mieux parvenir à son dessein, le prince de Perse changea de couleur, et regarda le joaillier d'un air qui lui fit connaître combien il était affligé de cette nouvelle. « Ce que vous m'apprenez, lui dit-il, me surprend; il ne pouvait m'arriver un malheur plus mortifiant. Oui, s'écria-t-il les larmes aux yeux, c'est fait de moi si ce que vous me dites est véritable! Ebn Thaher, qui était toute ma consolation, en qui je mettais toute mon espérance, m'abandonne! Il ne faut plus que je songe à vivre après un coup si cruel. »

Le joaillier n'eut pas besoin d'en entendre davantage pour être pleinement convaincu de la violente passion du prince de Perse, dont Ebn Thaher l'avait entretenu. La simple amitié ne parle pas ce langage; il n'y a que l'amour qui soit capable de produire des sentiments si vifs.

Le prince demeura quelques moments enseveli dans les pensées les plus tristes. Il leva enfin la tête, et, s'adressant à un de ses gens : « Allez, lui dit-il, jusque chez Ebn Thaher, parlez à quelqu'un de ses domestiques, et sachez s'il est vrai qu'il soit parti pour Balsora. Courez, et revenez promptement me dire ce que vous aurez appris. » En attendant le retour du domestique, le joaillier tâcha d'entretenir le prince de choses indifférentes; mais le prince ne lui donna presque pas d'attention : il était la proie d'une inquiétude mortelle. Tantôt il ne pouvait se persuader qu'Ebn Thaher fût parti, et tantôt il n'en doutait pas, quand il faisait réflexion au discours que ce confident lui avait tenu la dernière fois qu'il l'était venu voir, et à l'air brusque dont il l'avait quitté.

Enfin, le domestique du prince arriva, et rapporta qu'il avait parlé à un des gens d'Ebn Thaher, qui l'avait assuré qu'il n'était plus à Bagdad, qu'il était parti depuis deux jours pour Balsora. « Comme je sortais de la maison d'Ebn Thaher, ajouta le domestique, une esclave bien mise est venue m'aborder; et, après m'avoir demandé si je n'avais pas l'honneur de vous appartenir, elle m'a dit qu'elle avait à vous parler, et m'a prié en même temps de vouloir bien qu'elle vînt avec moi. Elle est dans l'antichambre, et je crois qu'elle a une lettre à vous rendre de la part de quelque personne de considération. » Le prince commanda aussitôt qu'on la fît entrer; il ne douta pas que ce ne fût l'esclave confidente de Schemselnihar, comme en effet c'était elle. Le joaillier la reconnut pour l'avoir vue quelquefois chez Ebn Thaher, qui lui avait appris qui elle était. Elle ne pouvait arriver plus à propos pour empêcher le prince de se désespérer. Elle le salua...

« Mais, Sire, dit Scheherazade en cet endroit, je m'aperçois qu'il est jour. » Elle se tut, et la nuit suivante elle poursuivit de cette manière :

CC^e NUIT

Le prince de Perse rendit le salut à la confidente de Schemselnihar. Le joaillier s'était levé dès qu'il l'avait vue paraître, et s'était retiré à l'écart pour leur laisser la liberté de se parler. La confidente, après s'être entretenue quelque temps avec le prince, prit congé de lui et sortit. Elle le laissa tout autre qu'il n'était auparavant. Ses yeux parurent plus brillants, et son visage plus gai; ce qui fit juger au joaillier que la bonne esclave venait de dire des choses favorables pour son amour.

Le joaillier, ayant repris sa place auprès du prince, lui dit en souriant : « A ce que je vois, Prince, vous avez des affaires importantes au palais du calife. » Le prince de Perse, fort étonné et alarmé de ce discours, répondit au joaillier : « Sur quoi jugez-vous que j'aie des affaires au palais du calife ? — J'en juge, repartit le joaillier, par l'esclave qui vient de sortir. — Et à qui croyez-vous qu'appartienne cette esclave ? répliqua le prince. — A Schemselnihar, favorite du calife, répondit le joaillier. Je connais, poursuivit-il, cette esclave et même sa maîtresse, qui m'a quelquefois fait l'honneur de venir chez moi acheter des pierreries. Je sais de plus que Schemselnihar n'a rien de caché pour cette esclave, que je vois depuis quelques jours aller et venir par les rues, assez embarrassée, à ce qu'il me semble. Je m'imagine que c'est pour quelque affaire de conséquence qui regarde sa maîtresse. »

Ces paroles du joaillier troublèrent fort le prince de Perse. « Il ne me parlerait pas dans ces termes, dit-il en lui-même, s'il ne soupçonnait, ou plutôt s'il ne savait pas mon secret. » Il demeura quelques moments dans le silence, ne sachant quel parti prendre. Enfin il reprit la parole et dit au joaillier : « Vous venez de me dire des choses qui me donnent lieu de croire que vous en savez encore plus que vous n'en dites. Il est important pour mon repos que j'en sois parfaitement éclairci; je vous conjure de ne me rien dissimuler. »

Alors, le joaillier, qui ne demandait pas mieux, lui fit un détail exact de l'entretien qu'il avait eu avec Ebn Thaher. Ainsi il lui fit connaître qu'il était instruit du commerce qu'il avait avec Schemselnihar, et il n'oublia pas de lui dire qu'Ebn Thaher, effrayé du danger où sa qualité de confident le ;etait, lui avait fait part du dessein qu'il avait de se retirer à Balsora et d'y demeurer jusqu'à ce que l'orage qu'il redoutait se fût dissipé. « C'est ce qu'il a exécuté, ajouta le joaillier, et je suis surpris qu'il ait pu se résoudre à vous abandonner dans l'état où il m'a fait connaître que vous étiez. Pour moi, Prince, je vous avoue que j'ai été touché de compassion pour vous : je viens vous offrir mes services; et, si vous me faites la grâce de les agréer, je m'engage à vous garder la même fidélité qu'Ebn Thaher. Je vous promets d'ailleurs plus de fermeté : je suis prêt à vous sacrifier mon honneur et ma vie; et, afin que vous ne doutiez pas de ma sincérité, je jure par ce qu'il y a de plus sacré dans notre religion de vous garder un secret inviolable. Soyez donc persuadé, Prince, que vous retrouverez en moi l'ami que vous avez perdu. » Ce discours rassura le prince, et le consola de l'éloignement d'Ebn Thaher. « J'ai bien de la joie, dit-il au joaillier, d'avoir en vous de quoi réparer la perte que j'ai faite. Je n'ai point d'expressions capables de vous bien marquer l'obligation que je vous ai. Je prie Dieu qu'il récompense votre générosité, et j'accepte de bon cœur l'offre obligeante que vous me faites. Croirez-vous bien, continua-t-il, que la confidente de Schemselnihar vient de me parler de vous ? Elle m'a dit que c'est vous qui avez conseillé à Ebn Thaher de s'éloigner de Bagdad. Ce sont les dernières paroles qu'elle m'a dites en me quittant, et elle m'en a paru bien persuadée. Mais on ne vous rend pas justice : je ne doute pas qu'elle ne se trompe, après tout ce que vous venez de me dire. — Prince, lui répliqua le joaillier, j'ai eu l'honneur de vous faire un récit fidèle de la conversation que j'ai eue avec Ebn Thaher. Il est vrai que, quand il m'a déclaré qu'il voulait se retirer à Balsora, je ne me suis point opposé à son dessein, et que je lui ai dit qu'il était homme sage et prudent; mais que cela ne vous empêche pas de me donner votre confiance : je suis prêt à vous rendre mes services avec toute l'ardeur imaginable. Si vous en usez autrement, cela ne m'empêchera pas de vous garder très religieusement le secret, comme je m'y suis engagé par serment. — Je vous ai déjà dit, reprit le prince, que je n'ajoutais pas foi aux paroles de la confidente. C'est son zèle qui lui a inspiré ce soupçon qui n'a point de fondement; et vous devez l'excuser de même que je l'excuse. »

Ils continuèrent encore quelque temps leur conversation, et délibérèrent ensemble des moyens les plus convenables pour entretenir la correspondance du prince avec Schemselnihar. Ils demeurèrent d'accord qu'il fallait commencer par désabuser la confidente, qui était si injustement prévenue contre le joaillier. Le prince se chargea de la tirer d'erreur la première fois qu'il la reverrait, et de la prier de s'adresser au joaillier lorsqu'elle aurait des lettres à lui apporter, ou quelque autre chose à lui apprendre de la part de sa maîtresse. En effet, ils jugèrent qu'elle ne devait point paraître si souvent chez le prince, parce qu'elle pourrait par là donner lieu de découvrir ce qu'il était si important de cacher. Enfin le joaillier se leva, et, après avoir de nouveau prié le prince de Perse d'avoir une entière confiance en lui, il se retira...

La sultane Scheherazade cessa de parler en cet endroit, à cause du jour qui commençait à paraître. La nuit suivante, elle reprit le fil de sa narration et dit au sultan des Indes :

CCI^e NUIT

Sire, le joaillier, en se retirant à sa maison, aperçut devant lui dans la rue une lettre que quelqu'un avait laissée tomber. Il la ramassa. Comme elle n'était pas cachetée, il l'ouvrit, et trouva qu'elle était conçue dans ces termes :

LETTRE DE SCHEMSELNIHAR AU PRINCE DE PERSE

Je viens d'apprendre par ma confidente une nouvelle qui ne me donne pas moins d'affliction que vous en devez avoir. En perdant Ebn Thaher, nous perdons beaucoup, à la vérité ; mais que cela ne vous empêche pas, cher prince, de songer à vous conserver. Si notre confident nous abandonne par une terreur panique, considérons que c'est un mal que nous n'avons pu éviter : il faut que nous nous en consolions. J'avoue qu'Ebn Thaher nous manque dans le temps que nous avions le plus de besoin de son secours ; mais munissons-nous de patience contre ce coup imprévu, et ne laissons pas de nous aimer constamment. Fortifiez votre cœur contre cette disgrâce : on n'obtient pas sans peine ce que l'on souhaite. Ne nous rebutons point ; espérons que le Ciel nous sera favorable, et qu'après tant de souffrances, nous verrons l'heureux accomplissement de nos désirs. Adieu.

Pendant que le joaillier s'entretenait avec le prince de Perse, la confidente avait eu le temps de retourner au palais, et d'annoncer à sa maîtresse la fâcheuse nouvelle du départ d'Ebn Thaher. Schemselnihar avait aussitôt écrit cette lettre et renvoyé sa confidente sur ses pas pour la porter au prince incessamment, et la confidente l'avait laissée tomber par mégarde.

Le joaillier fut bien aise de l'avoir trouvée : car elle lui fournissait un beau moyen de se justifier dans l'esprit de la confidente, et de l'amener au point qu'il souhaitait. Comme il achevait de la lire, il aperçut cette esclave qui la cherchait avec beaucoup d'inquiétude en jetant les yeux de tous côtés. Il la referma promptement et la mit dans son sein; mais l'esclave prit garde à son action, et courut à lui. « Seigneur, lui dit-elle, j'ai laissé tomber la lettre que vous teniez tout à l'heure à la main; je vous supplie de vouloir bien me la rendre. » Le joaillier ne fit pas semblant de l'entendre, et sans lui répondre continua son chemin jusqu'en sa maison. Il ne ferma point la porte après lui, afin que la confidente, qui le suivait, y pût entrer. Elle n'y manqua pas, et, lorsqu'elle fut dans sa chambre : « Seigneur, lui dit-elle, vous ne pouvez faire aucun usage de la lettre que vous avez trouvée, et vous ne feriez pas difficulté de me la rendre si vous saviez de quelle part elle vient et à qui elle est adressée; d'ailleurs, vous me permettrez de vous dire que vous ne pouvez pas honnêtement la retenir. »

Avant que de répondre à la confidente, le joaillier la fit asseoir, après quoi il lui dit : « N'est-il pas vrai que la lettre dont il s'agit est de la main de Schemselnihar et qu'elle est adressée au prince de Perse ? » L'esclave, qui ne s'attendait pas à cette demande, changea de couleur. « La question vous embarrasse, reprit-il; mais sachez que je ne vous la fais pas par indiscrétion : j'aurais pu vous rendre la lettre dans la rue; mais j'ai voulu vous attirer ici, parce que je suis bien aise d'avoir un éclaircissement avec vous. Est-il juste, dites-moi, d'imputer un événement fâcheux aux gens qui n'y ont nullement contribué ? C'est pourtant ce que vous avez fait lorsque vous avez dit au prince de Perse que c'est moi qui ai conseillé à Ebn Thaher de sortir de Bagdad pour sa sûreté. Je ne prétends point perdre le temps à me justifier auprès de vous; il suffit que le prince de Perse soit pleinement persuadé de mon innocence sur ce point. Je vous dirai seulement qu'au lieu d'avoir contribué au départ d'Ebn Thaher, j'en ai été extrêmement mortifié, non pas tant par amitié pour lui que par compassion de l'état où il laissait le prince, dont il m'avait découvert le commerce avec Schemselnihar. Dès que j'ai été assuré qu'Ebn Thaher n'était plus à Bagdad, j'ai couru me présenter au prince, chez qui vous m'avez trouvé pour lui apprendre cette nouvelle et lui offrir les mêmes services qu'il lui rendait. J'ai réussi dans mon dessein; et, pourvu que vous ayez en moi autant de confiance que vous en aviez en Ebn Thaher, il ne tiendra qu'à vous de vous servir utilement de mon entremise. Rendez compte à votre maîtresse de ce que je viens de vous dire, et assurez-la bien que, quand je devrais périr en m'engageant dans une intrigue si dangereuse, je ne me repentirai point de m'être sacrifié pour deux amants si dignes l'un de l'autre. »

La confidente, après avoir écouté le joaillier avec beaucoup de satisfaction, le pria de pardonner la mauvaise opinion qu'elle avait conçue de lui au zèle qu'elle avait pour les intérêts de sa maîtresse. « J'ai une joie infinie, ajouta-t-elle, de ce que Schemselnihar et le prince retrouvent en vous un homme si propre à remplir la place d'Ebn Thaher. Je ne manquerai pas de bien faire valoir à ma maîtresse la bonne volonté que vous avez pour elle... »

Scheherazade, en cet endroit, remarquant qu'il était jour, cessa de parler. La nuit suivante, elle poursuivit ainsi son discours :

CCIIe NUIT

Après que la confidente eut marqué au joaillier la joie qu'elle avait de le voir si disposé à rendre service à Schemselnihar et au prince de Perse, le joaillier tira la lettre de son sein et la lui rendit en lui disant : « Tenez, portez-la promptement au prince de Perse, et repassez par ici afin que je voie la réponse qu'il y fera. N'oubliez pas de lui rendre compte de notre entretien. »

La confidente prit la lettre et la porta au prince, qui y fit réponse sur-le-champ. Elle retourna chez le joaillier lui montrer la réponse, qui contenait ces paroles :

RÉPONSE DU PRINCE DE PERSE A SCHEMSELNIHAR

Votre précieuse lettre produit en moi un grand effet, mais pas si grand que je le souhaiterais. Vous tâchez de me consoler de la perte d'Ebn Thaher. Hélas ! quelque sensible que j'y sois, ce n'est que la moindre partie des maux que je souffre. Vous les connaissez, ces maux, et vous savez qu'il n'y a que votre présence qui soit capable de les guérir. Quand viendra le temps où j'en pourrai jouir sans crainte d'en être privé ? Qu'il me paraît éloigné ! ou plutôt faut-il nous flatter que nous le pourrons voir ? Vous me commandez de me conserver : je vous obéirai, puisque j'ai renoncé à ma propre volonté pour ne suivre que la vôtre. Adieu.

Après que le joaillier eut lu cette lettre, il la donna à la confidente, qui lui dit en le quittant : « Je vais, Seigneur, faire en sorte que ma maîtresse ait la même confiance en vous qu'elle avait pour Ebn Thaher. Vous aurez demain de mes nouvelles. » En effet, le jour suivant il la vit arriver avec un air qui marquait combien elle était satisfaite. « Votre seule vue, lui dit-il, me fait connaître que vous avez mis l'esprit de Schemselnihar dans la disposition que vous souhaitiez. — Il est vrai, répondit la confidente, et vous allez apprendre de quelle manière j'en suis venue à bout. Je trouvai hier, poursuivit-elle, Schemselnihar qui m'attendait avec impatience; je lui remis la lettre du prince; elle la lut les larmes aux yeux, et, quand elle eut achevé, comme je vis qu'elle allait s'abandonner à ses chagrins ordinaires : « Madame, lui dis-je, c'est sans doute l'éloignement d'Ebn Thaher qui vous afflige; mais permettez-moi de vous conjurer au nom de Dieu de ne vous point alarmer davantage sur ce sujet. Nous avons trouvé un autre lui-même, qui s'offre à vous obliger avec autant de zèle, et, ce qui est le plus important, avec plus de courage. » Alors je lui parlai de vous, continua l'esclave, et lui racontai le motif qui vous avait fait aller chez le prince de Perse. Enfin, je l'assurai que vous garderiez inviolablement le secret au prince de Perse et à elle, et que vous étiez dans la résolution de favoriesr leurs amours de tout votre pouvoir. Elle me parut fort consolée après mon discours. « Ah! quelle obligation, s'écria-t-elle, n'avons-nous pas, le prince de Perse et moi, à l'honnête homme dont vous me parlez! Je veux le connaître, le voir, pour entendre de sa propre bouche tout ce que vous venez de me dire, et le remercier d'une générosité inouïe envers des personnes pour qui rien ne l'oblige à s'intéresser avec tant d'affection. Sa vue me fera plaisir, et je n'oublierai rien pour le confirmer dans de si bons sentiments. Ne manquez pas de l'aller prendre demain et de me l'amener. » C'est pourquoi, Seigneur, prenez la peine de venir avec moi jusqu'à son palais. »

Ce discours de la confidente embarrassa le joaillier. « Votre maîtresse, reprit-il, me permettra de dire qu'elle n'a pas bien pensé à ce qu'elle exige de moi. L'accès qu'Ebn Thaher avait auprès du calife lui donnait entrée partout, et les officiers, qui le connaissaient, le laissaient aller et venir librement au palais de Schemselnihar; mais moi, comment oserais-je y entrer ? Vous voyez bien vous-même que cela n'est pas possible. Je vous supplie de représenter à Schemselnihar les raisons qui doivent m'empêcher de lui donner cette satisfaction, et toutes les suites fâcheuses qui pourraient en arriver. Pour peu qu'elle y fasse attention, elle trouvera que c'est m'exposer inutilement à un très grand danger. »

La confidente tâcha de rassurer le joaillier. « Croyez-vous, lui dit-elle, que Schemselnihar soit assez dépourvue de raison pour vous exposer au moindre péril en vous faisant venir chez elle, vous de qui elle attend des services si considérables ? Songez vous-même qu'il n'y a pas la moindre apparence de danger pour vous. Nous sommes trop intéressées en cette affaire, ma maîtresse et moi, pour vous y engager mal à propos. Vous pouvez vous en fier à moi et vous laisser conduire. Après que la chose sera faite, vous m'avouerez vous-même que votre crainte était mal fondée. »

Le joaillier se rendit aux discours de la confidente, et se leva pour la suivre; mais, de quelque fermeté qu'il se piquât naturellement, la frayeur s'était tellement emparée de lui que tout le corps lui tremblait. « Dans l'état où vous voilà, lui dit-elle, je vois bien qu'il vaut mieux que vous demeuriez chez vous, et que Schemselnihar prenne d'autres mesures pour vous voir; et il ne faut pas douter que, pour satisfaire l'envie qu'elle en a, elle ne vienne ici vous trouver elle-même. Cela étant ainsi, Seigneur, ne sortez pas : je suis assurée que vous ne serez pas longtemps sans la voir arriver. » La confidente l'avait bien prévu : elle n'eut pas plus tôt appris à Schemselnihar la frayeur du joaillier que Schemselnihar se mit en état d'aller chez lui.

Il la reçut avec toutes les marques d'un profond respect. Quand elle se fut assise, comme elle était un peu fatiguée du chemin qu'elle avait fait, elle se dévoila, et laissa voir au joaillier une beauté qui lui fit connaître que le prince de Perse était excusable d'avoir donné son cœur à la favorite du calife. Ensuite elle salua le joaillier d'un air gracieux, et lui dit : « Je n'ai pu apprendre avec quelle ardeur vous êtes entré dans les intérêts du prince de Perse et dans les miens sans former aussitôt le dessein de vous en remercier moi-même. Je rends grâces au Ciel de nous avoir sitôt dédommagés de la perte d'Ebn Thaher... »

Scheherazade fut obligée de s'arrêter en cet endroit à cause du jour qu'elle vit paraître. Le lendemain elle continua son récit de cette sorte :

CCIII^e NUIT

Schemselnihar dit encore plusieurs autres choses obligeantes au joaillier, après quoi elle se retira dans son palais. Le joaillier alla sur-le-champ rendre compte de cette visite au prince de Perse, qui lui dit en le voyant : « Je vous attendais avec impatience. L'esclave confidente m'a apporté une lettre de sa maîtresse, mais cette lettre ne m'a point soulagé. Quoi que me puisse mander l'aimable Schemselnihar, je n'ose rien esprérer, et ma patience est à bout. Je ne sais plus quel conseil prendre; le départ d'Ebn Thaher me met au désespoir. C'était mon appui : j'ai tout perdu en le perdant. Je pouvais me flatter de quelque espérance par l'accès qu'il avait auprès de Schemselnihar. »

A ces mots, que le prince prononça avec tant de vivacité qu'il ne donna pas le temps au joaillier de lui parler, le joaillier lui dit : « Prince, on ne peut prendre plus de part à vos maux que j'en prends; et, si vous voulez avoir la patience de m'écouter, vous verrez que je puis y apporter du soulagement. » A ce discours, le prince se tut et lui donna audience. « Je vois bien, reprit alors le joaillier, que l'unique moyen de vous rendre content est de faire en sorte que vous puissiez entretenir Schemselnihar en liberté. C'est une satisfaction que je veux vous procurer, et j'y travaillerai dès demain. Il ne faut point vous exposer à entrer dans le palais de Schemselnihar : vous savez par expérience que c'est une démarche fort dangereuse. Je sais un lieu plus propre à cette entrevue, et où vous serez en sûreté. » Comme le joaillier achevait ces paroles, le prince l'embrassa avec transport. « Vous ressuscitez, dit-il, par cette charmante promesse, un malheureux amant qui s'était déjà condamné à la mort. A ce que je vois, j'ai pleinement réparé la perte d'Ebn Thaher. Tout ce que vous ferez sera bien fait; je m'abandonne entièrement à vous. »

Après que le prince eut remercié le joaillier du zèle qu'il lui faisait paraître, le joaillier se retira chez lui, où, dès le lendemain matin, la confidente de Schemselnihar le vint trouver. Il lui dit qu'il avait fait espérer au prince de Perse qu'il pourrait voir bientôt Schemselnihar. « Je viens exprès, lui répondit-elle, pour prendre là-dessus des mesures avec vous. Il me semble, continua-t-elle, que cette maison serait assez commode pour cette entrevue. — Je pourrais bien, reprit-il, les faire venir ici; mais j'ai pensé qu'ils seront plus en liberté dans une autre maison que j'ai, où actuellement il ne demeure personne. Je l'aurai bientôt meublée assez proprement pour les recevoir. — Cela étant, repartit la confidente, il ne s'agit plus, à l'heure qu'il est, que d'y faire consentir Schemselnihar. Je vais lui en parler, et je viendrai vous en rendre réponse en peu de temps. »

Effectivement elle fut fort diligente; elle ne tarda pas à revenir, et elle rapporta au joaillier que sa maîtresse ne manquerait pas de se trouver au rendez-vous vers la fin du jour. En même temps elle lui mit entre les mains une bourse, en lui disant que c'était pour acheter la collation. Il la mena aussitôt à la maison où les amants devaient se rencontrer, afin qu'elle sût où elle était, et qu'elle y pût amener sa maîtresse; et, dès qu'ils se furent séparés, il alla emprunter chez ses amis de la vaisselle d'or et d'argent, des tapis, des coussins fort riches, et d'autres meubles dont il meubla cette maison très magnifiquement. Quand il y eut mis toutes choses en état, il se rendit chez le prince de Perse.

Représentez-vous la joie qu'eut le prince lorsque le

joaillier lui dit qu'il le venait prendre pour le conduire à la maison qu'il avait préparée pour le recevoir, lui et Schemselnihar. Cette nouvelle lui fit oublier ses chagrins et ses souffrances. Il prit un habit magnifique et sortit sans suite avec le joaillier, qui le fit passer par plusieurs rues détournées afin que personne ne les observât, et l'introduisit enfin dans la maison, où ils commencèrent à s'entretenir jusqu'à l'arrivée de Schemselnihar.

Ils n'attendirent pas longtemps cette amante trop passionnée. Elle arriva après la prière du soleil couché, avec sa confidente et deux autres esclaves. De pouvoir vous exprimer l'excès de joie dont les deux amants furent saisis à la vue l'un de l'autre, c'est une chose qui ne m'est pas possible. Ils s'assirent sur le sofa et se regardèrent quelque temps sans pouvoir parler, tant ils étaient hors d'eux-mêmes. Mais, quand l'usage de la parole leur fut revenu, ils se dédommagèrent bien de ce silence. Ils se dirent des choses si tendres que le joaillier, la confidente et les deux autres esclaves en pleurèrent. Le joaillier néanmoins essuya ses larmes pour songer à la collation, qu'il apporta lui-même. Les amants burent et mangèrent peu; après quoi, s'étant tous deux remis sur le sofa, Schemselnihar demanda au joaillier s'il n'avait pas un luth ou quelque autre instrument. Le joaillier, qui avait eu soin de pourvoir à tout ce qui pouvait lui faire plaisir, lui apporta un luth. Elle mit quelques moments à l'accorder, et ensuite elle chanta...

Là s'arrêta Scheherazade, à cause du jour qui commençait à paraître. La nuit suivante, elle poursuivit ainsi :

CCIV^{e} NUIT

Dans le temps que Schemselnihar charmait le prince de Perse en lui exprimant sa passion par des paroles qu'elle composait sur-le-champ, on entendit un grand bruit; et aussitôt un esclave que le joaillier avait amené avec lui parut tout effrayé, et vint dire qu'on enfonçait la porte; qu'il avait demandé qui c'était, mais qu'au lieu de répondre, on avait redoublé les coups. Le joaillier, alarmé, quitta Schemselnihar et le prince pour aller lui-même vérifier cette mauvaise nouvelle. Il était déjà dans la cour lorsqu'il entrevit dans l'obscurité une troupe de gens armés de baïonnettes et de sabres, qui avaient enfoncé la porte et venaient droit à lui. Il se rangea au plus vite contre un mur, et, sans en être aperçu, il les vit passer au nombre de dix.

Comme il ne pouvait pas être d'un grand secours au prince de Perse et à Schemselnihar, il se contenta de les plaindre en lui-même, et prit le parti de la fuite. Il sortit de sa maison et alla se réfugier chez un voisin qui n'était pas encore couché, ne doutant point que cette violence imprévue ne se fît par ordre du calife, qui avait sans doute été averti du rendez-vous de sa favorite avec le prince de Perse. De la maison où il s'était sauvé, il entendait le grand bruit que l'on faisait dans la sienne; et ce bruit dura jusqu'à minuit. Alors, comme il lui semblait que tout y était tranquille, il pria le voisin de lui prêter un sabre; et, muni de cette arme, il sortit, s'avança jusqu'à la porte de la maison, entra dans la cour, où il aperçut avec frayeur un homme qui lui demanda qui il était. Il reconnut à la voix que c'était son esclave. « Comment as-tu fait, lui dit-il, pour éviter d'être pris par le guet ? — Seigneur, lui répondit l'esclave, je me suis caché dans un coin de la cour, et j'en suis sorti d'abord que je n'ai plus entendu de bruit. Mais ce n'est point le guet qui a forcé votre maison; ce sont des voleurs qui, ces jours passés, en ont pillé une dans ce quartier-ci. Il ne faut pas douter qu'ils n'aient remarqué la richesse des meubles que vous avez fait apporter ici, et qu'elle ne leur ait donné dans la vue. »

Le joaillier trouva la conjecture de son esclave assez probable. Il visita sa maison, et vit en effet que les voleurs avaient enlevé le bel ameublement de la chambre où il avait reçu Schemselnihar et son amant, qu'ils avaient emporté sa vaisselle d'or et d'argent, et enfin qu'ils n'y avaient pas laissé la moindre chose. Il en fut désolé. « O Ciel! s'écria-t-il, je suis perdu sans ressource! Que diront mes amis, et quelle excuse leur apporterai-je, quand je leur dirai que des voleurs ont forcé ma maison et dérobé ce qu'ils m'avaient si généreusement prêté ? Ne faudra-t-il pas que je les dédommage de la perte que je leur ai causée ? D'ailleurs, que sont devenus Schemselnihar et le prince de Perse ? Cette affaire fera un si grand éclat qu'il est impossible qu'elle n'aille pas jusqu'aux oreilles du calife. Il apprendra cette entrevue, et je servirai de victime à sa colère. » L'esclave, qui lui était fort affectionné, tâcha de le consoler. « A l'égard de Schemselnihar, lui dit-il, les voleurs apparemment se seront contentés de la dépouiller, et vous devez croire qu'elle se sera retirée en son palais avec ses esclaves; le prince de Perse aura eu le même sort. Ainsi, vous pouvez espérer que le calife ignorera toujours cette aventure. Pour ce qui est de la perte que vos amis ont faite, c'est un malheur que vous n'avez pu éviter. Ils savent bien que les voleurs sont en si grand nombre qu'ils ont eu la hardiesse de piller non seulement la maison dont je vous ai parlé, mais même plusieurs autres des principaux seigneurs de la cour, et ils n'ignorent pas que, malgré les ordres qui ont été donnés pour les prendre, on n'a pu encore se saisir d'aucun d'eux, quelque diligence qu'on ait faite. Vous en serez quitte en rendant à vos amis la valeur des choses qui ont été volées, et il vous restera encore, Dieu merci, assez de bien. »

En attendant que le jour parût, le joaillier fit raccommoder par son esclave, le mieux qu'il fut possible, la porte de la rue, qui avait été forcée; après quoi il retourna dans sa maison ordinaire avec son esclave, en faisant de tristes réflexions sur ce qui était arrivé. « Ebn Thaher, dit-il en lui-même, a été bien plus sage que moi; il avait prévu ce malheur où je me suis jeté en aveugle. Plût à Dieu que je ne me fusse jamais mêlé d'une intrigue qui me coûtera peut-être la vie! »

A peine était-il jour que le bruit de la maison pillée se répandit dans la ville et attira chez lui une foule d'amis et de voisins, dont la plupart, sous prétexte de lui témoigner de la douleur de cet accident, étaient curieux d'en savoir le détail. Il ne laissa pas de les remercier de l'affection qu'ils lui marquaient. Il eut au moins la consolation de voir que personne ne lui parlait de Schemselnihar ni du prince de Perse, ce qui lui fit croire qu'ils étaient chez eux, ou qu'ils devaient être en quelque lieu de sûreté.

Quand le joaillier fut seul, ses gens lui servirent à manger; mais il ne mangea presque pas. Il était environ midi lorsqu'un de ses esclaves vint lui dire qu'il y avait à la porte un homme qu'il ne connaissait pas qui demandait à lui parler. Le joaillier, ne voulant pas recevoir un inconnu chez lui, se leva et alla lui parler à la porte. « Quoique vous ne me connaissiez pas, lui dit l'homme, je ne laisse pas de vous connaître, et je viens vous entretenir d'une affaire importante. » Le joaillier, à ces mots, le pria d'entrer. « Non, reprit l'inconnu, prenez plutôt la peine, s'il vous plaît, de venir avec moi jusqu'à votre autre maison. — Comment savez-vous, répliqua le joaillier, que j'ai une autre maison que celle-ci ? — Je le sais, repartit l'inconnu. Vous n'avez seulement qu'à me suivre, et ne craignez rien, j'ai quelque chose à vous communiquer qui vous fera plaisir. » Le joaillier partit aussitôt avec lui; et, après lui avoir raconté en chemin de quelle manière la maison où ils allaient avait été volée, il lui dit qu'elle n'était pas dans un état à l'y recevoir.

Quand ils furent devant la maison, et que l'inconnu vit que la porte était à moitié brisée : « Passons outre, dit-il au joaillier; je vois bien que vous m'avez dit la vérité. Je vais vous mener dans un lieu où nous serons plus commodément. » En disant cela ils continuèrent de marcher, et marchèrent tout le reste du jour sans s'arrêter. Le joaillier, fatigué du chemin qu'il avait fait et chagrin de voir que la nuit s'approchait et que l'inconnu marchait toujours sans lui dire où il prétendait le mener, commençait à perdre patience, lorsqu'ils arrivèrent à une place qui conduisait au Tigre. Dès qu'ils furent sur le bord du fleuve, ils s'embarquèrent dans un petit bateau et passèrent de l'autre côté. Alors l'inconnu mena le joaillier par une longue rue où il n'avait été de sa vie, et, après lui avoir fait traverser je ne sais combien de rues détournées, il s'arrêta à une porte qu'il ouvrit. Il fit entrer le joaillier, referma et barra la porte d'une grosse barre de fer, et le conduisit dans une chambre où il y avait dix autres hommes qui n'étaient pas moins inconnus au joaillier que celui qui l'avait amené.

Ces dix hommes reçurent le joaillier sans lui faire beaucoup de compliments. Ils lui dirent de s'asseoir; ce qu'il fit. Il en avait grand besoin, car il n'était pas seulement hors d'haleine d'avoir marché si longtemps, la frayeur dont il était saisi de se voir avec des gens si propres à lui en causer ne lui aurait pas permis de demeurer debout. Comme ils attendaient leur chef pour souper, d'abord qu'il fut arrivé on servit. Ils se lavèrent les mains, obligèrent le joaillier à faire la même chose et à se mettre à table avec eux. Après le repas, ces hommes lui demandèrent s'il savait à qui il parlait. Il répondit que non, et qu'il ignorait même le quartier et le lieu où il était. « Racontez-nous votre aventure de cette nuit, lui dirent-ils, et ne nous déguisez rien. » Le joaillier, étonné de ce discours, leur répondit : « Messeigneurs, apparemment que vous en êtes déjà instruits ? — Cela est vrai, répliquèrent-ils; le jeune homme et la jeune dame qui étaient chez vous hier au soir nous en ont parlé; mais nous la voulons savoir de votre propre bouche. » Il n'en fallut pas davantage pour faire comprendre au joaillier qu'il parlait aux voleurs qui avaient forcé et pillé sa maison. « Messeigneurs, s'écria-t-il, je suis fort en peine de ce jeune homme et de cette jeune dame; ne pourriez-vous pas m'en dire des nouvelles ?... »

Scheherazade, en cet endroit, s'interrompit pour avertir le sultan des Indes que le jour paraissait, et elle demeura dans le silence. La nuit suivante, elle reprit ainsi son discours :

CCV[e] NUIT

Sire, dit-elle, sur la demande que le joaillier fit aux voleurs, s'ils ne pouvaient pas lui apprendre des nouvelles du jeune homme et de la jeune dame : « N'en soyez pas en peine davantage, reprirent-ils; ils sont en lieu de sûreté, ils se portent bien. » En disant cela, ils lui montrèrent deux cabinets, et ils l'assurèrent qu'ils y étaient chacun séparément. « Ils nous ont appris, ajoutèrent-ils, qu'il n'y a que vous qui ayez connaissance de ce qui les regarde. Dès que nous l'avons su, nous avons eu pour eux tous les égards possibles à votre considération. Bien loin d'avoir usé de la moindre violence, nous leur avons fait au contraire toute sorte de bons traitements et personne de nous ne voudrait leur avoir fait le moindre mal. Nous vous disons la même chose de votre personne, et vous pouvez prendre toute sorte de confiance en nous. »

Le joaillier, rassuré par ce discours, et ravi de ce que le prince de Perse et Schemselnihar avaient la vie sauve, prit le parti d'engager davantage les voleurs dans leur bonne volonté. Il les loua, les flatta, et leur donna mille bénédictions. « Seigneurs, leur dit-il, j'avoue que je n'ai pas l'honneur de vous connaître; mais c'est un très grand bonheur pour moi de ne vous être pas inconnu, et je ne puis assez vous remercier du bien que cette connaissance m'a procuré de votre part. Sans parler d'une si grande action d'humanité, je vois qu'il n'y a que des gens de votre sorte capables de garder un secret si fidèlement qu'il n'y a pas lieu de craindre qu'il soit jamais révélé; et, s'il y a quelque entreprise difficile, il n'y a qu'à vous en charger; vous savez en rendre un bon compte par votre ardeur, par votre courage, par votre intrépidité. Fondé sur des qualités qui vous appartiennent à si juste titre, je ne ferai pas difficulté de vous raconter mon histoire et celle des deux personnes que vous avez trouvées chez moi, avec toute la fidélité que vous m'avez demandée. »

Après que le joaillier eut pris ces précautions pour intéresser les voleurs dans la confidence entière de ce qu'il avait à leur révéler, qui ne pouvait produire qu'un bon effet, autant qu'il pouvait le juger, il leur fit, sans rien omettre, le détail des amours du prince de Perse et de Schemselnihar, depuis le commencement jusqu'au rendez-vous qu'il leur avait procuré dans sa maison.

Les voleurs furent dans un grand étonnement de toutes les particularités qu'ils venaient d'entendre. « Quoi! s'écrièrent-ils quand le joaillier eut achevé, est-il bien possible que le jeune homme soit l'illustre Ali Ebn Becar, prince de Perse, et la jeune dame, la belle et célèbre Schemselnihar? » Le joaillier leur jura que rien n'était plus vrai que ce qu'il leur avait dit; et il ajouta qu'ils ne devaient pas trouver étrange que des personnes si distinguées eussent eu de la répugnance à se faire connaître.

Sur cette assurance, les voleurs allèrent aussitôt se jeter aux pieds du prince et de Schemselnihar l'un après l'autre, et ils les supplièrent de leur pardonner, en leur protestant qu'il ne serait rien arrivé de ce qui s'était passé s'ils eussent été informés de la qualité de leurs personnes avant de forcer la maison du joaillier. « Nous allons tâcher, ajoutèrent-ils, de réparer la faute que nous avons commise. » Ils revinrent au joaillier. « Nous sommes bien fâchés, lui dirent-ils, de ne pouvoir vous rendre tout ce qui a été enlevé de chez vous, dont une partie n'est plus en notre disposition. Nous vous prions de vous contenter de l'argenterie que nous allons vous remettre entre les mains. »

Le joaillier s'estima trop heureux de la grâce qu'on lui faisait. Quand les voleurs lui eurent livré l'argenterie, ils firent venir le prince de Perse et Schemselnihar, et leur dirent, de même qu'au joaillier, qu'ils allaient les ramener en un lieu d'où ils pourraient se retirer chacun chez soi; mais qu'auparavant ils voulaient qu'ils s'engageassent par serment de ne les pas déceler. Le prince de Perse, Schemselnihar et le joaillier leur dirent qu'ils auraient pu se fier à leur parole; mais, puisqu'ils le souhaitaient, qu'ils juraient solennellement de leur garder une fidélité inviolable. Aussitôt les voleurs, satisfaits de leur serment, sortirent avec eux.

Dans le chemin, le joaillier, inquiet de ne pas voir la confidente ni les deux esclaves, s'approcha de Schemselnihar, et la supplia de lui apprendre ce qu'elles étaient devenues. « Je n'en sais aucune nouvelle, répondit-elle. Je ne puis vous dire autre chose, sinon qu'on nous enleva de chez vous, qu'on nous fit passer l'eau, et que nous fûmes conduits à la maison d'où nous venons. »

Schemselnihar et le joaillier n'eurent pas un plus long entretien; ils se laissèrent conduire par les voleurs avec le prince, et ils arrivèrent au bord du fleuve. Les voleurs prirent un bateau, s'embarquèrent avec eux, et les passèrent à l'autre bord.

Dans le temps que le prince de Perse, Schemselnihar et le joaillier débarquaient, on entendit un grand bruit du guet à cheval qui accourait, et il arriva dans le moment où le bateau ne faisait que de déborder et qu'il repassait les voleurs à toute force de rames.

Le commandant de la brigade demanda au prince, à Schemselnihar et au joaillier, d'où ils venaient si tard et qui ils étaient. Comme ils étaient saisis de frayeur, et que d'ailleurs ils craignaient de dire quelque chose qui leur fît tort, ils demeurèrent interdits. Il fallait parler cependant; c'est ce que fit le joaillier, qui avait l'esprit un peu plus libre. « Seigneur, répondit-il, je puis vous assurer premièrement que nous sommes d'honnêtes personnes de la ville. Les gens qui sont dans le bateau qui vient de nous débarquer, et qui repasse de l'autre côté, sont des voleurs qui forcèrent la dernière nuit la maison où nous étions. Ils la pillèrent et nous emmenèrent chez eux, où, après les avoir pris par toutes les voies de douceur que vous avons pu imaginer, nous avons enfin obtenu notre liberté, et ils nous ont ramenés jusqu'ici. Ils nous ont même rendu une bonne partie du butin qu'ils avaient fait, que voici. » Et, en disant cela, il montra au commandant le paquet d'argenterie qu'il portait.

Le commandant ne se contenta pas de cette réponse du joaillier : il s'approcha de lui et du prince de Perse, et les regarda l'un après l'autre. « Dites-moi au vrai, reprit-il en s'adressant à eux, qui est cette dame, d'où vous la connaissez, et en quel quartier vous demeurez. »

Cette demande les embarrassa fort, et ils ne savaient que répondre. Schemselnihar franchit la difficulté. Elle tira le commandant à part, et elle ne lui eut pas plus tôt parlé qu'il mit pied à terre avec de grandes marques de respect et d'honnêteté. Il commanda aussitôt à ses gens de faire venir deux bateaux.

Quand les bateaux furent venus, le commandant fit embarquer Schemselnihar dans l'un, et le prince de Perse et le joaillier dans l'autre, avec deux de ses gens dans chaque bateau, avec ordre de les accompagner chacun jusqu'où ils devaient aller. Les deux bateaux prirent chacun une route différente. Nous ne parlerons présentement que du bateau où étaient le prince de Perse et le joaillier.

Le prince de Perse, pour épargner la peine aux conducteurs qui lui avaient été donnés et au joaillier, leur dit qu'il mènerait le joaillier chez lui, et leur nomma le quartier où il demeurait. Sur cet enseignement, les conducteurs firent aborder le bateau devant le palais du calife. Le prince de Perse et le joaillier en furent dans une grande frayeur, dont ils n'osèrent rien témoigner. Quoiqu'ils eussent entendu l'ordre que le commandant avait donné, ils ne laissèrent pas néanmoins de s'imaginer qu'on allait les mettre au corps de garde pour être présentés au calife le lendemain.

Ce n'était pas là cependant l'intention des conducteurs. Quand ils les eurent fait débarquer, comme ils avaient à aller rejoindre leur brigade, ils les recommandèrent à un officier de la garde du calife, qui leur donna deux de ses soldats pour les conduire par terre à l'hôtel du prince de Perse qui était assez éloigné du fleuve. Ils y arrivèrent enfin, mais tellement las et fatigués qu'à peine ils pouvaient se mouvoir.

Avec cette grande lassitude, le prince de Perse était d'ailleurs si affligé du contretemps malheureux qui lui était arrivé à lui et à Schemselnihar, et qui lui ôtait désormais l'espérance d'une autre entrevue, qu'il s'évanouit en s'asseyant sur son sofa. Pendant que la plus grande partie de ses gens s'occupaient à le faire revenir, les autres s'assemblèrent autour du joaillier, et le prièrent de leur dire ce qui était arrivé au prince, dont l'absence les avait mis dans une inquiétude inexprimable...

Scheherazade s'interrompit à ces derniers mots, et se tut, à cause du jour dont la clarté commençait à se faire voir. Elle reprit son discours la nuit suivante, et dit au sultan des Indes :

CCVI^e NUIT

Sire, je disais hier à Votre Majesté que, pendant que l'on était occupé à faire revenir le prince de son évanouissement, d'autres de ses gens avaient demandé au joaillier ce qui était arrivé à leur maître. Le joaillier, qui n'avait garde de leur révéler rien de ce qu'il ne leur appartenait pas de savoir, leur répondit que la chose était très extraordinaire; mais que ce n'était pas le temps d'en faire le récit, et qu'il valait mieux songer à secourir le prince. Par bonheur, le prince de Perse revint à lui dans ce moment, et ceux qui lui avaient fait cette demande avec empressement s'écartèrent, et demeurèrent dans le respect avec beaucoup de joie de ce que l'évanouissement n'avait pas duré plus longtemps.

Quoique le prince de Perse eût recouvré la connaissance, il demeura néanmoins dans une si grande faiblesse qu'il ne pouvait ouvrir la bouche pour parler. Il ne répondait que par signes même à ses parents qui lui parlaient. Il était encore en cet état le lendemain matin, lorsque le joaillier prit congé de lui. Le prince ne lui répondit que par un clin d'œil, en lui tendant la main; et, comme il vit qu'il était chargé du paquet d'argenterie que les voleurs lui avaient rendue, il fit signe à un de ses gens de le prendre et de le porter jusque chez lui.

On avait attendu le joaillier avec grande impatience dans sa famille, le jour qu'il en était sorti avec l'homme qui l'était venu demander, et que l'on ne connaissait pas, et l'on n'avait pas douté qu'il ne lui fût arrivé quelque autre affaire pire que la première, dès que le temps où il devait être revenu fut passé. Sa femme, ses enfants et ses domestiques en étaient dans de grandes alarmes, et ils en pleuraient encore lorsqu'il arriva. Ils eurent de la joie de le revoir; mais ils furent troublés de ce qu'il était extrêmement changé depuis le peu de temps qu'ils ne l'avaient vu. La longue fatigue du jour précédent et la nuit qu'il avait passée dans de grandes frayeurs et sans dormir étaient la cause de ce changement qui l'avaient rendu à peine reconnaissable. Comme il se sentait lui-même fort abattu, il demeura deux jours chez lui à se remettre, et il ne vit que quelques-uns de ses amis les plus intimes à qui il avait commandé qu'on laissât l'entrée libre.

Le troisième jour, le joaillier, qui sentit ses forces un peu rétablies, crut qu'elles augmenteraient s'il sortait pour prendre l'air. Il alla à la boutique d'un riche marchand de ses amis, avec qui il s'entretint assez longtemps. Comme il se levait pour prendre congé de son ami et se retirer, il aperçut une femme qui lui faisait signe, et il la reconnut pour la confidente de Schemselnihar. Entre la crainte et la joie qu'il en eut, il se retira plus promptement, sans la regarder. Elle le suivit, comme il s'était bien douté qu'elle le ferait, parce que le lieu où il était n'était pas commode à s'entretenir avec elle. Comme il marchait un peu vite, la confidente, qui ne pouvait le suivre du même pas, lui criait de temps en temps de l'attendre. Il l'entendait bien, mais, après ce qui lui était arrivé, il ne voulait pas lui parler en public, de peur de donner lieu de soupçonner qu'il eût ou qu'il eût eu commerce avec Schemselnihar. En effet, on savait dans Bagdad qu'elle appartenait à cette favorite, et qu'elle faisait toutes ses emplettes. Il continua du même pas, et arriva à une mosquée qui était peu fréquentée, et où il savait bien qu'il n'y aurait personne. Elle y entra après lui, et ils eurent toute liberté de s'entretenir sans témoins.

Le joaillier et la confidente de Schemselnihar se témoignèrent réciproquement combien ils avaient de joie de se revoir, après l'aventure étrange causée par les voleurs, et leur crainte l'un pour l'autre, sans parler de celle qui regardait leur propre personne.

Le joaillier voulait que la confidente commençât par lui raconter comment elle avait échappé avec les deux esclaves, et qu'elle lui apprît ensuite des nouvelles de Schemselnihar, depuis qu'il ne l'avait vue. Mais la confidente lui marqua un si grand empressement de savoir auparavant ce qui lui était arrivé depuis leur séparation si imprévue qu'il fut obligé de la satisfaire. « Voilà, dit-il en achevant, ce que vous désiriez d'apprendre de moi : apprenez-moi, je vous prie, à votre tour, ce que je vous ai déjà demandé.

— Dès que je vis paraître les voleurs, dit la confidente, je m'imaginai, sans les bien examiner, que c'étaient des soldats de la garde du calife; que le calife avait été informé de la sortie de Schemselnihar, et qu'il les avait envoyés pour lui ôter la vie, au prince de Perse et à nous tous.

Prévenue de cette pensée, je montai sur-le-champ à la terrasse du haut de votre maison, pendant que les voleurs entrèrent dans la chambre où étaient le prince de Perse et Schemselnihar, et les deux esclaves de Schemselnihar furent diligentes à me suivre. De terrasse en terrasse, nous arrivâmes à celle d'une maison d'honnêtes gens qui nous reçurent avec beaucoup d'honnêteté, et chez qui nous passâmes la nuit. Le lendemain matin, après que nous eumes remercié le maître de la maison du plaisir qu'il nous avait fait, nous retournâmes au palais de Schemselnihar. Nous y rentrâmes dans un grand désordre, et d'autant plus affligées que nous ne savions quel aurait été le destin de nos deux amants infortunés. Les autres femmes de Schemselnihar furent étonnées de voir que nous revenions sans elle. Nous leur dîmes, comme nous en étions convenues, qu'elle était demeurée chez une dame de ses amies, et qu'elle devait nous envoyer appeler pour aller la reprendre quand elle voudrait revenir, et elles se contentèrent de cette excuse. Je passai cependant la journée dans une grande inquiétude. La nuit venue, j'ouvris la petite porte de derrière, et je vis un petit bateau sur le canal détourné du fleuve qui y aboutit. J'appelai le batelier, et le priai d'aller de côté et d'autre, le long du fleuve, voir s'il n'apercevait pas une dame, et, s'il la rencontrait, de l'amener. J'attendis son retour avec les deux esclaves qui étaient dans la même peine que moi, et il était déjà près de minuit lorsque le même bateau arriva avec deux hommes dedans, et une femme couchée sur la poupe. Quand le bateau eut abordé, les deux hommes aidèrent la femme à se lever et à se débarquer, et je la reconnus pour Schemselnihar, avec une joie de la revoir et de ce qu'elle était retrouvée que je ne puis exprimer... »

Scheherazade finit ici son discours pour cette nuit. Elle reprit le même conte la nuit suivante, et dit au sultan des Indes :

CCVII^{e} NUIT

Sire, nous laissâmes hier la confidente de Schemselnihar dans la mosquée, où elle racontait au joaillier ce qui lui était arrivé depuis qu'ils ne s'étaient vus, et les circonstances du retour de Schemselnihar à son palais. Elle poursuivit ainsi :

« Je donnai, dit-elle, la main à Schemselnihar pour l'aider à mettre pied à terre. Elle avait grand besoin de ce secours, car elle ne pouvait presque se soutenir. Quand elle se fut débarquée, elle me dit à l'oreille d'un ton qui marquait son affliction d'aller prendre une bourse de mille pièces d'or, et de la donner aux deux soldats qui l'avaient accompagnée. Je la remis entre les mains des deux esclaves pour la soutenir; et, après avoir dit aux soldats de m'attendre un moment, je courus prendre la bourse et je revins incessamment. Je la donnai aux deux soldats, je payai le batelier et je fermai la porte. Je rejoignis Schemselnihar qu'elle n'était pas encore arrivée à sa chambre. Nous ne perdîmes pas de temps, nous la déshabillâmes et nous la mîmes dans son lit, où elle ne fut pas plus tôt qu'elle demeura comme prête à rendre l'âme tout le reste de la nuit. Le jour suivant, ses autres femmes témoignèrent un grand empressement de la voir; mais je leur dis qu'elle était revenue extrêmement fatiguée, et qu'elle avait besoin de repos pour se remettre. Nous lui donnâmes cependant, les deux autres femmes et moi, tout le secours que nous pûmes imaginer, et qu'elle pouvait attendre de notre zèle. Elle s'obstina d'abord à ne vouloir rien prendre, et nous eussions désespéré de sa vie si nous ne nous fussions aperçues que le vin que nous lui donnions de temps en temps lui faisait reprendre des forces. A force de prières enfin, nous vainquîmes son opiniâtreté, et nous l'obligeâmes à manger. Lorsque je vis qu'elle était en état de parler (car elle n'avait fait que pleurer, gémir et soupirer jusqu'alors), je lui demandai en grâce de vouloir bien me dire par quel bonheur elle avait échappé des mains des voleurs : « Pourquoi exigez-vous de moi, me dit-elle avec un profond soupir, que je renouvelle un si grand sujet d'affliction ? Plût à Dieu que les voleurs m'eussent ôté la vie, au lieu de me la conserver; mes maux seraient finis, et je ne vis que pour souffrir davantage!

— Madame, repris-je, je vous supplie de ne me pas refuser. Vous n'ignorez pas que les malheureux ont quelque sorte de consolation à raconter leurs aventures les plus fâcheuses. Ce que je vous demande vous soulagera, si vous avez la bonté de me l'accorder.

— Écoutez donc, me dit-elle, la chose la plus désolante qui puisse arriver à une personne aussi passionnée que moi, qui croyais n'avoir plus rien à désirer. Quand je vis entrer les voleurs le sabre et le poignard à la main, je crus que nous étions au dernier moment de notre vie, le prince de Perse et moi; et je ne regrettais pas ma mort, dans la pensée que je devais mourir avec lui. Au lieu de se jeter sur nous pour nous percer le cœur, comme je m'y attendais, deux furent commandés pour nous garder, et les autres, cependant, firent des ballots de tout ce qu'il y avait dans la chambre et dans les pièces à côté. Quand ils eurent achevé et qu'ils eurent chargé les ballots sur leurs épaules, ils sortirent et nous emmenèrent avec eux.

« Dans le chemin, un de ceux qui nous accompagnaient me demanda qui j'étais, et je lui dis que j'étais danseuse. Il fit la même demande au prince, qui répondit qu'il était bourgeois.

« Lorsque nous fûmes chez eux, où nous eûmes de nouvelles frayeurs, ils s'assemblèrent autour de moi, et, après avoir considéré mon habillement et les riches joyaux dont j'étais parée, ils se doutèrent que j'avais déguisé ma qualité. « Une danseuse n'est pas faite comme vous, me dirent-ils. Dites-nous au vrai qui vous êtes. »

« Comme ils virent que je ne répondais rien : « Et vous, demandèrent-ils au prince de Perse, qui êtes-vous aussi ? Nous voyons bien que vous n'êtes pas un simple bourgois comme vous l'avez dit. » Il ne les satisfit pas plus que moi sur ce qu'ils désiraient savoir. Il leur dit seulement qu'il était venu voir le joaillier, qu'il nomma, et se divertir avec lui, et que la maison où ils nous avaient trouvés lui appartenait.

« Je connais ce joaillier, dit aussitôt un des voleurs qui paraissait avoir de l'autorité parmi eux; je lui ai quelque obligation sans qu'il en sache rien, et je sais qu'il a une autre maison; je me charge de le faire venir demain. Nous ne vous relâcherons pas, continua-t-il, que nous ne sachions par lui qui vous êtes. Il ne vous sera fait cependant aucun tort. »

« Le joaillier fut amené le lendemain, et, comme il crut nous obliger, comme il le fit en effet, il déclara aux voleurs qui nous étions véritablement. Les voleurs vinrent me demander pardon, et je crois qu'ils en usèrent de même envers le prince de Perse, qui était dans un autre endroit, et ils me protestèrent qu'ils n'auraient pas forcé la maison où ils nous avaient trouvés s'ils eussent su qu'elle appartenait au joaillier. Ils nous prirent aussitôt, le prince de Perse, le joaillier et moi, et ils nous amenèrent jusqu'au bord du fleuve ; ils nous firent embarquer dans un bateau qui nous passa de ce côté ; mais nous ne fûmes pas débarqués qu'une brigade du guet à cheval vint à nous.

« Je pris le commandant à part, je me nommai, et lui dis que le soir précédent, en revenant de chez une amie, les voleurs, qui repassaient de leur côté, m'avaient arrêtée et emmenée chez eux ; que je leur avais dit qui j'étais, et qu'en me relâchant ils avaient fait la même grâce, à ma considération, aux deux personnes qu'il voyait, après les avoir assurés qu'ils étaient de ma connaissance. Il mit aussitôt pied à terre pour me faire honneur, et, après qu'il m'eut témoigné la joie qu'il avait de pouvoir m'obliger en quelque chose, il fit venir deux bateaux et me fit embarquer dans l'un avec deux de ses gens que vous avez vus qui m'ont escortée jusqu'ici. Pour ce qui est du prince de Perse et du joaillier, il les renvoya dans l'autre, aussi avec deux de ses gens pour les accompagner et les conduire en sûreté jusque chez eux.

« J'ai confiance, ajouta-t-elle en finissant et en fondant en larmes, qu'il ne leur sera pas arrivé de mal depuis notre séparation, et je ne doute pas que la douleur du prince ne soit égale à la mienne. Le joaillier, qui nous a obligés avec tant d'affection, mérite d'être récompensé de la perte qu'il a faite pour l'amour de nous. Ne manquez pas demain matin de prendre deux bourses de mille pièces d'or chacune, de les lui porter de ma part, et de lui demander des nouvelles du prince de Perse. »

« Quand ma bonne maîtresse eut achevé, je tâchai, sur le dernier ordre qu'elle venait de me donner de m'informer des nouvelles du prince de Perse, de lui persuader de faire des efforts pour se surmonter elle-même, après le danger qu'elle venait d'essuyer et dont elle n'avait échappé que par un miracle. « Ne me répliquez pas, reprit-elle, et faites ce que je vous commande. »

« Je fus contrainte de me taire, et je suis venue pour lui obéir. J'ai été chez vous, où je ne vous ai pas trouvé, et, dans l'incertitude si je vous trouverais où l'on m'a dit que vous pouviez être, j'ai été sur le point d'aller chez le prince de Perse ; mais je n'ai osé l'entreprendre. J'ai laissé les deux bourses en passant chez une personne de connaissance : attendez-moi ici, je ne mettrai pas de temps à les apporter... »

Scheherazade s'aperçut que le jour paraissait, et se

tut après ces dernières paroles. Elle continua le même conte la nuit suivante, et dit au sultan des Indes :

CCVIII^{e} NUIT

Sire, la confidente revint joindre le joaillier, dans la mosquée où elle l'avait laissé, et, en lui donnant les deux bourses : « Prenez, dit-elle, et satisfaites vos amis. — Il y en a, reprit le joaillier, beaucoup au-delà de ce qui est nécessaire ; mais je n'oserais refuser la grâce qu'une dame si honnête et si généreuse veut bien faire à son très humble serviteur. Je vous supplie de l'assurer que je conserverai éternellement la mémoire de ses bontés. » Il convint avec la confidente qu'elle viendrait le trouver à la maison où elle l'avait vu la première fois, lorsqu'elle aurait quelque chose à lui commander de la part de Schemselnihar et à prendre des nouvelles du prince de Perse ; après quoi ils se séparèrent.

Le joaillier retourna chez lui bien satisfait non seulement de ce qu'il avait de quoi satisfaire ses amis pleinement, mais de ce qu'il voyait même que personne ne savait à Bagdad que le prince de Perse et Schemselnihar se fussent trouvés dans son autre maison lorsqu'elle avait été pillée. Il est vrai qu'il avait déclaré la chose aux voleurs ; mais il avait confiance en leur secret. Ils n'avaient pas d'ailleurs assez de commerce dans le monde pour craindre aucun danger de leur côté quand ils l'eussent divulgué. Dès le lendemain matin il vit les amis qui l'avaient obligé, et il n'eut pas de peine à les contenter. Il eut même beaucoup d'argent de reste pour meubler fort proprement son autre maison, où il mit quelques-uns de ses domestiques pour l'habiter. C'est ainsi qu'il oublia le danger dont il avait échappé ; et sur le soir il se rendit chez le prince de Perse.

Les officiers du prince qui reçurent le joaillier lui dirent qu'il arrivait fort à propos ; que le prince, depuis qu'il ne l'avait vu, était dans un état qui donnait tout sujet de craindre pour sa vie, et qu'on ne pouvait tirer de lui une seule parole. Ils l'introduisirent dans sa chambre sans faire de bruit, et il le trouva couché dans son lit, les yeux fermés et dans un état qui lui fit compassion. Il le salua en lui touchant la main, et il l'exhorta à prendre courage.

Le prince de Perse reconnut que le joaillier lui parlait ;

il ouvrit les yeux, et le regarda d'une manière qui lui fit connaître la grandeur de son affliction, infiniment au-delà de ce qu'il en avait eu depuis la première fois qu'il avait vu Schemselnihar. Il lui prit et lui serra la main pour lui marquer son amitié, et lui dit d'une voix faible qu'il lui était bien obligé de la peine qu'il prenait de venir voir un prince aussi malheureux et aussi affligé qu'il l'était.

« Prince, reprit le joaillier, ne parlons pas, je vous en supplie, des obligations que vous pouvez m'avoir : je voudrais bien que les bons offices que j'ai tâché de vous rendre eussent eu un meilleur succès. Parlons plutôt de votre santé : dans l'état où je vous vois, je crains fort que vous ne vous laissiez abattre vous-même, et que vous ne preniez pas la nourriture qui vous est nécessaire. »

Les gens qui étaient près du prince leur maître prirent cette occasion pour dire au joaillier qu'ils avaient toutes les peines imaginables à l'obliger de prendre quelque chose; qu'il ne s'aidait pas, et qu'il y avait longtemps qu'il n'avait rien pris. Cela obligea le joaillier de supplier le prince de souffrir que ses gens lui apportassent de la nourriture et d'en prendre; et il l'obtint après de grandes instances.

Après que le prince de Perse eut mangé plus amplement qu'il n'eût encore fait, par la persuasion du joaillier, il commanda à ses gens de le laisser seul avec lui; et, lorsqu'ils furent sortis : « Avec le malheur qui m'accable, lui dit-il, j'ai une douleur extrême de la perte que vous avez soufferte pour l'amour de moi; il est juste que je songe à vous en récompenser; mais auparavant, après vous en avoir demandé mille pardons, je vous prie de me dire si vous n'avez rien appris de Schemselnihar depuis que j'ai été contraint de me séparer d'avec elle. »

Le joaillier, instruit par la confidente, lui raconta tout ce qu'il savait de l'arrivée de Schemselnihar à son palais, de l'état où elle avait été depuis ce temps-là jusqu'à ce qu'elle se trouvât mieux et qu'elle envoyât la confidente pour s'informer de ses nouvelles.

Le prince de Perse ne répondit au discours du joaillier que par des soupirs et par des larmes; ensuite il se fit un effort pour se lever, fit appeler de ses gens, et alla en personne à son garde-meuble, qu'il se fit ouvrir : il y fit faire plusieurs ballots de riches meubles et d'argenterie, et donna ordre qu'on les portât chez le joaillier.

Le joaillier voulut se défendre d'accepter le présent

que le prince de Perse lui faisait; mais, quoiqu'il lui représentât que Schemselnihar lui avait déjà envoyé plus qu'il n'en avait eu besoin pour remplacer ce que ses amis avaient perdu, il voulut néanmoins être obéi. De la sorte le joaillier fut obligé de lui témoigner combien il était confus de sa libéralité, et il lui marqua qu'il ne pouvait assez l'en remercier. Il voulait prendre congé; mais le prince le pria de rester, et ils s'entretinrent une bonne partie de la nuit.

Le lendemain matin, le joaillier vit encore le prince de Perse avant de se retirer, et le prince le fit asseoir près de lui. « Vous savez, lui dit-il, que l'on a un but en toutes choses : le but d'un amant est de posséder ce qu'il aime sans obstacle; s'il perd une fois cette espérance, il est certain qu'il ne doit plus penser à vivre. Vous comprenez bien que c'est là la triste situation où je me trouve. En effet, dans le temps où par deux fois je me crois au comble de mes désirs, c'est alors que je suis arraché d'auprès de ce que j'aime, de la manière la plus cruelle. Après cela, il ne me reste plus que de songer à la mort : je me la serais déjà donnée, si ma religion ne me défendait d'être homicide de moi-même; mais il n'est pas besoin que je la prévienne : je sens bien que je ne l'attendrai pas longtemps. » Il se tut à ces paroles, avec des gémissements, des soupirs, des sanglots, et des larmes qu'il laissa couler en abondance.

Le joaillier, qui ne savait pas d'autre moyen de le détourner de cette pensée de désespoir qu'en lui remettant Schemselnihar dans la mémoire et qu'en lui donnant quelque ombre d'espérance, lui dit qu'il craignait que la confidente ne fût déjà venue, et qu'il était à propos qu'il ne perdît pas de temps à retourner chez lui. « Je vous laisse aller, lui dit le prince; mais, si vous la voyez, je vous supplie de lui bien recommander d'assurer Schemselnihar que, si j'ai à mourir, comme je m'y attends bientôt, je l'aimerai jusqu'au dernier soupir et jusque dans le tombeau. »

Le joaillier revint chez lui, et y demeura dans l'espérance que la confidente viendrait. Elle arriva quelques heures après, mais tout en pleurs et dans un grand désordre. Le joaillier, alarmé, lui demanda avec empressement ce qu'elle avait.

« Schemselnihar, le prince de Perse, vous et moi, reprit la confidente, nous sommes tous perdus. Écoutez la triste nouvelle que j'appris hier en entrant au palais après vous avoir quitté : Schemselnihar avait fait châtier pour quelque faute une des deux esclaves que vous vîtes avec elle le jour du rendez-vous dans votre autre maison. L'esclave, outrée de ce mauvais traitement, a trouvé la porte du palais ouverte, elle est sortie, et nous ne doutons pas qu'elle n'ait tout déclaré à un des eunuques de notre garde, qui lui a donné retraite. Ce n'est pas tout : l'autre esclave sa compagne a fui aussi et s'est réfugiée au palais du calife, à qui nous avons sujet de croire qu'elle a tout révélé. En voici la raison : c'est qu'aujourd'hui le calife vient d'envoyer prendre Schemselnihar par une vingtaine d'eunuques qui l'ont menée à son palais. J'ai trouvé le moyen de me dérober et de venir vous donner avis de tout ceci. Je ne sais pas ce qui se sera passé, mais je n'en augure rien de bon. Quoi qu'il en soit, je vous conjure de bien garder le secret... »

Le jour, dont on voyait déjà la lumière, obligea la sultane Scheherazade de garder le silence à ces dernières paroles. Elle continua la nuit suivante, et dit au sultan des Indes :

CCIX^{e} NUIT

Sire, la confidente ajouta à ce qu'elle venait de dire au joaillier qu'il était bon qu'il allât trouver le prince de Perse, sans perdre de temps, et l'avertir de l'affaire, afin qu'il se tînt prêt à tout événement et qu'il fût fidèle dans la cause commune. Elle ne lui en dit pas davantage, et elle se retira brusquement, sans attendre sa réponse.

Qu'aurait pu répondre le joaillier dans l'état où il se trouvait ? Il demeura immobile et comme étourdi du coup. Il vit bien néanmoins que l'affaire pressait : il se fit violence, et alla trouver le prince de Perse incessamment. En l'abordant d'un air qui marquait déjà la méchante nouvelle qu'il venait lui annoncer : « Prince, dit-il, armez-vous de patience, de constance et de courage, et préparez-vous à l'assaut le plus terrible que vous ayez eu à soutenir de votre vie.

— Dites-moi en deux mots ce qu'il y a, reprit le prince, et ne me faites pas languir; je suis prêt de mourir, s'il en est besoin. »

Le joaillier lui raconta ce qu'il venait d'apprendre de la confidente. « Vous voyez bien, continua-t-il, que votre perte est assurée. Levez-vous, sauvez-vous promptement : le temps est précieux. Vous ne devez pas vous exposer à la colère du calife, encore moins à rien avouer au milieu des tourments. »

Peu s'en fallut qu'en ce moment le prince n'expirât d'affliction, de douleur et de frayeur. Il se recueillit, et demanda au joaillier quelle résolution il lui conseillait de prendre dans une conjoncture où il n'y avait pas un moment dont il ne dût profiter. « Il n'y en a pas d'autre, repartit le joaillier, que de monter à cheval au plus tôt et de prendre le chemin d'Anbar *, pour y arriver demain avant le jour. Prenez de vos gens ce que vous jugerez à propos, avec de bons chevaux, et souffrez que je me sauve avec vous. »

Le prince de Perse, qui ne vit pas d'autre parti à prendre, donna ordre aux préparatifs les moins embarrassants, prit de l'argent et des pierreries; et, après avoir pris congé de sa mère, il partit, s'éloigna de Bagdad en diligence avec le joaillier et les gens qu'il avait choisis. Ils marchèrent le reste du jour et toute la nuit sans s'arrêter en aucun lieu, jusqu'à deux ou trois heures avant le jour du lendemain, que, fatigués d'une si longue traite, et que leurs chevaux n'en pouvaient plus, ils mirent pied à terre pour se reposer.

Ils n'avaient presque pas eu le temps de respirer qu'ils se virent assaillis tout à coup par une grosse troupe de voleurs. Ils se défendirent quelque temps très courageusement; mais les gens du prince furent tués. Cela obligea le prince et le joaillier de mettre les armes bas et de s'abandonner à leur discrétion. Les voleurs leur donnèrent la vie; mais, après qu'ils se furent saisis des chevaux et du bagage, ils les dépouillèrent, et, en se retirant avec leur butin, ils les laissèrent au même endroit.

Lorsque les voleurs furent éloignés : « Hé bien, dit le prince désolé au joaillier, que dites-vous de notre aventure et de l'état où nous voilà ? Ne vaudrait-il pas mieux que je fusse demeuré à Bagdad, que j'y eusse attendu la mort, de quelque manière que je dusse la recevoir ?

— Prince, reprit le joaillier, c'est un décret de la volonté de Dieu : il lui plaît de nous éprouver par afflictions sur afflictions. C'est à nous de n'en pas murmurer et de recevoir ces disgrâces de sa main avec une entière

* Anbar, ville de la Turquie d'Asie, sur la rive gauche de l'Euphrate.

soumission. Ne nous arrêtons pas ici davantage; cherchons quelque lieu de retraite où l'on veuille bien nous secourir dans notre malheur.

— Laissez-moi mourir, lui dit le prince de Perse : il n'importe pas que je meure ici ou ailleurs. Peut-être même qu'au moment que nous parlons Schemselnihar n'est plus, et je ne dois plus chercher à vivre après elle. » Le joaillier le persuada enfin, à force de prières. Ils marchèrent quelque temps, et ils rencontrèrent une mosquée qui était ouverte, où ils entrèrent et passèrent le reste de la nuit.

A la pointe du jour, un homme seul arriva dans cette mosquée. Il y fit sa prière, et, quand il eut achevé, il aperçut en se retournant le prince de Perse et le joaillier qui étaient assis dans un coin. Il s'approcha d'eux en les saluant avec beaucoup de civilité. « Autant que je le puis connaître, leur dit-il, il me semble que vous êtes étrangers. »

Le joaillier prit la parole : « Vous ne vous trompez pas, répondit-il : nous avons été volés cette nuit en venant de Bagdad, comme vous le pouvez voir à l'état où nous sommes, et nous avons besoin de secours; mais nous ne savons à qui nous adresser. — Si vous voulez prendre la peine de venir chez moi, repartit l'homme, je vous donnerai volontiers l'assistance que je pourrai. »

A cette offre obligeante, le joaillier se tourna du côté du prince de Perse, et lui dit à l'oreille : « Cet homme, Prince, comme vous le voyez, ne nous connaît pas, et nous avons à craindre que quelque autre ne vienne et ne nous connaisse. Nous ne devons pas, ce me semble, refuser la grâce qu'il veut bien nous faire. — Vous êtes le maître, reprit le prince, et je consens à tout ce que vous voudrez. »

L'homme, qui vit que le joaillier et le prince de Perse consultaient ensemble, s'imagina qu'ils faisaient difficulté d'accepter la proposition qu'il leur avait faite. Il leur demanda quelle était leur résolution. « Nous sommes prêts de vous suivre, répondit le joaillier : ce qui nous fait de la peine, c'est que nous sommes nus, et que nous avons honte de paraître en cet état. »

Par bonheur l'homme eut à leur donner à chacun assez de quoi se couvrir pour les conduire jusque chez lui. Ils n'y furent pas plus tôt arrivés que leur hôte leur fit apporter à chacun un habit assez propre; et comme il ne douta pas qu'ils n'eussent grand besoin de manger, et qu'ils seraient bien aises d'être dans leur particulier, il leur fit porter plusieurs plats par une esclave. Mais ils ne mangèrent presque pas, surtout le prince de Perse, qui était dans une langueur et dans un abattement qui fit tout craindre au joaillier pour sa vie.

Leur hôte les vit à diverses fois pendant le jour, et sur le soir, comme il savait qu'ils avaient besoin de repos, il les quitta de bonne heure. Mais le joaillier fut bientôt obligé de l'appeler pour assister à la mort du prince de Perse. Il s'aperçut que ce prince avait la respiration forte et véhémente, et cela lui fit comprendre qu'il n'avait plus que peu de moments à vivre. Il s'approcha de lui, et le prince lui dit : « C'en est fait, comme vous le voyez, et je suis bien aise que vous soyez témoin du dernier soupir de ma vie. Je la perds avec bien de la satisfaction, et je ne vous en dis pas la raison, vous la savez. Tout le regret que j'ai, c'est de ne pas mourir entre les bras de ma chère mère, qui m'a toujours aimé tendrement et pour qui j'ai toujours eu le respect que je devais. Elle aura bien de la douleur de n'avoir pas eu la triste consolation de me fermer les yeux et de m'ensevelir de ses propres mains. Témoignez-lui bien la peine que j'en souffre, et priez-la de ma part de faire transporter mon corps à Bagdad, afin qu'elle arrose mon tombeau de ses larmes et qu'elle m'y assiste de ses prières. » Il n'oublia pas l'hôte de la maison; il le remercia de l'accueil généreux qu'il lui avait fait, et, après lui avoir demandé en grâce de vouloir bien que son corps demeurât en dépôt chez lui jusqu'à ce qu'on vînt l'enlever, il expira...

Scheherazade en était en cet endroit, lorsqu'elle s'aperçut que le jour paraissait. Elle cessa de parler, et elle reprit son discours la nuit suivante, et dit au sultan des Indes :

CCX^e NUIT

Sire, dès le lendemain de la mort du prince de Perse, le joaillier profita de la conjoncture d'une caravane assez nombreuse qui venait à Bagdad, où il se rendit en sûreté. Il ne fit que rentrer chez lui et changer d'habit à son arrivée, et se rendit à l'hôtel du feu prince de Perse, où l'on fut alarmé de ne pas voir le prince avec lui. Il pria qu'on avertît la mère du prince qu'il souhaitait de lui parler, et l'on ne fut pas longtemps à l'introduire dans une salle où elle était avec plusieurs de ses femmes. « Madame, lui dit le joaillier d'un air et d'un ton qui marquaient la fâcheuse nouvelle qu'il avait à lui annoncer, Dieu vous conserve et vous comble de ses bontés! Vous n'ignorez pas que Dieu dispose de nous comme il lui plaît... »

La dame ne donna pas le temps au joaillier d'en dire davantage. « Ah! s'écria-t-elle, vous m'annoncez la mort de mon fils! » Elle poussa en même temps des cris effroyables, qui, mêlés avec ceux de ses femmes, renouvelèrent les larmes du joaillier. Elle se tourmenta et s'affligea longtemps avant qu'elle lui laissât reprendre ce qu'il avait à lui dire. Elle interrompit enfin ses pleurs et ses gémissements, et elle le pria de continuer et de ne lui rien cacher des circonstances d'une séparation si triste. Il la satisfit; et, quand il eut achevé, elle lui demanda si le prince son fils ne l'avait pas chargé de quelque chose de particulier à lui dire dans les derniers moments de sa vie. Il lui assura qu'il n'avait pas eu un plus grand regret que de mourir éloigné d'elle, et que la seule chose qu'il avait souhaitée était qu'elle voulût bien prendre le soin de faire transporter son corps à Bagdad. Dès le lendemain, de grand matin, elle se mit en chemin accompagnée de ses femmes et de la plus grande partie de ses esclaves.

Quand le joaillier, qui avait été retenu par la mère du prince de Perse, eut vu partir cette dame, il retourna chez lui tout triste et les yeux baissés, avec un grand regret de la mort d'un prince si accompli et si aimable, à la fleur de son âge.

Comme il marchait recueilli en lui-même, une femme se présenta et s'arrêta devant lui. Il leva les yeux, et vit que c'était la confidente de Schemselnihar, qui était habillée de noir et pleurait. Il renouvela ses pleurs à cette vue sans ouvrir la bouche pour lui parler, et il continua de marcher jusque chez lui où la confidente le suivit et entra avec lui.

Ils s'assirent; et le joaillier, en prenant la parole le premier, demanda à la confidente, avec un grand soupir, si elle avait déjà appris la mort du prince de Perse, et si c'était lui qu'elle pleurait. « Hélas! non, s'écria-t-elle. Quoi! ce prince si charmant est mort! Il n'a pas vécu longtemps après sa chère Schemselnihar. Belles âmes, ajouta-t-elle, en quelque part que vous soyez, vous devez être bien contentes de pouvoir vous aimer désormais sans obstacle. Vos corps étaient un empêchement à vos souhaits, et le Ciel vous en a délivrés pour vous unir ! »

Le joaillier, qui ne savait rien de la mort de Schemselnihar, et qui n'avait pas encore fait réflexion que la confidente qui lui parlait était habillée de deuil, eut une nouvelle affliction d'apprendre cette nouvelle. « Schemselnihar est morte ! s'écria-t-il. — Elle est morte, reprit la confidente en pleurant tout de nouveau, et c'est d'elle que je porte le deuil. Les circonstances de sa mort sont singulières, et elles méritent que vous les sachiez ; mais, avant que je vous en fasse le récit, je vous prie de me faire part de celles de la mort du prince de Perse, que je pleurerai toute ma vie, avec celle de Schemselnihar, ma chère et respectable maîtresse. »

Le joaillier donna à la confidente la satisfaction qu'elle demandait ; et, dès qu'il lui eut raconté le tout, jusqu'au départ de la mère du prince de Perse qui venait de se mettre en chemin elle-même pour faire apporter le corps du prince à Bagdad : « Vous n'avez pas oublié, lui dit-elle, que je vous ai dit que le calife avait fait venir Schemselnihar à son palais ; il était vrai, comme nous avions tout sujet de nous le persuader, que le calife avait été informé des amours de Schemselnihar et du prince de Perse par les deux esclaves qu'il avait interrogées toutes deux séparément. Vous allez vous imaginer qu'il se mit en colère contre Schemselnihar, et qu'il donna de grandes marques de jalousie et de vengeance prochaine contre le prince de Perse. Point du tout : il ne songea pas un moment au prince de Perse. Il plaignit seulement Schemselnihar ; et il est à croire qu'il s'attribua à lui-même ce qui est arrivé, sur la permission qu'il lui avait donnée d'aller librement par la ville sans être accompagnée d'eunuques. On n'en put conjecturer autre chose, après la manière tout extraordinaire dont il en a usé avec elle, comme vous allez l'entendre.

« Le calife la reçut avec un visage ouvert ; et, quand il eut remarqué la tristesse dont elle était accablée, qui cependant ne diminuait rien de sa beauté (car elle parut devant lui sans aucune marque de surprise ni de frayeur) : « Schemselnihar, lui dit-il avec une bonté digne de lui, je ne puis souffrir que vous paraissiez devant moi avec un air qui m'afflige infiniment. Vous savez avec quelle passion je vous ai toujours aimée : vous devez en être persuadée par toutes les marques que je vous en ai données. Je ne change pas, et je vous aime plus que jamais. Vous avez des ennemis, et ces ennemis m'ont fait des rapports contre votre conduite; mais tout ce qu'ils ont pu me dire ne me fait pas la moindre impression. Quittez donc cette mélancolie, et disposez-vous à m'entretenir ce soir de quelque chose d'agréable et de divertissant, à votre ordinaire. » Il lui dit plusieurs autres choses très obligeantes, et il la fit entrer dans un appartement magnifique, près du sien, où il la pria de l'attendre.

« L'affligée Schemselnihar fut très sensible à tant de témoignages de considération pour sa personne; mais plus elle connaissait combien elle en était obligée au calife, plus elle était pénétrée de la vive douleur d'être éloignée peut-être pour jamais du prince de Perse sans qui elle ne pouvait plus vivre.

« Cette entrevue du calife et de Schemselnihar, continua la confidente, se passa pendant que j'étais venue vous parler, et j'en ai appris les particularités de mes compagnes qui étaient présentes. Mais, dès que je vous eus quitté, j'allai rejoindre Schemselnihar, et je fus témoin de ce qui se passa le soir. Je la trouvai dans l'appartement que j'ai dit; et, comme elle se douta que je venais de chez vous, elle me fit approcher, et sans que personne l'entendît : « Je vous suis bien obligée, me dit-elle, du service que vous venez de me rendre; je sens bien que ce sera le dernier. » Elle ne m'en dit pas davantage; et je n'étais pas dans un lieu à pouvoir lui dire quelque chose pour tâcher de la consoler.

« Le calife entra le soir au son des instruments que les femmes de Schemselnihar touchaient, et l'on servit aussitôt la collation. Le calife prit Schemselnihar par la main, et la fit asseoir près de lui sur le sofa. Elle se fit une si grande violence pour lui complaire que nous la vîmes expirer peu de moments après. En effet, elle fut à peine assise qu'elle se renversa en arrière. Le calife crut qu'elle n'était qu'évanouie, et nous eûmes toutes la même pensée. Nous tâchâmes de la secourir; mais elle ne revint pas, et voilà de quelle manière nous la perdîmes.

« Le calife l'honora de ses larmes, qu'il ne put retenir, et, avant de se retirer à son appartement, il ordonna de casser tous les instruments, ce qui fut exécuté. Je restai toute la nuit près du corps; je le lavai et l'ensevelis moi-même, en le baignant de mes larmes; et le lendemain elle fut enterrée, par ordre du calife, dans un tombeau magnifique qu'il lui avait déjà fait bâtir dans le lieu qu'elle avait choisi elle-même. Puisque vous me dites, ajouta-t-elle, qu'on doit apporter le corps du prince de Perse à Bagdad, je suis résolue de faire en sorte qu'on l'apporte pour être mis dans le même tombeau. »

Le joaillier fut fort surpris de cette résolution de la confidente. « Vous n'y songez pas, reprit-il; jamais le calife ne le souffrira. — Vous croyez la chose impossible, repartit la confidente : elle ne l'est pas; et vous en conviendrez vous-même, quand je vous aurai dit que le calife a donné la liberté à toutes les esclaves de Schemselnihar, avec une pension à chacune, suffisante pour subsister, et qu'il m'a chargée du soin et de la garde de son tombeau, avec un revenu considérable pour l'entretenir et pour ma subsistance en particulier. D'ailleurs, le calife, qui n'ignore pas les amours du prince et de Schemselnihar, comme je vous l'ai dit, et qui ne s'en est pas scandalisé, n'en sera nullement fâché. » Le joaillier n'eut plus rien à dire : il pria seulement la confidente de le mener à ce tombeau pour y faire sa prière. Sa surprise fut grande en y arrivant, quand il vit la foule du monde des deux sexes qui y accourait de tous les endroits de Bagdad. Il ne put en approcher que de loin; et, lorsqu'il eut fait sa prière : « Je ne trouve plus impossible, dit-il à la confidente en la rejoignant, d'exécuter ce que vous avez si bien imaginé. Nous n'avons qu'à publier, vous et moi, ce que nous savons des amours de l'un et de l'autre, et particulièrement de la mort du prince de Perse, arrivée presque dans le même temps. Avant que son corps arrive, tout Bagdad concourra à demander qu'il ne soit pas séparé d'avec celui de Schemselnihar. » La chose réussit; et, le jour que l'on sut que le corps devait arriver, une infinité de peuple alla au-devant à plus de vingt milles.

La confidente attendit à la porte de la ville où elle se présenta à la mère du prince, et la supplia, au nom de toute la ville qui le souhaitait ardemment, de vouloir bien que les corps des deux amants qui n'avaient eu qu'un cœur jusqu'à leur mort, depuis qu'ils avaient commencé de s'aimer, n'eussent qu'un même tombeau. Elle y consentit; et le corps fut porté au tombeau de Schemselnihar, à la tête d'un peuple innombrable de tous les rangs, et mis à côté d'elle. Depuis ce temps-là, tous les habitants de Bagdad, et même les étrangers de tous les endroits du monde où il y a des musulmans, n'ont cessé d'avoir une grande vénération pour ce tombeau et d'y aller faire leurs prières.

« C'est, Sire, dit ici Scheherazade, qui s'aperçut en même temps qu'il était jour, ce que j'avais à raconter à Votre Majesté des amours de la belle Schemselnihar, favorite du calife Haroun-al-Raschid, et de l'aimable Ali Ebn Becar, prince de Perse. »

Quand Dinarzade vit que la sultane sa sœur avait cessé de parler, elle la remercia, le plus obligeamment du monde, du plaisir qu'elle lui avait fait par le récit d'une histoire si intéressante. « Si le sultan veut bien me souffrir encore jusqu'à demain, reprit Scheherazade, je vous raconterai celle du prince Camaralzaman *, que vous trouverez beaucoup plus agréable. » Elle se tut; et le sultan, qui ne put encore se résoudre de la faire mourir, remit à l'écouter la nuit suivante.

CCXI^e NUIT

Le lendemain, avant le jour, dès que la sultane Scheherazade fut éveillée par les soins de Dinarzade, sa sœur, elle raconta au sultan des Indes l'histoire de Camaralzaman, comme elle l'avait promis et dit...

* C'est, en arabe, la lune du temps, ou la lune du siècle.

HISTOIRE

DES AMOURS DE CAMARALZAMAN

PRINCE DE L'ILE DES ENFANTS DE KHALEDAN

ET DE BADOURE

PRINCESSE DE LA CHINE

Sire, environ à vingt journées de navigation des côtes de Perse, il y a dans la vaste mer une île que l'on appelle l'île des Enfants de Khaledan. Cette île est divisée en plusieurs grandes provinces, toutes considérables par des villes florissantes et bien peuplées, qui forment un royaume très puissant. Autrefois elle était gouvernée par un roi nommé Schahzaman*, qui avait quatre femmes en mariage légitime, toutes quatre filles de rois, et soixante concubines.

Schahzaman s'estimait le monarque le plus heureux de la terre par la tranquillité et la prospérité de son règne. Un seule chose troublait son bonheur : c'est qu'il était déjà avancé en âge, et qu'il n'avait pas d'enfants, quoiqu'il eût un si grand nombre de femmes. Il ne savait à quoi attribuer cette stérilité, et, dans son affliction, il regardait comme le plus grand malheur qui pût lui arriver de mourir sans laisser après lui un successeur de son sang. Il dissimula longtemps le chagrin cuisant qui le tourmentait, et il souffrait d'autant plus qu'il se faisait violence pour ne pas faire paraître qu'il en eût. Il rompit enfin le silence, et un jour, après qu'il se fut plaint amèrement de sa disgrâce à son grand-vizir, à qui il en parla en particulier, il lui demanda s'il ne savait pas quelque moyen d'y remédier.

« Si ce que Votre Majesté me demande, répondit ce sage ministre, dépendait des règles ordinaires de la sagesse humaine, elle aurait bientôt la satisfaction qu'elle souhaite si ardemment; mais j'avoue que mon expérience et mes connaissances sont au-dessous de ce qu'elle me propose : il n'y a que Dieu seul à qui l'on puisse recourir

* C'est-à-dire, en persan, roi du temps, ou roi du siècle.

dans ces sortes de besoins. Au milieu de nos prospérités, qui font souvent que nous l'oublions, il se plaît de nous mortifier par quelque endroit, afin que nous songions à lui, que nous reconnaissions sa toute-puissance, et que nous lui demandions ce que nous ne devons attendre que de lui. Vous avez des sujets qui font une profession particulière de l'honorer, de le servir et de vivre durement pour l'amour de lui : mon avis serait que Votre Majesté leur fît des aumônes, et les exhortât de joindre leurs prières aux vôtres. Peut-être que dans le grand nombre il s'en trouvera quelqu'un assez pur et assez agréable à Dieu pour obtenir qu'il exauce vos vœux. »

Le roi Schahzaman approuva fort ce conseil, dont il remercia son grand vizir. Il fit porter de riches aumônes dans chaque communauté de ces gens consacrés à Dieu; il fit même venir les supérieurs, et, après qu'il les eut régalés d'un festin frugal, il leur déclara son intention, et les pria d'en avertir les dévots qui étaient sous leur obéissance.

Schahzaman obtint du Ciel ce qu'il désirait, et cela parut bientôt par la grossesse d'une de ses femmes, qui lui donna un fils au bout de neuf mois. En action de grâces, il envoya de nouvelles aumônes aux communautés de musulmans dévots, dignes de sa grandeur et de sa puissance, et l'on célébra la naissance du prince, non seulement dans sa capitale, mais même dans toute l'étendue de ses États, par des réjouissances publiques d'une semaine entière. On lui porta le prince dès qu'il fut né, et il lui trouva tant de beauté qu'il lui donna le nom de Camaralzaman, LUNE DU SIÈCLE.

Le prince Camaralzaman fut élevé avec tous les soins imaginables, et, dès qu'il fut en âge, le sultan Schahzaman son père lui donna un sage gouverneur et d'habiles précepteurs. Ces personnages distingués par leur capacité trouvèrent en lui un esprit aisé, docile et capable de recevoir toutes les instructions qu'ils voulurent lui donner, tant pour le règlement de ses mœurs que pour les connaissances qu'un prince comme lui devait avoir. Dans un âge plus avancé, il apprit de même tous ses exercices, et il s'en acquittait avec grâce et avec une adresse merveilleuse dont il charmait tout le monde, et particulièrement le sultan son père.

Quand le prince eut atteint l'âge de quinze ans, le sultan, qui l'aimait avec tendresse et qui lui en donnait tous les jours de nouvelles marques, conçut le dessein de lui en donner la plus éclatante, de descendre du trône et de l'y établir lui-même. Il en parla à son grand-vizir. « Je crains, lui dit-il, que mon fils ne perde dans l'oisiveté de la jeunesse non seulement tous les avantages dont la nature l'a comblé, mais même ceux qu'il a acquis avec tant de succès par la bonne éducation que j'ai tâché de lui donner. Comme je suis désormais dans un âge à songer à la retraite, je suis presque résolu de lui abandonner le gouvernement et de passer le reste de mes jours avec la satisfaction de le voir régner. Il y a longtemps que je travaille, et j'ai besoin de repos. »

Le grand-vizir ne voulut pas représenter au sultan toutes les raisons qui auraient pu le dissuader d'exécuter sa résolution; il entra au contraire dans son sentiment. « Sire, répondit-il, le prince est encore bien jeune, ce me semble, pour le charger de si bonne heure d'un fardeau aussi pesant que celui de gouverner un État puissant. Votre Majesté craint qu'il ne se corrompe dans l'oisiveté, avec beaucoup de raison; mais, pour y remédier, ne jugerait-elle pas plus à propos de le marier auparavant ? Le mariage attache et empêche qu'un jeune prince ne se dissipe. Avec cela, Votre Majesté lui donnerait entrée dans ses conseils, où il apprendrait peu à peu à soutenir dignement l'éclat et le poids de votre couronne, dont vous seriez à temps de vous dépouiller en sa faveur lorsque vous l'en jugeriez capable par votre propre expérience. »

Schahzaman trouva le conseil de son premier ministre fort raisonnable. Aussi fit-il appeler le prince Camaralzaman dès qu'il l'eut congédié.

Le prince, qui jusqu'alors avait toujours vu le sultan son père à de certaines heures réglées, sans avoir besoin d'être appelé, fut un peu surpris de cet ordre. Au lieu de se présenter devant lui avec la liberté qui lui était ordinaire, il le salua avec un grand respect, et s'arrêta en sa présence les yeux baissés.

Le sultan s'aperçut de la contrainte du prince. « Mon fils, lui dit-il d'un air à le rassurer, savez-vous à quel sujet je vous ai fait appeler ? — Sire, répondit le prince avec modestie, il n'y a que Dieu qui pénètre jusque dans les cœurs : je l'apprendrai de Votre Majesté avec plaisir. — Je l'ai fait pour vous dire, reprit le sultan, que je veux vous marier. Que vous en semble ? »

Le prince Camaralzaman entendit ces paroles avec un grand déplaisir. Elles le déconcertèrent; la sueur lui en montait même au visage, et il ne savait que répondre. Après quelques moments de silence, il répondit : « Sire, je vous supplie de me pardonner si je parais interdit à la déclaration que Votre Majesté me fait; je ne m'y attendais pas dans la grande jeunesse où je suis. Je ne sais même si je pourrai jamais me résoudre au lien du mariage, non seulement à cause de l'embarras que donnent les femmes, comme je le comprends fort bien, mais même après ce que j'ai lu dans nos auteurs de leurs fourberies, de leurs méchancetés et de leurs perfidies. Peut-être ne serai-je pas toujours dans ce sentiment; je sens bien néanmoins qu'il me faut du temps avant de me déterminer à ce que Votre Majesté exige de moi. »

Scheherazade voulait poursuivre; mais elle vit que le sultan des Indes, qui s'était aperçu que le jour paraissait, sortait du lit, et cela fit qu'elle cessa de parler. Elle reprit le même conte la nuit suivante, et lui dit :

CCXII^{e} NUIT

Sire, la réponse du prince Camaralzaman affligea extrêmement le sultan son père. Ce monarque eut une véritable douleur de voir en lui une si grande répugnance pour le mariage. Il ne voulut pas néanmoins la traiter de désobéissance, ni user du pouvoir paternel; il se contenta de lui dire : « Je ne veux pas vous contraindre là-dessus; je vous donne le temps d'y penser et de considérer qu'un prince comme vous, destiné à gouverner un grand royaume, doit penser d'abord à se donner un successeur. En vous donnant cette satisfaction, vous me la donnerez à moi-même, qui suis bien aise de me voir revivre en vous et dans les enfants qui doivent sortir de vous. »

Schahzaman n'en dit pas davantage au prince Camaralzaman. Il lui donna entrée dans les conseils de ses États, et lui donna d'ailleurs tous les sujets d'être content qu'il pouvait désirer. Au bout d'un an, il le prit en particulier. « Hé bien, mon fils, lui dit-il, vous êtes-vous souvenu de faire réflexion sur le dessein que j'avais de vous marier dès l'année passée ? Refuserez-vous encore de me donner la joie que j'attends de votre obéissance, et voulez-vous me laisser mourir sans me donner cette satisfaction ? »

Le prince parut moins déconcerté que la première fois, et il n'hésita pas longtemps à répondre en ces termes, avec fermeté : « Sire, dit-il, je n'ai pas manqué d'y penser avec l'attention que je devais ; mais, après y avoir pensé mûrement, je me suis confirmé davantage dans la résolution de vivre sans engagement dans le mariage. En effet, les maux infinis que les femmes ont causés de tout temps dans l'univers, comme je l'ai appris pleinement dans nos histoires, et ce que j'entends dire chaque jour de leur malice, sont des motifs qui me persuadent de n'avoir de ma vie aucune liaison avec elles. Ainsi, Votre Majesté me pardonnera si j'ose lui représenter qu'il est inutile qu'elle me parle davantage de me marier. » Il en demeura là, et quitta le sultan son père brusquement, sans attendre qu'il lui dît autre chose.

Tout autre monarque que le roi Schahzaman aurait eu de la peine à ne pas s'emporter, après la hardiesse avec laquelle le prince son fils venait de lui parler, et à ne l'en pas faire repentir ; mais il le chérissait, et il voulait employer toutes les voies de douceur avant de le contraindre. Il communiqua à son premier ministre le nouveau sujet de chagrin que Camaralzaman venait de lui donner. « J'ai suivi votre conseil, lui dit-il ; mais Camaralzaman est plus éloigné de se marier qu'il ne l'était la première fois que je lui en parlai ; et il s'en est expliqué en des termes si hardis que j'ai eu besoin de ma raison et de toute ma modération pour ne me pas mettre en colère contre lui. Les pères qui demandent des enfants avec autant d'ardeur que j'ai demandé celui-ci sont autant d'insensés qui cherchent à se priver eux-mêmes du repos dont il ne tient qu'à eux de jouir tranquillement. Dites-moi, je vous prie, par quels moyens je dois ramener un esprit si rebelle à mes volontés.

— Sire, reprit le grand-vizir, on vient à bout d'une infinité d'affaires avec la patience. Peut-être que celle-ci n'est pas d'une nature à y réussir par cette voie ; mais Votre Majesté n'aura rien à se reprocher d'avoir usé d'une trop grande précipitation, si elle juge à propos de donner une autre année au prince à se consulter lui-même. Si dans cet intervalle il rentre dans son devoir, elle en aura une satisfaction d'autant plus grande qu'elle n'aura employé que la bonté paternelle pour l'y obliger ; si, au contraire, il persiste dans son opiniâtreté, alors, quand l'année sera expirée, il me semble que Votre Majesté aura lieu de lui déclarer en plein conseil qu'il est du bien de l'État qu'il se marie. Il n'est pas croyable qu'il vous manque de respect à la face d'une compagnie célèbre que vous honorez de votre présence. »

Le sultan, qui désirait si passionnément de voir le prince son fils marié que les moments d'un si long délai lui paraissaient des années, eut bien de la peine à se résoudre d'attendre si longtemps. Il se rendit néanmoins aux raisons de son grand-vizir, qu'il ne pouvait désapprouver...

Le jour qui avait déjà commencé de paraître imposa silence à Scheherazade en cet endroit. Elle reprit la suite du conte la nuit suivante, et dit au sultan Schahriar :

CCXIII^e NUIT

Sire, après que le grand-vizir se fut retiré, le sultan Schahzaman alla à l'appartement de la mère du prince Camaralzaman, à qui il y avait longtemps qu'il avait témoigné l'ardent désir qu'il avait de le marier. Quand il lui eut raconté avec douleur de quelle manière il venait de le refuser une seconde fois, et marqué l'indulgence qu'il voulait bien avoir encore pour lui, par le conseil de son grand-vizir : « Madame, lui dit-il, je sais qu'il a plus de confiance en vous qu'en moi, que vous lui parlez, et qu'il vous écoute plus familièrement; je vous prie de prendre le temps de lui en parler sérieusement, et de lui faire bien comprendre que, s'il persiste dans son opiniâtreté, il me contraindra à la fin d'en venir à des extrémités dont je serais très fâché, et qui le feraient repentir lui-même de m'avoir désobéi. »

Fatime, c'était ainsi que s'appelait la mère de Camaralzaman, marqua au prince son fils, la première fois qu'elle le vit, qu'elle était informée du nouveau refus de se marier qu'il avait fait au sultan son père, et combien elle était fâchée qu'il lui eût donné un si grand sujet de colère. « Madame, reprit Camaralzaman, je vous supplie de ne pas renouveler ma douleur sur cette affaire; je craindrais trop, dans le dépit où j'en suis, qu'il ne m'échappât quelque chose contre le respect que je vous dois. » Fatime connut, par cette réponse, que la plaie était trop récente, et ne lui en parla pas davantage pour cette fois.

Longtemps après, Fatime crut avoir trouvé l'occasion

de lui parler sur le même sujet avec plus d'espérance d'être écoutée. « Mon fils, dit-elle, je vous prie, si cela ne vous fait pas de peine, de me dire quelles sont donc les raisons qui vous donnent une si grande aversion pour le mariage. Si vous n'en avez pas d'autres que celle de la malice et de la méchanceté des femmes, elle ne peut pas être plus faible ni moins raisonnable. Je ne veux pas prendre la défense des méchantes femmes : il y en a un très grand nombre, j'en suis très persuadée; mais c'est une injustice des plus criantes de les taxer toutes de l'être. Hé! mon fils, vous arrêtez-vous à quelques-unes dont parlent vos livres, qui ont causé, à la vérité, de grands désordres, et que je ne veux pas excuser ? Mais que ne faites-vous attention à tant de monarques, tant de sultans et tant d'autres princes particuliers, dont les tyrannies, les barbaries et les cruautés font horreur à les lire dans les histoires que j'ai lues comme vous ? Pour une femme, vous trouverez mille de ces tyrans et de ces barbares. Et les femmes honnêtes et sages, mon fils, qui ont le malheur d'être mariées à ces furieux, croyez-vous qu'elles soient fort heureuses ?

— Madame, reprit Camaralzaman, je ne doute pas qu'il n'y ait un grand nombre de femmes sages, vertueuses, bonnes, douces et de bonnes mœurs. Plût à Dieu qu'elles vous ressemblassent toutes! Ce qui me révolte, c'est le choix douteux qu'un homme est obligé de faire pour se marier, ou plutôt qu'on ne lui laisse pas souvent la liberté de faire à sa volonté. Supposons que je me sois résolu de m'engager dans le mariage, comme le sultan mon père le souhaite avec tant d'impatience, quelle femme me donnera-t-il ? Une princesse apparemment, qu'il demandera à quelque prince de ses voisins qui se fera un grand honneur de la lui envoyer. Belle ou laide, il faudra la prendre. Je veux qu'aucune autre princesse ne lui soit comparable en beauté. Qui peut assurer qu'elle aura l'esprit bien fait; qu'elle sera traitable, complaisante, accueillante, prévenante, obligeante; que son entretien ne sera que de choses solides, et non pas d'habillements, d'ajustements, d'ornements, et de mille autres badineries qui doivent faire pitié à tout homme de bon sens; en un mot, qu'elle ne sera pas fière, hautaine, fâcheuse, méprisante, et qu'elle n'épuisera pas tout un État par ses dépenses frivoles en habits, en pierreries, en bijoux et en magnificence folle et mal entendue ? Comme vous le voyez, Madame, voilà, sur un seul article, une infinité d'endroits par où je dois me dégoûter entièrement du mariage. Que cette princesse enfin soit si parfaite et si accomplie qu'elle soit irréprochable sur chacun de tous ces points, j'ai un grand nombre de raisons encore plus fortes pour ne me pas désister de mon sentiment non plus que de ma résolution.

— Quoi! mon fils, repartit Fatime, vous avez d'autres raisons après celles que vous venez de me dire? Je prétendais cependant vous y répondre, et vous fermer la bouche en un mot.

— Cela ne doit pas vous en empêcher, Madame, répliqua le prince; j'aurai peut-être de quoi répliquer à votre réponse.

— Je voulais dire, mon fils, dit alors Fatime, qu'il est aisé à un prince, quand il a le malheur d'avoir épousé une princesse telle que vous venez de la dépeindre, de la laisser et de donner de bons ordres pour empêcher qu'elle ne ruine l'État.

— Eh! Madame, reprit le prince Camaralzaman, ne voyez-vous pas quelle mortification terrible c'est à un prince d'être contraint d'en venir à cette extrémité? Ne vaut-il pas beaucoup mieux, pour sa gloire et pour son repos, qu'il ne s'y expose pas?

— Mais, mon fils, dit encore Fatime, de la manière que vous l'entendez, je comprends que vous voulez être le dernier des rois de votre race, qui ont régné si glorieusement dans les îles des Enfants de Khaledan.

— Madame, répondit le prince Camaralzaman, je ne souhaite pas de survivre au roi mon père. Quand je mourrais avant lui, il n'y aurait pas lieu de s'en étonner, après tant d'exemples d'enfants qui meurent avant leurs pères. Mais il est toujours glorieux à une race de rois de finir par un prince aussi digne de l'être, comme je tâcherais de me rendre tel, que ses prédécesseurs et que celui par où elle a commencé. »

Depuis ce temps-là, Fatime eut très souvent de semblables entretiens avec le prince Camaralzaman, et il n'y a pas de biais par où elle n'ait tâché de déraciner son aversion; mais il éluda toutes les raisons qu'elle put lui apporter par d'autres raisons auxquelles elle ne savait que répondre, et il demeura inébranlable.

L'année s'écoula, et, au grand regret du sultan Schahzaman, le prince Camaralzaman ne donna pas la moindre marque d'avoir changé de sentiment. Un jour de conseil solennel enfin, que le premier vizir, les autres vizirs, les principaux officiers de la couronne et les généraux d'armée étaient assemblés, le sultan prit la parole et dit au prince : « Mon fils, il y a longtemps que je vous ai marqué la passion avec laquelle je désirais de vous voir marié, et j'attendais de vous plus de complaisance pour un père qui ne vous demandait rien que de raisonnable. Après une si longue résistance de votre part, qui a poussé ma patience à bout, je vous marque la même chose en présence de mon conseil. Ce n'est plus simplement pour obliger un père que vous ne devriez pas avoir refusé; c'est que le bien de mes États l'exige, et que tous ces seigneurs le demandent avec moi. Déclarez-vous donc, afin que, selon votre réponse, je prenne les mesures que je dois. »

Le prince Camaralzaman répondit avec si peu de retenue, ou plutôt avec tant d'emportement, que le sultan, justement irrité de la confusion qu'un fils lui donnait en plein conseil, s'écria : « Quoi! fils dénaturé, vous avez l'insolence de parler ainsi à votre père et à votre sultan! » Il le fit arrêter par les huissiers et conduire à une tour ancienne, mais abandonnée depuis longtemps, où il fut enfermé, avec un lit, peu d'autres meubles, quelques livres, et un seul esclave pour le servir.

Camaralzaman, content d'avoir la liberté de s'entretenir avec ses livres, regarda sa prison avec assez d'indifférence. Sur le soir, il se lava, il fit sa prière, et, après avoir lu quelques chapitres de l'Alcoran avec la même tranquillité que s'il eût été dans son appartement au palais du sultan son père, il se coucha sans éteindre la lampe, qu'il laissa près de son lit, et s'endormit.

Dans cette tour il y avait un puits qui servait de retraite pendant le jour à une fée nommée Maimoune, fille de Damriat, roi ou chef d'une légion de génies. Il était environ minuit, lorsque Maimoune s'élança légèrement au haut du puits pour aller par le monde, selon sa coutume, où la curiosité la porterait. Elle fut fort étonnée de voir de la lumière dans la chambre du prince Camaralzaman. Elle y entra, et, sans s'arrêter à l'esclave qui était couché à la porte, elle s'approcha du lit, dont la magnificence l'attira, et elle fut plus surprise qu'auparavant de voir que quelqu'un y était couché.

Le prince Camaralzaman avait le visage à demi couvert sous la couverture. Maimoune la leva un peu, et elle vit le plus beau jeune homme qu'elle eût jamais vu en aucun endroit de la terre habitable, qu'elle avait souvent parcourue. « Quel éclat, dit-elle en elle-même, ou plutôt quel prodige de beauté ne doit-ce pas être lorsque les yeux que cachent des paupières si bien formées sont ouverts ! Quel sujet peut-il avoir donné pour être traité d'une manière si indigne du haut rang dont il est ! » Car elle avait déjà appris de ses nouvelles, et elle se douta de l'affaire.

Maimoune ne pouvait se lasser d'admirer le prince Camaralzaman ; mais enfin, après l'avoir baisé sur chaque joue et au milieu du front sans l'éveiller, elle remit la couverture comme elle était auparavant, et prit son vol dans l'air. Comme elle se fut élevée bien haut vers la moyenne région, elle fut frappée d'un bruit d'ailes qui l'obligea de voler du même côté, et, s'approchant, elle connut que c'était un génie qui faisait ce bruit, mais un génie de ceux qui sont rebelles à Dieu, car, pour Maimoune, elle était de ceux que le grand Salomon contraignit de le reconnaître depuis ce temps-là.

Le génie, qui se nommait Danhasch, et qui était fils de Schamhourasch, reconnut aussi Maimoune, mais avec une grande frayeur. En effet, il connaissait qu'elle avait une grande supériorité sur lui par sa soumission à Dieu. Il aurait bien voulu éviter sa rencontre ; mais il se trouva si près d'elle qu'il fallait se battre ou céder.

Danhasch prévint Maimoune : « Brave Maimoune, lui dit-il d'un ton de suppliant, jurez-moi par le grand nom de Dieu que vous ne me ferez pas de mal, et je vous promets de mon côté de ne vous en pas faire.

— Maudit génie, reprit Maimoune, quel mal peux-tu me faire ? Je ne te crains pas. Je veux bien t'accorder cette grâce, et je te fais le serment que tu me demandes. Dis-moi présentement d'où tu viens, ce que tu as vu, ce que tu as fait cette nuit. — Belle dame, répondit Danhasch, vous me rencontrez à propos pour entendre quelque chose de merveilleux... »

La sultane Scheherazade fut obligée de ne pas poursuivre son discours plus avant, à cause de la clarté du jour qui se faisait voir. Elle cessa de parler, et la nuit suivante elle continua en ces termes :

CCXIV^{e} NUIT

Sire, dit-elle, Danhasch, le génie rebelle à Dieu, poursuivit, et dit à Maimoune :

« Puisque vous le souhaitez, je vous dirai que je viens des extrémités de la Chine, où elles regardent les dernières îles de cet hémisphère... Mais, charmante Maimoune, dit ici Danhasch, qui tremblait de peur à la présence de cette fée, et qui avait de la peine à parler, vous me promettez au moins de me pardonner et de me laisser aller librement quand j'aurai satisfait à vos demandes ?

— Poursuis, poursuis, maudit, reprit Maimoune, et ne crains rien. Crois-tu que je sois une perfide comme toi et que je sois capable de manquer au grand serment que je t'ai fait ? Prends bien garde seulement de ne me rien dire qui ne soit vrai : autrement je te couperai les ailes et te traiterai comme tu le mérites. »

Danhasch, un peu rassuré par ces paroles de Maimoune : « Ma chère dame, reprit-il, je ne vous dirai rien que de très vrai : ayez seulement la bonté de m'écouter. Le pays de la Chine, d'où je viens, est un des plus grands et des plus puissants royaumes de la terre, d'où dépendent les dernières îles de cet hémisphère dont je vous ai déjà parlé. Le roi d'aujourd'hui s'appelle Gaïour, et ce roi a une fille unique, la plus belle qu'on ait jamais vue dans l'univers depuis que le monde est monde. Ni vous, ni moi, ni les génies de votre parti ni ceux du mien, ni tous les hommes ensemble, nous n'avons pas de termes propres, d'expressions assez vives ou d'éloquence suffisante pour en faire un portrait qui approche de ce qu'elle est en effet. Elle a les cheveux d'un brun et d'une si grande longueur qu'ils lui descendent beaucoup plus bas que les pieds, et ils sont en si grande abondance qu'ils ne ressemblent pas mal à une de ces belles grappes de raisin dont les grains sont d'une grosseur extraordinaire, lorsqu'elle les a accommodés en boucles sur sa tête. Au-dessous de ses cheveux, elle a le front aussi uni que le miroir le mieux poli, et d'une forme admirable; les yeux noirs, à fleur de tête, brillants et pleins de feu; le nez ni trop long ni trop court; la bouche petite et vermeille; les dents sont comme deux files de perles, qui surpassent les plus belles en blancheur; et, quand elle remue la langue pour parler, elle rend une voix douce et agréable, et elle s'exprime par des paroles qui marquent la vivacité de son esprit; le plus bel albâtre n'est pas plus blanc que sa gorge. De cette faible ébauche enfin vous jugerez aisément qu'il n'y a pas de beauté au monde plus parfaite.

« Qui ne connaîtrait pas bien le roi père de cette princesse jugerait, aux marques de tendresse paternelle qu'il lui a données, qu'il en est amoureux. Jamais amant n'a fait pour une maîtresse la plus chérie ce qu'on lui a vu faire pour elle. En effet, la jalousie la plus violente n'a jamais fait imaginer ce que le soin de la rendre inaccessible à tout autre qu'à celui qui doit l'épouser lui a fait inventer et exécuter. Afin qu'elle n'eût pas à s'ennuyer dans la retraite qu'il avait résolu qu'elle gardât, il lui a fait bâtir sept palais à quoi on n'a jamais rien vu ni entendu de pareil.

« Le premier palais est de cristal de roche, le second de bronze, le troisième de fin acier, le quatrième d'une autre sorte de bronze plus précieux que le premier et que l'acier, le cinquième de pierre de touche, le sixième d'argent, et le septième d'or massif. Il les a meublés d'une somptuosité inouïe, chacun d'une manière proportionnée à la matière dont ils sont bâtis. Il n'a pas oublié, dans les jardins qui les accompagnent, les parterres de gazon ou émaillés de fleurs, les pièces d'eau, les jets d'eau, les canaux, les cascades, les bosquets plantés d'arbres à perte de vue, où le soleil ne pénètre jamais, le tout d'une ordonnance différente en chaque jardin. Le roi Gaïour enfin a fait voir que l'amour paternel seul lui a fait faire une dépense presque immense.

« Sur la renommée de la beauté incomparable de la princesse, les rois voisins les plus puissants envoyèrent d'abord la demander en mariage par des ambassades solennelles. Le roi de la Chine les reçut toutes avec le même accueil; mais, comme il ne voulait marier la princesse que de son consentement, et que la princesse n'agréait aucun des partis qu'on lui proposait, si les ambassadeurs se retiraient peu satisfaits quant au sujet de leur ambassade, ils partaient au moins très contents des civilités et des honneurs qu'ils avaient reçus.

« Sire, disait la princesse au roi de la Chine, vous voulez me marier, et vous croyez par là me faire un grand plaisir. J'en suis persuadée, et je vous en suis très obligée. Mais où pourrais-je trouver ailleurs que près de Votre Majesté des palais si superbes et des jardins si délicieux ? J'ajoute que sous votre bon plaisir je ne suis contrainte en rien, et qu'on me rend les mêmes honneurs qu'à votre personne. Ce sont des avantages que je ne trouverais en aucun autre endroit du monde, à quelque époux que je voulusse me donner. Les maris veulent toujours être les maîtres, et je ne suis pas d'humeur à me laisser commander. »

« Après plusieurs ambassades, il en arriva une de la part d'un roi plus riche et plus puissant que tous ceux qui s'étaient présentés. Le roi de la Chine en parla à la princesse sa fille, et lui exagéra combien il lui serait avantageux de l'accepter pour époux. La princesse le supplia de vouloir l'en dispenser, et lui apporta les mêmes raisons qu'auparavant. Il la pressa; mais, au lieu de se rendre, la princesse perdit le respect qu'elle devait au roi son père. « Sire, lui dit-elle en colère, ne me parlez plus de ce mariage, ni d'aucun autre, sinon je m'enfoncerai le poignard dans le sein et me délivrerai de vos importunités. »

« Le roi de la Chine, extrêmement indigné contre la princesse, lui repartit : « Ma fille, vous êtes une folle, et je vous traiterai en folle. » En effet, il la fit renfermer dans un seul appartement d'un des sept palais, et ne lui donna que dix vieilles femmes pour lui tenir compagnie et la servir, dont la principale était sa nourrice. Ensuite, afin que les rois voisins qui lui avaient envoyé des ambassades ne songeassent plus à elle, il leur dépêcha des envoyés pour leur annoncer l'éloignement où elle était pour le mariage, et, comme il ne douta pas qu'elle ne fût véritablement folle, il chargea les mêmes envoyés de faire savoir dans chaque cour que, s'il y avait quelque médecin assez habile pour la guérir, il n'avait qu'à venir, et qu'il la lui donnerait pour femme en récompense. »

« Belle Maimoune, poursuivit Danhasch, les choses sont en cet état, et je ne manque pas d'aller régulièrement chaque jour contempler cette beauté incomparable, à qui je serais bien fâché d'avoir fait le moindre mal, nonobstant ma malice naturelle. Venez la voir, je vous en conjure : elle en vaut la peine. Quand vous aurez connu par vous-même que je ne suis pas un menteur, je suis persuadé que vous m'aurez quelque obligation de vous avoir fait voir une princesse qui n'a pas d'égale en beauté. Je suis prêt de vous servir de guide, vous n'avez qu'à commander. »

Au lieu de répondre à Danhasch, Maimoune fit de grands éclats de rire qui durèrent longtemps; et Danhasch, qui ne savait à quoi en attribuer la cause, demeura dans un grand étonnement. Quand elle eut bien ri à plusieurs reprises : « Bon, bon! lui dit-elle, tu veux m'en faire accroire. Je croyais que tu allais me parler de quelque chose de surprenant et d'extraordinaire, et tu me parles d'une chassieuse. Eh ! fi, fi ! que dirais-tu donc, maudit, si tu avais vu comme moi le beau prince que je viens de voir en ce moment, et que j'aime autant qu'il le mérite ? Vraiment c'est bien autre chose ; tu en deviendrais fou.

— Agréable Maimoune, reprit Danhasch, oserais-je vous demander qui peut être ce prince dont vous me parlez ? — Sache, lui dit Maimoune, qu'il lui est arrivé à peu près la même chose qu'à ta princesse dont tu viens de m'entretenir. Le roi son père voulait le marier à toute force. Après de longues et grandes importunités, il a déclaré franc et net qu'il n'en ferait rien : c'est la cause pourquoi, à l'heure où je te parle, il est en prison dans une vieille tour où je fais ma demeure et où je viens de l'admirer.

— Je ne veux pas absolument vous contredire, repartit Danhasch ; mais, ma belle dame, vous me permettrez bien, jusqu'à ce que j'aie vu votre prince, de croire qu'aucun mortel ni mortelle n'approche pas de la beauté de ma princesse. — Tais-toi, maudit, répliqua Maimoune ; je te dis encore une fois que cela ne peut pas être. — Je ne veux pas m'opiniâtrer contre vous, ajouta Danhasch ; le moyen de vous convaincre si je dis vrai ou faux, c'est d'accepter la proposition que je vous ai faite de venir voir ma princesse, et de me montrer ensuite votre prince.

— Il n'est pas besoin que je prenne cette peine, reprit encore Maimoune : il y a un autre moyen de nous satisfaire l'un et l'autre. C'est d'apporter ta princesse et de la mettre à côté de mon prince sur son lit. De la sorte il nous sera aisé, à moi et à toi, de les comparer ensemble et de vider notre procès. »

Danhasch consentit à ce que la fée souhaitait, et il voulait retourner à la Chine sur-le-champ. Maimoune l'arrêta : « Attends, lui dit-elle ; viens, que je te montre auparavant la tour où tu dois apporter ta princesse. » Ils volèrent ensemble jusqu'à la tour, et, quand Maimoune l'eut montrée à Danhasch : « Va prendre ta princesse, lui dit-elle, et fais vite, tu me trouveras ici. Mais écoute : j'entends au moins que tu me payeras une gageure si mon prince se trouve plus beau que ta princesse, et je veux bien aussi t'en payer une si ta princesse est plus belle... »

Le jour, qui se faisait voir assez clairement, obligea Scheherazade de cesser de parler. Elle reprit la suite la nuit suivante, et dit au sultan des Indes :

CCXV^e NUIT

Sire, Danhasch s'éloigna de la fée, se rendit à la Chine, et revint avec une diligence incroyable, chargé de la belle princesse endormie. Maimoune le reçut et l'introduisit dans la chambre du prince Camaralzaman, où ils la posèrent ensemble sur son lit à côté de lui.

Quand le prince et la princesse furent ainsi à côté l'un de l'autre, il y eut une grande contestation, sur la préférence de leur beauté, entre le génie et la fée. Ils furent quelque temps à les admirer et à les comparer ensemble sans parler. Danhasch rompit le silence : « Vous le voyez, dit-il à Maimoune, et je vous l'avais bien dit que ma princesse était plus belle que votre prince. En doutez-vous présentement ?

— Comment! si j'en doute ? reprit Maimoune. Oui vraiment, j'en doute. Il faut que tu sois aveugle pour ne pas voir que mon prince l'emporte de beaucoup au-dessus de ta princesse. Ta princesse est belle, je ne le désavoue pas ; mais ne te presse pas, et compare-les bien l'un avec l'autre sans prévention, tu verras que la chose est comme je le dis.

— Quand je mettrais plus de temps à les comparer davantage, reprit Danhasch, je n'en penserais pas autrement que ce que j'en pense. J'ai vu ce que je vois du premier coup d'œil, et le temps ne me ferait pas voir autre chose que ce que je vois. Cela n'empêchera pas néanmoins, charmante Maimoune, que je ne vous cède, si vous le souhaitez.

— Cela ne sera pas ainsi, repartit Maimoune : je ne veux pas qu'un maudit génie comme toi me fasse de grâce. Je remets la chose à un arbitre, et, si tu n'y consens, je prends gain de cause sur ton refus. »

Danhasch, qui était prêt à avoir toute autre complaisance pour Maimoune, n'eut pas plutôt donné son consentement que Maimoune frappa la terre de son pied. La terre s'entrouvrit, et aussitôt il en sortit un génie hideux, bossu, borgne et boiteux, avec six cornes à la tête, et les mains et les pieds crochus. Dès qu'il fut dehors, que la terre se fut rejointe, et qu'il eut aperçu Maimoune, il se jeta à ses pieds, et, en demeurant un genou en terre, il lui demanda ce qu'elle souhaitait de son très humble service.

« Levez-vous, Caschcasch, lui dit-elle (c'était le nom du génie), je vous fais venir ici pour être juge d'une dispute que j'ai avec ce maudit Danhasch. Jetez les yeux sur ce lit, et dites-nous sans partialité qui vous paraît plus beau du jeune homme ou de la jeune dame. »

Caschcasch regarda le prince et la princesse avec des marques d'une surprise et d'une admiration extraordinaires. Après qu'il les eut bien considérés sans pouvoir se déterminer : « Madame, dit-il à Maimoune, je vous avoue que je vous tromperais et que je me trahirais moi-même si je vous disais que je trouve l'un plus beau que l'autre. Plus je les examine, et plus il me semble que chacun possède au souverain degré la beauté qu'ils ont en partage, autant que je puis m'y connaître, et l'un n'a pas le moindre défaut par où l'on puisse dire qu'il cède à l'autre. Si l'un ou l'autre en a quelqu'un, il n'y a, selon mon avis, qu'un moyen pour en être éclairci. C'est de les éveiller l'un après l'autre, et que vous conveniez que celui qui témoignera plus d'amour par son ardeur, par son empressement, et même par son emportement l'un pour l'autre, aura moins de beauté en quelque chose. »

Le conseil de Caschcasch plut également à Maimoune et à Danhasch. Maimoune se changea en puce, et sauta au cou de Camaralzaman. Elle le piqua si vivement qu'il s'éveilla et y porta la main ; mais il ne prit rien. Maimoune avait été prompte à faire un saut en arrière, et à reprendre sa forme ordinaire, invisible néanmoins comme les deux génies, pour être témoin de ce qu'il allait faire.

En retirant la main, le prince la laissa tomber sur celle de la princesse de la Chine. Il ouvrit les yeux, et il fut dans la dernière surprise de voir une dame couchée près de lui, et une dame d'une si grande beauté. Il leva la tête et s'appuya du coude pour la mieux considérer. La grande jeunesse de la princesse et sa beauté incomparable l'embrasèrent en un instant d'un feu auquel il n'avait pas encore été sensible, et dont il s'était gardé jusqu'alors avec tant d'aversion.

L'amour s'empara de son cœur de la manière la plus vive, et il ne put s'empêcher de s'écrier : « Quelle beauté ! quels charmes ! mon cœur ! mon âme ! » Et, en disant ces paroles, il la baisa au front, aux deux joues et à la bouche avec si peu de précaution qu'elle se fût éveillée si elle n'eût dormi plus fort qu'à l'ordinaire par l'enchantement de Danhasch.

« Quoi! ma belle dame, dit le prince, vous ne vous éveillez pas à ces marques d'amour du prince Camaralzaman! Qui que vous soyez, il n'est pas indigne du vôtre. » Il allait l'éveiller tout de bon; mais il se retint tout à coup. « Ne serait-ce pas, dit-il en lui-même, celle que le sultan mon père voulait me donner en mariage? Il a eu grand tort de ne me la pas faire voir plus tôt. Je ne l'aurais pas offensé par ma désobéissance et par mon emportement si public contre lui, et il se fût épargné à lui-même la confusion que je lui ai donnée. Le prince Camaralzaman se repentit sincèrement de la faute qu'il avait commise, et il fut encore sur le point d'éveiller la princesse de la Chine. « Peut-être aussi, dit-il en se reprenant, que le sultan mon père veut me surprendre : sans doute qu'il a envoyé cette jeune dame pour éprouver si j'ai véritablement autant d'aversion pour le mariage que je lui en ai fait paraître. Qui sait s'il ne l'a pas amenée lui-même, et s'il n'est pas caché pour se faire voir et me faire honte de ma dissimulation? Cette seconde faute serait de beaucoup plus grande que la première. A tout événement, je me contenterai de cette bague pour me souvenir d'elle. »

C'était une fort belle bague que la princesse avait au doigt. Il la tira adroitement et mit la sienne à la place. Aussitôt il lui tourna le dos, et il ne fut pas longtemps à dormir d'un sommeil aussi profond qu'auparavant, par l'enchantement des génies.

Dès que le prince Camaralzaman fut bien endormi, Danhasch se transforma en puce à son tour, et alla mordre la princesse au bas de la lèvre. Elle s'éveilla en sursaut, se mit sur son séant, et, en ouvrant les yeux, elle fut fort étonnée de se voir couchée avec un homme. De l'étonnement elle passa à l'admiration, et de l'admiration à un épanchement de joie qu'elle fit paraître dès qu'elle eut vu que c'était un jeune homme si bien fait et si aimable.

« Quoi! s'écria-t-elle, est-ce vous que le roi mon père m'avait destiné pour époux? Je suis bien malheureuse de ne l'avoir pas su : je ne l'aurais pas mis en colère contre moi, et je n'aurais pas été si longtemps privée d'un mari que je ne puis m'empêcher d'aimer de tout mon cœur.

Éveillez-vous, éveillez-vous : il ne sied pas à un mari de tant dormir la première nuit de ses noces. »

En disant ces paroles, la princesse prit le prince Camaralzaman par le bras, et l'agita si fort qu'il se fût éveillé, si dans le moment Maimoune n'eût augmenté son sommeil en augmentant son enchantement. Elle l'agita de même à plusieurs reprises, et, comme elle vit qu'il ne s'éveillait pas : « Eh quoi! reprit-elle, que vous est-il arrivé ? Quelque rival, jaloux de votre bonheur et du mien, aurait-il eu recours à la magie, et vous aurait-il jeté dans cet assoupissement insurmontable, lorsque vous devez être plus éveillé que jamais ? » Elle lui prit la main, et, en la baisant tendrement, elle s'aperçut de la bague qu'il avait au doigt. Elle la trouva si semblable à la sienne qu'elle fut convaincue que c'était elle-même, quand elle eut vu qu'elle en avait une autre. Elle ne comprit pas comment cet échange s'était fait, mais elle ne douta pas que ce ne fût la marque certaine de leur mariage. Lassée de la peine inutile qu'elle avait prise pour l'éveiller et assurée, comme elle le pensait, qu'il ne lui échapperait pas : « Puisque je ne puis venir à bout de vous éveiller, dit-elle, je ne m'opiniâtre pas davantage à interrompre votre sommeil : à nous revoir. » Après lui avoir donné un baiser à la joue en prononçant ces dernières paroles, elle se recoucha, et mit très peu de temps à se rendormir.

Quand Maimoune vit qu'elle pouvait parler sans craindre que la princesse de la Chine se réveillât : « Hé bien, maudit, dit-elle à Danhasch, as-tu vu ? Es-tu convaincu que ta princesse est moins belle que mon prince ? Va, je veux bien te faire grâce de la gageure que tu me dois. Une autre fois, crois-moi quand je t'aurai assuré quelque chose. » En se tournant du côté de Caschcasch : « Pour vous, ajouta-t-elle, je vous remercie. Prenez la princesse avec Danhasch, et reportez-la ensemble dans son lit, où il vous mènera. » Danhasch et Caschcasch exécutèrent l'ordre de Maimoune, et Maimoune se retira dans son puits...

Le jour qui commençait de paraître imposa silence à la sultane Scheherazade. Le sultan des Indes se leva; et, la nuit suivante, la sultane continua de lui raconter le même conte en ces termes :

CCXVI^{e} NUIT

Sire, dit-elle, le prince Camaralzaman, en s'éveillant le lendemain matin, regarda à côté de lui si la dame qu'il avait vue la même nuit y était encore. Quand il vit qu'elle n'y était plus : « Je l'avais bien pensé, dit-il en lui-même, que c'était une surprise que le roi mon père voulait me faire : je me sais bon gré de m'en être gardé. » Il éveilla l'esclave, qui dormait encore, et le pressa de venir l'habiller, sans lui parler de rien. L'esclave lui apporta le bassin et l'eau; il se lava, et, après avoir fait sa prière, il prit un livre et lut quelque temps.

Après ses exercices ordinaires, Camaralzaman appela l'esclave : « Viens çà, lui dit-il, et ne mens pas. Dis-moi comment est venue la dame qui a couché cette nuit avec moi, et qui l'a amenée.

— Prince, répondit l'esclave avec un grand étonnement, de quelle dame entendez-vous parler ? — De celle, te dis-je, reprit le prince, qui est venue, ou qu'on a amenée ici cette nuit, et qui a couché avec moi. — Prince, repartit l'esclave, je vous jure que je n'en sais rien. Par où cette dame serait-elle venue, puisque je couche à la porte ?

— Tu es un menteur, maraud, répliqua le prince, et tu es d'intelligence pour m'affliger davantage et me faire enrager. » En disant ces mots, il lui appliqua un soufflet dont il le jeta par terre, et, après l'avoir foulé longtemps sous les pieds, il le lia au-dessous des épaules avec la corde du puits, le descendit dedans, et le plongea plusieurs fois dans l'eau par-dessus la tête : « Je te noierai, s'écria-t-il, si tu ne me dis promptement qui est la dame, et qui l'a amenée. »

L'esclave, furieusement embarrassé, moitié dans l'eau, moitié dehors, dit en lui-même : « Sans doute que le prince a perdu l'esprit de douleur, et je ne puis échapper que par un mensonge. Prince, dit-il d'un ton suppliant, donnez-moi la vie, je vous en conjure : je promets de vous dire la chose comme elle est. »

Le prince retira l'esclave, et le pressa de parler. Dès qu'il fut hors du puits : « Prince, lui dit l'esclave en tremblant, vous voyez bien que je ne puis pas vous satisfaire dans l'état où je suis; donnez-moi le temps d'aller changer d'habit auparavant. — Je te l'accorde, reprit le prince ; mais fais vite, et prends bien garde de ne me pas cacher la vérité. »

L'esclave sortit, et, après avoir fermé la porte sur le prince, il courut au palais dans l'état où il était. Le roi s'y entretenait avec son premier vizir, et se plaignait à lui de la mauvaise nuit qu'il avait passée au sujet de la désobéissance et de l'emportement si criminel du prince son fils, en s'opposant à sa volonté.

Ce ministre tâchait de le consoler et de lui faire comprendre que le prince lui-même lui avait donné lieu de le réduire. « Sire, lui disait-il, Votre Majesté ne doit pas se repentir de l'avoir fait arrêter. Pourvu qu'elle ait la patience de le laisser quelque temps dans sa prison, elle doit se persuader qu'il abandonnera cette fougue de jeunesse, et qu'enfin il se soumettra à tout ce qu'elle exigera de lui. »

Le grand-vizir achevait ces derniers mots, lorsque l'esclave se présenta au roi Schahzaman. « Sire, lui dit-il, je suis bien fâché de venir annoncer à Votre Majesté une nouvelle qu'elle ne peut écouter qu'avec un grand déplaisir. Ce qu'il dit d'une dame qui a couché cette nuit avec lui, et l'état où il m'a mis, comme Votre Majesté le peut voir, ne font que trop connaître qu'il n'est plus dans son bon sens. » Il fit ensuite le détail de tout ce que le prince Camaralzaman avait dit, et de l'excès dont il l'avait traité, en des termes qui donnèrent créance à son discours.

Le roi, qui ne s'attendait pas à ce nouveau sujet d'affliction : « Voici, dit-il à son premier ministre, un incident des plus fâcheux, bien différent de l'espérance que vous me donniez tout à l'heure. Allez, ne perdez pas de temps : voyez vous-même ce que c'est, et venez m'en informer. »

Le grand-vizir obéit sur-le-champ, et, en entrant dans la chambre du prince, il le trouva assis et fort tranquille, avec un livre à la main, qu'il lisait. Il le salua, et, après qu'il se fut assis près de lui : « Je veux un grand mal à votre esclave, lui dit-il, d'être venu effrayer le roi votre père par la nouvelle qu'il vient de lui apporter.

— Quelle est cette nouvelle, reprit le prince, qui peut lui avoir donné tant de frayeur ? J'ai un sujet bien plus grand de me plaindre de mon esclave.

— Prince, repartit le vizir, à Dieu ne plaise que ce qu'il a rapporté de vous soit véritable ! Le bon état où je vous vois, et où je prie Dieu qu'il vous conserve, me fait connaître qu'il n'en est rien. — Peut-être, répliqua le prince, qu'il ne s'est pas bien fait entendre. Puisque vous êtes venu, je suis bien aise de demander à une personne comme vous, qui devez en savoir quelque chose, où est la dame qui a couché cette nuit avec moi. »

Le grand-vizir demeura comme hors de lui-même à cette demande. « Prince, répondit-il, ne soyez pas surpris de l'étonnement que je fais paraître sur ce que vous me demandez. Serait-il possible, je ne dis pas qu'une dame, mais qu'aucun homme au monde eût pénétré de nuit jusqu'en ce lieu, où l'on ne peut entrer que par la porte et qu'en marchant sur le ventre de votre esclave ? De grâce, rappelez votre mémoire, et vous trouverez que vous avez eu un songe qui vous a laissé cette forte impression.

— Je ne m'arrête pas à votre discours, reprit le prince d'un ton plus haut : je veux savoir absolument qu'est devenue cette dame; et je suis ici dans un lieu où je saurai me faire obéir. »

A ces paroles fermes, le grand-vizir fut dans un embarras qu'on ne peut exprimer, et il songea au moyen de s'en tirer le mieux qu'il lui serait possible. Il prit le prince par la douceur, et il lui demanda dans les termes les plus humbles et les plus ménagés si lui-même il avait vu cette dame.

« Oui, oui, repartit le prince, je l'ai vue, et je me suis fort bien aperçu que vous l'avez apostée pour me tenter. Elle a fort bien joué le rôle que vous lui avez prescrit, de ne pas dire un mot, de faire la dormeuse, et de se retirer dès que je serais rendormi. Vous le savez sans doute, et elle n'aura pas manqué de vous en faire le récit.

— Prince, répliqua le grand-vizir, je vous jure qu'il n'est rien de tout ce que je viens d'entendre de votre bouche, et que le roi votre père et moi nous ne vous avons pas envoyé la dame dont vous parlez : nous n'en avons pas même eu la pensée. Permettez-moi de vous dire, encore une fois, que vous n'avez vu cette dame qu'en songe.

— Vous venez donc pour vous moquer aussi de moi, répliqua encore le prince en colère, et pour me dire en face que ce que je vous dis est un songe ? » Il le prit aussitôt par la barbe, et il le chargea de coups aussi longtemps que ses forces le lui permirent.

Le pauvre grand-vizir essuya patiemment toute la colère du prince Camaralzaman par respect. « Me voilà, dit-il en lui-même, dans le même cas que l'esclave :

trop heureux si je puis échapper comme lui d'un si grand danger ! » Au milieu des coups dont le prince le chargeait encore : « Prince, s'écria-t-il, je vous supplie de me donner un moment d'audience. » Le prince, las de frapper, le laissa parler.

« Je vous avoue, Prince, dit alors le grand-vizir en dissimulant, qu'il est quelque chose de ce que vous croyez. Mais vous n'ignorez pas la nécessité où est un ministre d'exécuter les ordres du roi son maître. Si vous avez la bonté de me le permettre, je suis prêt d'aller lui dire de votre part ce que vous m'ordonnerez. — Je vous le permets, lui dit le prince : allez, et dites-lui que je veux épouser la dame qu'il m'a envoyée ou amenée, et qui a couché cette nuit avec moi. Faites promptement, et apportez-moi la réponse. » Le grand-vizir fit une profonde révérence en le quittant, et il ne se crut délivré que quand il fut hors de la tour et qu'il eut refermé la porte sur le prince.

Le grand-vizir se présenta devant le roi Schahzaman avec une tristesse qui l'affligea d'abord. « Hé bien ! lui demanda ce monarque, en quel état avez-vous trouvé mon fils ? — Sire, répondit ce ministre, ce que l'esclave a rapporté à Votre Majesté n'est que trop vrai. » Il lui fit le récit de l'entretien qu'il avait eu avec Camaralzaman, de l'emportement de ce prince dès qu'il eut entrepris de lui représenter qu'il n'était pas possible que la dame dont il parlait eût couché avec lui, du mauvais traitement qu'il avait reçu de lui, et de l'adresse dont il s'était servi pour échapper de ses mains.

Schahzaman, d'autant plus mortifié qu'il aimait toujours le prince avec tendresse, voulut s'éclaircir de la vérité par lui-même ; il alla le voir à son tour, et mena le grand-vizir avec lui...

« Mais, Sire, dit ici la sultane Scheherazade en s'interrompant, je m'aperçois que le jour commence de paraître. » Elle garda le silence, et la nuit suivante, en reprenant son discours, elle dit au sultan des Indes :

CCXVII^{e} NUIT

Sire, le prince Camaralzaman reçut le roi son père dans la tour où il était en prison avec un grand respect. Le roi s'assit, et, après qu'il eut fait asseoir le prince près de lui, il lui fit plusieurs demandes auxquelles il répondit d'un très bon sens. Et de temps en temps il regardait le grand-vizir, comme pour lui dire qu'il ne voyait pas que le prince son fils eût perdu l'esprit, comme il l'avait assuré, et qu'il fallait qu'il l'eût perdu lui-même.

Le roi enfin parla de la dame au prince : « Mon fils, lui dit-il, je vous prie de me dire ce que c'est que cette dame qui a couché cette nuit avec vous, à ce que l'on dit.

— Sire, répondit Camaralzaman, je supplie Votre Majesté de ne pas augmenter le chagrin qu'on m'a déjà donné sur ce sujet : faites-moi plutôt la grâce de me la donner en mariage. Quelque aversion que je vous aie témoignée jusqu'à présent pour les femmes, cette jeune beauté m'a tellement charmé que je ne fais pas difficulté de vous avouer ma faiblesse. Je suis prêt de la recevoir de votre main avec la dernière obligation. »

Le roi Schahzaman demeura interdit à la réponse du prince, si éloignée, comme il le lui semblait, du bon sens qu'il venait de faire paraître auparavant. « Mon fils, reprit-il, vous me tenez un discours qui me jette dans un étonnement dont je ne puis revenir.

« Je vous jure par la couronne qui doit passer à vous après moi que je ne sais pas la moindre chose de la dame dont vous me parlez. Je n'y ai aucune part, s'il en est venu quelqu'une. Mais comment aurait-elle pu pénétrer dans cette tour sans mon consentement ? Car, quoi que vous en ait pu dire mon grand-vizir, il ne l'a fait que pour tâcher de vous apaiser. Il faut que ce soit un songe; prenez-y garde, je vous en conjure, et rappelez vos sens.

— Sire, repartit le prince, je serais indigne à jamais des bontés de Votre Majesté si je n'ajoutais pas foi à l'assurance qu'elle me donne. Mais je la supplie de vouloir bien se donner la patience de m'écouter, et de juger si ce que j'aurai l'honneur de lui dire est un songe. »

Le prince de Camaralzaman raconta alors au roi son père de quelle manière il s'était éveillé. Il lui exagéra la beauté et les charmes de la dame qu'il avait trouvée à son côté, l'amour qu'il avait conçu pour elle en un moment, et tout ce qu'il avait fait inutilement pour la réveiller. Il ne lui cacha pas même ce qui l'avait obligé de se réveiller et de se rendormir après qu'il eut fait l'échange de sa bague avec celle de la dame. En achevant enfin et en lui présentant la bague qu'il tira de son doigt :

« Sire, ajouta-t-il, la mienne ne vous est pas inconnue, vous l'avez vue plusieurs fois. Après cela, j'espère que vous serez convaincu que je n'ai pas perdu l'esprit, comme on vous l'a fait accroire. »

Le roi Schahzaman connut si clairement la vérité de ce que le prince son fils venait de lui raconter qu'il n'eut rien à répliquer. Il en fut même dans un étonnement si grand qu'il demeura longtemps sans dire un mot.

Le prince profita de ces moments : « Sire, lui dit-il encore, la passion que je sens pour cette charmante personne, dont je conserve la précieuse image dans mon cœur, est déjà si violente que je ne me sens pas assez de force pour y résister. Je vous supplie d'avoir compassion de moi et de me procurer le bonheur de la posséder.

— Après ce que je viens d'entendre, mon fils, et après ce que je vois par cette bague, reprit le roi Schahzaman, je ne puis douter que votre passion ne soit réelle et que vous n'ayez vu la dame qui l'a fait naître. Plût à Dieu que je la connusse, cette dame! vous seriez content dès aujourd'hui, et je serais le père le plus heureux du monde. Mais où la chercher ? Comment et par où est-elle entrée ici sans que j'en aie rien su et sans mon consentement ? Pourquoi y est-elle entrée seulement pour dormir avec vous, pour vous faire voir sa beauté, vous enflammer d'amour pendant qu'elle dormait, et disparaître pendant que vous dormiez ? Je ne comprends rien dans cette aventure, mon fils; et, si le Ciel ne nous est favorable, elle nous mettra au tombeau, vous et moi. » En achevant ces paroles et en prenant le prince par la main : « Venez, ajouta-t-il, allons nous affliger ensemble, vous, d'aimer sans espérance, et moi, de vous voir affligé et de ne pouvoir remédier à votre mal. »

Le roi Schahzaman tira le prince hors de la tour, et l'emmena au palais, où le prince, au désespoir d'aimer de toute son âme une dame inconnue, se mit d'abord au lit. Le roi s'enferma et pleura plusieurs jours avec lui, sans vouloir prendre aucune connaissance des affaires de son royaume.

Son premier ministre, qui était le seul à qui il avait laissé l'entrée libre, vint un jour lui représenter que toute sa cour et même les peuples commençaient de murmurer de ne le pas voir, et de ce qu'il ne rendait plus la justice chaque jour, à son ordinaire, et qu'il ne répondait pas du désordre qui pouvait en arriver. « Je supplie Votre Majesté, poursuivit-il, d'y faire attention. Je suis persuadé que sa présence soulage la douleur du prince, et que la présence du prince soulage la vôtre mutuellement; mais elle doit songer à ne pas laisser tout périr. Elle voudra bien que je lui propose de se transporter avec le prince au château de la petite île, peu éloignée du port, et de donner audience deux fois la semaine seulement. Pendant que cette fonction l'obligera de s'éloigner du prince, la beauté charmante du lieu, le bon air et la vue merveilleuse dont on y jouit feront que le prince supportera votre absence de peu de durée avec plus de patience. »

Le roi Schahzaman approuva ce conseil; et, dès que le château, où il n'était allé depuis longtemps, fut meublé, il y passa avec le prince, où il ne le quittait que pour donner les deux audiences précisément. Il passait le reste du temps au chevet de son lit, et tantôt il tâchait de lui donner de la consolation, tantôt il s'affligeait avec lui.

Pendant que ces choses se passaient dans la capitale du roi Schahzaman, les deux génies Danhasch et Caschcasch avaient reporté la princesse de la Chine au palais où le roi de la Chine l'avait renfermée et l'avaient remise dans son lit.

Le lendemain matin, à son réveil, la princesse de la Chine regarda à droite et à gauche; et, quand elle eut vu que le prince Camaralzaman n'était plus près d'elle, elle appela ses femmes d'une voix qui les fit accourir promptement et environner son lit. La nourrice, qui se présenta à son chevet, lui demanda ce qu'elle souhaitait, et s'il lui était arrivé quelque chose.

« Dites-moi, reprit la princesse, qu'est devenu le jeune homme, que j'aime de tout mon cœur, qui a couché cette nuit avec moi ? — Princesse, répondit la nourrice, nous ne comprenons rien à votre discours, si vous ne vous expliquez davantage.

— C'est, reprit encore la princesse, qu'un jeune homme, le mieux fait et le plus aimable qu'on puisse imaginer, dormait près de moi cette nuit; que je l'ai caressé longtemps, et que j'ai fait tout ce que j'ai pu pour l'éveiller, sans y réussir : je vous demande où il est.

— Princesse, repartit la nourrice, c'est sans doute pour vous jouer de nous ce que vous en faites. Vous plaît-il de vous lever ? — Je parle très sérieusement, répliqua la princesse, et je veux savoir où il est. — Mais, Princesse, insista la nourrice, vous étiez seule quand nous vous couchâmes hier au soir, et personne n'est entré pour coucher avec vous, que nous sachions, vos femmes et moi. »

La princesse de la Chine perdit patience; elle prit sa nourrice par la tête, et, en lui donnant des soufflets et de grands coups de poing : « Tu me le diras, vieille sorcière, dit-elle, ou je t'assommerai. »

La nourrice fit de grands efforts pour se tirer de ses mains. Elle s'en tira enfin, et elle alla sur-le-champ trouver la reine de la Chine, mère de la princesse. Elle se présenta les larmes aux yeux et le visage tout meurtri, au grand étonnement de la reine, qui lui demanda qui l'avait mise en cet état.

« Madame, dit la nourrice, vous voyez le traitement que m'a fait la princesse; elle m'eût assommée si je ne me fusse échappée de ses mains. » Elle lui raconta ensuite le sujet de sa colère et de son emportement, dont la reine ne fut pas moins affligée que surprise. « Vous voyez, Madame, ajouta-t-elle en finissant, que la princesse est hors de son bon sens. Vous en jugerez vous-même, si vous prenez la peine de la venir voir. »

La tendresse de la reine de la Chine était trop intéressée dans ce qu'elle venait d'entendre : elle se fit suivre par la nourrice, et elle alla voir la princesse sa fille dès le même moment.

La sultane Scheherazade voulait continuer; mais elle s'aperçut que le jour avait déjà commencé. Elle se tut; et, en reprenant le conte la nuit suivante, elle dit au sultan des Indes :

CCXVIII^{e} NUIT

Sire, la reine de la Chine s'assit près de la princesse sa fille en arrivant dans l'appartement où elle était renfermée, et, après qu'elle se fut informée de sa santé, elle lui demanda quel sujet de mécontentement elle avait contre sa nourrice, qu'elle avait maltraitée. « Ma fille, lui dit-elle, cela n'est pas bien, et jamais une grande princesse comme vous ne doit se laisser emporter à ces excès.

— Madame, répondit la princesse, je vois bien que Votre Majesté vient pour se moquer aussi de moi; mais je vous déclare que je n'aurai pas de repos que je n'aie épousé l'aimable cavalier qui a couché cette nuit avec moi. Vous devez savoir où il est; je vous supplie de le faire revenir.

— Ma fille, reprit la reine, vous me surprenez, et je ne comprends rien à votre discours. » La princesse perdit le respect. « Madame, répliqua-t-elle, le roi mon père et vous, vous m'avez persécutée pour me contraindre de me marier lorsque je n'en avais pas d'envie; cette envie m'est venue présentement, et je veux absolument avoir pour mari le cavalier que je vous ai dit, sinon je me tuerai. »

La reine tâcha de prendre la princesse par la douceur. « Ma fille, lui dit-elle, vous savez bien vous-même que vous êtes seule dans votre appartement et qu'aucun homme ne peut y entrer. » Mais, au lieu d'écouter, la princesse l'interrompit et fit des extravagances qui obligèrent la reine de se retirer avec une grande affliction, et d'aller informer le roi de tout.

Le roi de la Chine voulut s'éclaircir lui-même de la chose : il vint à l'appartement de la princesse sa fille, et il lui demanda si ce qu'il venait d'apprendre était véritable. « Sire, répondit-elle, ne parlons pas de cela; faites-moi seulement la grâce de me rendre l'époux qui a couché cette nuit avec moi.

— Quoi! ma fille, reprit le roi, est-ce que quelqu'un a couché avec vous cette nuit ? — Comment! Sire, repartit la princesse sans lui donner le temps de poursuivre, vous me demandez si quelqu'un a couché avec moi ? Votre Majesté ne l'ignore pas. C'est le cavalier le mieux fait qui ait jamais paru sous le ciel. Je vous le redemande, ne me refusez pas, je vous en supplie. Afin que Votre Majesté ne doute pas, continua-t-elle, que je n'aie vu ce cavalier, qu'il n'ait couché avec moi, que je ne l'aie caressé, et que je n'aie fait des efforts pour l'éveiller, sans y avoir réussi, voyez, s'il vous plaît, cette bague. » Elle avança la main, et le roi de la Chine ne sut que dire quand il eut vu que c'était la bague d'un homme. Mais, comme il ne pouvait rien comprendre à tout ce qu'elle lui disait, et qu'il l'avait renfermée comme folle, il la crut encore plus folle qu'auparavant. Ainsi, sans lui parler davantage, de crainte qu'elle ne fît quelque violence contre sa personne ou contre ceux qui s'approcheraient d'elle, il la fit enchaîner et resserrer plus étroitement, et ne lui donna que sa nourrice pour la servir, avec une bonne garde à la porte.

Le roi de la Chine, inconsolable du malheur qui était

arrivé à la princesse sa fille, d'avoir perdu l'esprit, à ce qu'il croyait, songea aux moyens de lui procurer la guérison. Il assembla son conseil, et, après avoir exposé l'état où elle était : « Si quelqu'un de vous, ajouta-t-il, est assez habile pour entreprendre de la guérir et qu'il y réussisse, je la lui donnerai en mariage, et le ferai héritier de mes États et de ma couronne après ma mort. »

Le désir de posséder une belle princesse et l'espérance de gouverner un jour un royaume aussi puissant que celui de la Chine firent un grand effet sur l'esprit d'un émir déjà âgé, qui était présent au conseil. Comme il était habile dans la magie, il se flatta d'y réussir, et s'offrit au roi. « J'y consens, reprit le roi; mais je veux bien vous avertir auparavant que c'est à condition de vous faire couper le cou si vous ne réussissez pas : il ne serait pas juste que vous méritassiez une si grande récompense sans risquer quelque chose de votre côté. Ce que je dis de vous, je le dis de tous les autres qui se présenteront après vous, au cas que vous n'acceptiez pas la condition, ou que vous ne réussissiez pas.

L'émir accepta la condition, et le roi le mena lui-même chez la princesse. La princesse se couvrit le visage dès qu'elle vit paraître l'émir. « Sire, dit-elle, Votre Majesté me surprend de m'amener un homme que je ne connais pas, et à qui la religion me défend de me laisser voir. — Ma fille, reprit le roi, sa présence ne doit pas vous scandaliser; c'est un de mes émirs qui vous demande en mariage. — Sire, repartit la princesse, ce n'est pas celui que vous m'avez déjà donné, et dont j'ai reçu la foi par la bague que je porte : ne trouvez pas mauvais que je n'en accepte pas un autre. »

L'émir s'était attendu que la princesse ferait et dirait des extravagances. Il fut très étonné de la voir tranquille, et parler de si bon sens; et il connut très parfaitement qu'elle n'avait pas d'autre folie qu'un amour très violent qui devait être bien fondé. Il n'osa pas prendre la liberté de s'en expliquer au roi. Le roi n'aurait pu souffrir que la princesse eût ainsi donné son cœur à un autre que celui qu'il voulait lui donner de sa main. Mais, en se prosternant à ses pieds : « Sire, dit-il, après ce que je viens d'entendre, il serait inutile que j'entreprisse de guérir la princesse; je n'ai pas de remèdes propres à son mal, et ma vie est à la disposition de Sa Majesté. » Le roi, irrité de l'incapacité de l'émir et de la peine qu'il lui avait donnée, lui fit couper la tête.

Quelques jours après, afin de n'avoir pas à se reprocher d'avoir rien négligé pour procurer la guérison à la princesse, ce monarque fit publier dans sa capitale que, s'il y avait quelque médecin, astrologue, magicien, assez expérimenté pour la rétablir en son bon sens, il n'avait qu'à venir se présenter, à condition de perdre la tête s'il ne la guérissait pas. Il envoya publier la même chose dans les principales villes de ses Etats et dans les cours des princes ses voisins.

Le premier qui se présenta fut un astrologue et magicien, que le roi fit conduire à la prison de la princesse par un eunuque. L'astrologue tira d'un sac qu'il avait apporté sous le bras un astrolabe, une petite sphère, un réchaud, plusieurs sortes de drogues propres à des fumigations, un vase de cuivre, avec plusieurs autres choses, et demanda du feu.

La princesse de la Chine demanda ce que signifiait tout cet appareil. « Princesse, répondit l'eunuque, c'est pour conjurer le malin esprit qui vous possède, le renfermer dans le vase que vous voyez, et le jeter au fond de la mer.

— Maudit astrologue, s'écria la princesse, sache que je n'ai pas besoin de tous ces préparatifs, que je suis dans mon bon sens, et que tu es insensé toi-même. Si ton pouvoir va jusque-là, amène-moi seulement celui que j'aime; c'est le meilleur service que tu puisses me rendre. — Princesse, reprit l'astrologue, si cela est ainsi, ce n'est pas de moi, mais du roi votre père uniquement que vous devez l'attendre. » Il remit dans son sac ce qu'il en avait tiré, bien fâché de s'être engagé si facilement à guérir une maladie imaginaire.

Quand l'eunuque eut ramené l'astrologue devant le roi de la Chine, l'astrologue n'attendit pas que l'eunuque parlât au roi, il lui parla lui-même d'abord. « Sire, lui dit-il avec hardiesse, selon que Votre Majesté l'a fait publier et qu'elle me l'a confirmé elle-même, j'ai cru que la princesse était folle, et j'étais sûr de la rétablir en son bon sens par les secrets dont j'ai connaissance; mais je n'ai pas été longtemps à reconnaître qu'elle n'a pas d'autre maladie que celle d'aimer, et mon art ne s'étend pas jusqu'à remédier au mal d'amour. Votre Majesté y remédiera mieux que personne quand elle voudra lui donner le mari qu'elle demande. »

Le roi traita cet astrologue d'insolent, et lui fit couper le cou. Pour ne pas ennuyer Votre Majesté par des répétitions, tant astrologues que médecins et magiciens, il s'en présenta cent cinquante, qui eurent tous le même sort, et leurs têtes furent rangées au-dessus de chaque porte de la ville.

La nourrice de la princesse de la Chine avait un fils nommé Marzavan, frère de lait de la princesse, qu'elle avait nourri et élevé avec elle. Leur amitié avait été si grande pendant leur enfance, tout le temps qu'ils avaient été ensemble, qu'ils se traitaient de frère et de sœur, même après que leur âge un peu avancé eut obligé de les séparer.

Entre plusieurs sciences dont Marzavan avait cultivé son esprit dès sa plus grande jeunesse, son inclination l'avait porté particulièrement à l'étude de l'astrologie judiciaire, de la géomance et d'autres sciences secrètes, et il s'y était rendu très habile. Non content de ce qu'il avait appris de ses maîtres, il s'était mis en voyage dès qu'il se fut senti assez de forces pour en supporter la fatigue. Il n'y eut pas d'homme célèbre en aucune science et en aucun art qu'il n'ait été chercher dans les villes les plus éloignées, et qu'il n'ait fréquenté assez de temps pour en tirer toutes les connaissances qui étaient de son goût.

Après une absence de plusieurs années, Marzavan revint enfin à la capitale de la Chine; et les têtes coupées et rangées qu'il aperçut au-dessus de la porte par où il entra le surprirent extrêmement. Dès qu'il fut rentré chez lui, il demanda pourquoi elles y étaient, et, sur toutes choses, il s'informa des nouvelles de la princesse, sa sœur de lait, qu'il n'avait pas oubliée. Comme on ne put le satisfaire sur la première demande sans y comprendre la seconde, il apprit en gros ce qu'il souhaitait, avec bien de la douleur, en attendant que sa mère, nourrice de la princesse, lui en apprît davantage...

Scheherazade mit fin à son discours en cet endroit pour cette nuit. Elle le reprit la suivante en ces termes, qu'elle adressa au sultan des Indes :

CCXIX^e NUIT

Sire, dit-elle, quoique la nourrice, mère de Marzavan, fût très occupée auprès de la princesse de la Chine, elle n'eut pas néanmoins plus tôt appris que ce cher fils était de retour qu'elle trouva le temps de sortir, de l'embrasser et de s'entretenir quelques moments avec lui. Après qu'elle lui eut raconté, les larmes aux yeux, l'état pitoyable où était la princesse, et le sujet pourquoi le roi de la Chine lui faisait ce traitement, Marzavan lui demanda si elle ne pouvait pas lui procurer le moyen de la voir en secret, sans que le roi en eût connaissance. Après que la nourrice y eut pensé quelques moments : « Mon fils, lui dit-elle, je ne puis vous rien dire là-dessus présentement; mais attendez-moi demain à la même heure, je vous en donnerai la réponse. »

Comme, après la nourrice, personne ne pouvait s'approcher de la princesse que par la permission de l'eunuque qui commandait à la garde de la porte, la nourrice, qui savait qu'il était dans le service depuis peu, et qu'il ignorait ce qui s'était passé auparavant à la cour du roi de la Chine, s'adressa à lui. « Vous savez, lui dit-elle, que j'ai élevé et nourri la princesse; vous ne savez peut-être pas de même que je l'ai nourrie avec une fille de même âge que j'avais alors, et que j'ai mariée il n'y a pas longtemps. La princesse, qui lui fait l'honneur de l'aimer toujours, voudrait bien la voir; mais elle souhaite que cela se fasse sans que personne la voie ni entrer ni sortir. »

La nourrice voulait parler davantage; mais l'eunuque l'arrêta. « Cela suffit, lui dit-il; je ferai toujours avec plaisir tout ce qui sera en mon pouvoir pour obliger la princesse : faites venir, ou allez prendre votre fille vous-même quand il sera nuit, et amenez-la après que le roi se sera retiré; la porte lui sera ouverte. »

Dès qu'il fut nuit, la nourrice alla trouver son fils Marzavan. Elle le déguisa elle-même en femme, d'une manière que personne n'eût pu s'apercevoir que c'était un homme, et l'amena avec elle. L'eunuque, qui ne douta pas que ce ne fût sa fille, leur ouvrit la porte et les laissa entrer ensemble.

Avant de présenter Marzavan, la nourrice s'approcha de la princesse. « Madame, lui dit-elle, ce n'est pas une femme que vous voyez, c'est mon fils Marzavan, nouvellement arrivé de ses voyages, que j'ai trouvé moyen de faire entrer sous cet habillement. J'espère que vous voudrez bien qu'il ait l'honneur de vous rendre ses respects. »

Au nom de Marzavan, la princesse témoigna une grande joie. « Approchez-vous, mon frère, dit-elle aussitôt à Marzavan, et ôtez ce voile : il n'est pas défendu à un frère et à une sœur de se voir à visage découvert. »

Marzavan la salua avec un grand respect; et, sans lui donner le temps de parler : « Je suis ravie, continua la princesse, de vous revoir en parfaite santé, après une absence de tant d'années, sans avoir mandé un seul mot de vos nouvelles, même à votre bonne mère.

— Princesse, reprit Marzavan, je vous suis infiniment obligé de votre bonté. Je m'attendais d'en apprendre, à mon arrivée, de meilleures des vôtres que celles dont j'ai été informé et dont je suis témoin avec toute l'affliction imaginable. J'ai bien de la joie cependant d'être arrivé assez tôt pour vous apporter, après tant d'autres qui n'y ont pas réussi, la guérison dont vous avez besoin. Quand je ne tirerais d'autre fruit de mes études et de mes voyages que celui-là, je ne laisserais pas de m'estimer bien récompensé. »

En achevant ces paroles, Marzavan tira un livre et d'autres choses dont il s'était muni, et qu'il avait crues nécessaires, selon le rapport que sa mère lui avait fait de la maladie de la princesse. La princesse, qui vit cet attirail : « Quoi! mon frère, s'écria-t-elle, vous êtes donc aussi de ceux qui s'imaginent que je suis folle ? Désabusez-vous, et écoutez-moi. »

La princesse raconta à Marzavan toute son histoire, sans oublier une des moindres circonstances, jusqu'à la bague échangée contre la sienne qu'elle lui montra. « Je ne vous ai rien déguisé, ajouta-t-elle, en tout ce que vous venez d'entendre. Il est vrai qu'il y a quelque chose que je ne comprends pas, qui donne lieu de croire que je ne suis pas dans mon bon sens; mais on ne fait pas attention au reste, qui est comme je le dis. »

Quand la princesse eut cessé de parler, Marzavan, rempli d'admiration et d'étonnement, demeura quelque temps les yeux baissés sans dire mot. Il leva enfin la tête, et, en prenant la parole : « Princesse, dit-il, si ce que vous venez de me raconter est véritable, comme j'en suis persuadé, je ne désespère pas de vous procurer la satisfaction que vous désirez. Je vous supplie seulement de vous armer de patience encore pour quelque temps, jusqu'à ce que j'aie parcouru des royaumes dont je n'ai pas encore approché; et, lorsque vous aurez appris mon retour, assurez-vous que celui pour qui vous soupirez avec tant de passion ne sera pas loin de vous. » Après ces paroles, Marzavan prit congé de la princesse, et partit dès le lendemain.

Marzavan voyagea de ville en ville, de province en province, et d'île en île, et, en chaque lieu qu'il arrivait, il n'entendait parler que de la princesse Badoure (c'est ainsi que se nommait la princesse de la Chine) et de son histoire.

Au bout de quatre mois, notre voyageur arriva à Torf, ville maritime grande et très peuplée, où il n'entendit plus parler de la princesse Badoure, mais du prince Camaralzaman, que l'on disait être malade, et dont on racontait l'histoire, à peu près semblable à celle de la princesse Badoure. Marzavan en eut une joie qu'on ne peut exprimer; il s'informa en quel endroit du monde était ce prince, et on le lui enseigna. Il y avait deux chemins, l'un par terre et par mer, et l'autre seulement par mer, qui était le plus court.

Marzavan choisit le dernier chemin, et il s'embarqua sur un vaisseau marchand, qui eut une heureuse navigation jusqu'à la vue de la capitale du royaume de Schahzaman. Mais, avant d'entrer au port, le vaisseau toucha malheureusement sur un rocher par la malhabileté du pilote. Il périt, et coula à fond à la vue et peu loin du château où était le prince Camaralzaman, et où le roi son père, Schahzaman, se trouvait alors avec son grand-vizir.

Marzavan savait parfaitement bien nager; il n'hésita pas à se jeter à la mer, et il alla aborder au pied du château du roi Schahzaman, où il fut reçu et secouru par ordre du grand-vizir, selon l'intention du roi. On lui donna un habit à changer, on le traita bien; et, lorsqu'il fut remis, on le conduisit au grand-vizir, qui avait demandé qu'on le lui amenât.

Comme Marzavan était un jeune homme très bien fait et de bon air, ce ministre lui fit beaucoup d'accueil en le recevant, et il conçut une très grande estime de sa personne par ses réponses justes et pleines d'esprit à toutes les demandes qu'il lui fit; il s'aperçut même insensiblement qu'il avait mille belles connaissances. Cela l'obligea de lui dire : « A vous entendre, je vois que vous n'êtes pas un homme ordinaire. Plût à Dieu que dans vos voyages vous eussiez appris quelque secret propre à guérir un malade qui cause une grande affliction dans cette cour depuis longtemps! »

Marzavan répondit que, s'il savait la maladie dont cette personne était attaquée, peut-être y trouverait-il un remède.

Le grand-vizir raconta alors à Marzavan l'état où était le prince Camaralzaman, en prenant la chose dès son origine. Il ne lui cacha rien de sa naissance si fort souhaitée, de son éducation, du désir du roi Schahzaman de l'engager dans le mariage de bonne heure, de la résistance du prince et de son aversion extraordinaire pour cet engagement, de sa désobéissance en plein conseil, de son emprisonnement, de ses prétendues extravagances dans la prison, qui s'étaient changées en une passion violente pour une dame inconnue, qui n'avait d'autre fondement qu'une bague que le prince prétendait être la bague de cette dame, qui n'était peut-être pas au monde.

A ce discours du grand-vizir, Marzavan se réjouit infiniment de ce que, dans le malheur de son naufrage, il était arrivé si heureusement où était celui qu'il cherchait. Il connut à n'en pas douter que le prince Camaralzaman était celui pour qui la princesse de la Chine brûlait d'amour, et que cette princesse était l'objet des vœux si ardents du prince. Il ne s'en expliqua pas au grand-vizir; il lui dit seulement que, s'il voyait le prince, il jugerait mieux du secours qu'il pourrait lui donner. « Suivez-moi, lui dit le grand-vizir; vous trouverez le roi près de lui, qui m'a déjà marqué qu'il voulait vous voir. »

La première chose dont Marzavan fut frappé en entrant dans la chambre du prince fut de le voir dans son lit, languissant et les yeux fermés. Quoiqu'il fût en cet état, sans avoir égard au roi Schahzaman, père du prince, qui était assis près de lui, ni au prince, que cette liberté pouvait incommoder, il ne laissa pas de s'écrier : « Ciel! rien au monde n'est plus semblable! » Il voulait dire qu'il le trouvait ressemblant à la princesse de la Chine; et il était vrai qu'ils avaient beaucoup de ressemblance dans les traits.

Ces paroles de Marzavan donnèrent de la curiosité au prince Camaralzaman, qui ouvrit les yeux et le regarda. Marzavan, qui avait infiniment d'esprit, profita de ce moment, et lui fit son compliment en vers sur-le-champ, quoique d'une manière enveloppée, où le roi et le grand-vizir ne comprirent rien. Il lui dépeignit si bien ce qui lui était arrivé avec la princesse de la Chine qu'il ne lui laissa pas lieu de douter qu'il ne la connût et qu'il ne pût lui en apprendre des nouvelles. Il en eut d'abord une joie dont il laissa paraître des marques dans ses yeux et sur son visage...

La sultane Scheherazade n'eut pas le temps d'en dire davantage cette nuit. Le sultan lui donna celui de le reprendre la suivante, et de lui parler en ces termes :

CCXX^{e} NUIT

Sire, quand Marzavan eut achevé son compliment en vers, qui surprit le prince Camaralzaman si agréablement, le prince prit la liberté de faire signe de la main au roi son père de vouloir bien s'ôter de sa place, et de permettre que Marzavan s'y mît.

Le roi, ravi de voir dans le prince son fils un changement qui lui donnait bonne espérance, se leva, prit Marzavan par la main et l'obligea de s'asseoir à la même place qu'il venait de quitter. Il lui demanda qui il était, et d'où il venait; et, après que Marzavan lui eut répondu qu'il était sujet du roi de la Chine, et qu'il venait de ses États : « Dieu veuille, lui dit-il, que vous tiriez mon fils de sa profonde mélancolie; je vous en aurai une obligation infinie, et les marques de ma reconnaissance seront si éclatantes que toute la terre reconnaîtra que jamais service n'aura été mieux récompensé. » En achevant ces paroles, il laissa le prince son fils dans la liberté de s'entretenir avec Marzavan, pendant qu'il se réjouissait d'une rencontre si heureuse avec son grand-vizir.

Marzavan s'approcha de l'oreille du prince Camaralzaman, et, en lui parlant bas : « Prince, dit-il, il est temps désormais que vous cessiez de vous affliger si impitoyablement. La dame pour qui vous souffrez m'est connue : c'est la princesse Badoure, fille du roi de la Chine qui se nomme Gaïour. Je puis vous en assurer sur ce qu'elle m'a appris elle-même de son aventure, et sur ce que j'ai déjà appris de la vôtre. La princesse ne souffre pas moins pour l'amour de vous que vous souffrez pour l'amour d'elle. » Il lui fit ensuite le récit de tout ce qu'il savait de l'histoire de la princesse, depuis la nuit fatale qu'ils s'étaient entrevus d'une manière si peu croyable; il n'oublia pas le traitement que le roi de la Chine faisait à ceux qui entreprenaient en vain de guérir la princesse Badoure de sa folie prétendue. « Vous êtes le seul, ajouta-t-il, qui pouvez la guérir parfaitement, et vous présenter pour cela sans crainte. Mais, avant d'entreprendre un si grand voyage, il faut que vous vous portiez bien : alors nous prendrons les mesures nécessaires. Songez donc incessamment au rétablissement de votre santé. »

Le discours de Marzavan fit un puissant effet; le prince Camaralzaman en fut tellement soulagé par l'espérance qu'il venait de concevoir qu'il se sentit assez de force pour se lever, et qu'il pria le roi son père de lui permettre de s'habiller, d'un air qui lui donna une joie incroyable.

Le roi ne fit qu'embrasser Marzavan pour le remercier, sans s'informer du moyen dont il s'était servi pour faire un effet si surprenant, et il sortit aussitôt de la chambre du prince avec le grand-vizir pour publier cette agréable nouvelle. Il ordonna des réjouissances de plusieurs jours; il fit des largesses à ses officiers et au peuple, des aumônes aux pauvres, et fit élargir tous les prisonniers. Tout retentit enfin de joie et d'allégresse dans la capitale, et bientôt dans tous les États du roi Schahzaman.

Le prince Camaralzaman, extrêmement affaibli par des veilles continuelles et par une longue abstinence presque de toute sorte d'aliments, eut bientôt recouvré sa première santé. Quand il sentit qu'elle était bien rétablie pour supporter la fatigue d'un voyage, il prit Marzavan en particulier : « Cher Marzavan, lui dit-il, il est temps d'exécuter la promesse que vous m'avez faite. Dans l'impatience où je suis de voir la charmante princesse et de mettre fin aux tourments étranges qu'elle souffre pour l'amour de moi, je sens bien que je retomberais au même état que vous m'avez vu, si nous ne partions incessamment. Une chose m'afflige et m'en fait craindre le retardement : c'est la tendresse importune du roi mon père, qui ne pourra jamais se résoudre de m'accorder la permission de m'éloigner de lui. Ce sera une désolation pour moi si vous ne trouvez le moyen d'y remédier. Vous voyez vous-même qu'il ne me perd presque pas de vue. » Le prince ne put retenir ses larmes en achevant ces paroles.

« Prince, reprit Marzavan, j'ai déjà prévu le grand obstacle dont vous me parlez : c'est à moi de faire en sorte qu'il ne nous arrête pas. Le premier dessein de mon voyage a été de procurer à la princesse de la Chine la délivrance de ses maux, et cela par toutes les raisons de l'amitié mutuelle dont nous nous aimons presque dès notre naissance, du zèle et de l'affection que je lui dois d'ailleurs. Je manquerais à mon devoir si je n'en profitais pas pour sa consolation et en même temps pour la vôtre, et si je n'y employais toute l'adresse dont je suis capable. Voici donc ce que j'ai imaginé pour lever la difficulté d'obtenir la permission du roi votre père, telle que nous la souhaitons vous et moi. Vous n'êtes pas encore sorti depuis mon arrivée; témoignez-lui que vous désirez de prendre l'air, et demandez-lui la permission de faire une partie de chasse de deux ou trois jours avec moi : il n'y a pas d'apparence qu'il vous la refuse. Quand il vous l'aura accordée, vous donnerez ordre qu'on nous tienne à chacun deux bons chevaux prêts, l'un pour monter, et l'autre de relais, et laissez-moi faire le reste. »

Le lendemain, le prince Camaralzaman prit son temps : il témoigna au roi son père l'envie qu'il avait de prendre un peu l'air, et le pria de trouver bon qu'il allât à la chasse un jour ou deux avec Marzavan. « Je le veux bien, lui dit le roi, à la charge néanmoins que vous ne coucherez pas dehors plus d'une nuit. Trop d'exercice dans les commencements pourrait vous nuire, et une absence plus longue me ferait de la peine. » Le roi commanda qu'on lui choisît les meilleurs chevaux, et il prit soin lui-même que rien ne lui manquât. Lorsque tout fut prêt, il l'embrassa, et, après avoir recommandé à Marzavan de bien prendre soin de lui, il le laissa partir.

Le prince Camaralzaman et Marzavan gagnèrent la campagne, et, pour amuser les deux palefreniers qui conduisaient les chevaux de relais, ils firent semblant de chasser, et ils s'éloignèrent de la ville autant qu'il leur fut possible. A l'entrée de la nuit, ils s'arrêtèrent dans un logement de caravanes, où ils soupèrent, et dormirent environ jusqu'à minuit. Marzavan, qui s'éveilla le premier, éveilla aussi le prince Camaralzaman sans éveiller les palefreniers. Il pria le prince de lui donner son habit, et d'en prendre un autre qu'un des palefreniers avait apporté. Ils montèrent chacun le cheval de relais qu'on leur avait amené; et, après que Marzavan eut pris le cheval d'un des palefreniers par la bride, ils se mirent en chemin, en marchant au grand pas de leurs chevaux.

A la pointe du jour, les deux cavaliers se trouvèrent dans une forêt, en un endroit où le chemin se partageait en quatre. En cet endroit-là Marzavan pria le prince de l'attendre un moment, et entra dans la forêt. Il y égorgea le cheval du palefrenier, déchira l'habit que le prince avait quitté, le teignit dans le sang, et, lorsqu'il eut rejoint le prince, il le jeta au milieu du chemin, où il se partageait.

Le prince Camaralzaman demanda à Marzavan quel était son dessein. « Prince, répondit Marzavan, dès que le roi votre père verra ce soir que vous ne serez pas de retour, ou qu'il aura appris des palefreniers que nous serons partis sans eux pendant qu'ils dormaient, il ne manquera pas de mettre des gens en campagne pour courir après nous. Ceux qui viendront de ce côté et qui rencontreront cet habit ensanglanté ne douteront pas que quelque bête ne vous ait dévoré, et que je ne me sois échappé de crainte de sa colère. Le roi, qui ne vous croira plus au monde, selon leur rapport, cessera d'abord de vous faire chercher, et nous donnera lieu de continuer notre voyage sans craindre d'être poursuivis. La précaution est véritablement violente, de donner ainsi tout à coup l'alarme assommante de la mort d'un fils à un père qui l'aime si passionnément; mais la joie du roi votre père en sera plus grande quand il apprendra que vous serez en vie et content. — Brave Marzavan, reprit le prince Camaralzaman, je ne puis qu'approuver un stratagème si ingénieux, et je vous en ai une nouvelle obligation. »

Le prince et Marzavan, munis de bonnes pierreries pour leur dépense, continuèrent leur voyage par terre et par mer, et ils ne trouvèrent d'autre obstacle que la longueur du temps qu'il fallut y mettre de nécessité. Ils arrivèrent enfin à la capitale de la Chine, où Marzavan, au lieu de mener le prince chez lui, fit mettre pied à terre dans un logement public des étrangers. Ils y demeurèrent trois jours à se délasser de la fatigue du voyage; et, dans cet intervalle, Marzavan fit faire un habit d'astrologue pour déguiser le prince. Les trois jours passés, ils allèrent au bain ensemble, où Marzavan fit prendre l'habillement d'astrologue au prince, et à la sortie du bain il le conduisit jusqu'à la vue du palais du roi de la Chine, où il le quitta pour aller faire avertir sa mère, nourrice de la princesse Badoure, de son arrivée, afin qu'elle en donnât avis à la princesse...

La sultane Scheherazade en était à ces derniers mots, lorsqu'elle s'aperçut que le jour avait déjà commencé de paraître. Elle cessa aussitôt de parler, et, en poursuivant la nuit suivante, elle dit au sultan des Indes :

CCXXI^e NUIT

Sire, le prince Camaralzaman, instruit par Marzavan de ce qu'il devait faire, et muni de tout ce qui convenait à un astrologue avec son habillement, s'avança jusqu'à la porte du palais du roi de la Chine, et en s'arrêtant il cria à haute voix en présence de la garde et des portiers : *Je suis astrologue, et je viens donner la guérison à la respectable princesse Badoure, fille du haut et puissant monarque Gaïour, roi de la Chine, aux conditions proposées par Sa Majesté, de l'épouser si je réussis, ou de perdre la vie si je ne réussis pas.*

Outre les gardes et les portiers du roi, la nouveauté fit assembler en un instant une infinité de peuple autour du prince Camaralzaman. En effet, il y avait longtemps qu'il ne s'était présenté ni médecin, ni astrologue, ni magicien, depuis tant d'exemples tragiques de ceux qui avaient échoué dans leur entreprise. On croyait qu'il n'y en avait plus au monde, ou du moins qu'il n'y en avait plus d'aussi insensés.

A voir la bonne mine du prince, son air noble, la grande jeunesse qui paraissait sur son visage, il n'y en eut pas un à qui il ne fît compassion. « A quoi pensez-vous, Seigneur ? lui dirent ceux qui étaient le plus près de lui. Quelle est votre fureur d'exposer ainsi à une mort certaine une vie qui donne de si belles espérances ? Les têtes coupées que vous avez vues au-dessus des portes ne vous ont-elles pas fait horreur ? Au nom de Dieu, abondonnez ce dessein de désespéré; retirez-vous. »

A ces remontrances, le prince Camaralzaman demeura ferme; et, au lieu d'écouter ces harangueurs, comme il vit que personne ne venait pour l'introduire, il répéta le même cri avec une assurance qui fit frémir tout le monde; et tout le monde s'écria alors : « Il est résolu de mourir; et Dieu veuille avoir pitié de sa jeunesse et de son âme! » Il cria une troisième fois, et le grand-vizir enfin vint le prendre en personne de la part du roi de la Chine.

Ce ministre conduisit Camaralzaman devant le roi. Le prince ne l'eut pas plus tôt aperçu assis sur son trône qu'il se prosterna et baisa la terre devant lui. Le roi, qui, de tous ceux qu'une présomption démesurée avait fait venir apporter leurs têtes à ses pieds, n'en avait encore vu aucun digne qu'il arrêtât ses yeux sur lui, eut une véritable compassion de Camaralzaman par rapport au danger auquel il s'exposait. Il lui fit aussi plus d'honneur; il voulut qu'il s'approchât et s'assît près de lui. « Jeune homme, lui dit-il, j'ai de la peine à croire que vous ayez acquis à votre âge assez d'expérience pour oser entreprendre de guérir ma fille. Je voudrais que vous puissiez y réussir : je vous la donnerais en mariage, non seulement sans répugnance, au lieu que je l'aurais donnée avec bien du déplaisir à qui que ce fût de ceux qui sont venus avant vous, mais même avec la plus grande joie du monde. Mais je vous déclare avec bien de la douleur que, si vous y manquez, votre grande jeunesse, votre air de noblesse, ne m'empêcheront pas de vous faire couper le cou.

— Sire, reprit le prince Camaralzaman, j'ai des grâces infinies à rendre à Votre Majesté de l'honneur qu'elle me fait et de tant de bontés qu'elle témoigne pour un inconnu. Je ne suis pas venu d'un pays si éloigné que son nom n'est peut-être pas connu dans vos États, pour ne pas exécuter le dessein qui m'y a amené. Que ne diraiton pas de ma légèreté, si j'abandonnais un dessein si généreux après tant de fatigues et tant de dangers que j'ai essuyés ? Votre Majesté elle-même ne perdrait-elle pas l'estime qu'elle a déjà conçue de ma personne ? Si j'ai à mourir, Sire, je mourrai avec la satisfaction de n'avoir pas perdu cette estime après l'avoir méritée. Je vous supplie donc de ne pas me laisser plus longtemps dans l'impatience de faire connaître la certitude de mon art, par l'expérience que je suis prêt d'en donner. »

Le roi de la Chine commanda à l'eunuque garde de la princesse Badoure, qui était présent, de mener le prince Camaralzaman chez la princesse sa fille. Avant de le laisser partir, il lui dit qu'il était encore à sa liberté de s'abstenir de son entreprise. Mais le prince ne l'écouta pas : il suivit l'eunuque avec une résolution, ou plutôt avec une ardeur étonnante.

L'eunuque conduisit le prince Camaralzaman; et, quand ils furent dans une longue galerie au bout de laquelle était l'appartement de la princesse, le prince, qui se vit si près de l'objet qui lui avait fait verser tant de larmes, et pour lequel il n'avait cessé de soupirer depuis si longtemps, pressa le pas et devança l'eunuque.

L'eunuque pressa le pas de même, et eut de la peine à le rejoindre. « Où allez-vous donc si vite ? lui dit-il en l'arrêtant par le bras. Vous ne pouvez pas entrer sans moi. Il faut que vous ayez une grande envie de mourir, de courir si vite à la mort. Pas un de tant d'astrologues que j'ai vus et que j'ai amenés où vous n'arriverez que trop tôt n'a témoigné cet empressement.

— Mon ami, reprit le prince Camaralzaman en regardant l'eunuque et en marchant à son pas, c'est que tous ces astrologues dont tu parles n'étaient pas sûrs de leur science comme je le suis de la mienne. Ils savaient avec certitude qu'ils perdraient la vie s'ils ne réussissaient pas, et ils n'en avaient aucune de réussir. C'est pour cela qu'ils avaient raison de trembler en approchant du lieu où je vais et où je suis certain de trouver mon bonheur. » Il en était à ces mots lorsqu'ils arrivèrent à la porte. L'eunuque ouvrit et introduisit le prince dans une grande salle d'où l'on entrait dans la chambre de la princesse, qui n'était fermée que par une portière.

Avant d'entrer, le prince Camaralzaman s'arrêta, et, en prenant un ton beaucoup plus bas qu'auparavant, de peur qu'on ne l'entendît de la chambre de la princesse : « Pour te convaincre, dit-il à l'eunuque, qu'il n'y a ni présomption, ni caprice, ni feu de jeunesse dans mon entreprise, je laisse l'un des deux à ton choix : qu'aimes-tu mieux, que je guérisse la princesse en sa présence, ou d'ici, sans passer plus avant et sans la voir ? »

L'eunuque fut extrêmement étonné de l'assurance avec laquelle le prince lui parlait. Il cessa de l'insulter, et, en lui parlant sérieusement : « Il n'importe pas, lui dit-il, que ce soit là ou ici. De quelque manière que ce soit, vous acquerrez une gloire immortelle, non seulement dans cette cour, mais même par toute la terre habitable.

— Il vaut donc mieux, repartit le prince, que je la guérisse sans la voir, afin que tu rendes témoignage de mon habileté. Quelle que soit mon impatience de voir une princesse d'un si haut rang qui doit être mon épouse, en ta considération néanmoins je veux bien me priver quelques moments de ce plaisir. » Comme il était fourni de tout ce qui distinguait un astrologue, il tira son écritoire et du papier, et écrivit ce billet à la princesse de la Chine :

BILLET DU PRINCE CAMARALZAMAN
A LA PRINCESSE DE LA CHINE

Adorable princesse, l'amoureux prince Camaralzaman ne vous parle pas des maux inexprimables qu'il souffre depuis la nuit fatale que vos charmes lui firent perdre une liberté qu'il avait résolu de conserver toute sa vie. Il vous marque seulement qu'alors il vous donna son cœur dans votre charmant sommeil : sommeil importun qui le priva du vif éclat de vos beaux yeux malgré ses efforts pour vous obliger de les ouvrir. Il osa même vous donner sa bague pour marque de son amour, et prendre la vôtre en échange, qu'il vous envoie dans ce billet. Si vous daignez la lui renvoyer pour gage réciproque du vôtre, il s'estimera le plus heureux de tous les amants ; sinon, votre refus ne l'empêchera pas de recevoir le coup de la mort avec une résignation d'autant plus grande qu'il le recevra pour l'amour de vous. Il attend votre réponse dans votre antichambre.

Lorsque le prince Camaralzaman eut achevé ce billet, il en fit un paquet avec la bague de la princesse, qu'il enveloppa dedans, sans faire voir à l'eunuque ce que c'était; et, en le lui donnant : « Ami, dit-il, prends et porte ce paquet à ta maîtresse. Si elle ne guérit du moment qu'elle aura lu le billet et vu ce qui l'accompagne, je te permets de publier que je suis le plus indigne et le plus impudent de tous les astrologues qui ont été, qui sont et qui seront à jamais... »

Le jour, que la sultane Scheherazade vit paraître en achevant ces paroles, l'obligea d'en demeurer là. Elle poursuivit la nuit suivante, et dit au sultan des Indes :

CCXXII^e NUIT

Sire, l'eunuque entra dans la chambre de la princesse de la Chine, et, en lui présentant le paquet que le prince Camaralzaman lui envoyait : « Princesse, dit-il, un astrologue plus téméraire que les autres, si je ne me trompe, vient d'arriver, et prétend que vous serez guérie dès que vous aurez lu ce billet et vu ce qui est dedans. Je souhaiterais qu'il ne fût ni menteur ni imposteur. »

La princesse Badoure prit le billet et l'ouvrit avec assez d'indifférence; mais, dès qu'elle eut vu sa bague, elle ne se donna presque pas le loisir d'achever de lire. Elle se leva avec précipitation, rompit la chaîne qui la tenait attachée, de l'effort qu'elle fit, courut à la portière et l'ouvrit. La princesse reconnut le prince, le prince la reconnut. Aussitôt ils coururent l'un à l'autre, s'embrassèrent tendrement, et, sans pouvoir parler dans l'excès de leur joie, ils se regardèrent longtemps, en admirant comment ils se revoyaient après leur première entrevue, à laquelle ils ne pouvaient rien comprendre. La nourrice, qui était accourue avec la princesse, les fit entrer dans la chambre, où la princesse rendit sa bague au prince. « Reprenez-la, lui dit-elle, je ne pourrais pas la retenir sans vous rendre la vôtre, que je veux garder toute ma vie; elles ne peuvent être l'une et l'autre en de meilleures mains. »

L'eunuque cependant était allé en diligence avertir le roi de la Chine de ce qui venait de se passer. « Sire, lui dit-il, tous les astrologues, médecins et autres qui ont osé entreprendre de guérir la princesse jusqu'à présent, n'étaient que des ignorants. Ce dernier venu ne s'est servi ni de grimoire, ni de conjurations d'esprits malins, ni de parfums, ni d'autres choses; il l'a guérie sans la voir. » Il lui en raconta la manière, et le roi, agréablement surpris, vint aussitôt à l'appartement de la princesse, qu'il embrassa; il embrassa le prince de même, prit sa main, et, en la mettant dans celle de la princesse : « Heureux étranger, lui dit-il, qui que vous soyez, je tiens ma promesse, et je vous donne ma fille pour épouse. A vous voir, néanmoins, il n'est pas possible que je me persuade que vous soyez ce que vous paraissez et ce que vous avez voulu me faire croire. »

Le prince Camaralzaman remercia le roi dans les termes les plus soumis pour lui mieux témoigner sa reconnaissance. « Pour ce qui est de ma personne, Sire, poursuivit-il, il est vrai que je ne suis pas astrologue, comme Votre Majesté l'a bien jugé; je n'en ai pris que l'habillement pour mieux réussir à mériter la haute alliance du monarque le plus puissant de l'univers. Je suis né prince, fils de roi et de reine : mon nom est Camaralzaman, et mon père s'appelle Schahzaman, qui règne dans les îles assez connues des Enfants de Khaledan. » Ensuite il lui raconta son histoire, et lui fit connaître combien l'origine de son amour était merveilleuse; que celle de l'amour de la princesse était la même, et que cela se justifiait par l'échange des deux bagues.

Quand le prince Camaralzaman eut achevé : « Une histoire si extraordinaire, s'écria le roi, mérite de n'être pas inconnue à la postérité. Je la ferai faire; et, après que j'en aurai fait mettre l'original en dépôt dans les archives de mon royaume, je la rendrai publique, afin que de mes États elle passe encore dans les autres. »

La cérémonie du mariage se fit le même jour, et l'on en fit des réjouissances solennelles dans toute l'étendue de la Chine. Marzavan ne fut pas oublié : le roi de la Chine lui donna entrée dans sa cour en l'honorant d'une charge, avec promesse de l'élever dans la suite à d'autres plus considérables.

Le prince Camaralzaman et la princesse Badoure, l'un et l'autre au comble de leurs souhaits, jouirent des douceurs de l'hymen, et, pendant plusieurs mois, le roi de la Chine ne cessa de témoigner sa joie par des fêtes continuelles.

Au milieu de ces plaisirs, le prince Camaralzaman eut un songe, une nuit, dans lequel il lui sembla voir le roi Schahzaman son père, au lit, prêt à rendre l'âme, qui disait : « Ce fils que j'ai mis au monde, que j'ai chéri si tendrement, ce fils m'a abandonné, et lui-même est cause de ma mort. » Il s'éveilla en poussant un grand soupir, qui éveilla aussi la princesse, et la princesse Badoure lui demanda de quoi il soupirait.

« Hélas! s'écria le prince, peut-être qu'à l'heure que je parle le roi mon père n'est plus au monde! » Et il lui raconta le sujet qu'il avait d'être troublé d'une si triste pensée. Sans lui parler du dessein qu'elle conçut sur ce récit, la princesse, qui ne cherchait qu'à lui complaire, et qui connut que le désir de revoir le roi son père pourrait diminuer le plaisir qu'il avait de demeurer avec elle dans un pays si éloigné, profita le même jour de l'occasion qu'elle eut de parler au roi de la Chine en particulier. « Sire, lui dit-elle en lui baisant la main, j'ai une grâce à demander à Votre Majesté, et je la supplie de ne me la pas refuser. Mais, afin qu'elle ne croie pas que je la lui demande à la sollicitation du prince mon mari, je l'assure auparavant qu'il n'y a aucune part. C'est de vouloir bien agréer que j'aille voir avec lui le roi Schahzaman mon beau-père.

— Ma fille, reprit le roi, quelque déplaisir que votre éloignement doive me coûter, je ne puis désapprouver cette résolution : elle est digne de vous, nonobstant la fatigue d'un si long voyage. Allez, je le veux bien; mais à condition que vous ne demeurerez pas plus d'un an à la cour du roi Schahzaman. Le roi Schahzaman voudra bien, comme je l'espère, que nous en usions ainsi, et que nous revoyions tour à tour, lui, son fils et sa belle-fille, et moi, ma fille et mon gendre. »

La princesse annonça ce consentement du roi de la Chine au prince Camaralzaman, qui en eut bien de la joie, et il la remercia de cette nouvelle marque d'amour qu'elle venait de lui donner.

Le roi de la Chine donna ordre aux préparatifs du voyage, et, lorsque tout fut en état, il partit avec eux, et les accompagna quelques journées. La séparation se fit enfin avec beaucoup de larmes de part et d'autre. Le roi les embrassa tendrement, et, après avoir prié le prince d'aimer toujours la princesse sa fille comme il l'aimait, il les laissa continuer leur voyage, et retourna à sa capitale en chassant.

Le prince Camaralzaman et la princesse Badoure n'eurent pas plus tôt essuyé leurs larmes qu'ils ne songèrent plus qu'à la joie que le roi Schahzaman aurait de les voir et de les embrasser, et qu'à celle qu'ils auraient eux-mêmes.

Environ au bout d'un mois qu'ils étaient en marche, ils arrivèrent à une prairie d'une vaste étendue, et plantée, d'espace en espace, de grands arbres qui faisaient un ombrage très agréable. Comme la chaleur était excessive ce jour-là, le prince Camaralzaman jugea à propos d'y camper, et il en parla à la princesse Badoure, qui y consentit d'autant plus facilement qu'elle voulait lui en parler elle-même. On mit pied à terre dans un bel endroit, et, dès que la tente fut dressée, la princesse Badoure, qui s'était assise à l'ombre, y entra pendant que le prince Camaralzaman donnait ses ordres pour le reste du campement. Pour être plus à son aise, elle se fit ôter sa ceinture, que ses femmes posèrent près d'elle; après quoi, comme elle était fatiguée, elle s'endormit, et ses femmes la laissèrent seule.

Quand tout fut réglé dans le camp, le prince Camaralzaman vint à la tente; et, comme il vit que la princesse dormait, il entra et s'assit sans faire de bruit. En attendant qu'il s'endormît peut-être aussi, il prit la ceinture de la princesse; il regarda l'un après l'autre les diamants et les rubis dont elle était enrichie, et il aperçut une petite bourse cousue sur l'étoffe fort proprement, et fermée avec un cordon. Il la toucha, et sentit qu'il y avait quelque chose dedans qui résistait. Curieux de savoir ce que c'était, il ouvrit la bourse, et il en tira une cornaline gravée de figures et de caractères qui lui étaient inconnus. « Il faut, dit-il en lui-même, que cette cornaline soit quelque chose de bien précieux : ma princesse ne la porterait pas sur elle avec tant de soin, de crainte de la perdre, si cela n'était. »

En effet, c'était un talisman dont la reine de la Chine avait fait présent à la princesse sa fille pour la rendre heureuse, à ce qu'elle disait, tant qu'elle le porterait sur elle.

Pour mieux voir le talisman, le prince Camaralzaman sortit hors de la tente qui était obscure, et voulut la considérer au grand jour. Comme il la tenait au milieu de la main*, un oiseau fondit de l'air tout à coup et la lui enleva...

Le jour se faisait déjà voir dans le temps que la sultane Scheherazade en était à ces dernières paroles. Elle s'en aperçut et cessa de parler. Elle reprit le même conte la nuit suivante, et dit au sultan Schahriar :

CCXXIII^{e} NUIT

Sire, Votre Majesté peut mieux juger de l'étonnement et de la douleur de Camaralzaman, quand l'oiseau lui eut enlevé le talisman de la main, que je ne pourrais l'exprimer. A cet accident, le plus affligeant qu'on puisse imaginer, arrivé par une curiosité hors de saison, et qui privait la princesse d'une chose si précieuse, il demeura immobile quelques moments.

L'oiseau, après avoir fait son coup, s'était posé à terre à peu de distance, avec le talisman au bec. Le prince Camaralzaman s'avança dans l'espérance qu'il le lâcherait; mais, dès qu'il approcha, l'oiseau fit un petit vol et se posa à terre une autre fois. Il continua de le poursuivre; l'oiseau, après avoir avalé le talisman, fit un vol plus loin. Le prince, qui était fort adroit, espéra alors de le tuer d'un coup de pierre, et le poursuivit encore. Plus

* Il y a, dans le roman de Pierre de Provence et de la belle Maguelonne, une aventure semblable qui a été prise de celle-ci.

il s'éloigna de lui, plus il s'opiniâtra à le suivre et à ne le pas perdre de vue.

De vallon en colline, et de colline en vallon, l'oiseau attira toute la journée le prince Camaralzaman, en s'écartant toujours de la prairie et de la princesse Badoure; et le soir, au lieu de se jeter dans un buisson où Camaralzaman aurait pu le surprendre dans l'obscurité, il se percha au haut d'un grand arbre où il était en sûreté.

Le prince, au désespoir de s'être donné tant de peine inutilement, délibéra s'il retournerait à son camp. « Mais, dit-il en lui-même, par où retournerai-je ? Remonterai-je, redescendrai-je par les collines et par les vallons par où je suis venu ? Ne m'égarerai-je pas dans les ténèbres ? et mes forces me le permettent-elles ? Et, quand je le pourrais, oserais-je me présenter devant la princesse, et ne pas lui reporter son talisman? » Abîmé dans ces pensées désolantes et accablé de fatigue, de faim, de soif, de sommeil, il se coucha et passa la nuit au pied de l'arbre.

Le lendemain, Camaralzaman fut éveillé avant que l'oiseau eût quitté l'arbre; et il ne l'eut pas plus tôt vu reprendre son vol qu'il l'observa et le suivit encore toute la journée, avec aussi peu de succès que la précédente, en se nourrissant d'herbes ou de fruits qu'il trouvait en son chemin. Il fit la même chose jusqu'au dixième jour, en suivant l'oiseau à l'œil, depuis le matin jusqu'au soir, et en passant la nuit au pied de l'arbre, où il la passait toujours au plus haut.

Le onzième jour, l'oiseau toujours en volant, et Camaralzaman ne cessant de l'observer, arrivèrent à une grande ville. Quand l'oiseau fut près des murs, il s'éleva au-dessus, et, prenant son vol au-delà, il se déroba entièrement à la vue de Camaralzaman, qui perdit l'espérance de le revoir et de recouvrer jamais le talisman de la princesse Badoure.

Camaralzaman, affligé en tant de manières et au-delà de toute expression, entra dans la ville, qui était bâtie sur le bord de la mer, avec un très beau port. Il marcha longtemps par les rues, sans savoir où il allait, ni où s'arrêter, et arriva au port. Encore plus incertain de ce qu'il devait faire, il marcha le long du rivage jusqu'à la porte d'un jardin qui était ouverte, où il se présenta. Le jardinier, qui était un bon vieillard occupé à travailler, leva la tête en ce moment; et il ne l'eut pas plus tôt aperçu, et connu qu'il était étranger et musulman, qu'il l'invita d'entrer promptement et de fermer la porte.

Camaralzaman entra, ferma la porte, et, en abordant le jardinier, il lui demanda pourquoi il lui avait fait prendre cette précaution. « C'est, répondit le jardinier, que je vois bien que vous êtes un étranger nouvellement arrivé, et musulman, et que cette ville est habitée, pour la plus grande partie, par des idolâtres qui ont une aversion mortelle contre les musulmans, et qui traitent même fort mal le peu que nous sommes ici de la religion de notre prophète. Il faut que vous l'ignoriez, et je regarde comme un miracle que vous soyez venu jusqu'ici sans avoir fait quelque mauvaise rencontre. En effet, ces idolâtres sont attentifs, sur toute chose, à observer les musulmans étrangers à leur arrivée, et à les faire tomber dans quelque piège, s'ils ne sont bien instruits de leur méchanceté. Je loue Dieu de ce qu'il vous a amené dans un lieu de sûreté. »

Camaralzaman remercia ce bonhomme avec beaucoup de reconnaissance de la retraite qu'il lui donnait si généreusement pour le mettre à l'abri de toute insulte. Il voulait en dire davantage, mais le jardinier l'interrompit : « Laissons là les compliments, dit-il ; vous êtes fatigué, et vous devez avoir besoin de manger : venez vous reposer. » Il le mena dans sa petite maison ; et, après que le prince eut mangé suffisamment de ce qu'il lui présenta avec une cordialité dont il le charma, il le pria de vouloir bien lui faire part du sujet de son arrivée.

Camaralzaman satisfit le jardinier ; et, quand il eut fini son histoire, sans lui rien déguiser, il lui demanda à son tour par quelle route il pourrait retourner aux États du roi son père. « Car, ajouta-t-il, de m'engager à aller rejoindre la princesse, où la retrouverais-je après onze jours que je me suis séparé d'avec elle par une aventure si extraordinaire ? Que sais-je même si elle est encore au monde ? » A ce triste souvenir, il ne put achever sans verser des larmes.

Pour réponse à ce que Camaralzaman venait de demander, le jardinier lui dit que de la ville où il se trouvait, il y avait une année entière de chemin jusqu'aux pays où il n'y avait que des musulmans, commandés par des princes de leur religion ; mais que par mer on arriverait à l'île d'Ébène en beaucoup moins de temps, et que de là il était plus aisé de passer aux îles des Enfants de Khaledan ; que chaque année un navire marchand allait à l'île d'Ébène, et qu'il pourrait prendre cette commodité pour retourner de là aux îles des Enfants de Khaledan.

« Si vous fussiez arrivé quelques jours plus tôt, ajouta-t-il, vous vous fussiez embarqué sur celui qui a fait voile cette année. En attendant que celui de l'année prochaine parte, si vous agréez de demeurer avec moi, je vous fais offre de ma maison, telle qu'elle est, de très bon cœur. »

Le prince Camaralzaman s'estima heureux de trouver cet asile dans un lieu où il n'avait aucune connaissance, non plus qu'aucun intérêt d'en faire. Il accepta l'offre, et il demeura avec le jardinier. En attendant le départ du vaisseau marchand pour l'île d'Ébène, il s'occupait à travailler au jardin pendant le jour; et la nuit, que rien ne le détournait de penser à sa chère princesse Badoure, il la passait dans les soupirs, dans les regrets et dans les pleurs. Nous le laisserons en ce lieu pour revenir à la princesse Badoure, que nous avons laissée endormie sous sa tente.

La princesse dormit assez longtemps, et, en s'éveillant, elle s'étonna que le prince Camaralzaman ne fût pas avec elle. Elle appela ses femmes, et elle leur demanda si elles ne savaient pas où il était. Dans le temps qu'elles lui assuraient qu'elles l'avaient vu entrer, mais qu'elles ne l'avaient pas vu sortir, elle s'aperçut, en reprenant sa ceinture, que la petite bourse était ouverte, et que son talisman n'y était plus. Elle ne douta pas que Camaralzaman ne l'eût pris pour voir ce que c'était, et qu'il ne le lui rapportât. Elle l'attendit jusqu'au soir avec de grandes impatiences, et elle ne pouvait comprendre ce qui pouvait l'obliger d'être éloigné d'elle si longtemps. Comme elle vit qu'il était déjà nuit obscure, et qu'il ne revenait pas, elle en fut dans une affliction qui n'est pas concevable. Elle maudit mille fois le talisman et celui qui l'avait fait; et, si le respect ne l'eût pas retenue, elle eût fait des imprécations contre la reine sa mère qui lui avait fait un présent si funeste. Désolée au dernier point de cette conjoncture d'autant plus fâcheuse qu'elle ne savait pas par quel endroit le talisman pouvait être la cause de la séparation du prince d'avec elle, elle ne perdit pas le jugement; elle prit au contraire une résolution courageuse, peu commune aux personnes de son sexe.

Il n'y avait que la princesse et ses femmes dans le camp qui sussent que Camaralzaman avait disparu : car alors ses gens se reposaient ou dormaient déjà sous leurs tentes. Comme elle craignit qu'ils ne la trahissent, s'ils venaient à en avoir connaissance, elle modéra premièrement sa douleur, et défendit à ses femmes de rien dire ou de rien faire paraître qui pût en donner le moindre soupçon. Ensuite elle quitta son habit, et en prit un de Camaralzaman, à qui elle ressemblait si fort que ses gens la prirent pour lui le lendemain matin quand ils la virent paraître et qu'elle leur commanda de plier bagage et de se mettre en marche. Quand tout fut prêt, elle fit entrer une de ses femmes dans sa litière; pour elle, elle monta à cheval, et l'on marcha.

Après un voyage de plusieurs mois par terre et par mer, la princesse, qui avait fait continuer la route sous le nom du prince Camaralzaman pour se rendre à l'île des Enfants de Khaledan, aborda à la capitale du royaume de l'île d'Ébène, dont le roi qui régnait alors s'appelait Armanos. Comme les premiers de ses gens qui se débarquèrent pour lui chercher un logement eurent publié que le vaisseau qui venait d'arriver portait le prince Camaralzaman, qui revenait d'un long voyage, et que le mauvais temps l'avait obligé de relâcher, le bruit en fut bientôt porté jusqu'au palais du roi.

Le roi Armanos, accompagné d'une grande partie de sa cour, vint aussitôt au-devant de la princesse, et il la rencontra qu'elle venait de se débarquer, et qu'elle prenait le chemin du logement qu'on avait retenu. Il la reçut comme le fils d'un roi son ami, avec qui il avait toujours vécu de bonne intelligence, et la mena à son palais, où il la logea, elle et tous ses gens, sans avoir égard aux instances qu'elle lui fit de la laisser loger en son particulier. Il lui fit d'ailleurs tous les honneurs imaginables, et il la régala pendant trois jours avec une magnificence extraordinaire.

Quand les trois jours furent passés, comme le roi Armanos vit que la princesse, qu'il prenait toujours pour le prince Camaralzaman, parlait de se rembarquer et de continuer son voyage, et qu'il était charmé de voir un prince si bien fait, de si bon air, et qui avait infiniment d'esprit, il la prit en particulier. « Prince, lui dit-il, dans le grand âge où vous voyez que je suis, avec très peu d'espérance de vivre encore longtemps, j'ai le chagrin de n'avoir pas un fils à qui je puisse laisser mon royaume. Le Ciel m'a donné seulement une fille unique, d'une beauté qui ne peut pas être mieux assortie qu'avec un prince aussi bien fait, d'une aussi grande naissance, et aussi accompli que vous. Au lieu de songer à retourner chez vous, acceptez-la de ma main avec ma couronne, dont je me démets dès à présent en votre faveur, et demeurez avec nous. Il est temps désormais que je me repose après en avoir soutenu le poids de si longues années, et je ne puis le faire avec plus de consolation que pour voir mes États gouvernés par un si digne successeur... »

La sultane Scheherazade voulait poursuivre; mais le jour qui paraissait déjà l'en empêcha. Elle reprit le même conte la nuit suivante, et dit au sultan des Indes :

CCXXIV^{e} NUIT

Sire, l'offre généreuse du roi de l'île d'Ébène de donner sa fille unique en mariage à la princesse Badoure, qui ne pouvait l'accepter parce qu'elle était femme, et de lui abandonner ses États, la mirent dans un embarras auquel elle ne s'attendait pas. De lui déclarer qu'elle n'était pas le prince Camaralzaman, mais sa femme, il était indigne d'une princesse comme elle de détromper le roi après lui avoir assuré qu'elle était ce prince, et qu'elle en avait si bien soutenu le personnage jusqu'alors. De le refuser aussi, elle avait une juste crainte, dans la grande passion qu'il témoignait pour la conclusion de ce mariage, qu'il ne changeât sa bienveillance en aversion et en haine, et n'attentât même à sa vie. De plus, elle ne savait pas si elle trouverait le prince Camaralzaman auprès du roi Schahzaman son père.

Ces considérations et celle d'acquérir un royaume au prince son mari, au cas qu'elle le retrouvât, déterminèrent cette princesse à accepter le parti que le roi Armanos venait de lui proposer. Ainsi, après avoir demeuré quelques moments sans parler, avec une rougeur qui lui monta au visage, et que le roi attribua à sa modestie, elle répondit : « Sire, j'ai une obligation infinie à Votre Majesté de la bonne opinion qu'elle a de ma personne, de l'honneur qu'elle me fait, et d'une si grande faveur que je ne mérite pas, et que je n'ose refuser. Mais, Sire, ajouta-t-elle, je n'accepte une si grande alliance qu'à condition que Votre Majesté m'assistera de ses conseils, et que je ne ferai rien qu'elle n'ait approuvé auparavant. »

Le mariage conclu et arrêté de cette manière, la cérémonie en fut remise au lendemain, et la princesse Badoure prit ce temps-là pour avertir ses officiers, qui la prenaient aussi pour le prince Camaralzaman, de ce qui devait se passer, afin qu'ils ne s'en étonnassent pas, et elle les assura que la princesse Badoure y avait donné son consentement. Elle en parla aussi à ses femmes, et les chargea de continuer de bien garder le secret.

Le roi de l'île d'Ébène, joyeux d'avoir acquis un gendre dont il était si content, assembla son conseil le lendemain, et déclara qu'il donnait la princesse sa fille en mariage au prince Camaralzaman, qu'il avait amené et fait asseoir près de lui, qu'il lui remettait sa couronne, et leur enjoignait de le reconnaître pour leur roi et de lui rendre leurs hommages. En achevant, il descendit du trône, et après qu'il y eut fait monter la princesse Badoure, et qu'elle se fut assise à sa place, la princesse y reçut le serment de fidélité et les hommages des seigneurs les plus puissants de l'île d'Ébène qui étaient présents.

Au sortir du conseil, la proclamation du nouveau roi fut faite solennellement dans toute la ville; des réjouissances de plusieurs jours furent indiquées, et des courriers dépêchés par tout le royaume pour y faire observer les mêmes cérémonies et les mêmes démonstrations de joie.

Le soir, tout le palais fut en fête, et la princesse Haïatalnefous* (c'est ainsi que se nommait la princesse de l'île d'Ébène) fut amenée à la princesse Badoure, que tout le monde prit pour un homme, avec un appareil véritablement royal. Les cérémonies achevées, on les laissa seules, et elles se couchèrent.

Le lendemain matin, pendant que la princesse Badoure recevait dans une assemblée générale les compliments de toute la cour au sujet de son mariage et comme nouveau roi, le roi Armanos et la reine se rendirent à l'appartement de la nouvelle reine, leur fille, et s'informèrent d'elle comment elle avait passé la nuit. Au lieu de répondre, elle baissa les yeux, et la tristesse qui parut sur son visage fit assez connaître qu'elle n'était pas contente.

Pour consoler la princesse Haïatalnefous : « Ma fille, lui dit le roi Armanos, cela ne doit pas vous faire de peine; le prince Camaralzaman en abordant ici ne songeait qu'à se rendre au plus tôt auprès du roi Schahzaman son père. Quoique nous l'ayons arrêté par un endroit dont il a lieu d'être bien satisfait, nous devons croire néanmoins qu'il a un grand regret d'être privé tout à coup de l'espérance même de le revoir jamais, ni lui, ni personne de sa famille. Vous devez donc attendre que,

* Ce mot est arabe et signifie la vie des âmes.

quand ces mouvements de tendresse filiale se seront un peu ralentis, il en usera avec vous comme un bon mari. »

La princesse Badoure, sous le nom de Camaralzaman et de roi de l'île d'Ébène, passa toute la journée non seulement à recevoir les compliments de sa cour, mais même à faire la revue des troupes réglées de sa maison, et à plusieurs autres fonctions royales, avec une dignité et une capacité qui lui attirèrent l'approbation de tous ceux qui en furent témoins.

Il était nuit quand elle rentra dans l'appartement de la reine Haïatalnefous, et elle connut fort bien, à la contrainte avec laquelle cette princesse la reçut, qu'elle se souvenait de la nuit précédente.

Elle tâcha de dissiper ce chagrin par un long entretien qu'elle eut avec elle, dans lequel elle employa tout son esprit (et elle en avait infiniment) pour lui persuader qu'elle l'aimait parfaitement. Elle lui donna enfin le temps de se coucher, et, dans cet intervalle, elle se mit à faire sa prière; mais elle la fit si longue que la reine Haïatalnefous s'endormit. Alors elle cessa de prier et se coucha près d'elle sans l'éveiller, autant affligée de jouer un personnage qui ne lui convenait pas que de la perte de son cher Camaralzaman, après lequel elle ne cessait de soupirer. Elle se leva le jour suivant à la pointe du jour, avant qu'Haïatalnefous fût éveillée, et alla au conseil avec l'habit royal.

Le roi Armanos ne manqua pas de voir encore la reine sa fille ce jour-là, et il la trouva dans les pleurs et dans les larmes. Il n'en fallut pas davantage pour lui faire connaître le sujet de son affliction. Indigné de ce mépris, à ce qu'il s'imaginait, dont il ne pouvait comprendre la cause : « Ma fille, lui dit-il, ayez encore patience jusqu'à la nuit prochaine; j'ai élevé votre mari sur mon trône; je saurai bien l'en faire descendre et le chasser avec honte, s'il ne vous donne la satisfaction qu'il doit. Dans la colère où je suis de vous voir traitée si indignement, je ne sais même si je me contenterai d'un châtiment si doux. Ce n'est pas à vous, c'est à ma personne, qu'il fait un affront si sanglant. »

Le même jour la princesse Badoure rentra fort tard chez Haïatalnefous. Comme la nuit précédente, elle s'entretint de même avec elle, et voulut encore faire sa prière pendant qu'elle se coucherait; mais Haïatalnefous la retint et l'obligea de se rasseoir. « Quoi! dit-elle, vous prétendez donc, à ce que je vois, me traiter encore cette nuit comme vous m'avez traitée les deux dernières ? Dites-moi, je vous supplie, en quoi peut vous déplaire une princesse comme moi, qui ne vous aime pas seulement, mais qui vous adore et qui s'estime la princesse la plus heureuse de toutes les princesses de son rang, d'avoir un prince si aimable pour mari ? Une autre que moi, je ne dis pas offensée, mais outragée par un endroit si sensible, aurait une belle occasion de se venger en vous abandonnant seulement à votre mauvaise destinée ; mais, quand je ne vous aimerais pas autant que je vous aime, bonne et touchée du malheur des personnes qui me sont les plus indifférentes comme je le suis, je ne laisserais pas de vous avertir que le roi mon père est fort irrité de votre procédé, qu'il n'attend que demain pour vous faire sentir des marques de sa juste colère, si vous continuez. Faites-moi la grâce de ne pas mettre au désespoir une princesse qui ne peut s'empêcher de vous aimer. »

Ce discours mit la princesse Badoure dans un embarras inexprimable. Elle ne douta pas de la sincérité d'Haïatalnefous : la froideur que le roi Armanos lui avait témoignée ce jour-là ne lui avait que trop fait connaître l'excès de son mécontentement. L'unique moyen de justifier sa conduite était de faire confidence de son sexe à Haïatalnefous. Mais, quoiqu'elle eût prévu qu'elle serait obligée d'en venir à cette déclaration, l'incertitude néanmoins où elle était si la princesse le prendrait en mal ou en bien la faisait trembler. Quand elle eut bien considéré enfin que, si le prince Camaralzaman était encore au monde, il fallait de nécessité qu'il vînt à l'île d'Ébène pour se rendre au royaume du roi Schahzaman, qu'elle devait se conserver pour lui, et qu'elle ne pouvait le faire si elle ne se découvrait à la princesse Haïatalnefous, elle hasarda cette voie.

Comme la princesse Badoure était demeurée interdite, Haïatalnefous, impatiente, allait reprendre la parole, lorsqu'elle l'arrêta par celles-ci : « Aimable et trop charmante princesse, lui dit-elle, j'ai tort, je l'avoue, et je me condamne moi-même ; mais j'espère que vous me pardonnerez, et que vous me garderez le secret que j'ai à vous découvrir pour ma justification. »

En même temps la princesse Badoure ouvrit son sein : « Voyez, Princesse, continua-t-elle, si une princesse, femme comme vous, ne mérite pas que vous lui pardonniez ; je suis persuadée que vous le ferez de bon cœur quand je vous aurai fait le récit de mon histoire, et surtout de la disgrâce affligeante qui m'a contrainte de jouer le personnage que vous voyez. »

Quand la princesse Badoure eut achevé de se faire connaître entièrement à la princesse de l'île d'Ébène pour ce qu'elle était, elle la supplia une seconde fois de lui garder le secret, et de vouloir bien faire semblant qu'elle fût véritablement son mari jusqu'à l'arrivée du prince Camaralzaman, qu'elle espérait de revoir bientôt.

« Princesse, reprit la princesse de l'île d'Ébène, ce serait une destinée étrange qu'un mariage heureux comme le vôtre dût être de si peu de durée après un amour réciproque plein de merveilles. Je souhaite avec vous que le Ciel vous réunisse bientôt. Assurez-vous cependant que je garderai religieusement le secret que vous venez de me confier. J'aurai le plus grand plaisir du monde d'être la seule qui vous connaisse pour ce que vous êtes dans le royaume de l'île d'Ébène, pendant que vous le gouvernerez aussi dignement que vous avez déjà commencé. Je vous demandais de l'amour, et présentement je vous déclare que je serai la plus contente du monde si vous ne dédaignez pas de m'accorder votre amitié. » Après ces paroles, les deux princesses s'embrassèrent tendrement, et, après mille témoignages d'amitié réciproque, elles se couchèrent.

Selon la coutume du pays, il fallait faire voir publiquement la marque de la consommation du mariage. Les deux princesses trouvèrent le moyen de remédier à cette difficulté. Ainsi, les femmes de la princesse Haïatalnefous furent trompées le lendemain matin, et trompèrent le roi Armanos, la reine et sa femme et toute la cour. De la sorte, la princesse Badoure continua de gouverner tranquillement, à la satisfaction du roi et de tout le royaume...

La sultane Scheherazade n'en dit pas davantage pour cette nuit, à cause de la clarté du jour qui se faisait apercevoir. Elle poursuivit la nuit suivante, et dit au sultan des Indes :

CCXXV^e NUIT

Sire, pendant qu'en l'île d'Ébène les choses étaient, entre la princesse Badoure, la princesse Haïatalnefous et le roi Armanos avec la reine, la cour et les peuples du royaume, dans l'état que Votre Majesté a pu le comprendre à la fin de mon dernier discours, le prince

Camaralzaman était toujours dans la ville des idolâtres, chez le jardinier qui lui avait donné retraite.

Un jour, de grand matin, que le prince se préparait à travailler au jardin, selon sa coutume, le bonhomme de jardinier l'en empêcha. « Les idolâtres, lui dit-il, ont aujourd'hui une grande fête; et, comme ils s'abstiennent de tout travail pour la passer en des assemblées des réjouissances publiques, ils ne veulent pas aussi que les musulmans travaillent; et les musulmans, pour se maintenir dans leur amitié, se font un divertissement d'assister à leurs spectacles, qui méritent d'être vus. Ainsi, vous n'avez qu'à vous reposer aujourd'hui. Je vous laisse ici; et, comme le temps approche que le vaisseau marchand dont je vous ai parlé doit faire le voyage de l'île d'Ébène, je vais voir quelques amis, et m'informer d'eux du jour qu'il mettra à la voile, et en même temps je ménagerai votre embarquement. » Le jardinier mit son plus bel habit, et sortit.

Quand le prince Camaralzaman se vit seul, au lieu de prendre part à la joie publique qui retentissait dans toute la ville, l'inaction où il était lui fit rappeler avec plus de violence que jamais le triste souvenir de sa chère princesse. Recueilli en lui-même, il soupirait et gémissait en se promenant dans le jardin, lorsque le bruit que deux oiseaux faisaient sur un arbre l'obligea de lever la tête et de s'arrêter.

Camaralzaman vit avec surprise que ces oiseaux se battaient cruellement à coups de bec, et qu'en peu de moment l'un des deux tomba mort au pied de l'arbre. L'oiseau qui était demeuré vainqueur reprit son vol et disparut.

Dans le moment, deux autres oiseaux plus grands, qui avaient vu le combat de loin, arrivèrent d'un autre côté, se posèrent, l'un à la tête, l'autre aux pieds du mort, le regardèrent quelque temps en remuant la tête d'une manière qui marquait leur douleur, et lui creusèrent une fosse avec leurs griffes, dans laquelle ils l'enterrèrent.

Dès que les deux oiseaux eurent rempli la fosse de la terre qu'ils avaient ôtée, ils s'envolèrent, et peu de temps après ils revinrent en tenant au bec, l'un par une aile, et l'autre par un pied, l'oiseau meurtrier qui faisait des cris effroyables et de grands efforts pour s'échapper. Ils l'apportèrent sur la sépulture de l'oiseau qu'il avait sacrifié à sa rage; et là, en le sacrifiant à la juste vengeance de l'assassinat qu'il avait commis, ils lui arrachèrent la vie à coups de bec. Ils lui ouvrirent enfin le ventre, en tirèrent les entrailles, laissèrent le corps sur la place et s'envolèrent.

Camaralzaman demeura dans une grande admiration tout le temps que dura un spectacle si surprenant. Il s'approcha de l'arbre où la scène s'était passée, et, en jetant les yeux sur les entrailles dispersées, il aperçut quelque chose de rouge qui sortait de l'estomac que les oiseaux vengeurs avaient déchiré. Il ramassa l'estomac, et, en tirant dehors ce qu'il avait vu de rouge, il trouva que c'était le talisman de la princesse Badoure, sa bien-aimée, qui lui avait coûté tant de regrets, d'ennuis, de soupirs, depuis que cet oiseau le lui avait enlevé. « Cruel! s'écria-t-il aussitôt en regardant l'oiseau, tu te plaisais à faire du mal, et j'en dois moins me plaindre de celui que tu m'as fait. Mais autant que tu m'en as fait, autant je souhaite de bien à ceux qui m'ont vengé de toi en vengeant la mort de leur semblable. »

Il n'est pas possible d'exprimer l'excès de joie du prince Camaralzaman. « Chère princesse, s'écria-t-il encore, ce moment fortuné qui me rend ce qui vous était si précieux est sans doute un présage qui m'annonce que je vous retrouverai de même, et peut-être plus tôt que je ne pense! Béni soit le Ciel qui m'envoie ce bonheur, et qui me donne en même temps l'espérance du plus grand que je puisse souhaiter! »

En achevant ces mots, Camaralzaman baisa le talisman, l'enveloppa et le lia soigneusement autour de son bras. Dans son affliction extrême, il avait passé toutes les nuits à se tourmenter et sans fermer l'œil. Il dormit tranquillement celle qui suivit une si heureuse aventure; et le lendemain, quand il eut pris son habit de travail, dès qu'il fut jour, il alla prendre l'ordre du jardinier, qui le pria de mettre à bas et de déraciner un certain vieil arbre qui ne portait plus de fruit.

Camaralzaman prit une cognée, et alla mettre la main à l'œuvre. Comme il coupait une branche de la racine, il donna un coup sur quelque chose qui résista et qui fit un grand bruit. En écartant la terre, il découvrit une grande plaque de bronze, sous laquelle il trouva un escalier de dix degrés. Il descendit aussitôt; et, quand il fut au bas, il vit un caveau de deux à trois toises en carré, où il compta cinquante grands vases de bronze, rangés à l'entour, chacun avec un couvercle. Il les découvrit tous l'un après l'autre, et il n'y en eut pas un qui ne fût plein de poudre d'or. Il sortit du caveau, extrêmement joyeux de la découverte d'un trésor si riche, remit la plaque sur l'escalier, et acheva de déraciner l'arbre, en attendant le retour du jardinier.

Le jardinier avait appris le jour de devant que le vaisseau qui faisait le voyage de l'île d'Ébène chaque année devait partir dans très peu de jours; mais on n'avait pu lui dire le jour précisément, et on l'avait remis au lendemain. Il y était allé, et il revint avec un visage qui marquait la bonne nouvelle qu'il avait à annoncer à Camaralzaman. « Mon fils, lui dit-il (car par le privilège de son grand âge, il avait coutume de le traiter ainsi), réjouissez-vous, et tenez-vous prêt à partir dans trois jours : le vaisseau fera voile ce jour-là sans faute, et je suis convenu de votre embarquement et de votre passage avec le capitaine.

— Dans l'état où je suis, reprit Camaralzaman, vous ne pouviez m'annoncer rien de plus agréable. En revanche, j'ai aussi à vous faire part d'une nouvelle qui doit vous réjouir. Prenez la peine de venir avec moi, et vous verrez la bonne fortune que le Ciel vous envoie.

Camaralzaman mena le jardinier à l'endroit où il avait déraciné l'arbre, le fit descendre dans le caveau; et, quand il lui eut fait voir la quantité de vases remplis de poudre d'or qu'il y avait, il lui témoigna sa joie de ce que Dieu récompensait enfin sa vertu et toutes les peines qu'il avait prises depuis tant d'années.

« Comment l'entendez-vous ? reprit le jardinier. Vous vous imaginez donc que je veuille m'approprier ce trésor ? Il est tout à vous, et je n'y ai aucune prétention. Depuis quatre-vingts ans que mon père est mort, je n'ai fait autre chose que de remuer la terre de ce jardin sans l'avoir découvert. C'est une marque qu'il vous était destiné, puisque Dieu a permis que vous le trouvassiez; il convient à un prince comme vous plutôt qu'à moi, qui suis sur le bord de ma fosse et qui n'ai plus besoin de rien. Dieu vous l'envoie à propos dans le temps que vous allez vous rendre dans les États qui doivent vous appartenir, où vous en ferez un bon usage. »

Le prince Camaralzaman ne voulut pas céder au jardinier en générosité, et ils eurent une grande contestation là-dessus. Il lui protesta enfin qu'il n'en prendrait rien absolument s'il n'en retenait la moitié pour sa part. Le jardinier se rendit, et ils se partagèrent à chacun vingt-cinq vases.

Le partage fait : « Mon fils, dit le jardinier à Camaralzaman, ce n'est pas assez, il s'agit présentement d'embarquer ces richesses sur le vaisseau, et de les emporter avec vous si secrètement que personne n'en ait connaissance, autrement vous courriez risque de les perdre. Il n'y a point d'olives dans l'île d'Ébène, et celles qu'on y porte d'ici sont d'un grand débit. Comme vous le savez, j'en ai une bonne provision de celles que je recueille dans mon jardin; il faut que vous preniez cinquante pots, que vous les remplissiez de poudre d'or à moitié, et le reste d'olives par-dessus, et nous les ferons porter au vaisseau lorsque vous vous embarquerez. »

Camaralzaman suivit ce bon conseil, et employa le reste de la journée à accommoder les cinquante pots * ; et, comme il craignait que le talisman de la princesse Badoure, qu'il portait au bras, ne lui échappât, il eut la précaution de le mettre dans un de ces pots, et d'y faire une marque pour le reconnaître. Quand il eut achevé de mettre les pots en état d'être transportés, comme la nuit approchait, il se retira avec le jardinier, et en s'entretenant il lui raconta le combat des deux oiseaux et les circonstances de cette aventure qui lui avait fait retrouver le talisman de la princesse Badoure, dont il ne fut pas moins surpris que joyeux pour l'amour de lui.

Soit à cause de son grand âge, ou qu'il se fût donné trop de mouvement ce jour-là, le jardinier passa une mauvaise nuit; son mal augmenta tout le jour suivant; or il se trouvait encore plus mal le troisième au matin. Dès qu'il fut jour, le capitaine du vaisseau en personne et plusieurs matelots vinrent frapper à la porte du jardin. Ils demandèrent à Camaralzaman, qui leur ouvrit, où était le passager qui devait s'embarquer sur leur vaisseau. « C'est moi-même, répondit-il. Le jardinier qui a demandé passage pour moi est malade et ne peut vous parler; ne laissez pas d'entrer, et emportez, je vous prie, les pots d'olives que voilà avec mes hardes, et je vous suivrai dès que j'aurai pris congé de lui. »

Les matelots se chargèrent des pots et des hardes, et, en quittant Camaralzaman : « Ne manquez pas de venir incessamment, lui dit le capitaine; le vent est bon, et je n'attends que vous pour mettre à la voile. »

Dès que le capitaine et les matelots furent partis,

* Cette particularité se trouve encore à peu près de même dans le roman de P. de Provence et de la belle Maguelonne.

Camaralzaman rentra chez le jardinier pour prendre congé de lui et le remercier de tous les bons services qu'il lui avait rendus; mais il le trouva qu'il agonisait, et il eut à peine obtenu de lui qu'il fît sa profession de foi, selon la coutume des bons musulmans à l'article de la mort, qu'il le vit expirer.

Dans la nécessité où était le prince Camaralzaman d'aller s'embarquer, il fit toutes les diligences possibles pour rendre les derniers devoirs au défunt. Il lava son corps, il l'ensevelit, après lui avoir fait une fosse dans le jardin (car, comme les Mahométans n'étaient que tolérés dans cette ville d'idolâtres, ils n'avaient pas de cimetière public), il l'enterra lui seul, et il n'eut achevé que vers la fin du jour. Il partit sans perdre de temps pour s'aller embarquer; il emporta même la clef du jardin avec lui, afin de faire plus de diligence, dans le dessein de la porter au propriétaire au cas qu'il pût le faire, ou de la donner à quelque personne de confiance en présence de témoins, pour la lui mettre entre les mains. Mais, en arrivant au port, il apprit que le vaisseau avait levé l'ancre, il y avait déjà du temps, et même qu'on l'avait perdu de vue. On ajouta qu'il n'avait mis à la voile qu'après l'avoir attendu trois grandes heures...

Scheherazade voulait poursuivre; mais la clarté du jour dont elle s'aperçut l'obligea de cesser de parler. Elle reprit la même histoire de Camaralzaman la nuit suivante, et dit au sultan des Indes :

CCXXVI^e NUIT

Sire, le prince Camaralzaman, comme il est aisé de le juger, fut dans une affliction extrême de se voir contraint de rester encore dans un pays où il n'avait et ne voulait avoir aucune habitude, et d'attendre une autre année pour réparer l'occasion qu'il venait de perdre. Ce qui le désolait davantage, c'est qu'il s'était dessaisi du talisman de la princesse Badoure et qu'il le tint pour perdu. Il n'eut pas d'autre parti à prendre cependant que de retourner au jardin d'où il était sorti, de le prendre à louage du propriétaire à qui il appartenait, et de continuer de le cultiver, en déplorant son malheur et sa mauvaise fortune. Comme il ne pouvait supporter la fatigue de le cultiver seul, il prit un garçon à gages, et, afin de ne pas perdre l'autre partie du trésor qui lui revenait par la mort du jardinier qui était sans héritier, il mit la poudre d'or dans cinquante autres pots, qu'il acheva de remplir d'olives, pour les embarquer avec lui dans le temps.

Pendant que le prince Camaralzaman recommençait une nouvelle année de peine, de douleur et d'impatience, le vaisseau continuait sa navigation avec un vent très favorable; et il arriva heureusement à la capitale de l'île d'Ébène.

Comme le palais était sur le bord de la mer, le nouveau roi, ou plutôt la princesse Badoure, qui aperçut le vaisseau dans le temps qu'il allait entrer au port avec toutes ses bannières, demanda quel vaisseau c'était, et on lui dit qu'il venait tous les ans de la ville des Idolâtres dans la même saison, et qu'ordinairement il était chargé de riches marchandises.

La princesse, toujours occupée du souvenir de Camaralzaman au milieu de l'éclat qui l'environnait, s'imagina que Camaralzaman pouvait y être embarqué, et la pensée lui vint de le prévenir et d'aller au-devant de lui, non pas pour se faire connaître (car elle se doutait bien qu'il ne la reconnaîtrait pas), mais pour le remarquer et prendre les mesures qu'elle jugerait à propos pour leur reconnaissance mutuelle. Sous prétexte de s'informer elle-même des marchandises, et même de voir la première et de choisir les plus précieuses qui lui conviendraient, elle commanda qu'on lui amenât un cheval. Elle se rendit au port accompagnée de plusieurs officiers qui se trouvèrent près d'elle, et elle y arriva dans le temps où le capitaine venait de se débarquer. Elle le fit venir, et voulut savoir de lui d'où il venait, combien il y avait de temps qu'il était parti, quelles bonnes ou mauvaises rencontres il avait faites dans sa navigation, s'il n'amenait pas quelque étranger de distinction, et surtout de quoi son vaisseau était chargé.

Le capitaine satisfit à toutes ces demandes; et, quant aux passagers, il assura qu'il n'y avait que des marchands qui avaient coutume de venir, et qu'ils apportaient des étoffes très riches de différents pays, des toiles des plus fines, peintes et non peintes, des pierreries, du musc, de l'ambre gris, du camphre, de la civette, des épiceries, des drogues pour la médecine, des olives et plusieurs autres choses.

La princesse Badoure aimait les olives passionnément. Dès qu'elle en eut entendu parler : « Je retiens tout ce que vous en avez, dit-elle au capitaine; faites-les débarquer incessamment, que j'en fasse le marché. Pour ce qui est des autres marchandises, vous avertirez les marchands de m'apporter ce qu'ils ont de plus beau avant de le faire voir à personne.

— Sire, reprit le capitaine, qui la prenait pour le roi de l'île d'Ébène, comme elle l'était en effet sous l'habit qu'elle portait, il y en a cinquante pots fort grands; mais ils appartiennent à un marchand qui est demeuré à terre. Je l'avais averti moi-même, et je l'attendis longtemps. Comme je vis qu'il ne venait pas, et que son retardement m'empêchait de profiter du bon vent, je perdis la patience et je mis à la voile. — Ne laissez pas de les faire débarquer, dit la princesse; cela ne nous empêchera pas d'en faire le marché. »

Le capitaine envoya sa chaloupe au vaisseau, et elle revint bientôt chargée des pots d'olives. La princesse demanda combien les cinquante pots pouvaient valoir dans l'île d'Ébène. « Sire, répondit le capitaine, le marchand est fort pauvre : Votre Majesté ne lui fera pas une grâce considérable quand elle lui en donnera mille pièces d'argent.

— Afin qu'il soit content, reprit la princesse, et en considération de ce que vous me dites de sa pauvreté, on vous en comptera mille pièces d'or que vous aurez soin de lui donner. » Elle donna l'ordre pour le payement; et, après qu'elle eut fait emporter les pots en sa présence, elle retourna au palais.

Comme la nuit approchait, la princesse Badoure se retira d'abord dans le palais intérieur, alla à l'appartement de la princesse Haïatalnefous, et se fit apporter les cinquante pots d'olives. Elle en ouvrit un pour lui en faire goûter, et pour en goûter elle-même, et le versa dans un plat. Son étonnement fut des plus grands quand elle vit les olives mêlées avec de la poudre d'or. « Quelle aventure! quelle merveille! » s'écria-t-elle. Elle fit ouvrir et vider les autres pots en sa présence par les femmes d'Haïatalnefous, et son admiration augmenta à mesure qu'elle vit que les olives de chaque pot étaient mêlées avec la poudre d'or. Mais, quand on vint à vider celui où Camaralzaman avait mis son talisman et qu'elle eut aperçu le talisman, elle en fut si fort surprise qu'elle s'évanouit.

La princesse Haïatalnefous et ses femmes secoururent la princesse Badoure, et la firent revenir à force de lui jeter de l'eau sur le visage. Lorsqu'elle eut repris tous ses sens, elle prit le talisman et le baisa à plusieurs reprises. Mais, comme elle ne voulait rien dire devant les femmes de la princesse, qui ignoraient son déguisement, et qu'il était temps de se coucher, elle les congédia. « Princesse, dit-elle à Haïatalnefous dès qu'elles furent seules, après ce que je vous ai raconté de mon histoire, vous aurez bien connu sans doute que c'est à la vue de ce talisman que je me suis évanouie. C'est le mien, et celui qui nous a arrachés l'un de l'autre, le prince Camaralzaman mon cher mari et moi. Il a été la cause d'une séparation si douloureuse pour l'un et pour l'autre; il va être, comme j'en suis persuadée, celle de notre réunion prochaine. »

Le lendemain, dès qu'il fut jour, la princesse Badoure envoya appeler le capitaine du vaisseau. Quand il fut venu : « Eclaircissez-moi davantage, lui dit-elle, touchant le marchand à qui appartenaient les olives que j'achetai hier. Vous me disiez, ce me semble, que vous l'aviez laissé à terre dans la ville des Idolâtres : pouvez-vous me dire ce qu'il y faisait ?

— Sire, répondit le capitaine, je puis en assurer Votre Majesté, comme d'une chose que je sais par moi-même. J'étais convenu de son embarquement avec un jardinier extrêmement âgé, qui me dit que je le trouverais à son jardin dont il m'enseigna l'endroit, où il travaillait sous lui : c'est ce qui m'a obligé de dire à Votre Majesté qu'il était pauvre. J'ai été le chercher et l'avertir moi-même dans ce jardin de venir s'embarquer, et je lui ai parlé.

— Si cela est ainsi, reprit la princesse Badoure, il faut que vous remettiez à la voile dès aujourd'hui, que vous retourniez à la ville des Idolâtres, et que vous m'ameniez ici ce garçon jardinier qui est mon débiteur; sinon je vous déclare que je confisquerai non seulement les marchandises qui vous appartiennent et celles des marchands qui sont venus sur votre bord, mais même que votre vie et celle des marchands m'en répondront. Dès à présent on va par mon ordre apposer le sceau aux magasins où elles sont, qui ne sera levé que quand vous m'aurez livré l'homme que je vous demande. C'est ce que j'avais à vous dire : allez, et faites ce que je vous commande. »

Le capitaine n'eut rien à répliquer à ce commandement, dont l'exécution devait être d'un très grand dommage à ses affaires et à celles des marchands. Il le leur signifia, et ils ne s'empressèrent pas moins que lui à faire embarquer incessamment les provisions de vivres et d'eau dont il avait besoin pour le voyage. Cela s'exécuta avec tant de diligence qu'il mit à la voile le même jour.

Le vaisseau eut une navigation très heureuse, et le capitaine prit si bien ses mesures qu'il arriva de nuit devant la ville des Idolâtres. Quand il s'en fut approché aussi près qu'il le jugea à propos, il ne fit pas jeter l'ancre; mais, pendant que le vaisseau demeura en panne, il s'embarqua dans sa chaloupe, et alla descendre à terre en un endroit peu éloigné du port, d'où il se rendit au jardin de Camaralzaman avec six matelots des plus résolus.

Camaralzaman ne dormait pas alors; sa séparation d'avec la belle princesse de la Chine, sa femme, l'affligeait à son ordinaire, et il détestait le moment où il s'était laissé tenter par la curiosité, non pas de manier, mais même de toucher sa ceinture. Il passait ainsi les moments consacrés au repos, lorsqu'il entendit frapper à la porte du jardin. Il y alla promptement à demi habillé, et il n'eut pas plus tôt ouvert que, sans lui dire mot, le capitaine et les matelots se saisirent de lui, le conduisirent à la chaloupe par force et le menèrent au vaisseau, qui remit à la voile dès qu'il y fut embarqué.

Camaralzaman, qui avait gardé le silence jusqu'alors, de même que le capitaine et les matelots, demanda au capitaine, qu'il avait reconnu, quel sujet il avait de l'enlever avec tant de violence. « N'êtes-vous pas débiteur du roi de l'île d'Ébène ? lui demanda le capitaine à son tour. — Moi, débiteur du roi de l'île d'Ébène! reprit Camaralzaman avec étonnement. Je ne le connais pas; jamais je n'ai eu affaire avec lui, et jamais je n'ai mis le pied dans son royaume. — C'est ce que vous devez savoir mieux que moi, repartit le capitaine. Vous lui parlerez vous-même; demeurez ici cependant, et prenez patience... »

Scheherazade fut obligée de mettre fin à son discours en cet endroit, pour donner lieu au sultan des Indes de se lever et de se rendre à ses fonctions ordinaires. Elle le reprit la nuit suivante, et lui parla en ces termes :

CCXXVII^e NUIT

Sire, le prince Camaralzaman fut enlevé de son jardin de la manière que je fis remarquer hier à Votre Majesté.

Le vaisseau ne fut pas moins heureux à le porter à l'île d'Ébène qu'il l'avait été à l'aller prendre dans la ville des Idolâtres. Quoiqu'il fût déjà nuit lorsqu'il mouilla dans le port, le capitaine ne laissa pas néanmoins de se débarquer d'abord, et de mener le prince Camaralzaman au palais, où il demanda d'être présenté au roi.

La princesse Badoure, qui s'était déjà retirée dans le palais intérieur, ne fut pas plus tôt avertie de son retour et de l'arrivée de Camaralzaman qu'elle sortit pour lui parler. D'abord elle jeta les yeux sur le prince Camaralzaman pour qui elle avait versé tant de larmes depuis leur séparation, et elle le reconnut sous son méchant habit. Quant au prince, qui tremblait devant un roi, comme il le croyait, à qui il avait à répondre d'une dette imaginaire, il n'eut pas seulement la pensée que ce pût être celle qu'il désirait si ardemment de retrouver. Si la princesse eût suivi son inclination, elle eût couru à lui, et se fût fait connaître en l'embrassant; mais elle se retint, et elle crut qu'il était de l'intérêt de l'un et de l'autre de soutenir encore quelque temps le personnage du roi avant de se découvrir. Elle se contenta de le recommander à un officier qui était présent, et de le charger de prendre soin de lui et de le bien traiter jusqu'au lendemain.

Quand la princesse Badoure eut bien pourvu à ce qui regardait le prince Camaralzaman, elle se tourna du côté du capitaine, pour reconnaître le service important qu'il lui avait rendu; elle chargea un autre officier d'aller sur-le-champ lever le sceau qui avait été apposé à ses marchandises et à celles de ses marchands, et le renvoya avec le présent d'un riche diamant qui le récompensa beaucoup au-delà de la dépense du voyage qu'il venait de faire. Elle lui dit même qu'il n'avait qu'à garder les mille pièces d'or payées pour les pots d'olives, et qu'elle saurait bien s'en accommoder avec le marchand qu'il venait d'amener.

Elle rentra enfin dans l'appartement de la princesse de l'île d'Ébène, à qui elle fit part de sa joie, en la priant néanmoins de lui garder encore le secret, et en lui faisant confidence des mesures qu'elle jugeait à propos de prendre avant de se faire connaître au prince Camaralzaman, et de le faire connaître lui-même pour ce qu'il était. « Il y a, ajouta-t-elle, une si grande distance d'un jardinier à un grand prince, tel qu'il est, qu'il y aurait du danger de le faire passer en un moment du dernier état du peuple à un si haut degré, quelque justice qu'il y ait de le faire. » Bien loin de lui manquer de fidélité, la princesse de l'île d'Ébène entra dans son dessein. Elle l'assura qu'elle y contribuerait elle-même avec un très grand plaisir, qu'elle n'avait qu'à l'avertir de ce qu'elle souhaiterait qu'elle fît.

Le lendemain, la princesse de la Chine, sous le nom, l'habit et l'autorité de roi de l'île d'Ébène, après avoir pris soin de faire mener le prince Camaralzaman au bain, de grand matin, et de lui faire prendre un habit d'émir ou gouverneur de province, le fit introduire dans le conseil, où il attira les yeux de tous les seigneurs qui étaient présents, par sa bonne mine et par l'air majestueux de toute sa personne.

La princesse Badoure elle-même fut charmée de le revoir aussi aimable qu'elle l'avait vu tant de fois, et cela l'anima davantage à faire son éloge en plein conseil. Après qu'il eut pris place au rang des émirs par son ordre : « Seigneurs, dit-elle en s'adressant aux autres émirs, Camaralzaman, que je vous donne aujourd'hui pour collègue, n'est pas indigne de la place qu'il occupe parmi vous : je l'ai connu suffisamment dans mes voyages pour en répondre, et je puis assurer qu'il se fera connaître à vous-mêmes, autant par sa valeur et mille autres belles qualités que par la grandeur de son génie. »

Camaralzaman fut extrêmement étonné quand il eut entendu que le roi de l'île d'Ébène, qu'il était bien éloigné de prendre pour une femme, encore moins pour sa chère princesse, l'avait nommé et assuré qu'il le connaissait, et qui était certain qu'il ne s'était rencontré avec lui en aucun endroit. Il le fut davantage des louanges excessives qu'il venait de recevoir.

Ces louanges, néanmoins, prononcées par une bouche pleine de majesté, ne le déconcertèrent pas ; il les reçut avec une modestie qui fit voir qu'il les méritait, mais qu'elles ne lui donnaient pas de vanité. Il se prosterna devant le trône du roi, et, en se relevant : « Sire, dit-il, je n'ai point de termes pour remercier Votre Majesté du grand honneur qu'elle me fait, encore moins de tant de bontés. Je ferai tout ce qui sera en mon pouvoir pour les mériter. »

En sortant du conseil, ce prince fut conduit par un officier dans un grand hôtel que la princesse Badoure avait déjà fait meubler exprès pour lui. Il y trouva des officiers et des domestiques prêts à recevoir ses commandements, et une écurie garnie de très beaux chevaux, le tout pour soutenir la dignité d'émir, dont il venait d'être honoré; et, quand il fut dans son cabinet, son intendant lui présenta un coffre-fort plein d'or pour sa dépense. Moins il pouvait concevoir par quel endroit lui venait ce grand bonheur, plus il en était dans l'admiration; et jamais il n'eut la pensée que la princesse de la Chine en fût la cause.

Au bout de deux ou trois jours, la princesse Badoure, pour donner au prince Camaralzaman plus d'accès près de sa personne, et en même temps plus de distinction, le gratifia de la charge de grand trésorier qui venait de vaquer. Il s'acquitta de cet emploi avec tant d'intégrité, en obligeant cependant tout le monde, qu'il s'acquit non seulement l'amitié de tous les seigneurs de la cour, mais même qu'il gagna le cœur de tout le peuple par sa droiture et par ses largesses.

Camaralzaman eût été le plus heureux de tous les hommes de se voir dans une si haute faveur auprès d'un roi étranger, comme il se l'imaginait, et d'être auprès de tout le monde dans une considération qui augmentait tous les jours, s'il eût possédé sa princesse. Au milieu de son bonheur, il ne cessait de s'affliger de n'apprendre d'elle aucune nouvelle dans un pays où il semblait qu'elle devait avoir passé depuis le temps qu'il s'était séparé d'avec elle d'une manière si affligeante pour l'un et pour l'autre. Il aurait pu se douter de quelque chose, si la princesse Badoure eût conservé le nom de Camaralzaman qu'elle avait pris avec son habit; mais elle l'avait changé en montant sur le trône, et s'était donné celui d'Armanos pour faire honneur à l'ancien roi son beau-père. De la sorte, on ne la connaissait plus que sous le nom de roi Armanos le Jeune, et il n'y avait que quelques courtisans qui se souvinssent du nom de Camaralzaman dont elle se faisait appeler en arrivant à la cour de l'île d'Ébène. Camaralzaman n'avait pas encore eu assez de familiarité avec eux pour s'en instruire; mais à la fin il pouvait l'avoir.

Comme la princesse Badoure craignait que cela n'arrivât, et qu'elle était bien aise que Camaralzaman ne fût redevable de sa reconnaissance qu'à elle seule, elle résolut de mettre fin à ses propres tourments et à ceux qu'elle savait qu'il souffrait. En effet, elle avait remarqué que toutes les fois qu'elle s'entretenait avec lui des affaires qui dépendaient de sa charge, il poussait de temps en temps des soupirs qui ne pouvaient s'adresser qu'à elle. Elle vivait elle-même dans une contrainte dont elle était résolue de se délivrer sans différer plus longtemps. D'ailleurs l'amitié des seigneurs, le zèle et l'affection du peuple, tout contribuait à lui mettre la couronne de l'île d'Ébène sur la tête sans obstacle.

La princesse Badoure n'eut pas plus tôt pris cette résolution de concert avec la princesse Haïatalnefous qu'elle prit le prince Camaralzaman en particulier le même jour : « Camaralzaman, lui dit-elle, j'ai à m'entretenir avec vous d'une affaire de longue discussion, sur laquelle j'ai besoin de votre conseil. Comme je ne vois pas que je puisse le faire plus commodément que la nuit, venez ce soir, et avertissez qu'on ne vous attende pas, j'aurai soin de vous donner un lit. »

Camaralzaman ne manqua pas de se trouver au palais à l'heure que la princesse Badoure lui avait marquée. Elle le fit entrer avec elle dans le palais intérieur; et, après qu'elle eut dit au chef des eunuques, qui se préparait à la suivre, qu'elle n'avait point besoin de son service, et qu'il tînt seulement la porte fermée, elle le mena dans un autre appartement que celui de la princesse Haïatalnefous, où elle avait coutume de coucher.

Quand le prince et la princesse furent dans la chambre où il y avait un lit, et que la porte fut fermée, la princesse tira le talisman d'une petite boîte, et, en le présentant à Camaralzaman : « Il n'y a pas longtemps, lui dit-elle, qu'un astrologue m'a fait présent de ce talisman; comme vous êtes habile en toutes choses, vous pourrez bien me dire à quoi il est propre. »

Camaralzaman prit le talisman, et s'approcha d'une bougie pour le considérer. Dès qu'il l'eut reconnu avec une surprise qui fit plaisir à la princesse : « Sire, s'écria-t-il, Votre Majesté me demande à quoi ce talisman est propre ? Hélas ! il est propre à me faire mourir de douleur et de chagrin, si je ne trouve bientôt la princesse la plus charmante et la plus aimable qui ait jamais paru sous le ciel, à qui il a appartenu et dont il m'a causé la perte! Il me l'a causée par une aventure étrange, dont le récit toucherait Votre Majesté de compassion pour un mari et pour un amant infortuné comme moi, si elle voulait se donner la patience de l'entendre.

— Vous m'en entretiendrez une autre fois, reprit la princesse; mais je suis bien aise, ajouta-t-elle, de vous dire que j'en sais déjà quelque chose : je reviens à vous, attendez-moi un moment. »

En disant ces paroles, la princesse Badoure entra dans

un cabinet où elle quitta le turban royal, et, après avoir pris en peu de moments une coiffure et un habillement de femme, avec la ceinture qu'elle avait le jour de leur séparation, elle rentra dans la chambre.

Le prince Camaralzaman reconnut d'abord sa chère princesse, courut à elle, et, en l'embrassant tendrement : « Ah ! s'écria-t-il, que je suis obligé au roi de m'avoir surpris si agréablement !

— N'attendez pas de revoir le roi, reprit la princesse en l'embrassant à son tour les larmes aux yeux ; en me voyant vous voyez le roi. Asseyons-nous, que je vous explique cette énigme. »

Ils s'assirent, et la princesse raconta au prince la résolution qu'elle avait prise dans la prairie où ils avaient campé ensemble la dernière fois, dès qu'elle eut connu qu'elle l'attendrait inutilement ; de quelle manière elle l'avait exécutée jusqu'à son arrivée à l'île d'Ébène, où elle avait été obligée d'épouser la princesse Haïatalnefous, et d'accepter la couronne que le roi Armanos lui avait offerte en conséquence de son mariage ; comment la princesse, dont elle lui exagéra le mérite, avait reçu la déclaration qu'elle lui avait faite de son sexe, et enfin l'aventure du talisman trouvé dans un des pots d'olives et de poudre d'or qu'elle avait achetés, qui lui avait donné lieu de l'envoyer prendre dans la ville des Idolâtres.

Quand la princesse Badoure eut achevé, elle voulut que le prince lui apprît par quelle aventure le talisman avait été cause de leur séparation ; il la satisfit, et, quand il eut fini, il se plaignit à elle d'une manière obligeante de la cruauté qu'elle avait eue de le faire languir si longtemps. Elle lui en apporta les raisons dont nous avons parlé ; après quoi, comme il était fort tard, ils se couchèrent...

Scheherazade s'interrompit à ces dernières paroles, à cause du jour qu'elle voyait paraître ; elle poursuivit la nuit suivante, et dit au sultan des Indes :

CCXXVIII^{e} NUIT

Sire, la princesse Badoure et le prince Camaralzaman se levèrent le lendemain dès qu'il fut jour. Mais la princesse quitta l'habillement royal pour reprendre l'habit de femme, et, lorsqu'elle fut habillée, elle envoya le chef des eunuques prier le roi Armanos, son beau-père, de prendre la peine de venir à son appartement.

Quand le roi Armanos fut arrivé, sa surprise fut fort grande de voir une dame qui lui était inconnue et le grand trésorier, à qui il n'appartenait pas d'entrer dans le palais intérieur, non plus qu'à aucun seigneur de la cour. En s'asseyant, il demanda où était le roi.

« Sire, reprit la princesse, hier j'étais le roi, et aujourd'hui je ne suis que princesse de la Chine, femme du véritable prince Camaralzaman, fils véritable du roi Schahzaman. Si Votre Majesté veut bien se donner la patience d'entendre notre histoire de l'un et de l'autre, j'espère qu'elle ne me condamnera pas de lui avoir fait une tromperie si innocente. » Le roi Armanos lui donna audience, l'écouta avec étonnement depuis le commencement jusqu'à la fin.

En achevant : « Sire, ajouta la princesse, quoique dans notre religion les femmes s'accommodent peu de la liberté qu'ont les maris de prendre plusieurs femmes, si néanmoins Votre Majesté consent de donner la princesse Haïatalnefous, sa fille, en mariage au prince Camaralzaman, je lui cède de bon cœur le rang et la qualité de reine qui lui appartient de droit, et me contente du second rang. Quand cette préférence ne lui appartiendrait pas, je ne laisserais pas de la lui accorder après l'obligation que je lui ai du secret qu'elle m'a gardé avec tant de générosité. Si Votre Majesté s'en remet à son consentement, je l'ai déjà prévenue là-dessus, et je suis caution qu'elle en sera très contente. »

Le roi Armanos écouta le discours de la princesse Badoure avec admiration; et, quand elle eut achevé : « Mon fils, dit-il au prince Camaralzaman en se tournant de son côté, puisque la princesse Badoure votre femme, que j'avais regardée jusqu'à présent comme mon gendre par une tromperie dont je ne puis me plaindre, m'assure qu'elle veut bien partager votre lit avec ma fille, il ne me reste plus que de savoir si vous voulez bien l'épouser aussi, et accepter la couronne que la princesse Badoure mériterait de porter toute sa vie, si elle n'aimait mieux la quitter pour l'amour de vous. — Sire, répondit le prince Camaralzaman, quelque passion que j'aie de revoir le roi mon père, les obligations que j'ai à Votre Majesté et à la princesse Haïatalnefous sont si essentielles que je ne puis lui rien refuser. »

Camaralzaman fut proclamé roi, et marié le même jour

avec de grandes magnificences, et fut très satisfait de la beauté, de l'esprit et de l'amour de la princesse Haïatalnefous.

Dans la suite, les deux reines continuèrent de vivre ensemble avec la même amitié et la même union qu'auparavant, et furent très satisfaites de l'égalité que le roi Camaralzaman gardait à leur égard en partageant son lit avec elles alternativement.

Elles lui donnèrent chacune un fils la même année, presque en même temps; et la naissance des deux princes fut célébrée avec de grandes réjouissances. Camaralzaman donna le nom d'Amgiad * au premier, dont la reine Badoure était accouchée, et celui d'Assad ** à celui que la reine Haïatalnefous avait mis au monde.

* Très glorieux.
** Très heureux.

HISTOIRE

DES PRINCES AMGIAD ET ASSAD

Les deux princes furent élevés avec grand soin, et, lorsqu'ils furent en âge, ils n'eurent que le même gouverneur, les mêmes précepteurs dans les sciences et dans les beaux-arts, que le roi Camaralzaman voulut qu'on leur enseignât, et que le même maître dans chaque exercice. La forte amitié qu'ils avaient l'un pour l'autre dès leur enfance avait donné lieu à cette uniformité qui l'augmenta davantage.

En effet, lorsqu'ils furent en âge d'avoir chacun une maison séparée, ils étaient unis si étroitement qu'ils supplièrent le roi Camaralzaman, leur père, de leur en accorder une seule pour tous deux. Ils l'obtinrent, et ainsi ils eurent les mêmes officiers, les mêmes domestiques, les mêmes équipages, le même appartement et la même table. Insensiblement, Camaralzaman avait pris une si grande confiance en leur capacité et en leur droiture que, lorsqu'ils eurent atteint l'âge de dix-huit à vingt ans, il ne faisait pas difficulté de les charger du soin de présider au conseil alternativement toutes les fois qu'il faisait des parties de chasse de plusieurs jours.

Comme les deux princes étaient également beaux et bien faits, dès leur enfance les deux reines avaient conçu pour eux une tendresse incroyable, de manière néanmoins que la princesse Badoure avait plus de penchant pour Assad, fils de la reine Haïatalnefous, que pour Amgiad, son propre fils, et que la reine Haïatalnefous en avait plus pour Amgiad que pour Assad, qui était le sien.

Les reines ne prirent d'abord ce penchant que pour une amitié qui procédait de l'excès de celle qu'elles conservaient toujours l'une pour l'autre; mais, à mesure que les princes avancèrent en âge, elle se tourna peu à peu en une forte inclination, et cette inclination enfin, en un amour des plus violents, lorsqu'ils parurent à leurs yeux avec des grâces qui achevèrent de les aveugler. Toute l'infamie de leur passion leur était connue; elles firent aussi de grands efforts pour y résister; mais la familiarité avec laquelle elles les voyaient tous les jours, et l'habitude de les admirer dès leur enfance, de les louer, de les caresser, dont il n'était plus en leur pouvoir de se défaire, les embrasèrent d'amour à un point qu'elles en perdirent le sommeil, le boire et le manger. Pour leur malheur, et pour le malheur des princes mêmes, les princes, accoutumés à leurs manières, n'eurent pas le moindre soupçon de cette flamme détestable.

Comme les deux reines ne s'étaient pas fait un secret de leur passion, et qu'elles n'avaient pas le front de le déclarer de bouche au prince que chacune aimait en particulier, elles convinrent de s'en expliquer chacune par un billet, et, pour l'exécution d'un dessein si pernicieux, elles profitèrent de l'absence du roi Camaralzaman pour une chasse de trois ou quatre jours.

Le jour du départ du roi, le prince Amgiad présida au conseil, et rendit la justice jusqu'à deux ou trois heures après midi. A la sortie du conseil, comme il rentrait dans le palais, un eunuque le prit en particulier et lui présenta un billet de la part de la reine Haïatalnefous. Amgiad le prit et le lut avec horreur. « Quoi! perfide, dit-il à l'eunuque en achevant de lire et en tirant le sabre, est-ce là la fidélité que tu dois à ton maître et à ton roi ? » En disant ces paroles, il lui trancha la tête.

Après cette action, Amgiad, transporté de colère, alla trouver la reine Badoure, sa mère, d'un air qui marquait son ressentiment, lui montra le billet, et l'informa du contenu, après lui avoir dit de quelle part il venait. Au lieu de l'écouter, la reine Badoure se mit en colère elle-même. « Mon fils, reprit-elle, ce que vous dites est une calomnie et une imposture : la reine Haïatalnefous est sage, et je vous trouve bien hardi de me parler contre elle avec cette insolence. » Le prince s'emporta contre la reine sa mère à ces paroles. « Vous êtes toutes plus méchantes les unes que les autres! s'écria-t-il ; si je n'étais retenu par le respect que je dois au roi mon père, ce jour serait le dernier de la vie d'Haïatalnefous. »

La reine Badoure pouvait bien juger de l'exemple de son fils Amgiad que le prince Assad, qui n'était pas moins vertueux, ne recevrait pas plus favorablement la déclaration semblable qu'elle avait à lui faire. Cela ne l'empêcha pas de persister dans un dessein si abominable, et elle lui écrivit aussi un billet le lendemain, qu'elle confia à une vieille qui avait entrée dans le palais.

La vieille prit aussi son temps de rendre le billet au prince Assad à la sortie du conseil, où il venait de présider à son tour. Le prince le prit, et, en le lisant, il se laissa emporter à la colère si vivement que, sans se donner le temps d'achever, il tira son sabre et punit la vieille comme elle le méritait. Il courut à l'appartement de la reine Haïatalnefous, sa mère, le billet à la main ; il voulut le lui montrer, mais elle ne lui en donna pas le temps, ni même celui de parler. « Je sais ce que vous me voulez, s'écria-t-elle, et vous êtes aussi impertinent que votre frère Amgiad. Allez, retirez-vous, et ne paraissez jamais devant moi. »

Assad demeura interdit à ces paroles auxquelles il ne s'était pas attendu, et elles le mirent dans un transport dont il fut sur le point de donner des marques funestes ; mais il se retint et se retira sans répliquer, de crainte qu'il ne lui échappât de dire quelque chose d'indigne de sa grandeur d'âme. Comme le prince Amgiad avait eu la retenue de ne lui rien dire du billet qu'il avait reçu le jour d'auparavant, et que ce que la reine sa mère venait de lui dire lui faisait comprendre qu'elle n'était pas moins criminelle que la reine Badoure, il alla lui faire un reproche obligeant de sa discrétion et mêler sa douleur avec la sienne.

Les deux reines, au désespoir d'avoir trouvé dans les deux princes une vertu qui devait les faire rentrer en elles-mêmes, renoncèrent à tous les sentiments de la nature et de mères, et concertèrent ensemble de les faire périr. Elles firent accroire à leurs femmes qu'ils avaient entrepris de les forcer : elles en firent toutes les feintes par leurs larmes, par leurs cris et par les malédictions qu'elles leur donnaient, et se couchèrent dans un même lit, comme si la résistance qu'elles feignirent aussi d'avoir faite les eût réduites aux abois...

« Mais, Sire, dit ici Scheherazade, le jour paraît et m'impose silence. » Elle se tut ; et la nuit suivante elle poursuivit la même histoire, et dit au sultan des Indes :

CCXXIX^{e} NUIT

Sire, nous laissâmes hier les deux reines dénaturées dans la résolution détestable de perdre les deux princes leurs fils. Le lendemain, le roi Camaralzaman, à son retour de la chasse, fut dans un grand étonnement de les trouver couchées ensemble, éplorées, et dans un état qu'elles surent bien contrefaire, qui le toucha de compassion. Il leur demanda avec empressement ce qui leur était arrivé.

A cette demande, les dissimulées reines redoublèrent leurs gémissements et leurs sanglots ; et, après qu'il les eut bien pressées, la reine Badoure prit enfin la parole : « Sire, dit-elle, de la juste douleur dont nous sommes affligées, nous ne devrions plus voir le jour après l'outrage que les princes vos fils nous ont fait par une brutalité qui n'a pas d'exemple. Par un complot indigne de leur naissance, votre absence leur a donné la hardiesse et l'insolence d'attenter à notre honneur. Que Votre Majesté nous dispense d'en dire davantage ; notre affliction suffira pour lui faire comprendre le reste. »

Le roi fit appeler les deux princes, et il leur eût ôté la vie de sa propre main si l'ancien roi Armanos, son beau-père, qui était présent, ne lui eût retenu le bras. « Mon fils, lui dit-il, que pensez-vous faire ? Voulez-vous ensanglanter vos mains et votre palais de votre propre sang ? Il y a d'autres moyens de les punir, s'il est vrai qu'ils soient criminels. » Il tâcha de l'apaiser, et il le pria de bien examiner s'il était certain qu'ils eussent commis le crime dont on les accusait.

Camaralzaman put bien gagner sur lui-même de n'être pas le bourreau de ses propres enfants ; mais, après les avoir fait arrêter, il fit venir sur le soir un émir nommé Giondar, qu'il chargea d'aller leur ôter la vie hors de la ville, de tel côté et si loin qu'il lui plairait, et de ne pas revenir qu'il n'apportât leurs habits pour marque de l'exécution de l'ordre qu'il lui donnait.

Giondar marcha toute la nuit, et le lendemain matin, quand il eut mis pied à terre, il signifia aux princes, les larmes aux yeux, l'ordre qu'il avait. « Princes, leur dit-il, cet ordre est bien cruel, et c'est pour moi une mortification des plus sensibles d'avoir été choisi pour en être l'exécuteur : plût à Dieu que je pusse m'en dispenser !
— Faites votre devoir, reprirent les princes ; nous savons

bien que vous n'êtes pas la cause de notre mort : nous vous la pardonnons de bon cœur. »

En disant ces paroles, les princes s'embrassèrent, et se dirent le dernier adieu avec tant de tendresse qu'ils furent longtemps sans se séparer. Le prince Assad se mit le premier en état de recevoir le coup de la mort. « Commencez par moi, dit-il, Giondar; que je n'aie pas la douleur de voir mourir mon cher frère Amgiad. » Amgiad s'y opposa, et Giondar ne put sans verser des larmes plus qu'auparavant être témoin de leur contestation, qui marquait combien leur amitié était sincère et parfaite.

Ils terminèrent enfin cette déférence réciproque si touchante, et ils prièrent Giondar de les lier ensemble et de les mettre dans la situation la plus commode pour leur donner le coup de la mort en même temps. « Ne refusez pas, ajoutèrent-ils, de donner cette consolation de mourir ensemble à deux frères infortunés, qui jusqu'à leur innocence, n'ont rien eu que de commun depuis qu'ils sont au monde.

Giondar accorda aux deux princes ce qu'ils souhaitaient : il les lia, et, quand il les eut mis dans l'état qu'il crut le plus à son avantage pour ne pas manquer de leur couper la tête d'un seul coup, il leur demanda s'ils avaient quelque chose à lui commander avant de mourir.

« Nous ne vous prions que d'une seule chose, répondirent les deux princes : c'est de bien assurer le roi notre père, à votre retour, que nous mourons innocents, mais que nous ne lui imputons pas l'effusion de notre sang. En effet, nous savons qu'il n'est pas bien informé de la vérité du crime dont nous sommes accusés. » Giondar leur promit qu'il n'y manquerait pas, et en même temps il tira son sabre. Son cheval, qui était lié à un arbre près de lui, épouvanté de cette action et de l'éclat du sabre, rompit sa bride, s'échappa, et se mit à courir de toute sa force par la campagne.

C'était un cheval de grand prix et richement harnaché, que Giondar aurait été bien fâché de perdre. Troublé de cet accident, au lieu de couper la tête aux princes, il jeta le sabre et courut après pour le rattraper.

Le cheval, qui était vigoureux, fit plusieurs caracoles devant Giondar, et il le mena jusqu'à un bois où il se jeta. Giondar l'y suivit, et le hennissement du cheval éveilla un lion qui dormait; le lion accourut, et, au lieu d'aller au cheval, il vint droit à Giondar, dès qu'il l'eut aperçu.

Giondar ne songea plus à son cheval : il fut dans un plus grand embarras pour la conservation de sa vie, en évitant l'attaque du lion, qui ne le perdit pas de vue, et qui le suivait de près au travers des arbres. « Dans cette extrémité, Dieu ne m'enverrait pas ce châtiment, disait-il en lui-même, si les princes à qui l'on m'a commandé d'ôter la vie n'étaient pas innocents ; et, pour mon malheur, je n'ai pas mon sabre pour me défendre. »

Pendant l'éloignement de Giondar, les deux princes furent pressés également d'une soif ardente, causée par la frayeur de la mort, nonobstant leur résolution généreuse de subir l'ordre cruel du roi leur père. Le prince Amgiad fit remarquer au prince son frère qu'ils n'étaient pas loin d'une source d'eau, et lui proposa de se délier et d'aller boire. « Mon frère, reprit le prince Assad, pour le peu de temps que nous avons encore à vivre, ce n'est pas la peine d'étancher notre soif, nous la supporterons bien encore quelques moments. »

Sans avoir égard à cette remontrance, Amgiad se délia et délia le prince son frère malgré lui ; ils allèrent à la source ; et, après qu'ils se furent rafraîchis, ils entendirent le rugissement du lion et de grands cris dans le bois où le cheval et Giondar étaient entrés. Amgiad prit aussitôt le sabre dont Giondar s'était débarrassé. « Mon frère, dit-il à Assad, courons au secours du malheureux Giondar ; peut-être arriverons-nous assez tôt pour le délivrer du péril où il est. »

Les deux princes ne perdirent pas de temps, et ils arrivèrent dans le même moment que le lion venait d'abattre Giondar. Le lion, qui vit que le prince Amgiad avançait vers lui le sabre levé, lâcha sa prise, et vint droit à lui avec furie ; le prince le reçut avec intrépidité, et lui donna un coup avec tant de force et d'adresse qu'il le fit tomber mort.

Dès que Giondar eut connu que c'était aux deux princes qu'il devait la vie, il se jeta à leurs pieds, et les remercia de la grande obligation qu'il leur avait, en des termes qui marquaient sa parfaite reconnaissance. « Princes, leur dit-il en se relevant et en leur baisant les mains les larmes aux yeux, Dieu me garde d'attenter à votre vie après le secours si obligeant et si éclatant que vous venez de me donner ! Jamais on ne reprochera à l'émir Giondar d'avoir été coupable d'une si grande ingratitude.

— Le service que nous vous avons rendu, reprirent les

princes, ne doit pas vous empêcher d'exécuter votre ordre. Reprenons auparavant votre cheval, et retournons au lieu où vous nous aviez laissés. » Ils n'eurent pas de peine à reprendre le cheval qui avait passé sa fougue et qui s'était arrêté. Mais, quand ils furent de retour près de la source, quelques prières et quelque instance qu'ils fissent, ils ne purent jamais persuader à l'émir Giondar de les faire mourir. « La seule chose que je prends la liberté de vous demander, leur dit-il, et que je vous supplie de m'accorder, c'est de vous accommoder de ce que je puis vous partager de mon habit, de me donner chacun le vôtre, et de vous sauver si loin que le roi votre père n'entende jamais parler de vous. »

Les princes furent contraints de se rendre à ce qu'il voulut, et, après qu'ils lui eurent donné leur habit l'un et l'autre, et qu'ils se furent couverts de ce qu'il leur donna du sien, l'émir Giondar leur donna ce qu'il avait sur lui d'or et d'argent, et prit congé d'eux.

Quand l'émir Giondar se fut séparé d'avec les princes, il passa par le bois, où il teignit leurs habits du sang du lion, et continua son chemin jusqu'à la capitale de l'île d'Ébène. A son arrivée, le roi Camaralzaman lui demanda s'il avait été fidèle à exécuter l'ordre qu'il lui avait donné. « Sire, répondit Giondar en lui présentant les habits des deux princes, en voici les témoignages!

— Dites-moi, reprit le roi, de quelle manière ils ont reçu le châtiment dont je les ai fait punir. — Sire, reprit-il, ils l'ont reçu avec une constance admirable, et avec une résignation aux décrets de Dieu, qui marquait la sincérité avec laquelle ils faisaient profession de leur religion, mais particulièrement avec un grand respect pour Votre Majesté, et avec une soumission inconcevable à leur arrêt de mort. — Nous mourons innocents, « disaient-ils, mais nous n'en murmurons pas. Nous « recevons notre mort de la main de Dieu, et nous la « pardonnons au roi notre père : nous savons très bien « qu'il n'a pas été bien informé de la vérité. »

Camaralzaman, sensiblement touché de ce récit de l'émir Giondar, s'avisa de fouiller dans les poches des habits des deux princes, et il commença par celui d'Amgiad. Il y trouva un billet qu'il ouvrit et qu'il lut. Il n'eut pas plus tôt connu que la reine Haïatalnefous l'avait écrit, non seulement à son écriture, mais même à un petit peloton de ses cheveux qui était dedans, qu'il frémit. Il fouilla ensuite dans celles d'Assad en tremblant, et le billet de la reine Badoure, qu'il y trouva, le frappa d'un étonnement si prompt et si vif qu'il s'évanouit...

La sultane Scheherazade, qui s'aperçut à ces derniers mots que le jour paraissait, cessa de parler et garda le silence. Elle reprit la suite de l'histoire la nuit suivante, et dit au sultan des Indes :

CCXXX^{e} NUIT

Sire, jamais douleur ne fut égale à celle dont Camaralzaman donna des marques dès qu'il fut revenu de son évanouissement. « Qu'as-tu fait, père barbare ! s'écria-t-il ; tu as massacré tes propres enfants ! Enfants innocents ! Leur sagesse, leur modestie, leur obéissance, leur soumission à toutes tes volontés, leur vertu, ne te parlaient-elles pas assez pour leur défense ? Père aveuglé, mérites-tu que la terre te porte après un crime si exécrable ? Je me suis jeté moi-même dans cette abomination, et c'est le châtiment dont Dieu m'afflige pour n'avoir pas persévéré dans l'aversion contre les femmes avec laquelle j'étais né. Je ne laverai pas votre crime dans votre sang, comme vous le mériteriez, femmes détestables : non, vous n'êtes pas dignes de ma colère. Mais que le Ciel me confonde si jamais je vous revois ! »

Le roi Camaralzaman fut très religieux à ne pas contrevenir à son serment. Il fit passer les deux reines le même jour dans un appartement séparé, où elles demeurèrent sous bonne garde, et de sa vie il n'approcha d'elles.

Pendant que le roi Camaralzaman s'affligeait ainsi de la perte des princes ses fils, dont il était lui-même l'auteur par un emportement trop inconsidéré, les deux princes erraient par les déserts, en évitant d'approcher des lieux habités et la rencontre de toutes sortes de personnes ; ils ne vivaient que d'herbes et de fruits sauvages, et ne buvaient que de méchante eau de pluie qu'ils trouvaient dans des creux de rochers. Pendant la nuit, pour se garder des bêtes féroces, ils dormaient et veillaient tour à tour.

Au bout d'un mois, ils arrivèrent au pied d'une montagne affreuse, toute de pierre noire et inaccessible comme il leur paraissait. Ils aperçurent néanmoins un chemin frayé ; mais ils le trouvèrent si étroit et si difficile qu'ils n'osèrent hasarder de s'y engager. Dans l'espérance d'en trouver un moins rude, ils continuèrent de côtoyer la montagne, et marchèrent pendant cinq jours; mais la peine qu'ils se donnèrent fut inutile : ils furent contraints de revenir à ce chemin qu'ils avaient négligé. Ils le trouvèrent si peu praticable qu'ils délibérèrent longtemps avant de s'engager à monter. Ils s'encouragèrent enfin, et ils montèrent.

Plus les deux princes avançaient, plus il leur semblait que la montagne était haute et escarpée, et ils furent tentés plusieurs fois d'abandonner leur entreprise. Quand l'un était las et que l'autre s'en apercevait, celui-ci s'arrêtait, et ils reprenaient haleine ensemble. Quelquefois ils étaient tous deux si fatigués que les forces leur manquaient; alors ils ne songeaient plus à continuer de monter, mais à mourir de fatigue et de lassitude. Quelques moments après, sentant leurs forces un peu revenues, ils s'animaient et reprenaient leur chemin.

Malgré leur diligence, leur courage et leurs efforts, il ne leur fut pas possible d'arriver au sommet de tout le jour. La nuit les surprit, et le prince Assad se trouva si fatigué et si épuisé de forces qu'il demeura tout court. « Mon frère, dit-il au prince Amgiad, je n'en puis plus, je vais rendre l'âme. — Reposons-nous autant qu'il vous plaira, reprit Amgiad en s'arrêtant avec lui, et prenez courage. Vous voyez qu'il ne nous reste plus beaucoup à monter, et que la lune nous favorise. »

Après une bonne demi-heure de repos, Assad fit un nouvel effort; ils arrivèrent enfin au haut de la montagne, où ils firent encore une pause. Amgiad se leva le premier, et en avançant il vit un arbre à peu de distance. Il alla jusque-là, et trouva que c'était un grenadier chargé de grosses grenades et qu'il y avait une fontaine au pied. Il courut annoncer cette bonne nouvelle à Assad, et l'amena sous l'arbre près de la fontaine. Ils se rafraîchirent chacun en mangeant une grenade, après quoi ils s'endormirent.

Le lendemain matin, quand les princes furent éveillés : « Allons, mon frère, dit Amgiad à Assad, poursuivons notre chemin; je vois que la montagne est bien plus aisée de ce côté que de l'autre, et nous n'avons qu'à descendre. » Mais Assad était tellement fatigué du jour précédent qu'il ne lui fallut pas moins de trois jours pour se remettre entièrement. Il les passèrent en s'entretenant, comme ils avaient déjà fait plusieurs fois, de l'amour désordonné de leurs mères qui les avait réduits à un état si déplorable. « Mais, disaient-ils, si Dieu s'est déclaré pour nous d'une manière si visible, nous devons supporter nos maux avec patience et nous consoler par l'espérance qu'il nous en fera trouver la fin. »

Les trois jours passés, les deux frères se remirent en chemin; et, comme la montagne était de ce côté-là à plusieurs étages de grandes campagnes, ils mirent cinq jours avant d'arriver à la plaine. Ils découvrirent enfin une grande ville, avec beaucoup de joie. « Mon frère, dit alors Amgiad à Assad, n'êtes-vous pas de même avis que moi, que vous demeuriez en quelque endroit hors de la ville où je viendrai vous retrouver, pendant que j'irai prendre langue et m'informer comment s'appelle cette ville, en quel pays nous sommes ? et, en revenant, j'aurai soin d'apporter des vivres : il est bon de ne pas y entrer d'abord tous deux, au cas qu'il y ait du danger à craindre.

— Mon frère, repartit Assad, j'approuve fort votre conseil, il est sage et plein de prudence; mais, si l'un de nous deux doit se séparer pour cela, jamais je ne souffrirai que ce soit vous, et vous permettrez que je m'en charge. Quelle douleur ne serait-ce pas pour moi s'il vous arrivait quelque chose!

— Mais, mon frère, repartit Amgiad, la même chose que vous craignez pour moi, je dois la craindre pour vous. Je vous supplie de me laisser faire et de m'attendre avec patience. — Je ne le permettrai jamais, répliqua Assad, et, s'il m'arrive quelque chose, j'aurai la consolation de savoir que vous serez en sûreté. » Amgiad fut obligé de céder, et il s'arrêta sous des arbres au pied de la montagne.

Le prince Assad prit de l'argent dans la bourse dont Amgiad était chargé, et continua son chemin jusqu'à la ville. Il ne fut pas un peu avancé dans la première rue qu'il joignit un vieillard vénérable, bien mis, et qui avait une canne à la main. Comme il ne douta pas que ce ne fût un homme de distinction et qui ne voudrait pas le tromper, il l'aborda. « Seigneur, lui dit-il, je vous supplie de m'enseigner le chemin de la place publique. »

Le vieillard regarda le prince en souriant : « Mon fils, lui dit-il, apparemment que vous êtes étranger ? Vous ne me feriez pas cette demande si cela n'était. — Oui, Seigneur, je suis étranger, reprit Assad. — Soyez le bienvenu, repartit le vieillard : notre pays est bien honoré de ce qu'un jeune homme bien fait comme vous a pris la peine de le venir voir. Dites-moi, quelle affaire avez-vous à la place publique ?

— Seigneur, répliqua Assad, il y a près de deux mois qu'un frère que j'ai, et moi, nous sommes partis d'un pays fort éloigné d'ici. Depuis ce temps-là, nous n'avons pas discontinué de marcher, et nous ne faisons que d'arriver aujourd'hui. Mon frère, fatigué d'un si long voyage, est demeuré au pied de la montagne, et je viens chercher des vivres pour lui et pour moi.

— Mon fils, repartit encore le vieillard, vous êtes venu le plus à propos du monde, et je m'en réjouis pour l'amour de vous et de votre frère. J'ai fait aujourd'hui un grand régal à plusieurs de mes amis, dont il est resté une quantité de mets où personne n'a touché. Venez avec moi, je vous donnerai bien à manger; et, quand vous aurez fait, je vous donnerai encore pour vous et pour votre frère de quoi vivre plusieurs jours. Ne prenez donc pas la peine d'aller dépenser votre argent à la place, les voyageurs n'en ont jamais trop. Avec cela, pendant que vous mangerez, je vous informerai des particularités de notre ville mieux que personne. Une personne comme moi, qui a passé par toutes les charges les plus honorables avec distinction, ne doit pas les ignorer. Vous devez bien vous réjouir aussi de ce que vous vous êtes adressé à moi plutôt qu'à un autre : car je vous dirai en passant que tous nos citoyens ne sont pas faits comme moi; il y en a, je vous assure, de bien méchants. Venez donc, je veux vous faire connaître la différence qu'il y a entre un honnête homme comme je le suis, et bien des gens qui se vantent de l'être et ne le sont pas.

— Je vous suis infiniment obligé, reprit le prince Assad, de la bonne volonté que vous me témoignez : je me remets entièrement à vous, et je suis prêt d'aller où il vous plaira. »

Le vieillard, en continuant de marcher avec Assad à côté de lui, riait en sa barbe; et, de crainte qu'Assad ne s'en aperçût, il l'entretenait de plusieurs choses, afin qu'il demeurât dans la bonne opinion qu'il avait conçue pour lui, entre autres : « Il faut avouer, lui disait-il, que votre bonheur est grand de vous être adressé à moi plutôt qu'à un autre. Je loue Dieu de ce que vous m'avez rencontré : vous saurez pourquoi je vous dis cela quand vous serez chez moi. »

Le vieillard arriva enfin à sa maison, et introduisit

Assad dans une grande salle où il vit quarante vieillards, qui faisaient un cercle autour d'un feu allumé qu'ils adoraient.

A ce spectacle, le prince Assad n'eut pas moins d'horreur de voir des hommes assez dépourvus de bon sens pour rendre leur culte à la créature préférablement au Créateur, que de frayeur de se voir trompé et de se trouver dans un lieu si abominable.

Pendant qu'Assad était immobile de l'étonnement où il était, le rusé vieillard salua les quarante vieillards. « Dévots adorateurs du feu, leur dit-il, voici un heureux jour pour nous. Où est Gazban ? ajouta-t-il. Qu'on le fasse venir. »

A ces paroles prononcées assez haut, un noir qui les entendit de dessous la salle parut; et ce noir, qui était Gazban, n'eut pas plus tôt aperçu le désolé Assad qu'il comprit pourquoi il avait été appelé. Il courut à lui, le jeta par terre d'un soufflet qu'il lui donna, et le lia par les bras avec une diligence merveilleuse. Quand il eut achevé : « Mène-le là-bas, lui commanda le vieillard, et ne manque pas de dire à mes filles Bostane et Cavame de lui bien donner la bastonnade chaque jour, avec un pain le matin et un autre le soir pour toute nourriture : c'en est assez pour le faire vivre jusqu'au départ du vaisseau pour la mer Bleue et pour la montagne de Feu; nous en ferons un sacrifice agréable à notre divinité... »

La sultane Scheherazade ne passa pas plus outre pour cette nuit, à cause du jour qui paraissait. Elle poursuivit la nuit suivante, et dit au sultan des Indes :

CCXXXI^{e} NUIT

Sire, dès que le vieillard eut donné l'ordre cruel par où j'achevai hier de parler, Gazban se saisit d'Assad en le maltraitant, le fit descendre sous la salle, et, après l'avoir fait passer par plusieurs portes jusque dans un cachot où l'où descendait par vingt marches, il l'attacha par les pieds à une chaîne des plus grosses et des plus pesantes. Aussitôt qu'il eut achevé, il alla avertir les filles du vieillard; mais le vieillard leur parlait déjà lui-même. « Mes filles, leur dit-il, descendez là-bas, et donnez la bastonnade de la manière que vous savez au musulman dont je viens de faire capture, et ne l'épargnez pas :

vous ne pouvez mieux marquer que vous êtes de bonnes adoratrices du feu. »

Bostane et Cavame, nourries dans la haine contre tous les musulmans, reçurent cet ordre avec joie. Elles descendirent au cachot dès le même moment, dépouillèrent Assad, et le bâtonnèrent impitoyablement jusqu'au sang et jusqu'à lui faire perdre connaissance. Après cette exécution si barbare, elles mirent un pain et un pot d'eau près de lui, et se retirèrent.

Assad ne revint à lui que longtemps après, et ce ne fut que pour verser des larmes par ruisseaux en déplorant sa misère, avec la consolation néanmoins que ce malheur n'était pas arrivé à son frère Amgiad.

Le prince Amgiad attendit son frère Assad jusqu'au soir, au pied de la montagne, avec grande impatience. Quand il vit qu'il était deux, trois et quatre heures de nuit et qu'il n'était pas revenu, il pensa se désespérer. Il passa la nuit dans cette inquiétude désolante, et, dès que le jour parut, il s'achemina vers la ville. Il fut d'abord très étonné de ne voir que très peu de musulmans. Il arrêta le premier qu'il rencontra, et le pria de lui dire comment elle s'appelait. Il apprit que c'était la ville des Mages, ainsi nommée à cause que les mages, adorateurs du feu, y étaient en plus grand nombre, et qu'il n'y avait que très peu de musulmans. Il demanda aussi combien on comptait de là à l'île d'Ébène, et la réponse qu'on lui fit fut que par mer il y avait quatre mois de navigation, et une année de voyage par terre. Celui à qui il s'était adressé le quitta brusquement après qu'il l'eut satisfait sur ces deux demandes, et continua son chemin parce qu'il était pressé.

Amgiad, qui n'avait mis qu'environ six semaines à venir de l'île d'Ébène avec son frère Assad, ne pouvait comprendre comment ils avaient fait tant de chemin en si peu de temps, à moins que ce ne fût par enchantement, ou que le chemin de la montagne par où ils étaient venus ne fût un chemin plus court qui n'était point pratiqué à cause de sa difficulté. En marchant par la ville, il s'arrêta à la boutique d'un tailleur qu'il reconnut pour musulman à son habillement, comme il avait déjà reconnu celui à qui il avait parlé. Il s'assit près de lui, après qu'il l'eut salué, et lui raconta le sujet de la peine où il était.

Quand le prince Amgiad eut achevé : « Si votre frère, reprit le tailleur, est tombé entre les mains de quelque mage, vous pouvez faire état de ne le revoir jamais. Il est perdu sans ressource, et je vous conseille de vous en consoler et de songer à vous préserver vous-même d'une semblable disgrâce. Pour cela, si vous voulez me croire, vous demeurerez avec moi, et je vous instruirai de toutes les ruses de ces mages, afin que vous vous gardiez d'eux quand vous sortirez. » Amgiad, bien affligé d'avoir perdu son frère Assad, accepta l'offre, et remercia le tailleur mille fois de la bonté qu'il avait pour lui.

Le prince Amgiad ne sortit pour aller par la ville, pendant un mois entier, qu'en la compagnie du tailleur; il se hasarda enfin d'aller seul au bain. Au retour, comme il passait par une rue où il n'y avait personne, il rencontra une dame qui venait à lui.

La dame, qui vit un jeune homme très bien fait et tout frais sorti du bain, leva son voile et lui demanda où il allait, d'un air riant et en lui faisant les yeux doux. Amgiad ne put résister aux charmes qu'elle lui fit paraître. « Madame, répondit-il, je vais chez moi ou chez vous, cela est à votre choix.

— Seigneur, répondit la dame avec un sourire agréable, les dames de ma sorte ne mènent pas des hommes chez elles, elle vont chez eux. »

Amgiad fut dans un grand embarras de cette réponse, à laquelle il ne s'attendait pas. Il n'osait prendre la hardiesse de la mener chez son hôte, qui s'en serait scandalisé, et il aurait couru risque de perdre la protection dont il avait besoin dans une ville où il avait tant de précautions à prendre. Le peu d'habitude qu'il y avait faisait aussi qu'il ne savait aucun endroit où la conduire, et il ne pouvait se résoudre de laisser échapper une si belle fortune. Dans cette incertitude, il résolut de s'abandonner au hasard; et, sans répondre à la dame, il marcha devant, et la dame le suivit.

Le prince Amgiad la mena longtemps de rue en rue, de carrefour en carrefour, de place en place, et ils étaient fatigués de marcher l'un et l'autre, lorsqu'il enfila une rue qui se trouva terminée par une grande porte fermée d'une maison d'assez belle apparence, avec deux bancs, l'un d'un côté, l'autre de l'autre. Amgiad s'assit sur l'un comme pour reprendre haleine; et la dame, plus fatiguée que lui, s'assit sur l'autre.

Quand la dame fut assise : « C'est donc ici votre maison ? dit-elle au prince Amgiad. — Vous le voyez, Madame, reprit le prince. — Pourquoi donc n'ouvrez-vous pas ? repartit-elle; qu'attendez-vous ? — Ma belle, répliqua Amgiad, c'est que je n'ai pas la clef; je l'ai laissée à mon esclave que j'ai chargé d'une commission d'où il ne peut pas être encore revenu. Et, comme je lui ai commandé, après qu'il aurait fait cette commission, de m'acheter de quoi faire un bon dîner, je crains que nous ne l'attendions encore longtemps. »

La difficulté que le prince trouvait à satisfaire sa passion, dont il commençait à se repentir, lui avait fait imaginer cette défaite, dans l'espérance que la dame donnerait dedans, et que le dépit l'obligerait de le laisser là et d'aller chercher fortune ailleurs; mais il se trompa.

« Voilà un impertinent esclave de se faire ainsi attendre, reprit la dame; je le châtierai moi-même comme il le mérite, si vous ne le châtiez bien quand il sera de retour. Il n'est pas bienséant cependant que je demeure seule à une porte avec un homme. » En disant cela elle se leva, et ramassa une pierre pour rompre la serrure qui n'était que de bois et fort faible, à la mode du pays.

Amgiad, au désespoir de ce dessein, voulut s'y opposer. « Madame, dit-il, que prétendez-vous faire ? De grâce, donnez-vous quelques moments de patience. — Qu'avez-vous à craindre ? reprit-elle; la maison n'est-elle pas à vous ? Ce n'est pas une grande affaire qu'une serrure de bois rompue : il est aisé d'en remettre une autre. » Elle rompit la serrure; et, dès que la porte fut ouverte, elle entra et marcha devant.

Amgiad se tint pour perdu quand il vit la porte de la maison forcée. Il hésita s'il devait entrer ou s'évader pour se délivrer du danger qu'il croyait indubitable, et il allait prendre ce parti, lorsque la dame se retourna et vit qu'il n'entrait pas. « Qu'avez-vous, que vous n'entrez pas chez vous ? lui dit-elle. — C'est, Madame, répondit-il, que je regardais si mon esclave ne revenait pas, et que je crains qu'il n'y ait rien de prêt. — Venez, venez, reprit-elle, nous attendrons mieux ici que dehors, en attendant qu'il arrive. »

Le prince Amgiad entra bien malgré lui dans une cour spacieuse et proprement pavée. De la cour, il monta par quelques degrés à un grand vestibule où ils aperçurent, lui et la dame, une grande salle ouverte, très bien meublée, et, dans la salle, une table de mets exquis, avec une autre chargée de plusieurs sortes de beaux fruits, et un buffet garni de bouteilles de vin.

Quand Amgiad vit ces apprêts, il ne douta plus de

sa perte. « C'est fait de toi, pauvre Amgiad, dit-il en lui-même, tu ne survivras pas longtemps à ton cher frère Assad. » La dame, au contraire, ravie de ce spectacle agréable : « Eh quoi! Seigneur, s'écria-t-elle, vous craigniez qu'il n'y eût rien de prêt ? Vous voyez cependant que votre esclave a fait plus que vous ne croyiez. Mais, si je ne me trompe, ces préparatifs sont pour une autre dame que moi. Cela n'importe : qu'elle vienne, cette dame, je vous promets de n'en être pas jalouse. La grâce que je vous demande, c'est de vouloir bien souffrir que je la serve et vous aussi. »

Amgiad ne put s'empêcher de rire de la plaisanterie de la dame, tout affligé qu'il était. « Madame, reprit-il en pensant tout autre chose qui le désolait dans l'âme, je vous assure qu'il n'est rien moins que ce que vous vous imaginez : ce n'est là que mon ordinaire bien simplement. » Comme il ne pouvait se résoudre de se mettre à une table qui n'avait pas été préparée pour lui, il voulut s'asseoir sur le sofa; mais la dame l'en empêcha. « Que faites-vous ? lui dit-elle. Vous devez avoir faim après le bain : mettons-nous à table, mangeons et réjouissons-nous. »

Amgiad fut contraint de faire ce que la dame voulut : ils se mirent à table et ils mangèrent. Après les premiers morceaux, la dame prit un verre et une bouteille, se versa à boire et but la première à la santé d'Amgiad. Quand elle eut bu, elle remplit le même verre et le présenta à Amgiad qui lui fit raison.

Plus Amgiad faisait réflexion sur son aventure, plus il était dans l'étonnement de voir que le maître de la maison ne paraissait pas, et même qu'une maison où tout était si propre et si riche était sans un seul domestique. « Mon bonheur serait bien extraordinaire, se disait-il à lui-même, si le maître pouvait ne pas venir que je ne fusse sorti de cette intrigue! » Pendant qu'il s'entretenait de ces pensées, et d'autres plus fâcheuses, la dame continuait de manger, buvait de temps en temps, et l'obligeait de faire de même. Ils en étaient bientôt au fruit, lorsque le maître de la maison arriva.

C'était le grand écuyer du roi des mages, et son nom était Bahader. La maison lui appartenait; mais il en avait une autre où il faisait sa demeure ordinaire. Celle-ci ne lui servait qu'à se régaler en particulier avec trois ou quatre amis choisis; il y faisait tout apporter de chez lui, et c'est ce qu'il avait fait faire ce jour-là par quelques-uns de ses gens qui ne faisaient que de sortir peu de temps avant qu'Amgiad et la dame arrivassent.

Bahader arriva sans suite et déguisé, comme il le faisait presque ordinairement, et il venait un peu avant l'heure qu'il avait donnée à ses amis. Il ne fut pas peu surpris de voir la porte de sa maison forcée. Il entra sans faire de bruit; et, comme il eut entendu que l'on parlait et que l'on se réjouissait dans la salle, il se coula le long du mur, et avança la tête à demi à la porte pour voir quelles gens c'étaient. Comme il eut vu que c'étaient un jeune homme et une jeune dame qui mangeaient à la table qui n'avait été préparée que pour ses amis et pour lui, et que le mal n'était pas si grand qu'il se l'était imaginé d'abord, il résolut de s'en divertir.

La dame, qui avait le dos un peu tourné, ne pouvait pas voir le grand écuyer; mais Amgiad l'aperçut d'abord, et alors il avait le verre à la main. Il changea de couleur à cette vue, les yeux attachés sur Bahader, qui lui fit signe de ne dire mot et de venir lui parler.

Amgiad but et se leva. « Où allez-vous ? lui demanda la dame. — Madame, lui dit-il, demeurez, je vous prie, je suis à vous dans un moment; une petite nécessité m'oblige de sortir. » Il trouva Bahader qui l'attendait sous le vestibule, et qui le mena dans la cour pour lui parler sans être entendu de la dame...

Scheherazade s'aperçut à ces derniers mots qu'il était temps que le sultan des Indes se levât : elle se tut, et elle eut le temps de poursuivre la nuit suivante, et de lui parler en ces termes :

CCXXXII^e NUIT

Sire, quand Bahader et le prince Amgiad furent dans la cour, Bahader demanda au prince par quelle aventure il se trouvait chez lui avec la dame, et pourquoi ils avaient forcé la porte de sa maison.

« Seigneur, reprit Amgiad, je dois paraître bien coupable dans votre esprit; mais, si vous voulez bien avoir la patience de m'entendre, j'espère que vous me trouverez très innocent. » Il poursuivit son discours, et lui raconta en peu de mots la chose comme elle était, sans rien déguiser; et, afin de le bien persuader qu'il n'était pas coupable de commettre une action aussi indigne que de forcer une maison, il ne lui cacha pas qu'il était prince, non plus que la raison pourquoi il se trouvait dans la ville des mages.

Bahader, qui aimait naturellement les étrangers, fut ravi d'avoir trouvé l'occasion d'en obliger un de la qualité et du rang d'Amgiad. En effet, à son air, à ses manières honnêtes, à son discours en termes choisis et ménagés, il ne douta nullement de sa sincérité. « Prince, lui dit-il, j'ai une joie extrême d'avoir trouvé lieu de vous obliger dans une rencontre aussi plaisante que celle que vous venez de me raconter. Bien loin de troubler la fête, je me ferai un très grand plaisir de contribuer à votre satisfaction. Avant que de vous communiquer ce que je pense là-dessus, je suis bien aise de vous dire que je suis grand écuyer du roi et que je m'appelle Bahader. J'ai un hôtel où je fais ma demeure ordinaire, et cette maison est un lieu où je viens quelquefois pour être plus en liberté avec mes amis. Vous avez fait accroire à votre belle que vous aviez un esclave, quoique vous n'en ayez pas. Je veux être cet esclave; et, afin que cela ne vous fasse pas de peine, et que vous ne vous en excusiez pas, je vous répète que je le veux être absolument; et vous en apprendrez bientôt la raison. Allez donc vous remettre à votre place, et continuez de vous divertir; et, quand je reviendrai dans quelque temps, et que je me présenterai devant vous en habit d'esclave, querellez-moi bien; ne craignez pas même de me frapper : je vous servirai tout le temps que vous tiendrez table, et jusqu'à la nuit. Vous coucherez chez moi, vous et la dame, et demain matin vous la renverrez avec honneur. Après cela, je tâcherai de vous rendre des services de plus de conséquence. Allez donc, et ne perdez pas de temps. » Amgiad voulut repartir; mais le grand écuyer ne le permit pas, et il le contraignit d'aller retrouver la dame.

Amgiad fut à peine rentré dans la salle que les amis que le grand écuyer avait invités arrivèrent. Il les pria obligeamment de vouloir bien l'excuser s'il ne les recevait pas ce jour-là, en leur faisant entendre qu'ils en approuveraient la cause quand il les en aurait informés au premier jour. Dès qu'ils furent éloignés, il sortit et il alla prendre un habit d'esclave.

Le prince Amgiad rejoignit la dame, le cœur bien content de ce que le hasard l'avait conduit dans une maison qui appartenait à un maître de si grande distinction, et qui en usait si honnêtement avec lui. En se remettant à table : « Madame, lui dit-il, je vous demande mille pardons de mon incivilité et de la mauvaise humeur où je suis de l'absence de mon esclave; le maraud me le payera, je lui ferai voir s'il doit être dehors si longtemps.

— Cela ne doit pas vous inquiéter, reprit la dame; tant pis pour lui s'il fait des fautes, il les payera. Ne songeons plus à lui, songeons seulement à nous réjouir. »

Ils continuèrent de tenir table avec d'autant plus d'agrément qu'Amgiad n'était plus inquiet comme auparavant de ce qui arriverait de l'indiscrétion de la dame, qui ne devait pas forcer la porte, quand même la maison eût appartenu à Amgiad. Il ne fut pas moins de belle humeur que la dame, et ils se dirent mille plaisanteries en buvant plus qu'ils ne mangeaient, jusqu'à l'arrivée de Bahader déguisé en esclave.

Bahader entra comme un esclave bien mortifié de voir que son maître était en compagnie et de ce qu'il revenait si tard. Il se jeta à ses pieds en baisant la terre, pour implorer sa clémence, et, quand il se fut relevé, il demeura debout, les mains croisées et les yeux baissés, en attendant qu'il lui commandât quelque chose.

« Méchant esclave, lui dit Amgiad avec un œil et un ton de colère, dis-moi s'il y a au monde un esclave plus méchant que toi. Où as-tu été ? qu'as-tu fait pour revenir à l'heure qu'il est ?

— Seigneur, reprit Bahader, je vous demande pardon, je viens de faire les commissions que vous m'avez données; je n'ai pas cru que vous dussiez revenir de si bonne heure.

— Tu es un maraud, repartit Amgiad, et je te rouerai de coups pour t'apprendre à mentir et à manquer à ton devoir. » Il se leva, prit un bâton, et lui en donna deux ou trois coups assez légèrement; après quoi il se remit à table.

La dame ne fut pas contente de ce châtiment; elle se leva à son tour, prit le bâton, et en chargea Bahader de tant de coups, sans l'épargner, que les larmes lui en vinrent aux yeux. Amgiad, scandalisé au dernier point de la liberté qu'elle se donnait, et de ce qu'elle maltraitait un officier du roi de cette importance, avait beau crier que c'était assez, elle frappait toujours. « Laissez-moi faire, disait-elle, je veux me satisfaire et lui apprendre à ne pas s'absenter si longtemps une autre fois. » Elle continuait toujours avec tant de furie qu'il fut contraint de se lever et de lui arracher le bâton, qu'elle ne lâcha qu'après beaucoup de résistance. Comme elle vit qu'elle ne pouvait plus battre Bahader, elle se remit à sa place et lui dit mille injures.

Bahader essuya ses larmes, et demeura debout pour leur verser à boire. Lorsqu'il vit qu'ils ne buvaient et ne mangeaient plus, il desservit, il nettoya la salle, il mit toutes choses en leur lieu; et, dès qu'il fut nuit, il alluma les bougies. A chaque fois qu'il sortait ou qu'il entrait, la dame ne manquait pas de le gronder, de le menacer et de l'injurier, avec un grand mécontentement de la part d'Amgiad, qui voulait le ménager et n'osait lui rien dire. Lorsqu'il fut temps de se coucher, Bahader leur prépara un lit sur le sofa, et se retira dans une chambre vis-à-vis, où il ne fut pas longtemps à s'endormir après une si longue fatigue. Amgiad et la dame s'entretinrent encore une grosse demi-heure; et, avant de se coucher, la dame eut besoin de sortir. En passant sous le vestibule, comme elle eut entendu que Bahader ronflait déjà, et qu'elle avait vu qu'il y avait un sabre dans la salle : « Seigneur, dit-elle à Amgiad en rentrant, je vous prie de faire une chose pour l'amour de moi. — De quoi s'agit-il pour votre service ? reprit Amgiad. — Obligez-moi de prendre ce sabre, repartit-elle, et d'aller couper la tête à votre esclave. »

Amgiad fut extrêmement étonné de cette proposition, que le vin faisait faire à la dame, comme il n'en douta pas. « Madame, lui dit-il, laissons là mon esclave, il ne mérite pas que vous pensiez à lui : je l'ai châtié, vous l'avez châtié vous-même, cela suffit; d'ailleurs je suis très content de lui, et il n'est pas accoutumé à ces sortes de fautes.

— Je ne me paye pas de cela, reprit la dame enragée : je veux que ce coquin meure; et, s'il ne meurt de votre main, il mourra de la mienne. » En disant ces paroles, elle met la main sur le sabre, le tire hors du fourreau, et s'échappe pour exécuter son pernicieux dessein.

Amgiad la rejoint sous le vestibule, et, en la rencontrant : « Madame, lui dit-il, il faut vous satisfaire puisque vous le souhaitez : je serais fâché qu'un autre que moi ôtât la vie à mon esclave. » Quand elle lui eut remis le sabre : « Venez, suivez-moi, ajouta-t-il, et ne faisons pas de bruit de crainte qu'il ne s'éveille. » Ils entrèrent dans la chambre où était Bahader; mais, au lieu de le frapper, Amgiad porta le coup à la dame et lui coupa la tête, qui tomba sur Bahader...

Le jour avait déjà commencé de paraître lorsque Scheherazade en était à ces paroles; elle s'en aperçut, et cessa de parler. Elle reprit son discours la nuit suivante, et dit au sultan Schahriar :

CCXXXIIIe NUIT

Sire, la tête de la dame eût interrompu le sommeil du grand écuyer en tombant sur lui, quand le bruit du coup de sabre ne l'eût pas éveillé. Étonné de voir Amgiad avec le sabre ensanglanté et le corps de la dame par terre sans tête, il lui demanda ce que cela signifiait. Amgiad lui raconta la chose comme elle s'était passée, et en achevant : « Pour empêcher cette furieuse, ajouta-t-il, de vous ôter la vie, je n'ai point trouvé d'autre moyen que de la lui ravir à elle-même.

— Seigneur, reprit Bahader plein de reconnaissance, des personnes de votre rang, et aussi généreuses, ne sont pas capables de favoriser des actions si méchantes. Vous êtes mon libérateur, et je ne puis assez vous en remercier. » Après qu'il l'eut embrassé, pour lui mieux marquer combien il lui était obligé : « Avant que le jour vienne, dit-il, il faut emporter ce cadavre hors d'ici, et c'est ce que je vais faire. » Amgiad s'y opposa, et dit qu'il l'emporterait lui-même, puisqu'il avait fait le coup. « Un nouveau venu en cette ville, comme vous, n'y réussirait pas, reprit Bahader. Laissez-moi faire, demeurez ici en repos. Si je ne reviens pas avant qu'il soit jour, ce sera une marque que le guet m'aura surpris. En ce cas-là, je vais vous faire par écrit une donation de la maison et de tous les meubles, vous n'aurez qu'à y demeurer. »

Dès que Bahader eut écrit et livré la donation au prince Amgiad, il mit le corps de la dame dans un sac avec la tête, chargea le sac sur ses épaules, et marcha de rue en rue en prenant le chemin de la mer. Il n'en était pas éloigné lorsqu'il rencontra le juge de police qui faisait sa ronde en personne. Les gens du juge l'arrêtèrent, ouvrirent le sac, et y trouvèrent le corps de la dame massacrée et sa tête. Le juge, qui reconnut le grand écuyer malgré son déguisement, le mena chez lui; et, comme il n'osa pas le faire mourir, à cause de sa dignité, sans en parler au roi, il le lui mena le lendemain matin. Le roi n'eut pas plus tôt appris, au rapport du juge, la noire action qu'il avait commise, comme il le croyait selon les indices, qu'il le chargea d'injures. « C'est donc ainsi, s'écria-t-il, que tu massacres mes sujets pour les piller, et que tu jettes leurs corps à la mer pour cacher ta tyrannie ? Qu'on les en délivre, et qu'on le pende. »

Quelque innocent que fût Bahader, il reçut cette sentence de mort avec toute la résignation possible, et ne dit pas un mot pour sa justification. Le juge le remena; et, pendant que l'on préparait la potence, il envoya publier par toute la ville la justice qu'on allait faire à midi d'un meurtre commis par le grand écuyer.

Le prince Amgiad, qui avait attendu le grand écuyer inutilement, fut dans une consternation qu'on ne peut imaginer, quand il entendit ce cri de la maison où il était. « Si quelqu'un doit mourir pour la mort d'une femme aussi méchante, se dit-il à lui-même, ce n'est pas le grand écuyer, c'est moi; et je ne souffrirai pas que l'innocent soit puni pour le coupable. » Sans délibérer davantage, il sortit et se rendit à la place où se devait faire l'exécution, avec le peuple qui y courait de toutes parts.

Dès qu'Amgiad vit paraître le juge qui amenait Bahader à la potence, il alla se présenter à lui. « Seigneur, lui dit-il, je viens vous déclarer et vous assurer que le grand écuyer que vous conduisez à la mort est très innocent de la mort de cette dame. C'est moi qui ai commis le crime, si c'est en avoir commis un que d'avoir ôté la vie à une femme détestable qui voulait l'ôter à un grand écuyer; et voici comment la chose s'est passée. »

Quand le prince Amgiad eut informé le juge de quelle manière il avait été abordé par la dame à la sortie du bain, comment elle avait été cause qu'il était entré dans la maison de plaisir du grand écuyer, et de tout ce qui s'était passé jusqu'au moment où il avait été contraint de lui couper la tête pour sauver la vie au grand écuyer, le juge sursit l'exécution, et le mena au roi avec le grand écuyer.

Le roi voulut être informé de la chose par Amgiad lui-même; et Amgiad, pour lui faire mieux comprendre son innocence et celle du grand écuyer, profita de l'occasion pour lui faire le récit de son histoire et de son frère Assad depuis le commencement jusqu'à leur arrivée et jusqu'au moment qu'il lui parlait.

Quand le prince eut achevé : « Prince, lui dit le roi, je suis ravi que cette occasion m'ait donné lieu de vous connaître : je ne vous donne pas seulement la vie avec celle de mon grand écuyer, que je loue de la bonne intention qu'il a eue pour vous, et que je rétablis dans sa charge; je vous fais même mon grand-vizir pour vous consoler du traitement injuste, quoique excusable, que le roi votre père vous a fait. A l'égard du prince Assad, je vous permets d'employer toute l'autorité que je vous donne pour le retrouver. »

Après qu'Amgiad eut remercié le roi de la ville et du pays des Mages, et qu'il eut pris possession de la charge de grand-vizir, il employa tous les moyens imaginables pour trouver le prince son frère. Il fit promettre par les crieurs publics, dans tous les quartiers de la ville, une grande récompense à ceux qui le lui amèneraient, ou même qui lui en apprendraient quelque nouvelle. Il mit des gens en campagne; mais, quelque diligence qu'il pût faire, il n'eut pas la moindre nouvelle de lui.

Assad, cependant, était toujours à la chaîne dans le cachot où il avait été enfermé par l'adresse du rusé vieillard; et Bostane et Cavame, filles du vieillard, le maltraitaient avec la même cruauté et la même inhumanité. La fête solennelle des adorateurs du feu approcha. On équipa le vaisseau qui avait coutume de faire le voyage de la montagne du Feu; on le chargea de marchandises par le soin d'un capitaine nommé Behram, grand zélateur de la religion des mages. Quand il fut en état de mettre à la voile, Behram y fit embarquer Assad dans une caisse à moitié pleine de marchandises, avec assez d'ouverture entre les ais pour lui donner la respiration nécessaire, et fit descendre la caisse à fond de cale.

Avant que le vaisseau mît à la voile, le grand-vizir Amgiad, frère d'Assad, qui avait été averti que les adorateurs du feu avaient coutume de sacrifier un musulman chaque année sur la montagne du Feu, et qu'Assad, qui était peut-être tombé entre leurs mains, pourrait bien être destiné à cette cérémonie sanglante, voulut en faire la visite. Il y alla en personne, et fit monter tous les matelots et tous les passagers sur le tillac, pendant que ses gens firent la recherche dans tout le vaisseau; mais on ne trouva pas Assad : il était trop bien caché.

La visite faite, le vaisseau sortit du port; et, quand il fut en pleine mer, Behram fit tirer le prince Assad de la caisse, et le mettre à la chaîne pour s'assurer de lui, de crainte, comme il n'ignorait pas qu'on allait le sacrifier, que de désespoir il ne se précipitât dans la mer.

Après quelques jours de navigation, le vent favorable qui avait toujours accompagné le vaisseau devint contraire et augmenta de manière qu'il excita une tempête des plus furieuses. Le vaisseau ne perdit pas seulement sa route : Behram et son pilote ne savaient plus même où ils étaient, et ils craignaient de rencontrer quelque rocher à chaque moment, et de s'y briser. Au plus fort de la tempête ils découvrirent terre, et Behram la reconnut pour l'endroit où était le port et la capitale de la reine Margiane, et il en eut une grande mortification.

En effet, la reine Margiane, qui était musulmane, était ennemie mortelle des adorateurs du feu. Non seulement elle n'en souffrait pas un seul dans ses États, mais elle ne permettait même pas qu'aucun de leurs vaisseaux y abordât.

Il n'était plus au pouvoir de Behram cependant d'éviter d'aller aborder au port de la capitale de cette reine, à moins d'aller échouer et se perdre contre la côte, qui était bordée de rochers affreux. Dans cette extrémité, il tint conseil avec son pilote et avec ses matelots. « Enfants, dit-il, vous voyez la nécessité où nous sommes réduits. De deux choses l'une : ou il faut que nous soyons engloutis par les flots, ou que nous nous sauvions chez la reine Margiane; mais sa haine implacable contre notre religion et contre ceux qui en font profession vous est connue. Elle ne manquera pas de se saisir de notre vaisseau et de nous faire ôter la vie à tous sans miséricorde. Je ne vois qu'un seul remède qui peut-être nous réussira. Je suis d'avis que nous ôtions de la chaîne le musulman que nous avons ici, et que nous l'habillions en esclave. Quand la reine Margiane m'aura fait venir devant elle et qu'elle me demandera quel est mon négoce, je lui répondrai que je suis marchand d'esclaves, que j'ai vendu tout ce que j'en avais, et que je n'en ai réservé qu'un seul pour me servir d'écrivain, à cause qu'il sait lire et écrire. Elle voudra le voir; et, comme il est bien fait, et que d'ailleurs il est de sa religion, elle en sera touchée de compassion, ne manquera pas de me proposer de le lui vendre, et, en cette considération, de nous souffrir dans son port jusqu'au premier beau temps. Si vous savez quelque chose de meilleur, dites-le-moi, je vous écouterai. » Le pilote et les matelots applaudirent à son sentiment qui fut suivi...

La sultane Scheherazade fut obligée d'en demeurer à

ces derniers mots, à cause du jour qui se faisait voir; elle reprit le même conte la nuit suivante, et dit au sultan des Indes :

CCXXXIVe NUIT

Sire, Behram fit ôter le prince Assad de la chaîne, et le fit habiller en esclave fort proprement, selon le rang d'écrivain de son vaisseau, sous lequel il voulait le faire paraître devant la reine Margiane. Il fut à peine dans l'état qu'il le souhaitait que le vaisseau entra dans le port, où il fit jeter l'ancre.

Dès que la reine Margiane, qui avait son palais situé du côté de la mer, de manière que le jardin s'étendait jusqu'au rivage, eut vu que le vaisseau avait mouillé, elle envoya avertir le capitaine de venir lui parler, et, pour satisfaire plus tôt sa curiosité, elle vint l'attendre dans le jardin.

Behram, qui s'était attendu d'être appelé, débarqua avec le prince Assad, après avoir exigé de lui de confirmer qu'il était son esclave et son écrivain, et fut conduit devant la reine Margiane. Il se jeta à ses pieds, et, après lui avoir marqué la nécessité qui l'avait obligé de se réfugier dans son port, il lui dit qu'il était marchand d'esclaves; qu'Assad, qu'il avait amené, était le seul qui lui restât et qu'il gardait pour lui servir d'écrivain.

Assad avait plu à la reine Margiane du moment qu'elle l'avait vu, et elle fut ravie d'apprendre qu'il fût esclave. Résolue à l'acheter à quelque prix que ce fût, elle demanda à Assad comment il s'appelait.

« Grande reine, reprit le prince Assad les larmes aux yeux, Votre Majesté me demande-t-elle le nom que je portais ci-devant, ou le nom que je porte aujourd'hui ? — Comment! repartit la reine, est-ce que vous avez deux noms ? — Hélas! il n'est que trop vrai, répliqua Assad. Je m'appelais autrefois Assad (très heureux), et aujourd'hui je m'appelle Môtar (destiné à être sacrifié). »

Margiane, qui ne pouvait pénétrer le vrai sens de cette réponse, l'appliqua à l'état de son esclavage, et connut en même temps qu'il avait beaucoup d'esprit. « Puisque vous êtes écrivain, lui dit-elle ensuite, je ne doute pas que vous ne sachiez bien écrire : faites-moi voir de votre écriture. »

Assad, muni d'une écritoire qu'il portait à sa ceinture, et de papier, par les soins de Behram, qui n'avait pas oublié ces circonstances pour persuader à la reine ce qu'il voulait qu'elle crût, se retira un peu à l'écart, et écrivit ces sentences, par rapport à sa misère :

L'aveugle se détourne de la fosse où le clairvoyant se laisse tomber. — L'ignorant s'élève aux dignités par des discours qui ne signifient rien ; le savant demeure dans la poussière avec son éloquence. — Le musulman est dans la dernière misère avec toutes ses richesses ; l'infidèle triomphe au milieu de ses biens. — On ne peut pas espérer que les choses changent : c'est un décret du Tout-Puissant qu'elles demeurent en cet état.

Assad présenta le papier à la reine Margiane, qui n'admira pas moins la moralité des sentences que la beauté du caractère; il n'en fallut pas davantage pour achever d'embraser son cœur, et de le toucher d'une véritable compassion pour lui. Elle n'eut pas plus tôt achevé de le lire qu'elle s'adressa à Behram : « Choisissez, lui dit-elle, de me vendre cet esclave, ou de m'en faire un présent; peut-être trouverez-vous mieux votre compte de choisir le dernier. »

Behram reprit assez insolemment qu'il n'avait pas de choix à faire, qu'il avait besoin de son esclave et qu'il voulait le garder.

La reine Margiane, irritée de cette hardiesse, ne voulut point parler davantage à Behram; elle prit le prince Assad par le bras, le fit marcher devant elle, et, en l'emmenant à son palais, elle envoya dire à Behram qu'elle ferait confisquer toutes ses marchandises et mettre le feu à son vaisseau au milieu du port, s'il y passait la nuit. Behram fut contraint de retourner à son vaisseau, bien mortifié, et de faire préparer toutes choses pour remettre à la voile, quoique la tempête ne fût pas encore entièrement apaisée.

La reine Margiane, après avoir commandé en entrant dans son palais que l'on servît promptement le souper, mena Assad à son appartement, où elle le fit asseoir près d'elle. Assad voulut s'en défendre, en disant que cet honneur n'appartenait pas à un esclave.

« A un esclave! reprit la reine, il n'y a qu'un moment que vous l'étiez, mais vous ne l'êtes plus. Asseyez-vous près de moi, vous dis-je, et racontez-moi votre histoire car ce que vous avez écrit pour me faire voir de votre écriture et l'insolence de ce marchand d'esclaves me font comprendre qu'elle doit être extraordinaire. »

Le prince Assad obéit; et, quand il fut assis : « Puissante reine, dit-il, Votre Majesté ne se trompe pas, mon histoire est véritablement extraordinaire, et plus qu'elle ne pourrait se l'imaginer. Les maux, les tourments incroyables que j'ai soufferts, et le genre de mort auquel j'étais destiné, dont elle m'a délivré par sa générosité toute royale, lui feront connaître la grandeur de son bienfait que je n'oublierai jamais. Mais, avant d'entrer dans ce détail qui fait horreur, elle voudra bien que je prenne l'origine de mes malheurs de plus haut. »

Après ce préambule qui augmenta la curiosité de Margiane, Assad commença par l'informer de sa naissance royale, de celle de son frère Amgiad, de leur amitié réciproque, de la passion condamnable de leurs belles-mères, changée en une haine des plus odieuses, la source de leur étrange destinée. Il vint ensuite à la colère du roi leur père, à la manière presque miraculeuse de la conservation de leur vie, et enfin à la perte qu'il avait faite de son frère, et à la prison si longue et si douloureuse d'où on ne l'avait fait sortir que pour être immolé sur la montagne du Feu.

Quand Assad eut achevé son discours, la reine Margiane, animée plus que jamais contre les adorateurs du feu : « Prince, dit-elle, nonosbtant l'aversion que j'ai toujours eue contre les adorateurs du feu, je n'ai pas laissé d'avoir beaucoup d'humanité pour eux; mais, après le traitement barbare qu'ils vous ont fait et leur dessein exécrable de faire une victime de votre personne à leur feu, je leur déclare dès à présent une guerre implacable. » Elle voulait s'étendre davantage sur ce sujet, mais l'on servit, et elle se mit à table avec le prince Assad, charmée de le voir et de l'entendre, et déjà prévenue pour lui d'une passion dont elle se promettait de trouver bientôt l'occasion de le faire apercevoir. « Prince, lui disait-elle, il faut vous bien récompenser de tant de jeûnes et de tant de mauvais repas que les impitoyables adorateurs du feu vous ont fait faire : vous avez besoin de nourriture après tant de souffrances. » Et, en lui disant ces paroles, et d'autres à peu près semblables, elle lui servait à manger et lui faisait verser à boire coup sur coup. Le repas dura longtemps, et le prince Assad but quelques coups de plus qu'il ne pouvait porter.

Quand la table fut levée, Assad eut besoin de sortir, et il prit son temps que la reine ne s'en aperçut pas. Il descendit dans la cour, et, comme il eut vu la porte du jardin ouverte, il y entra. Attiré par les beautés dont il était diversifié, il s'y promena un espace de temps. Il alla enfin jusqu'à un jet d'eau qui en faisait le plus grand agrément; il s'y lava les mains et le visage pour se rafraîchir, et, en voulant se reposer sur le gazon dont il était bordé, il s'y endormit.

La nuit approchait alors, et Behram, qui ne voulait pas donner lieu à la reine Margiane d'exécuter sa menace, avait déjà levé l'ancre, bien fâché de la perte qu'il avait faite d'Assad et d'être frustré de l'espérance d'en faire un sacrifice. Il tâchait néanmoins de se consoler sur ce que la tempête était cessée et qu'un vent de terre le favorisait à s'éloigner. Dès qu'il se fut tiré hors du port avec l'aide de sa chaloupe, avant de la tirer dans le vaisseau : « Enfants, dit-il aux matelots qui étaient dedans, attendez, ne remontez pas : je vais vous faire donner les barils pour faire de l'eau, et je vous attendrai sur les bords. » Les matelots, qui ne savaient pas où ils en pourraient faire, voulurent s'en excuser; mais, comme Behram avait parlé à la reine dans le jardin et qu'il avait remarqué le jet d'eau : « Allez aborder devant le jardin du palais, reprit-il, passez par-dessus le mur qui n'est qu'à hauteur d'appui, vous trouverez à faire de l'eau suffisamment dans le bassin qui est au milieu du jardin. »

Les matelots allèrent aborder où Behram leur avait marqué; et, après qu'ils se furent chargés chacun d'un baril sur l'épaule, en se débarquant, ils passèrent aisément par-dessus le mur. En approchant du bassin, comme ils eurent aperçu un homme couché qui dormait sur le bord, ils s'approchèrent de lui et ils le reconnurent pour Assad. Ils se partagèrent; et, pendant que les uns firent quelques barils d'eau, avec le moins de bruit qu'il leur fut possible, sans perdre le temps à les remplir tous, les autres environnèrent Assad, et l'observèrent pour l'arrêter au cas qu'il s'éveillât. Il leur donna tout le temps; et, dès que les barils furent pleins et chargés sur les épaules de ceux qui devaient les emporter, les autres se saisirent de lui et l'emmenèrent sans lui donner le temps de se reconnaître; ils le passèrent par-dessus le mur, l'embarquèrent avec leurs barils, et le transportèrent au vaisseau à force de rames. Quand ils furent près d'aborder au vaisseau : « Capitaine, s'écrièrent-ils avec des éclats de joie, faites jouer vos hautbois et vos tambours, nous vous ramenons votre esclave. »

Behram, qui ne pouvait comprendre comment ses

matelots auraient pu retrouver et reprendre Assad, et qui ne pouvait aussi l'apercevoir dans la chaloupe, à cause de la nuit, attendit avec impatience qu'ils fussent remontés sur le vaisseau pour leur demander ce qu'ils voulaient dire; mais, quand il l'eut vu devant ses yeux, il ne put se contenir de joie; et, sans s'informer comment ils s'y étaient pris pour faire une si belle capture, il le fit remettre à la chaîne, et, après avoir fait tirer la chaloupe dans le vaisseau en diligence, il fit force de voiles en reprenant la route de la montagne du Feu...

La sultane Scheherazade ne passa plus outre pour cette nuit; elle poursuivit la suivante, et dit au sultan des Indes :

CCXXXV^e NUIT

Sire, j'achevai hier en faisant remarquer à Votre Majesté que Behram avait repris la route de la montagne du Feu, bien joyeux de ce que ses matelots lui avaient ramené le prince Assad.

La reine Margiane cependant était dans de grandes alarmes; elle ne s'inquiéta pas d'abord quand elle se fut aperçue que le prince Assad était sorti. Comme elle ne douta pas qu'il ne dût revenir bientôt, elle l'attendit avec patience. Au bout de quelque temps qu'elle vit qu'il ne paraissait pas, elle commença d'en être inquiète. Elle commanda à ses femmes de voir où il était; elles le cherchèrent, et elles ne lui en apportèrent pas de nouvelles. La nuit vint, et elle le fit chercher à la lumière, mais aussi inutilement.

Dans l'impatience et dans l'alarme où la reine Margiane fut alors, elle alla le chercher elle-même à la lumière des flambeaux; et, comme elle eut aperçu que la porte du jardin était ouverte, elle y entra et le parcourut avec ses femmes. En passant près du jet d'eau et du bassin, elle remarqua une babouche * sur le bord du gazon, qu'elle fit ramasser, et elle la reconnut pour une des deux du prince, de même que ses femmes. Cela, joint à l'eau répandue sur le bord du bassin, lui fit croire que Behram pourrait bien l'avoir fait enlever. Elle envoya savoir dans le moment s'il était encore au port; et, comme elle eut appris qu'il avait fait voile un peu avant la nuit, qu'il

* Soulier du Levant.

s'était arrêté quelque temps sur les bords, et que sa chaloupe était venue faire de l'eau dans le jardin, elle envoya avertir le commandant de dix vaisseaux de guerre qu'elle avait dans son port toujours équipés et prêts à partir au premier commandement, qu'elle voulait s'embarquer en personne le lendemain à une heure de jour.

Le commandant fit ses diligences : il assembla les capitaines, les autres officiers, les matelots, les soldats, et tout fut embarqué à l'heure qu'elle l'avait souhaité. Elle s'embarqua; et, quand son escadre fut hors du port et à la voile, elle déclara son intention au commandant : « Je veux, dit-elle, que vous fassiez force de voiles, et que vous donniez la chasse au vaisseau marchand qui partit de ce port hier au soir. Je vous l'abandonne si vous le prenez; mais, si vous ne le prenez pas, votre vie m'en répondra. »

Les dix vaisseaux donnèrent chasse au vaisseau de Behram deux jours entiers, et ne virent rien. Ils le découvrirent le troisième à la pointe du jour, et, sur le midi, ils l'environnèrent de manière qu'il ne pouvait pas échapper.

Dès que le cruel Behram eut aperçu les dix vaisseaux, il ne douta pas que ce ne fût l'escadre de la reine Margiane qui le poursuivait, et alors il donnait la bastonnade à Assad : car, depuis son embarquement dans son vaisseau au port de la ville des Mages, il n'avait pas manqué un jour de lui faire ce même traitement; cela fit qu'il le maltraita plus que de coutume. Il se trouva dans un grand embarras quand il vit qu'il allait être environné. De garder Assad, c'était se déclarer coupable; de lui ôter aussi la vie, il craignait qu'il n'en parût quelque marque. Il le fit déchaîner, et quand on l'eut fait monter du fond de cale où il était, et qu'on l'eut amené devant lui : « C'est toi, lui dit-il, qui es cause qu'on nous poursuit. » Et, en disant ces paroles, il le jeta dans la mer.

Le prince Assad, qui savait nager, s'aida de ses pieds et de ses mains avec tant de courage, à la faveur des flots qui le secondaient, qu'il en eut assez pour ne pas succomber et pour gagner la terre. Quand il fut sur le rivage, la première chose qu'il fit fut de remercier Dieu de l'avoir délivré d'un si grand danger, et tiré encore une fois des mains des adorateurs du feu. Il se dépouilla ensuite; et, après avoir bien exprimé l'eau de son habit, il l'étendit sur un rocher où il fut bientôt séché, tant par l'ardeur du soleil que par la chaleur du rocher qui en était échauffé.

Il se reposa cependant en déplorant sa misère, sans savoir en quel pays il était, ni de quel côté il tournerait. Il reprit enfin son habit, et marcha sans trop s'éloigner de la mer, jusqu'à ce qu'il eût trouvé un chemin qu'il suivit. Il chemina plus de dix jours par un pays où personne n'habitait, et où il ne trouvait que des fruits sauvages et quelques plantes le long des ruisseaux, dont il vivait. Il arriva enfin près d'une ville qu'il reconnut pour celle des Mages où il avait été si fort maltraité, et où son frère Amgiad était grand-vizir. Il en eut de la joie; mais il fit bien résolution de ne pas s'approcher d'aucun adorateur du feu, mais seulement de quelques musulmans : car il se souvenait d'y en avoir remarqué quelques-uns la première fois qu'il y était entré. Comme il était tard, et qu'il savait bien que les boutiques étaient déjà fermées, et qu'il trouverait peu de monde dans les rues, il prit le parti de s'arrêter dans le cimetière qui était près de la ville, où il y avait plusieurs tombeaux élevés en façon de mausolées. En cherchant, il en trouva un dont la porte était ouverte; il y entra, résolu à y passer la nuit.

Revenons présentement au vaisseau de Behram. Il ne fut pas longtemps à être investi de tous les côtés par les vaisseaux de la reine Margiane, après qu'il eut jeté le prince Assad à la mer. Il fut abordé par le vaisseau où était la reine, et, à son approche, comme il n'était pas en état de faire aucune résistance, Behram fit plier les voiles pour marquer qu'il se rendait.

La reine Margiane passa elle-même sur le vaisseau et demanda à Behram où était l'écrivain qu'il avait eu la témérité d'enlever ou de faire enlever dans son palais. « Reine, répondit Behram, je jure à Votre Majesté qu'il n'est pas sur mon vaisseau; elle peut le faire chercher, et connaître par là mon innocence. »

Margiane fit faire la visite du vaisseau avec toute l'exactitude possible; mais on ne trouva pas celui qu'elle souhaitait si passionnément de retrouver, autant parce qu'elle l'aimait que par la générosité qui lui était naturelle. Elle fut sur le point de lui ôter la vie de sa propre main; mais elle se retint, et elle se contenta de confisquer son vaisseau et toute la charge, et de le renvoyer par terre avec tous ses matelots, en lui laissant la chaloupe pour y aller aborder.

Behram, accompagné de ses matelots, arriva à la ville

des Mages la même nuit qu'Assad s'était arrêté dans le cimetière et retiré dans le tombeau. Comme la porte était fermée, il fut contraint de chercher aussi dans le cimetière quelque tombeau pour y attendre qu'il fût jour et qu'on l'ouvrît.

Par malheur pour Assad, Behram passa devant celui où il était. Il y entra, et il vit un homme qui dormait la tête enveloppée dans son habit. Assad s'éveilla au bruit, et, en levant la tête, il demanda qui c'était.

Behram le reconnut d'abord. « Ah ! ah ! dit-il, vous êtes donc celui qui est cause que je suis ruiné pour le reste de ma vie ! Vous n'avez pas été sacrifié cette année, mais vous n'échapperez pas de même l'année prochaine. » En disant ces paroles, il se jeta sur lui, lui mit son mouchoir sur la bouche pour l'empêcher de crier, et le fit lier par ses matelots.

Le lendemain matin, dès que la porte fut ouverte, il fut aisé à Behram de ramener Assad chez le vieillard qui l'avait abusé avec tant de méchanceté, par des rues détournées où personne n'était encore levé. Dès qu'il y fut entré, il le fit descendre dans le même cachot d'où il avait été tiré, et informa le vieillard du triste sujet de son retour, et du malheureux succès de son voyage. Le méchant vieillard n'oublia pas d'enjoindre à ses deux filles de maltraiter le prince infortuné plus qu'auparavant, s'il était possible.

Assad fut extrêmement surpris de se revoir dans le même lieu où il avait déjà tant souffert ; et, dans l'attente des mêmes tourments dont il avait cru être délivré pour toujours, il pleurait la rigueur de son destin, lorsqu'il vit entrer Bostane avec un bâton, un pain et une cruche d'eau. Il frémit à la vue de cette impitoyable, et à la seule pensée des supplices journaliers qu'il avait encore à souffrir toute une année pour mourir ensuite d'une manière pleine d'horreur...

Mais le jour, que la sultane Scheherazade vit paraître comme elle en était à ces dernières paroles, l'obligea de s'interrompre. Elle reprit le même conte la nuit suivante, et dit au sultan des Indes :

CCXXXVI[e] NUIT

Sire, Bostane traita le malheureux prince Assad aussi cruellement qu'elle l'avait déjà fait dans sa première détention. Les lamentations, les plaintes, les instantes prières d'Assad qui la suppliait de l'épargner, jointes à ses larmes, furent si vives que Bostane ne put s'empêcher d'en être attendrie et de verser des larmes avec lui. « Seigneur, lui dit-elle en lui recouvrant les épaules, je vous demande mille pardons de la cruauté avec laquelle je vous ai traité ci-devant, et dont je viens de vous faire sentir encore des effets. Jusqu'à présent je n'ai pu désobéir à un père injustement animé contre vous, et acharné à votre perte; mais enfin je déteste et j'abhorre cette barbarie. Consolez-vous : vos maux sont finis, et je vais tâcher de réparer tous mes crimes, dont je connais l'énormité, par de meilleurs traitements. Vous m'avez regardée jusqu'aujourd'hui comme une infidèle, regardez-moi présentement comme une musulmane. J'ai déjà quelques instructions qu'une esclave de votre religion, qui me sert, m'a données; j'espère que vous voudrez bien achever ce qu'elle a commencé. Pour vous marquer ma bonne intention, je demande pardon au vrai Dieu de toutes mes offenses par les mauvais traitements que je vous ai faits, et j'ai confiance qu'il me fera trouver le moyen de vous mettre dans une entière liberté. »

Ce discours fut d'une grande consolation au prince Assad; il rendit des actions de grâces à Dieu de ce qu'il avait touché le cœur de Bostane, et, après qu'il l'eut bien remerciée des bons sentiments où elle était pour lui, il n'oublia rien pour l'y confirmer, non seulement en achevant de l'instruire de la religion musulmane, mais même en lui faisant le récit de son histoire et de toutes ses disgrâces dans le haut rang de sa naissance. Quand il fut entièrement assuré de sa fermeté dans la bonne résolution qu'elle avait prise, il lui demanda comment elle ferait pour empêcher que sa sœur Cavame n'en eût connaissance et ne vînt le maltraiter à son tour. « Que cela ne vous chagrine pas, reprit Bostane, je saurai bien faire en sorte qu'elle ne se mêle plus de vous voir. »

En effet, Bostane sut toujours prévenir Cavame toutes les fois qu'elle voulait descendre au cachot. Elle voyait cependant fort souvent le prince Assad; et, au lieu de ne lui porter que du pain et de l'eau, elle lui portait du vin et de bons mets qu'elle faisait préparer par douze esclaves musulmanes qui la servaient. Elle mangeait même de temps en temps avec lui, et faisait tout ce qui était en son pouvoir pour le consoler.

Quelques jours après, Bostane était à la porte de la

maison, lorsqu'elle entendit un crieur public qui publiait quelque chose. Comme elle n'entendait pas ce que c'était, à cause que le crieur était trop éloigné, et qu'il approchait pour passer devant la maison, elle rentra, et, en tenant la porte à demi ouverte, elle vit qu'il marchait devant le grand-vizir Amgiad, frère du prince Assad, accompagné de plusieurs officiers et de quantité de ses gens qui marchaient devant et après lui.

Le crieur n'était plus qu'à quelques pas de la porte, lorsqu'il répéta ce cri à haute voix :

L'excellent et l'illustre grand-vizir, que voici en personne, cherche son cher frère qui s'est séparé d'avec lui il y a plus d'un an. Il est fait de telle et telle manière. Si quelqu'un le garde chez lui ou sait où il est, Son Excellence commande qu'il ait à le lui amener, ou à lui en donner avis, avec promesse de le bien récompenser. Si quelqu'un le cache, et qu'on le découvre, Son Excellence déclare qu'elle le punira de mort, lui, sa femme, ses enfants et toute sa famille, et fera raser sa maison.

Bostane n'eut pas plus tôt entendu ces paroles qu'elle ferma la porte au plus vite, et alla trouver Assad dans le cachot. « Prince, lui dit-elle avec joie, vous êtes à la fin de vos malheurs; suivez-moi, et venez promptement. » Assad, qu'elle avait ôté de la chaîne dès le premier jour qu'il avait été ramené dans le cachot, la suivit jusque dans la rue, où elle cria : « Le voici, le voici! »

Le grand-vizir, qui n'était pas encore éloigné, se retourna. Assad le reconnut pour son frère, courut à lui et l'embrassa. Amgiad, qui le reconnut aussi d'abord, l'embrassa de même très étroitement, lui fit monter le cheval d'un de ses officiers qui mit pied à terre, et le mena au palais en triomphe, où il le présenta au roi, qui le fit un de ses vizirs.

Bostane, qui n'avait pas voulu rentrer chez son père, dont la maison fut rasée dès le même jour, et qui n'avait pas perdu le prince Assad de vue jusqu'au palais, fut envoyée à l'appartement de la reine. Le vieillard son père et Behram, amenés devant le roi avec leurs familles, furent condamnés à avoir la tête tranchée. Ils se jetèrent à ses pieds et implorèrent sa clémence. « Il n'y a pas de grâce pour vous, reprit le roi, que vous ne renonciez à l'adoration du feu, et que vous n'embrassiez la religion musulmane. » Ils sauvèrent leur vie en prenant ce parti, de même que Cavame, sœur de Bostane, et leurs familles.

En considération de ce que Behram s'était fait musulman, Amgiad, qui voulut le récompenser aussi de la perte qu'il avait faite avant de mériter sa grâce, le fit un de ses principaux officiers, et le logea chez lui. Behram, informé en peu de jours de l'histoire d'Amgiad, son bienfaiteur, et d'Assad, son frère, leur proposa de faire équiper un vaisseau, et de les ramener au roi Camaralzaman, leur père. « Apparemment, leur dit-il, qu'il a reconnu votre innocence, et qu'il désire impatiemment de vous revoir. Si cela n'est pas, il ne sera pas difficile de la lui faire reconnaître avant de se débarquer; et s'il demeure dans son injuste prévention, vous n'aurez que la peine de revenir. »

Les deux frères acceptèrent l'offre de Behram; ils parlèrent de leur dessein au roi, qui l'approuva, et donnèrent ordre à l'équipement d'un vaisseau. Behram s'y employa avec toute la diligence possible, et, quand il fut prêt de mettre à la voile, les princes allèrent prendre congé du roi un matin avant d'aller s'embarquer. Dans le temps qu'ils faisaient leurs compliments, et qu'ils remerciaient le roi de ses bontés, on entendit un grand tumulte par toute la ville, et en même temps un officier vint annoncer qu'une grande armée s'approchait, et que personne ne savait quelle armée c'était.

Dans l'alarme que cette fâcheuse nouvelle donna au roi, Amgiad prit la parole : « Sire, lui dit-il, quoique je vienne de remettre entre les mains de Votre Majesté la dignité de son premier ministre dont elle m'avait honoré, je suis prêt néanmoins de lui rendre encore service, et je la supplie de vouloir bien que j'aille voir qui est cet ennemi qui vient vous attaquer dans votre capitale sans vous avoir déclaré la guerre auparavant. » Le roi l'en pria, et il partit sur-le-champ avec peu de suite.

Le prince Amgiad ne fut pas longtemps à découvrir l'armée, qui lui parut puissante et qui avançait toujours. Les avant-coureurs, qui avaient leurs ordres, le reçurent favorablement, et le menèrent devant une princesse, qui s'arrêta avec toute son armée pour lui parler. Le prince Amgiad lui fit une profonde révérence, et lui demanda si elle venait comme amie ou comme ennemie; et, si elle venait comme ennemie, quel sujet de plainte elle avait contre le roi son maître.

« Je viens comme amie, répondit la princesse, et je n'ai aucun sujet de mécontentement contre le roi des

Mages. Ses États et les miens sont situés d'une manière qu'il est difficile que nous puissions avoir aucun démêlé ensemble. Je viens seulement demander un esclave nommé Assad, qui m'a été enlevé par un capitaine de cette ville qui s'appelle Behram, le plus insolent de tous les hommes ; et j'espère que votre roi me fera justice quand il saura que je suis Margiane.

— Puissante reine, reprit le prince Amgiad, je suis le frère de cet esclave que vous cherchez avec tant de peine. Je l'avais perdu, et je l'ai retrouvé. Venez, je vous le livrerai moi-même, et, j'aurai l'honneur de vous entretenir de tout le reste. Le roi mon maître sera ravi de vous voir. »

Pendant que l'armée de la reine Margiane campa au même endroit par son ordre, le prince Amgiad l'accompagna jusque dans la ville et jusqu'au palais, où il la présenta au roi, et, après que le roi l'eut reçue comme elle le méritait, le prince Assad, qui était présent, et qui l'avait reconnue dès qu'elle avait paru, lui fit son compliment. Elle lui témoignait la joie qu'elle avait de le revoir, lorsqu'on vint apprendre au roi qu'une armée plus formidable que la première paraissait d'un autre côté de la ville.

Le roi des Mages, épouvanté plus que la première fois de l'arrivée d'une seconde armée plus nombreuse que la première, comme il en jugeait lui-même par les nuages de poussière qu'elle excitait à son approche et qui couvraient déjà le ciel : « Amgiad, s'écria-t-il, où en sommes-nous ? Voilà une nouvelle armée qui va nous accabler. »

Amgiad comprit l'intention du roi : il monta à cheval et courut à toute bride au-devant de cette nouvelle armée. Il demanda aux premiers qu'il rencontra à parler à celui qui la commandait, et on le conduisit devant un roi qu'il reconnut à la couronne qu'il portait sur la tête. De si loin qu'il l'aperçut, il mit pied à terre, et, lorsqu'il fut près de lui, après qu'il se fut jeté la face en terre, il lui demanda ce qu'il souhaitait du roi son maître.

« Je m'appelle Gaïour, reprit le roi, et suis roi de la Chine. Le désir d'apprendre des nouvelles d'une fille nommée Badoure, que j'ai mariée depuis plusieurs années au prince Camaralzaman, fils du roi Schahzaman, roi des îles des Enfants de Khaledan, m'a obligé de sortir de mes États. J'avais permis à ce prince d'aller voir le roi son père, à la charge de venir me revoir d'année en année avec ma fille. Depuis tant de temps cependant, je n'en ai pas entendu parler. Votre roi obligerait un père affligé de lui apprendre ce qu'il en peut savoir. »

Le prince Amgiad, qui reconnut le roi son grand-père à ce discours, lui baisa la main avec tendresse, et, en lui répondant : « Sire, dit-il, Votre Majesté me pardonnera cette liberté quand elle saura que je la prends pour lui rendre mes respects comme à mon grand-père. Je suis fils de Camaralzaman, aujourd'hui roi de l'île d'Ébène, et de la reine Badoure, dont elle est en peine; et je ne doute pas qu'ils ne soient en parfaite santé dans leur royaume. »

Le roi de la Chine, ravi de voir son petit-fils, l'embrassa aussitôt très tendrement; et cette rencontre si heureuse et si peu attendue leur tira des larmes de part et d'autre. Sur la demande qu'il fit au prince Amgiad du sujet qui l'avait amené dans ce pays étranger, le prince lui raconta toute son histoire et celle du prince Assad son frère. Quand il eut achevé : « Mon fils, reprit le roi de la Chine, il n'est pas juste que des princes innocents comme vous soient maltraités plus longtemps. Consolez-vous, je vous remènerai vous et votre frère, et je ferai votre paix. Retournez, et faites part de mon arrivée à votre frère. »

Pendant que le roi de la Chine campa à l'endroit où le prince Amgiad l'avait trouvé, le prince Amgiad retourna rendre réponse au roi des Mages, qui l'attendait avec grande impatience. Le roi fut extrêmement surpris d'apprendre qu'un roi aussi puissant que celui de la Chine eût entrepris un voyage si long et si pénible, excité par le désir de voir sa fille, et qu'il fût si près de sa capitale. Il donna aussitôt les ordres pour le bien régaler, et se mit en état d'aller le recevoir.

Dans cet intervalle, on vit paraître une grande poussière d'un autre côté de la ville, et l'on apprit bientôt que c'était une troisième armée qui arrivait. Cela obligea le roi de demeurer, et de prier le prince Amgiad d'aller voir encore ce qu'elle demandait.

Amgiad partit, et le prince Assad l'accompagna cette fois. Ils trouvèrent que c'était l'armée de Camaralzaman, leur père, qui venait les chercher. Il avait donné des marques d'une si grande douleur de les avoir perdus que l'émir Giondar à la fin lui avait déclaré de quelle manière il leur avait conservé la vie; ce qui l'avait fait résoudre de les aller chercher en quelque pays qu'ils fussent.

Ce père affligé embrassa les deux princes avec des ruisseaux de larmes de joie, qui terminèrent agréablement les larmes d'affliction qu'il versait depuis si longtemps. Les princes ne lui eurent pas plus tôt appris que le roi de la Chine, son beau-père, venait d'arriver aussi le même jour, qu'il se détacha avec eux et avec peu de suite, et alla le voir en son camp. Ils n'avaient pas fait beaucoup de chemin qu'ils aperçurent une quatrième armée qui s'avançait en bel ordre, et paraissait venir du côté de Perse.

Camaralzaman dit aux princes ses fils d'aller voir quelle armée c'était, et qu'il les attendrait. Ils partirent aussitôt, et, à leur arrivée, ils furent présentés au roi à qui l'armée appartenait. Après l'avoir salué profondément, ils lui demandèrent à quel dessein il s'était approché si près de la capitale du roi des Mages.

Le grand-vizir, qui était présent, prit la parole : « Le roi à qui vous venez de parler, leur dit-il, est Schahzaman, roi des îles des Enfants de Khaledan, qui voyage depuis longtemps dans l'équipage que vous voyez en cherchant le prince Camaralzaman, son fils, qui est sorti de ses États il y a de longues années. Si vous en savez quelques nouvelles, vous lui ferez le plus grand plaisir du monde de l'en informer. »

Les princes ne répondirent autre chose, sinon qu'ils apporteraient la réponse dans peu de temps, et ils revinrent à toute bride annoncer à Camaralzaman que la dernière armée qui venait d'arriver était celle du roi Schahzaman, et que le roi son père y était en personne.

L'étonnement, la surprise, la joie, la douleur d'avoir abandonné le roi son père sans prendre congé de lui, firent un si puissant effet sur l'esprit du roi Camaralzaman qu'il tomba évanoui dès qu'il eut appris qu'il était si près de lui. Il revint à la fin par l'empressement des princes Amgiad et Assad à le soulager; et, lorsqu'il se sentit assez de forces, il alla se jeter aux pieds du roi Schahzaman.

De longtemps il ne s'était vu une entrevue si tendre entre un père et un fils. Schahzaman se plaignit obligeamment au roi Camaralzaman de l'insensibilité qu'il avait eue en s'éloignant de lui d'une manière si cruelle; et Camaralzaman lui témoigna un véritable regret de la faute que l'amour lui avait fait commettre.

Les trois rois et la reine Margiane demeurèrent trois jours à la cour du roi des Mages, qui les régala magnifiquement. Ces trois jours furent aussi très remarquables par le mariage du prince Assad avec la reine Margiane, et du prince Amgiad avec Bostane, en considération du service qu'elle avait rendu au prince Assad. Les trois rois enfin et la reine Margiane avec Assad son époux se retirèrent chacun dans leur royaume. Pour ce qui est d'Amgiad, le roi des Mages, qui l'avait pris en affection et qui était déjà fort âgé, lui mit la couronne sur la tête; et Amgiad mit toute son application à détruire le culte du feu, et à établir la religion musulmane dans ses États.

AVERTISSEMENT *

Les lecteurs des deux premiers volumes de ces contes, ont été fatigués de l'interruption que Dinarzade apportait à leur lecture. On a remédié à ce défaut dans les volumes qui ont suivi. On ne doute pas qu'ils ne soient encore plus satisfaits de celui-ci, où ils ne seront plus arrêtés par les autres interruptions à chaque nuit. Il suffit qu'ils soient instruits du dessein de l'auteur arabe qui en a fait le recueil.

On trouve de ces contes en arabe, où il n'est parlé ni de Scheherazade, ni du sultan Schahriar, ni de Dinarzade, ni de distinction par nuit. Cela fait voir que tous les Arabes n'ont pas approuvé la forme que cet auteur leur a donnée, et qu'une infinité se sont ennuyés de ces répétitions, qui sont à la vérité très inutiles. On avait voulu s'y conformer dans cette traduction, mais, sans parler des autres raisons, on y a trouvé des difficultés si grandes qu'on a été obligé de ne s'y plus arrêter.

On est bien aise cependant d'avertir encore les lecteurs que Scheherazade parle toujours sans être interrompue.

* Dans l'édition originale, cet avertissement se lit en tête du tome VII. (Note des éditeurs.)

HISTOIRE DE NOUREDDIN
ET
DE LA BELLE PERSIENNE

La ville de Balsora fut longtemps la capitale d'un royaume tributaire des califes. Le roi qui le gouvernait du temps du calife Haroun-al-Raschid s'appelait Zineby; et l'un et l'autre étaient cousins, fils de deux frères. Zineby n'avait pas jugé à propos de confier l'administration de ses États à un seul vizir; il en avait choisi deux, Khacan et Saouy.

Khacan était doux, prévenant, libéral, et se faisait un plaisir d'obliger ceux qui avaient affaire à lui en tout ce qui dépendait de son pouvoir, sans porter préjudice à la justice qu'il était obligé de rendre. Il n'y avait aussi personne à la cour de Balsora, ni dans la ville, ni dans tout le royaume, qui ne le respectât et ne publiât les louanges qu'il méritait.

Saouy était tout d'un autre caractère : il était toujours chagrin, et il rebutait également tout le monde, sans distinction de rang ou de qualité. Avec cela, bien loin de se faire un mérite des grandes richesses qu'il possédait, il était d'une avarice achevée, jusqu'à se refuser à lui-même les choses nécessaires. Personne ne pouvait le souffrir, et jamais on n'avait entendu dire de lui que du mal. Ce qui le rendait plus haïssable, c'était la grande aversion qu'il avait pour Khacan, et qu'en interprétant en mal tout le bien que faisait ce digne ministre, il ne cessait de lui rendre de mauvais offices auprès du roi.

Un jour, après le conseil, le roi de Balsora se délassait l'esprit, et s'entretenait avec ses deux vizirs et plusieurs autres membres du conseil. La conversation tomba sur les femmes esclaves que l'on achète, et que l'on tient parmi nous à peu près au même rang que les femmes que l'on a en mariage légitime. Quelques-uns prétendaient qu'il suffisait qu'une esclave que l'on achetait fût belle et bien faite pour se consoler des femmes que l'on est obligé de prendre par alliance ou par intérêt de famille, qui n'ont pas toujours une grande beauté, ni les autres perfections du corps en partage.

Les autres soutenaient, et Khacan était de ce sentiment, que la beauté et toutes les belles qualités du corps n'étaient pas les seules choses que l'on devait rechercher dans une esclave, mais qu'il fallait qu'elles fussent accompagnées de beaucoup d'esprit, de sagesse, de modestie, d'agrément, et, s'il se pouvait, de plusieurs belles connaissances. La raison qu'ils en apportaient est, disaient-ils, que rien ne convient davantage à des personnes qui ont de grandes affaires à administrer, qu'après avoir passé toute la journée dans une occupation si pénible, de trouver, en se retirant en leur particulier, une compagnie dont l'entretien était également utile, agréable et divertissant. « Car enfin, ajoutaient-ils, c'est ne pas différer des bêtes que d'avoir une esclave pour la voir simplement, et contenter une passion que nous avons commune avec elles. »

Le roi se rangea du parti des derniers, et il le fit connaître en ordonnant à Khacan de lui acheter une esclave qui fût parfaite en beauté, qui eût toutes les belles qualités que l'on venait de dire, et, sur toutes choses, qui fût très savante.

Saouy, jaloux de l'honneur que le roi faisait à Khacan, et qui avait été de l'avis contraire : « Sire, reprit-il, il sera bien difficile de trouver une esclave aussi accomplie que Votre Majesté la demande. Si on la trouve, ce que j'ai de la peine à croire, elle l'aura à bon marché si elle ne lui coûte que dix mille pièces d'or. — Saouy, repartit le roi, vous trouvez apparemment que la somme est trop grosse : elle peut l'être pour vous, mais elle ne l'est pas pour moi. » En même temps, le roi ordonna à son grand trésorier, qui était présent, d'envoyer les dix mille pièces d'or chez Khacan.

Dès que Khacan fut de retour chez lui, il fit appeler tous les courtiers qui se mêlaient de la vente des femmes et des filles esclaves, et les chargea, dès qu'ils auraient trouvé une esclave telle qu'il la leur dépeignit, de venir lui en donner avis. Les courtiers, autant pour obliger le vizir Khacan que pour leur intérêt particulier, lui promirent de mettre tous leurs soins à en découvrir une selon qu'il la souhaitait. Il ne se passait guère de jour qu'on ne lui en amenât quelqu'une, mais il y trouvait toujours quelques défauts.

Un jour, de grand matin, que Khacan allait au palais du roi, un courtier se présenta à l'étrier de son cheval avec grand empressement, et lui annonça qu'un marchand de Perse, arrivé le jour de devant fort tard, avait une esclave à vendre d'une beauté achevée, au-dessus de toutes celles qu'il pouvait avoir vues. « A l'égard de son esprit et de ses connaissances, ajouta-t-il, le marchand la garantit pour tenir tête à tout ce qu'il y a de beaux esprits et de savants au monde. »

Khacan, joyeux de cette nouvelle qui lui faisait espérer d'avoir lieu de bien faire sa cour, lui dit de lui amener l'esclave à son retour du palais, et continua son chemin.

Le courtier ne manqua pas de se trouver chez le vizir à l'heure marquée; et Khacan trouva l'esclave belle si fort au-delà de son attente qu'il lui donna dès lors le nom de belle Persienne. Comme il avait infiniment d'esprit et qu'il était très savant, il eut bientôt connu, par l'entretien qu'il eut avec elle, qu'il chercherait inutilement une autre esclave qui la surpassât en aucune des qualités que le roi demandait. Il demanda au courtier à quel prix le marchand de Perse l'avait mise.

« Seigneur, répondit le courtier, c'est un homme qui n'a qu'une parole : il proteste qu'il ne peut la donner, au dernier mot, à moins de dix mille pièces d'or. Il m'a même juré que sans compter ses soins, ses peines, et le temps qu'il y a qu'il l'élève, il a fait à peu près la même dépense pour elle, tant en maîtres pour les exercices du corps, et pour l'instruire et lui former l'esprit, qu'en habits et en nourriture. Comme il la jugea digne d'un roi dès qu'il l'eut achetée dans sa première enfance, il n'a rien épargné de tout ce qui pouvait contribuer à la faire arriver à ce haut rang. Elle joue de toutes sortes d'instruments, elle chante, elle danse; elle écrit mieux que les écrivains les plus habiles; elle fait des vers; il n'y a pas de livres enfin qu'elle n'ait lus. On n'a pas entendu dire que jamais esclave ait su autant de choses qu'elle en sait. »

Le vizir Khacan, qui connaissait le mérite de la belle Persienne beaucoup mieux que le courtier, qui n'en parlait que sur ce que le marchand lui en avait appris, n'en voulut pas remettre le marché à un autre temps. Il envoya chercher le marchand par un de ses gens, où le courtier enseigna qu'on le trouverait.

Quand le marchand de Perse fut arrivé : « Ce n'est

pas pour moi que je veux acheter votre esclave, lui dit le vizir Khacan, c'est pour le roi; mais il faut que vous la lui vendiez à un meilleur prix que celui que vous y avez mis.

— Seigneur, répondit le marchand, je me ferais un grand honneur d'en faire présent à Sa Majesté, s'il appartenait à un marchand comme moi d'en faire de cette conséquence. Je ne demande proprement que l'argent que j'ai déboursé pour la former et la rendre comme elle est. Ce que je puis dire, c'est que Sa Majesté aura fait une acquisition dont elle sera très contente. »

Le vizir Khacan ne voulut pas marchander; il fit compter la somme au marchand; et le marchand, avant de se retirer : « Seigneur, dit-il au vizir, puisque l'esclave est destinée pour le roi, vous voudrez bien que j'aie l'honneur de vous dire qu'elle est extrêmement fatiguée du long voyage que je lui ai fait faire pour l'amener ici. Quoique ce soit une beauté qui n'a point de pareilles, ce sera néanmoins tout autre chose si vous la gardez chez vous seulement une quinzaine de jours, et que vous donniez un peu de vos soins pour la faire bien traiter. Ce temps-là passé, lorsque vous la présenterez au roi, elle vous fera un honneur et un mérite dont j'espère que vous me saurez quelque gré. Vous voyez même que le soleil lui a un peu gâté le teint; mais, dès qu'elle aura été au bain deux ou trois fois, et que vous l'aurez fait habiller de la manière que vous le jugerez à propos, elle sera si fort changée que vous la trouverez infiniment plus belle. »

Khacan prit le conseil du marchand en bonne part, et résolut de le suivre. Il donna à la belle Persienne un appartement en particulier près celui de sa femme, qu'il pria de la faire manger avec elle, et de la regarder comme une dame qui appartenait au roi. Il la pria aussi de lui faire faire plusieurs habits les plus magnifiques qu'il serait possible, et qui lui conviendraient le mieux. Avant de quitter la belle Persienne : « Votre bonheur, lui dit-il, ne peut être plus grand que celui que je viens de vous procurer. Jugez-en vous-même : c'est pour le roi que je vous ai achetée, et j'espère qu'il sera beaucoup plus satisfait de vous posséder que je ne le suis de m'être acquitté de la commission dont il m'avait chargé. Ainsi, je suis bien aise de vous avertir que j'ai un fils qui ne manque pas d'esprit, mais jeune, folâtre et entreprenant, et de vous bien garder de lui lorsqu'il s'approchera de vous. » La belle Persienne le remercia de cet avis; et, après qu'elle l'eut bien assuré qu'elle en profiterait, il se retira.

Noureddin, c'est ainsi que se nommait le fils du vizir Khacan, entrait librement dans l'appartement du sa mère, avec qui il avait coutume de prendre ses repas. Il était très bien fait de sa personne, jeune, agréable et hardi; et, comme il avait infiniment d'esprit et qu'il s'exprimait avec facilité, il avait un don particulier de persuader tout ce qu'il voulait. Il vit la belle Persienne; et dès leur première entrevue, quoiqu'il eût appris que son père l'avait achetée pour le roi, et que son père le lui eût déclaré lui-même, il ne se fit pas néanmoins la moindre violence pour s'empêcher de l'aimer. Il se laissa entraîner par les charmes dont il fut frappé d'abord, et l'entretien qu'il eut avec elle lui fit prendre la résolution d'employer toute sorte de moyens pour l'enlever au roi.

De son côté, la belle Persienne trouva Noureddin très aimable. « Le vizir me fait un grand honneur, dit-elle en elle-même, de m'avoir achetée pour me donner au roi de Balsora. Je m'estimerais très heureuse, quand il se contenterait de ne me donner qu'à son fils. »

Noureddin fut très assidu à profiter de l'avantage qu'il avait de voir une beauté dont il était si amoureux, de s'entretenir, de rire et de badiner avec elle. Jamais il ne la quittait que sa mère ne l'y eût contraint. « Mon fils, lui disait-elle, il n'est pas bienséant à un jeune homme comme vous de demeurer toujours dans l'appartement des femmes. Allez, retirez-vous, et travaillez à vous rendre digne de succéder un jour à la dignité de votre père. »

Comme il y avait longtemps que la belle Persienne n'était allée au bain à cause du long voyage qu'elle venait de faire, cinq ou six jours après qu'elle eut été achetée, la femme du vizir Khacan eut soin de faire chauffer exprès pour elle celui que le vizir avait chez lui. Elle l'y envoya avec plusieurs de ses femmes esclaves à qui elle recommanda de lui rendre les mêmes services qu'à elle-même, et, au sortir du bain, de lui faire prendre un habit très magnifique qu'elle lui avait déjà fait faire. Elle y avait pris d'autant plus de soin qu'elle voulait s'en faire un mérite auprès du vizir son mari, et lui faire connaître combien elle s'intéressait en tout ce qui pouvait lui plaire.

A la sortie du bain, la belle Persienne, mille fois plus belle qu'elle ne l'avait paru à Khacan lorsqu'il l'avait achetée, vint se faire voir à la femme de ce vizir, qui eut de la peine à la reconnaître.

La belle Persienne lui baisa la main avec grâce, et lui dit : « Madame, je ne sais pas comment vous me trouvez avec l'habit que vous avez pris la peine de me faire faire. Vos femmes, qui m'assurent qu'il me fait si bien qu'elles ne me connaissent plus, sont apparemment des flatteuses : c'est à vous que je m'en rapporte. Si néanmoins elles disaient la vérité, ce serait vous, Madame, à qui j'aurais toute l'obligation de l'avantage qu'il me donne.

— Ma fille, reprit la femme du vizir avec bien de la joie, vous ne devez pas prendre pour une flatterie ce que mes femmes vous ont dit : je m'y connais mieux qu'elles; et, sans parler de votre habit qui vous sied à merveille, vous apportez du bain une beauté si fort au-dessus de ce que vous étiez auparavant que je ne vous reconnais plus moi-même; si je croyais que le bain fût encore assez bon, j'irais en prendre ma part : je suis aussi bien dans un âge qui demande désormais que j'en fasse souvent provision. — Madame, reprit la belle Persienne, je n'ai rien à répondre aux honnêtetés que vous avez pour moi, sans les avoir méritées. Pour ce qui est du bain, il est admirable; et, si vous avez dessein d'y aller, vous n'avez pas de temps à perdre. Vos femmes peuvent vous dire la même chose que moi. »

La femme du vizir considéra qu'il y avait plusieurs jours qu'elle n'était allée au bain, et voulut profiter de l'occasion. Elle le témoigna à ses femmes, et ses femmes se furent bientôt munies de tout l'appareil qui lui était nécessaire. La belle Persienne se retira à son appartement; et la femme du vizir, avant de passer au bain, chargea deux petites esclaves de demeurer près d'elle, avec ordre de ne pas laisser entrer Noureddin, s'il venait.

Pendant que la femme du vizir Khacan était au bain et que la belle Persienne était seule, Noureddin arriva; et, comme il ne trouva pas sa mère dans son appartement, il alla à celui de la belle Persienne, où il trouva les deux petites esclaves dans l'antichambre. Il leur demanda où était sa mère; à quoi elles répondirent qu'elle était au bain. « Et la belle Persienne, reprit Noureddin, y est-elle aussi ? — Elle en est revenue, repartirent les esclaves, et elle est dans sa chambre; mais nous avons ordre de madame votre mère de ne vous pas laisser entrer. »

La chambre de la belle Persienne n'était fermée que par une portière. Noureddin s'avança pour entrer, et les deux esclaves se mirent au-devant pour l'en empêcher. Il les prit par le bras l'une et l'autre, les mit hors de l'antichambre et ferma la porte sur elles. Elles coururent au bain en faisant de grands cris, et annoncèrent à leur dame, en pleurant, que Noureddin était entré dans la chambre de la belle Persienne malgré elles, et qu'il les avait chassées.

La nouvelle d'une si grande hardiesse causa à la bonne dame une mortification des plus sensibles. Elle interrompit son bain, et s'habilla avec une diligence extrême. Mais, avant qu'elle eût achevé et qu'elle arrivât à la chambre de la belle Persienne, Noureddin en était sorti, et il avait pris la fuite.

La belle Persienne fut extrêmement étonnée de voir entrer la femme du vizir tout en pleurs, et comme une femme qui ne se possédait plus. « Madame, lui dit-elle, oserais-je vous demander d'où vient que vous êtes si affligée ? Quelle disgrâce vous est arrivée au bain pour vous avoir obligée d'en sortir si tôt ?

— Quoi ! s'écria la femme du vizir, vous me faites cette demande d'un esprit tranquille, après que mon fils Noureddin est entré dans votre chambre, et qu'il y est demeuré seul avec vous ? Pouvait-il nous arriver un plus grand malheur à lui et à moi ?

— De grâce, Madame, repartit la belle Persienne, quel malheur peut-il y avoir pour vous et pour Noureddin dans ce que Noureddin a fait ?

— Comment ! répliqua la femme du vizir, mon mari ne vous a-t-il pas dit qu'il vous a achetée pour le roi ? et ne vous avait-il pas avertie de prendre garde que Noureddin n'approchât de vous ?

— Je ne l'ai pas oublié, Madame, reprit encore la belle Persienne ; mais Noureddin m'est venu dire que le vizir son père avait changé de sentiment, et qu'au lieu de me réserver pour le roi, comme il en avait eu l'intention, il lui avait fait présent de ma personne. Je l'ai cru, Madame ; et, esclave comme je suis, accoutumée aux lois de l'esclavage dès ma plus tendre jeunesse, vous jugez bien que je n'ai pu et que je n'ai dû m'opposer à sa volonté. J'ajouterai même que je l'ai fait avec d'autant moins de répugnance que j'avais conçu une forte inclination pour lui, par la liberté que nous avons eue de nous voir. Je perds sans regret l'espérance d'appartenir au roi, et je m'estimerai très heureuse de passer toute ma vie avec Noureddin. »

A ce discours de la belle Persienne : « Plût à Dieu, dit la femme du vizir, que ce que vous me dites fût vrai, j'en aurais bien de la joie! Mais croyez-moi : Noureddin est un imposteur; il vous a trompée, et il n'est pas possible que son père lui ait fait le présent qu'il vous a dit. Qu'il est malheureux, et que je suis malheureuse! Et que son père l'est davantage par les suites fâcheuses qu'il doit craindre, et que nous devons craindre avec lui! Mes pleurs ni mes prières ne sont pas capables de le fléchir, ni d'obtenir son pardon. Son père va le sacrifier à son juste ressentiment dès qu'il sera informé de la violence qu'il vous a faite. » En achevant ces paroles, elle pleura amèrement; et ses esclaves, qui ne craignaient pas moins qu'elle pour la vie de Noureddin, suivirent son exemple.

Le vizir Khacan arriva quelques moments après, et fut dans un grand étonnement de voir sa femme et les esclaves en pleurs, et la belle Persienne fort triste. Il en demanda la cause; et sa femme et les esclaves augmentèrent leurs cris et leurs larmes au lieu de lui répondre. Leur silence l'étonna davantage; et, en s'adresssant à sa femme : « Je veux absolument, lui dit-il, que vous me déclariez ce que vous avez à pleurer, et que vous me disiez la vérité. »

La dame, désolée, ne put se dispenser de satisfaire son mari : « Promettez-moi donc, Seigneur, reprit-elle, que vous ne me voudrez point de mal de ce que je vous dirai : je vous assure d'abord qu'il n'y a pas de ma faute. » Sans attendre sa réponse : « Pendant que j'étais au bain avec mes femmes, poursuivit-elle, votre fils est venu, et a pris ce malheureux temps pour faire accroire à la belle Persienne que vous ne vouliez plus la donner au roi, et que vous lui en aviez fait un présent. Je ne vous dis pas ce qu'il a fait après une fausseté si insigne, je vous le laisse à juger vous-même. Voilà le sujet de mon affliction pour l'amour de vous et pour l'amour de lui, pour qui je n'ai pas la confiance d'implorer votre clémence. »

Il n'est pas possible d'exprimer quelle fut la mortification du vizir Khacan quand il eut entendu le récit de l'insolence de son fils Noureddin. « Ah! s'écria-t-il en se frappant cruellement, en se mordant les mains et en s'arrachant la barbe, c'est donc ainsi, malheureux fils, fils indigne de voir le jour, que tu jettes ton père dans le précipice du plus haut degré de son bonheur; que tu le perds, et que tu te perds toi-même avec lui! Le roi ne se contentera pas de ton sang, ni du mien, pour se venger de cette offense, qui attaque sa personne même. »

Sa femme voulut tâcher de le consoler. « Ne vous affligez pas, lui dit-elle, je ferai aisément dix mille pièces d'or d'une partie de mes pierreries; vous en achèterez une autre esclave qui sera plus belle et plus digne du roi.

— Eh! croyez-vous, reprit le vizir, que je sois capable de me tant affliger pour la perte de dix mille pièces d'or ? Il ne s'agit pas ici de cette perte, ni même de la perte de tous mes biens, dont je serais aussi peu touché. Il s'agit de celle de mon honneur, qui m'est plus précieux que tous les biens du monde. — Il me semble néanmoins, Seigneur, repartit la dame, que ce qui se peut réparer par de l'argent n'est pas d'une si grande conséquence.

— Hé quoi! répliqua le vizir, ne savez-vous pas que Saouy est mon ennemi capital ? Croyez-vous que, dès qu'il aura appris cette affaire, il n'aille pas triompher de moi près du roi ? « Votre Majesté, lui dira-t-il, ne parle « que de l'affection et du zèle de Khacan pour son ser- « vice; il vient de faire voir cependant combien il est « peu digne d'une si grande considération. Il a reçu « dix mille pièces d'or pour lui acheter une esclave. Il « s'est véritablement acquitté d'une commission si hono- « rable, et jamais personne n'a vu une si belle esclave; « mais, au lieu de l'amener à Votre Majesté, il a jugé plus « à propos d'en faire un présent à son fils. « Mon fils, lui « a-t-il dit, prenez cette esclave, c'est pour vous : vous la « méritez mieux que le roi. » Son fils, continuera-t-il avec « sa malice ordinaire, l'a prise, et il se divertit tous les « jours avec elle. La chose est comme j'ai l'honneur de « l'assurer à Votre Majesté; et Votre Majesté peut s'en « éclaircir par elle-même. » Ne voyez-vous pas, ajouta le vizir, que sur un tel discours les gens du roi peuvent venir forcer ma maison à tout moment et enlever l'esclave ? J'y ajoute tous les autres malheurs inévitables qui suivront.

— Seigneur, répondit la dame à ce discours du vizir son mari, j'avoue que la méchanceté de Saouy est des plus grandes, et qu'il est capable de donner à la chose le tour malin que vous venez de dire, s'il en avait la moindre connaissance. Mais peut-il savoir, ni lui ni personne, ce qui se passe dans l'intérieur de votre maison ? Quand on le soupçonnerait, et que le roi vous en parlerait, ne pouvez-vous pas dire qu'après avoir bien examiné l'esclave, vous ne l'avez pas trouvée aussi digne de Sa Majesté qu'elle vous l'avait paru d'abord; que le marchand vous a trompé; qu'elle est à la vérité d'une beauté incomparable mais qu'il s'en faut beaucoup qu'elle ait autant d'esprit et qu'elle soit aussi habile qu'on vous l'avait vantée ? Le roi vous en croira à votre parole, et Saouy aura la confusion d'avoir aussi peu réussi dans son pernicieux dessein que tant d'autres fois qu'il a entrepris inutilement de vous détruire. Rassurez-vous donc, et, si vous voulez me croire, envoyez chercher les courtiers, marquez-leur que vous n'êtes pas content de la belle Persienne, et chargez-les de vous chercher une autre esclave. »

Comme ce conseil parut très raisonnable au vizir Khacan, il calma un peu ses esprits et il prit le parti de le suivre; mais il ne diminua rien de sa colère contre son fils Noureddin.

Noureddin ne parut point de toute la journée; il n'osa même chercher un asile chez aucun des jeunes gens de son âge qu'il fréquentait ordinairement, de crainte que son père ne l'y fît chercher. Il alla hors de la ville, et il se réfugia dans un jardin où il n'était jamais allé et où il n'était pas connu. Il ne revint que fort tard, lorsqu'il savait bien que son père était retiré, et il se fit ouvrir par les femmes de sa mère, qui l'introduisirent sans bruit. Il sortit le lendemain avant que son père fût levé, et il fut contraint de prendre les mêmes précautions un mois entier, avec une mortification très sensible. En effet, les femmes ne le flattaient pas : elles lui déclaraient franchement que le vizir son père persistait dans la même colère et protestait qu'il le tuerait s'il se présentait devant lui.

La femme de ce ministre savait par ses femmes que Noureddin revenait chaque jour; mais elle n'osait prendre la hardiesse de prier son mari de lui pardonner. Elle la prit enfin : « Seigneur, lui dit-elle un jour, je n'ai osé jusqu'à présent prendre la liberté de vous parler de votre fils. Je vous supplie de me permettre de vous demander ce que vous prétendez faire de lui. Un fils ne peut être plus criminel envers un père que Noureddin l'est envers vous. Il vous a privé d'un grand honneur et de la satisfaction de présenter au roi une esclave aussi accomplie que la belle Persienne, je l'avoue; mais, après tout, quelle est votre intention ? Voulez-vous le perdre absolument ? Au lieu d'un mal auquel il ne faut plus que vous songiez, vous vous en attireriez un autre beaucoup plus grand à quoi vous ne pensez peut-être pas. Ne craignez-vous pas que le monde, qui est malin, en cherchant pourquoi votre fils est éloigné de vous, n'en devine la véritable cause que vous voulez tenir si cachée ? Si cela arrivait, vous seriez tombé justement dans le malheur que vous avez un si grand intérêt d'éviter.

— Madame, reprit le vizir, ce que vous dites là est de bon sens ; mais je ne puis me résoudre de pardonner à Noureddin que je ne l'aie mortifié comme il le mérite. — Il sera suffisamment mortifié, repartit la dame, quand vous aurez fait ce qui me vient en pensée. Votre fils entre ici chaque nuit, lorsque vous êtes retiré ; il y couche, et il en sort avant que vous soyez levé. Attendez-le ce soir jusqu'à son arrivée, et faites semblant de le vouloir tuer : je viendrai à son secours ; et, en lui marquant que vous lui donnez la vie à ma prière, vous l'obligerez de prendre la belle Persienne à telle condition qu'il vous plaira. Il l'aime, et je sais que la belle Persienne ne le hait pas. »

Khacan voulut bien suivre ce conseil : ainsi, avant qu'on ouvrît à Noureddin, lorsqu'il arriva à son heure ordinaire, il se mit derrière la porte, et, dès qu'on lui eut ouvert, il se jeta sur lui et le mit sous ses pieds. Noureddin tourna la tête, et reconnut son père le poignard à la main, prêt à lui ôter la vie.

La mère de Noureddin survint en ce moment, et, en retenant le vizir par le bras : « Qu'allez-vous faire, Seigneur ? s'écria-t-elle. — Laissez-moi, reprit le vizir, que je tue ce fils indigne. — Ah ! Seigneur ! reprit la mère, tuez-moi plutôt moi-même : je ne permettrai jamais que vous ensanglantiez vos mains dans votre propre sang ! » Noureddin profita de ce moment : « Mon père, s'écria-t-il les larmes aux yeux, j'implore votre clémence et votre miséricorde ; accordez-moi le pardon que je vous demande au nom de celui de qui vous l'attendez au jour que nous paraîtrons tous devant lui. »

Khacan se laissa arracher le poignard de la main ; et, dès qu'il l'eut lâché, Noureddin se jeta à ses pieds et les lui baisa pour marquer combien il se repentait de l'avoir offensé. « Noureddin, lui dit-il, remerciez votre mère ; je vous pardonne à sa considération. Je veux bien même vous donner la belle Persienne ; mais à condition que vous me promettrez par serment de ne la pas regarder comme esclave, mais comme votre femme, c'est-à-dire que vous ne la vendrez, et même que vous ne la répudierez jamais. Comme elle est sage et qu'elle a de l'esprit et de la conduite infiniment plus que vous, je suis persuadé qu'elle modérera des emportements de jeunesse qui sont capables de vous perdre. »

Noureddin n'eût osé espérer d'être traité avec une si grande indulgence. Il remercia son père avec toute la reconnaissance imaginable, et lui fit de très bon cœur le serment qu'il souhaitait. Ils furent très contents l'un de l'autre, la belle Persienne et lui, et le vizir fut très satisfait de leur bonne union.

Le vizir Khacan n'attendait pas que le roi lui parlât de la commission qu'il lui avait donnée ; il avait grand soin de l'en entretenir souvent, et de lui marquer les difficultés qu'il trouvait à s'en acquitter à la satisfaction de Sa Majesté ; il sut enfin le ménager avec tant d'adresse qu'insensiblement il n'y songea plus. Saouy néanmoins avait su quelque chose de ce qui s'était passé ; mais Khacan était si avant dans la faveur du roi qu'il n'osa hasarder d'en parler.

Il y avait plus d'un an que cette affaire si délicate s'était passée plus heureusement que ce ministre ne l'avait cru d'abord, lorsqu'il alla au bain et qu'une affaire pressante l'obligea d'en sortir encore tout échauffé ; l'air, qui était un peu froid, le frappa, et lui causa une fluxion sur la poitrine qui le contraignit de se mettre au lit avec une grosse fièvre. La maladie augmenta ; et, comme il s'aperçut qu'il n'était pas loin du dernier moment de sa vie, il tint ce discours à Noureddin, qui ne l'abandonnait pas : « Mon fils, lui dit-il, je ne sais si j'ai fait le bon usage que je devais des grandes richesses que Dieu m'a données ; vous voyez qu'elles ne me servent de rien pour me délivrer de la mort. La seule chose que je vous demande en mourant, c'est que vous vous souveniez de la promesse que vous m'avez faite touchant la belle Persienne. Je meurs content avec la confiance que vous ne l'oublierez pas. »

Ces paroles furent les dernières que le vizir Khacan prononça. Il expira peu de moments après, et il laissa un deuil inexprimable dans sa maison, à la cour et dans la ville. Le roi le regretta comme un ministre sage, zélé et fidèle ; et toute la ville le pleura comme son protecteur et son bienfaiteur. Jamais on n'avait vu de funérailles plus honorables à Balsora. Les vizirs, les émirs, et généralement tous les grands de la cour s'empressèrent de porter son cercueil sur les épaules, les uns après les autres, jusqu'au lieu de sa sépulture; et les plus riches jusqu'aux plus pauvres de la ville l'y accompagnèrent en pleurs.

Noureddin donna toutes les marques de la grande affliction que la perte qu'il venait de faire devait lui causer; il demeura longtemps sans voir personne. Un jour enfin il permit qu'on laissât entrer un de ses amis intimes. Cet ami tâcha de le consoler; et, comme il le vit disposé à l'écouter, il lui dit qu'après avoir rendu à la mémoire de son père tout ce qu'il lui devait, et satisfait pleinement à tout ce que demandait la bienséance, il était temps qu'il parût dans le monde, qu'il vît ses amis, et qu'il soutînt le rang que sa naissance et son mérite lui avaient acquis. « Nous pécherions, ajouta-t-il, contre les lois de la nature, et même contre les lois civiles, si, lorsque nos pères sont morts, nous ne leur rendions pas les devoirs que la tendresse exige de nous, et l'on nous regarderait comme des insensibles. Mais, dès que nous nous en sommes acquittés et qu'on ne peut nous en faire aucun reproche, nous sommes obligés de reprendre le mème train qu'auparavant et de vivre dans le monde de la manière qu'on y vit. Essuyez donc vos larmes, et reprenez cet air de gaieté qui a toujours inspiré la joie partout où vous vous êtes trouvé. »

Le conseil de cet ami était très raisonnable, et Noureddin eût évité tous les malheurs qui lui arrivèrent, s'il l'eût suivi dans toute la régularité qu'il demandait. Il se laissa persuader sans peine; il régala même son ami; et, lorsqu'il voulut se retirer, il le pria de revenir le lendemain et d'amener trois ou quatre de leurs amis communs. Insensiblement il forma une société de dix personnes à peu près de son âge, et il passait le temps avec eux en des festins et des réjouissances continuels. Il n'y avait pas même de jour qu'il ne les renvoyât chacun avec un présent.

Quelquefois, pour faire plus de plaisir à ses amis, Noureddin faisait venir la belle Persienne : elle avait la complaisance de lui obéir; mais elle n'approuvait pas cette profusion excessive. Elle lui en disait son sentiment en liberté. « Je ne doute pas, lui disait-elle, que le vizir votre père ne vous ait laissé de grandes richesses; mais, si grandes qu'elles puissent être, vous ne trouverez pas mauvais qu'une esclave vous représente que vous en verrez bientôt la fin si vous continuez de mener cette vie. On peut quelquefois régaler ses amis et se divertir avec eux; mais qu'on en fasse une coutume journalière, c'est courir le grand chemin de la dernière misère. Pour votre honneur et pour votre réputation, vous feriez beaucoup mieux de suivre les traces de feu votre père et de vous mettre en état de parvenir aux charges qui lui ont acquis tant de gloire. »

Noureddin écoutait la belle Persienne en riant, et, quand elle avait achevé : « Ma belle, reprenait-il en continuant de rire, laissons là ce discours, ne parlons que de nous réjouir. Feu mon père m'a toujours tenu dans une grande contrainte : je suis bien aise de jouir de la liberté après laquelle j'ai tant soupiré avant sa mort. J'aurai toujours le temps de me réduire à la vie réglée dont vous parlez; un homme de mon âge doit se donner le loisir de goûter les plaisirs de la jeunesse. »

Ce qui contribua encore beaucoup à mettre les affaires de Noureddin en désordre fut qu'il ne voulait pas entendre parler de compter avec son maître d'hôtel. Il le renvoyait chaque fois qu'il se présentait avec son livre : « Va, va, lui disait-il, je me fie bien à toi; aie soin seulement que je fasse toujours bonne chère.

— Vous êtes le maître, Seigneur, reprenait le maître d'hôtel. Vous voudrez bien néanmoins que je vous fasse souvenir du proverbe qui dit que qui fait grande dépense et ne compte pas se trouve à la fin réduit à la mendicité sans s'en être aperçu. Vous ne vous contentez pas de la dépense si prodigieuse de votre table, vous donnez encore à toute main. Vos trésors ne peuvent y suffire, quand ils seraient aussi gros que des montagnes. — Va, te dis-je, lui répétait Noureddin, je n'ai pas besoin de tes leçons : continue de me faire manger, et ne te mets pas en peine du reste. »

Les amis de Noureddin cependant étaient fort assidus à sa table et ne manquaient pas l'occasion de profiter de sa facilité. Ils le flattaient, ils le louaient, et faisaient valoir jusqu'à la moindre de ses actions les plus indifférentes; surtout ils n'oubliaient pas d'exalter tout ce qui lui appartenait, et ils y trouvaient leur compte. « Seigneur, lui disait l'un, je passais l'autre jour par la terre que vous avez en tel endroit; rien n'est plus magnifique ni mieux meublé que la maison; c'est un paradis de délices que le jardin qui l'accompagne. — Je suis ravi qu'elle vous plaise, reprenait Noureddin : qu'on m'apporte une plume, de l'encre et du papier, et que je n'en entende plus parler; c'est pour vous, je vous la donne. » D'autres ne lui avaient pas plus tôt vanté quelqu'une des maisons, des bains et des lieux publics à loger des étrangers, qui lui appartenaient et lui rapportaient un gros revenu, qu'il leur en faisait une donation. La belle Persienne lui représentait le tort qu'il se faisait; au lieu de l'écouter, il continuait de prodiguer ce qui lui restait, à la première occasion.

Noureddin enfin ne fit autre chose toute une année que de faire bonne chère, de se donner du bon temps, et se divertir en prodiguant et dissipant les grands biens que ses prédécesseurs et le bon vizir son père avaient acquis ou conservés avec beaucoup de soins et de peines. L'année ne faisait que de s'écouler, que l'on frappa un jour à la porte de la salle où il était à table. Il avait renvoyé ses esclaves, et il s'y était renfermé avec ses amis pour être en plus grande liberté.

Un des amis de Noureddin voulut se lever; mais Noureddin le devança, et alla ouvrir lui-même (c'était son maître d'hôtel); et Noureddin, pour écouter ce qu'il voulait, s'avança un peu hors de la salle et ferma la porte à demi.

L'ami qui avait voulu se lever, et qui avait aperçu le maître d'hôtel, curieux de savoir ce qu'il avait à dire à Noureddin, fut se poster entre la portière et la porte, et entendit que le maître d'hôtel tint ce discours : « Seigneur, dit-il à son maître, je vous demande mille pardons si je viens vous interrompre au milieu de vos plaisirs. Ce que j'ai à vous communiquer vous est, ce me semble, de si grande importance, que je n'ai pas cru devoir me dispenser de prendre cette liberté. Je viens d'achever mes derniers comptes, et je trouve que ce que j'avais prévu il y a longtemps, et dont je vous avais averti plusieurs fois, est arrivé; c'est-à-dire, Seigneur, que je n'ai plus une maille de toutes les sommes que vous m'avez données pour faire votre dépense. Les autres fonds que vous m'aviez assignés sont aussi épuisés, et vos fermiers et ceux qui vous devaient des rentes m'ont fait voir si clairement que vous avez transporté à d'autres ce qu'ils tenaient de vous que je ne puis plus rien exiger d'eux sous votre nom. Voici mes comptes, examinez-les; et, si vous souhaitez que je continue de vous rendre mes services, assignez-moi d'autres fonds, sinon permettez-moi de me retirer. » Noureddin fut tellement surpris de ce discours qu'il n'eut pas un mot à y répondre.

L'ami qui était aux écoutes et qui avait tout entendu rentra aussitôt, et fit part aux autres amis de ce qu'il venait d'entendre. « C'est à vous, leur dit-il en achevant, de profiter de cet avis; pour moi, je vous déclare que c'est aujourd'hui le dernier jour que vous me verrez chez Noureddin. — Si cela est, reprirent-ils, nous n'avons plus affaire chez lui, non plus que vous; il ne nous y reverra pas aussi davantage. »

Noureddin revint en ce moment; et, quelque bonne mine qu'il fît pour tâcher de remettre ses conviés en train, il ne put néanmoins si bien dissimuler qu'ils ne s'aperçussent fort bien de la vérité de ce qu'ils venaient d'apprendre. Il s'était à peine remis à sa place qu'un de ses amis se leva de la sienne : « Seigneur, lui dit-il, je suis bien fâché de ne pouvoir vous tenir compagnie plus longtemps : je vous supplie de trouver bon que je m'en aille. — Quelle affaire vous oblige de nous quitter sitôt ? reprit Noureddin. — Seigneur, reprit-il, ma femme est accouchée aujourd'hui; vous n'ignorez pas que la présence d'un mari est toujours nécessaire dans une pareille rencontre. » Il fit une grande révérence, et partit. Un moment après, un autre se retira sur un autre prétexte. Les autres firent la même chose l'un après l'autre, jusqu'à ce qu'il ne resta pas un seul des dix amis qui jusqu'alors avaient tenu si bonne compagnie à Noureddin.

Noureddin ne soupçonna rien de la résolution que ses amis avaient prise de ne plus le voir. Il alla à l'appartement de la belle Persienne, et il s'entretint seulement avec elle de la déclaration que son maître d'hôtel lui avait faite, avec de grands témoignages d'un véritable repentir du désordre où étaient ses affaires.

« Seigneur, lui dit la belle Persienne, permettez-moi de vous dire que vous n'avez voulu vous en rapporter qu'à votre propre sens; vous voyez présentement ce qui vous en est arrivé. Je ne me trompais pas lorsque je vous prédisais la triste fin à laquelle vous deviez vous attendre. Ce qui me fait de la peine, c'est que vous ne voyez pas encore tout ce qu'elle a de fâcheux. Quand je voulais vous en dire ma pensée : « Réjouissons-nous, « me disiez-vous, et profitons du bon temps que la « fortune nous offre pendant qu'elle nous est favorable; « peut-être ne sera-t-elle pas toujours de si bonne « humeur. » Mais je n'avais pas tort de vous répondre que nous étions nous-mêmes les artisans de notre bonne fortune par une sage conduite. Vous n'avez pas voulu m'écouter, et j'ai été contrainte de vous laisser faire malgré moi.

— J'avoue, repartit Noureddin, que j'ai tort de n'avoir pas suivi les avis si salutaires que vous me donniez avec votre sagesse admirable; mais, si j'ai mangé tout mon bien, vous ne considérez pas que ç'a été avec une élite d'amis que je connais depuis longtemps. Ils sont honnêtes et pleins de reconnaissance; je suis sûr qu'ils ne m'abandonneront pas. — Seigneur, répliqua la belle Persienne, si vous n'avez pas d'autre ressource qu'en la reconnaissance de vos amis, croyez-moi, votre espérance est mal fondée, et vous m'en direz des nouvelles avec le temps.

— Charmante Persienne, dit à cela Noureddin, j'ai meilleure opinion que vous du secours qu'ils me donneront. Je veux les aller voir tous dès demain, avant qu'ils prennent la peine de venir à leur ordinaire, et vous me verrez revenir avec une bonne somme d'argent, dont ils m'auront secouru tous ensemble. Je changerai de vie comme j'y suis résolu, et je ferai profiter cet argent par quelque négoce. »

Noureddin ne manqua pas d'aller le lendemain chez ses dix amis, qui demeuraient dans une même rue; il frappa à la première porte qui se présenta, où demeurait un des plus riches. Une esclave vint, et, avant d'ouvrir, elle demanda qui frappait. « Dites à votre maître, répondit Noureddin, que c'est Noureddin, fils du feu vizir Khacan. » L'esclave ouvrit, l'introduisit dans une salle, et entra dans la chambre où était son maître, à qui elle annonça que Noureddin venait le voir. « Noureddin! reprit le maître avec un ton de mépris, et si haut que Noureddin l'entendit avec un grand étonnement. Va, dis-lui que je n'y suis pas; et, toutes les fois qu'il viendra, dis-lui la même chose. » L'esclave revint, et donna pour réponse à Noureddin qu'elle avait cru que son maître y était, mais qu'elle s'était trompée.

Noureddin sortit avec confusion. « Ah! le perfide! le méchant homme! s'écria-t-il. Il me protestait hier que je n'avais pas un meilleur ami que lui, et aujourd'hui il me traite si indignement! » Il alla frapper à la porte d'un autre ami, et cet ami lui fit dire la même chose que le premier. Il eut la même réponse chez le troisième, et ainsi des autres jusqu'au dixième, quoiqu'ils fussent tous chez eux.

Ce fut alors que Noureddin rentra tout de bon en lui-même, et qu'il reconnut sa faute irréparable de s'être fondé si facilement sur l'assiduité de ces faux amis à demeurer attachés à sa personne, et sur leurs protestations d'amitié tout le temps qu'il avait été en état de leur faire des régals somptueux, et de les combler de largesses et de bienfaits. « Il est bien vrai, dit-il en lui-même les larmes aux yeux, qu'un homme heureux comme je l'étais ressemble à un arbre chargé de fruits : tant qu'il y a du fruit sur l'arbre, on ne cesse pas d'être à l'entour et d'en cueillir; dès qu'il n'y en a plus, on s'en éloigne, et on le laisse seul. » Il se contraignit tant qu'il fut hors de chez lui; mais, dès qu'il fut rentré, il s'abandonna tout entier à son affliction, et alla le témoigner à la belle Persienne.

Dès que la belle Persienne vit paraître l'affligé Noureddin, elle se douta qu'il n'avait pas trouvé chez ses amis le secours auquel il s'était attendu. « Hé bien, Seigneur, lui dit-elle, êtes-vous présentement convaincu de la vérité de ce que je vous avais prédit ? — Ah! ma bonne! s'écria-t-il, vous ne me l'aviez prédit que trop véritablement! Pas un n'a voulu me reconnaître, me voir, me parler! Jamais je n'eusse cru devoir être traité si cruellement par des gens qui m'ont tant d'obligations, et pour qui je me suis épuisé moi-même! Je ne me possède plus, et je crains de commettre quelque action indigne de moi dans l'état déplorable et dans le désespoir où je suis, si vous ne m'aidez de vos sages conseils. — Seigneur, reprit la belle Persienne, je ne vois pas d'autre remède à votre malheur que de vendre vos esclaves et vos meubles et de subsister là-dessus jusqu'à ce que le Ciel vous montre quelque autre voie pour vous tirer de la misère.

Le remède parut extrêmement dur à Noureddin; mais qu'eût-il pu faire dans la nécessité de vivre où il était ? Il vendit premièrement ses esclaves, bouches alors inutiles, qui lui eussent fait une dépense beaucoup au-delà de ce qu'il était en état de supporter. Il vécut quelque temps sur l'argent qu'il en fit; et, lorsqu'il vint à manquer, il fit porter ses meubles à la place publique, où ils furent vendus beaucoup au-dessous de leur juste valeur, quoiqu'il y en eût de très précieux qui avaient coûté des sommes immenses. Cela le fit subsister un long espace de temps; mais enfin ce secours manqua, et il ne lui restait plus de quoi faire d'autre argent : il en témoigna l'excès de sa douleur à la belle Persienne.

Noureddin ne s'attendait pas à la réponse que lui

fit cette sage personne. « Seigneur, lui dit-elle, je suis votre esclave, et vous savez que le feu vizir votre père m'a achetée dix mille pièces d'or. Je sais bien que je suis diminuée de prix depuis ce temps-là; mais aussi je suis persuadée que je puis être encore vendue une somme qui n'en sera pas éloignée. Croyez-moi, ne différez pas de me mener au marché et de me vendre : avec l'argent que vous toucherez, qui sera très considérable, vous irez faire le marchand en quelque ville où vous ne serez pas connu; et par là vous aurez trouvé le moyen de vivre, sinon dans une grande opulence, d'une manière au moins à vous rendre heureux et content.

— Ah! charmante et belle Persienne! s'écria Noureddin, est-il possible que vous ayez pu concevoir cette pensée ? Vous ai-je donné si peu de marques de mon amour que vous me croyiez capable de cette lâcheté ? Et, quand je l'aurais, cette lâcheté indigne, pourrais-je le faire sans être parjure, après le serment que j'ai fait à feu mon père de ne vous jamais vendre ? Je mourrais plutôt que d'y contrevenir, et que de me séparer d'avec vous que j'aime, je ne dis pas autant, mais plus que moi-même. En me faisant une proposition si déraisonnable, vous me faites connaître qu'il s'en faut de beaucoup que vous m'aimiez autant que je vous aime.

— Seigneur, reprit la belle Persienne, je suis convaincue que vous m'aimez autant que vous le dites; et Dieu connaît si la passion que j'ai pour vous est inférieure à la vôtre, et combien j'ai eu de répugnance à vous faire la proposition qui vous révolte si fort contre moi. Pour détruire la raison que vous m'apportez, je n'ai qu'à vous faire souvenir que la nécessité n'a pas de loi. Je vous aime à un point qu'il n'est pas possible que vous m'aimiez davantage; et je puis vous assurer que je ne cesserai jamais de vous aimer de même, à quelque maître que je puisse appartenir. Je n'aurai pas même un plus grand plaisir au monde que de me réunir avec vous dès que vos affaires vous permettront de me racheter, comme je l'espère. Voilà, je l'avoue, une nécessité bien cruelle pour vous et pour moi; mais, après tout, je ne vois pas d'autres moyens de nous tirer de la misère vous et moi. »

Noureddin, qui connaissait fort bien la vérité de ce que la belle Persienne venait de lui représenter, et qui n'avait point d'autre ressource pour éviter une pauvreté ignominieuse, fut contraint de prendre le parti qu'elle lui avait proposé. Ainsi il la mena au marché où l'on vendait les femmes esclaves, avec un regret qu'on ne peut exprimer. Il s'adressa à un courtier nommé Hagi Hassan. « Hagi Hassan, lui dit-il, voici une esclave que je veux vendre : vois, je te prie, le prix qu'on en voudra donner. »

Hagi Hassan fit entrer Noureddin et la belle Persienne dans une chambre; et, dès que la belle Persienne eut ôté le voile qui lui cachait le visage : « Seigneur, dit Hagi Hassan à Noureddin avec admiration, me trompé-je ? N'est-ce pas là l'esclave que le feu vizir votre père acheta dix mille pièces d'or ? » Noureddin lui assura que c'était elle-même; et Hagi Hassan, en lui faisant espérer qu'il en tirerait une grosse somme, lui promit d'employer tout son art à la faire acheter au plus haut prix qu'il lui serait possible.

Hagi Hassan et Noureddin sortirent de la chambre, et Hagi Hassan y enferma la belle Persienne. Il alla ensuite chercher les marchands; mais ils étaient tous occupés à acheter des esclaves grecques, franques, africaines, tartares et autres, et il fut obligé d'attendre qu'ils eussent fait leurs achats. Dès qu'ils eurent achevé et qu'à peu près ils se furent tous rassemblés : « Mes bons seigneurs, leur dit-il avec une gaieté qui paraissait sur son visage et dans ses gestes, tout ce qui est rond n'est pas noisette; tout ce qui est long n'est pas figue; tout ce qui est rouge n'est pas chair, et tous les œufs ne sont pas frais. Je veux vous dire que vous avez bien vu et bien acheté des esclaves en votre vie; mais vous n'en avez jamais vu une seule qui puisse entrer en comparaison avec celle que je vous annonce. C'est la perle des esclaves : venez, suivez-moi, que je vous la fasse voir. Je veux que vous me disiez vous-mêmes à quel prix je dois la crier d'abord. »

Les marchands suivirent Hagi Hassan, et Hagi Hassan leur ouvrit la porte de la chambre où était la belle Persienne. Ils la virent avec surprise, et ils convinrent tout d'une voix qu'on ne pouvait la mettre d'abord à un moindre prix que de quatre mille pièces d'or. Ils sortirent de la chambre; et Hagi Hassan, qui sortit avec eux après avoir fermé la porte, cria à haute voix, sans s'en éloigner : *A quatre mille pièces d'or l'esclave persienne.*

Aucun des marchands n'avait encore parlé, et ils se consultaient eux-mêmes sur l'enchère qu'ils y devaient mettre, lorsque le vizir Saouy parut. Comme il eut aperçu Noureddin dans la place : « Apparemment, dit-il en lui-même, que Noureddin fait encore de l'argent de quelques meubles (car il savait qu'il en avait vendu), et qu'il est venu acheter une esclave. » Il s'avança, et Hagi Hassan cria une seconde fois : *A quatre mille pièces d'or l'esclave persienne.*

Ce haut prix fit juger à Saouy que l'esclave devait être d'une beauté toute particulière, et aussitôt il eut une forte envie de la voir. Il poussa son cheval droit à Hagi Hassan, qui était environné des marchands. « Ouvre la porte, lui dit-il, et fais-moi voir l'esclave. » Ce n'était pas la coutume de faire voir une esclave à un particulier, dès que les marchands l'avaient vue et qu'ils la marchandaient. Mais les marchands n'eurent pas la hardiesse de faire valoir leur droit contre l'autorité d'un vizir; et Hagi Hassan ne put se dispenser d'ouvrir la porte, et de faire signe à la belle Persienne de s'approcher, afin que Saouy pût la voir sans descendre de son cheval.

Saouy fut dans une admiration inexprimable quand il vit une esclave d'une beauté si extraordinaire. Il avait déjà eu affaire avec le courtier, et son nom ne lui était pas inconnu. « Hagi Hassan, lui dit-il, n'est-ce pas à quatre mille pièces d'or que tu la cries ? — Oui, Seigneur, répondit-il; les marchands que vous voyez sont convenus, il n'y a qu'un moment, que je la criasse à ce prix-là. J'attends qu'ils en offrent davantage à l'enchère et au dernier mot. — Je donnerai l'argent, reprit Saouy, si personne n'en offre davantage. » Il regarda aussitôt les marchands d'un œil qui marquait assez qu'il ne prétendait pas qu'ils enchérissent. Il était si redoutable à tout le monde qu'ils se gardèrent bien aussi d'ouvrir la bouche, même pour se plaindre sur ce qu'il entreprenait sur leur droit.

Quand le vizir Saouy eut attendu quelque temps, et qu'il vit qu'aucun des marchands n'enchérissait : « Hé bien, qu'attends-tu ? dit-il à Hagi Hassan. Va trouver le vendeur, et conclus le marché avec lui à quatre mille pièces d'or, ou sache ce qu'il prétend faire. » Il ne savait pas encore que l'esclave appartînt à Noureddin.

Hagi Hassan, qui avait déjà fermé la porte de la chambre, alla s'aboucher avec Noureddin : « Seigneur, lui dit-il, je suis bien fâché de venir vous annoncer une méchante nouvelle : votre esclave va être vendue pour rien. — Pour quelle raison ? reprit Noureddin. — Seigneur, repartit Hagi Hassan, la chose avait pris tout d'abord un fort bon train. Dès que les marchands eurent vu votre esclave, ils me chargèrent, sans faire de façon, de la crier à quatre mille pièces d'or. Je l'ai criée à ce prix-là, et aussitôt le vizir Saouy est venu, et sa présence a fermé la bouche aux marchands, que je voyais disposés à la faire monter au moins au même prix qu'elle coûta au feu vizir votre père. Saouy ne veut en donner que les quatre mille pièces d'or, et c'est bien malgré moi que je viens vous apporter une parole si déraisonnable. L'esclave est à vous, mais je ne vous conseillerai jamais de la lâcher à ce prix-là. Vous le connaissez, Seigneur, et tout le monde le connaît. Outre que l'esclave vaut infiniment davantage, il est assez méchant homme pour imaginer quelque moyen de ne vous pas compter la somme.

— Hagi Hassan, répliqua Noureddin, je te suis obligé de ton conseil; ne crains pas que je souffre que mon esclave soit vendue à l'ennemi de ma maison. J'ai grand besoin d'argent; mais j'aimerais mieux mourir dans la dernière pauvreté que de permettre qu'elle lui soit livrée. Je te demande une seule chose : comme tu sais tous les usages et tous les détours, dis-moi seulement ce que je dois faire pour l'en empêcher.

— Seigneur, répondit Hagi Hassan, rien n'est plus aisé. Faites semblant de vous être mis en colère contre votre esclave, et d'avoir juré que vous l'amèneriez au marché, mais que vous n'avez pas entendu la vendre, et que ce que vous en avez fait n'a été que pour vous acquitter de votre serment. Cela satisfera tout le monde, et Saouy n'aura rien à vous dire. Venez donc; et, dans le moment que je la présenterai à Saouy comme si c'était de votre consentement et que le marché fût arrêté, reprenez-la en lui donnant quelques coups, et ramenez-la chez vous. — Je te remercie, lui dit Noureddin; tu verras que je suivrai ton conseil. »

Hagi Hassan retourna à la chambre; il l'ouvrit et entra; et, après avoir averti la belle Persienne en deux mots de ne pas s'alarmer de ce qui allait arriver, il la prit par le bras et l'amena au vizir Saouy qui était toujours devant la porte. « Seigneur, dit-il en la lui présentant, voilà l'esclave, elle est à vous; prenez-la. »

Hagi Hassan n'avait pas achevé ces paroles que Noureddin s'était saisi de la belle Persienne; il la tira à lui, en lui donnant un soufflet. « Venez çà, impertinente, lui dit-il assez haut pour être entendu de tout le monde, et revenez chez moi. Votre méchante humeur m'avait bien obligé de faire serment de vous amener au marché, mais non pas de vous vendre. J'ai encore besoin de vous, et je serai à temps d'en venir à cette extrémité quand il ne me restera plus autre chose. »

Le vizir Saouy fut dans une grande colère de cette action de Noureddin. « Misérable débauché, s'écria-t-il, veux-tu me faire accroire qu'il te reste autre chose à vendre que ton esclave ? » Il poussa son cheval en même temps droit à lui pour lui enlever la belle Persienne. Noureddin, piqué au vif de l'affront que le vizir lui faisait, ne fit que lâcher la belle Persienne et lui dire de l'attendre; et, en se jetant sur la bride du cheval, il le fit reculer trois ou quatre pas en arrière. « Méchant barbon, dit-il alors au vizir, je te ravirais l'âme sur l'heure, si je n'étais retenu par la considération de tout le monde que voilà. »

Comme le vizir Saouy n'était aimé de personne et qu'au contraire il était haï de tout le monde, il n'y en avait pas un de tous ceux qui étaient présents qui n'eût été ravi que Noureddin l'eût un peu mortifié. Ils le lui témoignèrent par signes, et lui firent comprendre qu'il pouvait se venger comme il lui plairait et que personne ne se mêlerait de leur querelle.

Saouy voulut faire un effort pour obliger Noureddin de lâcher la bride de son cheval, mais Noureddin, qui était un jeune homme fort et puissant, enhardi par la bienveillance des assistants, le tira à bas du cheval au milieu du ruisseau, lui donna mille coups, et lui mit la tête en sang contre le pavé. Dix esclaves qui accompagnaient Saouy voulurent tirer le sabre et se jeter sur Noureddin, mais les marchands se mirent au-devant et les en empêchèrent. « Que prétendez-vous faire ? leur dirent-ils. Ne voyez-vous pas que, si l'un est vizir, l'autre est fils de vizir ? Laissez-les vider leur différend entre eux. Peut-être se raccommoderont-ils un de ces jours; et, si vous aviez tué Noureddin, croyez-vous que votre maître, tout puissant qu'il est, pût vous garantir de la justice ? » Noureddin se lassa enfin de battre le vizir Saouy; il le laissa au milieu du ruisseau, reprit la belle Persienne, et retourna chez lui au milieu des acclamations du peuple qui le louait de l'action qu'il venait de faire.

Saouy, meurtri de coups, se releva, à l'aide de ses gens, avec bien de la peine, et il eut la dernière mortification de se voir tout gâté de fange et de sang. Il s'appuya sur les épaules de deux de ses esclaves, et dans cet état il alla droit au palais, à la vue de tout le monde, avec une confusion d'autant plus grande que personne ne le plaignait. Quand il fut sous l'appartement du roi, il se mit à crier et à implorer sa justice d'une manière pitoyable. Le roi le fit venir; et, dès qu'il parut, il lui demanda qui l'avait maltraité et mis dans l'état où il était. « Sire, s'écria Saouy, il ne faut qu'être bien dans la faveur de Votre Majesté, et avoir quelque part à ses sacrés conseils, pour être traité de la manière indigne dont elle voit qu'on vient de me traiter. — Laissons là ces discours, reprit le roi; dites-moi seulement la chose comme elle est, et qui est l'offenseur, et je saurai bien le faire repentir s'il a tort.

— Sire, dit alors Saouy en racontant la chose tout à son avantage, j'étais allé au marché des femmes esclaves pour acheter moi-même une cuisinière dont j'ai besoin; j'y suis arrivé, et j'ai trouvé qu'on y criait une esclave à quatre mille pièces d'or. Je me suis fait amener l'esclave; et c'est la plus belle qu'on ait vue et qu'on puisse jamais voir. Je ne l'ai pas eu plus tôt considérée avec une satisfaction extrême, que j'ai demandé à qui elle appartenait, et j'ai appris que Noureddin, fils du feu vizir Khacan, voulait la vendre. Votre Majesté se souvient, Sire, d'avoir fait compter dix mille pièces d'or à ce vizir, il y a deux ou trois ans, et de l'avoir chargé de vous acheter une esclave pour cette somme. Il l'avait employée à acheter celle-ci; mais, au lieu de l'amener à Votre Majesté, il ne vous en jugea pas digne, et en fit présent à son fils. Depuis la mort du père, le fils a bu, mangé et dissipé tout ce qu'il avait, et il ne lui est resté que cette esclave, qu'il s'était enfin résolu de vendre, et que l'on vendait en effet en son nom. Je l'ai fait venir, et, sans lui parler de la prévarication, ou plutôt de la perfidie de son père envers Votre Majesté : « Noureddin, lui ai-je dit le plus honnêtement du monde, les marchands, comme je l'apprends, ont mis d'abord votre esclave à quatre mille pièces d'or. Je ne doute pas qu'à l'envi l'un de l'autre ils ne la fassent monter à un prix beaucoup plus haut : croyez-moi, donnez-la-moi pour les quatre mille, et je vais l'acheter pour en faire un présent au roi, notre seigneur et maître, à qui j'en ferai bien votre cour. Cela vous vaudra infiniment plus que ce que les marchands pourraient vous en donner. » Au lieu de répondre en me rendant honnêteté pour honnêteté, l'insolent m'a regardé fièrement. « Méchant vieillard, m'a-t-il dit, je donnerais mon esclave à un juif pour rien plutôt que de te la vendre. — Mais, Noureddin, ai-je repris sans m'échauffer, quoique j'en eusse un grand sujet, vous ne considérez pas, quand vous parlez ainsi, que vous faites injure au roi, qui a fait votre père ce qu'il était, aussi bien qu'il m'a fait ce que je suis. » Cette remontrance, qui devait l'adoucir, n'a fait que l'irriter davantage : il s'est jeté aussitôt sur moi comme un furieux, sans aucune considération de mon âge, encore moins de ma dignité, m'a jeté à bas de mon cheval, m'a frappé tout le temps qu'il lui a plu, et m'a mis en l'état où Votre Majesté me voit. Je la supplie de considérer que c'est pour ses intérêts que je souffe un affront si signalé. »

En achevant ces paroles, il baissa la tête et se tourna de côté pour laisser couler ses larmes en abondance.

Le roi, abusé et animé contre Noureddin par ce discours plein d'artifice, laissa paraître sur son visage des marques d'une grande colère; il se tourna du côté de son capitaine des gardes, qui était auprès de lui. « Prenez quarante hommes de ma garde, lui dit-il, et, quand vous aurez mis la maison de Noureddin au pillage et que vous aurez donné des ordres pour la raser, amenez-le-moi avec son esclave. »

Le capitaine des gardes n'était pas encore hors de l'appartement du roi, qu'un huissier de la chambre, qui entendit donner cet ordre, avait déjà pris le devant. Il s'appelait Sangiar, et il avait été autrefois esclave du vizir Khacan, qui l'avait introduit dans la maison du roi, où il s'était avancé par degrés.

Sangiar, plein de reconnaissance pour son ancien maître et de zèle pour Noureddin qu'il avait vu naître, et qui connaissait depuis longtemps la haine de Saouy contre la maison de Khacan, n'avait pu entendre l'ordre sans frémir. « L'action de Noureddin, dit-il en lui-même, ne peut être aussi noire que Saouy l'a racontée; il a prévenu le roi, et le roi va faire mourir Noureddin sans lui donner le temps de se justifier. » Il fit une diligence si grande qu'il arriva assez à temps pour l'avertir de ce qui venait de se passer chez le roi, et lui donner lieu de se sauver avec la belle Persienne. Il frappa à la porte d'une manière qui obligea Noureddin, qui n'avait plus de domestiques il y avait longtemps, de venir ouvrir lui-même sans différer. « Mon cher seigneur, lui dit Sangiar, il n'y a plus de sûreté pour vous à Balsora; partez et sauvez-vous sans perdre un moment.

— Pourquoi cela ? reprit Noureddin. Qu'y a-t-il qui m'oblige si fort de partir ? — Partez, vous dis-je, repartit

Sangiar, et emmenez votre esclave avec vous. En deux mots, Saouy vient de faire entendre au roi, de la manière qu'il a voulu, ce qui s'est passé entre vous et lui; et le capitaine des gardes vient après moi, avec quarante soldats, se saisir de vous et d'elle. Prenez ces quarante pièces d'or pour vous aider à chercher un asile : je vous en donnerais davantage si j'en avais sur moi. Excusez-moi si je ne m'arrête pas davantage; je vous laisse malgré moi pour votre bien et pour le mien, par l'intérêt que j'ai que le capitaine des gardes ne me voie pas. » Sangiar ne donna à Noureddin que le temps de le remercier, et se retira.

Noureddin alla avertir la belle Persienne de la nécessité où ils étaient l'un et l'autre de s'éloigner dans le moment; elle ne fit que mettre son voile, et ils sortirent de la maison. Ils eurent le bonheur non seulement de sortir de la ville sans que personne s'aperçût de leur évasion, mais même d'arriver à l'embouchure de l'Euphrate, qui n'était pas éloignée, et de s'embarquer sur un bâtiment prêt à lever l'ancre.

En effet, dans le temps qu'ils arrivèrent, le capitaine était sur le tillac au milieu des passagers. « Enfants, leur demandait-il, êtes-vous tous ici ? Quelqu'un de vous a-t-il encore affaire, ou a-t-il oublié quelque chose à la ville ? » A quoi chacun répondit qu'ils y étaient tous, et qu'il pouvait faire voile quand il lui plairait. Noureddin ne fut pas plus tôt embarqué qu'il demanda où le vaisseau allait, et il fut ravi d'apprendre qu'il allait à Bagdad. Le capitaine fit lever l'ancre, mit à la voile, et le vaisseau s'éloigna de Balsora avec un vent très favorable.

Voici ce qui se passa à Balsora pendant que Noureddin échappait à la colère du roi avec la belle Persienne :

Le capitaine des gardes arriva à la maison de Noureddin et frappa à la porte. Comme il vit que personne n'ouvrait, il la fit enfoncer, et aussitôt ses soldats entrèrent en foule : ils cherchèrent par tous les coins et recoins, et ils ne trouvèrent ni Noureddin ni son esclave. Le capitaine des gardes fit demander et demanda lui-même aux voisins s'ils ne les avaient pas vus. Quand ils les eussent vus, comme il n'y en avait pas un qui n'aimât Noureddin, il n'y en avait pas un qui eût rien dit qui pût lui faire tort. Pendant que l'on pillait et que l'on rasait la maison, il alla porter cette nouvelle au roi. « Qu'on les cherche en quelque endroit qu'ils puissent être, dit le roi; je veux les avoir. »

Le capitaine des gardes alla faire de nouvelles perquisitions, et le roi renvoya le vizir Saouy avec honneur. « Allez, lui dit-il, retournez chez vous, et ne vous mettez pas en peine du châtiment de Noureddin; je vous vengerai moi-même de son insolence. »

Afin de mettre tout en usage, le roi fit encore crier dans toute la ville, par les crieurs publics, qu'il donnerait mille pièces d'or à celui qui lui amènerait Noureddin et son esclave, et qu'il ferait punir sévèrement celui qui les aurait cachés. Mais, quelque soin qu'il prît et quelque diligence qu'il fît faire, il ne lui fut pas possible d'en avoir aucune nouvelle; et le vizir Saouy n'eut que la consolation de voir que le roi avait pris son parti.

Noureddin et la belle Persienne cependant avançaient et faisaient leur route avec tout le bonheur possible. Ils abordèrent enfin à Bagdad; et, dès que le capitaine, joyeux d'avoir achevé son voyage, eut aperçu la ville : « Enfants, s'écria-t-il en parlant aux passagers, réjouissez-vous; la voilà, cette grande et merveilleuse ville, où il y a un concours général et perpétuel de tous les endroits du monde. Vous y trouverez une multitude de peuple innombrable, et vous n'y aurez pas le froid insupportable de l'hiver, ni les chaleurs excessives de l'été; vous y jouirez d'un printemps qui dure toujours avec ses fleurs, et avec les fruits délicieux de l'automne. »

Quand le bâtiment eut mouillé un peu au-dessous de la ville, les passagers se débarquèrent et se rendirent chacun où ils devaient loger. Noureddin donna cinq pièces d'or pour son passage, et se débarqua aussi avec la belle Persienne. Mais il n'était jamais venu à Bagdad, et il ne savait où aller prendre logement. Ils marchèrent longtemps le long des jardins qui bordaient le Tigre et ils en côtoyèrent un qui était fermé d'une belle et longue muraille. En arrivant au bout, ils détournèrent par une longue rue bien pavée, où ils aperçurent la porte du jardin avec une belle fontaine auprès.

La porte, qui était très magnifique, était fermée, avec un vestibule ouvert où il y avait un sofa de chaque côté. « Voici un endroit fort commode, dit Noureddin à la belle Persienne; la nuit approche, et nous avons mangé avant de nous débarquer; je suis d'avis que nous y passions la nuit, et demain matin nous aurons le temps de chercher à nous loger. Qu'en dites-vous ? — Vous savez, Seigneur, répondit la belle Persienne, que je ne veux que ce que vous voulez; ne passons pas plus outre si vous le souhaitez ainsi. » Ils burent chacun un coup à la fontaine, et montèrent sur un des deux sofas, où ils s'entretinrent quelque temps. Le sommeil les prit enfin, et ils s'endormirent au murmure agréable de l'eau.

Le jardin appartenait au calife, et il y avait au milieu un grand pavillon qu'on appelait le Pavillon des peintures, à cause que son principal ornement était des peintures à la persienne, de la main de plusieurs peintres de Perse que le calife avait fait venir exprès. Le grand et superbe salon que ce pavillon formait était éclairé par quatre-vingts fenêtres avec un lustre à chacune, et les quatre-vingts lustres ne s'allumaient que lorsque le calife y venait passer la soirée, et que le temps était si tranquille qu'il n'y avait pas un souffle de vent. Ils faisaient alors une très belle illumination qu'on apercevait bien loin à la campagne de ce côté-là, et d'une grande partie de la ville.

Il ne demeurait qu'un concierge dans ce jardin, et c'était un vieil officier fort âgé, nommé Scheich Ibrahim, qui occupait ce poste où le calife l'avait mis lui-même par récompense. Le calife lui avait bien recommandé de n'y pas laisser entrer toutes sortes de personnes, et surtout de ne pas souffrir qu'on s'assît et qu'on s'arrêtât sur les deux sofas qui étaient à la porte en dehors, afin qu'ils fussent toujours propres, et de châtier ceux qu'il y trouverait.

Une affaire avait obligé le concierge de sortir, et il n'était pas encore revenu. Il revint enfin, et il arriva assez de jour pour s'apercevoir que deux personnes dormaient sur un des sofas, l'une et l'autre la tête sous un linge, pour être à l'abri des cousins. « Bon, dit Scheich Ibrahim en lui-même, voilà des gens qui contreviennent à la défense du calife; je vais leur apprendre le respect qu'ils lui doivent. » Il ouvrit la porte sans faire de bruit; et, un moment après, il revint avec une grosse canne à la main, le bras retroussé. Il allait frapper de toute sa force sur l'un et sur l'autre; mais il se retint. « Scheich Ibrahim, se dit-il à lui-même, tu vas les frapper, et tu ne considères pas que ce sont peut-être des étrangers qui ne savent où aller loger et qui ignorent l'intention du calife; il est mieux que tu saches auparavant qui ils sont. » Il leva le linge qui leur couvrait la tête avec une grande précaution, et il fut dans la dernière admiration de voir un jeune homme si bien fait et une jeune femme si belle. Il éveilla Noureddin en le tirant un peu par les pieds.

Noureddin leva aussitôt la tête, et dès qu'il eut vu un vieillard à longue barbe blanche à ses pieds, il se leva sur son séant, se coula sur les genoux, et, en lui prenant la main, qu'il baisa : « Bon père, lui dit-il, que Dieu vous conserve ! souhaitez-vous quelque chose ? — Mon fils, reprit Scheich Ibrahim, qui êtes-vous ? d'où êtes-vous ? — Nous sommes des étrangers qui ne faisons que d'arriver, repartit Noureddin, et nous voulions passer ici la nuit jusqu'à demain. — Vous seriez mal ici, répliqua Scheich Ibrahim; venez, entrez, je vous donnerai à coucher plus commodément; et la vue du jardin, qui est très beau, vous réjouira pendant qu'il fait encore un peu de jour. — Et ce jardin est-il à vous ? lui demanda Noureddin. — Vraiment oui, c'est à moi, reprit Scheich Ibrahim en souriant : c'est un héritage que j'ai eu de mon père. Entrez, vous dis-je, vous ne serez pas fâché de le voir. »

Noureddin se leva, en témoignant à Scheich Ibrahim combien il lui était obligé de son honnêteté, et entra dans le jardin avec la belle Persienne. Scheich Ibrahim ferma la porte; et, en marchant devant eux, il les mena dans un endroit d'où ils virent à peu près la disposition, la grandeur et la beauté du jardin d'un coup d'œil.

Noureddin avait vu d'assez beaux jardins à Balsora, mais il n'en avait pas encore vu de comparables à celui-ci. Quand il eut bien tout considéré, et qu'il se fut promené dans quelques allées, il se tourna du côté du concierge qui l'accompagnait, et lui demanda comment il s'appelait. Dès qu'il lui eut répondu qu'il s'appelait Scheich Ibrahim : « Scheich Ibrahim, lui dit-il, il faut avouer que voici un jardin merveilleux; Dieu vous y conserve longtemps ! Nous ne pouvons assez vous remercier de la grâce que vous nous avez faite de nous faire voir un lieu si digne d'être vu; il est juste que nous vous en témoignions notre reconnaissance par quelque endroit. Tenez, voilà deux pièces d'or : je vous prie de nous faire chercher quelque chose pour manger, que nous nous réjouissions ensemble. »

A la vue des deux pièces d'or, Scheich Ibrahim, qui aimait fort ce métal, sourit en sa barbe; il les prit, et, en laissant Noureddin et la belle Persienne pour aller faire la commission, car il était seul : « Voilà de bonnes gens, dit-il en lui-même avec bien de la joie; je me serais fait un grand tort à moi-même si j'eusse eu l'imprudence de les maltraiter et de les chasser. Je les régalerai en prince avec la dixième partie de cet argent, et le reste me demeurera, pour ma peine. »

Pendant que Scheich Ibrahim alla acheter de quoi souper autant pour lui que pour ses hôtes, Noureddin et la belle Persienne se promenèrent dans le jardin, et arrivèrent au Pavillon des peintures qui était au milieu. Ils s'arrêtèrent d'abord à contempler sa structure admirable, sa grandeur et sa hauteur; et, après qu'ils en eurent fait le tour en le regardant de tous les côtés, ils montèrent à la porte du salon par un grand escalier de beau marbre blanc; mais ils la trouvèrent fermée.

Noureddin et la belle Persienne ne faisaient que de descendre de l'escalier lorsque Scheich Ibrahim arriva chargé de vivres. « Scheich Ibrahim, lui dit Noureddin avec étonnement, ne nous avez-vous pas dit que ce jardin vous appartient ? — Je l'ai dit, reprit Scheich Ibrahim, et je le dis encore. Pourquoi me faites-vous cette demande ? — Et ce superbe pavillon, repartit Noureddin, est-il à vous aussi ? » Scheich Ibrahim ne s'attendait pas à cette autre demande, et il en parut un peu interdit. « Si je dis qu'il n'est pas à moi, dit-il en lui-même, ils me demanderont aussitôt comment il se peut faire que je sois maître du jardin, et que je ne le sois pas du pavillon. » Comme il avait bien voulu feindre que le jardin était à lui, il feignit la même chose à l'égard du pavillon. « Mon fils, repartit-il, le pavillon ne va pas sans le jardin : l'un et l'autre m'appartiennent. — Puisque cela est, reprit alors Noureddin, et que vous voulez bien que nous soyons vos hôtes cette nuit, faites-nous, je vous en supplie, la grâce de nous en faire voir le dedans : à juger du dehors, il doit être d'une magnificence extraordinaire. »

Il n'eût pas été honnête à Scheich Ibrahim de refuser à Noureddin la demande qu'il faisait, après les avances qu'il avait déjà faites. Il considéra de plus que le calife n'avait pas envoyé l'avertir comme il avait coutume, et ainsi qu'il ne viendrait pas ce soir-là, et qu'il pouvait même y faire manger ses hôtes et y manger lui-même avec eux. Il posa les vivres qu'il avait apportés sur le premier degré de l'escalier, et alla chercher la clef dans le logement où il demeurait. Il revint avec de la lumière, et il ouvrit la porte.

Noureddin et la belle Persienne entrèrent dans le salon, et ils le trouvèrent si surprenant qu'ils ne pouvaient se lasser d'en admirer la beauté et la richesse. En effet, sans parler des peintures, les sofas étaient magnifiques; et, avec les lustres qui pendaient à chaque fenêtre, il y avait encore entre chaque croisée un bras d'argent chacun avec sa bougie; et Noureddin ne put voir tous ces objets sans se ressouvenir de la splendeur dans laquelle il avait vécu, et sans en soupirer.

Scheich Ibrahim cependant apporta les vivres, prépara la table sur un sofa, et, quand tout fut prêt, Noureddin, la belle Persienne et lui s'assirent et mangèrent ensemble. Quand ils eurent achevé et qu'ils eurent lavé les mains, Noureddin ouvrit une fenêtre et appela la belle Persienne. « Approchez, lui dit-il, et admirez avec moi la belle vue et la beauté du jardin au clair de lune qu'il fait : rien n'est plus charmant. » Elle s'approcha, et ils jouirent ensemble de ce spectacle, pendant que Scheich Ibrahim ôtait la table.

Quand Scheich Ibrahim eut fait, et qu'il fut venu rejoindre ses hôtes, Noureddin lui demanda s'il n'avait pas quelque boisson dont il voulût bien les régaler. « Quelle boisson voudriez-vous ? reprit Scheich Ibrahim. Est-ce du sorbet ? J'en ai du plus exquis; mais vous savez bien, mon fils, qu'on ne boit pas le sorbet après le souper.

— Je le sais bien, repartit Noureddin : ce n'est pas aussi du sorbet que nous vous demandons; c'est une autre boisson; je m'étonne que vous ne m'entendiez pas. — C'est donc du vin dont vous voulez parler ? répliqua Scheich Ibrahim. — Vous l'avez deviné, lui dit Noureddin : si vous en avez, obligez-nous de nous en apporter une bouteille. Vous savez qu'on en boit après souper pour passer le temps jusqu'à ce qu'on se couche.

— Dieu me garde d'avoir du vin chez moi, s'écria Scheich Ibrahim, et même d'approcher d'un lieu où il y en aurait! Un homme comme moi, qui a fait le pèlerinage de la Mecque quatre fois, a renoncé au vin pour toute sa vie.

— Vous nous feriez pourtant un grand plaisir de nous en trouver, reprit Noureddin; et, si cela ne vous fait pas de peine, je vais vous enseigner un moyen, sans que vous entriez au cabaret et sans que vous mettiez la main à ce qu'il contiendra. — Je le veux bien à cette condition, repartit Scheich Ibrahim : dites-moi seulement ce qu'il faut que je fasse.

— Nous avons vu un âne attaché à l'entrée de votre

jardin, dit alors Noureddin; c'est à vous apparemment, et vous devez vous en servir dans le besoin. Tenez, voilà encore deux pièces d'or; prenez l'âne avec ses paniers, et allez au premier cabaret, sans vous en approcher qu'autant qu'il vous plaira; donnez quelque chose au premier passant, et priez-le d'aller jusqu'au cabaret avec l'âne, d'y prendre deux cruches de vin, que l'on mettra, l'une dans un panier et l'autre dans l'autre, et de vous ramener l'âne après qu'il aura payé le vin de l'argent que vous lui aurez donné. Vous n'aurez qu'à chasser l'âne devant vous jusqu'ici, et nous prendrons les cruches nous-mêmes dans les paniers. De cette manière, vous ne ferez rien qui doive vous faire la moindre répugnance. »

Les deux autres pièces d'or que Scheich Ibrahim venait de recevoir firent un puissant effet sur son esprit. « Ah! mon fils! s'écria-t-il quand Noureddin eut achevé, que vous l'entendez bien! Sans vous, je ne me fusse jamais avisé de ce moyen pour vous faire avoir du vin sans scrupule. » Il les quitta pour aller faire la commission, et il s'en acquitta en peu de temps. Dès qu'il fut de retour, Noureddin descendit, tira les cruches des paniers, et les porta au salon.

Scheich Ibrahim ramena l'âne à l'endroit où il l'avait pris; et, lorsqu'il fut revenu : « Scheich Ibrahim, lui dit Noureddin, nous ne pouvons assez vous remercier de la peine que vous avez bien voulu prendre; mais il nous manque encore quelque chose. — Et quoi ? reprit Scheich Ibrahim; que puis-je faire encore pour votre service ? — Nous n'avons pas de tasses, repartit Noureddin, et quelques fruits nous accommoderaient bien, si vous en aviez. — Vous n'avez qu'à parler, répliqua Scheich Ibrahim, il ne vous manquera rien de tout ce que vous pouvez souhaiter. »

Scheich Ibrahim descendit, et en peu de temps il leur prépara une table couverte de belles porcelaines remplies de plusieurs sortes de fruits, avec des tasses d'or et d'argent à choisir; et, quand il leur eut demandé s'ils avaient besoin de quelque autre chose, il se retira sans vouloir rester, quoiqu'ils l'en priassent avec beaucoup d'instances.

Noureddin et la belle Persienne se remirent à table, et ils commencèrent par boire chacun un coup; ils trouvèrent le vin excellent. « Hé bien, ma belle, dit Noureddin à la belle Persienne, ne sommes-nous pas les plus heureux du monde de ce que le hasard nous a amenés dans un lieu si agréable et si charmant ? Réjouissons-nous, et remettons-nous de la mauvaise chère de notre voyage. Mon bonheur peut-il être plus grand que de vous avoir d'un côté et la tasse de l'autre ? » Ils burent plusieurs autres fois, en s'entretenant agréablement et en chantant chacun leur chanson.

Comme ils avaient la voix parfaitement belle l'un et l'autre, particulièrement la belle Persienne, leur chant attira Scheich Ibrahim, qui les entendit longtemps de dessus le perron avec un grand plaisir, sans se faire voir. Il se fit voir enfin en mettant la tête à la porte. « Courage, Seigneur ! dit-il à Noureddin qu'il croyait déjà ivre ; je suis ravi de vous voir dans cette joie.

— Ah ! Scheich Ibrahim, s'écria Noureddin en se tournant de son côté, que vous êtes un brave homme, et que nous vous sommes obligés ! Nous n'oserions vous prier de boire un coup ; mais ne laissez pas d'entrer. Venez, approchez-vous, et faites-nous au moins l'honneur de nous tenir compagnie. — Continuez, continuez, reprit Scheich Ibrahim, je me contente du plaisir d'entendre vos belles chansons ! » Et en disant ces paroles il disparut.

La belle Persienne s'aperçut que Scheich Ibrahim s'était arrêté sur le perron, et elle en avertit Noureddin. « Seigneur, ajouta-t-elle, vous voyez qu'il témoigne une grande aversion pour le vin ; je ne désespérerais pas de lui en faire boire si vous vouliez faire ce que je vous dirais. — Et quoi ? demanda Noureddin : vous n'avez qu'à dire, je ferai ce que vous voudrez. — Engagez-le seulement à entrer et à demeurer avec nous, dit-elle ; quelque temps après, versez à boire et présentez-lui la tasse ; s'il vous refuse, buvez, et ensuite faites semblant de dormir ; je ferai le reste. »

Noureddin comprit l'intention de la belle Persienne ; il appela Scheich Ibrahim qui reparut à la porte. « Scheich Ibrahim, lui dit-il, nous sommes vos hôtes, et vous nous avez accueillis le plus obligeamment du monde ; voudriez-vous nous refuser la prière que nous vous faisons de nous honorer de votre compagnie ? Nous ne vous demandons pas que vous buviez, mais seulement de nous faire le plaisir de vous voir. »

Scheich Ibrahim se laissa persuader : il entra, et s'assit sur le bord du sofa qui était le plus près de la porte. « Vous n'êtes pas bien là, et nous ne pouvons avoir l'honneur de vous voir, dit alors Noureddin ; approchez-vous, je vous en supplie, et asseyez-vous près de madame, elle le voudra bien. — Je ferai donc ce qu'il vous plaît », dit Scheich Ibrahim. Il s'approcha, et, en souriant du plaisir qu'il allait avoir d'être près d'une si belle personne, il s'assit à quelque distance de la belle Persienne. Noureddin la pria de chanter une chanson en considération de l'honneur que Scheich Ibrahim leur faisait, et elle en chanta une qui le ravit en extase.

Quand la belle Persienne eut achevé de chanter, Noureddin versa du vin dans une tasse, et présenta la tasse à Scheich Ibrahim. « Scheich Ibrahim, lui dit-il, buvez un coup à notre santé, je vous en prie. — Seigneur, reprit-il en se tirant en arrière comme s'il eût eu horreur de voir seulement du vin, je vous supplie de m'excuser : je vous ai déjà dit que j'ai renoncé au vin il y a longtemps. — Puisque absolument vous ne voulez pas boire à notre santé, dit Noureddin, vous aurez donc pour agréable que je boive à la vôtre. »

Pendant que Noureddin buvait, la belle Persienne coupa la moitié d'une pomme, et, en la présentant à Scheich Ibrahim : « Vous n'avez pas voulu boire, lui dit-elle, mais je ne crois pas que vous fassiez la même difficulté de goûter de cette pomme qui est excellente. » Scheich Ibrahim ne put la refuser d'une si belle main; il la prit avec une inclination de tête, et la porta à sa bouche. Elle lui dit quelques douceurs là-dessus, et Noureddin, cependant, se renversa sur le sofa, et fit semblant de dormir. Aussitôt la belle Persienne s'avança vers Scheich Ibrahim; et, en lui parlant fort bas : « Le voyez-vous ? dit-elle; il n'en agit pas autrement toutes les fois que nous nous réjouissons ensemble; il n'a pas plutôt bu deux coups qu'il s'endort et me laisse seule; mais je crois que vous voudrez bien me tenir compagnie pendant qu'il dormira. »

La belle Persienne prit une tasse, la remplit de vin; et, en la présentant à Scheich Ibrahim : « Prenez, lui dit-elle, et buvez à ma santé; je vais vous faire raison. » Scheich Ibrahim fit de grandes difficultés, et il la pria bien fort de vouloir l'en dispenser; mais elle le pressa si vivement que, vaincu par ses charmes et par ses instances, il prit la tasse et but sans rien laisser.

Le bon vieillard aimait à boire le petit coup; mais il avait honte de le faire devant des gens qu'il ne connaissait pas. Il allait au cabaret en cachette comme beaucoup d'autres, et il n'avait pas pris les précautions que Noureddin lui avait enseignées pour aller acheter le vin. Il était allé le prendre sans façon chez un cabaretier où il était très connu; la nuit lui avait servi de manteau, et il avait épargné l'argent qu'il eût dû donner à celui qu'il eût chargé de faire la commission, selon la leçon de Noureddin.

Pendant que Scheich Ibrahim achevait de manger la moitié de pomme, après qu'il eut bu, la belle Persienne lui emplit une autre tasse, qu'il prit avec bien moins de difficulté : il n'en fit aucune à la troisième. Il buvait enfin la quatrième, lorsque Noureddin cessa de faire semblant de dormir; il se leva sur son séant, et, en le regardant avec un grand éclat de rire : « Ha! ha! Scheich Ibrahim, lui dit-il, je vous y surprends : vous m'avez dit que vous aviez renoncé au vin, et vous ne laissez pas d'en boire! »

Scheich Ibrahim ne s'attendait pas à cette surprise, et la rougeur lui en monta un peu au visage. Cela ne l'empêcha pas néanmoins d'achever de boire; et, quand il eut fait : « Seigneur, dit-il en riant, s'il y a péché dans ce que j'ai fait, il ne doit pas tomber sur moi, c'est sur madame : quel moyen de ne pas se rendre à tant de grâce! »

La belle Persienne, qui s'entendait avec Noureddin, prit le parti de Scheich Ibrahim. « Scheich Ibrahim, lui dit-elle, laissez-le dire, et ne vous contraignez pas : continuez d'en boire et réjouissez-vous. » Quelques moments après, Noureddin se versa à boire, et en versa ensuite à la belle Persienne. Comme Scheich Ibrahim vit que Noureddin ne lui en versait pas, il prit une tasse et la lui présenta. » Et moi, dit-il, prétendez-vous que je ne boive pas aussi bien que vous ? »

A ces paroles de Scheich Ibrahim, Noureddin et la belle Persienne firent un grand éclat de rire; Noureddin lui versa à boire, et ils continuèrent de se réjouir, de rire et de boire jusqu'à près de minuit. Environ ce temps-là, la belle Persienne s'avisa que la table n'était éclairée que d'une chandelle. « Scheich Ibrahim, dit-elle, au bon vieillard de concierge, vous ne nous avez apporté qu'une chandelle, et voilà tant de belles bougies! Faites-nous, je vous prie, le plaisir de les allumer, que nous y voyions clair. »

Scheich Ibrahim usa de la liberté que donne le vin, lorsqu'on en a la tête échauffée; et, afin de ne pas interrompre un discours dont il entretenait Noureddin :

« Allumez-les vous-même, dit-il à cette belle personne; cela convient mieux à une jeunesse comme vous; mais prenez garde de n'en allumer que cinq ou six, et pour cause; cela suffira. » La belle Persienne se leva, alla prendre une bougie qu'elle vint allumer à la chandelle qui était sur la table, et elle alluma les quatre-vingts bougies, sans s'arrêter à ce que Scheich Ibrahim lui avait dit.

Quelque temps après, pendant que Scheich Ibrahim entretenait la belle Persienne sur un autre sujet, Noureddin à son tour le pria de vouloir bien allumer quelques lustres. Sans prendre garde que toutes les bougies étaient allumées : « Il faut, reprit Scheich Ibrahim, que vous soyez bien paresseux, ou que vous ayez moins de vigueur que moi, si vous ne pouvez les allumer vous-même. Allez, allumez-les; mais n'en allumez que trois. » Au lieu de n'en allumer que ce nombre, il les alluma tous, et ouvrit les quatre-vingts fenêtres, à quoi Scheich Ibrahim, attaché à s'entretenir avec la belle Persienne, ne fit pas de réflexion.

Le calife Haroun-al-Raschid n'était pas encore retiré alors; il était dans un salon de son palais qui avançait jusqu'au Tigre, et qui avait vue du côté du jardin et du Pavillon des peintures. Par hasard il ouvrit une fenêtre de ce côté-là, et il fut extrêmement étonné de voir le pavillon tout illuminé, et d'autant plus qu'à la grande clarté il crut d'abord que le feu était dans la ville. Le grand-vizir Giafar était encore avec lui, et il n'attendait que le moment que le calife se retirât pour retourner chez lui. Le calife l'appela dans une grande colère. « Vizir négligent, s'écria-t-il, viens çà, approche-toi, regarde le Pavillon des peintures, et dis-moi pourquoi il est illuminé à l'heure qu'il est, que je n'y suis pas. »

Le grand-vizir trembla de frayeur à cette nouvelle, de la crainte qu'il eut que cela ne fût. Il s'approcha, et il trembla davantage dès qu'il eut vu que ce que le calife avait dit était vrai. Il fallait cependant un prétexte pour l'apaiser. « Commandeur des croyants, lui dit-il, je ne puis dire autre chose là-dessus à Votre Majesté, sinon qu'il y a quatre ou cinq jours que Scheich Ibrahim vint se présenter à moi; il me témoigna qu'il avait dessein de faire une assemblée des ministres de sa mosquée, pour une certaine cérémonie qu'il était bien aise de faire sous l'heureux règne de Votre Majesté. Je lui demandai ce qu'il souhaitait que je fisse pour son service en cette rencontre ; sur quoi il me supplia d'obtenir de Votre Majesté qu'il lui fût permis de faire l'assemblée et la cérémonie dans le pavillon. Je le renvoyai en lui disant qu'il le pouvait faire, et que je ne manquerais pas d'en parler à Votre Majesté : je lui demande pardon de l'avoir oublié. Scheich Ibrahim apparemment, poursuivit-il, a choisi ce jour pour la cérémonie, et, en régalant les ministres de sa mosquée, il a voulu sans doute leur donner le plaisir de cette illumination.

— Giafar, reprit le calife d'un ton qui marquait qu'il était un peu apaisé, selon ce que tu viens de me dire, tu as commis trois fautes qui ne sont point pardonnables. La première, d'avoir donné à Scheich Ibrahim la permission de faire cette cérémonie dans mon pavillon : un simple concierge n'est pas un officier assez considérable pour mériter tant d'honneur ; la seconde, de ne m'en avoir point parlé ; et la troisième, de n'avoir pas pénétré dans la véritable intention de ce bonhomme. En effet, je suis persuadé qu'il n'en a pas eu d'autre que de voir s'il n'obtiendrait pas une gratification pour l'aider à faire cette dépense. Tu n'y as pas songé, et je ne lui donne pas de tort de se venger de ne l'avoir pas obtenue, par la dépense plus grande de cette illumination. »

Le grand-vizir Giafar, joyeux de ce que le calife prenait la chose sur ce ton, se chargea avec plaisir des fautes qu'il venait de lui reprocher, et il avoua franchement qu'il avait tort de n'avoir pas donné quelques pièces d'or à Scheich Ibrahim. « Puisque cela est ainsi, ajouta le calife en souriant, il est juste que tu sois puni de ces fautes ; mais la punition en sera légère. C'est que tu passeras le reste de la nuit, comme moi, avec ces bonnes gens que je suis bien aise de voir. Pendant que je vais prendre un habit de bourgeois, va te déguiser de même avec Mesrour, et venez tous deux avec moi. » Le vizir Giafar voulut lui représenter qu'il était tard, et que la compagnie se serait retirée avant qu'il fût arrivé ; mais il repartit qu'il voulait y aller absolument. Comme il n'était rien de ce que le vizir lui avait dit, le vizir fut au désespoir de cette résolution ; mais il fallait obéir, et ne pas répliquer.

Le calife sortit donc de son palais, déguisé en bourgeois, avec le grand-vizir Giafar et Mesrour, chef des eunuques, et marcha par les rues de Bagdad jusqu'à ce qu'il arriva au jardin. La porte était ouverte par la négligence de Scheich Ibrahim, qui avait oublié de la fermer en revenant d'acheter du vin. Le calife en fut scandalisé. « Giafar, dit-il au grand-vizir, que veut dire que la porte est ouverte à l'heure qu'il est ? Serait-il possible que ce fût la coutume de Scheich Ibrahim de la laisser ainsi ouverte la nuit ? J'aime mieux croire que l'embarras de sa fête lui a fait commettre cette faute. »

Le calife entra dans le jardin, et, quand il fut arrivé au pavillon, comme il ne voulait pas monter au salon avant de savoir ce qui s'y passait, il consulta avec le grand-vizir s'il ne devait pas monter sur un des arbres qui en était le plus près pour s'en éclaircir. Mais, en regardant la porte du salon, le grand-vizir s'aperçut qu'elle était entrouverte, et l'en avertit. Scheich Ibrahim l'avait laissée ainsi lorsqu'il s'était laissé persuader d'entrer et de tenir compagnie à Noureddin et à la belle Persienne.

Le calife abandonna son premier dessein, il monta à la porte du salon sans faire de bruit; et la porte était entrouverte, de manière qu'il pouvait voir ceux qui étaient dedans sans être vu. Sa surprise fut des plus grandes quand il eut aperçu une dame d'une beauté sans égale et un jeune homme des mieux faits, avec Scheich Ibrahim assis à table avec eux. Scheich Ibrahim tenait la tasse à la main. « Ma belle dame, disait-il à la belle Persienne, un bon buveur ne doit jamais boire sans chanter la chansonnette auparavant. Faites-moi l'honneur de m'écouter : en voici une des plus jolies. »

Scheich Ibrahim chanta; et le calife en fut d'autant plus étonné qu'il avait ignoré jusqu'alors qu'il bût du vin, et qu'il l'avait cru un homme sage et posé, comme il le lui avait toujours paru. Il s'éloigna de la porte avec la même précaution qu'il s'en était approché, et vint au grand-vizir Giafar qui était sur l'escalier, quelques degrés au-dessous du perron. « Monte, lui dit-il, et vois si ceux qui sont là-dedans sont des ministres de mosquée comme tu as voulu me le faire croire. »

Du ton dont le calife prononça ces paroles, le grand-vizir connut fort bien que la chose allait mal pour lui. Il monta, et, en regardant par l'ouverture de la porte, il trembla de frayeur pour sa personne, quand il eut vu les mêmes trois personnes dans la situation et dans l'état où elles étaient. Il revint au calife, tout confus, et il ne sut que lui dire. « Quel désordre, lui dit le calife, que des gens aient la hardiesse de venir se divertir dans mon jardin et dans mon pavillon; que Scheich Ibrahim leur donne entrée, les souffre, et se divertisse avec eux! Je ne crois pas néanmoins que l'on puisse voir un jeune homme et une jeune dame mieux faits et mieux assortis. Avant de faire éclater ma colère, je veux m'éclaircir davantage, et savoir qui ils peuvent être, et à quelle occasion ils sont ici. » Il retourna à la porte pour les observer encore, et le vizir, qui le suivit, demeura derrière lui pendant qu'il avait les yeux sur eux. Ils entendirent l'un et l'autre que Scheich Ibrahim disait à la belle Persienne : « Mon aimable dame, y a-t-il quelque chose que vous puissiez souhaiter pour rendre notre joie de cette soirée plus accomplie ? — Il me semble, reprit la belle Persienne, que tout irait bien si vous aviez un instrument dont je pusse jouer, et que vous voulussiez me l'apporter. — Madame, reprit Scheich Ibrahim, savez-vous jouer du luth ? — Apportez, lui dit la belle Persienne, je vous le ferai voir. »

Sans aller bien loin de sa place, Scheich Ibrahim tira un luth d'une armoire, et le présenta à la belle Persienne, qui commença à le mettre d'accord. Le calife cependant se tourna du côté du grand-vizir Giafar. « Giafar, lui dit-il, la jeune dame va jouer du luth : si elle joue bien, je lui pardonnerai de même qu'au jeune homme pour l'amour d'elle; pour toi, je ne laisserai pas de te faire pendre. — Commandeur des croyants, reprit le grand-vizir, si cela est ainsi, je prie donc Dieu qu'elle joue mal. — Pourquoi cela ? repartit le calife. — Plus nous serons de monde, répliqua le grand-vizir, plus nous aurons lieu de nous consoler de mourir en belle et bonne compagnie. » Le calife, qui aimait les bons mots, se mit à rire de cette repartie; et, en se retournant du côté de l'ouverture de la porte, il prêta l'oreille pour entendre jouer la belle Persienne.

La belle Persienne préludait déjà d'une manière qui fit comprendre d'abord au calife qu'elle jouait en maître. Elle commença ensuite de chanter un air, et elle accompagna sa voix, qu'elle avait admirable, avec le luth, et elle le fit avec tant d'art et de perfection que le calife en fut charmé.

Dès que la belle Persienne eut achevé de chanter, le calife descendit de l'escalier, et le vizir Giafar le suivit. Quand il fut au bas : « De ma vie, dit-il au vizir, je n'ai entendu une plus belle voix, ni mieux jouer du luth : Isaac *, que je croyais le plus habile joueur qu'il y eût

* C'était un excellent joueur de luth qui vivait à Bagdad sous le règne de ce calife.

au monde, n'en approche pas. J'en suis si content que je veux entrer pour l'entendre jouer devant moi : il s'agit de voir de quelle manière je le ferai.

— Commandeur des croyants, reprit le grand-vizir, si vous y entrez et que Scheich Ibrahim vous reconnaisse, il en mourra de frayeur. — C'est aussi ce qui me fait de la peine, repartit le calife, et je serais fâché d'être cause de sa mort, après tant de temps qu'il me sert. Il me vient une pensée qui pourra me réussir : demeure ici avec Mesrour, et attendez dans la première allée que je revienne. »

Le voisinage du Tigre avait donné lieu au calife d'en détourner assez d'eau par-dessous une grande voûte bien terrassée pour former une belle pièce d'eau, où ce qu'il y avait de plus beau poisson dans le Tigre venait se retirer. Les pêcheurs le savaient bien, et ils eussent fort souhaité d'avoir la liberté d'y pêcher; mais le calife avait défendu expressément à Scheich Ibrahim de souffrir qu'aucun en approchât. Cette même nuit néanmoins un pêcheur qui passait devant la porte du jardin depuis que le calife y était entré, et qui l'avait laissée ouverte comme il l'avait trouvée, avait profité de l'occasion, et s'était coulé dans le jardin jusqu'à la pièce d'eau.

Ce pêcheur avait jeté ses filets, et il était près de les tirer au moment que le calife, qui, après la négligence de Scheich Ibrahim, s'était douté de ce qui était arrivé et voulait profiter de cette conjoncture pour son dessein, vint au même endroit. Nonobstant son déguisement, le pêcheur le reconnut, et se jeta aussitôt à ses pieds en lui demandant pardon, et en s'excusant sur sa pauvreté. « Relève-toi et ne crains rien, reprit le calife; tire seulement tes filets, que je voie le poisson qu'il y aura. »

Le pêcheur, rassuré, exécuta promptement ce que le calife souhaitait, et il amena cinq ou six beaux poissons, dont le calife choisit les deux plus gros, qu'il fit attacher ensemble par la tête avec un brin d'arbrisseau. Il dit ensuite au pêcheur : « Donne-moi ton habit, et prends le mien. » L'échange se fit en peu de moments, et, dès que le calife fut habillé en pêcheur, jusqu'à la chaussure et au turban : « Prends tes filets, dit-il au pêcheur, et va faire tes affaires. »

Quand le pêcheur fut parti, fort content de sa bonne fortune, le calife prit les deux poissons à la main, et alla retrouver le grand-vizir Giafar et Mesrour. Il s'arrêta devant le grand-vizir, et le grand-vizir ne le reconnut pas.

« Que demandes-tu ? lui dit-il. Va, passe ton chemin. » Le calife se mit aussitôt à rire, et le grand-vizir le reconnut. « Commandeur des croyants, s'écria-t-il, est-il possible que ce soit vous ? Je ne vous reconnaissais pas, et je vous demande mille pardons de mon incivilité. Vous pouvez entrer présentement dans le salon, sans craindre que Scheich Ibrahim vous reconnaisse. — Restez donc encore ici, lui dit-il et à Mesrour, pendant que je vais faire mon personnage. »

Le calife monta au salon, et frappa à la porte. Noureddin, qui l'entendit le premier, en avertit Scheich Ibrahim; et Scheich Ibrahim demanda qui c'était. Le calife ouvrit la porte, et, en avançant seulement un pas dans le salon pour se faire voir : « Scheich Ibrahim, répondit-il, je suis le pêcheur Kerim : comme je me suis aperçu que vous régaliez de vos amis, et que j'ai pêché deux beaux poissons dans le moment, je viens vous demander si vous n'en avez pas besoin. »

Noureddin et la belle Persienne furent ravis d'entendre parler de poisson. « Scheich Ibrahim, dit aussitôt la belle Persienne, je vous prie, faites-nous le plaisir de le faire entrer, que nous voyions son poisson. » Scheich Ibrahim n'était plus en état de demander au prétendu pêcheur comment ni par où il était venu, il songea seulement à plaire à la belle Persienne. Il tourna donc la tête du côté de la porte avec bien de la peine, tant il avait bu, et dit en bégayant au calife, qu'il prenait pour un pêcheur : « Approche, bon voleur de nuit, approche qu'on te voie. »

Le calife s'avança en contrefaisant parfaitement bien toutes les manières d'un pêcheur, et présenta les deux poissons. « Voilà de fort beau poisson, dit la belle Persienne; j'en mangerais volontiers, s'il était cuit et bien accommodé. — Madame a raison, reprit Scheich Ibrahim; que veux-tu que nous fassions de ton poisson, s'il n'est accommodé ? Va, accommode-le toi-même, et apporte-le-nous : tu trouveras de tout dans ma cuisine. »

Le calife revint trouver le grand-vizir Giafar. « Giafar, lui dit-il, j'ai été fort bien reçu, mais ils demandent que le poisson soit accommodé. — Je vais l'accommoder, reprit le grand-vizir; cela sera fait dans un moment. — J'ai si fort à cœur, repartit le calife, de venir à bout de mon dessein que j'en prendrai bien la peine moi-même. Puisque je fais si bien le pêcheur, je puis bien faire aussi le cuisinier : je me suis mêlé de la cuisine dans ma jeunesse, et je ne m'en suis pas mal acquitté. » En disant ces paroles, il avait pris le chemin du logement de Scheich Ibrahim, et le grand-vizir et Mesrour le suivaient.

Ils mirent la main à l'œuvre tous trois; et, quoique la cuisine de Scheich Ibrahim ne fût pas grande, comme néanmoins il n'y manquait rien des choses dont ils avaient besoin, ils eurent bientôt accommodé le plat de poisson. Le calife le porta; et, en le servant, il mit aussi un citron devant chacun, afin qu'ils s'en servissent, s'ils le souhaitaient. Ils mangèrent d'un grand appétit, Noureddin et la belle Persienne particulièrement; et le calife demeura debout devant eux.

Quand ils eurent achevé, Noureddin regarda le calife. « Pêcheur, lui dit-il, on ne peut pas manger de meilleur poisson, et tu nous as fait le plus grand plaisir du monde. Il mit la main dans son sein en même temps, et il en tira sa bourse où il y avait trente pièces d'or, le reste des quarante que Sangiar, huissier du roi de Balsora, lui avait données avant son départ. « Prends, lui dit-il, je t'en donnerais davantage si j'en avais; je t'eusse mis à l'abri de la pauvreté, si je t'eusse connu avant que j'eusse dépensé mon patrimoine; ne laisse pas de le recevoir d'aussi bon cœur que si le présent était beaucoup plus considérable. »

Le calife prit la bourse; et, en remerciant Noureddin, comme il sentit que c'était de l'or qui était dedans : « Seigneur, lui dit-il, je ne puis assez vous remercier de votre libéralité. On est bien heureux d'avoir affaire à d'honnêtes gens comme vous; mais, avant de me retirer, j'ai une prière à vous faire que je vous supplie de m'accorder. Voilà un luth qui me fait connaître que madame en sait jouer. Si vous pouviez obtenir d'elle qu'elle me fît la grâce d'en jouer une seule pièce, je m'en retournerais le plus content du monde : c'est un instrument que j'aime passionnément. — Belle Persienne, dit aussitôt Noureddin en s'adressant à elle, je vous demande cette grâce, j'espère que vous ne me la refuserez pas. » Elle prit le luth; et, après l'avoir accordé en peu de moments, elle joua et chanta un air qui enleva le calife. En achevant, elle continua de jouer sans chanter; et elle le fit avec tant de force et d'agrément qu'il fut ravi comme en extase.

Quand la belle Persienne eut cessé de jouer : « Ah! s'écria le calife, quelle voix, quelle main et quel jeu!

A-t-on jamais mieux chanté, mieux joué du luth ? Jamais on n'a rien vu ni entendu de pareil! »

Noureddin, accoutumé de donner ce qui lui appartenait à tous ceux qui en faisaient les louanges : « Pêcheur, reprit-il, je vois bien que tu t'y connais; puisqu'elle te plaît si fort, c'est à toi, et je t'en fais présent. » En même temps, il se leva, prit sa robe qu'il avait quittée, et il voulut partir et laisser le calife, qu'il ne connaissait que pour un pêcheur, en possession de la belle Persienne.

La belle Persienne, extrêmement étonnée de la libéralité de Noureddin, le retint. « Seigneur, lui dit-elle en le regardant tendrement, où prétendez-vous donc aller ? Remettez-vous à votre place, je vous en supplie, et écoutez ce que je vais jouer et chanter. » Il fit ce qu'elle souhaitait; et alors, en touchant le luth et en le regardant les larmes aux yeux, elle chanta des vers qu'elle fit sur-le-champ, et elle lui reprocha vivement le peu d'amour qu'il avait pour elle, puisqu'il l'abandonnait si facilement à Kerim, et avec tant de dureté; elle voulait dire, sans s'expliquer davantage, à un pêcheur tel que Kerim, qu'elle ne connaissait pas pour le calife non plus que lui. En achevant, elle posa le luth près d'elle, et porta son mouchoir au visage pour cacher ses larmes qu'elle ne pouvait retenir.

Noureddin ne répondit pas un mot à ces reproches, et il marqua par son silence qu'il ne se repentait pas de la donation qu'il avait faite. Mais le calife, surpris de ce qu'il venait d'entendre, lui dit : « Seigneur, à ce que je vois, cette dame si belle, si rare, si admirable, dont vous venez de me faire présent avec tant de générosité, est votre esclave, et vous êtes son maître. — Cela est vrai, Kerim, reprit Noureddin, et tu serais beaucoup plus étonné que tu ne le parais si je te racontais toutes les disgrâces qui me sont arrivées à son occasion. — Eh! de grâce, Seigneur, repartit le calife, en s'acquittant toujours fort bien du personnage de pêcheur, obligez-moi de me faire part de votre histoire. »

Noureddin, qui venait de faire pour lui d'autres choses de plus grande conséquence, quoiqu'il ne le regardât que comme pêcheur, voulut bien avoir encore cette complaisance. Il lui raconta toute son histoire, à commencer par l'achat que le vizir son père avait fait de la belle Persienne pour le roi de Balsora, et n'omit rien de ce qu'il avait fait, et de tout ce qui lui était arrivé, jusqu'à son arrivée à Bagdad avec elle, et jusqu'au moment qu'il lui parlait.

Quand Noureddin eut achevé : « Et présentement où allez-vous ? demanda le calife. — Où je vais ? répondit-il. Où Dieu me conduira. — Si vous me croyez, reprit le calife, vous n'irez pas plus loin : il faut au contraire que vous retourniez à Balsora, Je vais vous donner un mot de lettre que vous donnerez au roi de ma part; vous verrez qu'il vous recevra fort bien dès qu'il l'aura lue, et que personne ne vous dira mot.

— Kerim, repartit Noureddin, ce que tu me dis est bien singulier : jamais on n'a dit qu'un pêcheur comme toi ait eu correspondance avec un roi! — Cela ne doit pas vous étonner, répliqua le calife : nous avons fait nos études ensemble sous les mêmes maîtres, et nous avons toujours été les meilleurs amis du monde. Il est vrai que la fortune ne nous a pas été également favorable : elle l'a fait roi, et moi pêcheur; mais cette inégalité n'a pas diminué notre amitié. Il a voulu me tirer hors de mon état avec tous les empressements imaginables. Je me suis contenté de la considération qu'il a de ne me rien refuser de tout ce que je lui demande pour le service de mes amis : laissez-moi faire, et vous en verrez le succès. »

Nouredddin consentit à ce que le calife voulut. Comme il y avait dans le salon de tout ce qu'il fallait pour écrire, le calife écrivit cette lettre au roi de Balsora, au haut de laquelle, presque sur l'extrémité du papier, il ajouta cette formule en très petits caractères : *Au nom de Dieu très miséricordieux*, pour marquer qu'il voulait être obéi absolument.

LETTRE

DU CALIFE HAROUN-AL-RASCHID

AU ROI DE BALSORA

Haroun-al-Raschid, fils de Mahdi, envoie cette lettre à Mohammed Zineby, on cousin. Dès que Noureddin, fils du vizir Khacan, porteur de cette lettre, te l'aura rendue et que tu l'auras lue, à l'instant dépouille-toi du manteau royal, mets-le-lui sur les épaules, et le fais asseoir à ta place, et n'y manque pas. Adieu.

Le calife plia et cacheta la lettre, et, sans dire à Noureddin ce qu'elle contenait : « Tenez, lui dit-il, et allez vous embarquer incessamment sur un bâtiment qui va partir bientôt, comme il en part un chaque jour à la même heure; vous dormirez quand vous serez embarqué.» Noureddin prit la lettre, et partit avec le peu d'argent qu'il avait sur lui quand l'huissier Sangiar lui avait donné sa bourse; et la belle Persienne, inconsolable de son départ, se tira à part sur le sofa, et fondit en pleurs.

A peine Noureddin était sorti du salon que Scheich Ibrahim, qui avait gardé le silence pendant tout ce qui venait de se passer, regarda le calife, qu'il prenait toujours pour le pêcheur Kerim. « Écoute, Kerim, lui dit-il, tu nous es venu apporter ici deux poissons qui valent bien vingt pièces de monnaie de cuivre au plus, et pour cela on t'a donné une bourse et une esclave; penses-tu que tout cela sera pour toi ? Je te déclare que je veux avoir l'esclave par moitié. Pour ce qui est de la bourse, montre-moi ce qu'il y a dedans : si c'est de l'argent, tu en prendras une pièce pour toi; et, si c'est de l'or, je te prendrai tout, et je te donnerai quelques pièces de cuivre qui me restent dans ma bourse. »

Pour bien entendre ce qui va suivre, dit ici Scheherazade en s'interrompant, il est à remarquer qu'avant de porter au salon le plat de poisson accommodé, le calife avait chargé le grand-vizir Giafar d'aller en diligence jusqu'au palais, pour lui amener quatre valets de chambre avec un habit, et de venir attendre de l'autre côté du pavillon jusqu'à ce qu'il frappât des mains par une des fenêtres. Le grand-vizir s'était acquitté de cet ordre; et lui et Mesrour, avec les quatre valets de chambre, attendaient au lieu marqué qu'il donnât le signal.

Je reviens à mon discours, ajouta la sultane. Le calife, toujours sous le personnage de pêcheur, répondit hardiment à Scheich Ibrahim : « Scheich Ibrahim, je ne sais pas ce qu'il y a dans la bourse : argent ou or, je le partagerai avec vous par moitié de très bon cœur; pour ce qui est de l'esclave, je veux l'avoir à moi seul. Si vous ne voulez pas vous en tenir aux conditions que je vous propose, vous n'aurez rien. »

Scheich Ibrahim, emporté de colère à cette insolence, comme il la regardait dans un pêcheur à son égard, prit une des porcelaines qui étaient sur la table et la jeta à la tête du calife. Le calife n'eut pas de peine à éviter la porcelaine jetée par un homme pris de vin; elle alla donner contre le mur où elle se brisa en plusieurs morceaux. Scheich Ibrahim, plus emporté qu'auparavant après avoir manqué son coup, prend la chandelle qui était sur la table, se lève en chancelant, et descend par un escalier dérobé pour aller chercher une canne.

Le calife profita de ce temps-là, et frappa des mains à une des fenêtres. Le grand-vizir, Mesrour et les quatre valets de chambre furent à lui en un moment, et les valets de chambre lui eurent bientôt ôté l'habit de pêcheur et mis celui qu'ils lui avaient apporté. Ils n'avaient pas encore achevé, et ils étaient occupés autour du calife qui était assis sur le trône qu'il avait dans le salon, que Scheich Ibrahim, animé par l'intérêt, rentra avec une grosse canne à la main, dont il se promettait de bien régaler le prétendu pêcheur. Au lieu de le rencontrer des yeux, il aperçut son habit au milieu du salon, et il vit le calife assis sur son trône, avec le grand-vizir et Mesrour à ses côtés. Il s'arrêta à ce spectacle, et douta s'il était éveillé ou s'il dormait. Le calife se mit à rire de son étonnement : « Scheich Ibrahim, lui dit-il, que veux-tu ? que cherches-tu ? »

Scheich Ibrahim, qui ne pouvait plus douter que ce ne fût le calife, se jeta aussitôt à ses pieds, la face et sa longue barbe contre terre. « Commandeur des croyants, s'écria-t-il, votre vil esclave vous a offensé, il implore votre clémence, et vous en demande mille pardons. » Comme les valets de chambre eurent achevé de l'habiller en ce moment, il lui dit en descendant de son trône : « Lève-toi, je te pardonne. »

Le calife s'adressa ensuite à la belle Persienne, qui avait suspendu sa douleur dès qu'elle se fut aperçue que le jardin et le pavillon appartenaient à ce prince, et non pas à Scheich Ibrahim, comme Scheich Ibrahim l'avait dissimulé, et que c'était lui-même qui s'était déguisé en pêcheur. « Belle Persienne, lui dit-il, levez-vous et suivez-moi. Vous devez connaître qui je suis après ce que vous venez de voir, et que je ne suis pas d'un rang à me prévaloir du présent que Noureddin m'a fait de votre personne avec une générosité qui n'a point de pareille. Je l'ai envoyé à Balsora pour y être roi, et je vous y enverrai pour être reine dès que je lui aurai fait tenir les dépêches nécessaires pour son établissement. Je vais en attendant vous donner un appartement dans mon palais, où vous serez traitée selon votre mérite. »

Ce discours rassura et consola la belle Persienne par

un endroit bien sensible; et elle se dédommagea pleinement de son affliction, par la joie d'apprendre que Noureddin, qu'elle aimait passionnément, venait d'être élevé à une si haute dignité. Le calife exécuta la parole qu'il venait de lui donner; il la recommanda même à Zobéide sa femme, après qu'il lui eut fait part de la considération qu'il venait d'avoir pour Noureddin.

Le retour de Noureddin à Balsora fut plus heureux et plus avancé de quelques jours qu'il n'eût été à souhaiter pour son bonheur. Il ne vit ni parent ni ami en arrivant; il alla droit au palais du roi, et le roi donnait audience. Il fendit la presse en tenant la lettre, la main élevée; on lui fit place, et il la présenta. Le roi la reçut, l'ouvrit, et changea de couleur en la lisant. Il la baisa par trois fois; et il allait exécuter l'ordre du calife, lorsqu'il s'avisa de la montrer au vizir Saouy, ennemi irréconciliable de Noureddin.

Saouy, qui avait reconnu Noureddin, et qui cherchait en lui-même avec grande inquiétude à quel dessein il était venu, ne fut pas moins surpris que le roi de l'ordre que la lettre contenait. Comme il n'y était pas moins intéressé, il imagina en un moment le moyen d'éluder. Il fit semblant de ne l'avoir pas bien lue; et, pour la lire une seconde fois, il se tourna un peu de côté, comme pour chercher un meilleur jour. Alors, sans que personne s'en aperçût et sans qu'il y parût, à moins de regarder de bien près, il arracha adroitement la formule du haut de la lettre, qui marquait que le calife voulait être obéi absolument, la porta à la bouche et l'avala.

Après une si grande méchanceté, Saouy se tourna du côté du roi, lui rendit la lettre; et, en parlant bas : « Hé bien! Sire, lui demanda-t-il, quelle est l'intention de Votre Majesté ? — De faire ce que le calife me commande, répondit le roi. — Gardez-vous-en bien, Sire, reprit le méchant vizir; c'est bien là l'écriture du calife, mais la formule n'y est pas. » Le roi l'avait fort bien remarquée; mais, dans le trouble où il était, il s'imagina qu'il s'était trompé quand il ne la vit plus.

« Sire, continua le vizir, il ne faut pas douter que le calife n'ait accordé cette lettre à Noureddin, sur les plaintes qu'il lui est allé faire contre Votre Majesté et contre moi, pour se débarrasser de lui; mais il n'a pas entendu que vous exécutiez ce qu'elle contient. De plus, il est à considérer qu'il n'a pas envoyé un exprès avec la patente, sans quoi elle est inutile. On ne dépossède pas un roi comme Votre Majesté sans cette formalité : un autre que Noureddin pourrait venir de même avec une fausse lettre; cela ne s'est jamais pratiqué. Sire, Votre Majesté peut s'en reposer sur ma parole, et je prends sur moi tout le mal qui peut en arriver. »

Le roi Zineby se laissa persuader, et abandonna Noureddin à la discrétion du vizir Saouy, qui l'emmena chez lui avec main-forte. Dès qu'il fut arrivé, il lui fit donner la bastonnade, jusqu'à ce qu'il demeurât comme mort; et dans cet état il le fit porter en prison, où il commanda qu'on le mît dans le cachot le plus obscur et le plus profond, avec ordre au geôlier de ne lui donner que du pain et de l'eau.

Quand Noureddin, meurtri de coups, fut revenu à lui et qu'il se vit dans ce cachot, il poussa des cris pitoyables en déplorant son malheureux sort. « Ah! pêcheur! s'écria-t-il, que tu m'as trompé, et que j'ai été facile à te croire! Pouvais-je m'attendre à une destinée si cruelle, après le bien que je t'ai fait! Dieu te bénisse néanmoins; je ne puis croire que ton intention ait été mauvaise, et j'aurai patience jusqu'à la fin de mes maux. »

L'affligé Noureddin demeura dix jours entiers dans cet état, et le vizir Saouy n'oublia pas qu'il l'y avait fait mettre. Résolu de lui faire perdre la vie honteusement, il n'osa l'entreprendre de son autorité. Pour réussir dans son pernicieux dessein, il chargea plusieurs de ses esclaves de riches présents, et alla se présenter au roi à leur tête. « Sire, lui dit-il avec une malice noire, voilà ce que le nouveau roi supplie Votre Majesté de vouloir bien agréer à son avènement à la couronne. »

Le roi comprit ce que Saouy voulait lui faire entendre. « Quoi! reprit-il, ce malheureux vit-il encore ? Je croyais que tu l'eusses fait mourir. — Sire, repartit Saouy, ce n'est pas à moi qu'il appartient de faire ôter la vie à personne; c'est à Votre Majesté. — Va, répliqua le roi, fais-lui couper le cou, je t'en donne la permission. — Sire, dit alors Saouy, je suis infiniment obligé à Votre Majesté de la justice qu'elle me rend. Mais, comme Noureddin m'a fait si publiquement l'affront qu'elle n'ignore pas, je lui demande en grâce de vouloir bien que l'exécution s'en fasse devant le palais, et que les crieurs aillent l'annoncer dans tous les quartiers de la ville, afin que personne n'ignore que l'offense qu'il m'a faite aura été pleinement réparée. » Le roi lui accorda ce qu'il demandait; et les crieurs, en faisant leur devoir, répandirent une tristesse générale dans toute la ville. La mémoire toute récente des vertus du père fit que personne n'apprit qu'avec indignation qu'on allait faire mourir le fils ignominieusement, à la sollicitation et par la méchanceté du vizir Saouy.

Saouy alla à la prison en personne, accompagné d'une vingtaine de ses esclaves, ministres de sa cruauté. On lui amena Noureddin, et il le fit monter sur un méchant cheval sans selle. Dès que Noureddin se vit livré entre les mains de son ennemi : « Tu triomphes, lui dit-il, et tu abuses de ta puissance; mais j'ai confiance sur la vérité de ces paroles d'un de nos livres : *Vous jugez injustement, et dans peu vous serez jugé vous-même.* »

Le vizir Saouy, qui triomphait véritablement en lui-même : « Quoi! insolent, reprit-il, tu oses m'insulter encore! Va, je te le pardonne; il arrivera ce qu'il pourra, pourvu que je t'aie vu couper le cou à la vue de tout Balsora. Tu dois savoir aussi ce que dit un autre de nos livres : *Qu'importe de mourir le lendemain de la mort de son ennemi?* »

Ce ministre implacable dans sa haine et dans son inimitié, environné d'une partie de ses esclaves armés, fit conduire Noureddin devant lui par les autres, et prit le chemin du palais. Le peuple fut sur le point de se jeter sur lui, et il l'eût lapidé, si quelqu'un eût commencé de donner l'exemple. Quand il l'eut mené jusqu'à la place du palais, à la vue de l'appartement du roi, il le laissa entre les mains du bourreau, et il alla se rendre près du roi, qui était déjà dans son cabinet, prêt à repaître ses yeux avec lui du sanglant spectacle qui se préparait.

La garde du roi et les esclaves du vizir Saouy, qui faisaient un grand cercle autour de Noureddin, eurent beaucoup de peine à contenir la populace, qui faisait tous les efforts possibles, mais inutilement, pour les forcer, les rompre et l'enlever. Le bourreau s'approcha de lui. « Seigneur, lui dit-il, je vous supplie de me pardonner votre mort; je ne suis qu'un esclave, et je ne puis me dispenser de faire mon devoir : à moins que vous n'ayez besoin de quelque chose, mettez-vous, s'il vous plaît, en état; le roi va me commander de frapper.

— Dans ce moment si cruel, quelque personne charitable, dit le désolé Noureddin, en tournant la tête à droite et à gauche, ne voudrait-elle pas me faire la grâce de m'apporter de l'eau pour étancher ma soif? » On en apporta un vase à l'instant, que l'on fit passer jusqu'à lui de main en main. Le vizir Saouy, qui s'aperçut de ce retardement, cria au bourreau, de la fenêtre du cabinet du roi où il était : « Qu'attends-tu ? Frappe. » A ces paroles barbares et pleines d'inhumanité, toute la place retentit de vives imprécations contre lui; et le roi, jaloux de son autorité, n'approuva pas cette hardiesse en sa présence, comme il le fit paraître en criant que l'on attendît. Il en eut une autre raison : c'est qu'en ce moment il leva les yeux vers une grande rue qui était devant lui, et qui aboutissait à la place, et qu'il aperçut au milieu une troupe de cavaliers qui accouraient à toute bride. « Vizir, dit-il aussitôt à Saouy, qu'est-ce que cela ? Regarde. » Saouy, qui se douta de ce que ce pouvait être, pressa le roi de donner le signal au bourreau. « Non, reprit le roi; je veux savoir auparavant qui sont ces cavaliers. » C'était le grand-vizir Giafar avec sa suite, qui venait de Bagdad en personne, de la part du calife.

Pour savoir le sujet de l'arrivée de ce ministre à Balsora, nous remarquerons qu'après le départ de Noureddin avec la lettre du calife, le calife ne s'était pas souvenu le lendemain, ni même plusieurs jours après, d'envoyer un exprès avec la patente dont il avait parlé à la belle Persienne. Il était dans le palais intérieur qui était celui des femmes, et, en passant devant un appartement, il entendit une très belle voix; il s'arrêta, et il n'eut pas plus tôt entendu quelques paroles qui marquaient de la douleur pour une absence, qu'il demanda à un officier des eunuques qui le suivait, qui était la femme qui demeurait dans l'appartement. L'officier répondit que c'était l'esclave du jeune seigneur qu'il avait envoyé à Balsora pour être roi à la place de Mohammed Zineby.

« Ah! pauvre Noureddin fils de Khacan, s'écria aussitôt le calife, je t'ai bien oublié! Vite, ajouta-t-il, qu'on me fasse venir Giafar incessamment. » Ce ministre arriva. « Giafar, lui dit le calife, je ne me suis pas souvenu d'envoyer la patente pour faire reconnaître Noureddin roi de Balsora. Il n'y a pas de temps pour la faire expédier; prends du monde et des chevaux de poste, et rends-toi à Balsora en diligence. Si Noureddin n'est plus au monde, et qu'on l'ait fait mourir, fais pendre le vizir Saouy; s'il n'est pas mort, amène-le moi avec le roi et ce vizir. »

Le grand-vizir Giafar ne se donna que le temps qu'il fallait pour monter à cheval, et il partit aussitôt avec un bon nombre d'officiers de sa maison. Il arriva à Balsora de la manière et dans le temps que nous avons remarqué. Dès qu'il entra dans la place, tout le monde s'écarta pour lui faire place, en criant grâce pour Noureddin; et il entra dans le palais du même train jusqu'à l'escalier, où il mit pied à terre.

Le roi de Balsora, qui avait reconnu le premier ministre du calife, alla au-devant de lui et le reçut à l'entrée de son appartement. Le grand-vizir demanda d'abord si Noureddin vivait encore, et, s'il vivait, qu'on le fît venir. Le roi répondit qu'il vivait, et donna ordre qu'on l'amenât. Comme il parut bientôt, mais lié et garrotté, il le fit délier et mettre en liberté, et commanda qu'on s'assurât du vizir Saouy et qu'on le liât des mêmes cordes.

Le grand-vizir Giafar ne coucha qu'une nuit à Balsora; il repartit le lendemain, et, selon l'ordre qu'il avait, il emmena avec lui Saouy, le roi de Balsora et Noureddin. Quand il fut arrivé à Bagdad, il les présenta au calife; et, après qu'il lui eut rendu compte de son voyage, et particulièrement de l'état où il avait trouvé Noureddin, et du traitement qu'on lui avait fait par le conseil et l'animosité de Saouy, le calife proposa à Noureddin de couper la tête lui-même au vizir Saouy. « Commandeur des croyants, reprit Noureddin, quelque mal que m'ait fait ce méchant homme et qu'il ait tâché de faire à feu mon père, je m'estimerais le plus infâme de tous les hommes si j'avais trempé mes mains dans son sang. » Le calife lui sut bon gré de sa générosité, et il fit faire cette justice par la main du bourreau.

Le calife voulut envoyer Noureddin à Balsora pour y régner; mais Noureddin le supplia de vouloir l'en dispenser. « Commandeur des croyants, reprit-il, la ville de Balsora me sera désormais dans une aversion si grande, après ce qui m'y est arrivé, que j'ose supplier Votre Majesté d'avoir pour agréable que je tienne le serment que j'ai fait de n'y retourner de ma vie. Je mettrais toute ma gloire à lui rendre mes services près de sa personne, si elle avait la bonté de m'en accorder la grâce. » Le calife le mit au nombre de ses courtisans les plus intimes, lui rendit la belle Persienne, et lui fit de si grands biens qu'ils vécurent ensemble jusqu'à la mort avec tout le bonheur qu'ils pouvaient souhaiter.

Pour ce qui est du roi de Balsora, le calife se contenta de lui avoir fait connaître combien il devait être attentif au choix qu'il faisait des vizirs, et le renvoya dans son royaume.

HISTOIRE DE BEDER

PRINCE DE PERSE

ET DE GIAUHARE

PRINCESSE DU ROYAUME DE SAMANDAL

La Perse est une partie de la terre de si grande étendue que ce n'est pas sans raison que ses anciens rois ont porté le titre superbe de rois des rois. Autant qu'il y a de provinces, sans parler de tous les autres royaumes qu'ils avaient conquis, autant il y avait de rois. Ces rois ne leur payaient pas seulement de gros tributs, ils leur étaient même aussi soumis que les gouverneurs le sont aux rois de tous les autres royaumes.

Un de ces rois, qui avait commencé son règne par d'heureuses et grandes conquêtes, régnait, il y avait de longues années, avec un bonheur et une tranquillité qui le rendaient le plus satisfait de tous les monarques. Il n'y avait qu'un seul endroit par où il s'estimait malheureux, c'est qu'il était fort âgé, et que de toutes ses femmes il n'y en avait pas une qui lui eût donné un prince pour lui succéder après sa mort. Il en avait cependant plus de cent, toutes logées magnifiquement et séparément, avec des femmes esclaves pour les servir et des eunuques pour les garder. Malgré tous ces soins à les rendre contentes et à prévenir leurs désirs, aucune ne remplissait son attente. On lui en amenait souvent des pays les plus éloignés; et il ne se contentait pas de les payer, sans faire de prix, dès qu'elles lui agréaient, il comblait encore les marchands d'honneurs, de bienfaits et de bénédictions pour en attirer d'autres, dans l'espérance qu'enfin il aurait un fils de quelqu'une. Il n'y avait pas aussi de bonnes œuvres qu'il ne fît pour fléchir le Ciel. Il faisait des aumônes immenses aux pauvres, de grandes largesses aux plus dévots de sa religion, et de nouvelles fondations toutes royales en leur faveur, afin d'obtenir par leurs prières ce qu'il souhaitait si ardemment.

Un jour que, selon la coutume, pratiquée tous les jours par les rois ses prédécesseurs, lorsqu'ils étaient de résidence dans leur capitale, il tenait l'assemblée de ses courtisans, où se trouvaient tous les ambassadeurs et tous les étrangers de distinction qui étaient à sa cour, où l'on s'entretenait, non pas de nouvelles qui regardaient l'État, mais de sciences, d'histoire, de littérature, de poésie et de toute autre chose capable de récréer l'esprit agréablement; ce jour-là, dis-je, un eunuque vint lui annoncer qu'un marchand, qui venait d'un pays très éloigné avec une esclave qu'il lui amenait, demandait la permission de la lui faire voir. « Qu'on le fasse entrer et qu'on le place, dit le roi; je lui parlerai après l'assemblée. » On introduisit le marchand, et on le plaça dans un endroit d'où il pouvait voir le roi à son aise, et l'entendre parler familièrement avec ceux qui étaient le plus près de sa personne.

Le roi en usait ainsi avec tous les étrangers qui devaient lui parler, et il le faisait exprès, afin qu'ils s'accoutumassent à le voir, et qu'en le voyant parler aux uns et aux autres avec familiarité et avec bonté, ils prissent la confiance de lui parler de même, sans se laisser surprendre par l'éclat et la grandeur dont il était environné, capable d'ôter la parole à ceux qui n'y auraient pas été accoutumés. Il le pratiquait même à l'égard des ambassadeurs : d'abord il mangeait avec eux, et, pendant le repas, il s'informait de leur santé, de leur voyage et des particularités de leur pays. Cela leur donnait de l'assurance auprès de sa personne, et ensuite il leur donnait audience.

Quand l'assemblée fut finie, que tout le monde se fut retiré, et qu'il ne resta plus que le marchand, le marchand se prosterna devant le trône du roi, la face contre terre, et lui souhaita l'accomplissement de tous ses désirs. Dès qu'il se fut relevé, le roi lui demanda s'il était vrai qu'il lui eût amené une esclave, comme on le lui avait dit, et si elle était belle.

« Sire, répondit le marchand, je ne doute pas que Votre Majesté n'en ait de très belles, depuis qu'on lui en cherche dans tous les endroits du monde avec tant de soin; mais je puis assurer, sans craindre de trop priser ma marchandise, qu'elle n'en a pas encore vu une qui puisse entrer en concurrence avec elle, si l'on considère sa beauté, sa belle taille, ses agréments et toutes les perfections dont elle est partagée. — Où est-elle ? reprit le roi. Amène-la-moi. — Sire, repartit le marchand, je l'ai laissée entre les mains d'un officier de vos eunuques; Votre majesté peut commander qu'on la fasse venir. »

On amena l'esclave, et, dès que le roi la vit, il en fut charmé, à la considérer seulement par sa taille belle et dégagée. Il entra aussitôt dans un cabinet où le marchand le suivit avec quelques eunuques. L'esclave avait un voile de satin rouge rayé d'or, qui lui cachait le visage. Le marchand le lui ôta, et le roi de Perse vit une dame qui surpassait en beauté toutes celles qu'il avait alors et qu'il avait jamais eues. Il en devint passionnément amoureux, dès ce moment, et il demanda au marchand combien il la voulait vendre.

« Sire, répondit le marchand, j'en ai donné mille pièces d'or à celui qui me l'a vendue, et je compte que j'en ai déboursé autant depuis trois ans que je suis en voyage pour arriver à votre cour. Je me garderai bien de la mettre à prix à un si grand monarque : je supplie Votre Majesté de la recevoir en présent, si elle lui agrée.

— Je te suis obligé, reprit le roi; ce n'est pas ma coutume d'en user ainsi avec les marchands qui viennent de si loin dans la vue de me faire plaisir : je vais te faire compter dix mille pièces d'or. Seras-tu content ?

— Sire, repartit le marchand, je me fusse estimé très heureux si Votre Majesté eût bien voulu l'accepter pour rien; mais je n'oserais refuser une si grande libéralité. Je ne manquerai pas de la publier dans mon pays et dans tous les lieux par où je passerai. » La somme lui fut comptée; et, avant qu'il se retirât, le roi le fit revêtir en sa présence d'une robe de brocart d'or.

Le roi fit loger la belle esclave dans l'appartement le plus magnifique après le sien, et lui assigna plusieurs matrones et autres femmes esclaves pour la servir, avec ordre de lui faire prendre le bain, de l'habiller d'un habit le plus magnifique qu'elles pussent trouver, et de se faire apporter les plus beaux coliers de perles et les diamants les plus fins, et autres pierreries les plus riches, afin qu'elle choisît elle-même ce qui lui conviendrait le mieux.

Les matrones officieuses, qui n'avaient autre attention que de plaire au roi, furent elles-mêmes ravies en admiration de la beauté de l'esclave. Comme elles s'y connaissaient parfaitement bien : « Sire, lui dirent-elles, si Votre Majesté a la patience de nous donner seulement trois jours, nous nous engageons de la lui faire voir alors si fort au-dessus de ce qu'elle est présentement qu'elle ne la reconnaîtra plus. » Le roi eut bien de la peine à se priver si longtemps du plaisir de la posséder entièrement. « Je le veux bien, reprit-il, mais à la charge que vous me tiendrez votre promesse. »

La capitale du roi de Perse était située dans une île, et son palais, qui était très superbe, était bâti sur le bord de la mer. Comme son appartement avait vue sur cet élément, celui de la belle esclave, qui n'était pas éloigné du sien, avait aussi la même vue; et elle était d'autant plus agréable que la mer battait presque au pied des murailles.

Au bout des trois jours, la belle esclave, parée et ornée magnifiquement, était seule dans sa chambre, assise sur un sofa et appuyée à une des fenêtres qui regardaient la mer, lorsque le roi, averti qu'il pouvait la voir, y entra. L'esclave, qui entendit que l'on marchait dans sa chambre d'un autre air que les femmes qui l'avaient servie jusqu'alors, tourna aussitôt la tête pour voir qui c'était. Elle reconnut le roi; mais, sans en témoigner la moindre surprise, sans même se lever pour lui faire civilité et pour le recevoir, comme s'il eût été la personne du monde la plus indifférente, elle se remit à la fenêtre comme auparavant.

Le roi de Perse fut extrêmement étonné de voir qu'une esclave si belle et si bien faite sût si peu ce que c'était que le monde. Il attribua ce défaut à la mauvaise éducation qu'on lui avait donnée et au peu de soin qu'on avait pris de lui apprendre les premières bienséances. Il s'avança vers elle jusqu'à la fenêtre, où, nonobstant la manière et la froideur avec laquelle elle venait de le recevoir, elle se laissa regarder, admirer, et même caresser et embrasser antant qu'il le souhaita.

Entre ces caresses et ces embrassements, ce monarque s'arrêta pour la regarder, ou plutôt pour la dévorer des yeux. « Ma toute belle, ma charmante, ma ravissante, s'écria-t-il, dites-moi, je vous prie, d'où vous venez, d'où sont et qui sont l'heureux père et l'heureuse mère qui ont mis au monde un chef-d'œuvre de la nature aussi surprenant que vous êtes. Que je vous aime et que je vous aimerai! Jamais je n'ai senti pour une femme ce que je sens pour vous; j'en ai cependant bien vu, et j'en vois encore un grand nombre tous les jours; mais jamais je n'ai vu tant de charmes tout à la fois qui m'enlèvent à moi-même pour me donner tout à vous. Mon cher cœur, ajoutait-il, vous ne me répondez rien; vous ne me faites même connaître par aucune marque que vous soyez sensible à tant de témoignages que je vous donne de mon amour extrême; vous ne détournez pas même vos yeux pour donner aux miens le plaisir de les rencontrer et de vous convaincre qu'on ne peut pas aimer plus que je vous aime. Pourquoi gardez-vous ce grand silence qui me glace ? D'où vient ce sérieux, ou plutôt cette tristesse qui m'afflige ? Regrettez-vous votre pays, vos parents, vos amis ? Hé quoi ! un roi de Perse qui vous aime, qui vous adore, n'est-il pas capable de vous consoler et de vous tenir lieu de toute chose au monde ? »

Quelques protestations d'amour que le roi de Perse fît à l'esclave et quoi qu'il pût dire pour l'obliger d'ouvrir la bouche et de parler, l'esclave demeura dans un froid surprenant, les yeux toujours baissés, sans les lever pour le regarder et sans proférer une seule parole.

Le roi de Perse, ravi d'avoir fait une acquisition dont il était si content, ne la pressa pas davantage, dans l'espérance que le bon traitement qu'il lui ferait la ferait changer. Il frappa des mains, et aussitôt plusieurs femmes entrèrent, à qui il commanda de faire servir le souper. Dès que l'on eut servi : « Mon cœur, dit-il à l'esclave, approchez-vous et venez souper avec moi. » Elle se leva de la place où elle était; et, quand elle fut assise vis-à-vis du roi, le roi la servit avant qu'il commençât de manger, et la servit de même à chaque plat pendant le repas. L'esclave mangea comme lui, mais toujours les yeux baissés, sans répondre un seul mot chaque fois qu'il lui demandait si les mets étaient de son goût.

Pour changer de discours, le roi lui demanda comment elle s'appelait, si elle était contente de son habillement, des pierreries dont elle était ornée, ce qu'elle pensait de son appartement et de l'ameublement, et si la vue de la mer la divertissait; mais sur toutes ces demandes elle garda le même silence, dont il ne savait plus que penser. Il s'imagina que peut-être elle était muette. « Mais, disait-il en lui-même, serait-il possible que Dieu eût formé une créature si belle, si parfaite et si accomplie, et qu'elle eût un si grand défaut ? Ce serait un grand dommage ! Avec cela je ne pourrais m'empêcher de l'aimer comme je l'aime. »

Quand le roi se fut levé de table, il se lava les mains d'un côté, pendant que l'esclave se les lavait de l'autre. Il prit ce temps-là pour demander aux femmes qui lui présentaient le bassin et la serviette si elle leur avait parlé. Celle qui prit la parole lui répondit : « Sire, nous ne l'avons ni vue ni entendue parler plus que Votre Majesté vient de le voir elle-même. Nous lui avons rendu nos services dans le bain; nous l'avons peignée, coiffée, habillée dans sa chambre, et jamais elle n'a ouvert la bouche pour nous dire : « Cela est bien, je suis contente. » Nous lui demandions : « Madame, n'avez-vous besoin de rien ? Souhaitez-vous quelque chose ? Demandez, commandez-nous. » Nous ne savons si c'est mépris, affliction, bêtise, ou qu'elle soit muette : nous n'avons pu tirer d'elle une seule parole; c'est tout ce que nous pouvons dire à Votre Majesté. »

Le roi de Perse fut plus surpris qu'auparavant sur ce qu'il venait d'entendre. Comme il crut que l'esclave pouvait avoir quelque sujet d'affliction, il voulut essayer de la réjouir; pour cela, il fit une assemblée de toutes les dames de son palais. Elles vinrent; et celles qui savaient jouer des instruments en jouèrent, et les autres chantèrent ou dansèrent, ou firent l'un et l'autre tout à la fois : elles jouèrent enfin à plusieurs sortes de jeux qui réjouirent le roi. L'esclave seule ne prit aucune part à tous ces divertissements; elle demeura dans sa place, toujours les yeux baissés, et avec une tranquillité dont toutes les dames ne furent pas moins surprises que le roi. Elles se retirèrent chacune à son appartement; et le roi, qui demeura seul, coucha avec la belle esclave.

Le lendemain, le roi de Perse se leva plus content qu'il ne l'avait été de toutes les femmes qu'il eût jamais vues, sans en excepter aucune, et plus passionné pour la belle esclave que le jour d'auparavant. Il le fit bien paraître : en effet, il résolut de ne s'attacher uniquement qu'à elle, et il exécuta sa résolution. Dès le même jour, il congédia toutes ses autres femmes avec les riches habits, les pierreries et les bijoux qu'elles avaient à leur usage, et chacune une grosse somme d'argent, libres de se marier à qui bon leur semblerait, et il ne retint que les matrones et autres femmes âgées, nécessaires pour être auprès de la belle esclave. Elle ne lui donna pas la consolation de lui dire un seul mot pendant une année entière. Il ne laissa pas cependant d'être très assidu auprès d'elle, avec toutes les complaisances imaginables, et de lui donner les marques les plus signalées d'une passion très violente.

L'année était écoulée, et le roi, assis un jour près de sa belle, lui protestait que son amour, au lieu de diminuer, augmentait tous les jours avec plus de force. « Ma reine, lui disait-il, je ne puis deviner ce que vous en pensez; rien n'est plus vrai cependant, et je vous jure que je ne souhaite plus rien depuis que j'ai le bonheur de vous posséder. Je fais état de mon royaume, tout grand qu'il est, moins que d'un atome, lorsque je vous vois et que je puis vous dire mille fois que je vous aime. Je ne veux pas que mes paroles vous obligent de le croire; mais vous ne pouvez en douter après le sacrifice que j'ai fait à votre beauté du grand nombre de femmes que j'avais dans mon palais. Vous pouvez vous en souvenir : il y a un an passé que je les renvoyai toutes, et je m'en repens aussi peu au moment que je vous en parle qu'au moment que je cessai de les voir, et je ne m'en repentirai jamais. Rien ne manquerait à ma satisfaction, à mon contentement et à ma joie, si vous me disiez seulement un mot pour me marquer que vous m'en avez quelque obligation. Mais comment pourriez-vous me le dire, si vous êtes muette ? Hélas! je ne crains que trop que cela ne soit! Et quel moyen de ne le pas craindre après un an entier que je vous prie mille fois chaque jour de me parler, et que vous gardez un silence si affligeant pour moi ? S'il n'est pas possible que j'obtienne de vous cette consolation, fasse le Ciel au moins que vous me donniez un fils pour me succéder, après ma mort! Je me sens vieillir tous les jours, et dès à présent j'aurais besoin d'en avoir un pour m'aider à soutenir le plus grand poids de ma couronne. Je reviens au grand désir que j'ai de vous entendre parler : quelque chose me dit en moi-même que vous n'êtes pas muette. Hé! de grâce, Madame, je vous en conjure, rompez cette longue obstination, dites-moi un mot seulement, après cela je ne me soucie plus de mourir! »

A ce discours, la belle esclave, qui, selon sa coutume, avait écouté le roi toujours les yeux baissés, et qui ne lui avait pas seulement donné lieu de croire qu'elle était muette, mais même qu'elle n'avait jamais ri de sa vie, se mit à sourire. Le roi de Perse s'en aperçut avec une surprise qui lui en fit faire une exclamation de joie; et, comme il ne douta pas qu'elle ne voulût parler, il attendit ce moment avec une attention et avec une impatience qu'on ne peut exprimer.

La belle esclave enfin rompit un si long silence, et elle parla. « Sire, dit-elle, j'ai tant de choses à dire à Votre Majesté, en rompant mon silence, que je ne sais par où commencer. Je crois néanmoins qu'il est de mon devoir de la remercier d'abord de toutes les grâces et de tous les honneurs dont elle m'a comblée, et de demander au Ciel qu'il la fasse prospérer, qu'il détourne les mauvaises intentions de ses ennemis, et ne permette pas qu'elle meure après m'avoir entendue parler, mais lui donne une longue vie. Après cela, Sire, je ne puis vous donner une plus grande satisfaction qu'en vous annonçant que je suis grosse : je souhaite avec vous que ce soit un fils. Ce qu'il y a, Sire, ajouta-t-elle, c'est que sans ma grossesse (je supplie Votre Majesté de prendre ma sincérité en bonne part), j'étais résolue de ne jamais vous aimer, aussi bien qu'à garder un silence perpétuel, et que présentement je vous aime autant que je le dois. »

Le roi de Perse, ravi d'avoir entendu parler la belle esclave et lui annoncer une nouvelle qui l'intéressait si fort, l'embrassa tendrement. « Lumière éclatante de mes yeux, lui dit-il, je ne pouvais recevoir une plus grande joie que celle dont vous venez de me combler. Vous m'avez parlé, et vous m'avez annoncé votre grossesse; je ne me sens pas moi-même après ces deux sujets de me réjouir que je n'attendais pas. »

Dans le transport de joie où était le roi de Perse, il n'en dit pas davantage à la belle esclave; il la quitta, mais d'une manière à faire connaître qu'il allait revenir bientôt. Comme il voulait que le sujet de sa joie fût rendu public, il l'annonça à ses officiers, et fit appeler son grand-vizir. Dès qu'il fut arrivé, il le chargea de distribuer cent mille pièces d'or aux ministres de sa religion, qui faisaient vœu de pauvreté, aux hôpitaux et aux pauvres, en actions de grâces à Dieu; et sa volonté fut exécutée par les ordres de ce ministre.

Cet ordre donné, le roi de Perse vint retrouver sa belle esclave. « Madame, lui dit-il, excusez-moi si je vous ai quittée si brusquement; vous m'en avez donné l'occasion vous-même; mais vous voudrez bien que je remette à vous en entretenir une autre fois; je désire de savoir de vous des choses d'une conséquence beaucoup plus grande. Dites-moi, je vous en supplie, ma chère âme, quelle raison si forte vous avez eue de me voir, de m'entendre parler, de manger et de coucher avec moi chaque jour toute une année, et d'avoir eu cette constance inébranlable, je ne dis point de ne pas ouvrir la bouche pour me parler, mais même de ne pas donner à comprendre que vous entendiez fort bien tout ce que je vous disais. Cela me passe, et je ne comprends pas comment vous avez pu vous contraindre jusqu'à ce point; il faut que le sujet en soit bien extraordinaire. »

Pour satisfaire la curiosité du roi de Perse : « Sire, reprit cette belle personne, être esclave, être éloignée de son pays, avoir perdu l'espérance d'y retourner jamais, avoir le cœur percé de douleur de me voir séparée pour toujours d'avec ma mère, mon frère, mes parents, mes connaissances, ne sont-ce pas des motifs assez grands pour avoir gardé le silence que Votre Majesté trouve si étrange ? L'amour de la patrie n'est pas moins naturel que l'amour paternel, et la perte de la liberté est insupportable à quiconque n'est pas assez dépourvu de bon sens pour n'en pas connaître le prix. Le corps peut bien être assujetti à l'autorité d'un maître qui a la force et la puissance en main; mais la volonté ne peut pas être maîtrisée, elle est toujours à elle-même : Votre Majesté en a vu un exemple en ma personne. C'est beaucoup que je n'aie pas imité une infinité de malheureux et de malheureuses que l'amour de la liberté réduit à la triste résolution de se procurer la mort en mille manières, par une liberté qui ne peut leur être ôtée.

— Madame, reprit le roi de Perse, je suis persuadé de ce que vous me dites; mais il m'avait semblé jusqu'à présent qu'une personne belle, bien faite, de bon sens et de bon esprit comme vous, Madame, esclave par sa mauvaise destinée, devait s'estimer heureuse de trouver un roi pour maître.

— Sire, repartit la belle esclave, quelque esclave que ce soit, comme je viens de le dire à Votre Majesté, un roi ne peut maîtriser sa volonté. Comme elle parle néanmoins d'une esclave capable de plaire à un monarque et de s'en faire aimer, si l'esclave est d'un état inférieur, qu'il n'y ait pas de proportion, je veux croire qu'elle peut s'estimer heureuse dans son malheur. Quel bonheur cependant! Elle ne laissera pas de se regarder comme une esclave arrachée d'entre les bras de son père et de sa mère, et peut-être d'un amant qu'elle ne laissera pas d'aimer toute sa vie. Mais, si la même esclave ne cède en rien au roi qui l'a acquise, que Votre Majesté elle-même juge de la rigueur de son sort, de sa misère, de son affliction, de sa douleur, et de quoi elle peut être capable! »

Le roi de Perse, étonné de ce discours : « Quoi! Madame, répliqua-t-il, serait-il possible, comme vous me le faites entendre, que vous fussiez d'un sang royal ? Éclaircissez-moi, de grâce, là-dessus, et n'augmentez pas davantage mon impatience. Apprenez-moi qui sont l'heureux père et l'heureuse mère d'un si grand prodige de beauté, qui sont vos frères, vos sœurs, vos parents, et surtout comment vous vous appelez.

— Sire, dit alors la belle esclave, mon nom est Gulnare de la mer*; mon père, qui est mort était un des plus puissants rois de la mer, et, en mourant, il laissa son royaume à un frère que j'ai, nommé Saleh**, et à la reine ma mère. Ma mère est aussi princesse, fille d'un autre roi de la mer, très puissant. Nous vivions tranquillement dans notre royaume et dans une paix profonde, lorsqu'un ennemi, envieux de notre bonheur, entra dans nos États avec une puissante armée, pénétra jusqu'à notre capitale, s'en empara, et ne nous donna que le temps de nous sauver dans un lieu impénétrable et inaccessible, avec quelques officiers fidèles qui ne nous abandonnèrent pas.

« Dans cette retraite, mon frère ne négligea pas de songer au moyen de chasser l'injuste possesseur de nos États, et, dans cet intervalle, il me prit un jour en particulier : « Ma sœur, me dit-il, les événements des moindres entreprises sont toujours très incertains; je puis succomber dans celle que je médite pour rentrer dans nos États, et je serais moins fâché de ma disgrâce que de celle qui pourrait vous en arriver. Pour la prévenir et vous en préserver, je voudrais bien vous voir mariée auparavant; mais dans le mauvais état où sont nos affaires, je ne vois pas que vous puissiez vous donner à aucun de nos princes de la mer. Je souhaiterais que vous pussiez vous résoudre d'entrer dans mon sentiment, qui est que vous épousiez un prince de la terre; je suis prêt d'y employer tous mes soins. De la beauté dont vous êtes, je suis sûr qu'il n'y en a pas un, si puissant qu'il soit, qui ne fût ravi de vous faire part de sa couronne. »

« Ce discours de mon frère me mit dans une grande colère contre lui. « Mon frère, lui dis-je, du côté de mon père et de ma mère, je descends comme vous de rois et de reines de la mer, sans aucune alliance avec les rois et reines de la terre; je ne prétends pas me mésallier non plus qu'eux, et j'en ai fait le serment dès que j'ai eu

* Gulnare signifie, en persien, rose ou fleur de grenadier.
** Ce mot signifie bon, en arabe.

assez de connaissance pour m'apercevoir de la noblesse et de l'ancienneté de notre maison. L'état où nous sommes réduits ne m'obligera pas de changer de résolution, et, si vous avez à périr dans l'exécution de votre dessein, je suis prête à périr avec vous plutôt que de suivre un conseil que je n'attendais pas de votre part. »

« Mon frère, entêté de ce mariage qui ne me convenait pas, à mon sens, voulut me représenter qu'il y avait des rois de la terre qui ne céderaient pas à ceux de la mer. Cela me mit dans une colère et dans un emportement contre lui qui m'attirèrent des duretés de sa part, dont je fus piquée au vif. Il me quitta aussi peu satisfait de moi que j'étais mal satisfaite de lui. Dans le dépit où j'étais, je m'élançai du fond de la mer, et j'allai aborder à l'île de la Lune.

« Nonobstant le cuisant mécontentement qui m'avait obligée de venir me jeter dans cette île, je ne laissais pas d'y vivre assez contente, et je me retirais dans les lieux écartés où j'étais commodément. Mes précautions néanmoins n'empêchèrent pas qu'un homme de quelque distinction, accompagné de domestiques, ne me surprît comme je dormais et ne m'emmenât chez lui. Il me témoigna beaucoup d'amour, et il n'oublia rien pour me persuader d'y correspondre. Quand il vit qu'il ne gagnait rien par la douceur, il crut qu'il réussirait mieux par la force; mais je le fis si bien repentir de son insolence qu'il résolut de me vendre, et il me vendit au marchand qui m'a amenée et vendue à Votre Majesté. C'était un homme sage, doux et humain; et, dans le long voyage qu'il me fit faire, il ne me donna jamais que des sujets de me louer de lui.

« Pour ce qui est de Votre Majesté, continua la princesse Gulnare, si elle n'eût eu pour moi toutes les considérations dont je lui suis obligée; si elle ne m'eût donné tant de marques d'amour, avec une sincérité dont je n'ai pu douter; que sans hésiter elle n'eût pas chassé toutes ses femmes, je ne feins pas de lui dire que je ne serais pas demeurée avec elle. Je me serais jetée dans la mer par cette fenêtre où elle m'aborda la première fois qu'elle me vit dans cet appartement, et je serais allée retrouver mon frère, ma mère et mes parents. J'eusse même persévéré dans ce dessein, et je l'eusse exécuté, si après un certain temps j'eusse perdu l'espérance d'une grossesse. Je me garderais bien de la faire dans l'état où je suis. En effet, quoique je puisse dire à ma mère et à mon frère, jamais ils ne voudraient croire que j'eusse été esclave d'un roi comme Votre Majesté, et jamais aussi ils ne reviendraient de la faute que j'aurais commise contre mon honneur, de mon consentement. Avec cela, Sire, soit un prince ou une princesse que je mette au monde, ce sera un gage qui m'obligera de ne me séparer jamais d'avec Votre Majesté. J'espère aussi qu'elle ne me regardera plus comme une esclave, mais comme une princesse qui n'est pas indigne de son alliance. »

C'est ainsi que la princesse Gulnare acheva de se faire connaître et de raconter son histoire au roi de Perse. « Ma charmante, mon adorable princesse, s'écria alors ce monarque, quelles merveilles viens-je d'entendre! Quelle ample matière à ma curiosité, de vous faire des questions sur des choses si inouïes! Mais auparavant je dois bien vous remercier de votre bonté et de votre patience à éprouver la sincérité et la constance de mon amour. Je ne croyais pas pouvoir aimer plus que je vous aimais. Depuis que je sais cependant que vous êtes une si grande princesse, je vous aime mille fois davantage. Que dis-je, princesse! Madame, vous ne l'êtes plus : vous êtes ma reine et reine de Perse, comme j'en suis le roi, et ce titre va bientôt retentir dans tout mon royaume. Dès demain, Madame, il retentira dans ma capitale avec des réjouissances non encore vues, qui feront connaître que vous l'êtes, et ma femme légitime. Cela serait fait il y a longtemps, si vous m'eussiez tiré plus tôt de mon erreur, puisque, dès le moment que je vous ai vue, j'ai été dans le même sentiment qu'aujourd'hui de vous aimer toujours, et de ne jamais aimer que vous. En attendant que je me satisfasse moi-même pleinement et que je vous rende tout ce qui vous est dû, je vous supplie, Madame, de m'instruire plus particulièrement de ces États et de ces peuples de la mer qui me sont inconnus. J'avais bien entendu parler d'hommes marins, mais j'avais toujours pris ce que l'on m'en avait dit pour des contes et des fables. Rien n'est plus vrai cependant, après ce que vous m'en dites; et j'en ai une preuve bien certaine en votre personne, vous qui en êtes, et qui avez bien voulu être ma femme, et cela par un avantage dont un autre habitant de la terre ne peut se vanter que moi. Il y a une chose qui me fait de la peine, et sur laquelle je vous supplie de m'éclaircir : c'est que je ne puis comprendre comment vous pouvez vivre, agir ou vous mouvoir dans l'eau sans vous noyer. Il n'y a que certaines gens, parmi nous, qui ont l'art de demeurer sous l'eau; ils y périraient néanmoins s'ils ne s'en retiraient au bout d'un certain temps, chacun selon leur adresse et leurs forces.

— Sire, répondit la reine Gulnare, je satisferai Votre Majesté avec bien du plaisir. Nous marchons au fond de la mer de même que l'on marche sur la terre, et nous respirons dans l'eau comme on respire dans l'air. Ainsi, au lieu de nous suffoquer comme elle vous suffoque, elle contribue à notre vie. Ce qui est encore bien remarquable, c'est qu'elle ne mouille pas nos habits, et que, quand nous venons sur la terre, nous en sortons sans avoir besoin de les sécher. Notre langage ordinaire est le même que celui dans lequel l'Écriture gravée sur le sceau du grand prophète Salomon, fils de David, est conçue.

« Je ne dois pas oublier que l'eau ne nous empêche pas aussi de voir dans la mer : nous y avons les yeux ouverts sans en souffrir aucune incommodité. Comme nous les avons excellents, nous ne laissons pas, nonobstant la profondeur de la mer, d'y voir aussi clair que l'on voit sur la terre. Il en est de même de la nuit : la lune nous éclaire, et les planètes et les étoiles ne nous sont pas cachées. J'ai déjà parlé de nos royaumes : comme la mer est beaucoup plus spacieuse que la terre, il y en a aussi en plus grand nombre, et de beaucoup plus grands. Ils sont divisés en provinces, et dans chaque province il y a plusieurs grandes villes très peuplées. Il y a enfin une infinité de nations, de mœurs et de coutumes différentes, comme sur la terre.

« Les palais des rois et des princes sont superbes et magnifiques : il y en a de marbre de différentes couleurs; de cristal de roche, dont la mer abonde; de nacre de perle, de corail et d'autres matériaux plus précieux. L'or, l'argent et toutes sortes de pierreries y sont en plus grande abondance que sur la terre. Je ne parle pas des perles; de quelque grosseur qu'elles soient sur la terre, on ne les regarde pas dans nos pays : il n'y a que les moindres bourgeoises qui s'en parent.

« Comme nous avons une agilité merveilleuse et incroyable parmi nous de nous transporter où nous voulons en moins de rien, nous n'avons besoin ni de chars ni de montures. Il n'y a pas de roi néanmoins qui n'ait ses écuries et ses haras de chevaux marins; mais ils ne s'en servent ordinairement que dans les divertissements, dans les fêtes et dans les réjouissances publiques. Les uns, après les avoir bien exercés, se plaisent à les monter et à faire paraître leur adresse dans les courses. D'autres les attellent à des chars de nacre de perle, ornés de mille coquillages de toutes sortes de couleurs les plus vives. Ces chars sont à découvert avec un trône, où les rois sont assis lorsqu'ils se font voir à leurs sujets. Ils sont adroits à les conduire eux-mêmes, et ils n'ont pas besoin de cochers. Je passe sous silence une infinité d'autres particularités très curieuses touchant les pays marins, ajouta la reine Gulnare, qui feraient un très grand plaisir à Votre Majesté; mais elle voudra bien que je remette à l'en entretenir plus à loisir, pour lui parler d'une autre chose qui est présentement de plus d'importance. Ce que j'ai à lui dire, Sire, c'est que les couches des femmes de mer sont différentes des couches des femmes de terre; et j'ai un sujet de craindre que les sages-femmes de ce pays ne m'accouchent mal. Comme Votre Majesté n'y a pas moins d'intérêt que moi, sous son bon plaisir, je trouve à propos, pour la sûreté de mes couches, de faire venir la reine ma mère avec des cousines que j'ai, et en même temps le roi mon frère, avec qui je suis bien aise de me réconcilier. Ils seront ravis de me revoir dès que je leur aurai raconté mon histoire et qu'ils auront appris que je suis femme du puissant roi de Perse. Je supplie Votre Majesté de me le permettre; ils seront bien aises aussi de lui rendre leurs respects, et je puis lui promettre qu'elle aura de la satisfaction de les voir.

— Madame, reprit le roi de Perse, vous êtes la maîtresse; faites ce qu'il vous plaira; je tâcherai de les recevoir avec tous les honneurs qu'ils méritent. Mais je voudrais bien savoir par quelle voie vous leur ferez savoir ce que vous désirez d'eux, et quand ils pourront arriver, afin que je donne ordre aux préparatifs pour leur réception, et que j'aille moi-même au-devant d'eux. — Sire, repartit la reine Gulnare, il n'est pas besoin de ces cérémonies; ils seront ici dans un moment, et Votre Majesté verra de quelle manière ils arriveront. Elle n'a qu'à entrer dans ce petit cabinet et regarder par la jalousie. »

Quand le roi de Perse fut entré dans le cabinet, la reine Gulnare se fit apporter une cassolette avec du feu par une de ses femmes, qu'elle renvoya en lui disant de fermer la porte. Lorsqu'elle fut seule, elle prit un morceau de bois d'aloès dans une boîte. Elle le mit dans la cassolette, et, dès qu'elle vit paraître la fumée, elle prononça des paroles inconnues au roi de Perse, qui observait avec grande attention tout ce qu'elle faisait; et elle n'avait pas encore achevé que l'eau de la mer se troubla. Le cabinet où était le roi était disposé de manière qu'il s'en aperçut au travers de la jalousie, en regardant du côté des fenêtres qui étaient sur la mer.

La mer enfin s'entrouvrit à quelque distance; et aussitôt il s'en éleva un jeune homme bien fait et de belle taille avec la moustache de vert de mer. Une dame déjà sur l'âge, mais d'un air majestueux, s'en éleva de même un peu derrière lui, avec cinq jeunes dames qui ne cédaient en rien à la beauté de la reine Gulnare.

La reine Gulnare se présenta aussitôt à une des fenêtres, et elle reconnut le roi son frère, la reine sa mère et ses parentes, qui la reconnurent de même. La troupe s'avança comme portée sur la surface de l'eau, sans marcher, et, quand ils furent tous sur le bord, ils s'élancèrent légèrement l'un après l'autre sur la fenêtre où la reine Gulnare avait paru, et d'où elle s'était retirée pour leur faire place. Le roi Saleh, la reine sa mère et ses parents l'embrassèrent avec beaucoup de tendresse et les larmes aux yeux, à mesure qu'ils entrèrent.

Quand la reine Gulnare les eut reçus avec tout l'honneur possible et qu'elle leur eut fait prendre place sur le sofa, la reine sa mère prit la parole. « Ma fille, lui dit-elle, j'ai bien de la joie de vous revoir après une si longue absence, et je suis sûre que votre frère et vos parentes n'en ont pas moins que moi. Votre éloignement sans en avoir rien dit à personne nous a jetés dans une affliction inexprimable, et nous ne pourrions vous dire combien nous en avons versé de larmes. Nous ne savons autre chose du sujet qui peut vous avoir obligée de prendre un parti si surprenant que ce que votre frère nous a rapporté de l'entretien qu'il avait eu avec vous. Le conseil qu'il vous donna alors lui avait paru avantageux pour votre établissement, dans l'état où vous étiez aussi bien que nous. Il ne fallait pas vous alarmer si fort, s'il ne vous plaisait pas, et vous voudrez bien que je vous dise que vous avez pris la chose tout autrement que vous ne le deviez. Mais laissons là ce discours, qui ne ferait que renouveler des sujets de douleur et de plainte que vous devez oublier avec nous, et faites-nous part de tout ce qui vous est arrivé depuis un si long temps que nous ne vous avons vue, et de l'état où vous êtes présentement; sur toute chose, marquez-nous si vous êtes contente. »

La reine Gulnare se jeta aussitôt aux pieds de la reine sa mère, et, après qu'elle lui eut baisé la main en se relevant : « Madame, reprit-elle, j'ai commis une grande faute, je l'avoue, et je ne suis redevable qu'à votre bonté du pardon que vous voulez bien m'en accorder. Ce que j'ai à vous dire, pour vous obéir, vous fera connaître que c'est en vain bien souvent qu'on a de la répugnance pour de certaines choses. J'ai éprouvé par moi-même que la chose à quoi ma volonté était le plus opposée est justement celle où ma destinée m'a conduite malgré moi. » Elle lui raconta tout ce qui lui était arrivé depuis que le dépit l'avait portée à se lever du fond de la mer pour venir sur la terre. Lorsqu'elle eut achevé en marquant qu'enfin elle avait été vendue au roi de Perse, chez qui elle se trouvait : « Ma sœur, lui dit le roi son frère, vous avez grand tort d'avoir souffert tant d'indignités, et vous ne pouvez vous en plaindre qu'à vous-même. Vous aviez le moyen de vous en délivrer, et je m'étonne de votre patience à demeurer si longtemps dans l'esclavage : levez-vous, et revenez avec nous au royaume que j'ai reconquis sur le fier ennemi qui s'en était emparé. »

Le roi de Perse, qui entendit ces paroles du cabinet où il était, en fut dans la dernière alarme. « Ah! dit-il en lui-même, je suis perdu, et ma mort est certaine, si ma reine, si ma Gulnare écoute un conseil si pernicieux! Je ne puis plus vivre sans elle, et l'on m'en veut priver! » La reine Gulnare ne le laissa pas longtemps dans la crainte où il était.

« Mon frère, reprit-elle en souriant, ce que je viens d'entendre me fait mieux comprendre que jamais combien l'amitié que vous avez pour moi est sincère. Je ne pus supporter le conseil que vous me donniez de me marier à un prince de la terre. Aujourd'hui, peu s'en faut que je ne me mette en colère contre vous de celui que vous me donnez, de quitter l'engagement que j'ai avec le plus puissant et le plus renommé de tous les princes. Je ne parle pas de l'engagement d'une esclave avec un maître : il nous serait aisé de lui restituer les dix mille pièces d'or que je lui ai coûté; je parle de celui d'une femme avec un mari, et d'une femme qui ne peut se plaindre d'aucun sujet de mécontentement de sa part. C'est un monarque religieux, sage, modéré, qui m'a donné les marques d'amour les plus essentielles. Il ne pouvait pas m'en donner une plus signalée que de congédier, dès les premiers jours que je fus à lui, le grand nombre de femmes qu'il avait, pour ne s'attacher qu'à moi uniquement. Je suis sa femme, et il vient de me déclarer reine de Perse pour participer à ses conseils. Je dis, de plus, que je suis grosse, et que, si j'ai le bonheur, avec la faveur du Ciel, de lui donner un fils, ce sera un autre bien qui m'attachera à lui plus inséparablement. Ainsi, mon frère, poursuivit la reine Gulnare, bien loin de suivre votre conseil, toutes ces considérations, comme vous le voyez, ne m'obligent pas seulement d'aimer le roi de Perse autant qu'il m'aime, mais même de demeurer et de passer ma vie avec lui, plus par reconnaissance que par devoir. J'espère que ni ma mère, ni vous avec mes bonnes cousines, vous ne désapprouverez ma résolution, non plus que l'alliance que j'ai faite sans l'avoir cherchée, qui fait honneur également aux monarques de la mer et de la terre. Excusez-moi si je vous ai donné la peine de venir ici du plus profond des ondes pour vous en faire part et avoir le bien de vous voir après une si longue séparation.

— Ma sœur, reprit le roi Saleh, la proposition que je vous ai faite de revenir avec nous, sur le récit de vos aventures que je n'ai pu entendre sans douleur, n'a été que pour vous marquer combien nous vous aimons tous, combien je vous honore en particulier, et que rien ne nous touche davantage que tout ce qui peut contribuer à votre bonheur. Par ces mêmes motifs, je ne puis en mon particulier qu'approuver une résolution si raisonnable et si digne de vous, après ce que vous venez de nous dire de la personne du roi de Perse, votre époux, et des grandes obligations que vous lui avez. Pour ce qui est de la reine, votre mère et la mienne, je suis persuadé qu'elle n'est pas d'un autre sentiment. »

Cette princesse confirma ce que le roi son fils venait d'avancer. « Ma fille, reprit-elle en s'adressant aussi à la reine Gulnare, je suis ravie que vous soyez contente, et je n'ai rien à ajouter à ce que le roi votre frère vient de vous témoigner. Je serais la première à vous condamner si vous n'aviez toute la reconnaissance que vous devez pour un monarque qui vous aime avec tant de passion et qui a fait de si grandes choses pour vous. »

Autant le roi de Perse, qui était dans le cabinet, avait été affligé par la crainte de perdre la reine Gulnare, autant il eut de joie de voir qu'elle était résolue de ne le pas abandonner. Comme il ne pouvait plus douter de son amour après une déclaration si authentique, il l'en aima mille fois davantage, et il se promit bien de lui en marquer sa reconnaissance par tous les endroits qu'il lui serait possible.

Pendant que le roi de Perse s'entretenait ainsi avec un plaisir incroyable, la reine Gulnare avait frappé des mains, et avait commandé à des esclaves qui étaient entrés aussitôt de servir la collation. Quand elle fut servie, elle invita la reine sa mère, le roi son frère et ses parentes de s'approcher et de manger. Mais ils eurent tous la même pensée, que, sans en avoir demandé la permission, ils se trouvaient dans le palais d'un puissant roi qui ne les avait jamais vus et qui ne les connaissait pas, et qu'il y aurait une grande incivilité à manger à sa table sans lui. La rougeur leur en monta au visage, et de l'émotion où ils en étaient, ils jetèrent des flammes par les narines et par la bouche, avec des yeux enflammés.

Le roi de Perse fut dans une frayeur inexprimable à ce spectacle, auquel il ne s'attendait pas, et dont il ignorait la cause. La reine Gulnare, qui se douta de ce qui en était, et qui avait compris l'intention de ses parents, ne fit que le leur marquer en se levant de sa place, et qu'elle allait revenir. Elle passa au cabinet, où elle rassura le roi par sa présence. « Sire, lui dit-elle, je ne doute pas que Votre Majesté ne soit bien contente du témoignage que je viens de rendre des grandes obligations dont je lui suis redevable. Il n'a tenu qu'à moi de m'abandonner à leurs désirs et de retourner avec eux dans nos États; mais je ne suis pas capable d'une ingratitude dont je me condamnerais la première. — Ah! ma reine! s'écria le roi de Perse, ne parlez pas des obligations que vous m'avez; vous ne m'en avez aucune. Je vous en ai moi-même de si grandes que jamais je ne pourrai vous en témoigner assez de reconnaissance. Je n'avais pas cru que vous m'aimassiez au point que je vois que vous m'aimez : vous venez de me le faire connaître de la manière la plus éclatante. — Eh! Sire, reprit la reine Gulnare, pouvais-je en faire moins que ce que je viens de faire ? Je n'en fais pas encore assez après tous les honneurs que j'ai reçus, après tant de bienfaits dont vous m'avez comblée, après tant de marques d'amour auxquelles il n'est pas possible que je sois insensible! Mais, Sire, ajouta la reine Gulnare, laissons là ce discours pour vous assurer de l'amitié sincère dont la reine ma mère et le roi mon frère vous honorent. Ils meurent de l'envie de vous voir et de vous en assurer eux-mêmes. J'ai même pensé me faire une affaire avec eux en voulant leur donner la collation avant de leur procurer cet honneur. Je supplie donc Votre Majesté de vouloir bien entrer et de les honorer de votre présence.

— Madame, repartit le roi de Perse, j'aurai un grand plaisir de saluer des personnes qui vous appartiennent de si près ; mais ces flammes que j'ai vues sortir de leurs narines et de leur bouche me donne de la frayeur. — Sire, répliqua la reine en riant, ces flammes ne doivent pas lui faire la moindre peine : elles ne signifient autre chose que leur répugnance à manger de ses biens dans son palais qu'elle ne les honore de sa présence, et ne mange avec eux. »

Le roi de Perse, rassuré par ces paroles, se leva de sa place et entra dans la chambre avec la reine Gulnare ; et la reine Gulnare le présenta à la reine sa mère, au roi son frère et à ses parentes, qui se prosternèrent aussitôt la face contre terre. Le roi de Perse courut aussitôt à eux, les obligea de se relever, et les embrassa l'un après l'autre. Après qu'ils se furent tous assis, le roi Saleh prit la parole. « Sire, dit-il au roi de Perse, nous ne pouvons assez témoigner notre joie à Votre Majesté de ce que la reine Gulnare ma sœur, dans sa disgrâce, a eu le bonheur de se trouver sous la protection d'un monarque si puissant. Nous pouvons l'assurer qu'elle n'est pas indigne du haut rang où il lui a fait l'honneur de l'élever. Nous avons toujours eu une si grande amitié et tant de tendresse pour elle que nous n'avons pu nous résoudre de l'accorder à aucun des puissants princes de la mer qui nous l'avaient demandée en mariage avant même qu'elle fût en âge. Le Ciel vous la réservait, Sire, et nous ne pouvons mieux le remercier de la faveur qu'il lui a faite qu'en lui demandant d'accorder à Votre Majesté la grâce de vivre de longues années avec elle, avec toute sorte de prospérités et de satisfactions.

— Il fallait bien, reprit le roi de Perse, que le Ciel me l'eût réservée comme vous le remarquez. En effet, la passion ardente dont je l'aime me fait connaître que je n'avais jamais rien aimé avant de l'avoir vue. Je ne puis assez témoigner de reconnaissance à la reine sa mère, ni à vous, Prince, ni à toute votre parenté, de la générosité avec laquelle vous consentez de me recevoir dans une alliance qui m'est si glorieuse. » En achevant ces paroles, il les invita à se mettre à table, et il s'y mit aussi avec la reine Gulnare. La collation achevée, le roi de Perse s'entretint avec eux bien avant dans la nuit; et, lorsqu'il fut temps de se retirer, il les conduisit lui-même chacun à l'appartement qu'il leur avait fait préparer.

Le roi de Perse régala ses illustres hôtes par des fêtes continuelles, dans lesquelles il n'oublia rien de tout ce qui pouvait faire paraître sa grandeur et sa magnificence; et insensiblement il les engagea de demeurer à la cour jusqu'aux couches de la reine. Dès qu'elle en sentit les approches il donna ordre à ce que rien ne lui manquât de toutes les choses dont elle pouvait avoir besoin dans cette conjoncture. Enfin, elle mit au monde un fils, avec une grande joie de la reine sa mère, qui l'accoucha, et qui alla le présenter au roi dès qu'il fut dans ses premiers langes, qui étaient magnifiques.

Le roi de Perse reçut ce présent avec une joie qu'il est plus aisé d'imaginer que d'exprimer. Comme le visage du petit prince son fils était plein et éclatant de beauté, il ne crut pas pouvoir lui donner un nom plus convenable que celui de Beder *. En actions de grâces au Ciel, il assigna de grandes aumônes aux pauvres, il fit sortir les prisonniers hors des prisons, il donna la liberté à tous ses esclaves de l'un et de l'autre sexe, et il fit distribuer de grosses sommes aux ministres et aux dévots de sa religion. Il fit aussi de grandes largesses à sa cour et au peuple, et l'on publia, par son ordre, des réjouissances de plusieurs jours par toute la ville.

Après que la reine Gulnare fut relevée de ses couches, un jour que le roi de Perse, la reine Gulnare, la reine sa mère, le roi Saleh son frère et les princesses leurs parentes s'entretenaient ensemble dans la chambre de la reine, la nourrice y entra avec le petit prince Beder, qu'elle portait entre ses bras. Le roi Saleh se leva aussitôt de sa place, courut au petit prince, et, après l'avoir pris d'entre les bras de la nourrice dans les siens, il se mit à le baiser et à le caresser avec de grandes démonstrations de tendresse. Il fit plusieurs tours par la chambre en jouant et le tenant en l'air entre ses mains, et tout d'un coup, dans le transport de sa joie, il s'élança par une fenêtre qui était ouverte, et se plongea dans la mer avec le prince.

Le roi de Perse, qui ne s'attendait pas à ce spectacle,

* Pleine lune, en arabe.

poussa des cris épouvantables, dans la croyance qu'il ne reverrait plus le prince son cher fils, ou, s'il avait à le revoir, qu'il ne le reverrait que noyé. Peu s'en fallut qu'il ne rendît l'âme au milieu de son affliction, de sa douleur et de ses pleurs. « Sire, lui dit la reine Gulnare d'un visage et d'un ton assurés à le rassurer lui-même, que Votre Majesté ne craigne rien. Le petit prince est mon fils comme il est le vôtre, et je ne l'aime pas moins que vous l'aimez : vous voyez cependant que je n'en suis pas alarmée; je ne le dois pas être aussi. En effet, il ne court aucun risque, et vous verrez bientôt reparaître le roi son oncle, qui le rapportera sain et sauf. Quoiqu'il soit né de votre sang, par l'endroit néanmoins qu'il m'appartient, il ne laisse pas d'avoir le même avantage que nous, de pouvoir vivre également dans la mer et sur la terre. » La reine sa mère et les princesses ses parentes lui confirmèrent la même chose; mais leurs discours ne firent pas un grand effet pour le guérir de sa frayeur : il ne lui fut pas possible d'en revenir tout le temps que le prince Beder ne parut plus à ses yeux.

La mer enfin se troubla, et l'on revit bientôt le roi Saleh qui s'en éleva avec le petit prince entre les bras, et qui, en se soutenant en l'air, rentra par la même fenêtre qu'il était sorti. Le roi de Perse fut ravi, et dans une grande admiration de revoir le prince Beder aussi tranquille que quand il avait cessé de le voir. Le roi Saleh lui demanda : « Sire, Votre Majesté n'a-t-elle pas eu une grande peur quand elle m'a vu plonger dans la mer avec le prince mon neveu ? — Ah! prince, reprit le roi de Perse, je ne puis vous l'exprimer! Je l'ai cru perdu dès ce moment, et vous m'avez redonné la vie en me le rapportant. — Sire, repartit le roi Saleh, je m'en étais douté; mais il n'y avait pas le moindre sujet de crainte. Avant de me plonger, j'avais prononcé sur lui les paroles mystérieuses qui étaient gravées sur le sceau du grand roi Salomon, fils de David. Nous pratiquons la même chose à l'égard de tous les enfants qui nous naissent dans les régions du fond de la mer, et, en vertu de ces paroles, ils reçoivent le même privilège que nous avons par-dessus les hommes qui demeurent sur la terre. De ce que Votre Majesté vient de voir, elle peut juger de l'avantage que le prince Beder a acquis par sa naissance du côté de la reine Gulnare, ma sœur. Tant qu'il vivra, et toutes les fois qu'il le voudra, il lui sera libre de se plonger dans la mer et de parcourir les vastes empires qu'elle renferme dans son sein. »

Après ces paroles, le roi Saleh, qui avait déjà remis le petit prince Beder entre les bras de sa nourrice, ouvrit une caisse qu'il était allé prendre dans son palais dans le peu de temps qu'il avait disparu, et qu'il avait apportée remplie de trois cents diamants gros comme des œufs de pigeon, d'un pareil nombre de rubis d'une grosseur extraordinaire, d'autant de verges d'émeraudes de la longueur d'un demi-pied, et de trente files ou colliers de perles, chacun de dix. « Sire, dit-il au roi de Perse en lui faisant présent de cette caisse, lorsque nous avons été appelés par la reine ma sœur, nous ignorions en quel endroit de la terre elle était, et qu'elle eût l'honneur d'être l'épouse d'un si grand monarque : c'est ce qui a fait que nous sommes arrivés les mains vides. Comme nous ne pouvons assez témoigner notre reconnaissance à Votre Majesté, nous la supplions d'en agréer cette faible marque en considération des faveurs singulières qu'il lui a plu de lui faire, auxquelles nous ne prenons pas moins de part qu'elle-même. »

On ne peut exprimer quelle fut la surprise du roi de Perse quand il vit tant de richesses renfermées dans un si petit espace. « Hé quoi! Prince, s'écria-t-il, appelez-vous une faible marque de votre reconnaissance, lorsque vous ne me devez rien, un présent d'un prix inestimable ? Je vous déclare encore une fois que vous ne m'êtes redevables de rien, ni la reine votre mère, ni vous. Je m'estime trop heureux du consentement que vous avez donné à l'alliance que j'ai contractée avec vous. Madame, dit-il à la reine Gulnare en se tournant de son côté, le roi votre frère me met dans une confusion dont je ne puis revenir; et je le supplierais de trouver bon que je refuse son présent, si je ne craignais qu'il ne s'en offensât : priez-le d'agréer que je me dispense de l'accepter.

— Sire, repartit le roi Saleh, je ne suis pas surpris que Votre Majesté trouve le présent extraordinaire : je sais qu'on n'est pas accoutumé sur la terre à voir des pierreries de cette qualité et en si grand nombre tout à la fois. Mais, si elle savait que je sais où sont les minières d'où on les tire, et qu'il est en ma disposition d'en faire un trésor plus riche que tout ce qu'il y en a dans les trésors des rois de la terre, elle s'étonnerait que nous ayons pris la hardiesse de lui faire un présent de si peu de chose. Aussi nous vous supplions de ne le pas regarder par cet endroit, mais par l'amitié sincère qui nous oblige de vous l'offrir, et de ne nous pas donner la mortification de ne pas le recevoir de même. » Des manières si honnêtes obligèrent le roi de Perse à l'accepter, et il lui en fit de grands remerciements, de même qu'à la reine sa mère.

Quelques jours après, le roi Saleh témoigna au roi de Perse que la reine sa mère, les princesses ses parentes et lui n'auraient pas un plus grand plaisir que de passer toute leur vie à sa cour; mais que, comme il y avait longtemps qu'ils étaient absents de leur royaume, et que leur présence y était nécessaire, ils le priaient de trouver bon qu'ils prissent congé de lui et de la reine Gulnare. Le roi de Perse leur marqua qu'il était bien fâché de ce qu'il n'était pas en son pouvoir de leur rendre la même civilité, d'aller leur rendre visite dans leurs États. « Mais, comme je suis persuadé, ajouta-t-il, que vous n'oublierez pas la reine Gulnare, et que vous la viendrez voir de temps en temps, j'espère que j'aurai l'honneur de vous revoir plus d'une fois. »

Il y eut beaucoup de larmes répandues de part et d'autre dans leur séparation. Le roi Saleh se sépara le premier; mais la reine sa mère et les princesses furent obligées, pour le suivre, de s'arracher en quelque manière des embrassements de la reine Gulnare, qui ne pouvait se résoudre de les laisser partir. Dès que cette troupe royale eut disparu, le roi de Perse ne put s'empêcher de dire à la reine Gulnare : « Madame, j'eusse regardé comme un homme qui eût voulu abuser de ma crédulité celui qui eût entrepris de me faire passer pour véritables les merveilles dont j'ai été témoin depuis le moment que votre illustre famille a honoré mon palais de sa présence. Mais je ne puis démentir mes yeux. Je m'en souviendrai toute ma vie, et je ne cesserai de bénir le Ciel de ce qu'il vous a adressée à moi préférablement à tout autre prince. »

Le petit prince Beder fut nourri et élevé dans le palais, sous les yeux du roi et de la reine de Perse, qui le virent croître et augmenter en beauté avec une grande satisfaction. Il leur en donna beaucoup davantage, à mesure qu'il avança en âge, par son enjouement continuel, par ses manières agréables en tout ce qu'il faisait, et par les marques de la justesse et de la vivacité de son esprit en tout ce qu'il disait; et cette satisfaction leur était d'autant plus sensible que le roi Saleh, son oncle, la reine sa grand-mère et les princesses ses cousines venaient souvent en prendre leur part. On n'eut point de peine à lui apprendre à lire et à écrire, et on lui enseigna avec la même facilité toutes les sciences qui convenaient à un prince de son rang.

Quand le prince de Perse eut atteint l'âge de quinze ans, il s'acquittait déjà de tous ses exercices avec infiniment plus d'adresse et de bonne grâce que ses maîtres. Avec cela il était d'une sagesse et d'une prudence admirables. Le roi de Perse, qui avait reconnu en lui, presque dès sa naissance, ces vertus si nécessaires à un monarque, qui l'avait vu s'y fortifier jusqu'alors, et qui d'ailleurs s'apercevait tous les jours des grandes infirmités de la vieillesse, ne voulut pas attendre que sa mort lui donnât lieu de le mettre en possession du royaume. Il n'eut pas de peine à faire consentir son conseil à ce qu'il souhaitait là-dessus, et les peuples apprirent sa résolution avec d'autant plus de joie que le prince Beder était digne de les commander. En effet, comme il y avait longtemps qu'il paraissait en public, ils avaient eu tout le loisir de remarquer qu'il n'avait pas cet air dédaigneux, fier et rebutant, si familier à la plupart des autres princes, qui regardent tout ce qui est au-dessous d'eux avec une hauteur et un mépris insupportables. Ils savaient au contraire qu'il regardait tout le monde avec une bonté qui invitait à s'approcher de lui; qu'il écoutait favorablement ceux qui avaient à lui parler, qu'il leur répondait avec une bienveillance particulière, et qu'il ne refusait rien à personne, pour peu que ce qu'on lui demandait fût juste.

Le jour de la cérémonie fut arrêté; et ce jour-là, au milieu de son conseil qui était plus nombreux qu'à l'ordinaire, le roi de Perse, qui d'abord s'était assis sur son trône, en descendit, ôta la couronne de dessus sa tête, la mit sur celle du prince Beder, et, après l'avoir aidé à monter à sa place, il lui baisa la main pour marque qu'il lui remettait toute son autorité et tout son pouvoir; après quoi il se mit au-dessous de lui, au rang des vizirs et des émirs.

Aussitôt les vizirs, les émirs et tous les officiers principaux vinrent se jeter aux pieds du nouveau roi, et lui prêtèrent le serment de fidélité chacun dans son rang. Le grand-vizir fit ensuite le rapport de plusieurs affaires importantes, sur lesquelles il prononça avec une sagesse qui fit l'admiration de tout le conseil. Il déposa ensuite plusieurs gouverneurs convaincus de malversation, et en mit d'autres à leur place, avec un discernement si juste et si équitable qu'il s'attira les acclamations de tout le monde, d'autant plus honorables que la flatterie n'y avait aucune part. Il sortit enfin du conseil, et, accompagné du roi son père, il alla à l'appartement de la reine Gulnare. La reine ne le vit pas plus tôt avec la couronne sur la tête qu'elle courut à lui et l'embrassa avec beaucoup de tendresse, en lui souhaitant un règne de longue durée.

La première année de son règne, le roi Beder s'acquitta de toutes les fonctions royales avec une grande assiduité. Sur toutes choses il prit un grand soin de s'instruire de l'état des affaires et de tout ce qui pouvait contribuer à la félicité de ses sujets. L'année suivante, après qu'il eut laissé l'administration des affaires à son conseil, sous le bon plaisir de l'ancien roi son père, il sortit de la capitale sous prétexte de prendre le divertissement de la chasse; mais c'était pour parcourir toutes les provinces de son royaume, afin d'y corriger les abus, d'établir le bon ordre et la discipline partout, et d'ôter aux princes ses voisins malintentionnés l'envie de rien entreprendre contre la sûreté et la tranquillité de ses États, en se faisant voir sur les frontières.

Il ne fallut pas moins de temps qu'une année entière à ce jeune roi pour exécuter un dessein si digne de lui. Il n'y avait pas longtemps qu'il était de retour, que le roi son père tomba malade si dangereusement que d'abord il connut lui-même qu'il n'en relèverait pas. Il attendit le dernier moment de sa vie avec une grande tranquillité, et l'unique soin qu'il eut fut de recommander aux ministres et aux seigneurs de la cour du roi son fils de persister dans la fidélité qu'ils lui avaient jurée; et il n'y en eut pas un qui n'en renouvelât le serment avec autant de bonne volonté que la première fois. Il mourut enfin avec un regret très sensible du roi Beder et de la reine Gulnare, qui firent porter son corps dans un superbe mausolée avec une pompe proportionnée à sa dignité.

Après que les funérailles furent achevées, le roi Beder n'eut pas de peine à suivre la coutume en Perse de pleurer les morts un mois entier et de ne voir personne tout ce temps-là. Il eût pleuré son père toute sa vie s'il eût écouté l'excès de son affection, et s'il eût été permis à un grand roi de s'y abandonner tout entier. Dans cet intervalle, la reine mère de la reine Gulnare et le roi Saleh, avec les princesses leurs parentes, arrivèrent, et prirent une grande part à leur affliction avant de leur parler de se consoler.

Quand le mois fut écoulé, le roi ne put se dispenser de donner entrée à son grand-vizir et à tous les seigneurs de sa cour, qui le supplièrent de quitter l'habit de deuil, de se faire voir à ses sujets, et de reprendre le soin des affaires comme auparavant. Il témoigna d'abord une si grande répugnance à les écouter que le grand-vizir fut obligé de prendre la parole et de lui dire : « Sire, il n'est pas besoin de représenter à Votre Majesté qu'il n'appartient qu'à des femmes de s'opiniâtrer à demeurer dans un deuil perpétuel. Nous ne doutons pas qu'elle n'en soit très persuadée, et que ce n'est pas son intention de suivre leur exemple. Nos larmes ni les vôtres ne sont pas capables de redonner la vie au roi votre père, quand nous ne cesserions de pleurer toute notre vie. Il a subi la loi commune à tous les hommes, qui les soumet au tribut indispensable de la mort. Nous ne pouvons cependant dire absolument qu'il soit mort, puisque nous le revoyons en votre sacrée personne. Il n'a pas douté lui-même en mourant qu'il ne dût revivre en vous : c'est à Votre Majesté à faire voir qu'il ne s'est pas trompé. »

Le roi Beder ne put résister à des instances si pressantes : il quitta l'habit de deuil dès ce moment, et, après qu'il eut repris l'habillement et les ornements royaux, il commença de pourvoir aux besoins de son royaume et de ses sujets avec la même attention qu'avant la mort du roi son père. Il s'en acquitta avec une approbation universelle; et, comme il était exact à maintenir l'observation des ordonnances de ses prédécesseurs, les peuples ne s'aperçurent pas d'avoir changé de maître.

Le roi Saleh, qui était retourné dans ses États de la mer avec la reine sa mère et les princesses, dès qu'il eut vu que le roi Beder avait repris le gouvernement, revint seul au bout d'un an, et le roi Beder et la reine Gulnare furent ravis de le revoir. Un soir, au sortir de table, après qu'on eut desservi et qu'on les eut laissés seuls, ils s'entretinrent de plusieurs choses.

Insensiblement le roi Saleh tomba sur les louanges du roi son neveu, et témoigna à la reine sa sœur combien il était satisfait de la sagesse avec laquelle il gouvernait, qui lui avait acquis une si grande réputation, non seulement auprès des rois ses voisins, mais même jusqu'aux royaumes les plus éloignés. Le roi Beder, qui ne pouvait entendre parler de sa personne si avantageusement, et ne voulait pas aussi, par bienséance, imposer silence au roi son oncle, se tourna de l'autre côté et fit semblant de dormir, en appuyant sa tête sur un coussin qui était derrière lui.

Des louanges qui ne regardaient que la conduite merveilleuse et l'esprit supérieur en toutes choses du roi Beder, le roi Saleh passa à celles du corps; et il en parla comme d'un prodige qui n'avait rien de semblable sur la terre, ni dans tous les royaumes de dessous les eaux de la mer dont il eût connaissance. « Ma sœur, s'écria-t-il tout d'un coup, tel qu'il est fait et tel que vous le voyez vous-même, je m'étonne que vous n'ayez pas encore songé à le marier. Si je ne me trompe, cependant, il est dans sa vingtième année; et à cet âge il n'est pas permis à un prince comme lui d'être sans femme. Je veux y penser moi-même puisque vous n'y pensez pas, et lui donner pour épouse une princesse de nos royaumes qui soit digne de lui.

— Mon frère, reprit la reine Gulnare, vous me faites souvenir d'une chose dont je vous avoue que je n'ai pas eu la moindre pensée jusqu'à présent. Comme il n'a pas encore témoigné qu'il eût aucun penchant pour le mariage, je n'y avais pas fait d'attention moi-même, et je suis bien aise que vous vous soyez avisé de m'en parler. Comme j'approuve fort de lui donner une de nos princesses, je vous prie de m'en nommer quelqu'une, mais si belle et si accomplie que le roi mon fils soit forcé de l'aimer.

— J'en sais une, repartit le roi Saleh en parlant bas; mais, avant de vous dire qui elle est, je vous prie de voir si le roi mon neveu dort; je vous dirai pourquoi il est bon que nous prenions cette précaution. » La reine Gulnare se retourna, et, comme elle vit Beder dans la situation où il était, elle ne douta nullement qu'il ne dormît profondément. Le roi Beder cependant, bien loin de dormir, redoubla son attention pour ne rien perdre de ce que le roi son oncle avait à dire avec tant de secret. « Il n'est pas besoin que vous vous contraigniez, dit la reine au roi son frère, vous pouvez parler librement sans craindre d'être entendu.

— Il n'est pas à propos, reprit le roi Saleh, que le roi mon neveu ait sitôt connaissance de ce que j'ai à vous dire. L'amour, comme vous le savez, se prend quelquefois par l'oreille, et il n'est pas nécessaire qu'il aime de cette manière celle que j'ai à vous nommer. En effet, je vois de grandes difficultés à surmonter, non pas du côté de la princesse, comme je l'espère, mais du côté du roi son père. Je n'ai qu'à vous nommer la princesse Giauhare * et le roi de Samandal.

— Que dites-vous, mon frère! repartit la reine Gulnare; la princesse Giauhare n'est-elle pas encore mariée ? Je me souviens de l'avoir vue peu de temps avant que je me séparasse d'avec vous : elle avait environ dix-huit mois, et dès lors elle était d'une beauté surprenante. Il faut qu'elle soit aujourd'hui la merveille du monde, si sa beauté a toujours augmenté depuis ce temps-là. Le peu d'âge qu'elle a plus que le roi mon fils ne doit pas nous empêcher de faire nos efforts pour lui procurer un parti si avantageux. Il ne s'agit que de savoir les difficultés que vous y trouvez, et de les surmonter.

— Ma sœur, répliqua le roi Saleh, c'est que le roi de Samandal est d'une vanité insupportable, et qu'il se regarde au-dessus de tous les autres rois; qu'il y a peu d'apparence de pouvoir entrer en traité avec lui sur cette alliance. J'irai moi-même néanmoins lui faire la demande de la princesse sa fille; et, s'il nous refuse, nous nous adresserons ailleurs où nous serons écoutés plus favorablement. C'est pour cela, comme vous le voyez, ajouta-t-il, qu'il est bon que le roi mon neveu ne sache rien de notre dessein que nous ne soyons certains du consentement du roi de Samandal, de crainte que l'amour de la princesse Giauhare ne s'empare de son cœur, et que nous ne puissions réussir à la lui obtenir. » Ils s'entretinrent encore quelque temps sur le même sujet; et, avant de se séparer, ils convinrent que le roi Saleh retournerait incessamment dans son royaume, et ferait la demande de la princesse Giauhare au roi de Samandal pour le roi de Perse.

La reine Gulnare et le roi Saleh, qui croyaient que le roi Beder dormait véritablement, l'éveillèrent quand ils voulurent se retirer; et le roi Beder réussit fort bien à faire semblant de se réveiller comme s'il eût dormi d'un profond sommeil. Il était vrai cependant qu'il n'avait pas perdu un mot de leur entretien, et que le portrait qu'ils avaient fait de la princesse Giauhare avait enflammé son cœur d'une passion qui lui était toute nouvelle. Il se forma une idée de sa beauté si avantageuse que le

* Giauhare, en arabe, signifie pierre précieuse.

désir de la posséder lui fit passer toute la nuit dans des inquiétudes qui ne lui permirent pas de fermer l'œil un moment.

Le lendemain, le roi Saleh voulut prendre congé de la reine Gulnare et du roi son neveu. Le jeune roi de Perse, qui savait bien que le roi son oncle ne voulait partir sitôt que pour aller travailler à son bonheur sans perdre de temps, ne laissa pas de changer de couleur à ce discours. Sa passion était déjà si forte qu'elle ne lui permettait pas de demeurer sans voir l'objet qui la causait, aussi longtemps qu'il jugeait qu'il en mettrait à traiter de son mariage. Il prit la résolution de le prier de vouloir bien l'emmener avec lui; mais, comme il ne voulait pas que la reine sa mère en sût rien, afin d'avoir occasion de lui en parler en particulier, il l'engagea de demeurer encore ce jour-là pour être d'une partie de chasse avec lui le jour suivant, résolu de profiter de cette occasion pour lui déclarer son dessein.

La partie de chasse se fit, et le roi Beder se trouva seul plusieurs fois avec le roi son oncle; mais il n'eut pas la hardiesse d'ouvrir la bouche pour lui dire un mot de ce qu'il avait projeté. Au plus fort de la chasse, que le roi Saleh s'était séparé d'avec lui, et qu'aucun officier ni de ses gens n'était resté près de lui, il mit pied à terre près d'un ruisseau; et, après qu'il eut attaché son cheval à un arbre, qui faisait un très bel ombrage le long du ruisseau avec plusieurs autres qui le bordaient, il se coucha à demi sur le gazon et donna un libre cours à ses larmes, qui coulèrent en abondance, accompagnées de soupirs et de sanglots. Il demeura longtemps dans cet état, abîmé dans ses pensées, sans proférer une seule parole.

Le roi Saleh cependant, qui ne vit plus le roi son neveu, fut dans une grande peine de savoir où il était, et il ne trouvait personne qui lui en donnât des nouvelles. Il se sépara d'avec les autres chasseurs; et, en le cherchant, il l'aperçut de loin. Il avait remarqué dès le jour précédent, et encore plus clairement le même jour, qu'il n'avait pas son enjouement ordinaire, qu'il était rêveur contre sa coutume, et qu'il n'était pas prompt à répondre aux demandes qu'on lui faisait, ou, s'il y répondait, qu'il ne le faisait pas à propos. Mais il n'avait pas eu le moindre soupçon de la cause de ce changement. Dès qu'il le vit dans la situation où il était, il ne douta pas qu'il n'eût entendu l'entretien qu'il avait eu avec la reine Gulnare, et qu'il ne fût amoureux. Il mit pied à terre assez loin de lui; après qu'il eut attaché son cheval à un arbre, il prit un grand détour, et s'en approcha sans faire de bruit, si près qu'il lui entendit prononcer ces paroles :

« Aimable princesse du royaume de Samandal, s'écriait-il, on ne m'a fait sans doute qu'une faible ébauche de votre beauté incomparable. Je vous tiens encore plus belle, préférablement à toutes les princesses du monde, que le soleil n'est beau, préférablement à la lune et à tous les astres ensemble. J'irais dès ce moment vous offrir mon cœur, si je savais où vous trouver; il vous appartient, et jamais princesse ne le possédera que vous. »

Le roi Saleh n'en voulut pas entendre davantage; il s'avança, et, en se faisant voir au roi Beder : « A ce que je vois, mon neveu, lui dit-il, vous avez entendu ce que nous disions avant-hier de la princesse Giauhare, la reine votre mère et moi. Ce n'était pas notre intention, et nous avons cru que vous dormiez. — Mon cher oncle, reprit le roi Beder, je n'en ai pas perdu une parole, et j'en ai éprouvé l'effet que vous aviez prévu, et que vous n'avez pu éviter. Je vous avais retenu exprès, dans le dessein de vous parler de mon amour avant votre départ; mais la honte de vous faire un aveu de ma faiblesse, si c'en est une d'aimer une princesse si digne d'être aimée, m'a fermé la bouche. Je vous supplie donc, par l'amitié que vous avez pour un prince qui a l'honneur d'être votre allié de si près, d'avoir pitié de moi, et de ne pas attendre à me procurer la vue de la divine Giauhare que vous ayez obtenu le consentement du roi son père pour notre mariage, à moins que vous n'aimiez mieux que je meure d'amour pour elle avant de la voir. »

Ce discours du roi de Perse embarrassa fort le roi Saleh. Le roi Saleh lui représenta combien il était difficile qu'il lui donnât la satisfaction qu'il demandait; qu'il ne pouvait le faire sans l'emmener avec lui; et, comme sa présence était nécessaire dans son royaume, que tout était à craindre s'il s'en absentait, il le conjura de modérer sa passion jusqu'à ce qu'il eût mis les choses en état de pouvoir le contenter, en l'assurant qu'il y allait employer toute la diligence possible, et qu'il viendrait lui en rendre compte dans peu de jours. Le roi de Perse n'écouta pas ces raisons. « Oncle cruel, repartit-il, je vois bien que vous ne m'aimez pas autant que je me l'étais persuadé, et que vous aimez mieux que je meure que de m'accorder la première prière que je vous aie faite de ma vie !

— Je suis prêt de faire voir à Votre Majesté, répliqua le roi Saleh, qu'il n'y a rien que je ne veuille faire pour vous obliger ; mais je ne puis vous emmener avec moi que vous n'en ayez parlé à la reine votre mère. Que dirait-elle de vous et de moi ? Je le veux bien si elle y consent, et je joindrai mes prières aux vôtres. — Vous n'ignorez pas, reprit le roi de Perse, que la reine ma mère ne voudra jamais que je l'abandonne, et cette excuse me fait mieux connaître la dureté que vous avez pour moi. Si vous m'aimez autant que vous voulez que je le croie, il faut que vous retourniez en votre royaume dès ce moment et que vous m'emmeniez avec vous. »

Le roi Saleh, forcé de céder à la volonté du roi de Perse, tira une bague qu'il avait au doigt, où étaient gravés les mêmes noms mystérieux de Dieu que sur le sceau de Salomon, qui avaient fait tant de prodiges par leur vertu. En la lui présentant : « Prenez cette bague, dit-il, mettez-la à votre doigt, et ne craignez ni les eaux de la mer ni sa profondeur. » Le roi de Perse prit la bague ; et, quand il l'eut mise au doigt : « Faites comme moi », lui dit encore le roi Saleh. Et en même temps ils s'élevèrent en l'air légèrement, en avançant vers la mer qui n'était pas éloignée, où ils se plongèrent.

Le roi marin ne mit pas beaucoup de temps à arriver à son palais avec le roi de Perse son neveu, qu'il mena d'abord à l'appartement de la reine, à qui il le présenta. Le roi de Perse baisa la main de la reine sa grand-mère, et la reine l'embrassa avec une grande démonstration de joie. « Je ne vous demande pas des nouvelles de votre santé, lui dit-elle, je vois que vous vous portez bien, et j'en suis ravie ; mais je vous prie de m'en apprendre de celles de la reine Gulnare, votre mère et ma fille. » Le roi de Perse se garda bien de lui dire qu'il était parti sans prendre congé d'elle ; il l'assura au contraire qu'il l'avait laissée en parfaite santé, et qu'elle l'avait chargé de lui bien faire ses compliments. La reine lui présenta ensuite les princesses ; et, pendant qu'elle lui donna lieu de s'entretenir avec elles, elle entra dans un cabinet avec le roi Saleh, qui lui apprit l'amour du roi de Perse pour la princesse Giauhare, sur le seul récit de sa beauté, et contre son intention ; qu'il l'avait amené sans avoir pu s'en défendre, et qu'il allait aviser aux moyens de la lui procurer en mariage.

Quoique le roi Saleh, à proprement parler, fût innocent de la passion du roi de Perse, la reine néanmoins lui sut fort mauvais gré d'avoir parlé de la princesse Giauhare devant lui avec si peu de précaution. « Votre imprudence n'est point pardonnable, lui dit-elle : espérez-vous que le roi de Samandal, dont le caractère vous est si connu, aura plus de considération pour vous que pour tant d'autres rois à qui il a refusé sa fille avec un mépris si éclatant ? Voulez-vous qu'il vous renvoie avec la même confusion ?

— Madame, reprit le roi Saleh, je vous ai déjà marqué que c'est contre mon intention que le roi mon neveu a entendu ce que j'ai raconté de la beauté de la princesse Giauhare à la princesse ma sœur. La faute est faite, et nous devons songer qu'il l'aime très passionnément, et qu'il mourra d'affliction et de douleur si nous ne la lui obtenons, en quelque manière que ce soit. Je ne dois y rien oublier, puisque c'est moi, quoique innocemment, qui ai fait le mal, et j'emploierai tout ce qui est en mon pouvoir pour y apporter le remède. J'espère, Madame, que vous approuverez ma résolution d'aller trouver moi-même le roi de Samandal avec un riche présent de pierreries, et lui demander la princesse sa fille pour le roi de Perse, votre petit-fils. J'ai quelque confiance qu'il ne me refusera pas, et qu'il agréera de s'allier avec un des plus puissants monarques de la terre.

— Il eût été à souhaiter, repartit la reine, que nous n'eussions pas été dans la nécessité de faire cette demande, dont il n'est pas sûr que nous ayons un succès aussi heureux que nous le souhaiterions; mais, comme il s'agit du repos et de la satisfaction du roi mon petit-fils, j'y donne mon consentement. Sur toutes choses, puisque vous connaissez l'humeur du roi de Samandal, prenez garde, je vous en supplie, de lui parler avec tous les égards qui lui sont dus, et d'une manière si obligeante qu'il ne s'en offense pas. »

La reine prépara le présent elle-même, et le composa de diamants, de rubis, d'émeraudes et de files de perles, et les mit dans une cassette fort riche et fort propre. Le lendemain, le roi Saleh prit congé d'elle et du roi de Perse, et partit avec une troupe choisie et peu nombreuse de ses officiers et de ses gens. Il arriva bientôt au royaume, à la capitale et au palais du roi de Samandal; et le roi de Samandal ne différa pas de lui donner audience dès qu'il eut appris son arrivée. Il se leva de son trône dès qu'il le vit paraître; et le roi Saleh, qui voulut bien oublier ce qu'il était pour quelques moments, se prosterna à ses pieds, en lui souhaitant l'accomplissement de tout ce qu'il pouvait désirer. Le roi de Samandal se baissa aussitôt pour le faire relever; et, après qu'il lui eut fait prendre place auprès de lui, il lui dit qu'il était le bienvenu, et lui demanda s'il y avait quelque chose qu'il pût faire pour son service.

« Sire, répondit le roi Saleh, quand je n'aurais pas d'autres motifs que celui de rendre mes respects à un prince des plus puissants qu'il y ait au monde, et si distingué par sa sagesse et par sa valeur, je ne marquerais que faiblement à Votre Majesté combien je l'honore. Si elle pouvait pénétrer jusqu'au fond de mon cœur, elle connaîtrait la grande vénération dont il est rempli pour elle, et le désir ardent que j'ai de lui donner des témoignages de mon attachement. » En disant ces paroles, il prit la cassette des mains d'un de ses gens, l'ouvrit, et, en la lui présentant, il le supplia de vouloir bien l'agréer.

« Prince, reprit le roi de Samandal, vous ne me faites pas un présent de cette considération que vous n'ayez une demande proportionnée à me faire. Si c'est quelque chose qui dépende de mon pouvoir, je me ferai un très grand plaisir de vous l'accorder. Parlez, et dites-moi librement en quoi je puis vous obliger.

— Il est vrai, Sire, repartit le roi Saleh, que j'ai une grâce à demander à Votre Majesté, et je me garderais bien de la lui demander s'il n'était en son pouvoir de me la faire. La chose dépend d'elle si absolument que je la demanderais en vain à tout autre. Je la lui demande donc avec toutes les instances possibles, et je la supplie de ne me la pas refuser. — Si cela est ainsi, répliqua le roi de Samandal, vous n'avez qu'à m'apprendre ce que c'est, et vous verrez de quelle manière je sais obliger quand je le puis.

— Sire, lui dit alors le roi Saleh, après la confiance que Votre Majesté veut bien que je prenne sur sa bonne volonté, je ne dissimulerai pas davantage que je viens la supplier de nous honorer de son alliance par le mariage de la princesse Giauhare, son honorable fille, et de fortifier par là la bonne intelligence qui unit les deux royaumes depuis si longtemps. »

A ce discours, le roi de Samandal fit de grands éclats de rire en se laissant aller à la renverse sur le coussin où il avait le dos appuyé, et d'une manière fort injurieuse au roi Saleh. « Roi Saleh, lui dit-il d'un air de mépris, je m'étais imaginé que vous étiez un prince d'un bon sens, sage et avisé; et votre discours au contraire me fait connaître combien je me suis trompé. Dites-moi, je vous prie, où était votre esprit quand vous vous êtes formé une chimère aussi grande que celle dont vous venez de me parler ? Avez-vous bien pu concevoir seulement la pensée d'aspirer au mariage d'une princesse fille d'un roi aussi grand et aussi puissant que je le suis ? Vous deviez mieux considérer auparavant la grande distance qu'il y a de vous à moi, et ne pas venir perdre en un moment l'estime que je faisais de votre personne. »

Le roi Saleh fut extrêmement offensé d'une réponse si outrageante, et il eut bien de la peine à retenir son juste ressentiment. « Que Dieu, Sire, reprit-il avec toute la modération possible, récompense Votre Majesté comme elle le mérite; elle voudra bien que j'aie l'honneur de lui dire que je ne demande pas la princesse sa fille en mariage pour moi. Quand cela serait, bien loin que Votre Majesté dût s'en offenser, ou la princesse elle-même, je croirais faire beaucoup d'honneur à l'un et à l'autre. Votre Majesté sait bien que je suis un des rois de la mer comme elle; que les rois mes prédécesseurs ne cèdent en rien par leur ancienneté à aucune des autres familles royales, et que le royaume que je tiens d'eux n'est pas moins florissant ni moins puissant que de leur temps. Si elle ne m'eût pas interrompu, elle eût bientôt compris que la grâce que je lui demande ne me regarde pas, mais le jeune roi de Perse, mon neveu, dont la puissance et la grandeur, non plus que ses qualités personnelles, ne doivent pas lui être inconnues. Tout le monde reconnaît que la princesse Giauhare est la plus belle personne qu'il y ait sous les cieux; mais il n'est pas moins vrai que le jeune roi de Perse est le prince le mieux fait et le plus accompli qu'il y ait sur la terre et dans tous les royaumes de la mer, et les avis ne sont point partagés là-dessus. Ainsi, comme la grâce que je demande ne peut tourner qu'à une grande gloire pour elle et pour la princesse Giauhare, elle ne doit pas douter que le consentement qu'elle donnera à une alliance si proportionnée ne soit suivi d'une approbation universelle. La princesse est digne du roi de Perse, et le roi de Perse n'est pas moins digne d'elle. Il n'y a ni roi ni prince au monde qui puisse le lui disputer. »

Le roi de Samandal n'eût pas donné le loisir au roi Saleh de lui parler si longtemps si l'emportement où il le mit lui en eût laissé la liberté. Il fut encore du temps sans prendre la parole après qu'il eut cessé, tant il était hors de lui-même. Il éclata enfin par des injures atroces et indignes d'un grand roi. « Chien, s'écria-t-il, tu oses me tenir ce discours et proférer seulement le nom de ma fille devant moi! Penses-tu que le fils de ta sœur Gulnare puisse entrer en comparaison avec ma fille ? Qui es-tu, toi ? Qui était ton père ? Qui est ta sœur, et qui est ton neveu ? Son père n'était-il pas un chien, et fils de chien comme toi ? Qu'on arrête l'insolent, et qu'on lui coupe le cou! »

Les officiers, en petit nombre, qui étaient autour du roi de Samandal, se mirent aussitôt en devoir d'obéir; mais, comme le roi Saleh était dans la force de son âge, léger et dispos, il s'échappa avant qu'ils eussent tiré le sabre, et il gagna la porte du palais, où il trouva mille hommes de ses parents et de sa maison, bien armés et bien équipés, qui ne faisaient que d'arriver. La reine sa mère avait fait réflexion sur le peu de monde qu'il avait pris avec lui; et, comme elle avait pressenti la mauvaise réception que le roi de Samandal pouvait lui faire, elle les avait envoyés et priés de faire grande diligence. Ceux de ses parents qui se trouvèrent à la tête se surent bon gré d'être arrivés si à propos, quand ils le virent venir avec ses gens qui le suivaient dans un grand désordre, et qu'on le poursuivait. « Sire, s'écrièrent-ils au moment qu'il les joignait, de quoi s'agit-il ? Nous voici prêts de vous venger : vous n'avez qu'à commander. »

Le roi Saleh leur raconta la chose en peu de mots, se mit à la tête d'une grosse troupe, pendant que les autres restèrent à la porte dont ils se saisirent, et retourna sur ses pas. Comme le peu d'officiers et de gardes qui l'avaient poursuivi se furent dissipés, il rentra dans l'appartement du roi de Samandal, qui fut d'abord abandonné des autres et arrêté en même temps. Le roi Saleh laissa du monde suffisamment auprès de lui pour s'assurer de sa personne, et il alla d'appartement en appartement, en cherchant celui de la princesse Giauhare. Mais, au premier bruit, cette princesse s'était élancée à la surface de la mer avec les femmes qui s'étaient trouvées auprès d'elle, et s'était sauvée dans une île déserte.

Comme ces choses se passaient au palais du roi de Samandal, des gens du roi Saleh qui avaient pris la fuite dès les premières menaces de ce roi mirent la reine sa mère dans une grande alarme en lui annonçant le danger où ils l'avaient laissé. Le jeune roi Beder, qui était présent à leur arrivée, en fut d'autant plus alarmé qu'il se regarda comme la première cause de tout le mal qui en pouvait arriver. Il ne se sentit pas assez de courage pour soutenir la présence de la reine sa grand-mère, après le danger où était le roi Saleh à son occasion. Pendant qu'il la vit occupée à donner les ordres qu'elle jugea nécessaires dans cette conjoncture, il s'élança du fond de la mer; et, comme il ne savait quel chemin prendre pour retourner au royaume de Perse, il se sauva dans la même île où la princesse Giauhare s'était sauvée.

Comme ce prince était hors de lui-même, il alla s'asseoir au pied d'un grand arbre qui était environné de plusieurs autres. Dans le temps qu'il reprenait ses esprits, il entendit que l'on parlait : il prêta aussitôt l'oreille; mais il était un peu trop éloigné pour rien comprendre de ce que l'on disait; il se leva, et, en s'avançant, sans faire de bruit, du côté d'où venait le son des paroles, il aperçut entre des feuillages une beauté dont il fut ébloui. « Sans doute, dit-il en lui-même en s'arrêtant et en la considérant avec admiration, que c'est la princesse Giauhare, que la frayeur a peut-être obligée d'abandonner le palais du roi son père; si ce n'est pas elle, elle ne mérite pas moins que je l'aime de toute mon âme. » Il ne s'arrêta pas davantage, il se fit voir, et, en s'approchant de la princesse avec une profonde révérence : « Madame, lui dit-il, je ne puis assez remercier le Ciel de la faveur qu'il me fait aujourd'hui d'offrir à mes yeux ce qu'il voit de plus beau. Il ne pouvait m'arriver un plus grand bonheur que l'occasion de vous faire offre de mes très humbles services. Je vous supplie, Madame, de l'accepter : une personne comme vous ne se trouve pas dans cette solitude sans avoir besoin de secours.

— Il est vrai, Seigneur, reprit la princesse Giauhare d'un air fort triste, qu'il est très extraordinaire à une dame de mon rang de se trouver dans l'état où je suis. Je suis princesse, fille du roi de Samandal, et je m'appelle Giauhare. J'étais tranquillement dans son palais et dans mon appartement, lorsque tout à coup j'ai entendu un bruit effroyable. On est venu m'annoncer aussitôt que le roi Saleh, je ne sais pour quel sujet, avait forcé le palais et s'était saisi du roi mon père, après avoir fait main basse sur tous ceux de sa garde qui lui avaient fait résistance. Je n'ai eu que le temps de me sauver et de chercher ici un asile contre sa violence. »

Au discours de la princesse, le roi Beder eut de la confusion d'avoir abandonné la reine sa grand-mère si brusquement, sans attendre l'éclaircissement de la nouvelle qu'on lui avait apportée. Mais il fut ravi que le roi son oncle se fût rendu maître de la personne du roi de Samandal; il ne douta pas en effet que le roi de Samandal ne lui accordât la princesse pour avoir sa liberté. « Adorable princesse, repartit-il, votre douleur est très juste, mais il est aisé de la faire cesser avec la captivité du roi votre père. Vous en tomberez d'accord lorsque vous saurez que je m'appelle Beder, que je suis roi de Perse, et que le roi Saleh est mon oncle. Je puis bien vous assurer qu'il n'a aucun dessein de s'emparer des États du roi votre père. Il n'a d'autre but que d'obtenir que j'aie l'honneur et le bonheur d'être son gendre, en vous recevant de sa main pour épouse. Je vous avais déjà abandonné mon cœur sur le seul récit de votre beauté et de vos charmes. Loin de m'en repentir, je vous supplie de le recevoir, et d'être persuadée qu'il ne brûlera jamais que pour vous. J'ose espérer que vous ne le refuserez pas, et que vous considérerez qu'un roi qui est sorti de ses États uniquement pour venir vous l'offrir mérite de la reconnaissance. Souffrez donc, belle princesse, que j'aie l'honneur d'aller vous présenter au roi mon oncle. Le roi votre père n'aura pas sitôt donné son consentement à notre mariage qu'il le laissera maître de ses États comme auparavant. »

La déclaration du roi Beder ne produisit pas l'effet qu'il en avait attendu. La princesse ne l'avait pas plus tôt aperçu qu'à sa bonne mine, à son air et à la bonne grâce avec laquelle il l'avait abordée, elle l'avait regardé comme une personne qui ne lui eût pas déplu. Mais, dès qu'elle eut appris par lui-même qu'il était la cause du mauvais traitement qu'on venait de faire au roi son père, de la douleur qu'elle en avait, de la frayeur qu'elle en avait eue elle-même par rapport à sa propre personne, et de la nécessité où elle avait été réduite de prendre la fuite, elle le regarda comme un ennemi avec qui elle ne devait pas avoir de commerce. D'ailleurs, quelque disposition qu'elle eût à consentir elle-même au mariage qu'il désirait, comme elle jugea qu'une des raisons que le roi son père pouvait avoir de rejeter cette alliance, c'était que le roi Beder était né d'un roi de la terre, elle était résolue de se soumettre entièrement à sa volonté sur cet article. Elle ne voulut pas néanmoins témoigner rien de son ressentiment; elle imagina seulement un moyen de se délivrer adroitement des mains du roi Beder; et, en faisant semblant de le voir avec plaisir : « Seigneur, reprit-elle avec tout l'honnêteté possible, vous êtes donc fils de la reine Gulnare, si célèbre par sa beauté singulière ? J'en ai bien de la joie, et je suis ravie de voir en vous un prince si digne d'elle. Le roi mon père a grand tort de s'opposer si fortement à nous unir ensemble. Il ne vous aura pas plus tôt vu qu'il n'hésitera pas à nous rendre heureux l'un et l'autre. » En disant ces paroles, elle lui présenta la main pour marque d'amitié.

Le roi Beder crut qu'il était au comble de son bonheur; il avança la main, et, en prenant celle de la princesse, il se baissa pour la baiser par respect. La princesse ne lui en donna pas le temps.

Téméraire, lui dit-elle en le repoussant et en lui crachant au visage, faute d'eau, *quitte cette forme d'homme et prends celle d'un oiseau blanc, avec le bec et les pieds rouges.*

Dès qu'elle eut prononcé ces paroles, le roi Beder fut changé en oiseau de cette forme avec autant de mortification que d'étonnement. « Prenez-le, dit-elle aussitôt à une de ses femmes, et portez-le dans l'île Sèche. » Cette île n'était qu'un rocher affreux, où il n'y avait pas une goutte d'eau.

La femme prit l'oiseau, et, en exécutant l'ordre de la princesse Giauhare, elle eut compassion de la destinée du roi Beder. « Ce serait dommage, dit-elle en elle-même, qu'un prince si digne de vivre mourût de faim et de soif. La princesse, si bonne et si douce, se repentira peut-être elle-même d'un ordre si cruel, quand elle sera revenue de sa grande colère; il vaut mieux que je le porte dans un lieu où il puisse mourir de sa belle mort. » Elle le porta dans une île bien peuplée et elle le laissa dans une campagne très agréable, plantée de toutes sortes d'arbres fruitiers, et arrosée de plusieurs ruisseaux.

Revenons au roi Saleh. Après qu'il eut cherché lui-même la princesse Giauhare et qu'il l'eut fait chercher par tout le palais sans la trouver, il fit enfermer le roi de Samandal dans son propre palais, sous bonne garde; et, quand il eut donné les ordres nécessaires pour le gouvernement du royaume en son absence, il vint rendre compte à la reine sa mère de l'action qu'il venait de faire. Il demanda où était le roi son neveu en arrivant, et il apprit avec une grande surprise et beaucoup de chagrin qu'il avait disparu. « On est venu nous apprendre, lui dit la reine, le grand danger où vous étiez au palais du roi de Samandal, et, pendant que je donnais des ordres pour vous envoyer d'autres secours ou pour vous venger, il a disparu. Il faut qu'il ait été épouvanté d'apprendre que vous étiez en danger, et qu'il n'ait pas cru qu'il fût en sûreté avec nous. »

Cette nouvelle affligea extrêmement le roi Saleh, qui se repentit alors de la trop grande facilité qu'il avait eue de condescendre au désir du roi Beder sans en parler auparavant à la reine Gulnare. Il envoya après lui de tous les côtés; mais, quelques diligences qu'il pût faire, on ne lui en apporta aucune nouvelle, et, au lieu de la joie qu'il s'était déjà faite d'avoir si fort avancé un mariage qu'il regardait comme son ouvrage, la douleur qu'il eut de cet incident auquel il ne s'attendait pas en fut plus mortifiante. En attendant qu'il apprît de ses nouvelles, bonnes ou mauvaises, il laissa son royaume sous l'administration de la reine sa mère, et alla gouverner celui du roi de Samandal, qu'il continua de faire garder avec beaucoup de vigilance, quoique avec tous les égards dus à son caractère.

Le même jour que le roi Saleh était parti pour retourner au royaume de Samandal, la reine Gulnare, mère du roi Beder, arriva chez la reine sa mère. Cette princesse ne s'était pas étonnée de n'avoir pas vu revenir le roi son fils le jour de son départ. Elle s'était imaginé que l'ardeur de la chasse, comme cela lui était arrivé quelquefois, l'avait emporté plus loin qu'il ne se l'était proposé. Mais, quand elle vit qu'il n'était pas revenu le lendemain ni le jour d'après, elle en fut dans une alarme dont il était aisé de juger par la tendresse qu'elle avait pour lui. Cette alarme fut beaucoup plus grande quand elle eut appris des officiers qui l'avaient accompagné, et qui avaient été obligés de revenir après l'avoir cherché longtemps, lui et le roi Saleh son oncle, sans les avoir trouvés, qu'il fallait qu'il leur fût arrivé quelque chose de fâcheux, ou qu'ils fussent ensemble en quelque endroit qu'ils ne pouvaient deviner; qu'ils avaient bien trouvé leurs chevaux, mais que pour leurs personnes ils n'en avaient eu aucune nouvelle, quelques diligences qu'ils eussent faites pour en apprendre. Sur ce rapport, elle avait pris le parti de dissimuler et de cacher son affliction, et elle les avait chargés de retourner sur leurs pas et de faire encore leurs diligences. Pendant ce temps-là elle avait pris son parti, et, sans rien dire à personne et après avoir dit à ses femmes qu'elle voulait être seule, elle s'était plongée dans la mer pour s'éclaircir sur le soupçon qu'elle avait que le roi Saleh pouvait avoir emmené le roi de Perse avec lui.

Cette grande reine eût été reçue par la reine sa mère avec grand plaisir si, dès qu'elle l'eut aperçue, elle ne se fût doutée du sujet qui l'avait amenée. « Ma fille, lui dit-elle, ce n'est pas pour me voir que vous venez ici, je m'en aperçois bien. Vous venez me demander des nouvelles du roi votre fils, et celles que j'ai à vous en donner ne sont capables que d'augmenter votre affliction, aussi bien que la mienne. J'avais eu une grande joie de le voir arriver avec le roi son oncle; mais je n'eus pas plus tôt appris qu'il était parti sans vous en avoir parlé que je pris part à la peine que vous en souffririez. » Elle lui fit ensuite le récit du zèle avec lequel le roi Saleh était allé faire lui-même la demande de la princesse Giauhare, et de ce qui en était arrivé, jusqu'à ce que le roi Beder avait disparu. « J'ai envoyé du monde après lui, ajouta-t-elle; et le roi mon fils, qui ne fait que de repartir pour aller gouverner le royaume de Samandal, a fait aussi ses diligences de son côté : ç'a été sans succès jusqu'à présent; mais il faut espérer que nous le reverrons lorsque nous ne l'attendrons pas. »

La désolée Gulnare ne se paya pas d'abord de cette espérance; elle regarda le roi son cher fils comme perdu, et elle le pleura amèrement, en mettant toute la faute sur le roi son frère. La reine sa mère lui fit considérer la nécessité qu'il y avait qu'elle fît des efforts pour ne pas succomber à sa douleur. « Il est vrai, lui dit-elle, que le roi votre frère ne devait pas vous parler de ce mariage avec si peu de précaution, ni consentir jamais à amener le roi mon petit-fils sans vous en avertir auparavant. Mais, comme il n'y a pas de certitude que le roi de Perse ait péri absolument, vous ne devez rien négliger pour lui conserver son royaume. Ne perdez donc pas de temps, retournez à votre capitale : votre présence y est nécessaire; et il ne vous sera pas difficile de tenir toutes choses dans l'état paisible où elles sont, en faisant publier que le roi de Perse a été bien aise de venir nous voir. »

Il ne fallait pas moins qu'une raison aussi forte que

celle-là pour obliger la reine Gulnare de s'y rendre. Elle prit congé de la reine sa mère, et elle fut de retour au palais de la capitale de Perse avant qu'on se fût aperçu qu'elle s'en était absentée. Elle dépêcha aussitôt des gens pour rappeler les officiers qu'elle avait renvoyés à la quête du roi son fils, et leur annoncer qu'elle savait où il était, et qu'on le reverrait bientôt. Elle en fit aussi répandre le bruit par toute la ville, et elle gouverna toutes choses de concert avec le premier ministre et le conseil, avec la même tranquillité que si le roi Beder eût été présent.

Pour revenir au roi Beder, que la femme de la princesse Giauhare avait porté et laissé dans l'île comme nous l'avons dit, ce monarque fut dans un grand étonnement quand il se vit seul et sous la forme d'un oiseau. Il s'estima d'autant plus malheureux dans cet état qu'il ne savait où il était, ni en quelle partie du monde le royaume de Perse était situé. Quand il l'eût su, et qu'il eût assez connu la force de ses ailes pour se hasarder à traverser tant de mers et à s'y rendre, qu'eût-il gagné autre chose que de se trouver dans la même peine et dans la même difficulté où il était, d'être connu non pas pour roi de Perse, mais même pour un homme ? Il fut contraint de demeurer où il était, de vivre de la même nourriture que les oiseaux de son espèce, et de passer la nuit sur un arbre.

Au bout de quelques jours, un paysan fort adroit à prendre des oiseaux aux filets arriva à l'endroit où il était, et eut une grande joie quand il eut aperçu un si bel oiseau, d'une espèce qui lui était inconnue, quoiqu'il y eût de longues années qu'il chassait aux filets. Il employa toute l'adresse dont il était capable, et il prit si bien ses mesures qu'il prit l'oiseau. Ravi d'une si bonne capture, qui, selon l'estime qu'il en fit, devait lui valoir plus que beaucoup d'autres oiseaux ensemble de ceux qu'il prenait ordinairement, à cause de la rareté, il le mit dans une cage et le porta à la ville. Dès qu'il fut arrivé au marché, un bourgeois l'arrêta, et lui demanda combien il voulait vendre l'oiseau.

Au lieu de répondre à cette demande, le paysan demanda au bourgeois, à son tour, ce qu'il en prétendait faire quand il l'aurait acheté. « Bon homme, reprit le bourgeois, que veux-tu que j'en fasse, si je ne le fais rôtir pour le manger ? — Sur ce pied-là, repartit le paysan, vous croiriez l'avoir bien acheté si vous m'en aviez donné la moindre pièce d'argent. Je l'estime bien davantage;

et ce ne serait pas pour vous, quand vous m'en donneriez une pièce d'or. Je suis bien vieux, mais, depuis que je me connais, je n'en ai pas encore vu un pareil. Je vais en faire un présent au roi : il en connaîtra mieux le prix que vous. »

Au lieu de s'arrêter au marché, le paysan alla au palais, où il s'arrêta devant l'appartement du roi. Le roi était près d'une fenêtre d'où il voyait tout ce qui se passait dans la place. Comme il eut aperçu le bel oiseau, il envoya un officier des eunuques avec ordre de le lui acheter. L'officier vint au paysan, et lui demanda combien il voulait le vendre. « Si c'est pour Sa Majesté, reprit le paysan, je la supplie d'agréer que je lui en fasse un présent, et je vous prie de le lui porter. » L'officier porta l'oiseau au roi, et le roi le trouva si particulier qu'il chargea l'officier de porter dix pièces d'or au paysan, qui se retira très content; après quoi il mit l'oiseau dans une cage magnifique, et lui donna du grain et de l'eau dans des vases précieux.

Le roi, qui était prêt de monter à cheval pour aller à la chasse, et qui n'avait pas eu le temps de bien voir l'oiseau, se le fit apporter dès qu'il fut de retour. L'officier apporta la cage; et, afin de le mieux considérer, le roi l'ouvrit lui-même et prit l'oiseau sur sa main. En le regardant avec une grande admiration, il demanda à l'officier s'il l'avait vu manger. « Sire, reprit l'officier, Votre Majesté peut voir que le vase de sa mangeaille est encore plein, et je n'ai pas remarqué qu'il y ait touché.» Le roi dit qu'il fallait lui en donner de plusieurs sortes, afin qu'il choisît celle qui lui conviendrait.

Comme on avait déjà mis la table, on servit dans le temps que le roi prescrivit cet ordre. Dès qu'on eut posé les plats, l'oiseau battit des ailes, s'échappa de la main du roi, vola sur la table, où il se mit à becqueter sur le pain et sur les viandes, tantôt dans un plat et tantôt dans un autre. Le roi en fut si surpris qu'il envoya l'officier des eunuques avertir la reine de venir voir cette merveille. L'officier raconta la chose à la reine en peu de mots, et la reine vint aussitôt. Mais, dès qu'elle eut vu l'oiseau, elle se couvrit le visage de son voile, et voulut se retirer. Le roi, étonné de cette action, d'autant plus qu'il n'y avait que des eunuques dans la chambre, et des femmes qui l'avaient suivie, lui demanda la raison qu'elle avait d'en user ainsi.

« Sire, répondit la reine, Votre Majesté n'en sera plus

étonnée quand elle aura appris que cet oiseau n'est pas un oiseau comme elle se l'imagine, et que c'est un homme. — Madame, reprit le roi plus étonné qu'auparavant, vous voulez vous railler de moi sans doute ; vous ne me persuaderez pas qu'un oiseau soit un homme. — Sire, Dieu me garde de me railler de Votre Majesté. Rien n'est plus vrai que ce que j'ai l'honneur de lui dire, et je l'assure que c'est le roi de Perse, qui se nomme Beder, fils de la célèbre Gulnare, princesse d'un des plus grands royaumes de la mer, neveu de Saleh, roi de ce royaume, et petit-fils de la reine Farasche, mère de Gulnare et de Saleh ; et c'est la princesse Giauhare, fille du roi de Samandal, qui l'a ainsi métamorphosé. » Afin que le roi n'en pût pas douter, elle lui raconta comment et pourquoi la princesse Giauhare s'était ainsi vengée du mauvais traitement que le roi Saleh avait fait au roi de Samandal son père.

Le roi eut d'autant moins de peine à ajouter foi à tout ce que la reine lui raconta de cette histoire qu'il savait qu'elle était une magicienne des plus habiles qu'il y eût jamais eu au monde, et que, comme elle n'ignorait rien de tout ce qui s'y passait, il était d'abord informé par son moyen des mauvais desseins des rois ses voisins contre lui, et les prévenait. Il eut compassion du roi de Perse, et il pria la reine avec instance de rompre l'enchantement qui le retenait sous cette forme.

La reine y consentit avec beaucoup de plaisir. « Sire, dit-elle au roi, que Votre Majesté prenne la peine d'entrer dans son cabinet avec l'oiseau, je lui ferai voir en peu de moments un roi digne de la considération qu'elle a pour lui. » L'oiseau, qui avait cessé de manger pour être attentif à l'entretien du roi et de la reine, ne donna pas au roi la peine de le prendre ; il passa le premier dans le cabinet, et la reine y entra bientôt après avec un vase plein d'eau à la main. Elle prononça sur le vase des paroles inconnues au roi, jusqu'à ce que l'eau commençât à bouillonner ; elle en prit aussitôt dans la main, et en la jetant sur l'oiseau :

Par la vertu des paroles saintes et mystérieuses que je viens de prononcer, dit-elle, *et au nom du Créateur du ciel et de la terre, qui ressuscite les morts et maintient l'univers dans son état, quitte cette forme d'oiseau, et reprends celle que tu as reçue de ton Créateur*.

La reine avait à peine achevé ces paroles qu'au lieu de l'oiseau, le roi vit paraître un jeune prince de belle taille dont le bel air et la bonne mine le charmèrent. Le roi Beder se prosterna d'abord, et rendit grâces à Dieu de celle qu'il venait de lui faire. Il prit la main du roi en se relevant, et la baisa pour lui marquer sa parfaite reconnaissance; mais le roi l'embrassa avec bien de la joie, et lui témoigna combien il avait de satisfaction de le voir. Il voulut aussi remercier la reine; mais elle était déjà retirée à son appartement. Le roi le fit mettre à table avec lui, et, après le repas, il le pria de lui raconter comment la princesse Giauhare avait eu l'inhumanité de transformer en oiseau un prince aussi aimable qu'il l'était, et le roi de Perse le satisfit d'abord. Quand il eut achevé, le roi, indigné du procédé de la princesse, ne put s'empêcher de la blâmer. « Il était louable à la princesse de Samandal, reprit-il, de n'être pas insensible au traitement qu'on avait fait au roi son père; mais qu'elle ait poussé la vengeance à un si grand excès contre un prince qui ne devait pas en être accusé, c'est de quoi elle ne se justifiera jamais auprès de personne. Mais laissons ce discours, et dites-moi en quoi je puis vous obliger davantage.

— Sire, repartit le roi Beder, l'obligation que j'ai à Votre Majesté est si grande que je devrais demeurer toute ma vie auprès d'elle pour lui en témoigner ma reconnaissance; mais, puisqu'elle ne met pas de bornes à sa générosité, je la supplie de vouloir bien m'accorder un de ses vaisseaux pour me ramener en Perse, où je crains que mon absence, qui n'est déjà que trop longue, n'ait causé du désordre, et même que la reine ma mère, à qui j'ai caché mon départ, ne soit morte de douleur, dans l'incertitude où elle doit avoir été de ma vie ou de ma mort. »

Le roi lui accorda ce qu'il demandait de la meilleure grâce du monde, et, sans différer, il donna l'ordre pour l'équipement d'un vaisseau le plus fort et le meilleur voilier qu'il eût dans sa flotte nombreuse. Le vaisseau fut bientôt fourni de tous ses agrès, de matelots, de soldats, de provisions et de munitions nécessaires; et, dès que le vent fut favorable, le roi Beder s'y embarqua, après avoir pris congé du roi et l'avoir remercié de tous les bienfaits dont il lui était redevable.

Le vaisseau mit à la voile avec le vent en poupe, qui le fit avancer considérablement dans sa route dix jours sans discontinuer; le onzième jour, il devint un peu contraire; il augmenta, et enfin il fut si violent qu'il causa une tempête furieuse. Le vaisseau ne s'écarta pas seulement de sa route, il fut encore si fortement agité que tous ses mâts se rompirent, et que, porté au gré du vent, il donna sur une sèche et s'y brisa.

La plus grande partie de l'équipage fut submergée d'abord; les uns se fièrent à la force de leurs bras pour se sauver à la nage, et les autres se prirent à quelque pièce de bois, ou à une planche. Beder fut des derniers; et, emporté tantôt par les courants et tantôt par les vagues, dans une grande incertitude de sa destinée, il s'aperçut enfin qu'il était près de terre et peu loin d'une ville de grande apparence. Il profita de ce qui lui restait de force pour y aborder, et il arriva enfin si près du rivage, où la mer était tranquille, qu'il toucha le fond. Il abandonna aussitôt la pièce de bois qui lui avait été d'un si grand secours. Mais, en s'avançant dans l'eau pour gagner la grève, il fut fort surpris de voir accourir de toutes parts des chevaux, des chameaux, des mulets, des ânes, des bœufs, des vaches, des taureaux et d'autres animaux, qui bordèrent le rivage et se mirent en état de l'empêcher d'y mettre le pied. Il eut toutes les peines du monde à vaincre leur obstination et à se faire passage. Quand il en fut venu à bout, il se mit à l'abri de quelques rochers, jusqu'à ce qu'il eût un peu repris haleine et qu'il eût laissé sécher son habit au soleil.

Lorsque ce prince voulut s'avancer pour entrer dans la ville, il eut encore la même difficulté avec les mêmes animaux, comme s'ils eussent voulu le détourner de son dessein et lui faire comprendre qu'il y avait du danger pour lui.

Le roi Beder entra dans la ville, et il y vit plusieurs rues belles et spacieuses, mais avec un grand étonnement de ce qu'il ne rencontrait personne. Cette grande solitude lui fit considérer que ce n'était pas sans sujet que tant d'animaux avaient fait tout ce qui était en leur pouvoir pour l'obliger de s'en éloigner plutôt que d'entrer. En avançant néanmoins, il remarqua plusieurs boutiques ouvertes, qui lui firent connaître que la ville n'était pas aussi dépeuplée qu'il se l'était imaginé. Il s'approcha d'une de ces boutiques où il y avait plusieurs sortes de fruits exposés en vente d'une manière fort propre, et salua un vieillard qui y était assis.

Le vieillard, qui était occupé à quelque chose, leva la tête; et, comme il vit un jeune homme qui marquait quelque chose de grand, il lui demanda, d'un air qui témoignait beaucoup de surprise, d'où il venait, et quelle occasion l'avait amené. Le roi Beder le satisfit en peu de mots, et le vieillard lui demanda encore s'il n'avait rencontré personne en son chemin. « Vous êtes le premier que j'aie vu, repartit le roi, et je ne puis comprendre qu'une ville si belle et de tant d'apparence soit déserte comme elle l'est. — Entrez, ne demeurez pas davantage à la porte, répliqua le vieillard; peut-être vous en arriverait-il quelque mal. Je satisferai votre curiosité à loisir, et je vous dirai la raison pourquoi il est bon que vous preniez cette précaution. »

Le roi Beder ne se le fit pas dire deux fois, il entra et s'assit près du vieillard; mais, comme le vieillard avait compris par le récit de sa disgrâce que le prince avait besoin de nourriture, il lui présenta d'abord de quoi reprendre des forces; et, quoique le roi Beder l'eût prié de lui expliquer pourquoi il avait pris la précaution de le faire entrer, il ne voulut néanmoins lui rien dire qu'il n'eût achevé de manger. C'est qu'il craignait que les choses fâcheuses qu'il avait à lui dire ne l'empêchassent de manger tranquillement. En effet, quand il vit qu'il ne mangeait plus : « Vous devez bien remercier Dieu, lui dit-il, de ce que vous êtes venu jusque chez moi sans aucun accident. — Eh! pour quel sujet? reprit le roi Beder effrayé et alarmé. — Il faut que vous sachiez, repartit le vieillard, que cette ville s'appelle la ville des Enchantements, et qu'elle est gouvernée, non pas par un roi, mais par une reine; et cette reine, qui est la plus belle personne de son sexe dont on ait jamais entendu parler, est aussi magicienne, mais la plus insigne et la plus dangereuse que l'on puisse connaître. Vous en serez convaincu quand vous saurez que tous ces chevaux, ces mulets et ces autres animaux que vous avez vus, sont autant d'hommes comme vous et comme moi, qu'elle a ainsi métamorphosés par son art diabolique. Autant de jeunes gens bien faits comme vous qui entrent dans la ville, elle a des gens apostés qui les arrêtent, et qui, de gré ou de force, les conduisent devant elle. Elle les reçoit avec un accueil des plus obligeants; elle les caresse, elle les régale, elle les loge magnifiquement, et elle leur donne tant de facilités pour leur persuader qu'elle les aime qu'elle n'a pas de peine à y réussir; mais elle ne les laisse pas jouir longtemps de leur bonheur prétendu; il n'y en a pas un qu'elle ne métamorphose en quelque animal ou en quelque oiseau au bout de quarante jours, selon qu'elle le juge à propos. Vous m'avez parlé de tous ces animaux qui se sont présentés pour vous empêcher d'aborder à terre et d'entrer dans la ville; c'est qu'ils ne pouvaient vous faire comprendre d'une autre manière le danger auquel vous vous exposiez, et qu'ils faisaient ce qui était en leur pouvoir pour vous en détourner. »

Ce discours affligea très sensiblement le jeune roi de Perse. « Hélas! s'écria-t-il, à quelle extrémité suis-je réduit par ma mauvaise destinée! Je suis à peine délivré d'un enchantement dont j'ai encore horreur que je me vois exposé à quelque autre plus terrible. » Cela lui donna lieu de raconter son histoire au vieillard plus au long, de lui parler de sa naissance, de sa qualité, de sa passion pour la princesse de Samandal, et de la cruauté qu'elle avait eue de le changer en oiseau au moment qu'il venait de la voir et de lui faire la déclaration de son amour.

Quand ce prince eut achevé par le bonheur qu'il avait eu de trouver une reine qui avait rompu cet enchantement et par des témoignages de la peur qu'il avait de retomber dans un plus grand malheur, le vieillard qui voulut le rassurer : « Quoique ce que je vous ai dit de la reine magicienne et de sa méchanceté, lui dit-il, soit véritable, cela ne doit pas néanmoins vous donner la grande inquiétude où je vois que vous en êtes. Je suis aimé de toute la ville, je ne suis pas même inconnu à la reine, et je puis dire qu'elle a beaucoup de considération pour moi. Ainsi c'est un grand bonheur pour vous que votre bonne fortune vous ait adressé à moi plutôt qu'à un autre. Vous êtes en sûreté dans ma maison, où je vous conseille de demeurer si vous l'agréez ainsi. Pourvu que vous ne vous en écartiez pas, je vous garantis qu'il ne vous arrivera rien qui puisse vous donner sujet de vous plaindre de ma mauvaise foi. De la sorte, il n'est pas besoin que vous vous contraigniez en quoi que ce soit. »

Le roi Beder remercia le vieillard de l'hospitalité qu'il exerçait envers lui et de la protection qu'il lui donnait avec tant de bonne volonté. Il s'assit à l'entrée de la boutique; et il n'y parut pas plus tôt que sa jeunesse et sa bonne mine attirèrent les yeux de tous les passants. Plusieurs s'arrêtèrent même, et firent compliment au vieillard sur ce qu'il avait acquis un esclave si bien fait, comme ils se l'imaginaient; et ils en paraissaient d'autant plus surpris qu'ils ne pouvaient comprendre qu'un si beau jeune homme eût échappé à la diligence de la reine.

« Ne croyez pas que ce soit un esclave, leur disait le vieillard; vous savez que je ne suis assez riche, ni de condition pour en avoir de cette conséquence. C'est mon neveu, fils d'un frère que j'avais, qui est mort; et, comme je n'ai pas d'enfants, je l'ai fait venir pour me tenir compagnie. » Ils se réjouirent avec lui de la satisfaction qu'il devait avoir de son arrivée; mais en même temps ils ne purent s'empêcher de lui témoigner la crainte qu'ils avaient que la reine ne le lui enlevât. « Vous la connaissez, lui disaient-ils, et vous ne devez pas ignorer le danger auquel vous vous êtes exposé, après tous les exemples que vous en avez. Quelle douleur serait la vôtre, si elle lui faisait le même traitement qu'à tant d'autres que nous savons!

— Je vous suis bien obligé, reprenait le vieillard, de la bonne amitié que vous me témoignez et de la part que vous prenez à mes intérêts, et je vous en remercie avec toute la reconnaissance qu'il m'est possible. Mais je me garderai bien de penser même que la reine voulût me faire le moindre déplaisir, après toutes les bontés qu'elle ne cesse d'avoir pour moi. Au cas qu'elle en apprenne quelque chose et qu'elle m'en parle, j'espère qu'elle ne songera pas seulement à lui dès que je lui aurai marqué qu'il est mon neveu. »

Le vieillard était ravi d'entendre les louanges qu'on donnait au jeune roi de Perse; il y prenait part comme si véritablement il eût été son propre fils, et il conçut pour lui une amitié qui augmenta à mesure que le séjour qu'il fit chez lui lui donna lieu de le mieux connaître. Il y avait environ un mois qu'ils vivaient ensemble, lorsqu'un jour que le roi Beder était assis à l'entrée de la boutique à son ordinaire, la reine Labe, c'est ainsi que s'appelait la reine magicienne, vint à passer devant la maison du vieillard avec grande pompe. Le roi Beder n'eut pas plus tôt aperçu la tête des gardes qui marchaient devant elle qu'il se leva, rentra dans la boutique, et demanda au vieillard son hôte ce que cela signifiait. « C'est la reine qui va passer, reprit-il; mais demeurez et ne craignez rien. »

Les gardes de la reine Labe, habillés d'un habit uniforme couleur de pourpre, montés et équipés avantageusement, passèrent en quatre files, le sabre haut, au nombre de mille; et il n'y eut pas un officier qui ne saluât le vieillard en passant devant sa boutique. Ils furent suivis d'un pareil nombre d'eunuques, habillés de brocart et mieux montés, dont les officiers lui firent le même honneur. Après eux, autant de jeunes demoiselles, presque toutes également belles, richement habillées et ornées de pierreries, venaient à pied d'un pas grave, avec la demi-pique à la main; et la reine Labe paraissait au milieu d'elles sur un cheval tout brillant de diamants, avec une selle d'or et une housse d'un prix inestimable. Les jeunes demoiselles saluèrent aussi le vieillard à mesure qu'elles passaient; et la reine, frappée de la bonne mine du roi Beder, s'arrêta devant la boutique. « Abdallah, lui dit-elle, c'est ainsi qu'il s'appelait, dites-moi, je vous prie, est-ce à vous cet esclave si bien fait et si charmant ? Y a-t-il longtemps que vous avez fait cette acquisition ? »

Avant de répondre à la reine, Abdallah se prosterna contre terre, et en se relevant : « Madame, lui dit-il, c'est mon neveu, fils d'un frère que j'avais, qui est mort il n'y a pas longtemps. Comme je n'ai pas d'enfants, je le regarde comme mon fils, et je l'ai fait venir pour ma consolation et pour recueillir après ma mort le peu de bien que je laisserai. »

La reine Labe, qui n'avait encore vu personne de comparable au roi Beder, et qui venait de concevoir une forte passion pour lui, songea sur ce discours à faire en sorte que le vieillard le lui abondonnât. « Bon père, reprit-elle, ne voulez-vous pas bien me faire l'amitié de m'en faire un présent ? Ne me refusez pas, je vous en prie. Je jure par le feu et par la lumière que je le ferai si grand et si puissant que jamais particulier au monde n'aura fait une si haute fortune. Quand j'aurais le dessein de faire mal à tout le genre humain, il sera le seul à qui je me garderai bien d'en faire. J'ai confiance que vous m'accorderez ce que je vous demande, plus sur l'amitié que je sais que vous avez pour moi que sur l'estime que je fais et que j'ai toujours faite de votre personne.

— Madame, reprit le bon Abdallah, je suis infiniment obligé à Votre Majesté de toutes les bontés qu'elle a pour moi et de l'honneur qu'elle veut faire à mon neveu. Il n'est pas digne d'approcher d'une si grande reine : je supplie Votre Majesté de trouver bon qu'il s'en dispense.

— Abdallah, répliqua la reine, je m'étais flattée que vous m'aimiez davantage; et je n'eusse jamais cru que vous dussiez me donner une marque si évidente du peu d'état que vous faites de mes prières. Mais je jure encore une fois par le feu et par la lumière, et même par ce qu'il y a de plus sacré dans ma religion, que je ne passerai pas outre que je n'aie vaincu votre opiniâtreté. Je comprends fort bien ce qui vous fait de la peine; mais je vous promets que vous n'aurez pas le moindre sujet de vous repentir de m'avoir obligée si sensiblement. »

Le vieillard Abdallah eut une mortification inexprimable, par rapport à lui et par rapport au roi Beder, d'être forcé de céder à la volonté de la reine. « Madame, reprit-il, je ne veux pas que Votre Majesté ait lieu d'avoir si mauvaise opinion du respect que j'ai pour elle, ni de mon zèle pour contribuer à tout ce qui peut lui faire plaisir. J'ai une confiance entière sur sa parole, et je ne doute pas qu'elle ne me la tienne. Je la supplie seulement de différer à faire un si grand honneur à mon neveu jusqu'au premier jour qu'elle repassera. — Ce sera donc demain », repartit la reine. Et, en disant ces paroles, elle baissa la tête pour lui marquer l'obligation qu'elle lui avait, et reprit le chemin de son palais.

Quand la reine Labe eut achevé de passer avec toute la pompe qui l'accompagnait : « Mon fils, dit le bon Abdallah au roi Beder, qu'il s'était accoutumé d'appeler ainsi afin de ne le pas faire connaître en parlant de lui en public, je n'ai pu, comme vous l'avez vu vous-même, refuser à la reine ce qu'elle m'a demandé avec la vivacité dont vous avez été témoin, afin de ne lui pas donner lieu d'en venir à quelque violence d'éclat ou secrète, en employant son art magique, et de vous faire, autant par dépit contre vous que contre moi, un traitement plus cruel et plus signalé qu'à tous ceux dont elle a pu disposer jusqu'à présent, comme je vous en ai déjà entretenu. J'ai quelque raison de croire qu'elle en usera bien, comme elle me l'a promis, par la considération toute particulière qu'elle a pour moi. Vous l'avez pu remarquer vous-même par celle de toute sa cour et par les honneurs qui m'ont été rendus. Elle serait bien maudite du Ciel si elle me trompait; mais elle ne me tromperait pas impunément, et je saurais bien m'en venger. »

Ces assurances, qui paraissaient fort incertaines, ne firent pas un grand effet sur l'esprit du roi Beder. « Après tout ce que vous m'avez raconté des méchancetés de cette reine, reprit-il, je ne vous dissimule pas combien je redoute de m'approcher d'elle. Je mépriserais peut-être tout ce que vous m'en avez pu dire, et je me laisserais éblouir par l'éclat de la grandeur qui l'environne, si je ne savais déjà par expérience ce que c'est que d'être à la discrétion d'une magicienne. L'état où je me suis trouvé par l'enchantement de la princesse Giauhare, et dont il semble que je n'ai été délivré que pour rentrer presque aussitôt dans un autre, me la fait regarder avec horreur. » Ses larmes l'empêchèrent d'en dire davantage, et firent connaître avec quelle répugnance il se voyait dans la nécessité fatale d'être livré à la reine Labe.

« Mon fils, repartit le vieillard Abdallah, ne vous affligez pas : j'avoue qu'on ne peut pas faire un grand fondement sur les promesses et même sur les serments d'une reine si pernicieuse. Je veux bien que vous sachiez que tout son pouvoir ne s'étend pas jusqu'à moi. Elle ne l'ignore pas; et c'est pour cela, préférablement à toute chose, qu'elle a tant d'égards pour moi. Je saurai bien l'empêcher de vous faire le moindre mal, quand elle serait assez perfide pour oser entreprendre de vous en faire. Vous pouvez vous fier à moi; et, pourvu que vous suiviez exactement les avis que je vous donnerai avant que je vous abandonne à elle, je vous suis garant qu'elle n'aura pas plus de puissance sur vous que sur moi. »

La reine magicienne ne manqua pas de passer le lendemain devant la boutique du vieillard Adballah avec la même pompe que le jour d'auparavant, et le vieillard l'attendait avec un grand respect. « Bon père, lui dit-elle en s'arrêtant, vous devez juger de l'impatience où je suis d'avoir votre neveu auprès de moi par mon exactitude à venir vous faire souvenir de vous acquitter de votre promesse. Je sais que vous êtes homme de parole, et je ne veux pas croire que vous ayez changé de sentiment. »

Abdallah, qui s'était prosterné dès qu'il avait vu que la reine s'approchait, se releva quand elle eut cessé de parler; et, comme il ne voulait pas que personne entendît ce qu'il avait à lui dire, il s'avança avec respect jusqu'à la tête de son cheval, et en lui parlant bas : « Puissante reine, dit-il, je suis persuadé que Votre Majesté ne prend pas en mauvaise part la difficulté que je fis de lui confier mon neveu dès hier; elle doit avoir compris elle-même le motif que j'en ai eu. Je veux bien le lui abandonner aujourd'hui; mais je la supplie d'avoir pour agréable de mettre en oubli tous les secrets de cette science merveilleuse qu'elle possède au souverain degré.

Je regarde mon neveu comme mon propre fils; et Votre Majesté me mettrait au désespoir si elle en usait avec lui d'une autre manière qu'elle a eu la bonté de me le promettre.

— Je vous le promets encore, repartit la reine, et je vous répète, par le même serment qu'hier, que vous et lui aurez tout sujet de vous louer de moi. Je vois bien que je ne vous suis pas encore assez connue, ajouta-t-elle, vous ne m'avez vue jusqu'à présent que le visage couvert; mais, comme je trouve votre neveu digne de mon amitié, je veux vous faire voir que je ne suis pas indigne de la sienne. » En disant ces paroles, elle laissa voir au roi Beder, qui s'était approché avec Abdallah, une beauté incomparable; mais le roi Beder en fut peu touché. « En effet, ce n'est pas assez d'être belle, dit-il en lui-même, il faut que les actions soient aussi régulières que la beauté est accomplie. »

Dans le temps que le roi Beder faisait ces réflexions les yeux attachés sur la reine Labe, le vieillard Abdallah se tourna de son côté; et, en le prenant par la main, il le lui présenta. « Le voilà, Madame, lui dit-il; je supplie Votre Majesté encore une fois de se souvenir qu'il est mon neveu, et de permettre qu'il vienne me voir quelquefois. » La reine le lui promit; et, pour lui marquer sa reconnaissance, elle lui fit donner un sac de mille pièces d'or, qu'elle avait fait apporter. Il s'excusa d'abord de le recevoir; mais elle voulut absolument qu'il l'acceptât, et il ne put s'en dispenser. Elle avait fait amener un cheval aussi richement harnaché que le sien pour le roi de Perse. On le lui présenta; et, pendant qu'il mettait le pied à l'étrier : « J'oubliais, dit la reine à Abdallah, de vous demander comment s'appelle votre neveu. » Comme il lui répondit qu'il se nommait Beder : « On s'est mépris, reprit-elle, on devait plutôt le nommer Schems. »

Dès que le roi Beder fut monté à cheval, il voulut prendre son rang derrière la reine; mais elle le fit avancer à sa gauche, et voulut qu'il marchât à côté d'elle. Elle regarda Abdallah, et, après avoir fait une inclination, elle reprit sa marche.

Au lieu de remarquer sur le visage du peuple une certaine satisfaction accompagnée de respect à la vue de sa souveraine, le roi Beder s'aperçut au contraire qu'on la regardait avec mépris, et même que plusieurs faisaient mille imprécations contre elle. « La magicienne, disaient quelques-uns, a trouvé un nouveau sujet d'exercer sa méchanceté. Le Ciel ne délivrera-t-il jamais le monde de sa tyrannie ? — Pauvre étranger, s'écriaient d'autres, tu es bien trompé, si tu crois que ton bonheur durera longtemps : c'est pour rendre ta chute plus assommante qu'on t'élève si haut! » Ces discours lui firent connaître que le vieillard Abdallah lui avait dépeint la reine Labe telle qu'elle était en effet; mais, comme il ne dépendait plus de lui de se tirer du danger où il était, il s'abandonna à la Providence et à ce qu'il plairait au Ciel de décider de son sort.

La reine magicienne arriva à son palais; et, quand elle eut mis pied à terre, elle se fit donner la main par le roi Beder, et entra avec lui, accompagnée de ses femmes et des officiers de ses eunuques. Elle lui fit voir elle-même tous les appartements, où il n'y avait qu'or massif, pierreries, et que meubles d'une magnificence singulière. Quand elle l'eut mené dans son cabinet, elle s'avança avec lui sur un balcon, d'où elle lui fit remarquer un jardin d'une beauté enchantée. Le roi Beder louait tout ce qu'il voyait avec beaucoup d'esprit, d'une manière néanmoins qu'elle ne pouvait se douter qu'il fût autre chose que le neveu du vieillard Abdallah. Ils s'entretinrent de plusieurs choses indifférentes, jusqu'à ce qu'on vint avertir la reine que l'on avait servi.

La reine et le roi Beder se levèrent, et allèrent se mettre à table. La table était d'or massif, et les plats de même matière. Ils mangèrent, et ils ne burent presque pas jusqu'au dessert; mais alors la reine se fit emplir sa coupe d'or d'excellent vin; et, après qu'elle eut bu à la santé du roi Beder, elle la fit remplir sans la quitter, et la lui présenta. Le roi Beder la reçut avec beaucoup de respect, et, par une inclination de tête fort bas, il lui marqua qu'il buvait réciproquement à sa santé.

Dans le même temps dix femmes de la reine Labe entrèrent avec des instruments, dont elles firent un agréable concert avec leurs voix, pendant qu'ils continuèrent de boire bien avant dans la nuit. A force de boire, enfin ils s'échauffèrent si fort l'un et l'autre qu'insensiblement le roi Beder oublia que la reine était magicienne, et qu'il ne la regarda plus que comme la plus belle reine qu'il y eût au monde. Dès que la reine se fut aperçue qu'elle l'avait amené au point qu'elle souhaitait, elle fit signe aux eunuques et à ses femmes de se retirer. Ils obéirent, et le roi Beder et elle couchèrent ensemble.

Le lendemain, la reine et le roi Beder allèrent au bain dès qu'ils furent levés; et, au sortir du bain, les femmes qui y avaient servi le roi lui présentèrent du linge blanc et un habit des plus magnifiques. La reine, qui avait pris aussi un autre habit plus magnifique que celui du jour d'auparavant, vint le prendre, et ils allèrent ensemble à son appartement. On leur servit un bon repas; après quoi ils passèrent la journée agréablement à la promenade dans le jardin et à plusieurs sortes de divertissements.

La reine Labe traita et régala le roi Beder de cette manière pendant quarante jours, comme elle avait coutume d'en user envers tous ses amants. La nuit du quarantième qu'ils étaient couchés, comme elle croyait que le roi Beder dormait, elle se leva sans faire de bruit; mais le roi Beder, qui était éveillé et qui s'aperçut qu'elle avait quelque dessein, fit semblant de dormir et fut attentif à ses actions. Lorsqu'elle fut levée, elle ouvrit une cassette, d'où elle tira une boîte pleine d'une certaine poudre jaune. Elle prit de cette poudre, et en fit une traînée au travers de la chambre. Aussitôt cette traînée se changea en un ruisseau d'une eau très claire, au grand étonnement du roi Beder. Il en trembla de frayeur, et il se contraignit davantage à faire semblant qu'il dormait, pour ne pas donner à connaître à la magicienne qu'il fût éveillé.

La reine Labe puisa de l'eau du ruisseau dans un vase, et en versa dans un bassin où il y avait de la farine, dont elle fit une pâte qu'elle pétrit fort longtemps; elle y mit enfin de certaines drogues qu'elle prit en différentes boîtes, et elle en fit un gâteau qu'elle mit dans une tourtière couverte. Comme avant toute chose elle avait allumé un grand feu, elle tira de la braise, mit la tourtière dessus, et, pendant que le gâteau cuisait, elle remit les vases et les boîtes dont elle s'était servie en leur lieu, et, à de certaines paroles qu'elle prononça, le ruisseau qui coulait au milieu de la chambre disparut. Quand le gâteau fut cuit, elle l'ôta de dessus la braise et le porta dans un cabinet; après quoi elle revint coucher avec le roi Beder, qui sut si bien dissimuler qu'elle n'eut pas le moindre soupçon qu'il eût rien vu de tout ce qu'elle venait de faire.

Le roi Beder, à qui les plaisirs et les divertissements avaient fait oublier le bon vieillard Abdallah, son hôte, depuis qu'il l'avait quitté, se souvint de lui, et crut qu'il avait besoin de son conseil, après ce qu'il avait vu faire à la reine Labe pendant la nuit. Dès qu'il fut levé, il témoigna à la reine le désir qu'il avait de l'aller voir, et la supplia de vouloir bien le lui permettre. « Hé quoi! mon cher Beder, reprit la reine, vous ennuyez-vous déjà, je ne dis pas de demeurer dans un palais si superbe, et où vous devez trouver tant d'agréments, mais de la compagnie d'une reine qui vous aime si passionnément, et qui vous en donne tant de marques ?

— Grande reine, reprit le roi Beder, comment pourrais-je m'ennuyer de tant de grâces et de tant de faveurs dont Votre Majesté a la bonté de me combler ? Bien loin de cela, Madame, je demande cette permission plutôt pour rendre compte à mon oncle des obligations infinies que j'ai à Votre Majesté que pour lui faire connaître que je ne l'oublie pas. Je ne désavoue pas néanmoins que c'est en partie pour cette raison : comme je sais qu'il m'aime avec tendresse, et qu'il y a quarante jours qu'il ne m'a vu, je ne veux pas lui donner lieu de penser que je n'y corresponds pas, en demeurant plus longtemps sans le voir. — Allez, repartit la reine, je le veux bien; mais vous ne serez pas longtemps à revenir, si vous vous souvenez que je ne puis vivre sans vous. » Elle lui fit donner un cheval richement harnaché, et il partit.

Le vieillard Abdallah fut ravi de revoir le roi Beder : sans avoir égard à sa qualité, il l'embrassa tendrement, et le roi Beder l'embrassa de même, afin que personne ne doutât qu'il ne fût son neveu. Quand ils se furent assis : « Hé bien, demanda Abdallah au roi, comment vous êtes-vous trouvé, et comment vous trouvez-vous encore avec cette infidèle, cette magicienne ?

— Jusqu'à présent, reprit le roi Beder, je puis dire qu'elle a eu pour moi toutes sortes d'égards imaginables, et qu'elle a eu toute la considération et tout l'empressement possible pour mieux me persuader qu'elle m'aime parfaitement. Mais j'ai remarqué une chose cette nuit qui me donne un juste sujet de soupçonner que tout ce qu'elle en a fait n'est que dissimulation. Dans le temps qu'elle croyait que je dormais profondément, quoique je fusse éveillé, je m'aperçus qu'elle s'éloigna de moi avec beaucoup de précaution, et qu'elle se leva. Cette précaution fit qu'au lieu de me rendormir, je m'attachai à l'observer, en feignant cependant que je dormais toujours. » En continuant son discours, il lui raconta comment et avec quelles circonstances il lui avait vu faire le gâteau; et en achevant : « Jusqu'alors, ajouta-t-il, j'avoue que je vous avais presque oublié, avec tous les avis que vous m'aviez donnés de ses méchancetés; mais cette action me fait craindre qu'elle ne tienne ni les paroles qu'elle vous a données, ni ses serments si solennels. J'ai songé à vous aussitôt; et je m'estime heureux de ce qu'elle m'a permis de vous venir voir avec plus de facilité que je ne m'y étais attendu.

— Vous ne vous êtes pas trompé, repartit le vieillard Abdallah avec un souris qui marquait qu'il n'avait pas cru lui-même qu'elle dût en user autrement; rien n'est capable d'obliger la perfide de se corriger. Mais ne craignez rien, je sais le moyen de faire en sorte que le mal qu'elle veut vous faire retombe sur elle. Vous êtes entré dans le soupçon fort à propos, et vous ne pouviez mieux faire que de recourir à moi. Comme elle ne garde pas ses amants plus de quarante jours, et qu'au lieu de les renvoyer honnêtement elle en fait autant d'animaux dont elle remplit ses forêts, ses parcs et la campagne, je pris dès hier les mesures pour empêcher qu'elle ne vous fasse le même traitement. Il y a trop longtemps que la terre porte ce monstre : il faut qu'elle soit traitée elle-même comme elle le mérite. »

En achevant ces paroles, Abdallah mit deux gâteaux entre les mains du roi Beder, et lui dit de les garder pour en faire l'usage qu'il allait entendre. « Vous m'avez dit, continua-t-il, que la magicienne a fait un gâteau cette nuit : c'est pour vous en faire manger, n'en doutez pas; mais gardez-vous bien d'en goûter. Ne laissez pas cependant d'en prendre quand elle vous en présentera, et, au lieu de le mettre à la bouche, faites en sorte de manger, à la place, d'un des deux que je viens de vous donner, sans qu'elle s'en aperçoive. Dès qu'elle aura cru que vous aurez avalé du sien, elle ne manquera pas d'entreprendre de vous métamorphoser en quelque animal. Elle n'y réussira pas, et elle tournera la chose en plaisanterie, comme si elle n'eût voulu le faire que pour rire et vous faire un peu de peur, pendant qu'elle en aura un dépit mortel dans l'âme, et qu'elle s'imaginera d'avoir manqué en quelque chose dans la composition de son gâteau. Pour ce qui est de l'autre gâteau, vous lui en ferez présent, et vous la presserez d'en manger. Elle en mangera, quand ce ne serait que pour vous faire voir qu'elle ne se méfie pas de vous, après le sujet qu'elle vous aura donné de vous méfier d'elle. Quand elle en aura mangé, prenez un peu d'eau dans le creux de la main, et, en la lui jetant au visage, dites-lui : *Quitte cette forme, et prends celle* (de tel ou tel animal qu'il vous plaira), et venez avec l'animal; je vous dirai ce qu'il faudra que vous fassiez. »

Le roi Beder marqua au vieillard Abdallah, en des termes les plus expressifs, combien il lui était obligé de l'intérêt qu'il prenait à empêcher qu'une magicienne si dangereuse n'eût le pouvoir d'exercer sa méchanceté contre lui; et, après qu'il se fut encore entretenu quelque temps avec lui, il le quitta et retourna au palais. En arrivant, il apprit que la magicienne l'attendait dans le jardin avec grande impatience. Il alla la chercher, et la reine Labe ne l'eut pas plus tôt aperçu qu'elle vint à lui avec grand empressement. « Cher Beder, lui dit-elle, on a grande raison de dire que rien ne fait mieux connaître la force et l'excès de l'amour que l'éloignement de l'objet que l'on aime. Je n'ai pas eu de repos depuis que je vous ai perdu de vue, et il me semble qu'il y a des années que je ne vous ai vu. Pour peu que vous eussiez différé, je me préparais à vous aller chercher moi-même.

— Madame, reprit le roi Beder, je puis assurer Votre Majesté que je n'ai pas eu moins d'impatience de me rendre auprès d'elle; mais je n'ai pu refuser quelques moments d'entretien à un oncle qui m'aime et qui ne m'avait vu depuis si longtemps. Il voulait me retenir; mais je me suis arraché à sa tendresse pour venir où l'amour m'appelait; et, de la collation qu'il m'avait préparée, je me suis contenté d'un gâteau que je vous ai apporté. » Le roi Beder, qui avait enveloppé l'un des deux gâteaux dans un mouchoir fort propre, le développa, et, en le lui présentant : « Le voilà, Madame, ajouta-t-il; je vous supplie de l'agréer.

— Je l'accepte de bon cœur, repartit la reine en le prenant, et j'en mangerai avec plaisir pour l'amour de vous et de votre oncle mon bon ami; mais auparavant je veux que pour l'amour de moi vous mangiez de celui-ci, que j'ai fait pendant votre absence. — Belle reine, lui dit le roi Beder en le recevant avec respect, des mains commes celles de Votre Majesté ne peuvent rien faire que d'excellent; et elle me fait une faveur dont je ne puis assez lui témoigner ma reconnaissance. »

Le roi Beder substitua adroitement à la place du gâteau de la reine l'autre que le vieillard Abdallah lui avait donné, et il en rompit un morceau qu'il porta à sa bouche. « Ah! reine, s'écria-t-il en le mangeant, je n'ai jamais rien goûté de plus exquis! » Comme ils étaient près d'un jet d'eau, la magicienne, qui vit qu'il avait avalé le morceau et qu'il en allait manger un autre, puisa de l'eau du bassin dans le creux de sa main, et, en la lui jetant au visage :

Malheureux, lui dit-elle, *quitte cette figure d'homme, et prends celle d'un vilain cheval borgne et boiteux.*

Ces paroles ne firent pas d'effet, et la magicienne fut extrêmement étonnée de voir le roi Beder dans le même état, et donner seulement une marque de grande frayeur. La rougeur lui en monta au visage; et, comme elle vit qu'elle avait manqué son coup : « Cher Beder, lui dit-elle, ce n'est rien, remettez-vous, je n'ai pas voulu vous faire de mal, je l'ai fait seulement pour voir ce que vous en diriez. Vous pouvez juger que je serais la plus misérable et la plus exécrable de toutes les femmes si je commettais une action si noire, je ne dis pas seulement après les serments que j'ai faits, mais même après les marques d'amour que je vous ai données.

— Puissante reine, repartit le roi Beder, quelque persuadé que je sois que Votre Majesté ne l'a fait que pour se divertir, je n'ai pu néanmoins me garantir de la surprise. Quel moyen aussi de s'empêcher de n'avoir pas au moins quelque émotion à des paroles capables de faire un changement si étrange ? Mais, Madame, laissons là ce discours, et, puisque j'ai mangé de votre gâteau, faites-moi la grâce de goûter du mien. »

La reine Labe, qui ne pouvait mieux se justifier qu'en donnant cette marque de confiance au roi de Perse, rompit un morceau de gâteau et le mangea. Dès qu'elle l'eut avalé, elle parut toute troublée et elle demeura comme immobile. Le roi Beder ne perdit pas de temps; il prit de l'eau du même bassin, et, en la lui jetant au visage :

Abominable magicienne, s'écria-t-il, *sors de cette figure, et change-toi en cavale.*

Au même moment la reine Labe fut changée en une très belle cavale; et sa confusion fut si grande de se voir ainsi métamorphosée qu'elle répandit des larmes en abondance. Elle baissa la tête jusqu'aux pieds du roi Beder, comme pour le toucher de compassion. Mais, quand il eût voulu se laisser fléchir, il n'était pas en son pouvoir de réparer le mal qu'il lui avait fait. Il mena la cavale à l'écurie du palais, où il la mit entre les mains d'un palefrenier pour la faire seller et brider; mais, de toutes les brides que le palefrenier présenta à la cavale, pas une ne se trouva propre. Il fit seller et brider deux chevaux, un pour lui et l'autre pour le palefrenier, et il se fit suivre par le palefrenier jusque chez le vieillard Abdallah avec la cavale en main.

Abdallah, qui aperçut de loin le roi Beder et la cavale, ne douta pas que le roi Beder n'eût fait ce qu'il lui avait recommandé. « Maudite magicienne, dit-il aussitôt en lui-même avec joie, le Ciel enfin t'a châtiée comme tu le méritais. » Le roi Beder mit pied à terre en arrivant, et entra dans la boutique d'Abdallah, qu'il embrassa en le remerciant de tous les services qu'il lui avait rendus. Il lui raconta de quelle manière le tout s'était passé, et lui marqua qu'il n'avait pas trouvé de bride propre pour la cavale. Abdallah, qui en avait une à tout cheval, en brida la cavale lui-même; et, dès que le roi Beder eut renvoyé le palefrenier avec les deux chevaux : « Sire, lui dit-il, vous n'avez pas besoin de vous arrêter davantage en cette ville, montez la cavale, et retournez en votre royaume. La seule chose que j'ai à vous recommander, c'est, au cas que vous veniez à vous défaire de la cavale, de vous bien garder de la livrer avec la bride. » Le roi Beder lui promit qu'il s'en souviendrait, et, après qu'il lui eut dit adieu, il partit.

Le jeune roi de Perse ne fut pas plus tôt hors de la ville qu'il ne se sentit pas de joie d'être délivré d'un si grand danger, et d'avoir à sa disposition la magicienne, qu'il avait eu un si grand sujet de redouter. Trois jours après son départ il arriva à une grande ville. Comme il était dans le faubourg, il fut rencontré par un vieillard de quelque considération qui allait à pied à une maison de plaisance qu'il avait. « Seigneur, lui dit le vieillard en s'arrêtant, oserais-je vous demander de quel côté vous venez ? » Il s'arrêta aussitôt pour le satisfaire; et, comme le vieillard lui faisait plusieurs questions, une vieille survint qui s'arrêta pareillement, et se mit à pleurer en regardant la cavale avec de grands soupirs.

Le roi Beder et le vieillard interrompirent leur entretien pour regarder la vieille, et le roi Beder lui demanda quel sujet elle avait de pleurer. « Seigneur, reprit-elle, c'est que votre cavale ressemble si parfaitement à une que mon fils avait, et que je regrette encore pour l'amour de lui, que je croirais que c'est la même si elle n'était morte. Vendez-la-moi, je vous en supplie, je vous la payerai ce qu'elle vaut, et, avec cela, je vous en aurai une très grande obligation.

— Bonne mère, repartit le roi Beder, je suis fâché de ne pouvoir vous accorder ce que vous demandez; ma cavale n'est pas à vendre. — Ah! Seigneur! insista la vieille, ne me refusez pas, je vous en conjure au nom de Dieu! Nous mourrions de déplaisir, mon fils et moi, si vous ne nous accordiez pas cette grâce. — Bonne mère, répliqua le roi Beder, je vous l'accorderais très volontiers si je m'étais déterminé à me défaire d'une si bonne cavale; mais, quand cela serait, je ne crois pas que vous en voulussiez donner mille pièces d'or : car en ce cas-là je ne l'estimerais pas moins. — Pourquoi ne les donnerais-je pas ? repartit la vieille. Vous n'avez qu'à donner votre consentement à la vente, je vais vous les compter. »

Le roi Beder, qui voyait que la vieille était habillée assez pauvrement, ne put s'imaginer qu'elle fût en état de trouver une si grosse somme. Pour éprouver si elle tiendrait le marché : « Donnez-moi l'argent, lui dit-il, la cavale est à vous. » Aussitôt la vieille détacha une bourse qu'elle avait autour de sa ceinture, et, en la lui présentant : « Prenez la peine de descendre, lui dit-elle, que nous comptions si la somme y est; au cas qu'elle n'y soit pas, j'aurai bientôt trouvé le reste, ma maison n'est pas loin. »

L'étonnement du roi Beder fut extrême quand il vit la bourse. « Bonne mère, reprit-il, ne voyez-vous pas que ce que je vous en ai dit n'est que pour rire ? je vous répète que ma cavale n'est pas à vendre. »

Le vieillard, qui avait été témoin de tout cet entretien, prit alors la parole. « Mon fils, dit-il au roi Beder, il faut que vous sachiez une chose que je vois bien que vous ignorez, c'est qu'il n'est pas permis en cette ville de mentir en aucune manière sous peine de mort. Ainsi vous ne pouvez vous dispenser de prendre l'argent de cette bonne femme, et de lui livrer votre cavale, puisqu'elle vous en donne la somme que vous avez demandée. Vous ferez mieux de faire la chose sans bruit que de vous exposer au malheur qui pourrait vous en arriver. »

Le roi Beder, bien affligé de s'être engagé dans cette méchante affaire avec tant d'inconsidération, mit pied à terre avec un grand regret. La vieille fut prompte à se saisir de la bride et à débrider la cavale, et encore plus à prendre dans la main de l'eau d'un ruisseau qui coulait au milieu de la rue, et de la jeter sur la cavale, avec ces paroles :

Ma fille, quittez cette forme étrangère, et reprenez la vôtre.

Le changement se fit en un moment; et le roi Beder, qui s'évanouit dès qu'il vit paraître la reine Labe devant lui, fût tombé par terre, si le vieillard ne l'eût retenu.

La vieille, qui était mère de la reine Labe, et qui l'avait instruite de tous les secrets de la magie, n'eut pas plus tôt embrassé sa fille, pour lui témoigner sa joie, qu'en un instant elle fit paraître par un sifflement un génie hideux, d'une figure et d'une grandeur gigantesques. Le génie prit aussitôt le roi Beder sur une épaule, embrassa la vieille et la reine magicienne de l'autre, et les transporta en peu de moments au palais de la reine Labe, dans la ville des Enchantements.

La reine magicienne, en furie, fit de grands reproches au roi Beder, dès qu'elle fut de retour dans son palais. « Ingrat, lui dit-elle, c'est donc ainsi que ton indigne oncle et toi vous m'avez donné des marques de reconnaissance, après tout ce que j'ai fait pour vous : je vous en ferai sentir à l'un et à l'autre ce que vous méritez. » Elle ne lui en dit pas davantage; mais elle prit de l'eau, et, en la lui jetant au visage :

Sors de cette figure, dit-elle, *et prends celle d'un vilain hibou.*

Ces paroles furent suivies de l'effet, et aussitôt elle commanda à une de ses femmes d'enfermer le hibou dans une cage et de ne lui donner ni à boire ni à manger.

La femme emporta la cage, et, sans avoir égard à l'ordre de la reine Labe, elle y mit de la mangeaille et de l'eau; et cependant, comme elle était amie du vieillard Abdallah, elle envoya l'avertir secrètement de quelle manière la reine venait de traiter son neveu, et de son dessein de les faire périr l'un et l'autre, afin qu'il donnât ordre à l'en empêcher, et qu'il songeât à sa propre conservation.

Abdallah vit bien qu'il n'y avait pas de ménagements à prendre avec la reine Labe. Il ne fit que siffler d'une certaine manière, et aussitôt un grand génie à quatre ailes se fit voir devant lui, et lui demanda pour quel sujet il l'avait appelé.

« L'Éclair, lui dit-il (c'est ainsi que s'appelait ce génie), il s'agit de conserver la vie du roi Beder, fils de la reine Gulnare. Va au palais de la magicienne, et transporte incessamment à la capitale de Perse la femme pleine de compassion à qui elle a donné la cage en garde, afin qu'elle informe la reine Gulnare du danger où est le roi son fils et du besoin qu'il a de son secours; prends garde de ne la pas épouvanter en te présentant devant elle, et dis-lui bien de ma part ce qu'elle doit faire. »

L'Éclair disparut, et passa en un instant au palais de la magicienne. Il instruisit la femme, il l'enleva dans l'air, et la transporta à la capitale de Perse, où il la posa sur le toit en terrasse qui répondait à l'appartement de la reine Gulnare. La femme descendit par l'escalier qui y conduisait, et elle trouva la reine Gulnare et la reine Farasche, sa mère, qui s'entretenaient du triste sujet de leur affliction commune. Elle leur fit une profonde révérence, et, par le récit qu'elle leur fit, elles connurent le besoin que le roi Beder avait d'être secouru promptement.

A cette nouvelle, la reine Gulnare fut dans un transport de joie qu'elle marqua en se levant de sa place et en embrassant l'obligeante femme, pour lui témoigner combien elle lui était obligée du service qu'elle venait de lui rendre. Elle sortit aussitôt, et commanda qu'on fît jouer les trompettes, les timbales et les tambours du palais, pour annoncer à toute la ville que le roi de Perse arriverait bientôt. Elle revint, et elle trouva le roi Saleh, son frère, que la reine Farasche avait déjà fait venir par une certaine fumigation. « Mon frère, lui dit-elle, le roi votre neveu, mon cher fils, est dans la ville des Enchantements, sous la puissance de la reine Labe. C'est à vous, c'est à moi, d'aller le délivrer; il n'y a pas de temps à perdre. »

Le roi Saleh assembla une puissante armée des troupes de ses États marins, qui s'éleva bientôt de la mer. Il appela même à son secours les génies ses alliés, qui parurent avec une autre armée plus nombreuse que la sienne. Quand les deux armées furent jointes, il se mit à leur tête avec la reine Farasche, la reine Gulnare et les princesses, qui voulurent avoir part dans l'action. Ils s'élevèrent dans l'air, et ils fondirent bientôt sur le palais et sur la ville des Enchantements, où la reine magicienne, sa mère et tous les adorateurs du feu furent détruits en un clin d'œil.

La reine Gulnare s'était fait suivre par la femme de la reine Labe qui était venue lui annoncer la nouvelle de l'enchantement et de l'emprisonnement du roi son fils; et elle lui avait recommandé de n'avoir pas d'autre soin dans la mêlée que d'aller prendre la cage et de la lui apporter. Cet ordre fut exécuté comme elle l'avait souhaité. Elle ouvrit la cage elle-même, elle tira le hibou dehors; et, en jetant sur lui de l'eau qu'elle s'était fait apporter :

Mon cher fils, dit-elle, *quittez cette figure étrangère, et prenez celle d'homme, qui est la vôtre.*

Dans le moment la reine Gulnare ne vit plus le vilain hibou : elle vit le roi Beder son fils; elle l'embrassa aussitôt avec un excès de joie, qu'elle n'était pas en état de dire par ses paroles; dans le transport où elle était, ses larmes y suppléèrent d'une manière qui l'exprimait avec beaucoup de force. Elle ne pouvait se résoudre à le quitter, et il fallut que la reine Farasche le lui arrachât d'entre les bras pour l'embrasser à son tour. Après elle, il fut embrassé de même par le roi son oncle et par les princesses ses parentes.

Le premier soin de la reine Gulnare fut de faire chercher le vieillard Abdallah, à qui elle était obligée du recouvrement du roi de Perse. Dès qu'on le lui eut amené : « L'obligation que je vous ai, lui dit-elle, est si grande qu'il n'y a rien que je ne sois prête de faire pour vous en marquer ma reconnaissance; faites connaître vous-même en quoi je le puis : vous serez satisfait. — Grande reine, reprit-il, si la dame que je vous ai envoyée veut bien consentir à la foi de mariage que je lui offre, et que le roi de Perse veuille bien me souffrir à sa cour, je consacre de bon cœur le reste de mes jours à son service. » La reine Gulnare se tourna aussitôt du côté de la dame, qui était présente, et, comme la dame fit connaître par une honnête pudeur qu'elle n'avait pas de répugnance pour ce mariage, elle leur fit prendre la main l'un à l'autre, et le roi de Perse et elle prirent le soin de leur fortune.

Ce mariage donna lieu au roi de Perse de prendre la parole en l'adressant à la reine sa mère. « Madame, dit-il en souriant, je suis ravi du mariage que vous venez de faire; il en reste un auquel vous devriez bien songer. » La reine Gulnare ne comprit pas d'abord de quel mariage il entendait parler; elle y pensa un moment, et, dès qu'elle l'eut compris : « C'est du vôtre dont vous voulez parler, reprit-elle; j'y consens très volontiers. » Elle regarda aussitôt les sujets marins du roi son frère et les génies qui étaient présents. « Partez, dit-elle, et parcourez tous les palais de la mer et de la terre, et venez nous donner avis de la princesse la plus belle et la plus digne du roi mon fils que vous aurez remarquée.

— Madame, repartit le roi Beder, il est inutile de prendre toute cette peine. Vous n'ignorez pas sans doute que j'ai donné mon cœur à la princesse de Samandal sur le simple récit de sa beauté : je l'ai vue, et je ne me suis pas repenti du présent que je lui ai fait. En effet, il ne peut pas y avoir, ni sur la terre ni sous les ondes, une princesse qu'on puisse lui comparer. Il est vrai que, sur la déclaration que je lui ai faite, elle m'a traité d'une manière qui eût pu éteindre la flamme de tout autre amant moins embrasé que moi de son amour; mais elle est excusable, et elle ne pouvait me traiter moins rigoureusement après l'emprisonnement du roi son père, dont je ne laissais pas d'être la cause, quoique innocent. Peut-être que le roi de Samandal aura changé de sentiment, et qu'elle n'aura plus de répugnance à m'aimer et à me donner sa foi dès qu'il y aura consenti.

— Mon fils, répliqua la reine Gulnare, s'il n'y a que la princesse Giauhare au monde capable de vous rendre heureux, ce n'est pas mon intention de m'opposer à votre union, s'il est possible qu'elle se fasse. Le roi votre oncle n'a qu'à faire venir le roi de Samandal, et nous aurons bientôt appris s'il est toujours aussi peu traitable qu'il l'a été. »

Quelque étroitement que le roi de Samandal eût été gardé jusqu'alors, depuis sa captivité, par les ordres du roi Saleh, il avait toujours été traité néanmoins avec beaucoup d'égards, et il s'était apprivoisé avec les officiers qui le gardaient. Le roi Saleh se fit apporter un réchaud avec du feu, et il y jeta une certaine composition en prononçant des paroles mystérieuses. Dès que la fumée commença à s'élever, le palais s'ébranla, et l'on vit bientôt paraître le roi de Samandal avec les officiers du roi Saleh qui l'accompagnaient. Le roi de Perse se jeta aussitôt à ses pieds, et, en demeurant le genou en terre : « Sire, dit-il, ce n'est plus le roi Saleh qui demande à Votre Majesté l'honneur de son alliance pour le roi de Perse; c'est le roi de Perse lui-même qui la supplie de lui faire cette grâce. Je ne puis me persuader qu'elle veuille être la cause de la mort d'un roi qui ne peut plus vivre s'il ne vit avec l'aimable princesse Giauhare. »

Le roi de Samandal ne souffrit pas plus longtemps que le roi de Perse demeurât à ses pieds. Il l'embrassa, et, en l'obligeant de se relever : « Sire, reprit-il, je serais bien fâché d'avoir contribué en rien à la mort d'un monarque si digne de vivre. S'il est vrai qu'une vie si précieuse ne puisse se conserver sans la possession de ma fille, vivez, Sire, elle est à vous. Elle a toujours été très soumise à ma volonté ; je ne crois pas qu'elle s'y oppose. » En achevant ces paroles, il chargea un de ses officiers, que le roi Saleh avait bien voulu qu'il eût auprès de lui, d'aller chercher la princesse Giauhare, et de l'amener incessamment.

La princesse Giauhare était toujours restée où le roi de Perse l'avait rencontrée. L'officier l'y trouva, et on le vit bientôt de retour avec elle et avec ses femmes. Le roi de Samandal embrassa la princesse. « Ma fille, lui dit-il, je vous ai donné un époux : c'est le roi de Perse que voilà, le monarque le plus accompli qu'il y ait aujourd'hui dans tout l'univers. La préférence qu'il vous a donnée pardessus toutes les autres princesses nous oblige, vous et moi, de lui en marquer notre reconnaissance.

— Sire, reprit la princesse Giauhare, Votre Majesté sait bien que je n'ai jamais manqué à la déférence que je devais à tout ce qu'elle a exigé de mon obéissance. Je suis encore prête d'obéir ; et j'espère que le roi de Perse voudra bien oublier le mauvais traitement que je lui ai fait : je le crois assez équitable pour ne l'imputer qu'à la nécessité de mon devoir. »

Les noces furent célébrées dans le palais de la ville des Enchantements, avec une solennité d'autant plus grande que tous les amants de la reine magicienne, qui avaient repris leur première forme au moment qu'elle avait cessé de vivre, et qui en étaient venus faire leurs remerciements au roi de Perse, à la reine Gulnare et au roi Saleh, y assistèrent. Ils étaient tous fils de rois, ou princes, ou d'une qualité très distinguée.

Le roi Saleh enfin conduisit le roi de Samandal dans son royaume, et le remit en possession de ses États. Le roi de Perse, au comble de ses désirs, partit et retourna à la capitale de Perse avec la reine Giauhare, la reine Gulnare, la reine Farasche et les princesses ; et la reine Farasche et les princesses y demeurèrent jusqu'à ce que le roi Saleh vînt les prendre et les ramenât en son royaume sous les flots de la mer.

HISTOIRE DE GANEM

FILS D'ABOU AIBOU, L'ESCLAVE D'AMOUR

Sire, dit Scheherazade au sultan des Indes, il y avait autrefois à Damas un marchand qui, par son industrie et par son travail, avait amassé de grands biens dont il vivait fort honorablement. Abou Aibou, c'était son nom, avait un fils et une fille. Le fils fut d'abord appelé Ganem, et depuis surnommé l'Esclave d'amour. Il était très bien fait; et son esprit, qui était naturellement excellent, avait été cultivé par de bons maîtres que son père avait pris soin de lui donner. Et la fille fut nommée Force de cœurs, parce qu'elle était pourvue d'une beauté si parfaite que tous ceux qui la voyaient ne pouvaient s'empêcher de l'aimer.

Abou Aibou mourut. Il laissa des richesses immenses. Cent charges de brocarts et d'autres étoffes de soie qui se trouvèrent dans son magasin n'en faisaient que la moindre partie. Les charges étaient toutes faites, et sur chaque balle on lisait en gros caractères : *Pour Bagdad*.

En ce temps-là, Mohammed, fils de Soliman, surnommé Zinebi, régnait dans la ville de Damas, capitale de Syrie. Son parent Haroun-al-Raschid, qui faisait sa résidence à Bagdad, lui avait donné ce royaume à titre de tributaire.

Peu de temps après la mort d'Abou Aibou, Ganem s'entretenait avec sa mère des affaires de leur maison, et, à propos des charges de marchandises qui étaient dans le magasin, il demanda ce que voulait dire l'écriture qu'on lisait sur chaque balle. « Mon fils, lui répondit sa mère, votre père voyageait tantôt dans une province et tantôt dans une autre; et il avait coutume, avant son départ, d'écrire sur chaque balle le nom de la ville où il se proposait d'aller. Il avait mis toutes choses en état pour faire le voyage de Bagdad, et il était prêt à partir quand la mort... » Elle n'eut pas la force d'achever; un souvenir trop vif de la perte de son mari ne lui permit pas d'en dire davantage, et lui fit verser un torrent de larmes.

Ganem ne put voir sa mère attendrie sans en être attendri lui-même. Ils demeurèrent quelques moments sans parler; mais il se remit enfin, et, lorsqu'il vit sa mère en état de l'écouter, il prit la parole. « Puisque mon père, dit-il, a destiné ces marchandises pour Bagdad et qu'il n'est plus en état d'exécuter son dessein, je vais donc me disposer à faire ce voyage. Je crois même qu'il est à propos que je presse mon départ, de peur que ces marchandises ne dépérissent, ou que nous ne perdions l'occasion de les vendre avantageusement. »

La veuve d'Abou Aibou, qui aimait tendrement son fils, fut très alarmée de cette résolution. « Mon fils, lui répondit-elle, je ne puis que vous louer de vouloir imiter votre père; mais songez que vous êtes trop jeune, sans expérience et nullement accoutumé aux fatigues des voyages. D'ailleurs, voulez-vous m'abandonner et ajouter une nouvelle douleur à celle dont je suis accablée ? Ne vaut-il pas mieux vendre ces marchandises aux marchands de Damas, et nous contenter d'un profit raisonnable, que de vous exposer à périr ? »

Elle avait beau combattre le dessein de Ganem par de bonnes raisons, il ne les pouvait goûter. L'envie de voyager et de perfectionner son esprit par une entière connaissance des choses du monde le sollicitait à partir, et l'emporta sur les remontrances, les prières, et sur les pleurs même de sa mère. Il alla au marché des esclaves; il en acheta de robustes, loua cent chameaux, et, s'étant enfin pourvu de toutes les choses nécessaires, il se mit en chemin avec cinq ou six marchands de Damas, qui allaient négocier à Bagdad.

Ces marchands, suivis de tous leurs esclaves et accompagnés de plusieurs autres voyageurs, composaient une caravane si considérable qu'ils n'eurent rien à craindre de la part des Bédouins, c'est-à-dire des Arabes qui n'ont d'autre profession que de battre la campagne, d'attaquer et piller les caravanes, quand elles ne sont pas assez fortes pour repousser leurs insultes. Ils n'eurent donc à essuyer que les fatigues ordinaires d'une longue route, ce qu'ils oublièrent facilement à la vue de la ville de Bagdad, où ils arrivèrent heureusement.

Ils allèrent mettre pied à terre dans le khan le plus magnifique et le plus fréquenté de la ville; mais Ganem, qui voulait être logé commodément et en particulier, n'y prit pas d'appartement; il se contenta d'y laisser ses marchandises dans un magasin, afin qu'elles y fussent en sûreté. Il loua dans le voisinage une très belle maison, richement meublée, où il y avait un jardin fort agréable par la quantité de jets d'eau et de bosquets qu'on y voyait.

Quelques jours après que ce jeune marchand se fut établi dans cette maison et qu'il se fut entièrement remis de la fatigue du voyage, il s'habilla fort proprement et se rendit au lieu public où s'assemblaient les marchands pour vendre ou acheter des marchandises. Il était suivi d'un esclave qui portait un paquet de plusieurs pièces d'étoffes et de toiles fines.

Les marchands reçurent Ganem avec beaucoup d'honnêteté, et leur chef ou syndic, à qui d'abord il s'adressa, prit et acheta tout le paquet au prix marqué par l'étiquette qui était attachée à chaque pièce d'étoffe. Ganem continua ce négoce avec tant de bonheur qu'il vendait toutes les marchandises qu'il faisait porter chaque jour.

Il ne lui restait plus qu'une balle, qu'il avait fait tirer du magasin et apporter chez lui, lorsqu'un jour il alla au lieu public. Il en trouva toutes les boutiques fermées. La chose lui parut extraordinaire; il en demanda la cause, et on lui dit qu'un des premiers marchands, qui ne lui était pas inconnu, était mort, et que tous ses confrères, suivant la coutume, étaient allés à son enterrement.

Ganem s'informa de la mosquée où se devait faire la prière, et d'où le corps devait être porté au lieu de sa sépulture; et, quand on le lui eut enseigné, il renvoya son esclave avec son paquet de marchandises et prit le chemin de la mosquée. Il y arriva que la prière n'était pas encore achevée, et on la faisait dans une salle toute tendue de satin noir. On enleva le corps, que la parenté, accompagnée des marchands et de Ganem, suivit jusqu'au lieu de sa sépulture, qui était hors de la ville et fort éloigné. C'était un édifice de pierre en forme de dôme, destiné à recevoir les corps de toute la famille du défunt; et, comme il était fort petit, on avait dressé des tentes à l'entour, afin que tout le monde fût à couvert pendant la cérémonie. On ouvrit le tombeau, et l'on y posa le corps, puis on le referma. Ensuite l'iman et les autres ministres de la mosquée s'assirent en rond sur des tapis sous la principale tente, et récitèrent le reste des prières. Ils firent aussi la lecture des chapitres de l'Alcoran prescrits pour l'enterrement des morts. Les parents et les marchands, à l'exemple de ces ministres, s'assirent en rond derrière eux.

Il était presque nuit lorsque tout fut achevé. Ganem, qui ne s'était pas attendu à une si longue cérémonie, commençait à s'inquiéter, et son inquiétude augmenta quand il vit qu'on servait un repas en mémoire du défunt, selon l'usage de Bagdad. On lui dit même que les tentes n'avaient pas été tendues seulement contre l'ardeur du soleil, mais aussi contre le serein, parce que l'on ne s'en retournerait à la ville que le lendemain. Ce discours alarma Ganem. « Je suis étranger, dit-il en lui-même, et je passe pour un riche marchand; des voleurs peuvent profiter de mon absence et aller piller ma maison. Mes esclaves mêmes peuvent être tentés d'une si belle occasion; ils n'ont qu'à prendre la fuite avec tout l'or que j'ai reçu pour mes marchandises, où les irai-je chercher ? » Vivement occupé de ces pensées, il mangea quelques morceaux à la hâte et se déroba finement à la compagnie.

Il précipita ses pas pour faire plus de diligence; mais, comme il arrive assez souvent que plus on est pressé, moins on avance, il prit un chemin pour un autre et s'égara dans l'obscurité, de manière qu'il était près de minuit quand il arriva à la porte de la ville. Pour surcroît de malheur, il la trouva fermée. Ce contretemps lui causa une peine nouvelle, et il fut obligé de prendre le parti de chercher un endroit pour passer le reste de la nuit et attendre qu'on ouvrît la porte. Il entra dans un cimetière si vaste qu'il s'étendait depuis la ville jusqu'au lieu d'où il venait; il s'avança jusqu'à des murailles assez hautes, qui entouraient un petit champ qui faisait le cimetière particulier d'une famille, et où était un palmier. Il y avait encore une infinité d'autres cimetières particuliers, dont on n'était pas exact à fermer les portes. Ainsi Ganem, trouvant ouvert celui où il y avait un palmier, y entra et ferma la porte après lui; il se coucha sur l'herbe et fit tout ce qu'il put pour s'endormir; mais l'inquiétude où il était de se voir hors de chez lui l'en empêcha. Il se leva, et, après avoir, en se promenant, passé et repassé plusieurs fois devant la porte, il l'ouvrit sans savoir pourquoi; aussitôt il aperçut de loin une lumière qui semblait venir à lui. A cette vue, la frayeur le saisit; il poussa la porte qui ne se fermait qu'avec un loquet, et monta promptement au haut du palmier, qui, dans la crainte dont il était agité, lui parut le plus sûr asile qu'il pût rencontrer.

Il n'y fut pas plus tôt qu'à la faveur de la lumière qui l'avait effrayé il distingua et vit entrer dans le cimetière où il était trois hommes qu'il reconnut pour des esclaves à leur habillement. L'un marchait devant avec une lanterne, et les deux autres le suivaient chargés d'un coffre long de cinq à six pieds qu'ils portaient sur leurs épaules; ils le mirent à terre, et alors un des trois esclaves dit à ses camarades : « Frères, si vous m'en croyez, nous laisserons là ce coffre, et nous reprendrons le chemin de la ville. — Non, non, répondit un autre; ce n'est pas ainsi qu'il faut exécuter les ordres que notre maîtresse nous donne. Nous pourrions nous repentir de les avoir négligés : enterrons ce coffre, puisqu'on nous l'a commandé. » Les deux autres esclaves se rendirent à ce sentiment : ils commencèrent à remuer la terre avec des instruments qu'ils avaient apportés pour cela; et, quand ils eurent fait une profonde fosse, ils mirent le coffre dedans, et le couvrirent de la terre qu'ils avaient ôtée. Ils sortirent du cimetière après cela et s'en retournèrent chez eux.

Ganem, qui du haut du palmier avait entendu les paroles que les esclaves avaient prononcées, ne savait que penser de cette aventure. Il jugea qu'il fallait que ce coffre renfermât quelque chose de précieux, et que la personne à qui il appartenait avait ses raisons pour le faire cacher dans ce cimetière. Il résolut de s'en éclaircir sur-le-champ. Il descendit du palmier. Le départ des esclaves lui avait ôté sa frayeur. Il se mit à travailler sur la fosse, et il y employa si bien les pieds et les mains qu'en peu de temps il vit le coffre à découvert; mais il le trouva fermé d'un gros cadenas. Il fut très mortifié de ce nouvel obstacle qui l'empêchait de satisfaire sa curiosité. Cependant il ne perdit point courage; et le jour, venant à paraître sur ces entrefaites, lui fit découvrir dans le cimetière plusieurs gros cailloux. Il en choisit un avec quoi il n'eut pas beaucoup de peine à forcer le cadenas. Alors, plein d'impatience, il ouvrit le coffre. Au lieu d'y trouver de l'argent, comme il se l'était imaginé, Ganem fut dans une surprise que l'on ne peut exprimer d'y voir une jeune dame d'une beauté sans pareille. A son teint frais et vermeil, et encore plus à une respiration douce et réglée, il connut qu'elle était pleine de vie; mais il ne pouvait comprendre pourquoi, si elle n'était qu'endormie, elle ne s'était pas réveillée au bruit qu'il avait fait en forçant le cadenas. Elle avait un habillement si magnifique, des bracelets et des pendants d'oreilles de diamants, avec un collier de perles fines si grosses, qu'il ne douta pas un moment que ce ne fût une dame des premières de la cour. A la vue d'un si bel objet, non seulement la pitié et l'inclination naturelle à secourir les personnes qui sont en danger, mais même quelque chose de plus fort que Ganem alors ne pouvait pas bien démêler, le portèrent à donner à cette jeune beauté tout le secours qui dépendait de lui.

Avant toute chose, il alla fermer la porte du cimetière que les esclaves avaient laissée ouverte; il revint ensuite prendre la dame entre ses bras. Il la tira hors du coffre et la coucha sur la terre qu'il avait ôtée. La dame fut à peine dans cette situation et exposée au grand air qu'elle éternua, et qu'avec un petit effort qu'elle fit en tournant la tête elle rendit par la bouche une liqueur dont il parut qu'elle avait l'estomac chargé; puis, entrouvrant et se frottant les yeux, elle s'écria d'une voix dont Ganem, qu'elle ne voyait pas, fut enchanté : « Fleur du jardin, Branche du corail, Canne de sucre, Lumière du jour, Étoile du matin, Délices du temps, parlez donc, où êtes-vous ? » C'étaient autant de noms de femmes esclaves qui avaient coutume de la servir. Elle les appelait, et elle était fort étonnée de ce que personne ne répondait. Elle ouvrit enfin les yeux, et, se voyant dans un cimetière, elle fut saisie de crainte. « Quoi donc! s'écria-t-elle plus fort qu'auparavant, les morts ressuscitent-ils ? Sommes-nous au jour du jugement ? Quel étrange changement du soir au matin! »

Ganem ne voulut pas laisser la dame plus longtemps dans cette inquiétude. Il se présenta devant elle aussitôt avec tout le respect possible et de la manière la plus honnête du monde. « Madame, lui dit-il, je ne puis vous exprimer que faiblement la joie que j'ai de m'être trouvé ici pour vous rendre le service que je vous ai rendu, et de pouvoir vous offrir tous les secours dont vous avez besoin dans l'état où vous êtes. »

Pour engager la dame à prendre toute confiance en lui, il lui dit premièrement qui il était, et par quel hasard il se trouvait dans ce cimetière. Il lui raconta ensuite l'arrivée des trois esclaves, et de quelle manière ils avaient enterré le coffre. La dame, qui s'était couvert le visage de son voile dès que Ganem s'était présenté, fut vivement touchée de l'obligation qu'elle lui avait. « Je rends grâces à Dieu, lui dit-elle, de m'avoir envoyé un honnête homme comme vous pour me délivrer de la mort. Mais, puisque vous avez commencé une œuvre si charitable, je vous conjure de ne la pas laisser imparfaite. Allez, de grâce, dans la ville chercher un muletier qui vienne avec un mulet me prendre et me transporter chez vous dans ce même coffre : car, si j'allais avec vous à pied, mon habillement étant différent de celui des dames de la ville, quelqu'un y pourrait faire attention et me suivre; ce qu'il m'est de la dernière importance de prévenir. Quand je serai dans votre maison, vous apprendrez qui je suis par le récit que je vous ferai de mon histoire; et cependant soyez persuadé que vous n'avez pas obligé une ingrate. »

Avant que de quitter la dame, le jeune marchand tira le coffre hors de la fosse, il la combla de terre, remit la dame dans le coffre et l'y renferma de telle sorte qu'il ne paraissait pas que le cadenas eût été forcé. Mais, de peur qu'elle n'étouffât, il ne referma pas exactement le coffre et y laissa entrer de l'air. En sortant du cimetière, il tira la porte après lui; et, comme celle de la ville était ouverte, il eut bientôt trouvé ce qu'il cherchait. Il revint au cimetière, où il aida le muletier à charger le coffre en travers sur le mulet; et, pour lui ôter tout soupçon, il lui dit qu'il était arrivé la nuit avec un autre muletier, qui, pressé de s'en retourner, avait déchargé le coffre dans ce cimetière.

Ganem, qui depuis son arrivée à Bagdad ne s'était occupé que de son négoce, n'avait pas encore éprouvé la puissance de l'amour. Il en sentit alors les premiers traits. Il n'avait pu voir la jeune dame sans en être ébloui; et l'inquiétude dont il se sentit agité en suivant de loin le muletier, et la crainte qu'il n'arrivât en chemin quelque accident qui lui fît perdre sa conquête, lui apprirent à démêler ses sentiments. Sa joie fut extrême lorsque, étant arrivé heureusement chez lui, il vit décharger le coffre. Il renvoya le muletier, et, ayant fait fermer par un de ses esclaves la porte de sa maison, il ouvrit le coffre, aida la dame à en sortir, lui présenta la main et la conduisit à son appartement, en la plaignant de ce qu'elle devait avoir souffert dans une si étroite prison. « Si j'ai souffert, lui dit-elle, j'en suis bien dédommagée par ce que vous avez fait pour moi et par le plaisir que je sens à me voir en sûreté. »

L'appartement de Ganem, tout richement meublé qu'il était, attira moins les regards de la dame que la taille et la bonne mine de son libérateur, dont la politesse et les manières engageantes lui inspirèrent une vive reconnaissance. Elle s'assit sur un sofa, et, pour commencer à faire connaître au marchand combien elle était sensible au service qu'elle en avait reçu, elle ôta son voile. Ganem, de son côté, sentit toute la grâce qu'une dame si aimable lui faisait de se montrer à lui le visage découvert, ou plutôt il sentit qu'il avait déjà pour elle une passion violente. Quelque obligation qu'elle lui eût, il se crut trop récompensé par une faveur si précieuse.

La dame pénétra les sentiments de Ganem, et n'en fut pas alarmée parce qu'il paraissait fort respectueux. Comme il jugea qu'elle avait besoin de manger, et ne voulant pas charger personne que lui-même du soin de régaler une hôtesse si charmante, il sortit suivi d'un esclave, et alla chez un traiteur ordonner un repas. De chez le traiteur il passa chez un fruitier, où il choisit les plus beaux et les meilleurs fruits. Il fit aussi provision d'excellent vin et du même pain qu'on mangeait au palais du calife.

Dès qu'il fut de retour chez lui, il dressa de sa propre main une pyramide de tous les fruits qu'il avait achetés, et, les servant lui-même à la dame dans un bassin de porcelaine très fine : « Madame, lui dit-il, en attendant un repas plus solide et plus digne de vous, choisissez, de grâce, prenez quelques-uns de ces fruits. » Il voulait demeurer debout; mais elle lui dit qu'elle ne toucherait à rien qu'il ne fût assis et qu'il ne mangeât avec elle. Il obéit, et, après qu'ils eurent mangé quelques morceaux, Ganem, remarquant que le voile de la dame, qu'elle avait mis auprès d'elle sur le sofa, avait le bord brodé d'une écriture en or, lui demanda la permission de voir cette broderie. La dame mit aussitôt la main sur le voile, et le lui présenta en lui demandant s'il savait lire. « Madame, répondit-il d'un air modeste, un marchand ferait mal ses affaires s'il ne savait au moins lire et écrire. — Hé bien, reprit-elle, lisez les paroles qui sont écrites sur ce voile; aussi bien c'est une occasion pour moi de vous raconter mon histoire. »

Ganem prit le voile et lut ces mots : *Je suis à vous, et vous êtes à moi, ô descendant de l'oncle du prophète !* Ce descendant de l'oncle du prophète était le calife Haroun-al-Raschid, qui régnait alors, et qui descendait d'Abbas, oncle de Mahomet.

Quand Ganem eut compris le sens de ces paroles : « Ah! Madame! s'écria-t-il tristement, je viens de vous donner la vie, et voilà une écriture qui me donne la mort! Je n'en comprends pas tout le mystère; mais elle ne me fait que trop connaître que je suis le plus malheureux de tous les hommes. Pardonnez-moi, Madame, la liberté que je prends de vous le dire. Je n'ai pu vous voir sans vous donner mon cœur; vous n'ignorez pas vous-même qu'il n'a pas été en mon pouvoir de vous le refuser, et c'est ce qui rend excusable ma témérité. Je me proposais de toucher le vôtre par mes respects, mes soins, mes complaisances, mes assiduités, mes soumissions, ma constance; et à peine j'ai conçu ce dessein flatteur que me voilà déchu de toutes mes espérances. Je ne réponds pas de soutenir longtemps un si grand malheur. Mais, quoi qu'il en puisse être, j'aurai la consolation de mourir tout à vous. Achevez, Madame, je vous en conjure, achevez de me donner un entier éclaircissement de ma triste destinée. »

Il ne put prononcer ces paroles sans répandre quelques larmes. La dame en fut touchée. Loin de se plaindre de la déclaration qu'elle venait d'entendre, elle en sentit une joie secrète : car son cœur commençait à se laisser surprendre. Elle dissimula toutefois; et, comme si elle n'eût pas fait d'attention au discours de Ganem : « Je me serais bien gardée, lui répondit-elle, de vous montrer mon voile si j'eusse cru qu'il dût vous causer tant de déplaisir, et je ne vois pas que les choses que j'ai à vous dire doivent rendre votre sort aussi déplorable que vous vous l'imaginez. Vous saurez donc, poursuivit-elle, pour vous apprendre mon histoire, que je me nomme Tourmente, nom qui me fut donné au moment de ma naissance, à cause que l'on jugea que ma vue causerait un jour bien des maux. Il ne vous doit pas être inconnu, puisqu'il n'y a personne dans Bagdad qui ne sache que le calife Haroun-al-Raschid, mon souverain maître et le vôtre, a une favorite qui s'appelle ainsi. On m'amena dans son palais dès mes plus tendres années, et j'y ai été élevée avec tout le soin que l'on a coutume d'avoir des personnes de mon sexe destinées à y demeurer. Je ne réussis pas mal dans tout ce qu'on prit la peine de m'enseigner; et cela, joint à quelques traits de beauté, m'attira l'amitié du calife, qui me donna un appartement particulier auprès du sien. Ce prince n'en demeura pas à cette distinction, il nomma vingt femmes pour me servir, avec autant d'eunuques ; et depuis ce temps-là il m'a fait des présents si considérables que je me suis vue plus riche qu'aucune reine qu'il y ait au monde. Vous jugez bien par là que Zobéide, femme et parente du calife, n'a pu voir mon bonheur sans en être jalouse. Quoique Haroun ait pour elle toutes les considérations imaginables, elle a cherché toutes les occasions possibles de me perdre. Jusqu'à présent je m'étais assez bien garantie de ses pièges ; mais enfin j'ai succombé au dernier effort de sa jalousie, et sans vous je serais à l'heure qu'il est dans l'attente d'une mort inévitable. Je ne doute pas qu'elle n'ait corrompu une de mes esclaves, qui me présenta hier au soir dans de la limonade une drogue qui cause un assoupissement si grand qu'il est aisé de disposer de ceux à qui l'on en fait prendre ; et cet assoupissement est tel que pendant sept ou huit heures rien n'est capable de le dissiper. J'ai d'autant plus de sujet de faire ce jugement que j'ai le sommeil naturellement très léger et que je m'éveille au moindre bruit. Zobéide, pour exécuter son mauvais dessein, a pris le temps de l'absence du calife, qui depuis peu de jours est allé se mettre à la tête de ses troupes pour punir l'audace de quelques rois voisins qui se sont ligués pour lui faire la guerre. Sans cette conjoncture, ma rivale, toute furieuse qu'elle est, n'aurait osé rien entreprendre contre ma vie. Je ne sais ce qu'elle fera pour dérober au calife la connaissance de cette action ; mais vous voyez que j'ai un très grand intérêt que vous me gardiez le secret. Il y va de ma vie ; je ne serai pas en sûreté chez vous tant que le calife sera hors de Bagdad. Vous êtes intéressé vous-même à tenir mon aventure secrète : car, si Zobéide apprenait l'obligation que je vous ai, elle vous punirait vous-même de m'avoir conservée. Au retour du calife, j'aurai moins de mesures à garder. Je trouverai moyen de l'instruire de tout ce qui s'est passé, et je suis persuadée qu'il sera plus empressé que moi-même à reconnaître un service qui me rend à son amour. »

Aussitôt que la belle favorite d'Haroun-al-Raschid eut cessé de parler, Ganem prit la parole. « Madame, lui dit-il, je vous rends mille grâces de m'avoir donné l'éclaircissement que j'ai pris la liberté de vous demander, et je vous supplie de croire que vous êtes ici en sûreté. Les sentiments que vous m'avez inspirés vous répondent de ma discrétion. Pour celle de mes esclaves, j'avoue qu'il faut s'en défier. Ils pourraient manquer à la fidélité qu'ils me doivent, s'ils savaient par quel hasard et dans quel lieu j'ai eu le bonheur de vous rencontrer. Mais c'est ce qu'il leur est impossible de deviner. J'oserai même vous assurer qu'ils n'auront pas la moindre curiosité de s'en informer. Il est si naturel aux jeunes gens de chercher de belles esclaves qu'ils ne seront nullement surpris de vous voir ici, dans l'opinion qu'ils auront que vous en êtes une, et que je vous ai achetée. Ils croiront encore que j'ai eu mes raisons pour vous amener chez moi de la manière qu'ils l'ont vu : ayez donc l'esprit en repos là-dessus, et soyez sûre que vous serez servie avec tout le respect qui est dû à la favorite d'un monarque aussi grand que le nôtre. Mais, quelle que soit la grandeur qui l'environne, permettez-moi de vous déclarer, Madame, que rien ne sera capable de me faire révoquer le don que je vous ai fait de mon cœur. Je sais bien que je n'oublierai jamais que *ce qui appartient au maître est défendu à l'esclave*. Mais je vous aimais avant que vous m'eussiez appris que votre foi était engagée au calife; il ne dépend pas de moi de vaincre une passion qui, quoique encore naissante, a toute la force d'un amour fortifié par une parfaite correspondance. Je souhaite que votre auguste et trop heureux amant vous venge de la malignité de Zobéide en vous rappelant auprès de lui, et, quand vous vous verrez rendue à ses souhaits, que vous vous souveniez de l'infortuné Ganem, qui n'est pas moins votre conquête que le calife. Tout puissant qu'il est, ce prince, si vous n'êtes sensible qu'à la tendresse, je me flatte qu'il ne m'effacera point de votre souvenir. Il ne peut vous aimer avec plus d'ardeur que je vous aime; et je ne cesserai de brûler pour vous en quelque lieu du monde que j'aille expirer après vous avoir perdue. »

Tourmente s'aperçut que Ganem était pénétré de la plus vive douleur; elle en fut attendrie; mais, voyant l'embarras où elle allait se jeter en continuant la conversation sur cette matière, qui pouvait insensiblement la conduire à faire paraître le penchant qu'elle se sentait pour lui : « Je vois bien, lui dit-elle, que ce discours vous fait trop de peine; laissons-le, et parlons de l'obligation infinie que je vous ai. Je ne puis assez vous exprimer ma joie, quand je songe que sans votre secours je serais privée de la lumière du jour. »

Heureusement pour l'un et pour l'autre, on frappa à la porte en ce moment. Ganem se leva pour aller voir ce que ce pouvait être, et il se trouva que c'était un des esclaves qui venait lui annoncer l'arrivée du traiteur. Ganem, qui, pour plus grande précaution, ne voulait pas que ses esclaves entrassent dans la chambre où était Tourmente, alla prendre ce que le traiteur avait apprêté, et le servit lui-même à sa belle hôtesse qui, dans le fond de son âme, était ravie des soins qu'il avait pour elle.

Après le repas, Ganem desservit comme il avait servi; et, quand il eut remis toutes choses à la porte de la chambre entre les mains de ses esclaves : « Madame, dit-il à Tourmente, vous serez peut-être bien aise de vous reposer présentement. Je vous laisse; et, quand vous aurez pris quelque repos, vous me verrez prêt à recevoir vos ordres. » En achevant ces paroles il sortit et alla acheter deux femmes esclaves; il acheta aussi deux paquets, l'un de linge fin et l'autre de tout ce qui pouvait composer une toilette digne de la favorite du calife. Il mena chez lui les deux esclaves, et, les présentant à Tourmente : « Madame, lui dit-il, une personne comme vous a besoin de deux filles au moins pour la servir; trouvez bon que je vous donne celles-ci. »

Tourmente admira l'attention de Ganem. « Seigneur, dit-elle, je vois bien que vous n'êtes pas homme à faire les choses à demi. Vous augmentez par vos manières l'obligation que je vous ai; mais j'espère que je ne mourrai pas ingrate, et que le Ciel me mettra bientôt en état de reconnaître toutes vos actions généreuses. »

Quand les femmes esclaves se furent retirées dans une chambre voisine où le jeune marchand les envoya, il s'assit sur le sofa où était Tourmente, mais à certaine distance d'elle pour lui marquer plus de respect. Il remit l'entretien sur sa passion, et dit des choses très touchantes sur les obstacles invincibles qui lui ôtaient toute espérance. « Je n'ose même espérer, disait-il, d'exciter par ma tendresse le moindre mouvement de sensibilité dans un cœur comme le vôtre, destiné au plus puissant prince du monde. Hélas! dans mon malheur, ce serait une consolation pour moi, si je pouvais me flatter que vous n'avez pu voir avec indifférence l'excès de mon amour! — Seigneur, lui répondit Tourmente... — Ah! Madame, interrompit Ganem à ce mot de seigneur, c'est pour la seconde fois que vous me faites l'honneur de me traiter de seigneur! La présence des femmes esclaves m'a empêché la première fois de vous dire ce que j'en pensais : au nom de Dieu, Madame, ne me donnez point ce titre d'honneur, il ne me convient pas. Traitez-moi, de grâce, comme votre esclave. Je le suis, et je ne cesserai jamais de l'être.

— Non, non, interrompit Tourmente à son tour, je me garderai bien de traiter ainsi un homme à qui je dois la vie. Je serais une ingrate si je disais ou si je faisais quelque chose qui ne vous convînt pas. Laissez-moi donc suivre les mouvements de ma reconnaissance, et n'exigez pas pour prix de vos bienfaits que j'en use malhonnêtement avec vous. C'est ce que je ne ferai jamais. Je suis trop touchée de votre conduite respectueuse pour en abuser, et je vous avouerai que je ne vois point d'un œil indifférent tous les soins que vous prenez. Je ne vous en puis dire davantage. Vous savez les raisons qui me condamnent au silence. »

Ganem fut enchanté de cette déclaration : il en pleura de joie, et, ne pouvant trouver de termes assez forts à son gré pour remercier Tourmente, il se contenta de lui dire que, si elle savait bien ce qu'elle devait au calife, il n'ignorait pas de son côté que *ce qui appartient au maître est défendu à l'esclave*.

Comme il s'aperçut que la nuit approchait, il se leva pour aller chercher de la lumière. Il en apporta lui-même, et de quoi faire la collation, selon l'usage ordinaire de la ville de Bagdad, où, après avoir fait un bon repas à midi, on passe la soirée à manger quelques fruits et à boire du vin, en s'entretenant agréablement jusqu'à l'heure de se retirer.

Ils se mirent tous deux à table. D'abord ils se firent des compliments sur les fruits qu'ils se présentaient l'un à l'autre. Insensiblement l'excellence du vin les engagea tous deux à boire; et ils n'eurent pas plus tôt bu deux ou trois coups qu'ils se firent une loi de ne plus boire sans chanter quelque air auparavant. Ganem chantait des vers qu'il composait sur-le-champ et qui exprimaient la force de sa passion; et Tourmente, animée par son exemple, composait et chantait aussi des chansons qui avaient du rapport à son aventure, et dans lesquelles il y avait toujours quelque chose que Ganem pouvait expliquer favorablement pour lui. A cela près, la fidélité qu'elle devait au calife y fut exactement gardée. La collation dura fort longtemps. La nuit était déjà fort avancée, qu'ils ne songeaient point encore à se séparer. Ganem toutefois se retira dans un autre appartement, et laissa Tourmente dans celui où elle était, où les femmes esclaves qu'il avait achetées entrèrent pour la servir.

Ils vécurent ensemble de cette manière pendant plusieurs jours. Le jeune marchand ne sortait que pour des affaires de la dernière importance; encore prenait-il le temps que sa dame reposait : car il ne pouvait se résoudre à perdre un seul des moments qu'il lui était permis de passer auprès d'elle. Il n'était occupé que de sa chère Tourmente, qui, de son côté, entraînée par son penchant, lui avoua qu'elle n'avait pas moins d'amour pour lui qu'il n'en avait pour elle. Cependant, quelque épris qu'ils fussent l'un de l'autre, la considération du calife eut le pouvoir de les retenir dans les bornes qu'elle exigeait d'eux; ce qui rendait leur passion plus vive.

Tandis que Tourmente, arrachée pour ainsi dire des mains de la mort, passait si agréablement le temps chez Ganem, Zobéide n'était pas sans embarras au palais d'Haroun-al-Raschid.

Les trois esclaves ministres de sa vengeance n'eurent pas plus tôt enlevé le coffre sans savoir ce qu'il y avait dedans, ni même sans avoir la moindre curiosité de l'apprendre, comme gens accoutumés à exécuter aveuglément ses ordres, qu'elle devint la proie d'une cruelle inquiétude. Mille importunes réflexions vinrent troubler son repos. Elle ne put goûter un moment la douceur du sommeil; elle passa la nuit à rêver aux moyens de cacher son crime. « Mon époux, disait-elle, aime Tourmente plus qu'il n'a jamais aimé aucune de ses favorites. Que lui répondrai-je à son retour, lorsqu'il me demandera de ses nouvelles ? » Il lui vint dans l'esprit plusieurs stratagèmes; mais elle n'en était pas contente : elle y trouvait toujours des difficultés, et elle ne savait à quoi se déterminer. Elle avait auprès d'elle une vieille dame qui l'avait élevée dès sa plus tendre enfance; elle la fit venir dès la pointe du jour, et, après lui avoir fait confidence de son secret : « Ma bonne mère, lui dit-elle, vous m'avez toujours aidée de vos bons conseils; si jamais j'en ai eu besoin, c'est dans cette occasion-ci, où il s'agit de calmer mon esprit, qu'un trouble mortel agite, et de me donner un moyen de contenter le calife.

— Ma chère maîtresse, répondit la vieille dame, il eût beaucoup mieux valu ne vous pas mettre dans l'embarras où vous êtes; mais, comme c'est une affaire faite, il n'en faut plus parler. Il ne faut songer qu'au moyen de tromper le Commandeur des croyants, et je suis d'avis que vous fassiez tailler en diligence une pièce de bois en forme de cadavre; nous l'envelopperons de vieux linges, et, après l'avoir enfermée dans une bière, nous la ferons enterrer dans quelque endroit du palais; ensuite, sans perdre de temps, vous ferez bâtir un mausolée de marbre en dôme sur le lieu de la sépulture, et dresser une représentation que vous ferez couvrir d'un drap noir et accompagner de grands chandeliers et de gros cierges à l'entour. Il y a encore une chose, poursuivit la vieille dame, qu'il est bon de ne pas oublier; il faudra que vous preniez le deuil, et que vous le fassiez prendre à vos femmes, aussi bien qu'à celles de Tourmente, à vos eunuques, et enfin à tous les officiers du palais. Quand le calife sera de retour, qu'il verra tout son palais en deuil et vous-même, il ne manquera pas d'en demander le sujet. Alors vous aurez lieu de vous en faire un mérite auprès de lui, en disant que c'est à sa considération que vous avez voulu rendre les derniers devoirs à Tourmente qu'une mort subite a enlevée. Vous lui direz que vous avez fait bâtir un mausolée, et qu'enfin vous avez fait à sa favorite tous les honneurs qu'il lui aurait rendus lui-même s'il avait été présent. Comme sa passion pour elle a été extrême, il ira sans doute répandre des larmes sur son tombeau. Peut-être aussi, ajouta la vieille, ne croira-t-il point qu'elle soit morte effectivement : il pourra vous soupçonner de l'avoir chassée du palais par jalousie, et regarder tout ce deuil comme un artifice pour le tromper et l'empêcher de la faire chercher. Il est à croire qu'il fera déterrer et ouvrir la bière, et il est sûr qu'il sera persuadé de sa mort sitôt qu'il verra la figure d'un mort enseveli. Il vous saura bon gré de tout ce que vous aurez fait, il vous en témoignera de la reconnaissance. Quant à la pièce de bois, je me charge de la faire tailler moi-même par un charpentier de la ville, qui ne saura pas l'usage qu'on en veut faire. Pour vous, Madame, ordonnez à cette femme de Tourmente, qui lui présenta hier la limonade, d'annoncer à ses compagnes qu'elle vient de trouver leur maîtresse morte dans son lit, et, afin qu'elles ne songent qu'à la pleurer sans vouloir entrer dans sa chambre, qu'elle ajoute qu'elle vous en a donné avis, et que vous avez déjà donné ordre à Mesrour de la faire ensevelir et enterrer. »

D'abord que la vieille dame eut achevé de parler,

Zobéide tira un riche diamant de sa cassette, et, le lui mettant au doigt et l'embrassant : « Ah! ma bonne mère! lui dit-elle toute transportée de joie, que je vous ai d'obligation! Je ne me serais jamais avisée d'un expédient si ingénieux. Il ne peut manquer de réussir, et je sens que je commence à reprendre ma tranquillité. Je me remets donc sur vous du soin de la pièce de bois, et je vais donner ordre au reste. »

La pièce de bois fut préparée avec toute la diligence que Zobéide pouvait souhaiter, et portée ensuite par la vieille dame même à la chambre de Tourmente, où elle l'ensevelit comme un mort et la mit dans une bière; puis Mesrour, qui fut trompé lui-même, fit enlever la bière et le fantôme de Tourmente, que l'on enterra avec les cérémonies accoutumées dans l'endroit que Zobéide avait marqué, et aux pleurs que versaient les femmes de la favorite, dont celle qui avait présenté la limonade encourageait les autres par ses cris et ses lamentations.

Dès le même jour, Zobéide fit venir l'architecte du palais et des autres maisons du calife, et, sur les ordres qu'elle lui donna, le mausolée fut achevé en très peu de temps. Des princesses aussi puissantes que l'était l'épouse d'un prince qui commandait du levant au couchant sont toujours obéies à point nommé dans l'exécution de leurs volontés. Elle eut aussi bientôt pris le deuil avec toute sa cour, ce qui fut cause que la nouvelle de la mort de Tourmente se répandit dans toute la ville.

Ganem fut des derniers à l'apprendre : car, comme je l'ai déjà dit, il ne sortait presque point. Il l'apprit pourtant un jour. « Madame, dit-il à la belle favorite du calife, on vous croit morte dans Bagdad, et je ne doute pas que Zobéide elle-même n'en soit bien persuadée. Je bénis le Ciel d'être la cause et l'heureux témoin que vous vivez. Et plût à Dieu que, profitant de ce faux bruit, vous voulussiez lier votre sort au mien, et venir avec moi loin d'ici régner sur mon cœur! Mais où m'emporte un transport trop doux ? Je ne songe pas que vous êtes née pour faire le bonheur du plus puissant prince de la terre, et que le seul Haroun-al-Raschid est digne de vous. Quand même vous seriez capable de me le sacrifier, quand vous voudriez me suivre, devrais-je y consentir ? Non, je dois me souvenir sans cesse que *ce qui appartient au maître est défendu à l'esclave.* »

L'aimable Tourmente, quoique sensible aux tendres mouvements qu'il faisait paraître, gagnait sur elle de n'y pas répondre. « Seigneur, lui dit-elle, nous ne pouvons empêcher Zobéide de triompher. Je suis peu surprise de l'artifice dont elle se sert pour couvrir son crime; mais laissons-la faire, je me flatte que ce triomphe sera bientôt suivi de douleur. Le calife reviendra, et nous trouverons moyen de l'informer secrètement de tout ce qui s'est passé. Cependant prenons plus de précautions que jamais pour qu'elle ne puisse apprendre que je vis : je vous en ai déjà dit les conséquences. »

Au bout de trois mois, le calife revint à Bagdad, glorieux et vainqueur de tous ses ennemis. Impatient de revoir Tourmente et de lui faire hommage de ses nouveaux lauriers, il entre dans son palais. Il est étonné de voir les officiers qu'il y avait laissés tous habillés de noir. Il en frémit sans savoir pourquoi; et son émotion redoubla lorsqu'en arrivant à l'appartement de Zobéide, il aperçut cette princesse qui venait au-devant de lui en deuil, aussi bien que toutes les femmes de sa suite. » Il lui demanda d'abord le sujet de ce deuil avec beaucoup d'agitation. « Commandeur des croyants, répondit Zobéide, je l'ai pris pour Tourmente, votre esclave, qui est morte si promptement qu'il n'a pas été possible d'apporter aucun remède à son mal. » Elle voulut poursuivre, mais le calife ne lui en donna pas le temps. Il fut si saisi de cette nouvelle qu'il en poussa un grand cri; ensuite il s'évanouit entre les bras de Giafar, son vizir, dont il était accompagné. Il revint pourtant bientôt de sa faiblesse; et, d'une voix qui marquait son extrême douleur, il demanda où sa chère Tourmente avait été enterrée. « Seigneur, lui dit Zobéide, j'ai pris soin moi-même de ses funérailles, et je n'ai rien épargné pour les rendre superbes. J'ai fait bâtir un mausolée de marbre sur le lieu de sa sépulture. Je vais vous y conduire, si vous le souhaitez. »

Le calife ne voulut pas que Zobéide prît cette peine, et se contenta de s'y faire mener par Mesrour. Il y alla dans l'état où il était, c'est-à-dire en habit de campagne. Quand il vit la représentation couverte d'un drap noir, les cierges allumés tout autour et la magnificence du mausolée, il s'étonna que Zobéide eût fait les obsèques de sa rivale avec tant de pompe; et, comme il était naturellement soupçonneux, il se défia de la générosité de sa femme, et pensa que sa maîtresse pouvait n'être pas morte; que Zobéide, profitant de sa longue absence, l'avait peut-être chassée du palais, avec ordre à ceux qu'elle avait chargés de sa conduite de la mener si loin que l'on n'entendît jamais parler d'elle. Il n'eut pas d'autre soupçon : car il ne croyait pas Zobéide assez méchante pour avoir attenté à la vie de sa favorite.

Pour s'éclaircir par lui-même de la vérité, ce prince commanda qu'on ôtât la représentation, et fit ouvrir la fosse et la bière en sa présence; mais, dès qu'il eut vu le linge qui enveloppait la pièce de bois, il n'osa passer outre. Ce religieux calife craignit d'offenser la religion en permettant que l'on touchât au corps de la défunte; et cette scrupuleuse crainte l'emporta sur l'amour et sur la curiosité. Il ne douta plus de la mort de Tourmente. Il fit refermer la bière, remplir la fosse, et remettre la représentation en l'état où elle était auparavant.

Le calife, se croyant obligé de rendre quelques soins au tombeau de sa favorite, envoya chercher les ministres de la religion, ceux du palais, et les lecteurs de l'Alcoran; et, tandis que l'on était occupé à les rassembler, il demeura dans le mausolée, où il arrosa de ses larmes la terre qui couvrait le fantôme de son amante. Quand tous les ministres qu'il avait appelés furent arrivés, il se mit à la tête de la représentation, et eux se rangèrent à l'entour et récitèrent de longues prières, après quoi les lecteurs de l'Alcoran lurent plusieurs chapitres.

La même cérémonie se fit tous les jours pendant l'espace d'un mois, le matin et l'après-dîner, et toujours en présence du calife, du grand-vizir Giafar et des principaux officiers de la cour, qui tous étaient en deuil, aussi bien que le calife, qui, durant tout ce temps-là, ne cessa d'honorer de ses larmes la mémoire de Tourmente, et ne voulut entendre parler d'aucune affaire.

Le dernier jour du mois, les prières et la lecture de l'Alcoran durèrent depuis le matin jusqu'à la pointe du jour suivant; et enfin, lorsque tout fut achevé, chacun se retira chez soi : Haroun-al-Raschid, fatigué d'une si longue veille, alla se reposer dans son appartement, et s'endormit sur un sofa entre deux dames de son palais, dont l'une assise au chevet et l'autre au pied de son lit s'occupaient durant son sommeil à des ouvrages de broderie et demeuraient dans un grand silence.

Celle qui était au chevet et qui s'appelait Aube du jour, voyant le calife endormi, dit tout bas à l'autre dame : « Étoile du matin, car elle se nommait ainsi, il y a bien des nouvelles. Le Commandeur des croyants, notre cher seigneur et maître, sentira une grande joie à son réveil lorsqu'il apprendra ce que j'ai à lui dire. Tourmente n'est pas morte; elle est en parfaite santé. — O Ciel! s'écria d'abord Étoile du matin toute transportée de joie, serait-il bien possible que la belle, la charmante, l'incomparable Tourmente fût encore du monde ? » Étoile du matin prononça ces paroles avec tant de vivacité et d'un ton si haut que le calife s'éveilla. Il demanda pourquoi on avait interrompu son sommeil. « Ah! Seigneur! reprit Étoile du matin, pardonnez-moi cette indiscrétion. Je n'ai pu apprendre tranquillement que Tourmente vit encore. J'en ai senti un transport que je n'ai pu retenir. — Hé! qu'est-elle donc devenue, dit le calife, s'il est vrai qu'elle ne soit pas morte ? — Commandeur des croyants, répondit Aube du jour, j'ai reçu ce soir, d'un homme inconnu, un billet sans signature, mais écrit de la propre main de Tourmente, qui me mande sa triste aventure et m'ordonne de vous en instruire. J'attendais, pour m'acquitter de ma commission, que vous eussiez pris quelques moments de repos, jugeant que vous deviez en avoir besoin après la fatigue, et... — Donnez, donnez-moi ce billet, interrompit avec précipitation le calife; vous avez mal à propos différé de me le remettre. »

Aube du jour lui présenta aussitôt le billet; il l'ouvrit avec beaucoup d'impatience. Tourmente y faisait un détail de tout ce qui s'était passé; mais elle s'étendait un peu trop sur les soins que Ganem avait d'elle. Le calife, naturellement jaloux, au lieu d'être touché de l'inhumanité de Zobéide, ne fut sensible qu'à l'infidélité qu'il s'imagina que Tourmente lui avait faite. « Hé quoi! dit-il après avoir lu le billet, il y a quatre mois que la perfide est avec un jeune marchand dont elle a l'effronterie de me vanter l'attention pour elle! Il y a trente jours que je suis de retour à Bagdad, et elle s'avise aujourd'hui de me donner de ses nouvelles! L'ingrate, pendant que je consume les jours à la pleurer, elle les passe à me trahir! Allons, vengeons-nous d'une infidèle et du jeune audacieux qui m'outrage. » En achevant ces mots, ce prince se leva, et entra dans une grande salle où il avait coutume de se faire voir et de donner audience aux seigneurs de sa cour. La première porte en fut ouverte, et aussitôt les courtisans, qui attendaient ce moment, entrèrent. Le grand-vizir Giafar parut, et se prosterna devant le trône où le calife s'était assis. Ensuite il se releva et se tint debout devant son maître, qui lui dit d'un air à lui marquer qu'il voulait être obéi promptement : « Giafar, ta présence est nécessaire pour l'exécution d'un ordre important dont je vais te charger. Prends avec toi quatre cents hommes de ma garde, et t'informe premièrement où demeure un marchand de Damas, nommé Ganem, fils d'Abou Aibou. Quand tu le sauras, rends-toi à sa maison et fais-la raser jusqu'aux fondements; mais saisis-toi auparavant de la personne de Ganem, et me l'amène ici avec Tourmente mon esclave, qui demeure chez lui depuis quatre mois. Je veux la châtier, et faire un exemple du téméraire qui a eu l'insolence de me manquer de respect. »

Le grand-vizir, après avoir reçu cet ordre précis, fit une profonde révérence au calife, en se mettant la main sur la tête pour marquer qu'il voulait la perdre plutôt que de ne lui pas obéir, et puis il sortit. La première chose qu'il fit fut d'envoyer demander au syndic des marchands d'étoffes étrangères et de toiles fines des nouvelles de Ganem, avec ordre surtout de s'informer de la rue et de la maison où il demeurait. L'officier qu'il chargea de cet ordre lui rapporta bientôt qu'il y avait quelques mois qu'il ne paraissait presque plus, et que l'on ignorait ce qui pouvait le retenir chez lui, s'il y était. Le même officier apprit aussi à Giafar l'endroit où demeurait Ganem, et jusqu'au nom de la veuve qui lui avait loué la maison.

Sur ces avis auxquels on pouvait se fier, ce ministre, sans perdre de temps, se mit en marche avec les soldats que le calife lui avait ordonné de prendre; il alla chez le juge de police, dont il se fit accompagner; et, suivi d'un grand nombre de maçons et de charpentiers munis des outils nécessaires pour raser une maison, il arriva devant celle de Ganem. Comme elle était isolée, il disposa les soldats à l'entour pour empêcher que le jeune marchand ne lui échappât.

Tourmente et Ganem achevaient alors de dîner. La dame était assise près d'une fenêtre qui donnait sur la rue. Elle entend du bruit : elle regarde par la jalousie; et, voyant le grand-vizir qui s'approchait avec toute sa suite, elle jugea qu'on n'en voulait pas moins à elle qu'à Ganem. Elle comprit que son billet avait été reçu; mais elle ne s'était pas attendue à une pareille réponse, et elle avait espéré que le calife prendrait la chose d'une autre manière. Elle ne savait pas depuis quel temps ce prince était de retour; et, quoiqu'elle lui connût du penchant à la jalousie, elle ne craignait rien de ce côté-là. Cependant la vue du grand-vizir et des soldats la fit trembler, non pour elle à la vérité, mais pour Ganem. Elle ne douta point qu'elle ne se justifiât, pourvu que le calife voulût bien l'entendre. A l'égard de Ganem, qu'elle chérissait moins par reconnaissance que par inclination, elle prévoyait que son rival irrité voudrait le voir et pourrait le condamner sur sa jeunesse et sa bonne mine. Prévenue de cette pensée, elle se tourna vers le jeune marchand. « Ah! Ganem! lui dit-elle, nous sommes perdus. C'est vous et moi que l'on cherche. » Il regarda aussitôt par la jalousie, et fut saisi de frayeur lorsqu'il aperçut les gardes du calife, le sabre nu, et le grand-vizir avec le juge de police à leur tête. A cette vue, il demeura immobile et n'eut pas la force de prononcer une seule parole. « Ganem, reprit la favorite, il n'y a point de temps à perdre. Si vous m'aimez, prenez vite l'habit d'un de vos esclaves, et frottez-vous le visage et les bras de noir de cheminée. Mettez ensuite quelques-uns de ces plats sur votre tête; on pourra vous prendre pour le garçon du traiteur, et on vous laissera passer. Si l'on vous demande où est le maître de la maison, répondez sans hésiter qu'il est au logis. — Ah! Madame! dit à son tour Ganem, moins effrayé pour lui que pour Tourmente, vous ne songez qu'à moi. Hélas! qu'allez-vous devenir ? — Ne vous en mettez pas en peine, reprit-elle; c'est à moi d'y songer. A l'égard de ce que vous laissez dans cette maison, j'en aurai soin, et j'espère qu'un jour tout vous sera fidèlement rendu quand la colère du calife sera passée; mais évitez sa violence. Les ordres qu'il donne dans ses premiers mouvements sont toujours funestes. » L'affliction du jeune marchand était telle qu'il ne savait à quoi se déterminer; et il se serait sans doute laissé surprendre par les soldats du calife, si Tourmente ne l'eût pressé de se déguiser. Il se rendit à ses instances : il prit un habit d'esclave, se barbouilla de suie; et il était temps, car on frappa à la porte, et tout ce qu'ils purent faire, ce fut de s'embrasser tendrement. Ils étaient tous deux si pénétrés de douleur qu'il leur fut impossible de se dire un seul mot. Tels furent leurs adieux. Ganem sortit enfin avec quelques plats sur la tête. On le prit effectivement pour un garçon traiteur, et on ne l'arrêta point. Au contraire, le grand-vizir, qui le rencontra le premier, se rangea pour le laisser passer, étant fort éloigné de s'imaginer que ce fût celui qu'il cherchait. Ceux qui étaient derrière le grand-vizir lui firent place de même et favorisèrent ainsi sa fuite. Il gagna une des portes de la ville en diligence et se sauva.

Pendant qu'il se dérobait aux poursuites du grand-vizir Giafar, ce ministre entra dans la chambre où était Tourmente, assise sur un sofa, et où il y avait une assez grande quantité de coffres remplis des hardes de Ganem, et de l'argent qu'il avait fait de ses marchandises.

Dès que Tourmente vit entrer le grand-vizir, elle se prosterna la face contre terre; et, demeurant en cet état comme disposée à recevoir la mort : « Seigneur, dit-elle, je suis prête à subir l'arrêt que le Commandeur des croyants a prononcé contre moi; vous n'avez qu'à me l'annoncer. — Madame, lui répondit Giafar en se prosternant aussi jusqu'à ce qu'elle se fût relevée, à Dieu ne plaise que personne ose mettre sur vous une main profane! Je n'ai pas dessein de vous faire le moindre déplaisir. Je n'ai point d'autre ordre que de vous supplier de vouloir bien venir au palais avec moi, et de vous y conduire avec le marchand qui demeure en cette maison. — Seigneur, reprit la favorite en se levant, partons, je suis prête à vous suivre. Pour ce qui est du jeune marchand à qui je dois la vie, il n'est point ici. Il y a près d'un mois qu'il est allé à Damas, où ses affaires l'ont appelé, et, jusqu'à son retour, il m'a laissé en garde ces coffres que vous voyez. Je vous conjure de vouloir bien les faire porter au palais, et de donner ordre qu'on les mette en sûreté, afin que je tienne la promesse que je lui ai faite d'en avoir tout le soin imaginable.

— Vous serez obéie, Madame », répliqua Giafar. Et aussitôt il fit venir des porteurs. Il leur ordonna d'enlever les coffres et de les porter à Mesrour.

D'abord que les porteurs furent partis, il parla à l'oreille du juge de police; il le chargea du soin de faire raser la maison, et d'y faire auparavant chercher partout Ganem, qu'il soupçonnait d'être caché, quoi que lui eût dit Tourmente. Ensuite il sortit et emmena avec lui cette jeune dame, suivie des deux femmes esclaves qui la servaient. A l'égard des esclaves de Ganem, on n'y fit pas d'attention. Ils se mêlèrent parmi la foule, et on ne sait ce qu'ils devinrent.

Giafar fut à peine hors de la maison que les maçons et les charpentiers commencèrent à la raser; et ils firent si bien leur devoir qu'en moins d'une heure il n'en resta aucun vestige. Mais le juge de police, n'ayant pu trouver Ganem, quelque perquisition qu'il en eût faite, en fit donner avis au grand-vizir avant que ce ministre arrivât au palais. « Hé bien, lui dit Haroun-al-Raschid en le voyant entrer dans son cabinet, as-tu exécuté mes ordres ? — Oui, Seigneur, répondit Giafar; la maison où demeurait Ganem est rasée de fond en comble, et je vous amène Tourmente, votre favorite; elle est à la porte de votre cabinet; je vais la faire entrer, si vous me l'ordonnez. Pour le jeune marchand, on ne l'a pu trouver, quoiqu'on l'ait cherché partout. Tourmente assure qu'il est parti pour Damas depuis un mois. »

Jamais emportement n'égala celui que le calife fit paraître lorsqu'il apprit que Ganem lui était échappé. Pour sa favorite, prévenu qu'elle lui avait manqué de fidélité, il ne voulut ni la voir ni lui parler. « Mesrour, dit-il au chef des eunuques qui était présent, prends l'ingrate, la perfide Tourmente, et va l'enfermer dans la tour obscure. » Cette tour était dans l'enceinte du palais, et servait ordinairement de prison aux favorites qui donnaient quelque sujet de plainte au calife.

Mesrour, accoutumé à exécuter sans réplique les ordres de son maître, quelque violents qu'ils fussent, obéit à regret à celui-ci. Il en témoigna sa douleur à Tourmente, qui en fut d'autant plus affligée qu'elle avait compté que le calife ne refuserait pas de lui parler. Il lui fallut céder à sa triste destinée et suivre Mesrour, qui la conduisit à la tour obscure, où il la laissa.

Cependant le calife, irrité, renvoya son grand-vizir, et, n'écoutant que sa passion, écrivit de sa propre main la lettre qui suit, au roi de Syrie son cousin et son tributaire, qui demeurait à Damas :

LETTRE
DU CALIFE HAROUN-AL-RASCHID
A MOHAMMED ZINEBY, ROI DE SYRIE

Mon cousin, cette lettre est pour vous apprendre qu'un marchand de Damas, nommé Ganem, fils d'Abou Aibou, a séduit la plus aimable de mes esclaves, nommée Tourmente, et qu'il a pris la fuite. Mon intention est qu'après ma lettre reçue vous fassiez chercher et saisir Ganem. Dès qu'il sera en votre puissance, vous le ferez charger de chaînes, et, pendant trois jours consécutifs, vous lui ferez donner cinquante coups de nerf de bœuf. Qu'il soit conduit ensuite par tous les quartiers de la ville, avec un crieur qui crie devant lui : « Voilà le plus léger des châtiments que le Commandeur des croyants fait souffrir à celui qui offense son seigneur et séduit une de ses esclaves. » Après cela, vous me l'enverrez sous bonne garde. Ce n'est pas tout : je veux que vous mettiez sa maison au pillage; et, quand vous l'aurez fait raser, ordonnez que l'on en transporte les matériaux hors de la ville au milieu de la campagne. Outre cela, s'il a père, mère, sœurs, femmes, filles et autres parents, faites-les dépouiller; et, quand ils seront nus, donnez-les en spectacle trois jours de suite à toute la ville, avec défense, sous peine de la vie, de leur donner retraite. J'espère que vous n'apporterez aucun retardement à l'exécution de ce que je vous recommande.

HAROUN-AL-RASCHID.

Le calife, après avoir écrit cette lettre, en chargea un courrier, lui ordonnant de faire diligence et de porter avec lui des pigeons, afin d'être plus promptement informé de ce qu'aurait fait Mohammed Zineby.

Les pigeons de Bagdad ont cela de particulier, qu'en quelque lieu éloigné qu'on les porte, ils reviennent à Bagdad dès qu'on les a lâchés, surtout lorsqu'ils y ont des petits. On leur attache sous l'aile un billet roulé, et par ce moyen on a bientôt des nouvelles des lieux d'où l'on en veut savoir.

Le courrier du calife marcha jour et nuit pour s'accommoder à l'impatience de son maître, et, en arrivant à Damas, il alla droit au palais du roi Zineby, qui s'assit sur son trône pour recevoir la lettre du calife. Le courrier l'ayant présentée, Mohammed la prit, et, reconnaissant l'écriture, il se leva par respect, baisa la lettre et la mit sur sa tête, pour marquer qu'il était prêt d'exécuter avec soumission les ordres qu'elle pouvait contenir. Il l'ouvrit, et, sitôt qu'il l'eut lue, il descendit de son trône et monta sans délai à cheval avec les principaux officiers de sa maison. Il fit aussi avertir le juge de police qui le vint trouver, et, suivi de tous les soldats de sa garde, il se rendit à la maison de Ganem.

Depuis que ce jeune marchand était parti de Damas, sa mère n'en avait reçu aucune lettre. Cependant les autres marchands avec qui il avait entrepris le voyage de Bagdad étaient de retour. Ils lui dirent tous qu'ils avaient laissé son fils en parfaite santé; mais, comme il ne revenait point et qu'il négligeait de donner lui-même de ses nouvelles, il n'en fallut pas davantage pour faire croire à cette tendre mère qu'il était mort. Elle se le persuada si bien qu'elle en prit le deuil. Elle pleura Ganem comme si elle l'eût vu mourir, et qu'elle lui eût elle-même fermé les yeux. Jamais mère ne montra tant de douleur; et, loin de chercher à se consoler, elle prenait plaisir à nourrir son affliction. Elle fit bâtir au milieu de la cour de sa maison un dôme, sous lequel elle mit une figure qui représentait son fils et qu'elle couvrit elle-même d'un drap noir. Elle passait presque les jours et les nuits à pleurer sous ce dôme, de même que si le corps de son fils eût été enterré là; et la belle Force des cœurs, sa fille, lui tenait compagnie et mêlait ses pleurs avec les siens.

Il y avait déjà du temps qu'elles s'occupaient ainsi à s'affliger, et que le voisinage, qui entendait leurs cris et leurs lamentations, plaignait des parents si tendres, lorsque Mohammed Zineby vint frapper à la porte; et, une esclave du logis lui ayant ouvert, il entra brusquement en demandant où était Ganem, fils d'Abou Aibou.

Quoique l'esclave n'eût jamais vu le roi Zineby, elle jugea néanmoins, à sa suite, qu'il devait être un des principaux officiers de Damas. « Seigneur, lui répondit-elle, ce Ganem que vous cherchez est mort. Ma maîtresse, sa mère, est dans le tombeau que vous voyez, où elle pleure actuellement sa perte. » Le roi, sans s'arrêter au rapport de l'esclave, fit faire par ses gardes une exacte perquisition de Ganem dans tous les endroits de la maison. Ensuite il s'avança vers le tombeau, où il vit la mère et la fille assises sur une simple natte auprès de la figure qui représentait Ganem, et leurs visages lui parurent baignés de larmes. Ces pauvres femmes se couvrirent de leurs voiles aussitôt qu'elles aperçurent un homme à la porte du dôme. Mais la mère, qui reconnut le roi de Damas, se leva et courut se prosterner à ses pieds. « Ma bonne dame, lui dit ce prince, je cherchais votre fils Ganem; est-il ici ? — Ah! Sire! s'écria-t-elle, il y a longtemps qu'il n'est plus! Plût à Dieu que je l'eusse au moins enseveli de mes propres mains, et que j'eusse la consolation d'avoir ses os dans ce tombeau! Ah! mon fils! mon cher fils!... » Elle voulut continuer; mais elle fut saisie d'une si vive douleur qu'elle n'en eut pas la force.

Zineby en fut touché. C'était un prince d'un naturel fort doux et très compatissant aux peines des malheureux. « Si Ganem est seul coupable, disait-il en lui-même, pourquoi punir la mère et la sœur qui sont innocentes ! Ah ! cruel Haroun-al-Raschid ! à quelle mortification me réduis-tu en me faisant ministre de ta vengeance, en m'obligeant à persécuter des personnes qui ne t'ont point offensé ! »

Les gardes que le roi avait chargés de chercher Ganem lui vinrent dire qu'ils avaient fait une recherche inutile. Il en demeura très persuadé : les pleurs de ces deux femmes ne lui permettaient pas d'en douter. Il était au désespoir de se voir dans la nécessité d'exécuter les ordres du calife ; mais, de quelque pitié qu'il se sentît saisi, il n'osait se résoudre à tromper le ressentiment du calife. « Ma bonne dame, dit-il à la mère de Ganem, sortez de ce tombeau, vous et votre fille, vous n'y seriez pas en sûreté. » Elles sortirent, et en même temps, pour les mettre hors d'insulte, il ôta sa robe de dessus qui était fort ample, et les couvrit toutes deux en leur recommandant de ne pas s'éloigner de lui. Cela fait, il ordonna de laisser entrer la populace pour commencer le pillage, qui se fit avec une extrême avidité, et avec des cris dont la mère et la sœur de Ganem furent d'autant plus épouvantées qu'elles en ignoraient la cause. On emporta les plus précieux meubles, des coffres pleins de richesses, des tapis de Perse et des Indes, des coussins garnis d'étoffes d'or et d'argent, des porcelaines ; enfin on enleva tout, on ne laissa dans la maison que les murs ; et ce fut un spectacle bien affligeant pour ces malheureuses dames de voir piller tous leurs biens, sans savoir pourquoi on les traitait si cruellement.

Mohammed, après le pillage de la maison, donna ordre au juge de police de la faire raser avec le tombeau, et, pendant qu'on y travaillait, il emmena dans son palais Force des cœurs et sa mère. Ce fut là qu'il redoubla leur affliction en leur déclarant les volontés du calife. « Il veut, leur dit-il, que je vous fasse dépouiller et que je vous expose toutes nues aux yeux du peuple pendant trois jours. C'est avec une extrême répugnance que je fais exécuter cet arrêt cruel et plein d'ignominie. » Le roi prononça ces paroles d'un air qui faisait connaître qu'il était effectivement pénétré de douleur et de compassion. Quoique la crainte d'être détrôné l'empêchât de suivre les mouvements de sa pitié, il ne laissa pas d'adoucir en quelque façon la rigueur des ordres d'Haroun-al-Raschid, en faisant faire pour la mère de Ganem et pour Force des cœurs de grosses chemises sans manches d'un gros tissu de crin de cheval.

Le lendemain ces deux victimes de la colère du calife furent dépouillées de leurs habits et revêtues de leurs chemises de crin. On leur ôta aussi leurs coiffures, de sorte que leurs cheveux épars flottaient sur leurs épaules. Force des cœurs les avait du plus beau blond du monde, et ils tombaient jusqu'à terre. Ce fut dans cet état qu'on les fit voir au peuple. Le juge de police, suivi de ses gens, les accompagnait, et on les promena par toute la ville. Elles étaient précédées d'un crieur, qui de temps en temps disait à haute voix : *Tel est le châtiment de ceux qui se sont attiré l'indignation du Commandeur des croyants.*

Pendant qu'elles marchaient ainsi dans les rues de Damas, les bras et les pieds nus, couvertes d'un si étrange habillement et tâchant de cacher leur confusion sous leurs cheveux dont elles se couvraient le visage, tout le peuple fondait en larmes.

Les dames, surtout, les regardant comme innocentes au travers des jalousies, et touchées principalement de la jeunesse et de la beauté de Force des cœurs, faisaient retentir l'air de cris effroyables à mesure qu'elles passaient sous leurs fenêtres. Les enfants mêmes, effrayés par ces cris et par le spectacle qui les causait, mêlaient leurs pleurs à cette désolation générale, et y ajoutaient une nouvelle horreur. Enfin, quand les ennemis de l'État auraient été dans la ville de Damas et qu'ils y auraient tout mis à feu et à sang, on n'y aurait pas vu régner une plus grande consternation.

Il était presque nuit lorsque cette scène affreuse finit. On ramena la mère et la fille au palais du roi Mohammed. Comme elles n'étaient point accoutumées à marcher les pieds nus, elles se trouvèrent si fatiguées en arrivant qu'elles demeurèrent longtemps évanouies. La reine de Damas, vivement touchée de leur malheur, malgré la défense que le calife avait faite de les secourir, leur envoya quelques-unes de ses femmes pour les consoler, avec toutes sortes de rafraîchissements et du vin pour leur faire reprendre des forces.

Les femmes de la reine les trouvèrent encore évanouies et presque hors d'état de profiter du secours qu'elles leur apportaient. Cependant, à force de soins, on leur fit reprendre leurs esprits. La mère de Ganem les remercia d'abord de leur honnêteté. « Ma bonne dame, lui dit une des femmes de la reine, nous sommes très sensibles à vos peines; et la reine de Syrie, notre maîtresse, nous a fait plaisir quand elle nous a chargées de vous secourir. Nous pouvons vous assurer que cette princesse prend beaucoup de part à vos malheurs, aussi bien que le roi son époux. » La mère de Ganem pria les femmes de la reine de rendre à cette princesse mille grâces pour elle et pour Force des cœurs; et, s'adressant ensuite à celle qui lui avait parlé : « Madame, lui dit-elle, le roi ne m'a point dit pourquoi le Commandeur des croyants nous fait souffrir tant d'outrages; apprenez-nous, de grâce, quels crimes nous avons commis. — Ma bonne dame, répondit la femme de la reine, l'origine de votre malheur vient de votre fils Ganem; il n'est pas mort, ainsi que vous le croyez. On l'accuse d'avoir enlevé la belle Tourmente, la plus chérie des favorites du calife; et, comme il s'est dérobé par une prompte fuite à la colère de ce prince, le châtiment est tombé sur vous. Tout le monde condamne le ressentiment du calife; mais tout le monde le craint, et vous voyez que le roi Zineby lui-même n'ose contrevenir à ses ordres, de peur de lui déplaire. Ainsi, tout ce que nous pouvons faire, c'est de vous plaindre et de vous exhorter à prendre patience.

— Je connais mon fils, reprit la mère de Ganem; je l'ai élevé avec grand soin et dans le respect dû au Commandeur des croyants. Il n'a point commis le crime dont on l'accuse, et je réponds de son innocence. Je cesse donc de murmurer et de me plaindre, puisque c'est pour lui que je souffre et qu'il n'est pas mort. Ah! Ganem! ajouta-t-elle, emportée par un mouvement mêlé de tendresse et de joie, mon cher fils Ganem! est-il possible que tu vives encore ? Je ne regrette plus mes biens; et, à quelque excès que puissent aller les ordres du calife, je lui en pardonne toute la rigueur, pourvu que le Ciel ait conservé mon fils. Il n'y a que ma fille qui m'afflige; ses maux seuls font toute ma peine. Je la crois pourtant assez bonne sœur pour suivre mon exemple. »

A ces paroles, Force des cœurs, qui avait paru insensible jusque-là, se tourna vers sa mère, et, lui jetant ses bras au cou : « Oui, ma chère mère, lui dit-elle, je suivrai toujours votre exemple, à quelque extrémité que puisse vous porter votre amour pour mon frère. »

La mère et la fille, confondant ainsi leurs soupirs et leurs larmes, demeurèrent assez longtemps dans un embrassement si touchant. Cependant les femmes de la reine, que ce spectacle attendrissait fort, n'oublièrent rien pour engager la mère de Ganem à prendre quelque nourriture. Elle mangea un morceau pour les satisfaire, et Force des cœurs en fit autant.

Comme l'ordre du calife portait que les parents de Ganem paraîtraient trois jours de suite aux yeux du peuple dans l'état qu'on a dit, Force des cœurs et sa mère servirent de spectacle le lendemain pour la seconde fois, depuis le matin jusqu'au soir; mais, ce jour-là et le jour suivant, les choses ne se passèrent pas de la même manière : les rues, qui avaient été d'abord pleines de monde, devinrent désertes. Tous les marchands, indignés du traitement qu'on faisait à la veuve et à la fille d'Abou Aibou, fermèrent leurs boutiques et demeurèrent enfermés chez eux. Les dames, au lieu de regarder par leurs jalousies, se retirèrent dans le derrière de leurs maisons. Il ne se trouva pas une âme dans les places publiques par où l'on fit passer ces deux infortunées; il semblait que tous les habitants de Damas eussent abandonné leur ville.

Le quatrième jour, le roi Mohammed Zineby, qui voulait exécuter fidèlement les ordres du calife, quoiqu'il ne les approuvât point, envoya des crieurs dans tous les quartiers de la ville, publier une défense rigoureuse à tout citoyen de Damas ou étranger, de quelque condition qu'il fût, sous peine de la vie et d'être livré aux chiens pour leur servir de pâture après sa mort, de donner retraite à la mère et à la sœur de Ganem, ni de leur fournir un morceau de pain ni une seule goutte d'eau; en un mot, de leur prêter la moindre assistance et d'avoir aucune communication avec elles.

Après que les crieurs eurent fait ce que le roi leur avait ordonné, ce prince commanda qu'on mît la mère et la fille hors du palais, et qu'on leur laissât la liberté d'aller où elles voudraient. On ne les vit pas plus tôt paraître que tout le monde s'éloigna d'elles, tant la défense qui venait d'être publiée avait fait d'impression sur les esprits. Elles s'aperçurent bien qu'on les fuyait; mais, comme elles en ignoraient la cause, elles en furent très surprises; et leur étonnement augmenta encore lorsqu'en entrant dans une rue où parmi plusieurs personnes elles reconnurent quelques-uns de leurs meilleurs amis, elles

les virent disparaître avec autant de précipitation que les autres. « Quoi donc! dit alors la mère de Ganem, sommes-nous pestiférées ? Le traitement injuste et barbare qu'on nous fait doit-il nous rendre odieuses à nos concitoyens ? Allons, ma fille, poursuivit-elle, sortons au plus tôt de Damas; ne demeurons plus dans une ville où nous faisons horreur à nos amis mêmes. »

En parlant ainsi, ces deux misérables dames gagnèrent une des extrémités de la ville, et se retirèrent dans une masure pour y passer la nuit. Là, quelques musulmans, poussés par un esprit de charité et de compassion, les vinrent trouver dès que la fin du jour fut arrivée. Ils leur apportèrent des provisions; mais ils n'osèrent s'arrêter pour les consoler, de peur d'être découverts et punis comme désobéissant aux ordres du calife.

Cependant le roi Zineby avait lâché le pigeon pour informer Haroun-al-Raschid de son exactitude. Il lui mandait tout ce qui s'était passé, et le conjurait de lui faire savoir ce qu'il voulait ordonner de la mère et de la sœur de Ganem. Il reçut bientôt par la même voie la réponse du calife, qui lui écrivit qu'il les bannissait pour jamais de Damas. Aussitôt le roi de Syrie envoya des gens dans la masure, avec ordre de prendre la mère et la fille, de les conduire à trois journées de Damas et de les laisser là, en leur faisant défense de revenir dans la ville.

Les gens de Zineby s'acquittèrent de leur commission; mais, moins exacts que leur maître à exécuter de point en point les ordres d'Haroun-al-Raschid, ils donnèrent par pitié à Force des cœurs et à sa mère quelques menues monnaies pour se procurer de quoi vivre, et à chacune un sac qu'ils leur passèrent au cou, pour mettre leurs provisions.

Dans cette situation déplorable, elles arrivèrent au premier village. Les paysannes s'assemblèrent autour d'elles; et, comme au travers de leur déguisement on ne laissait pas de remarquer que c'étaient des personnes de quelque condition, on leur demanda ce qui les obligeait à voyager ainsi sous un habillement qui ne paraissait pas être leur habillement naturel. Au lieu de répondre à la question qu'on leur faisait, elles se prirent à pleurer, ce qui ne servit qu'à augmenter la curiosité des paysannes et à leur inspirer de la compassion. La mère de Ganem leur conta ce qu'elle et sa fille avaient souffert. Les bonnes villageoises en furent attendries et tâchèrent de les consoler. Elles les régalèrent autant que leur pauvreté le leur permit. Elles leur firent quitter leurs chemises de crin de cheval qui les incommodaient fort, pour en prendre d'autres qu'elles leur donnèrent, avec des souliers, et de quoi se couvrir la tête pour conserver leurs cheveux.

De ce village, après avoir bien remercié ces paysannes charitables, Force des cœurs et sa mère s'avancèrent du côté d'Alep à petites journées. Elles avaient coutume de se retirer autour des mosquées ou dans les mosquées mêmes, où elles passaient la nuit sur la natte, lorsque le pavé en était couvert, autrement elles couchaient sur le pavé même, ou bien elles allaient loger dans les lieux publics destinés à servir de retraite aux voyageurs. A l'égard de la nourriture, elles n'en manquaient pas : elles rencontraient souvent de ces lieux où l'on fait des distributions de pain, de riz cuit et d'autres mets, à tous les voyageurs qui en demandent.

Enfin, elles arrivèrent à Alep; mais elles ne voulurent, pas s'y arrêter, et, continuant leur chemin vers l'Euphrate, elles passèrent ce fleuve et entrèrent dans la Mésopotamie, qu'elles traversèrent jusqu'à Mossoul. De là, quelques peines qu'elles eussent déjà souffertes, elles se rendirent à Bagdad. C'était le lieu où tendaient leurs désirs, dans l'espérance d'y rencontrer Ganem, quoiqu'elles ne dussent pas se flatter qu'il fût dans une ville où le calife faisait sa demeure; mais elles l'espéraient, parce qu'elles le souhaitaient. Leur tendresse pour lui, malgré tous leurs malheurs, augmentait au lieu de diminuer. Leurs discours roulaient ordinairement sur lui; elles en demandaient même des nouvelles à tous ceux qu'elles rencontraient. Mais laissons là Force des cœurs et sa mère pour revenir à Tourmente.

Elle était toujours enfermée très étroitement dans la tour obscure, depuis le jour qui avait été si funeste à Ganem et à elle. Cependant, quelque désagréable que lui fût sa prison, elle en était beaucoup moins affligée que du malheur de Ganem, dont le sort incertain lui causait une inquiétude mortelle. Il n'y avait presque pas de moment qu'elle ne le plaignît.

Une nuit que le calife se promenait seul dans l'enceinte de son palais, ce qui lui arrivait assez souvent, car c'était le prince du monde le plus curieux, et quelquefois dans ses promenades nocturnes il apprenait des choses qui se passaient dans le palais et qui sans cela ne seraient jamais venues à sa connaissance; une nuit donc, en se promenant, il passa près de la tour obscure, et, comme il crut entendre parler, il s'arrêta; il s'approcha de la porte pour mieux écouter, et il ouït distinctement ces paroles, que Tourmente, toujours en proie au souvenir de Ganem, prononça d'une voix assez haute : « O Ganem! trop infortuné Ganem! où es-tu présentement ? Dans quel lieu ton destin déplorable t'a-t-il conduit ? Hélas! c'est moi qui t'ai rendu malheureux! Que ne me laissais-tu périr misérablement, au lieu de me prêter un secours généreux ? Quel triste fruit as-tu recueilli de tes soins et de tes respects ? Le Commandeur des croyants, qui devrait te récompenser, te persécute pour prix de m'avoir toujours regardée comme une personne réservée à son lit; tu perds tous tes biens, et te vois obligé de chercher ton salut dans la fuite. Ah! calife! barbare calife! que direz-vous pour votre défense lorsque vous vous trouverez avec Ganem devant le tribunal du juge souverain, et que les anges rendront témoignage de la vérité en votre présence ? Toute la puissance que vous avez aujourd'hui, et sous qui tremble presque toute la terre, n'empêchera pas que vous ne soyez condamné et puni de votre injuste violence.» Tourmente cessa de parler à ces mots, car ses soupirs et ses larmes l'empêchèrent de continuer.

Il n'en fallut pas davantage pour obliger le calife à rentrer en lui-même. Il vit bien que, si ce qu'il venait d'entendre était vrai, sa favorite était innocente, et qu'il avait donné des ordres contre Ganem et sa famille avec trop de précipitation. Pour approfondir une chose où l'équité dont il se piquait paraissait fort intéressée, il retourna aussitôt à son appartement, et, dès qu'il y fut arrivé, il chargea Mesrour d'aller à la tour obscure et de lui amener Tourmente.

Le chef des eunuques jugea par cet ordre, et encore plus à l'air du calife, que ce prince voulait pardonner à sa favorite et la rappeler auprès de lui; il en fut ravi, car il aimait Tourmente et avait pris beaucoup de part à sa disgrâce. Il vole sur-le-champ à la tour. « Madame, dit-il à la favorite d'un ton qui marquait sa joie, prenez la peine de me suivre; j'espère que vous ne reviendrez plus dans cette vilaine tour ténébreuse; le Commandeur des croyants veut vous entretenir, et j'en conçois un heureux présage. »

Tourmente suivit Mesrour, qui la mena et l'introduisit dans le cabinet du calife. D'abord elle se prosterna devant ce prince, et elle demeura dans cet état le visage baigné de larmes. « Tourmente, lui dit le calife sans lui dire de se relever, il me semble que tu m'accuses de violence et d'injustice : qui est donc celui qui, malgré les égards et la considération qu'il a eus pour moi, se trouve dans une situation misérable ? Parle, tu sais combien je suis bon naturellement, et que j'aime à rendre justice. »

La favorite comprit par ce discours que le calife l'avait entendue parler; et, profitant d'une si belle occasion de justifier son cher Ganem : « Commandeur des croyants, répondit-elle, s'il m'est échappé quelque parole qui ne soit point agréable à Votre Majesté, je vous supplie très humblement de me la pardonner. Mais celui dont vous voulez connaître l'innocence et la misère, c'est Ganem, le malheureux fils d'Abou Aibou, marchand de Damas. C'est lui qui m'a sauvé la vie, et qui m'a donné un asile en sa maison. Je vous avouerai que, dès qu'il me vit, peut-être forma-t-il la pensée de se donner à moi et l'espérance de m'engager à souffrir ses soins : j'en jugeai ainsi à l'empressement qu'il fit paraître à me régaler et à me rendre tous les services dont j'avais besoin dans l'état où je me trouvais. Mais, sitôt qu'il apprit que j'avais l'honneur de vous appartenir : « Ah! Madame! me dit-il, *ce qui appartient au maître est défendu à l'esclave.* » Depuis ce moment, je dois cette justice à sa vertu, sa conduite n'a point démenti ses paroles. Cependant vous savez, Commandeur des croyants, avec quelle rigueur vous l'avez traité, et vous en répondrez devant le tribunal de Dieu. »

Le calife ne sut point mauvais gré à Tourmente de la liberté qu'il y avait dans ce discours. « Mais, reprit-il, puis-je me fier aux assurances que tu me donnes de la retenue de Ganem ? — Oui, repartit-elle, vous le pouvez : je ne voudrais pas pour toute chose au monde vous déguiser la vérité; et, pour vous prouver que je suis sincère, il faut que je vous fasse un aveu qui vous déplaira peut-être, mais j'en demande pardon par avance à Votre Majesté. — Parle, ma fille, dit alors Haroun-al-Raschid; je te pardonne tout, pourvu que tu ne me caches rien. — Hé bien, répliqua Tourmente, apprenez que l'attention respectueuse de Ganem, jointe à tous les bons offices qu'il m'a rendus, me firent concevoir de l'estime pour lui. Je passai même plus avant. Vous connaissez la tyrannie de l'amour : je sentis naître en mon cœur de tendres sentiments; il s'en aperçut; mais, loin de chercher à profiter de ma faiblesse, et malgré tout le feu dont il se sentait brûler, il demeura toujours ferme dans son devoir; et tout ce que sa passion pouvait lui arracher, c'étaient ces termes que j'ai déjà dits à Votre Majesté : *Ce qui appartient au maître est défendu à l'esclave.* »

Cette déclaration ingénue aurait peut-être aigri tout autre que le calife, mais ce fut ce qui acheva d'adoucir ce prince. Il lui ordonna de se relever; et, la faisant asseoir auprès de lui : « Raconte-moi, lui dit-il, ton histoire depuis le commencement jusqu'à la fin. » Alors elle s'en acquitta avec beaucoup d'adresse et d'esprit. Elle passa légèrement sur ce qui regardait Zobéide; elle s'étendit davantage sur les obligations qu'elle avait à Ganem, sur la dépense qu'il avait faite pour elle, et surtout elle vanta fort sa discrétion, voulant par là faire comprendre au calife qu'elle s'était trouvée dans la nécessité de demeurer cachée chez Ganem pour tromper Zobéide; et elle finit enfin par la fuite du jeune marchand, à laquelle, sans déguisement, elle dit au calife qu'elle l'avait forcé pour se dérober à sa colère.

Quand elle eut cessé de parler, ce prince lui dit : « Je crois tout ce que vous m'avez raconté; mais pourquoi avez-vous tant tardé à me donner de vos nouvelles ? Fallait-il attendre un mois après mon retour pour me faire savoir où vous étiez ? — Commandeur des croyants, répondit Tourmente, Ganem sortait si rarement de sa maison qu'il ne faut pas vous étonner que nous n'ayons point appris les premiers votre retour. D'ailleurs, Ganem, qui s'était chargé de faire tenir le billet que j'ai écrit à Aube du jour, a été longtemps sans trouver le moment favorable de le remettre en main propre.

— C'est assez, Tourmente, reprit le calife; je reconnais ma faute, et voudrais la réparer en comblant de bienfaits ce jeune marchand de Damas. Vois donc, que puis-je faire pour lui ? demande-moi ce que tu voudras, je te l'accorderai. » A ces mots, la favorite se jeta aux pieds du calife, la face contre terre, et, se relevant : « Commandeur des croyants, dit-elle, après avoir remercié Votre Majesté pour Ganem, je la supplie très humblement de faire publier dans vos États que vous pardonnez au fils d'Abou Aibou, et qu'il n'a qu'à vous venir trouver. — Je ferai plus, repartit ce prince : pour t'avoir conservé la vie, pour reconnaître la considération qu'il a eue pour moi, pour le dédommager de la perte de ses biens, et enfin pour réparer le tort que j'ai fait à sa famille, je te le donne pour époux. » Tourmente ne pouvait trouver d'expressions assez fortes pour remercier le calife de sa générosité. Ensuite elle se retira dans l'appartement qu'elle occupait avant sa cruelle aventure. Le même ameublement y était encore; on n'y avait nullement touché. Mais ce qui lui fit le plus de plaisir, ce fut d'y voir les coffres et les ballots de Ganem, que Mesrour avait eu soin d'y faire porter.

Le lendemain, Haroun-al-Raschid donna ordre au grand-vizir de faire publier par toutes les villes de ses États qu'il pardonnait à Ganem fils d'Abou Aibou; mais cette publication fut inutile, car il se passa un temps considérable sans qu'on entendît parler de ce jeune marchand. Tourmente crut que sans doute il n'avait pu survivre à la douleur de l'avoir perdue. Une affreuse inquiétude s'empara de son esprit; mais, comme l'espérance est la dernière chose qui abandonne les amants, elle supplia le calife de lui permettre de faire elle-même la recherche de Ganem; ce qui lui ayant été accordé, elle prit une bourse de mille pièces d'or qu'elle tira de sa cassette, et sortit un matin du palais, montée sur une mule des écuries du calife très richement enharnachée. Deux eunuques noirs l'accompagnaient, qui avaient de chaque côté la main sur la croupe de la mule.

Elle alla de mosquée en mosquée faire des largesses aux dévots de la religion musulmane, en implorant le secours de leurs prières pour l'accomplissement d'une affaire importante, d'où dépendait, leur disait-elle, le repos de deux personnes. Elle employa toute la journée et ses mille pièces d'or à faire des aumônes dans les mosquées, et sur le soir elle retourna au palais.

Le jour suivant elle prit une autre bourse de la même somme, et dans le même équipage elle se rendit à la joaillerie. Elle s'arrêta devant la porte, et, sans mettre pied à terre, elle fit appeler le syndic par un des eunuques noirs. Le syndic, qui était un homme très charitable, et qui employait plus des deux tiers de son revenu à soulager les pauvres étrangers, soit qu'ils fussent malades, ou mal dans leurs affaires, ne fit point attendre Tourmente, qu'il reconnut à son habillement pour une dame du palais. « Je m'adresse à vous, lui dit-elle en lui mettant sa bourse entre les mains, comme à un homme dont on vante dans la ville la piété. Je vous prie de distribuer ces pièces d'or aux pauvres étrangers que vous assistez, car je n'ignore pas que vous faites profession de secourir les étrangers qui ont recours à votre charité. Je sais même que vous prévenez leurs besoins, et que rien n'est plus agréable pour vous que de trouver occasion d'adoucir leur misère. — Madame, lui répondit le syndic, j'exécuterai avec plaisir ce que vous m'ordonnez; mais, si vous souhaitez d'exercer votre charité par vous-même, et prendre la peine de venir jusque chez moi, vous y verrez deux femmes dignes de votre pitié. Je les rencontrai hier comme elles arrivaient dans la ville; elles étaient dans un état pitoyable, et j'en fus d'autant plus touché qu'il me parut que c'étaient des personnes de condition. Au travers des haillons qui les couvraient, malgré l'impression que l'ardeur du soleil a faite sur leur visage, je démêlai un air noble que n'ont point ordinairement les pauvres que j'assiste. Je les menai toutes deux dans ma maison et les mis entre les mains de ma femme, qui en porta d'abord le même jugement que moi. Elle leur fit préparer de bons lits par ses esclaves, pendant qu'elle-même s'occupait à leur laver le visage et à leur faire changer de linge. Nous ne savons point encore qui elles sont, parce que nous voulons leur laisser prendre quelque repos avant que de les fatiguer par nos questions. »

Tourmente, sans savoir pourquoi, se sentit quelque curiosité de les voir. Le syndic se mit en devoir de la mener chez lui; mais elle ne voulut pas qu'il prît cette peine, et elle s'y fit conduire par un esclave qu'il lui donna. Quand elle fut à la porte, elle mit pied à terre et suivit l'esclave du syndic, qui avait pris les devants pour aller avertir sa maîtresse qui était dans la chambre de Force des cœurs et de sa mère : car c'était d'elles dont le syndic venait de parler à Tourmente.

La femme du syndic, ayant appris par son esclave qu'une dame du palais était dans sa maison, voulut sortir de la chambre où elle était pour l'aller recevoir; mais Tourmente, qui suivait de près l'esclave, ne lui en donna pas le temps et entra. La femme du syndic se prosterna devant elle, pour marquer le respect qu'elle avait pour tout ce qui appartenait au calife. Tourmente la releva, et lui dit : « Ma bonne dame, je vous prie de me faire parler aux deux étrangères qui sont arrivées à Bagdad hier au soir. — Madame, répondit la femme du syndic, elles sont couchées dans ces deux petits lits que vous voyez l'un auprès de l'autre. » Aussitôt la favorite s'approcha de celui de la mère, et, la considérant avec attention : « Ma bonne femme, lui dit-elle, je viens vous offrir mon secours. Je ne suis pas sans crédit dans cette ville, et je pourrai vous être utile à vous et à votre compagne. — Madame, répondit la mère de Ganem, aux offres obligeantes que vous nous faites, je vois que le Ciel ne nous a point encore abandonnées. Nous avions pourtant sujet de le croire, après les malheurs qui nous sont arrivés. » En achevant ces paroles, elle se prit à pleurer si amèrement que Tourmente et la femme du syndic ne purent aussi retenir leurs larmes.

La favorite du calife, après avoir essuyé les siennes, dit à la mère de Ganem : « Apprenez-nous, de grâce, vos malheurs, et nous racontez votre histoire; vous ne sauriez faire ce récit à des gens plus disposés que nous à chercher tous les moyens possibles de vous consoler. — Madame, reprit la triste veuve d'Abou Aibou, une favorite du Commandeur des croyants, une dame nommée Tourmente, cause toute notre infortune. » A ce discours, la favorite se sentit frappée comme d'un coup de foudre; mais, dissimulant son trouble et son agitation, elle laissa parler la mère de Ganem, qui poursuivit de cette manière : « Je suis veuve d'Abou Aibou, marchand de Damas; j'avais un fils nommé Ganem, qui, étant venu trafiquer à Bagdad, a été accusé d'avoir enlevé cette Tourmente. Le calife l'a fait chercher partout pour le faire mourir; et, ne l'ayant pu trouver, il a écrit au roi de Damas de faire piller et raser notre maison, et de nous exposer, ma fille et moi, trois jours de suite, toutes nues aux yeux du peuple, et puis de nous bannir de Syrie à perpétuité. Mais, avec quelque indignité qu'on nous ait traitées, je m'en consolerais si mon fils vivait encore et que je puisse le rencontrer. Quel plaisir pour sa sœur et pour moi de le revoir! Nous oublierions en l'embrassant la perte de nos biens et tous les maux que nous avons soufferts pour lui. Hélas! je suis persuadée qu'il n'en est que la cause innocente, et qu'il n'est pas plus coupable envers le calife que sa sœur et moi. — Non, sans doute, interrompit Tourmente en cet endroit, il n'est pas plus criminel que vous. Je puis vous assurer de son innocence, puisque cette même Tourmente dont vous avez tant à vous plaindre, c'est moi, qui, par la fatalité des astres, ai causé tous vos malheurs. C'est à moi que vous devez imputer la perte de votre fils, s'il n'est plus au monde; mais, si j'ai fait votre infortune, je puis aussi la soulager. J'ai déjà justifié Ganem dans l'esprit du calife : ce prince a fait publier par tous ses États qu'il pardonnait au fils d'Abou Aibou; et ne doutez pas qu'il ne vous fasse autant de bien qu'il vous a fait de mal. Vous n'êtes plus ses ennemis. Il attend Ganem pour le récompenser du service qu'il m'a rendu, en unissant nos fortunes; il me donne à lui pour épouse. Ainsi, regardez-moi comme votre fille, et permettez que je vous consacre une éternelle amitié. » En disant cela, elle se pencha sur la mère de Ganem, qui ne put répondre à ce discours, tant il lui causa d'étonnement. Tourmente la tint longtemps embrassée, et ne la quitta que pour courir à l'autre lit embrasser Force des cœurs, qui, s'étant levée sur son séant pour la recevoir, lui tendit les bras.

Après que la charmante favorite du calife eut donné à la mère et à la fille toutes les marques de tendresse qu'elles pouvaient attendre de la femme de Ganem, elle leur dit : « Cessez de vous affliger l'une et l'autre; les richesses que Ganem avait en cette ville ne sont pas perdues; elles sont au palais du calife, dans mon appartement. Je sais bien que toutes les richesses du monde ne sauraient vous consoler sans Ganem : c'est le jugement que je fais de sa mère et de sa sœur, si je dois juger d'elles par moi-même. Le sang n'a pas moins de force que l'amour dans les grands cœurs. Mais pourquoi faut-il désespérer de le revoir ? Nous le retrouverons; le bonheur de vous avoir rencontrées m'en fait concevoir l'espérance. Peut-être même que c'est aujourd'hui le dernier jour de vos peines, et le commencement d'un bonheur plus grand que celui dont vous jouissiez à Damas dans le temps que vous y possédiez Ganem. »

Tourmente allait poursuivre, lorsque le syndic des joailliers arriva. « Madame, lui dit-il, je viens de voir un objet bien touchant : c'est un jeune homme qu'un chamelier amenait à l'hôpital de Bagdad. Il était lié avec des cordes sur un chameau, parce qu'il n'avait pas la force de se soutenir. On l'avait déjà délié, et on était prêt à le porter à l'hôpital, lorsque j'ai passé par là. Je me suis approché du jeune homme, je l'ai considéré avec attention, et il m'a paru que son visage ne m'était pas tout à fait inconnu. Je lui ai fait des questions sur sa famille et sur son pays; mais, pour toute réponse, je n'en ai tiré que des pleurs et des soupirs. J'en ai eu pitié; et, connaissant, par l'habitude que j'ai de voir des malades, qu'il était dans un pressant besoin d'être soigné, je n'ai pas voulu qu'on le mît à l'hôpital : car je sais trop de quelle manière on y gouverne les malades, et je connais l'incapacité des médecins. Je l'ai fait apporter chez moi par mes esclaves, qui, dans une chambre particulière où je l'ai mis, lui donnent par mon ordre de mon propre linge et le servent comme ils me serviraient moi-même. »

Tourmente tressaillit à ce discours du joaillier, et sentit une émotion dont elle ne pouvait se rendre raison. « Menez-moi, dit-elle au syndic, dans la chambre de ce malade; je souhaite de le voir. » Le syndic l'y conduisit; et, tandis qu'elle y allait, la mère de Ganem dit à Force des cœurs : « Ah! ma fille, quelque misérable que soit cet étranger malade, votre frère, s'il est encore en vie, n'est peut-être pas dans un état plus heureux! »

La favorite du calife, étant dans la chambre où était le malade, s'approcha du lit où les esclaves du syndic l'avaient déjà couché. Elle vit un jeune homme qui avait les yeux fermés, le visage pâle, défiguré et tout couvert de larmes. Elle l'observe avec attention, son cœur palpite, elle croit reconnaître Ganem; mais bientôt elle se défie du rapport de ses yeux. Si elle trouve quelque chose de Ganem dans l'objet qu'elle considère, il lui paraît d'ailleurs si différent qu'elle n'ose s'imaginer que c'est lui qui s'offre à sa vue. Ne pouvant toutefois résister à l'envie de s'en éclaircir : « Ganem, lui dit-elle d'une voix tremblante, est-ce vous que je vois ? » A ces mots elle s'arrêta pour donner le temps au jeune homme de répondre; mais, s'apercevant qu'il y paraissait insensible : « Ah! Ganem, reprit-elle, ce n'est point à toi que je parle. Mon imagination, trop pleine de ton image, a prêté à cet étranger une trompeuse ressemblance. Le fils d'Abou Aibou, quelque malade qu'il pût être, entendrait la voix de Tourmente. » Au nom de Tourmente, Ganem (car c'était effectivement lui) ouvrit la paupière, et tourna la tête vers la personne qui lui adressait la parole; et, reconnaissant la favorite du calife : « Ah! Madame, est-ce vous ? par quel miracle... » Il ne put achever. Il fut tout à coup saisi d'un transport de joie si vif qu'il s'évanouit. Tourmente et le syndic s'empressèrent à le secourir; mais, dès qu'ils remarquèrent qu'il commençait à revenir de son évanouissement, le syndic pria la dame de se retirer, de peur que sa vue n'irritât le mal de Ganem.

Ce jeune homme, ayant repris ses esprits, regarda de tous côtés, et, ne voyant pas ce qu'il cherchait : « Belle Tourmente, s'écria-t-il, qu'êtes-vous devenue ? Vous êtes-vous en effet présentée à mes yeux, ou n'est-ce qu'une illusion ? — Non, Seigneur, lui dit le syndic, ce n'est point une illusion : c'est moi qui ai fait sortir cette dame, mais vous la reverrez sitôt que vous serez en état de soutenir sa vue. Vous avez besoin de repos présentement, et rien ne doit vous empêcher d'en prendre. Vos affaires ont changé de face, puisque vous êtes, ce me semble, ce Ganem à qui le Commandeur des croyants a fait publier dans Bagdad qu'il pardonnait le passé. Qu'il vous suffise à l'heure qu'il est de savoir cela. La dame qui vient de vous parler vous en instruira plus amplement. Ne songez donc qu'à rétablir votre santé ; pour moi, je vais y contribuer autant qu'il me sera possible. » En achevant ces mots, il laissa reposer Ganem, et alla lui faire préparer tous les remèdes qu'il jugea nécessaires pour réparer ses forces épuisées par la diète et par la fatigue.

Pendant ce temps-là, Tourmente était dans la chambre de Force des cœurs et de sa mère, où se passa la même scène à peu près : car, quand la mère de Ganem apprit que cet étranger malade que le syndic venait de faire apporter chez lui était Ganem lui-même, elle en eut tant de joie qu'elle s'évanouit aussi. Et lorsque, par les soins de Tourmente et de la femme du syndic, elle fut revenue de sa faiblesse, elle voulut se lever pour aller voir son fils ; mais le syndic, qui arriva sur ces entrefaites, l'en empêcha en lui représentant que Ganem était si faible et si exténué que l'on ne pouvait, sans intéresser sa vie, exciter en lui les mouvements que doit causer la vue inopinée d'une mère et d'une sœur qu'on aime. Le syndic n'eut pas besoin de longs discours pour persuader la mère de Ganem. Dès qu'on lui dit qu'elle ne pouvait entretenir son fils sans mettre en danger ses jours, elle ne fit plus d'instances pour l'aller trouver. Alors Tourmente, prenant la parole : « Bénissons le Ciel, dit-elle, de nous avoir tous rassemblés dans un même lieu. Je vais retourner au palais informer le calife de toutes ces aventures, et demain matin je reviendrai vous joindre. » Après avoir parlé de cette manière, elle embrassa la mère et la fille et sortit. Elle arriva au palais ; et, dès qu'elle y fut, elle fit demander par Mesrour une audience particulière au calife. Elle l'obtint dans le moment. On l'introduisit dans le cabinet de ce prince ; il y était seul. Elle se jeta d'abord à ses pieds, la face contre terre, selon la coutume. Il lui dit de se relever, et, l'ayant fait asseoir, il lui demanda si elle avait appris des nouvelles de Ganem. « Commandeur des croyants, lui dit-elle, j'ai si bien fait que je l'ai retrouvé avec sa mère et sa sœur. » Le calife fut curieux d'apprendre comment elle avait pu les rencontrer en si peu de temps. Elle satisfit sa curiosité, et lui dit tant de bien de la mère de Ganem et de Force des cœurs qu'il eut envie de les voir aussi bien que le jeune marchand.

Si Haroun-al-Raschid était violent et si, dans ses emportements, il se portait quelquefois à des actions cruelles, en récompense, il était équitable et le plus généreux prince du monde dès que sa colère était passée et qu'on lui faisait connaître son injustice. Ainsi, ne pouvant douter qu'il n'eût injustement persécuté Ganem et sa famille, et les ayant maltraités publiquement, il résolut de leur faire une satisfaction publique. « Je suis ravi, dit-il à Tourmente, de l'heureux succès de tes recherches; j'en ai une extrême joie, moins pour l'amour de toi qu'à cause de moi-même. Je tiendrai la promesse que je t'ai faite : tu épouseras Ganem, et je déclare dès à présent que tu n'es plus mon esclave; tu es libre. Va retrouver ce jeune marchand; et, dès que sa santé sera rétablie, tu me l'amèneras avec sa mère et sa sœur. »

Le lendemain de grand matin, Tourmente ne manqua pas de se rendre chez le syndic des joailliers, impatiente de savoir l'état de la santé de Ganem, et d'apprendre à la mère et à la fille les bonnes nouvelles qu'elle avait à leur annoncer. La première personne qu'elle rencontra fut le syndic, qui lui dit que Ganem avait fort bien passé la nuit; que, son mal ne provenant que de mélancolie et la cause en étant ôtée, il serait bientôt guéri.

Effectivement, le fils d'Abou Aibou se trouva beaucoup mieux. Le repos et les bons remèdes qu'il avait pris, et, plus que tout cela, la nouvelle situation de son esprit, avaient produit un si bon effet que le syndic jugea qu'il pouvait sans péril voir sa mère, sa sœur et sa maîtresse, pourvu qu'on le préparât à les recevoir, parce qu'il était à craindre que, ne sachant pas que sa mère et sa sœur fussent à Bagdad, leur vue ne lui causât trop de surprise et de joie. Il fut résolu que Tourmente entrerait d'abord toute seule dans la chambre de Ganem, et qu'elle ferait signe aux deux autres dames de paraître quand il en serait temps.

Les choses étant ainsi réglées, Tourmente fut annoncée par le syndic au malade, qui fut si charmé de la revoir que peu s'en fallut qu'il ne s'évanouît encore. « Hé bien!

Ganem, lui dit-elle en s'approchant de son lit, vous retrouvez votre Tourmente, que vous vous imaginiez avoir perdue pour jamais. — Ah! Madame, interrompit-il avec précipitation, par quel miracle venez-vous vous offrir à mes yeux ? Je vous croyais au palais du calife. Ce prince vous a sans doute écoutée : vous avez dissipé ses soupçons, et il vous a redonné sa tendresse. — Oui, mon cher Ganem, reprit Tourmente, je me suis justifiée dans l'esprit du Commandeur des croyants, qui, pour réparer le mal qu'il vous a fait souffrir, me donne à vous pour épouse. » Ces dernières paroles causèrent à Ganem une joie si vive qu'il ne put d'abord s'exprimer que par ce silence tendre si connu des amants. Mais il le rompit enfin. « Ah! belle Tourmente! s'écria-t-il, puis-je ajouter foi au discours que vous me tenez ? Croirai-je qu'en effet le calife vous cède au fils d'Abou Aibou ? — Rien n'est plus véritable, repartit la dame : ce prince qui vous faisait auparavant chercher pour vous ôter la vie, et qui, dans sa fureur, a fait souffrir mille indignités à votre mère et à votre sœur, souhaite de vous voir présentement pour vous récompenser du respect que vous avez eu pour lui; et il ne faut pas douter qu'il ne comble de bienfaits toute votre famille. »

Ganem demanda de quelle manière le calife avait traité sa mère et sa sœur; ce que Tourmente lui raconta. Il ne put entendre ce récit sans pleurer, malgré la situation où la nouvelle de son mariage avec sa maîtresse avait mis son esprit. Mais, lorsque Tourmente lui dit qu'elles étaient actuellement à Bagdad et dans la même maison où il se trouvait, il parut avoir une si grande impatience de les voir que la favorite ne différa point à la satisfaire. Elle les appela; elles étaient à la porte, où elles n'attendaient que ce moment. Elles entrent, s'avancent vers Ganem, et, l'embrassant tour à tour, elles le baisent à plusieurs reprises. Que de larmes furent répandues dans ces embrassements! Ganem en avait le visage tout couvert, aussi bien que sa mère et sa sœur. Tourmente en versait abondamment. Le syndic même et sa femme, que ce spectacle attendrissait, ne pouvaient retenir leurs pleurs, ni se lasser d'admirer les ressorts secrets de la Providence, qui rassemblait chez eux quatre personnes que la fortune avait si cruellement séparées.

Après qu'ils eurent tous essuyé leurs larmes, Ganem en arracha de nouvelles en faisant le récit de tout ce qu'il avait souffert depuis le jour qu'il avait quitté Tourmente jusqu'au moment où le syndic l'avait fait apporter chez lui. Il leur apprit que, s'étant réfugié dans un petit village, il y était tombé malade; que quelques paysans charitables en avaient eu soin; mais que, ne guérissant point, un chamelier s'était chargé de l'amener à l'hôpital de Bagdad. Tourmente raconta aussi tous les ennuis de sa prison, comment le calife, après l'avoir entendue parler dans la tour, l'avait fait venir dans son cabinet, et par quels discours elle s'était justifiée. Enfin, quand ils se furent instruits des choses qui leur étaient arrivées, Tourmente dit : « Bénissons le Ciel qui nous a tous réunis, et ne songeons qu'au bonheur qui nous attend. Dès que la santé de Ganem sera rétablie, il faudra qu'il paraisse devant le calife avec sa mère et sa sœur; mais, comme elles ne sont pas en état de se montrer, je vais y mettre bon ordre : je vous prie de m'attendre un moment. »

En disant ces mots, elle sortit, alla au palais, et revint en peu de temps chez le syndic avec une bourse où il y avait encore mille pièces d'or. Elle la donna au syndic, en le priant d'acheter des habits pour Force des cœurs et pour sa mère. Le syndic, qui était un homme de bon goût, en choisit de fort beaux, et les fit faire avec toute la diligence possible. Ils se trouvèrent prêts au bout de trois jours; et Ganem, se sentant assez fort pour sortir, s'y disposa. Mais le jour qu'il avait pris pour aller saluer le calife, comme il s'y préparait avec Force des cœurs et sa mère, on vit arriver chez le syndic le grand-vizir Giafar.

Ce ministre était à cheval avec une grande suite d'officiers. « Seigneur, dit-il à Ganem en entrant, je viens ici de la part du Commandeur des croyants, mon maître et le vôtre. L'ordre dont je suis chargé est bien différent de celui dont je ne veux pas vous renouveler le souvenir : je dois vous accompagner et vous présenter au calife, qui souhaite de vous voir. » Ganem ne répondit au compliment du grand-vizir que par une très profonde inclination de tête, et monta un cheval des écuries du calife, qu'on lui présenta et qu'il mania avec beaucoup de grâce. On fit monter la mère et la fille sur des mules du palais; et, tandis que Tourmente, aussi montée sur une mule, les menait chez le prince par un chemin détourné, Giafar conduisit Ganem par un autre, et l'introduisit dans la salle d'audience. Le calife y était assis sur son trône, environné des émirs, des vizirs, des chefs des huissiers et des autres courtisans arabes, persans, égyptiens, africains et syriens, de sa domination, sans parler des étrangers.

Quand le grand-vizir eut amené Ganem au pied du trône, ce jeune marchand fit sa révérence en se jetant la face contre terre; et puis, s'étant levé, il débita un beau compliment en vers, qui, bien que composé sur-le-champ, ne laissa pas d'attirer l'approbation de toute la cour. Après son compliment, le calife le fit approcher et lui dit : « Je suis bien aise de te voir, et d'apprendre de toi-même où tu as trouvé ma favorite et tout ce que tu as fait pour elle. » Ganem obéit, et parut si sincère que le calife fut convaincu de sa sincérité. Ce prince lui fit donner une robe fort riche, selon la coutume observée envers ceux à qui l'on donne audience. Ensuite il lui dit : « Ganem, je veux que tu demeures dans ma cour. — Commandeur des croyants, répondit le jeune marchand, l'esclave n'a point d'autre volonté que celle de son maître, de qui dépendent sa vie et son bien. » Le calife fut très satisfait de la réponse de Ganem, et lui donna une grosse pension. Ensuite ce prince descendit du trône, et, se faisant suivre par Ganem et par le grand-vizir seulement, il entra dans son appartement.

Comme il ne doutait pas que Tourmente n'y fût avec la mère et la fille d'Abou Aibou, il ordonna qu'on les lui amenât. Elles se prosternèrent devant lui. Il les fit relever; et il trouva Force des cœurs si belle qu'après l'avoir considérée avec attention : « J'ai tant de douleur, lui dit-il, d'avoir traité si indignement vos charmes, que je leur dois une réparation qui surpasse l'offense que je leur ai faite. Je vous épouse, et par là je punirai Zobéide, qui deviendra la première cause de votre bonheur, comme elle l'est de vos malheurs passés. Ce n'est pas tout, ajouta-t-il en se tournant vers la mère de Ganem, Madame, vous êtes encore jeune, et je crois que vous ne dédaignerez pas l'alliance de mon grand-vizir : je vous donne à Giafar; et vous, Tourmente, à Ganem. Que l'on fasse venir un cadi et des témoins, et que les trois contrats soient dressés et signés tout à l'heure. » Ganem voulut représenter au calife que sa sœur serait trop honorée d'être seulement au nombre de ses favorites; mais ce prince voulut épouser Force des cœurs.

Il trouva cette histoire si extraordinaire qu'il fit ordonner à un fameux historien de la mettre par écrit avec toutes ses circonstances. Elle fut ensuite déposée dans son trésor, d'où plusieurs copies tirées sur cet original l'ont rendue publique.

La sultane Scheherazade venait de raconter l'histoire de Ganem avec tant d'agrément que le sultan des Indes, son époux, ne put s'empêcher de lui témoigner qu'il l'avait entendue avec un très grand plaisir.

« Sire, lui dit la sultane, je ne doute pas que Votre Majesté n'ait eu bien de la satisfaction d'avoir vu le calife Haroun-al-Raschid changer de sentiments en faveur de Ganem, de sa mère et de sa sœur Force des cœurs, et je crois qu'elle doit avoir été touchée sensiblement des disgrâces des uns et des mauvais traitements faits aux autres ; mais je suis persuadée que, si Votre Majesté voulait bien entendre l'histoire du Dormeur éveillé, au lieu de tous ces mouvements d'indignation et de compassion que celle de Ganem doit avoir excités dans son cœur, et dont il est encore ému, celle-ci au contraire ne lui inspirerait que de la joie et du plaisir. »

Au seul titre de l'histoire dont la sultane venait de lui parler, le sultan, qui s'en promettait des aventures toutes nouvelles et toutes réjouissantes, eût bien voulu en entendre le récit dès le même jour ; mais il était temps qu'il se levât : c'est pourquoi il remit au lendemain à entendre la sultane Scheherazade, à qui cette histoire servit à se faire prolonger la vie encore plusieurs nuits et plusieurs jours. Ainsi, le jour suivant, après que Dinarzade l'eut éveillée, elle commença à la lui raconter en cette manière :

AVERTISSEMENT *

Les deux contes par où finit le huitième tome ne sont pas de l'ouvrage des Mille et Une Nuits : *ils y ont été insérés et imprimés à l'insu du traducteur, qui n'a eu connaissance de l'infidélité qui lui a été faite, que quand ce tome eut été mis en vente. Ainsi, le lecteur ne doit pas être surpris que l'*Histoire du Dormeur éveillé, *contenue dans ce neuvième tome, soit marquée, comme racontée par Scheherazade, immédiatement après l'*Histoire de Ganem, *qui fait la plus grande partie du huitième. On aura soin, dans la seconde édition, de retrancher ces deux contes comme étrangers.*

* Dans l'originale cet avertissement se lit en tête du tome IX.

HISTOIRE DU DORMEUR ÉVEILLÉ

Sous le règne du calife Haroun-al-Raschid, il y avait à Bagdad un marchand fort riche dont la femme était déjà vieille. Ils avaient un fils unique nommé Abou Hassan, âgé d'environ trente ans, qui avait été élevé dans une grande retenue de toutes choses.

Le marchand mourut, et Abou Hassan, qui se vit seul héritier, se mit en possession des grandes richesses que son père avait amassées pendant sa vie avec beaucoup d'épargne et avec un grand attachement à son négoce. Le fils, qui avait des vues et des inclinations différentes de celles de son père, en usa aussi tout autrement. Comme son père ne lui avait donné d'argent pendant sa jeunesse que ce qui suffisait précisément pour son entretien, et qu'il avait toujours porté envie aux jeunes gens de son âge qui n'en manquaient pas et qui ne se refusaient aucun des plaisirs auxquels la jeunesse ne s'abandonne que trop aisément, il résolut de se signaler à son tour en faisant des dépenses proportionnées aux grands biens dont la fortune venait de le favoriser. Pour cet effet il partagea son bien en deux parts : l'une fut employée en acquisition de terres à la campagne et de maisons dans la ville, et dont il se fit un revenu suffisant pour vivre à son aise, avec promesse de ne point toucher aux sommes qui en reviendraient, mais de les amasser à mesure qu'il les recevrait; l'autre moitié, qui consistait en une somme considérable en argent comptant, fut destinée à réparer tout le temps qu'il croyait avoir perdu sous la dure contrainte où son père l'avait retenu jusqu'à sa mort; mais il se fit une loi indispensable, qu'il se promit à lui-même de garder inviolablement, de ne rien dépenser au-delà de cette somme, dans le dérèglement de vie qu'il s'était proposé.

Dans ce dessein, Abou Hassan se fit en peu de jours une société de gens à peu près de son âge et de sa condition, et il ne songea plus qu'à leur faire passer le temps très agréablement. Pour cet effet, il ne se contenta pas de les bien régaler les jours et les nuits, et de leur faire des festins splendides où les mets les plus délicats et les vins les plus exquis étaient servis en abondance, il y joignit encore la musique, en y appelant les meilleures voix de l'un et de l'autre sexe. La jeune bande, de son côté, le verre à la main, mêlait quelquefois ses chansons à celles des musiciens, et tous ensemble ils semblaient s'accorder avec tous les instruments de musique dont ils étaient accompagnés. Ces fêtes étaient ordinairement terminées par des bals, où les meilleurs danseurs et baladins de l'un et de l'autre sexe de la ville de Bagdad étaient appelés. Tous ces divertissements, renouvelés chaque jour par des plaisirs nouveaux, jetèrent Abou Hassan dans des dépenses si prodigieuses qu'il ne put continuer une si grande profusion au-delà d'une année. La grosse somme qu'il avait consacrée à cette prodigalité et l'année finirent ensemble. Dès qu'il eut cessé de tenir table, ses amis disparurent; il ne les rencontrait pas même en quelque endroit qu'il allât. En effet, ils le fuyaient dès qu'ils l'apercevaient; et, si par hasard il en joignait quelqu'un et qu'il voulût l'arrêter, il s'excusait sur différents prétextes.

Abou Hassan fut plus sensible à la conduite étrange de ses amis qui l'abandonnaient avec tant d'indignité et d'ingratitude, après toutes les démonstrations et les protestations d'amitié qu'ils lui avaient faites, et d'avoir pour lui un attachement inviolable, qu'à tout l'argent qu'il avait dépensé avec eux si mal à propos. Triste, rêveur, la tête baissée et avec un visage sur lequel un morne chagrin était dépeint, il entra dans l'appartement de sa mère et il s'assit sur le bout du sofa, assez éloigné d'elle. « Qu'avez-vous donc, mon fils ? lui demanda sa mère en le voyant en cet état. Pourquoi êtes-vous si changé, si abattu et si différent de vous-même ? Quand vous auriez perdu tout ce que vous avez au monde, vous ne seriez pas fait autrement. Je sais la dépense effroyable que vous avez faite; et, depuis que vous vous y êtes abandonné, je veux croire qu'il ne vous reste pas grand argent. Vous étiez maître de votre bien, et, si je ne me suis point opposée à votre conduite déréglée, c'est que je savais la sage précaution que vous aviez prise de conserver la moitié de votre bien. Après cela, je ne vois pas ce qui peut vous avoir plongé dans cette profonde mélancolie. »

Abou Hassan fondit en larmes à ces paroles; et, au milieu de ses pleurs et de ses soupirs : « Ma mère, s'écria-t-il, je connais enfin, par une expérience bien douloureuse, combien la pauvreté est insupportable. Oui, je sens vivement que, comme le coucher du soleil nous prive de la splendeur de cet astre, de même la pauvreté nous ôte toute sorte de joie. C'est elle qui fait oublier entièrement toutes les louanges qu'on nous donnait et tout le bien que l'on disait de nous avant d'y être tombés; elle nous réduit à ne marcher qu'en prenant des mesures pour ne pas être remarqués, et à passer les nuits en versant des larmes de sang. En un mot, celui qui est pauvre n'est plus regardé, même par ses parents et par ses amis, que comme un étranger. Vous savez, ma mère, poursuivit-il, de quelle manière j'en ai usé avec mes amis depuis un an. Je leur ai fait toute la bonne chère que j'ai pu imaginer, jusqu'à m'épuiser; et, aujourd'hui que je n'ai plus de quoi la continuer, je m'aperçois qu'ils m'ont tous abandonné. Quand je dis que je n'ai plus de quoi continuer à leur faire bonne chère, j'entends parler de l'argent que j'avais mis à part pour l'employer à l'usage que j'en ai fait. Pour ce qui est de mon revenu, je rends grâces à Dieu de m'avoir inspiré de le réserver, sous la condition et sous le serment que j'ai fait de n'y pas toucher pour le dissiper si follement. Je l'observai, ce serment, et je sais le bon usage que je ferai de ce qui me reste si heureusement. Mais, auparavant, je veux éprouver jusqu'à quel point mes amis, s'ils méritent d'être appelés de ce nom, pousseront leur ingratitude. Je veux les voir tous l'un après l'autre, et, quand je leur aurai représenté les efforts que j'ai faits pour l'amour d'eux, je les solliciterai de me faire entre eux une somme qui serve en quelque façon à me relever de l'état malheureux où je me suis réduit pour leur faire plaisir. Mais je ne veux faire ces démarches, comme je vous ai déjà dit, que pour voir si je trouverai en eux quelque sentiment de reconnaissance.

— Mon fils, reprit la mère d'Abou Hassan, je ne prétends pas vous dissuader d'exécuter votre dessein; mais je puis vous dire par avance que votre espérance est mal fondée. Croyez-moi : quoi que vous puissiez faire, il est inutile que vous en veniez à cette épreuve; vous ne trouverez de secours qu'en ce que vous vous êtes réservé par-devers vous. Je vois bien que vous ne connaissiez pas encore ces amis qu'on appelle vulgairement de ce nom parmi les gens de votre sorte; mais vous allez les connaître. Dieu veuille que ce soit de la manière que je le souhaite, c'est-à-dire pour votre bien! — Ma mère, repartit Abou Hassan, je suis bien persuadé de la vérité de ce que vous me dites; je serai plus certain d'un fait qui me regarde de si près, quand je me serai éclairci par moi-même de leur lâcheté et de leur insensibilité. »

Abou Hassan partit à l'heure même, et il prit si bien son temps qu'il trouva tous ses amis chez eux. Il leur représenta le grand besoin où il était, et il les pria de lui ouvrir leur bourse pour le secourir efficacement. Il promit même de s'engager envers chacun d'eux en particulier, de leur rendre les sommes qu'ils lui auraient prêtées, dès que ses affaires seraient rétablies, sans néanmoins leur faire connaître que c'était en grande partie à leur considération qu'il s'était si fort incommodé, afin de les piquer davantage de générosité. Il n'oublia pas de les leurrer aussi de l'espérance de recommencer un jour avec eux la bonne chère qu'il leur avait déjà faite.

Aucun de ses amis de bouteille ne fut touché des vives couleurs dont l'affligé Abou Hassan se servit pour tâcher de les persuader. Il eut même la mortification de voir que plusieurs lui dirent nettement qu'ils ne le connaissaient pas, et qu'ils ne se souvenaient pas même de l'avoir vu. Il revint chez lui le cœur pénétré de douleur et d'indignation. « Ah! ma mère, s'écria-t-il, en rentrant dans son appartement, vous me l'aviez bien dit : au lieu d'amis, je n'ai trouvé que des perfides, des ingrats et des méchants, indignes de mon amitié! C'en est fait, je renonce à la leur, et je vous promets de ne les revoir jamais. »

Abou Hassan demeura ferme dans la résolution de tenir sa parole. Pour cet effet, il prit les précautions les plus convenables pour en éviter les occasions; et, afin de ne plus tomber dans le même inconvénient, il promit avec serment de ne donner à manger de sa vie à aucun homme de Bagdad. Ensuite il tira le coffre-fort où était l'argent de son revenu du lieu où il l'avait mis en réserve, et il le mit à la place de celui qu'il venait de vider. Il résolut de n'en tirer pour sa dépense de chaque jour qu'une somme réglée et suffisante pour régaler honnêtement une seule personne avec lui à souper. Il fit encore serment que cette personne ne serait pas de Bagdad, mais un étranger qui y serait arrivé le même jour, et qu'il le renverrait le lendemain matin, après lui avoir donné le couvert une nuit seulement.

Selon ce projet, Abou Hassan avait soin lui-même chaque matin de faire la provision nécessaire pour ce régal; et, vers la fin du jour, il allait s'asseoir au bout du pont de Bagdad, et, dès qu'il voyait un étranger, de quelque état ou condition qu'il fût, il l'abordait civilement et l'invitait de même à lui faire l'honneur de venir souper et loger chez lui pour la première nuit de son arrivée, et, après l'avoir informé de la loi qu'il s'était faite et de la condition qu'il avait mise à son honnêteté, il l'emmenait en son logis.

Le repas dont Abou Hassan régalait son hôte n'était pas somptueux, mais il y avait suffisamment de quoi se contenter. Le bon vin surtout n'y manquait pas. On faisait durer le repas jusque bien avant dans la nuit, et, au lieu d'entretenir son hôte d'affaires d'État, de famille ou de négoce, comme il arrive fort souvent, il affectait au contraire de ne parler que de choses indifférentes, agréables et réjouissantes. Il était naturellement plaisant, de belle humeur et fort divertissant; et, sur quelque sujet que ce fût, il savait donner un tour à son discours capable d'inspirer la joie aux plus mélancoliques.

En renvoyant son hôte le lendemain matin : « En quelque lieu que vous puissiez aller, lui disait Abou Hassan, Dieu vous préserve de tout sujet de chagrin! Quand je vous invitai hier à venir prendre un repas chez moi, je vous informai de la loi que je me suis imposée; ainsi ne trouvez pas mauvais si je vous dis que nous ne boirons plus ensemble, et même que nous ne nous verrons plus ni chez moi ni ailleurs : j'ai mes raisons pour en user ainsi. Dieu vous conduise! »

Abou Hassan était exact dans l'observation de cette règle; il ne regardait plus les étrangers qu'il avait une fois reçus chez lui, et il ne leur parlait plus. Quand il les rencontrait dans les rues, dans les places ou dans les assemblées publiques, il faisait semblant de ne les pas voir; il se détournait même, pour éviter qu'ils ne vinssent l'aborder; enfin il n'avait plus aucun commerce avec eux. Il y avait du temps qu'il se gouvernait de la sorte, lorsqu'un peu avant le coucher du soleil, comme il était assis à son ordinaire au bout du pont, le calife Haroun-al-Raschid vint à paraître, mais déguisé de manière qu'on ne pouvait pas le reconnaître.

Quoique ce monarque eût des ministres et des officiers chefs de justice d'une grande exactitude à bien s'acquitter de leur devoir, il voulait néanmoins prendre connaissance de toutes choses par lui-même. Dans ce dessein, comme nous l'avons déjà vu, il allait souvent déguisé en différentes manières par la ville de Bagdad. Il ne négligeait pas même les dehors; et, à cet égard, il s'était fait une coutume d'aller, chaque premier jour du mois, sur les grands chemins par où on y abordait, tantôt d'un côté, tantôt d'un autre. Ce jour-là, premier du mois, il parut déguisé en marchand de Mossoul qui venait de se débarquer de l'autre côté du pont, et suivi d'un esclave grand et puissant.

Comme le calife avait dans son déguisement un air grave et respectable, Abou Hassan, qui le croyait marchand de Mossoul, se leva de l'endroit où il était assis, et, après l'avoir salué d'un air gracieux et lui avoir baisé la main : « Seigneur, lui dit-il, je vous félicite de votre heureuse arrivée; je vous supplie de me faire l'honneur de venir souper avec moi, et de passer cette nuit en ma maison, pour tâcher de vous remettre de la fatigue de votre voyage. » Et, afin de l'obliger davantage à ne lui pas refuser la grâce qu'il lui demandait, il lui expliqua en peu de mots la coutume qu'il s'était faite de recevoir chez lui chaque jour, autant qu'il lui serait possible, et pour une nuit seulement, le premier étranger qui se présenterait à lui.

Le calife trouva quelque chose de si singulier dans la bizarrerie du goût d'Abou Hassan que l'envie lui prit de le connaître à fond. Sans sortir du caractère de marchand, il lui marqua qu'il ne pouvait mieux répondre à une si grande honnêteté, à laquelle il ne s'était pas attendu à son arrivée à Bagdad, qu'en acceptant l'offre obligeante qu'il venait de lui faire; qu'il n'avait qu'à lui montrer le chemin, et qu'il était tout prêt de le suivre.

Abou Hassan, qui ne savait pas que l'hôte que le hasard venait de lui présenter était infiniment au-dessus de lui, en agit avec le calife comme avec son égal. Il le mena à sa maison et le fit entrer dans une chambre meublée fort proprement, où il lui fit prendre place sur le sofa, à l'endroit le plus honorable. Le souper était prêt, et le couvert était mis. La mère d'Abou Hassan, qui entendait fort bien la cuisine, servit trois plats : l'un, au milieu, garni d'un bon chapon, cantonné de quatre gros poulets; et les deux autres à côté qui servaient d'entrée, l'un d'une oie grasse, et l'autre de pigeonneaux en ragoût. Il n'y avait rien de plus, mais ces viandes étaient bien choisies et d'un goût délicieux.

Abou Hassan se mit à table vis-à-vis de son hôte, et le calife et lui commencèrent à manger de bon appétit en prenant chacun ce qui était de son goût, sans parler et même sans boire, selon la coutume du pays. Quand ils eurent achevé de manger, l'esclave du calife leur donna à laver, et cependant la mère d'Abou Hassan desservit, et apporta le dessert, qui consistait en diverses sortes de fruits de la saison, comme raisins, pêches, pommes, poires et plusieurs sortes de pâtes d'amandes sèches. Sur la fin du jour on alluma les bougies, après quoi Abou Hassan fit mettre les bouteilles et les tasses près de lui, et prit soin que sa mère fît souper l'esclave du calife.

Quand le feint marchand de Mossoul, c'est-à-dire le calife, et Abou Hassan se furent remis à table, Abou Hassan, avant de toucher au fruit, prit une tasse, se versa à boire le premier, et, en la tenant à la main : « Seigneur, dit-il au calife, qui était selon lui un marchand de Mossoul, vous savez comme moi que le coq ne boit jamais qu'il n'appelle les poules pour venir boire avec lui : je vous invite donc à suivre mon exemple. Je ne sais ce que vous en pensez; pour moi, il me semble qu'un homme qui hait le vin, et qui veut faire le sage, ne l'est pas. Laissons là ces sortes de gens avec leur humeur sombre et chagrine, et cherchons la joie; elle est dans la tasse, et la tasse la communique à ceux qui la vident. »

Pendant qu'Abou Hassan buvait : « Cela me plaît, dit le calife en se saisissant de la tasse qui lui était destinée, et voilà ce qu'on appelle un brave homme. Je vous aime de cette humeur et avec cette gaieté, et j'attends que vous m'en versiez autant. »

Abou Hassan n'eut pas plus tôt bu qu'en remplissant la tasse que le calife lui présentait : « Goûtez, Seigneur, dit-il, vous le trouverez bon.

— J'en suis bien persuadé, reprit le calife d'un air riant; il n'est pas possible qu'un homme comme vous ne sache faire le choix des meilleures choses. »

Pendant que le calife buvait : « Il ne faut que vous regarder, repartit Abou Hassan, pour s'apercevoir, du premier coup d'œil, que vous êtes de ces gens qui ont vu le monde et qui savent vivre.

« Si ma maison, ajouta-t-il en vers arabes, était capable de sentiment et qu'elle fût sensible au sujet de joie qu'elle a de vous posséder, elle le marquerait hautement, et, en se prosternant devant vous, elle s'écrierait : « Ah! quel « plaisir, quel bonheur de me voir honorée de la présence « d'une personne si honnête et si complaisante qu'elle « ne dédaigne pas de prendre le couvert chez moi! »

« Enfin, Seigneur, je suis au comble de ma joie, d'avoir fait aujourd'hui la rencontre d'un homme de votre mérite. »

Ces saillies d'Abou Hassan divertissaient fort le calife, qui avait naturellement l'esprit très enjoué, et qui se faisait un plaisir de l'exciter à boire en demandant souvent lui-même du vin, afin de le mieux connaître dans son entretien, par la gaieté que le vin lui inspirerait. Pour entrer en conversation, il lui demanda comment il s'appelait, à quoi il s'occupait et de quelle manière il passait la vie. « Seigneur, répondit-il, mon nom est Abou Hassan. J'ai perdu mon père qui était marchand, non pas à la vérité des plus riches, mais au moins de ceux qui vivaient le plus commodément à Bagdad. En mourant, il me laissa une succession plus que suffisante pour vivre sans ambition selon mon état. Comme sa conduite à mon égard avait été fort sévère, et que jusqu'à sa mort j'avais passé la meilleure partie de ma jeunesse dans une grande contrainte, je voulus tâcher de réparer le bon temps que je croyais avoir perdu. En cela néanmoins, poursuivit Abou Hassan, je me gouvernais d'une autre manière que ne font ordinairement tous les jeunes gens. Ils se livrent à la débauche sans considération, et ils s'y abandonnent jusqu'à ce que, réduits à la dernière pauvreté, ils fassent malgré eux une pénitence forcée pendant le reste de leurs jours. Afin de ne pas tomber dans ce malheur, je partageai tout mon bien en deux parts, l'une en fonds, et l'autre en argent comptant. Je destinai l'argent comptant pour les dépenses que je méditais, et je pris une ferme résolution de ne point toucher à mes revenus. Je fis une société de gens de ma connaissance et à peu près de mon âge; et, sur l'argent comptant que je dépensais à pleines mains, je les régalais splendidement chaque jour, de manière que rien ne manquait à nos divertissements. Mais la durée n'en fut pas longue. Je ne trouvai plus rien au fond de ma cassette à la fin de l'année, et en même temps tous mes amis de table disparurent. Je les vis l'un après l'autre. Je leur représentai l'état malheureux où je me trouvais; mais aucun ne m'offrit de quoi me soulager. Je renonçai donc à leur amitié, et, en me réduisant à ne plus dépenser que mon revenu, je me retranchai à n'avoir plus de société qu'avec le premier étranger que je rencontrerais chaque jour à son arrivée à Bagdad, avec cette condition de ne le régaler que ce seul jour-là. Je vous ai informé du reste, et je remercie ma bonne fortune de m'avoir présenté aujourd'hui un étranger de votre mérite. »

Le calife, fort satisfait de cet éclaircissement, dit à Abou Hassan : « Je ne puis assez vous louer du bon parti que vous avez pris d'avoir agi avec tant de prudence en vous jetant dans la débauche, et de vous être conduit d'une manière qui n'est pas ordinaire à la jeunesse; je vous estime encore d'avoir été fidèle à vous-même au point que vous l'avez été. Le pas était bien glissant, et je ne puis assez admirer comment, après avoir vu la fin de votre argent comptant, vous avez eu assez de modération pour ne pas dissiper votre revenu, et même votre fonds. Pour vous dire ce que j'en pense, je tiens que vous êtes le seul débauché à qui pareille chose est arrivée, et à qui elle arrivera peut-être jamais. Enfin, je vous avoue que j'envie votre bonheur. Vous êtes le plus heureux mortel qu'il y ait sur la terre, d'avoir chaque jour la compagnie d'un honnête homme avec qui vous pouvez vous entretenir si agréablement, et à qui vous donnez lieu de publier partout la bonne réception que vous lui faites. Mais ni vous ni moi nous ne nous apercevons pas que c'est parler trop longtemps sans boire : buvez, et versez-m'en ensuite. » Le calife et Abou Hassan continuèrent de boire longtemps en s'entretenant de choses très agréables.

La nuit était déjà fort avancée, et le calife, en feignant d'être fort fatigué du chemin qu'il avait fait, dit à Abou Hassan qu'il avait besoin de repos. « Je ne veux pas aussi de mon côté, ajouta-t-il, que vous perdiez rien du vôtre pour l'amour de moi. Avant que nous nous séparions (car peut-être serai-je sorti demain de chez vous avant que vous soyez éveillé), je suis bien aise de vous marquer combien je suis sensible à votre honnêteté, à votre bonne chère et à l'hospitalité que vous avez exercée envers moi si obligeamment. La seule chose qui me fait de la peine, c'est que je ne sais par quel endroit vous en témoigner ma reconnaissance. Je vous supplie de me le faire connaître, et vous verrez que je ne suis pas un ingrat. Il ne se peut pas faire qu'un homme comme vous n'ait quelque affaire, quelque besoin, et ne souhaite enfin quelque chose qui lui ferait plaisir. Ouvrez votre cœur, et parlez-moi franchement. Tout marchand que je suis, je ne laisse pas d'être en état d'obliger par moi-même ou par l'entremise de mes amis. »

A ces offres du calife, qu'Abou Hassan ne prenait toujours que pour un marchand : « Mon bon seigneur, reprit Abou Hassan, je suis très persuadé que ce n'est point par compliment que vous me faites des avances si généreuses. Mais, foi d'honnête homme, je puis vous assurer que je n'ai ni chagrin, ni affaire, ni désir, et que je ne demande rien à personne. Je n'ai pas la moindre ambition, comme je vous l'ai déjà dit, et je suis très content de mon sort. Ainsi je n'ai qu'à vous remercier, non seulement de vos offres si obligeantes, mais même de la complaisance que vous avez eue de me faire un si grand honneur que celui de venir prendre un méchant repas chez moi. Je vous dirai néanmoins, poursuivit Abou Hassan, qu'une seule chose me fait de la peine, sans pourtant qu'elle aille jusqu'à troubler mon repos. Vous saurez que la ville de Bagdad est divisée par quartiers, et que dans chaque quartier il y a une mosquée avec un iman pour faire la prière aux heures ordinaires, à la tête du quartier qui s'y assemble. L'iman est un grand vieillard, d'un visage austère, et parfait hypocrite, s'il y en eut jamais au monde. Pour conseil, il s'est associé quatre autres barbons, mes voisins, gens à peu près de sa sorte, qui s'assemblent chez lui régulièrement chaque jour, et, dans leur conciliabule, il n'y a médisance, calomnie et malice qu'ils ne mettent en usage contre moi et contre tout le quartier, pour en troubler la tranquillité et y faire régner la dissension. Ils se rendent redoutables aux uns, ils menacent les autres; ils veulent enfin se rendre les maîtres, et que chacun se gouverne selon leur caprice, eux qui ne savent pas se gouverner eux-mêmes. Pour dire la vérité, je souffre de voir qu'ils se mêlent de toute autre chose que de leur Alcoran, et qu'ils ne laissent pas vivre le monde en paix.

— Hé bien, reprit le calife, vous voudriez apparemment trouver un moyen pour arrêter le cours de ce désordre ? — Vous l'avez dit, repartit Abou Hassan; et la seule chose que je demanderais à Dieu pour cela, ce serait d'être calife à la place du Commandeur des croyants, Haroun-al-Raschid, notre souverain seigneur et maître, seulement pour un jour. — Que feriez-vous si cela arrivait ? demanda le calife. — Je ferais une chose d'un grand exemple, répondit Abou Hassan, et qui donnerait de la satisfaction à tous les honnêtes gens. Je ferais donner cent coups de bâton sur la plante des pieds à chacun des quatre vieillards, et quatre cents à l'iman, pour leur apprendre qu'il ne leur appartient pas de troubler et de chagriner ainsi leurs voisins. »

Le calife trouva la pensée d'Abou Hassan fort plaisante; et, comme il était né pour les aventures extraordinaires, elle lui fit naître l'envie de s'en faire un divertissement tout singulier. « Votre souhait me plaît d'autant plus, dit le calife, que je vois qu'il part d'un cœur droit et d'un homme qui ne peut souffrir que la malice des méchants demeure impunie. J'aurais un grand plaisir d'en voir l'effet, et peut-être n'est-il pas aussi impossible que cela arrive que vous pourriez vous l'imaginer. Je suis persuadé que le calife se dépouillerait volontiers de sa puissance pour vingt-quatre heures entre vos mains, s'il était informé de votre bonne intention et du bon usage que vous en feriez. Quoique marchand étranger, je ne laisse pas néanmoins d'avoir du crédit pour y contribuer en quelque chose.

— Je vois bien, repartit Abou Hassan, que vous vous moquez de ma folle imagination, et le calife s'en moquerait aussi s'il avait connaissance d'une telle extravagance. Ce que cela pourrait peut-être produire, c'est qu'il se ferait informer de la conduite de l'iman et de ses conseillers, et qu'il les ferait châtier.

— Je ne me moque pas de vous, répliqua le calife : Dieu me garde d'avoir une pensée si déraisonnable pour une personne comme vous qui m'avez si bien régalé, tout inconnu que je vous suis; et je vous assure que le calife ne s'en moquerait pas aussi. Mais laissons là ce discours : il n'est pas loin de minuit, et il est temps de nous coucher.

— Brisons donc là notre entretien, dit Abou Hassan; je ne veux pas apporter d'obstacle à votre repos. Mais, comme il reste encore du vin dans la bouteille, il faut, s'il vous plaît, que nous la vidions; après cela nous nous coucherons. La seule chose que je vous recommande, c'est qu'en sortant demain matin, au cas que je ne sois pas éveillé, vous ne laissiez pas la porte ouverte, mais que vous preniez la peine de la fermer. » Ce que le calife lui promit d'exécuter fidèlement.

Pendant qu'Abou Hassan parlait, le calife s'était saisi de la bouteille et des deux tasses. Il se versa du vin le premier en faisant connaître à Abou Hassan que c'était pour le remercier. Quand il eut bu, il jeta adroitement dans la tasse d'Abou Hassan une pincée d'une poudre qu'il avait sur lui, et versa par-dessus le reste de la bouteille. En la présentant à Abou Hassan : « Vous avez, dit-il, pris la peine de me verser à boire toute la soirée; c'est bien la moindre chose que je doive faire que de vous en épargner la peine pour la dernière fois; je vous prie de prendre cette tasse de ma main, et de boire ce coup pour l'amour de moi. »

Abou Hassan prit la tasse; et, pour marquer davantage à son hôte avec combien de plaisir il recevait l'honneur qu'il lui faisait, il but et il la vida presque tout d'un trait. Mais à peine eut-il mis la tasse sur la table que la poudre fit son effet. Il fut saisi d'un assoupissement si profond que la tête lui tomba presque sur ses genoux d'une manière si subite que le calife ne put s'empêcher d'en rire. L'esclave par qui il s'était fait suivre était revenu dès qu'il avait eu soupé, et il y avait quelque temps qu'il était là tout prêt à recevoir ses commandements. « Charge cet homme sur tes épaules, lui dit le calife; mais prends garde de bien remarquer l'endroit où est cette maison, afin que tu le rapportes quand je te le commanderai. »

Le calife, suivi de l'esclave qui était chargé d'Abou Hassan, sortit de la maison, mais sans fermer la porte comme Abou Hassan l'en avait prié, et il le fit exprès. Dès qu'il fut arrivé à son palais, il rentra par une porte secrète, et il se fit suivre par l'esclave jusqu'à son appartement, où tous les officiers de sa chambre l'attendaient. « Déshabillez cet homme, leur dit-il, et couchez-le dans mon lit; je vous dirai ensuite mes intentions. »

Les officiers déshabillèrent Abou Hassan, le revêtirent de l'habillement de nuit du calife et le couchèrent, selon son ordre. Personne n'était encore couché dans le palais. Le calife fit venir tous ses autres officiers et toutes les dames et, quand ils furent tous en sa présence : « Je veux, leur dit-il, que tous ceux qui ont coutume de se trouver à mon lever ne manquent pas de se rendre demain matin auprès de cet homme que voilà couché dans mon lit, et que chacun fasse auprès de lui, lorsqu'il s'éveillera, les mêmes fonctions qui s'observent ordinairement auprès de moi. Je veux aussi qu'on ait pour lui les mêmes égards que pour ma propre personne, et qu'il soit obéi en tout ce qu'il commandera. On ne lui refusera rien de tout ce qu'il pourra demander, et on ne le contredira en quoi que ce soit de ce qu'il pourra dire ou souhaiter. Dans toutes les occasions où il s'agira de lui parler ou de lui répondre, on ne manquera pas de le traiter de Commandeur des croyants. En un mot, je demande qu'on ne songe non plus à ma personne, tout le temps qu'on sera près de lui, que s'il était véritablement ce que je suis, c'est-à-dire le calife et le Commandeur des croyants. Sur toutes choses, qu'on prenne bien garde de se méprendre en la moindre circonstance. »

Les officiers et les dames, qui comprirent d'abord que le calife voulait se divertir, ne répondirent que par une profonde inclination, et dès lors chacun de son côté se prépara à contribuer de tout son pouvoir, en tout ce qui serait de sa fonction, à se bien acquitter de son personnage.

En rentrant dans son palais, le calife avait envoyé appeler le grand-vizir Giafar par le premier officier qu'il avait rencontré, et ce premier ministre venait d'arriver. Le calife lui dit : « Giafar, je t'ai fait venir pour t'avertir de ne pas t'étonner quand tu verras demain, en entrant à mon audience, l'homme que voilà couché dans mon lit, assis sur mon trône avec mon habit de cérémonie. Aborde-le avec les mêmes égards et le même respect que tu as coutume de me rendre, en le traitant aussi de Commandeur des croyants. Écoute, et exécute ponctuellement tout ce qu'il te commandera, comme si je te le commandais. Il ne manquera pas de faire des libéralités et de te charger de la distribution : fais tout ce qu'il te commandera là-dessus, quand même il s'agirait d'épuiser tous les coffres de mes finances. Souviens-toi d'avertir aussi mes émirs, mes huissiers et tous les autres officiers du dehors de mon palais, de lui rendre demain à l'audience publique les mêmes honneurs qu'à ma personne, et de dissimuler si bien qu'il ne s'aperçoive pas de la moindre chose qui puisse troubler le divertissement que je veux me donner. Va, retire-toi, je n'ai rien à t'ordonner davantage, et donne-moi la satisfaction que je te demande. »

Après que le grand-vizir se fut retiré, le calife passa dans un autre appartement; et, en se couchant, il donna à Mesrour, chef des eunuques, les ordres qu'il devait exécuter de son côté, afin que tout réussît de la manière qu'il l'entendait, pour remplir le souhait d'Abou Hassan et voir comment il userait de la puissance et de l'autorité de calife dans le peu de temps qu'il l'avait désiré. Sur toutes choses, il lui enjoignit de ne pas manquer de venir l'éveiller à l'heure accoutumée, et avant qu'on éveillât Abou Hassan, parce qu'il voulait y être présent.

Mesrour ne manqua pas d'éveiller le calife dans le temps qu'il lui avait commandé. Dès que le calife fut entré dans la chambre où Abou Hassan dormait, il se plaça dans un petit cabinet élevé d'où il pouvait voir par une jalousie tout ce qui s'y passait sans être vu. Tous les officiers et toutes les dames qui devaient se trouver au lever d'Abou Hassan entrèrent en même temps et se postèrent chacun à sa place accoutumée, selon son rang et dans un grand silence, comme si c'eût été le calife qui eût dû se lever, et prêts de s'acquitter de la fonction à laquelle ils étaient destinés.

Comme la pointe du jour avait déjà commencé de paraître et qu'il était temps de se lever pour faire la prière d'avant le lever du soleil, l'officier qui était le plus près du chevet du lit approcha du nez d'Abou Hassan une petite éponge trempée dans du vinaigre.

Abou Hassan éternua aussitôt en tournant la tête sans ouvrir les yeux, et, avec un petit effort, il jeta comme de la pituite qu'on fut prompt à recevoir dans un petit bassin d'or, pour empêcher qu'elle ne tombât sur le tapis de pied et ne le gâtât. C'est l'effet ordinaire de la poudre que le calife lui avait fait prendre, quand, à proportion de la dose, elle cesse, en plus ou en moins de temps, de causer l'assoupissement pour lequel on la donne.

En remettant la tête sur le chevet, Abou Hassan ouvrit les yeux, et, autant que le peu de jour qu'il faisait le lui permettait, il se vit au milieu d'une grande chambre magnifique et superbement meublée, avec un plafond à plusieurs enfoncements de diverses figures peints à l'arabesque, ornée de grands vases d'or massif, de portières et d'un tapis de pied or et soie, et environné de jeunes dames, dont plusieurs avaient différentes sortes d'instruments de musique, prêtes à en toucher, toutes d'une beauté charmante, d'eunuques noirs, tous richement habillés et debout, dans une grande modestie. En jetant les yeux sur la couverture du lit, il vit qu'elle était de brocart d'or à fond rouge, rehaussée de perles et de diamants, et près du lit un habit de même étoffe et de même parure, et à côté de lui, sur un coussin, un bonnet de calife.

A ces objets si éclatants, Abou Hassan fut dans un

étonnement et dans une confusion inexprimables. Il les regardait tous comme dans un songe : songe si véritable à son égard qu'il désirait que ce n'en fût pas un. « Bon! disait-il en lui-même, me voilà calife; mais, ajoutait-il un peu après en se reprenant, il ne faut pas que je me trompe, c'est un songe, effet du souhait dont je m'entretenais tantôt avec mon hôte. » Et il refermait les yeux comme pour dormir.

En même temps un eunuque s'approcha. « Commandeur des croyants, lui dit-il respectueusement, que Votre Majesté ne se rendorme pas, il est temps qu'elle se lève pour faire sa prière; l'aurore commence à paraître. »

A ces paroles, qui furent d'une grande surprise pour Abou Hassan : « Suis-je éveillé, ou si je dors ? disait-il encore en lui-même. Mais je dors, continuait-il en tenant toujours les yeux fermés, je ne dois pas en douter. »

Un moment après : « Commandeur des croyants, reprit l'eunuque, qui vit qu'il ne répondait rien et ne donnait aucune marque de vouloir se lever, Votre Majesté aura pour agréable que je lui répète qu'il est temps qu'elle se lève, à moins qu'elle ne veuille laisser passer le moment de faire sa prière du matin; le soleil va se lever, et elle n'a pas coutume d'y manquer. »

« Je me trompais, dit aussitôt Abou Hassan, je ne dors pas, je suis éveillé; ceux qui dorment n'entendent pas, et j'entends qu'on me parle. » Il ouvrit encore les yeux; et, comme il était grand jour, il vit distinctement tout ce qu'il n'avait aperçu que confusément. Il se leva sur son séant avec un air riant, comme un homme plein de joie de se voir dans un état si fort au-dessus de sa condition; et le calife, qui l'observait sans être vu, pénétra dans sa pensée avec un grand plaisir.

Alors les jeunes dames du palais se prosternèrent la face contre terre devant Abou Hassan, et celles qui tenaient des instruments de musique lui donnèrent le bonjour par un concert de flûtes douces, de hautbois, de téorbes et d'autres instruments harmonieux dont il fut enchanté et ravi en extase, de manière qu'il ne savait où il était et qu'il ne se possédait pas lui-même. Il revint néanmoins à sa première idée, et il doutait encore si tout ce qu'il voyait et entendait était un songe ou une réalité. Il se mit les mains devant les yeux, et, en baissant la tête : « Que veut dire tout ceci ? disait-il en lui-même. Où suis-je ? Que m'est-il arrivé ? Qu'est-ce que ce palais ? Que signifient ces eunuques, ces officiers si bien faits et si bien mis ; ces dames si belles, et ces musiciennes qui m'enchantent ? Est-il possible que je ne puisse distinguer si je rêve ou si je suis dans mon bon sens ? » Il ôte enfin les mains de devant ses yeux, les ouvre, et, en levant la tête, il vit que le soleil jetait déjà ses premiers rayons au travers des fenêtres de la chambre où il était.

Dans ce moment, Mesrour, chef des eunuques, entra, se prosterna profondément devant Abou Hassan, et lui dit en se relevant : « Commandeur des croyants, Votre Majesté me permettra de lui représenter qu'elle n'a pas coutume de se lever si tard, et qu'elle a laissé passer le temps de faire sa prière. A moins qu'elle n'ait passé une mauvaise nuit et qu'elle ne soit indisposée, elle n'a plus que celui d'aller monter sur son trône pour tenir son conseil et se faire voir à l'ordinaire. Les généraux de ses armées, les gouverneurs de ses provinces et les autres grands officiers de sa cour n'attendent que le moment que la porte de la salle du conseil leur soit ouverte. »

Au discours de Mesrour, Abou Hassan fut comme persuadé qu'il ne dormait pas et que l'état où il se trouvait n'était pas un songe. Il ne se trouva pas moins embarrassé que confus dans l'incertitude du parti qu'il prendrait. Enfin il regarda Mesrour entre les deux yeux, et, d'un ton sérieux : « A qui donc parlez-vous, lui demanda-t-il, et qui est celui que vous appelez Commandeur des croyants, vous que je ne connais pas ? Il faut que vous me preniez pour un autre. »

Tout autre que Mesrour se fût peut-être déconcerté à la demande d'Abou Hassan ; mais, instruit par le calife, il joua merveilleusement bien son personnage. « Mon respectable seigneur et maître, s'écria-t-il, Votre Majesté me parle ainsi aujourd'hui apparemment pour m'éprouver : Votre Majesté n'est-elle pas le Commandeur des croyants, le monarque du monde, de l'orient à l'occident, et le vicaire sur la terre du prophète envoyé de Dieu maître de ce monde terrestre et du céleste ? Mesrour, votre chétif esclave, ne l'a pas oublié depuis tant d'années qu'il a l'honneur et le bonheur de rendre ses respects et ses services à Votre Majesté. Il s'estimerait le plus malheureux des hommes s'il avait encouru votre disgrâce : il vous supplie donc très humblement d'avoir la bonté de le rassurer ; il aime mieux croire qu'un songe fâcheux a troublé son repos cette nuit. »

Abou Hassan fit un si grand éclat de rire à ces paroles

de Mesrour qu'il se laissa aller à la renverse sur le chevet du lit, avec une grande joie du calife, qui en eût ri de même s'il n'eût craint de mettre fin, dès son commencement, à la plaisante scène qu'il avait résolu de se donner.

Abou Hassan, après avoir ri longtemps en cette posture, se remit sur son séant, et, en s'adressant à un petit eunuque noir comme Mesrour : « Écoute, lui dit-il, dis-moi qui je suis. — Seigneur, répondit le petit eunuque d'un air modeste, Votre Majesté est le Commandeur des croyants et le vicaire en terre du maître des deux mondes. — Tu es un petit menteur, face de couleur de poix », reprit Abou Hassan.

Abou Hassan appela ensuite une des dames qui était plus près de lui que les autres. « Approchez-vous, la belle, dit-il en lui présentant la main ; tenez, mordez-moi le bout du doigt, que je sente si je dors ou si je veille. »

La dame, qui savait que le calife voyait tout ce qui se passait dans la chambre, fut ravie d'avoir occasion de faire voir de quoi elle était capable quand il s'agissait de le divertir. Elle s'approcha donc d'Abou Hassan avec tout le sérieux possible, et, en serrant légèrement entre ses dents le bout du doigt qu'il lui avait avancé, elle lui fit sentir un peu de douleur.

En retirant la main promptement : « Je ne dors pas, dit aussitôt Abou Hassan, je ne dors pas certainement. Par quel miracle suis-je donc devenu calife en une nuit ? Voilà la chose du monde la plus merveilleuse et la plus surprenante ! » En s'adressant ensuite à la même dame : « Ne me cachez pas la vérité, dit-il, je vous en conjure par la protection de Dieu, en qui vous avez confiance aussi bien que moi. Est-il bien vrai que je sois le Commandeur des croyants ? — Il est si vrai, répondit la dame, que Votre Majesté est le Commandeur des croyants que nous avons sujet, tous tant que nous sommes de vos esclaves, de nous étonner qu'elle veuille faire accroire qu'elle ne l'est pas. — Vous êtes une menteuse, reprit Abou Hassan : je sais bien ce que je suis. »

Comme le chef des eunuques s'aperçut qu'Abou Hassan voulait se lever, il lui présenta la main, et l'aida à se mettre hors du lit. Dès qu'il fut sur ses pieds, toute la chambre retentit du salut que tous les officiers et toutes les dames lui firent en même temps par une acclamation en ces termes : « Commandeur des croyants, que Dieu donne le bonjour à Votre Majesté !

— Ah! Ciel! quelle merveille! s'écria alors Abou Hassan. J'étais hier au soir Abou Hassan, et ce matin je suis le Commandeur des croyants. Je ne comprends rien à un changement si prompt et si surprenant! » Les officiers destinés à ce ministère l'habillèrent promptement; et, quand ils eurent achevé, comme les autres officiers, les eunuques et les dames s'étaient rangés en deux files jusqu'à la porte par où il devait entrer dans la chambre du conseil, Mesrour marcha devant, et Abou Hassan le suivit. La portière fut tirée, et la porte ouverte par un huissier. Mesrour entra dans la chambre du conseil, et marcha encore avant lui jusqu'au pied du trône, où il s'arrêta pour l'aider à monter, en le prenant d'un côté par-dessous l'épaule, pendant qu'un autre officier, qui suivait, l'aidait de même à monter de l'autre.

Abou Hassan s'assit aux acclamations des huissiers, qui lui souhaitèrent toute sorte de bonheur et de prospérité, et, en se tournant à droite et à gauche, il vit les officiers des gardes rangés dans un bel ordre et en bonne contenance.

Le calife cependant, qui était sorti du cabinet où il était caché au moment qu'Abou Hassan était entré dans la chambre du conseil, passa à un autre cabinet qui avait aussi vue sur la même chambre, d'où il pouvait voir et entendre tout ce qui se passait au conseil quand son grand-vizir y présidait à sa place, et que quelque incommodité l'empêchait d'y être en personne. Ce qui lui plut d'abord fut de voir qu'Abou Hassan le représentait sur son trône presque avec autant de gravité que lui-même.

Dès qu'Abou Hassan eut pris place, le grand-vizir Giafar, qui venait d'arriver, se prosterna devant lui au pied du trône, se releva, et, en s'adressant à sa personne : « Commandeur des croyants, dit-il, que Dieu comble Votre Majesté de ses faveurs en cette vie, la reçoive dans son paradis dans l'autre, et précipite ses ennemis dans les flammes de l'enfer! »

Abou Hassan, après tout ce qui lui était arrivé depuis qu'il était éveillé et ce qu'il venait d'entendre de la bouche du grand-vizir, ne douta plus qu'il ne fût calife, comme il avait souhaité de l'être. Ainsi, sans examiner comment ou par quelle aventure un changement de fortune si peu attendu s'était fait, il prit sur-le-champ le parti d'en exercer le pouvoir. Aussi demanda-t-il au grand-vizir, en le regardant avec gravité, s'il avait quelque chose à lui dire.

« Commandeur des croyants, reprit le grand-vizir, les émirs, les vizirs, et les autres officiers qui ont séance au conseil de Votre Majesté, sont à la porte, et ils n'attendent que le moment que Votre Majesté leur donne la permission d'entrer et de venir lui rendre leurs respects accoutumés. » Abou Hassan dit aussitôt qu'on leur ouvrît; et le grand-vizir, en se retournant et en s'adressant au chef des huissiers qui n'attendait que l'ordre : « Chef des huissiers, dit-il, le Commandeur des croyants commande que vous fassiez votre devoir. »

La porte fut ouverte, et en même temps les vizirs, les émirs et les principaux officiers de la cour, tous en habits de cérémonie magnifiques, entrèrent dans un bel ordre, s'avancèrent jusqu'au pied du trône et rendirent leurs respects à Abou Hassan, chacun à son rang, le genou en terre et le front contre le tapis de pied, comme à la propre personne du calife, et le saluèrent en lui donnant le titre de Commandeur des croyants, selon l'instruction que le grand-vizir leur avait donnée; et ils prirent chacun leur place à mesure qu'ils s'étaient acquittés de ce devoir.

Quand la cérémonie fut achevée et qu'ils se furent tous placés, il se fit un grand silence.

Alors le grand-vizir, toujours debout devant le trône, commença à faire son rapport de plusieurs affaires, selon l'ordre des papiers qu'il tenait à la main. Les affaires, à la vérité, étaient ordinaires et de peu de conséquence. Abou Hassan néanmoins ne laissa pas de se faire admirer, même par le calife. En effet, il ne demeura pas court; il ne parut pas même embarrassé sur aucune. Il prononça juste sur toutes, selon que le bon sens lui inspirait, soit qu'il s'agît d'accorder ou de rejeter ce que l'on demandait.

Avant que le grand-vizir eût achevé son rapport, Abou Hassan aperçut le juge de police, qu'il connaissait de vue, assis en son rang. « Attendez un moment, dit-il au grand-vizir en l'interrompant; j'ai un ordre qui presse à donner au juge de police. »

Le juge de police, qui avait les yeux sur Abou Hassan, et qui s'aperçut qu'Abou Hassan le regardait particulièrement, s'entendant nommer, se leva aussitôt de sa place et s'approcha gravement du trône, au pied duquel il se prosterna la face contre terre. « Juge de police, lui dit Abou Hassan après qu'il se fut relevé, allez sur l'heure et sans perdre de temps dans un tel quartier et dans une rue (qu'il lui indiqua); il y a dans cette rue une mosquée où vous trouverez l'iman et quatre vieillards à barbe blanche; saisissez-vous de leurs personnes, et faites donner à chacun des quatre vieillards cent coups de nerf de bœuf et quatre cents à l'iman. Après cela, vous les ferez monter tous cinq chacun sur un chameau, vêtus de haillons et la face tournée vers la queue du chameau. En cet équipage, vous les ferez promener par tous les quartiers de la ville, précédés d'un crieur qui criera à haute voix :

« *Voilà le châtiment de ceux qui se mêlent des affaires qui ne les regardent pas, et qui se font une occupation de jeter le trouble dans les familles de leurs voisins, et de leur causer tout le mal dont ils sont capables.* »

« Mon intention est encore que vous leur enjoigniez de changer de quartier, avec défense de jamais remettre le pied dans celui d'où ils auront été chassés. Pendant que votre lieutenant leur fera faire la promenande que je viens de vous dire, vous reviendrez me rendre compte de l'exécution de mes ordres. »

Le juge de police mit la main sur sa tête, pour marquer qu'il allait exécuter l'ordre qu'il venait de recevoir, sous peine de la perdre lui-même s'il y manquait. Il se prosterna une seconde fois devant le trône, et, après s'être relevé, il s'en alla.

Cet ordre donné avec tant de fermeté fit au calife un plaisir d'autant plus sensible qu'il connut par là qu'Abou Hassan ne perdait pas le temps de profiter de l'occasion pour châtier l'iman et les vieillards de son quartier, puisque la première chose à quoi il avait pensé en se voyant calife avait été de les faire punir.

Le grand-vizir cependant continua de faire son rapport, et il était près de le finir, lorsque le juge de police, de retour, se présenta pour rendre compte de sa commission. Il s'approcha du trône, et, après la cérémonie ordinaire de se prosterner : « Commandeur des croyants, dit-il à Abou Hassan, j'ai trouvé l'iman et les quatre vieillards dans la mosquée que Votre Majesté m'a indiquée, et, pour preuve que je me suis acquitté fidèlement de l'ordre que j'avais reçu de Votre Majesté, en voici le procès-verbal signé de plusieurs témoins des principaux du quartier. » En même temps il tira un papier de son sein et le présenta au calife prétendu.

Abou Hassan prit le procès-verbal, le lut tout entier, même jusqu'aux noms des témoins, tous gens qui lui étaient connus; et, quand il eut achevé : « Cela est bien, dit-il au juge de police en souriant, je suis content et vous m'avez fait plaisir; reprenez votre place. Des cagots, dit-il en lui-même avec un air de satisfaction, qui s'avisaient de gloser sur mes actions, et qui trouvaient mauvais que je reçusse et que je régalasse d'honnêtes gens chez moi, méritaient bien cette avanie et ce châtiment. » Le calife, qui l'observait, pénétra dans sa pensée, et sentit en lui-même une joie inconcevable d'une si belle expédition.

Abou Hassan s'adressa ensuite au grand-vizir : « Faites-vous donner par le grand trésorier, lui dit-il, une bourse de mille pièces de monnaie d'or, et allez, au quartier où j'ai envoyé le juge de police, la porter à la mère d'un certain Abou Hassan, surnommé le Débauché. C'est un homme connu dans tout le quartier sous ce nom; il n'y a personne qui ne vous enseigne sa maison. Partez, et revenez promptement. »

Le grand-vizir Giafar mit la main sur sa tête, pour marquer qu'il allait obéir; et, après s'être prosterné devant le trône, il sortit et s'en alla chez le grand trésorier, qui lui délivra la bourse. Il la fit prendre par un des esclaves qui le suivaient, et s'en alla la porter à la mère d'Abou Hassan. Il la trouva, et lui dit que le calife lui envoyait ce présent, sans s'expliquer davantage. Elle le reçut avec d'autant plus de surprise qu'elle ne pouvait imaginer ce qui pouvait avoir obligé le calife de lui faire une si grande libéralité, et qu'elle ignorait ce qui se passait au palais.

Pendant l'absence du grand-vizir, le juge de police fit le rapport de plusieurs affaires qui regardaient sa fonction, et ce rapport dura jusqu'au retour du vizir. Dès qu'il fut rentré dans la chambre du conseil et qu'il eut assuré Abou Hassan qu'il s'était acquitté de l'ordre qu'il lui avait donné, le chef des eunuques, c'est-à-dire Mesrour, qui était entré dans l'intérieur du palais après avoir accompagné Abou Hassan jusqu'au trône, revint, et marqua par un signe aux vizirs, aux émirs et à tous les officiers que le conseil était fini et que chacun pouvait se retirer : ce qu'ils firent, après avoir pris congé par une profonde révérence au pied du trône, dans le même ordre que quand ils étaient entrés. Il ne resta auprès d'Abou Hassan que les officiers de la garde du calife et le grand-vizir.

Abou Hassan ne demeura pas plus longtemps sur le trône du calife; il en descendit de la même manière qu'il y était monté, c'est-à-dire aidé par Mesrour et par un autre officier des eunuques, qui le prirent par-dessous les bras, et qui l'accompagnèrent jusqu'à l'appartement d'où il était sorti. Il y entra, précédé du grand-vizir. Mais à peine y eut-il fait quelques pas qu'il témoigna avoir quelque besoin pressant. Aussitôt on lui ouvrit un cabinet fort propre qui était pavé de marbre, au lieu que l'appartement où il se trouvait était couvert de riches tapis de pied, ainsi que les autres appartements du palais. On lui présenta une chaussure de soie brochée d'or, qu'on avait coutume de mettre avant que d'y entrer. Il la prit; et, comme il n'en savait pas l'usage, il la mit dans une de ses manches, qui étaient fort larges.

Comme il arrive fort souvent que l'on rit plutôt d'une bagatelle que de quelque chose de conséquence, peu s'en fallut que le grand-vizir, Mesrour et tous les officiers du palais qui étaient près de lui, ne fissent un éclat de rire, par l'envie qui leur en prit, et ne gâtassent toute la fête; mais ils se retinrent, et le grand-vizir fut enfin obligé de lui expliquer qu'il devait la chausser pour entrer dans ce cabinet de commodité.

Pendant qu'Abou Hassan était dans le cabinet, le grand-vizir alla trouver le calife, qui s'était déjà placé dans un autre endroit pour continuer d'observer Abou Hassan sans être vu, et lui raconta ce qui venait d'arriver, et le calife s'en fit encore un nouveau plaisir.

Abou Hassan sortit du cabinet. Mesrour, en marchant devant lui pour lui montrer le chemin, le conduisit dans l'appartement intérieur où le couvert était mis. La porte qui y donnait communication fut ouverte, et plusieurs eunuques coururent avertir les musiciennes que le faux calife approchait. Aussitôt elles commencèrent un concert de voix et d'instruments des plus mélodieux avec tant de charme pour Abou Hassan qu'il se trouva transporté de joie et de plaisir, et ne savait absolument que penser de ce qu'il voyait et de ce qu'il entendait. « Si c'est un songe, se disait-il à lui-même, le songe est de longue durée. Mais ce n'est pas un songe, continuait-il; je me sens bien, je raisonne, je vois, je marche, j'entends. Quoi qu'il en soit, je me remets à Dieu sur ce qui en est. Je ne puis croire néanmoins que je ne sois pas le Commandeur des croyants : il n'y a qu'un Commandeur des croyants qui puisse être dans la splendeur où je suis.

Les honneurs et les respects que l'on m'a rendus et que l'on me rend, les ordres que j'ai donnés et qui ont été exécutés, en sont des preuves suffisantes. »

Enfin Abou Hassan tint pour constant qu'il était le calife et le Commandeur des croyants; et il en fut pleinement convaincu lorsqu'il se vit dans un salon très magnifique et des plus spacieux. L'or mêlé avec les couleurs les plus vives y brillait de toutes parts. Sept troupes de musiciennes, toutes plus belles les unes que les autres, entouraient ce salon; et sept lustres d'or à sept branches pendaient de divers endroits du plafond, où l'or et l'azur ingénieusement mêlés faisaient un effet merveilleux. Au milieu était une table couverte de sept grands plats d'or massif qui embaumaient le salon de l'odeur des épiceries et de l'ambre dont les viandes étaient assaisonnées. Sept jeunes dames debout, d'une beauté ravissante, vêtues d'habits de différentes étoffes les plus riches et les plus éclatantes en couleurs, environnaient cette table. Elles avaient chacune à la main un éventail, dont elles devaient se servir pour donner de l'air à Abou Hassan pendant qu'il serait à table.

Si jamais mortel fut charmé, ce fut Abou Hassan lorsqu'il entra dans ce magnifique salon. A chaque pas qu'il y faisait, il ne pouvait s'empêcher de s'arrêter pour contempler à loisir toutes les merveilles qui se présentaient à sa vue. Il se tournait à tout moment de côté et d'autre avec un plaisir très sensible du calife, qui l'observait très attentivement. Enfin, il s'avança jusqu'au milieu, et il se mit à table. Aussitôt les sept belles dames qui étaient à l'entour agitèrent l'air toutes ensemble avec leurs éventails pour rafraîchir le nouveau calife. Il les regardait l'une après l'autre, et, après avoir admiré la grâce avec laquelle elles s'acquittaient de cet office, il leur dit, avec un sourire gracieux, qu'il croyait qu'une seule d'entre elles suffisait pour lui donner tout l'air dont il aurait besoin; et il voulut que les six autres se missent à table avec lui, trois à sa droite et les autres à sa gauche, pour lui tenir compagnie. La table était ronde, et Abou Hassan les fit placer tout autour, afin que, de quelque côté qu'il jetât la vue, il ne pût rencontrer que des objets agréables et tous divertissants.

Les six dames obéirent et se mirent à table. Mais Abou Hassan s'aperçut bientôt qu'elles ne mangeaient point par respect pour lui, ce qui lui donna occasion de les servir lui-même en les invitant et les pressant de manger dans des termes tout à fait obligeants. Il leur demanda encore comment elles s'appelaient, et chacune le satisfit sur sa curiosité. Leurs noms étaient : Cou d'albâtre, Bouche de corail, Face de la lune, Éclat du soleil, Plaisir des yeux, Délices du cœur. Il fit aussi la même demande à la septième, qui tenait l'éventail, et elle lui répondit qu'elle s'appelait Canne de sucre. Les douceurs qu'il leur dit à chacune sur leurs noms firent voir qu'il avait infiniment d'esprit, et l'on ne peut croire combien cela servit à augmenter l'estime que le calife, qui n'avait rien perdu de tout ce qu'il avait dit sur ce sujet, avait déjà conçue pour lui.

Quand les dames virent qu'Abou Hassan ne mangeait plus : « Le Commandeur des croyants, dit l'une en s'adressant aux eunuques qui étaient présents pour servir, veut passer au salon du dessert; qu'on apporte à laver. » Elles se levèrent toutes de table en même temps, et elles prirent des mains des eunuques, l'une un bassin d'or, l'autre une aiguière de même métal, et la troisième une serviette, et se présentèrent le genou en terre devant Abou Hassan qui était encore assis et lui donnèrent à laver. Quand il eut fait, il se leva, et à l'instant un eunuque tira la portière et ouvrit la porte d'un autre salon où il devait passer.

Mesrour, qui n'avait pas abandonné Abou Hassan, marcha encore devant lui et l'introduisit dans un salon de pareille grandeur à celui d'où il sortait, mais orné de diverses peintures des plus excellents maîtres, et tout autrement enrichi de vases de l'un et de l'autre métal, de tapis de pied et d'autres meubles plus précieux. Il y avait dans ce salon sept troupes de musiciennes, autres que celles qui étaient dans le premier salon, et ces sept troupes, ou plutôt ces sept chœurs de musique, commencèrent un nouveau concert dès qu'Abou Hassan parut. Le salon était orné de sept autres grands lustres, et la table au milieu se trouva couverte de sept grands bassins d'or, remplis en pyramide de toutes sortes de fruits de la saison, les plus beaux, les mieux choisis et les plus exquis; et à l'entour sept autres jeunes dames, chacune avec un éventail à la main, qui surpassaient les premières en beauté.

Ces nouveaux objets jetèrent Abou Hassan dans une admiration plus grande qu'auparavant, et firent qu'en s'arrêtant il donna des marques plus sensibles de sa surprise et de son étonnement. Il s'avança enfin jusqu'à la table, et, après qu'il s'y fut assis et qu'il eut contemplé les sept dames à son aise l'une après l'autre, avec un embarras qui marquait qu'il ne savait à laquelle il devait donner la préférence, il leur ordonna de quitter chacune leur éventail, de se mettre à table et de manger avec lui, en disant que la chaleur n'était pas assez incommode pour avoir besoin de leur ministère.

Quand les dames se furent placées à la droite et à la gauche d'Abou Hassan, il voulut, avant toutes choses, savoir comment elles s'appelaient, et il apprit qu'elles avaient chacune un nom différent des noms des sept dames du premier salon, et que ces noms signifiaient de même quelque perfection de l'âme ou de l'esprit qui les distinguait les unes d'avec les autres. Cela lui plut extrêmement, et il le fit connaître par les bons mots qu'il dit encore à cette occasion, en leur présentant l'une après l'autre des fruits de chaque bassin. « Mangez cela pour l'amour de moi, dit-il à Chaîne des cœurs, qu'il avait à sa droite, en lui présentant une figue, et rendez plus supportables les chaînes que vous me faites porter depuis le moment que je vous ai vue. » Et, en présentant un raisin à Tourment de l'âme : « Prenez ce raisin, dit-il, à la charge que vous ferez cesser bientôt les tourments que j'endure pour l'amour de vous. » Et ainsi des autres dames. Et, par ces endroits, Abou Hassan faisait que le calife, qui était fort attaché à toutes ses actions et à toutes ses paroles, se savait bon gré de plus en plus d'avoir trouvé en lui un homme qui le divertissait si agréablement, et qui lui avait donné lieu d'imaginer le moyen de le connaître plus à fond.

Quand Abou Hassan eut mangé, de tous les fruits qui étaient dans les bassins, ce qui lui plut selon son goût, il se leva; et aussitôt Mesrour, qui ne l'abandonnait pas, marcha encore devant lui et l'introduisit dans un troisième salon, orné, meublé et enrichi aussi magnifiquement que les deux premiers.

Abou Hassan y trouva sept autres chœurs de musique et sept autres dames autour d'une table couverte de sept bassins d'or remplis de confitures liquides de différentes couleurs et de plusieurs façons. Après avoir jeté les yeux de tous côtés avec une nouvelle admiration, il s'avança jusqu'à la table au bruit harmonieux des sept chœurs de musique, qui cessa dès qu'il s'y fut mis. Les sept dames s'y mirent aussi à ses côtés par son ordre, et, comme il ne pouvait leur faire la même honnêteté de les servir qu'il avait faite aux autres, il les pria de se choisir elles-mêmes les confitures qui seraient le plus à leur goût. Il s'informa aussi de leurs noms, qui ne lui plurent pas moins que les noms des autres dames par leur diversité, et qui lui fournirent une nouvelle matière de s'entretenir avec elles, et de leur dire des douceurs qui leur firent autant de plaisir qu'au calife, qui ne perdait rien de tout ce qu'il disait.

Le jour commençait à finir, lorsque Abou Hassan fut conduit dans le quatrième salon. Il était orné, comme les autres, des meubles les plus magnifiques et les plus précieux. Il y avait aussi sept grands lustres d'or qui se trouvèrent remplis de bougies allumées, et tout le salon éclairé par une quantité prodigieuse de lumières qui y faisaient un effet merveilleux et surprenant. On n'avait rien vu de pareil dans les trois autres, parce qu'il n'en avait pas été besoin. Abou Hassan trouva encore dans ce dernier salon, comme il avait trouvé dans les trois autres, sept nouveaux chœurs de musiciennes, qui concertaient toutes ensemble d'une manière plus gaie que dans les autres salons, et qui semblaient inspirer une plus grande joie. Il y vit aussi sept autres dames qui étaient debout autour d'une table aussi couverte de sept bassins d'or remplis de gâteaux feuilletés, de toutes sortes de confitures sèches et de toutes autres choses propres à exciter à boire. Mais ce qu'Abou Hassan y aperçut, qu'il n'avait point vu aux autres salons, c'était un buffet chargé de sept grands flacons d'argent pleins d'un vin des plus exquis et de sept verres de cristal de roche d'un très beau travail auprès de chaque flacon.

Jusque-là, c'est-à-dire dans les trois premiers salons, Abou Hassan n'avait bu que de l'eau, selon la coutume qui s'observe à Bagdad, aussi bien parmi le peuple et dans les ordres supérieurs qu'à la cour du calife, où l'on ne boit le vin ordinairement que le soir. Tous ceux qui en usent autrement sont regardés comme des débauchés, et ils n'osent se montrer de jour. Cette coutume est d'autant plus louable qu'on a besoin de tout son bon sens dans la journée pour vaquer aux affaires, et que par là, comme on ne boit du vin que le soir, on ne voit pas d'ivrognes en plein jour causer du désordre dans les rues de cette ville.

Abou Hassan entra donc dans ce quatrième salon, et il s'avança jusqu'à la table. Quand il s'y fut assis, il demeura un grand espace de temps comme en extase, à admirer les sept dames qui étaient autour de lui, et les trouva plus belles que celles qu'il avait vues dans les autres salons. Il eut envie de savoir les noms de chacune en particulier; mais, comme le grand bruit de la musique, et surtout les tambours de basque, dont on jouait à chaque chœur, ne lui permettaient pas de se faire entendre, il frappa des mains pour la faire cesser, et aussitôt il se fit un grand silence.

Alors, en prenant par la main la dame qui était plus près de lui, à sa droite, il la fit asseoir, et, après lui avoir présenté d'un gâteau feuilleté, il lui demanda comment elle s'appelait. « Commandeur des croyants, répondit la dame, mon nom est Bouquet de perles. — On ne pouvait vous donner un nom plus convenable, reprit Abou Hassan, et qui fît mieux connaître ce que vous valez; sans blâmer néanmoins celui qui vous l'a donné, je trouve que vos belles dents effacent la plus belle eau de toutes les perles qui soient au monde. Bouquet de perles, ajouta-t-il, puisque c'est votre nom, obligez-moi de prendre un verre et de m'apporter à boire de votre belle main. »

La dame alla aussitôt au buffet, et revint avec un verre plein de vin qu'elle présenta à Abou Hassan d'un air tout gracieux. Il le prit avec plaisir, et, la regardant passionnément : « Bouquet de perles, lui dit-il, je bois à votre santé; je vous prie de vous en verser autant et de me faire raison. » Elle courut vite au buffet, et revint le verre à la main; mais, avant de boire, elle chanta une chanson qui ne le ravit pas moins par sa nouveauté que par les charmes d'une voix qui le surprit encore davantage.

Abou Hassan, après avoir bu, choisit ce qui lui plut dans les bassins, et le présenta à une autre dame qu'il fit asseoir auprès de lui. Il lui demanda aussi son nom. Elle répondit qu'elle s'appelait Étoile du matin. « Vos beaux yeux, reprit-il, ont plus d'éclat et de brillant que l'étoile dont vous portez le nom. Allez, et faites-moi le plaisir de m'apporter à boire. » Ce qu'elle fit sur-le-champ de la meilleure grâce du monde. Il en usa de même envers la troisième dame, qui se nommait Lumière du jour, et de même jusqu'à la septième, et toutes lui versèrent à boire avec une satisfaction extrême du calife.

Quand Abou Hassan eut achevé de boire autant de coups qu'il y avait de dames, Bouquet de perles, la première à qui il s'était adressé, alla au buffet, prit un verre qu'elle remplit de vin après y avoir jeté une pincée de la poudre dont le calife s'était servi le jour précédent, et vint le lui présenter : « Commandeur des croyants, lui dit-elle, je supplie Votre Majesté par l'intérêt que je prends à la conservation de sa santé de prendre ce verre de vin et de me faire la grâce, avant de le boire, d'entendre une chanson, laquelle, si j'ose me flatter, ne lui déplaira pas. Je ne l'ai faite que d'aujourd'hui, et je ne l'ai encore chantée à qui que ce soit.

— Je vous accorde cette grâce avec plaisir, lui dit Abou Hassan en prenant le verre qu'elle lui présentait, et je vous ordonne, en qualité de Commandeur des croyants, de me la chanter, persuadé que je suis qu'une belle personne comme vous n'en peut faire que de très agréables et pleines d'esprit. » La dame prit un luth, et elle chanta la chanson, en accordant sa voix au son de cet instrument, avec tant de justesse, de grâce et d'expression qu'elle tint Abou Hassan comme en extase depuis le commencement jusqu'à la fin. Il la trouva si belle qu'il la lui fit répéter, et il n'en fut pas moins charmé que la première fois.

Quand la dame eut achevé, Abou Hassan, qui voulait la louer comme elle le méritait, vida le verre auparavant tout d'un trait. Puis, tournant la tête du côté de la dame comme pour lui parler, il en fut empêché par la poudre, qui fit son effet si subitement qu'il ne fit qu'ouvrir la bouche en bégayant. Aussitôt ses yeux se fermèrent; et, en laissant tomber sa tête jusque sur la table comme un homme accablé de sommeil, il s'endormit aussi profondément qu'il avait fait le jour précédent environ à la même heure, quand le calife lui eut fait prendre de la même poudre; et dans le même instant une des dames qui était auprès de lui fut assez diligente pour recevoir le verre, qu'il laissa tomber de sa main. Le calife, qui s'était donné lui-même ce divertissement avec une satisfaction au-delà de ce qu'il s'en était promis, et qui avait été spectateur de cette dernière scène aussi bien que de toutes les autres qu'Abou Hassan lui avait données, sortit de l'endroit où il était et parut dans le salon, tout joyeux d'avoir si bien réussi dans ce qu'il avait imaginé. Il commanda premièrement qu'on dépouillât Abou Hassan de l'habit de calife, dont on l'avait revêtu le matin, et qu'on lui remît celui dont il était habillé il y avait vingt-quatre heures, quand l'esclave qui l'accompagnait l'avait apporté en son palais. Il fit appeler ensuite le même esclave; et, quand il se fut présenté : « Reprends cet homme, lui dit-il, reporte-le chez lui sur son sofa sans faire de bruit, et, en te retirant de même, laisse la porte ouverte. »

L'esclave prit Abou Hassan, l'emporta par la porte secrète du palais, le remit chez lui comme le calife lui avait ordonné, et revint en diligence lui rendre compte de ce qu'il avait fait : « Abou Hassan, dit alors le calife, avait souhaité d'être calife pendant un jour seulement, pour châtier l'iman de la mosquée de son quartier et les quatre scheiks ou vieillards dont la conduite ne lui plaisait pas; je lui ai procuré le moyen de se satisfaire, et il doit être content sur cet article. »

Abou Hassan, remis sur son sofa par l'esclave, dormit jusqu'au lendemain fort tard, et il ne s'éveilla que quand la poudre qu'on avait jetée dans le dernier verre qu'il avait bu eut fait tout son effet. Alors, en ouvrant les yeux, il fut fort surpris de se voir chez lui. « Bouquet de perles, Étoile du matin, Aube du jour, Bouche de corail, Face de lune, s'écria-t-il en appelant les dames du palais qui lui avaient tenu compagnie chacune par leur nom, autant qu'il put s'en souvenir, où êtes-vous ? Venez, approchez. »

Abou Hassan criait de toute sa force. Sa mère, qui l'entendit de son appartement, accourut au bruit; et, en entrant dans sa chambre : « Qu'avez-vous donc, mon fils ? lui demanda-t-elle. Que vous est-il arrivé ? »

A ces paroles, Abou Hassan leva la tête, et, en regardant sa mère fièrement et avec mépris : « Bonne femme, lui demanda-t-il à son tour, qui est donc celui que tu appelles ton fils ?

— C'est vous-même, répondit la mère avec beaucoup de douceur. N'êtes-vous pas Abou Hassan mon fils ? Ce serait la chose du monde la plus singulière que vous l'eussiez oublié en si peu de temps.

— Moi, ton fils, vieille exécrable! reprit Abou Hassan; tu ne sais ce que tu dis, et tu es une menteuse! Je ne suis pas l'Abou Hassan que tu dis, je suis le Commandeur des croyants.

— Taisez-vous, mon fils, repartit la mère; vous n'êtes pas sage; on vous prendrait pour un fou si l'on vous entendait.

— Tu es une vieille folle toi-même, répliqua Abou Hassan, et je ne suis pas fou comme tu le dis. Je te répète que je suis le Commandeur des croyants et le vicaire en terre du maître des deux mondes.

— Ah! mon fils! s'écria la mère, est-il possible que je vous entende proférer des paroles qui marquent une si grande aliénation d'esprit ? Quel malin génie vous obsède pour vous faire tenir un semblable discours ? Que la bénédiction de Dieu soit sur vous, et qu'il vous délivre de la malignité de Satan! Vous êtes mon fils Abou Hassan, et je suis votre mère. »

Après lui avoir donné toutes les marques qu'elle put imaginer pour le faire rentrer en lui-même et lui faire voir qu'il était dans l'erreur : « Ne voyez-vous pas, continua-t-elle, que cette chambre où vous êtes est la vôtre, et non pas la chambre d'un palais digne d'un Commandeur des croyants, et que vous ne l'avez pas abandonnée depuis que vous êtes au monde en demeurant inséparablement avec moi ? Faites bien réflexion à tout ce que je vous dis, et ne vous allez pas mettre dans l'imagination des choses qui ne sont pas et qui ne peuvent pas être. Encore une fois, mon fils, pensez-y sérieusement. »

Abou Hassan entendit paisiblement ces remontrances de sa mère; et, les yeux baissés et la main au bas du visage, comme un homme qui rentre en lui-même pour examiner la vérité de tout ce qu'il voit et de ce qu'il entend : « Je crois que vous avez raison, dit-il à sa mère quelques moments après, en revenant comme d'un profond sommeil, sans pourtant changer de posture : il me semble, dit-il, que je suis Abou Hassan, que vous êtes ma mère, et que je suis dans ma chambre. Encore une fois, ajouta-t-il en jetant les yeux sur lui et sur tout ce qui se présentait à sa vue, je suis Abou Hassan, je n'en doute plus; et je ne comprends pas comment je m'étais mis cette rêverie dans la tête. »

La mère crut de bonne foi que son fils était guéri du trouble qui agitait son esprit et qu'elle attribuait à un songe. Elle se préparait même à en rire avec lui et à l'interroger sur ce songe, quand tout à coup il se mit sur son séant, et, en la regardant de travers : « Vieille sorcière, vieille magicienne, dit-il, tu ne sais ce que tu dis : je ne suis pas ton fils, et tu n'es pas ma mère. Tu te trompes toi-même, et tu veux m'en faire accroire. Je te dis que je suis le Commandeur des croyants, et tu ne me persuaderas pas le contraire.

— De grâce, mon fils, recommandez-vous à Dieu, et abstenez-vous de tenir ce langage, de crainte qu'il ne vous arrive quelque malheur. Parlons plutôt d'autre chose, et laissez-moi vous raconter ce qui arriva hier dans notre quartier à l'iman de notre mosquée et à quatre scheiks de nos voisins. Le juge de police les fit prendre, et, après leur avoir fait donner en sa présence à chacun je ne sais combien de coups de nerf de bœuf, il fit publier par un crieur que c'était là le châtiment de ceux qui se mêlaient des affaires qui ne les regardaient pas, et qui se faisaient une occupation de jeter le trouble dans les familles de leurs voisins. Ensuite il les fit promener par tous les quartiers de la ville avec le même cri, et leur fit défense de remettre jamais le pied dans notre quartier. »

La mère d'Abou Hassan, qui ne pouvait s'imaginer que son fils eût eu quelque part à l'aventure qu'elle lui racontait, avait exprès changé de discours, et regardé le récit de cette affaire comme un moyen capable d'effacer l'impression fantastique où elle le voyait d'être le Commandeur des croyants.

Mais il en arriva tout autrement; et ce récit, loin d'effacer l'idée qu'il avait toujours d'être le Commandeur des croyants, ne servit qu'à la lui rappeler et à la lui graver d'autant plus profondément dans son imagination qu'en effet elle n'était pas fantastique, mais réelle.

Aussi, dès qu'Abou Hassan eut entendu ce récit : « Je ne suis plus ton fils, ni Abou Hassan, reprit-il; je suis certainement le Commandeur des croyants; je ne puis plus en douter après ce que tu viens de me raconter toi-même. Apprends que c'est par mes ordres que l'iman et les quatre scheiks ont été châtiés de la manière que tu m'as dit. Je suis donc véritablement le Commandeur des croyants, te dis-je, et cesse de me dire que c'est un rêve. Je ne dors pas, et j'étais aussi éveillé que je le suis en ce moment que je te parle. Tu me fais plaisir de me confirmer ce que le juge de police, à qui j'en avais donné l'ordre, m'en a rapporté, c'est-à-dire que mon ordre a été exécuté ponctuellement; et j'en suis d'autant plus réjoui que cet iman et ces quatre scheiks sont de francs hypocrites. Je voudrais bien savoir qui m'a porté en ce lieu-ci. Dieu soit loué de tout! Ce qu'il y a de vrai, c'est que je suis très certainement le Commandeur des croyants; et toutes tes raisons ne me persuaderont pas le contraire. »

La mère, qui ne pouvait deviner, ni même s'imaginer pourquoi son fils soutenait si fortement et avec tant d'assurance qu'il était le Commandeur des croyants, ne douta plus qu'il n'eût perdu l'esprit, en lui entendant dire des choses qui étaient dans son esprit au-delà de toute croyance, quoiqu'elles eussent leur fondement dans celui d'Abou Hassan. Dans cette pensée : « Mon fils, lui dit-elle, je prie Dieu qu'il ait pitié de vous, et qu'il vous fasse miséricorde. Cessez, mon fils, de tenir un discours si dépourvu de bon sens. Adressez-vous à Dieu; demandez-lui qu'il vous pardonne et vous fasse la grâce de parler comme un homme raisonnable. Que dirait-on de vous si l'on vous entendait parler ainsi ? Ne savez-vous pas que les murailles ont des oreilles ? »

De si belles remontrances, loin d'adoucir l'esprit d'Abou Hassan, ne servirent qu'à l'aigrir encore davantage. Il s'emporta contre sa mère avec plus de violence. « Vieille, lui dit-il, je t'ai déjà avertie de te taire : si tu continues davantage, je me lèverai, et je te traiterai de manière que tu t'en ressentiras tout le reste de tes jours. Je suis le calife, le Commandeur des croyants, et tu dois me croire quand je le dis. »

Alors la bonne dame, qui vit qu'Abou Hassan s'égarait de plus en plus de son bon sens plutôt que d'y rentrer, s'abandonna aux pleurs et aux larmes, et, en se frappant le visage et la poitrine, elle faisait des exclamations qui marquaient son étonnement et sa profonde douleur de voir son fils dans une si terrible aliénation d'esprit.

Abou Hassan, au lieu de s'apaiser et de se laisser toucher par les larmes de sa mère, s'oublia lui-même au contraire jusqu'à perdre envers elle le respect que la nature lui inspirait. Il se leva brusquement, il se saisit d'un bâton, et, venant à elle la main levée comme un furieux : « Maudite vieille, lui dit-il dans son extravagance et d'un ton à donner de la terreur à toute autre qu'à une mère pleine de tendresse pour lui, dis-moi tout à l'heure qui je suis.

— Mon fils, répondit la mère en le regardant tendrement, bien loin de s'effrayer, je ne vous crois pas abandonné de Dieu jusqu'au point de ne pas connaître celle qui vous a mis au monde et de vous méconnaître vous-même. Je ne feins pas de vous dire que vous êtes mon fils Abou Hassan, et que vous avez grand tort de vous arroger un titre qui n'appartient qu'au calife Haroun-al-Raschid, votre souverain seigneur et le mien, pendant que ce monarque nous comble de biens, vous et moi, par le présent qu'il m'envoya hier. En effet, il faut que vous sachiez que le grand-vizir Giafar prit la peine de venir hier me trouver, et qu'en me mettant entre les mains une bourse de mille pièces d'or, il me dit de prier Dieu pour le Commandeur des croyants qui me faisait ce présent. Et cette libéralité ne vous regarde-t-elle pas plutôt que moi qui n'ai plus que deux jours à vivre ? »

A ces paroles, Abou Hassan ne se posséda plus. Les circonstances de la libéralité du calife que sa mère venait de lui raconter lui marquaient qu'il ne se trompait pas, et lui persuadaient plus que jamais qu'il était le calife, puisque le vizir n'avait porté la bourse que par son ordre. « Hé bien, vieille sorcière, s'écria-t-il, seras-tu convaincue quand je te dirai que c'est moi qui t'ai envoyé ces mille pièces d'or par mon grand-vizir Giafar, qui n'a fait qu'exécuter l'ordre que je lui avais donné en qualité de Commandeur des croyants ? Cependant, au lieu de me croire, tu ne cherches qu'à me faire perdre l'esprit par tes contradictions et en me soutenant avec opiniâtreté que je suis ton fils. Mais je ne laisserai pas longtemps ta malice impunie. » En achevant ces paroles, dans l'excès de sa frénésie, il fut assez dénaturé pour la maltraiter impitoyablement avec le bâton qu'il tenait à la main.

La pauvre mère, qui n'avait pas cru que son fils passerait si promptement des menaces aux actions, se sentant frappée, se mit à crier de toute sa force au secours; et, jusqu'à ce que les voisins fussent accourus, Abou Hassan ne cessait de frapper, en lui demandant à chaque coup : « Suis-je Commandeur des croyants ? » A quoi la mère répondait toujours ces tendres paroles : « Vous êtes mon fils. »

La fureur d'Abou Hassan commençait un peu à se ralentir quand les voisins arrivèrent dans sa chambre. Le premier qui se présenta se mit aussitôt entre sa mère et lui, et, après lui avoir arraché son bâton de la main : « Que faites-vous donc, Abou Hassan ? lui dit-il. Avez-vous perdu la crainte de Dieu et la raison ? Jamais un fils bien né comme vous a-t-il osé lever la main sur sa mère ? et n'avez-vous point de honte de maltraiter ainsi la vôtre, elle qui vous aime si tendrement ? »

Abou Hassan, encore tout plein de sa fureur, regarda celui qui lui parlait sans lui rien répondre; et, en jetant en même temps ses yeux égarés sur chacun des autres voisins qui l'accompagnaient : « Qui est cet Abou Hassan dont vous parlez ? leur demanda-t-il. Est-ce moi que vous appelez de ce nom ? »

Cette demande déconcerta un peu les voisins. « Comment ! repartit celui qui venait de lui parler, vous ne reconnaissez donc pas la femme que voilà pour celle qui vous a élevé et avec qui nous vous avons toujours vu demeurer, en un mot, pour votre mère ? — Vous êtes des impertinents, répliqua Abou Hassan ; je ne la connais pas, ni vous non plus, et je ne veux pas vous connaître. Je ne suis pas Abou Hassan, je suis le Commandeur des croyants, et, si vous l'ignorez, je vous le ferai apprendre à vos dépens. »

A ce discours d'Abou Hassan, les voisins ne doutèrent plus de l'aliénation de son esprit. Et, pour empêcher qu'il ne se portât à des excès semblables à ceux qu'il venait de commettre contre sa mère, ils se saisirent de sa personne malgré sa résistance, et ils le lièrent de manière qu'ils lui ôtèrent l'usage des bras, des mains et des pieds. En cet état et hors d'apparence de pouvoir nuire, ils ne jugèrent pas cependant à propos de le laisser seul avec sa mère. Deux de la compagnie se détachèrent et allèrent en diligence à l'hôpital des fous avertir le concierge de ce qui se passait. Il y vint aussitôt avec ses voisins, accompagné d'un bon nombre de ses gens, chargés de chaînes, de menottes et d'un nerf de bœuf.

A leur arrivée, Abou Hassan, qui ne s'attendait à rien moins qu'à un appareil si affreux, fit de grands efforts pour se débarrasser ; mais le concierge, qui s'était fait donner le nerf de bœuf, le mit bientôt à la raison par deux ou trois coups bien appliqués qu'il lui en déchargea sur les épaules. Ce traitement fut si sensible à Abou Hassan qu'il se contint, et que le concierge et ses gens firent de lui ce qu'ils voulurent. Ils le chargèrent de chaînes et lui appliquèrent les menottes et les entraves, et, quand ils eurent achevé, ils le tirèrent hors de chez lui et le conduisirent à l'hôpital des fous.

Abou Hassan ne fut pas plus tôt dans la rue qu'il se trouva environné d'une grande foule de peuple. L'un lui donnait un coup de poing, un autre un soufflet, et d'autres le chargeaient d'injures, en le traitant de fou, d'insensé et d'extravagant.

A tous ces mauvais traitements : « Il n'y a, disait-il, de grandeur et de force qu'en Dieu très haut et tout-puissant. On veut que je sois fou, quoique je sois dans mon bon sens ; je souffre cette injure et toutes ces indignités pour l'amour de Dieu. »

Abou Hassan fut conduit de cette manière jusqu'à l'hôpital des fous. On l'y logea, et on l'attacha dans une cage de fer; et, avant de l'y enfermer, le concierge, endurci à cette terrible exécution, le régala sans pitié de cinquante coups de nerf de bœuf sur les épaules et sur le dos, et continua plus de trois semaines à lui faire le même régal chaque jour, en lui répétant ces mêmes mots chaque fois : « Reviens en ton bon sens, et dis si tu es encore le Commandeur des croyants.

— Je n'ai pas besoin de ton conseil, répondait Abou Hassan, je ne suis pas fou; mais, si j'avais à le devenir, rien ne serait plus capable de me jeter dans une si grande disgrâce que les coups dont tu m'assommes. »

Cependant la mère d'Abou Hassan venait voir son fils réglément chaque jour; et elle ne pouvait retenir ses larmes en voyant diminuer de jour en jour son embonpoint et ses forces, et l'entendant se plaindre et soupirer des douleurs qu'il souffrait. En effet, il avait les épaules, le dos et les côtes noircis et meurtris; et il ne savait de quel côté se tourner pour trouver du repos. La peau lui changea même plus d'une fois pendant le temps qu'il fut retenu dans cette effroyable demeure. Sa mère voulait lui parler pour le consoler, et pour tâcher de sonder s'il était toujours dans la même situation d'esprit sur sa prétendue dignité de calife et de Commandeur des croyants; mais, toutes les fois qu'elle ouvrait la bouche pour lui en toucher quelque chose, il la rebutait avec tant de furie qu'elle était contrainte de le laisser et de s'en retourner inconsolable de le voir dans une si grande opiniâtreté.

Les idées fortes et sensibles qu'Abou Hassan avait conservées dans son esprit, de s'être vu revêtu de l'habillement de calife, d'en avoir fait effectivement les fonctions, d'avoir usé de son autorité, d'avoir été obéi et traité véritablement en calife, et qui l'avaient persuadé à son réveil qu'il l'était véritablement et l'avaient fait persister si longtemps dans cette erreur, commencèrent insensiblement à s'effacer de son esprit.

« Si j'étais calife et Commandeur des croyants, se disait-il quelquefois à lui-même, pourquoi me serais-je trouvé chez moi en me réveillant, et revêtu de mon habit ordinaire ? Pourquoi ne me serais-je pas vu environné du chef des eunuques, de tant d'autres eunuques et d'une si grosse foule de belles dames ? Pourquoi le grand-vizir Giafar, que j'ai vu à mes pieds, tant d'émirs, tant de gouverneurs de provinces et tant d'autres officiers dont je me suis vu environné, m'auraient-ils abandonné ?

Il y a longtemps, sans doute, qu'ils m'auraient délivré de l'état pitoyable où je suis, si j'avais quelque autorité sur eux. Tout cela n'a été qu'un songe, et je ne dois pas faire difficulté de le croire. J'ai commandé, il est vrai, au juge de police de châtier l'iman et les quatre vieillards de son conseil; j'ai ordonné au grand-vizir Giafar de porter mille pièces d'or à ma mère, et mes ordres ont été exécutés. Cela m'arrête, et je n'y comprends rien. Mais combien d'autres choses y a-t-il que je ne comprends pas, et que je ne comprendrai jamais! Je m'en remets donc entre les mains de Dieu qui sait et qui connaît tout. »

Abou Hassan était encore occupé de ces pensées et dans ces sentiments quand sa mère arriva. Elle le vit si exténué et si défait qu'elle en versa des larmes plus abondamment qu'elle n'avait encore fait jusqu'alors. Au milieu de ses sanglots, elle le salua du salut ordinaire, et Abou Hassan le lui rendit, contre sa coutume depuis qu'il était dans cet hôpital. Elle en prit un bon augure : « Hé bien, mon fils, lui dit-elle en essuyant ses larmes, comment vous trouvez-vous ? En quelle assiette est votre esprit ? Avez-vous renoncé à toutes vos fantaisies et aux propos que le démon vous avait suggérés ?

— Ma mère, répondit Abou Hassan d'un sens rassis et fort tranquille, et d'une manière qui peignait la douleur qu'il ressentait des excès auxquels il s'était porté contre elle, je reconnais mon égarement, mais je vous prie de me pardonner le crime exécrable que je déteste, et dont je suis coupable envers vous. Je fais la même prière à nos voisins, à cause du scandale que je leur ai donné. J'ai été abusé par un songe, mais un songe si extraordinaire et si semblable à la vérité que je puis mettre en fait que tout autre que moi à qui il serait arrivé n'en aurait pas été moins frappé, et serait peut-être tombé dans de plus grandes extravagances que vous ne m'en avez vu faire. J'en suis encore si fort troublé, au moment que je vous parle, que j'ai de la peine à me persuader que ce qui m'est arrivé en soit un, tant il a de ressemblance à ce qui se passe entre des gens qui ne dorment pas! Quoi qu'il en soit, je le tiens et le veux tenir constamment pour un songe et pour une illusion. Je suis même convaincu que je ne suis pas ce fantôme de calife et de Commandeur des croyants, mais Abou Hassan, votre fils; de vous, dis-je, que j'ai toujours honorée jusqu'à ce jour fatal dont le souvenir me couvre de confusion; que j'honore et que j'honorerai toute ma vie comme je le dois. »

A ces paroles si sages et si sensées, les larmes de douleur, de compassion et d'affliction, que la mère d'Abou Hassan versait depuis si longtemps, se changèrent en larmes de joie, de consolation et d'amour tendre pour son cher fils qu'elle retrouvait. « Mon fils, s'écria-t-elle toute transportée de plaisir, je ne me sens pas moins ravie de contentement et de satisfaction à vous entendre parler si raisonnablement, après ce qui s'est passé, que si je venais de vous mettre au monde une seconde fois. Il faut que je vous déclare ma pensée sur votre aventure et que je vous fasse remarquer une chose à quoi vous n'avez peut-être pas pris garde. L'étranger que vous aviez amené un soir pour souper avec vous s'en alla sans fermer la porte de votre chambre, comme vous lui aviez recommandé; et je crois que c'est ce qui a donné occasion au démon d'y entrer et de vous jeter dans l'affreuse illusion où vous étiez. Ainsi, mon fils, vous devez bien remercier Dieu de vous en avoir délivré, et le prier de vous préserver de tomber davantage dans les pièges de l'esprit malin.

— Vous avez trouvé la source de mon mal, répondit Abou Hassan; et c'est justement cette nuit-là que j'eus ce songe qui me renversa la cervelle. J'avais cependant averti le marchand expressément de fermer la porte après lui, et je connais à présent qu'il n'en a rien fait. Je suis donc persuadé avec vous que le démon a trouvé la porte ouverte, qu'il est entré, et qu'il m'a mis toutes ces fantaisies dans la tête. Il faut qu'on ne sache pas à Mossoul d'où venait ce marchand, comme nous sommes bien convaincus à Bagdad que le démon vient causer tous ces songes fâcheux qui nous inquiètent la nuit quand on laisse les chambres où l'on couche ouvertes. Au nom de Dieu, ma mère, puisque par la grâce de Dieu me voilà parfaitement revenu du trouble où j'étais, je vous supplie, autant qu'un fils peut supplier une aussi bonne mère que vous l'êtes, de me faire sortir au plus tôt de cet enfer, et de me délivrer de la main du bourreau, qui abrégera mes jours infailliblement si j'y demeure davantage. »

La mère d'Abou Hassan, parfaitement consolée et attendrie de voir qu'Abou Hassan était revenu entièrement de sa folle imagination d'être calife, alla sur-le-champ trouver le concierge qui l'avait amené et qui l'avait gouverné jusqu'alors; et, dès qu'elle lui eut assuré qu'il était parfaitement bien rétabli dans son bon sens, il vint, l'examina, et le mit en liberté en sa présence.

Abou Hassan retourna chez lui, et il y demeura plusieurs jours, afin de rétablir sa santé par de meilleurs aliments que ceux dont il avait été nourri dans l'hôpital des fous. Mais, dès qu'il eut à peu près repris ses forces et qu'il ne se ressentit plus des incommodités qu'il avait souffertes par les mauvais traitements qu'on lui avait faits dans sa prison, il commença à s'ennuyer de passer les soirées sans compagnie. C'est pourquoi il ne tarda pas à reprendre le même train de vie qu'auparavant, c'est-à-dire qu'il recommença de faire chaque jour une provision suffisante pour régaler un nouvel hôte le soir.

Le jour qu'il renouvela la coutume d'aller, vers le coucher du soleil, au bout du pont de Bagdad, pour y arrêter le premier étranger qui se présenterait et le prier de lui faire l'honneur de venir souper avec lui, était le premier du mois, et le même jour, comme nous l'avons déjà dit, que le calife se divertissait à aller, déguisé, hors de quelqu'une des portes par où l'on abordait en cette ville, pour observer par lui-même s'il ne se passait rien contre la bonne police, de la manière qu'il l'avait établie et réglée dès le commencement de son règne.

Il n'y avait pas longtemps qu'Abou Hassan était arrivé et qu'il s'était assis sur un banc pratiqué contre le parapet, lorsqu'en jetant la vue jusqu'à l'autre bout du pont il aperçut le calife qui venait à lui, déguisé en marchand de Mossoul, comme la première fois, et suivi du même esclave. Persuadé que tout le mal qu'il avait souffert ne venait que de ce que le calife, qu'il ne connaissait que pour un marchand de Mossoul, avait laissé la porte ouverte en sortant de sa chambre, il frémit en le voyant. « Que Dieu veuille me préserver ! dit-il en lui-même. Voilà, si je ne me trompe, le magicien qui m'a enchanté. » Il tourna aussitôt la tête du côté du canal de la rivière, en s'appuyant sur le parapet, afin de ne le pas voir jusqu'à ce qu'il fût passé.

Le calife, qui voulait porter plus loin le plaisir qu'il s'était déjà donné à l'occasion d'Abou Hassan, avait eu grand soin de se faire informer de tout ce qu'il avait dit et fait le lendemain à son réveil, après l'avoir fait reporter chez lui, et de tout ce qui lui était arrivé. Il ressentit un nouveau plaisir de tout ce qu'il en apprit, et même du mauvais traitement qui lui avait été fait dans l'hôpital des fous. Mais, comme ce monarque était généreux et plein de justice, et qu'il avait reconnu dans Abou Hassan un esprit propre à le réjouir plus longtemps, et, de plus qu'il s'était douté qu'après avoir renoncé à la prétendue dignité de calife, il reprendrait sa manière de vie ordinaire, il jugea à propos, dans le dessein de l'attirer près de sa personne, de se déguiser le premier du mois en marchand de Mossoul, comme auparavant, afin de mieux exécuter ce qu'il avait résolu à son égard. Il aperçut donc Abou Hassan presque en même temps qu'il fut aperçu de lui; et, à son action, il comprit d'abord combien il était mécontent de lui, et que son dessein était de l'éviter. Cela fit qu'il côtoya le parapet où était Abou Hassan, le plus près qu'il put. Quand il fut proche de lui, il pencha la tête et il le regarda en face. « C'est donc vous, mon frère Abou Hassan, lui dit-il. Je vous salue. Permettez-moi, je vous prie, de vous embrasser.

— Et moi, répondit brusquement Abou Hassan, sans regarder le faux marchand de Mossoul, je ne vous salue pas : je n'ai besoin ni de votre salut ni de vos embrassades. Passez votre chemin.

— Hé quoi! reprit le calife, ne me reconnaissez-vous pas ? Ne vous souvient-il pas de la soirée que nous passâmes ensemble, il y a aujourd'hui un mois, chez vous, et pendant laquelle vous me fîtes l'honneur de me régaler avec tant de générosité ?

— Non, repartit Abou Hassan sur le même ton qu'auparavant, je ne vous connais pas, et je ne sais de quoi vous voulez me parler. Allez, encore une fois, et passez votre chemin. »

Le calife ne se rebuta pas de la brusquerie d'Abou Hassan. Il savait bien qu'une des lois qu'Abou Hassan s'était imposées à lui-même était de ne plus avoir de commerce avec l'étranger qu'il aurait une fois régalé : Abou Hassan le lui avait déclaré, mais il voulait bien faire semblant de l'ignorer. « Je ne puis croire, reprit-il, que vous ne me reconnaissiez pas; il n'y a pas assez longtemps que nous nous sommes vus, et il n'est pas possible que vous m'ayez oublié si facilement. Il faut qu'il vous soit arrivé quelque malheur qui vous cause cette aversion pour moi. Vous devez vous souvenir cependant que je vous ai marqué ma reconnaissance par mes bons souhaits; et même que, sur certaine chose qui vous tenait au cœur, je vous ai fait offre de mon crédit, qui n'est pas à mépriser.

— J'ignore, repartit Abou Hassan, quel peut être

votre crédit, et je n'ai pas le moindre désir de le mettre à l'épreuve; mais je sais bien que vos souhaits n'ont abouti qu'à me faire devenir fou. Au nom de Dieu, vous dis-je encore une fois, passez votre chemin, et ne me chagrinez pas davantage.

— Ah! mon frère Abou Hassan! répliqua le calife en l'embrassant, je ne prétends pas me séparer d'avec vous de cette manière. Puisque ma bonne fortune a voulu que je vous aie rencontré une seconde fois, il faut que vous exerciez aussi une seconde fois la même hospitalité envers moi que vous avez fait il y a un mois, et que j'aie l'honneur de boire encore avec vous. »

C'est de quoi Abou Hassan protesta qu'il saurait bien se garder. « J'ai assez de pouvoir sur moi, ajouta-t-il, pour m'empêcher de me trouver davantage avec un homme comme vous, qui porte le malheur avec soi. Vous savez le proverbe qui dit : *Prenez votre tambour sur les épaules, et délogez.* Faites-vous-en l'application. Faut-il vous le répéter tant de fois ? Dieu vous conduise! Vous m'avez causé assez de mal, je ne veux pas m'y exposer davantage.

— Mon bon ami Abou Hassan, reprit le calife en l'embrassant encore une fois, vous me traitez avec une dureté à laquelle je ne me fusse pas attendu. Je vous supplie de ne me pas tenir un discours si offensant, et d'être au contraire bien persuadé de mon amitié. Faites-moi donc la grâce de me raconter ce qui vous est arrivé, à moi qui ne vous ai souhaité que du bien, qui vous en souhaite encore, et qui voudrais trouver l'occasion de vous en faire, afin de réparer le mal que vous dites que je vous ai causé, si véritablement il y a de ma faute. » Abou Hassan se rendit aux instances du calife; et, après l'avoir fait asseoir auprès de lui : « Votre incrédulité et votre importunité, lui dit-il, ont poussé ma patience à bout. Ce que je vais vous raconter vous fera connaître si c'est à tort que je me plains de vous. »

Le calife s'assit auprès d'Abou Hassan, qui lui fit le récit de toutes les aventures qui lui étaient arrivées depuis son réveil dans le palais jusqu'à son second réveil dans sa chambre; il les lui raconta toutes comme un véritable songe qui lui était arrivé, avec une infinité de circonstances que le calife savait aussi bien que lui, et qui renouvelèrent le plaisir qu'il s'en était fait. Il lui exagéra ensuite l'impression que ce songe lui avait laissée dans l'esprit d'être le calife et le Commandeur des croyants :

« Impression, ajouta-t-il, qui m'avait jeté dans des extravagances si grandes que mes voisins avaient été contraints de me lier comme un furieux et de me faire conduire à l'hôpital des fous, où j'ai été traité d'une manière qu'on peut appeler cruelle, barbare et inhumaine; mais ce qui vous surprendra, et à quoi sans doute vous ne vous attendez pas, c'est que toutes ces choses ne me sont arrivées que par votre faute. Vous vous souvenez bien de la prière que je vous avais faite de fermer la porte de ma chambre en sortant de chez moi après le souper. Vous ne l'avez pas fait; au contraire, vous l'avez laissée ouverte, et le démon est entré et m'a rempli la tête de ce songe qui, tout agréable qu'il m'avait paru, m'a causé cependant tous les maux dont je me plains. Vous êtes donc cause par votre négligence, qui vous rend responsable de mon crime, que j'ai commis une chose horrible et détestable en levant non seulement les mains contre ma mère, mais même il s'en est peu fallu que je ne lui aie fait rendre l'âme à mes pieds en commettant un parricide, et cela pour un sujet qui me fait rougir de honte toutes les fois que j'y pense, puisque c'était à cause qu'elle m'appelait son fils, comme je le suis en effet, et qu'elle ne voulait pas me reconnaître pour le Commandeur des croyants, tel que je croyais l'être et que je lui soutenais effectivement que je l'étais. Vous êtes encore cause du scandale que j'ai donné à mes voisins, quand, accourus aux cris de ma pauvre mère, ils me surprirent acharné à la vouloir assommer; ce qui ne serait point arrivé si vous eussiez eu soin de fermer la porte de ma chambre en vous retirant, comme je vous en avais prié. Ils ne seraient pas entrés chez moi sans ma permission, et, ce qui me fait plus de peine, ils n'auraient point été témoins de ma folie. Je n'aurais pas été obligé de les frapper en me défendant contre eux, et ils ne m'auraient pas maltraité et lié comme ils ont fait pour me conduire et me faire enfermer dans l'hôpital des fous, où je puis vous assurer que chaque jour, pendant tout le temps que j'ai été détenu dans cet enfer, on n'a pas manqué de me bien régaler à grands coups de nerf de bœuf. »

Abou Hassan racontait au calife ses sujets de plainte avec beaucoup de chaleur et de véhémence. Le calife savait mieux que lui tout ce qui s'était passé, et il était ravi en lui-même d'avoir si bien réussi dans ce qu'il avait imaginé pour le jeter dans l'égarement où il le voyait encore; mais il ne put entendre ce récit, fait avec tant de naïveté, sans faire un grand éclat de rire.

Abou Hassan, qui croyait son récit digne de compassion et que tout le monde devait y être aussi sensible que lui, se scandalisa fort de cet éclat de rire du faux marchand de Mossoul. « Vous moquez-vous de moi, lui dit-il, de me rire ainsi au nez, ou croyez-vous que je me moque de vous quand je vous parle très sérieusement ? Voulez-vous des preuves réelles de ce que j'avance ? Tenez, voyez et regardez vous-même : vous me direz après cela si je me moque. » En disant ces paroles il se baissa, et, en se découvrant les épaules et le sein, il fit voir au calife les cicatrices et les meurtrissures que lui avaient causées les coups de nerf de bœuf qu'il avait reçus.

Le calife ne put regarder ces objets sans horreur. Il eut compassion du pauvre Abou Hassan, et il fut très fâché que la raillerie eût été poussée si loin. Il rentra aussitôt en lui-même, et, en embrassant Abou Hassan de tout son cœur : « Levez-vous, je vous en supplie, mon cher frère, lui dit-il d'un grand sérieux; venez, et allons chez vous; je veux encore avoir l'avantage de me réjouir ce soir avec vous. Demain, s'il plaît à Dieu, vous verrez que tout ira le mieux du monde. »

Abou Hassan, malgré sa résolution, et contre le serment qu'il avait fait de ne pas recevoir chez lui le même étranger une seconde fois, ne put résister aux caresses du calife, qu'il prenait toujours pour un marchand de Mossoul. « Je le veux bien, dit-il au faux marchand; mais, ajouta-t-il, à une condition que vous vous engagerez de tenir avec serment : c'est de me faire la grâce de fermer la porte de ma chambre en sortant de chez moi, afin que le démon ne vienne pas me troubler la cervelle comme il a fait la première fois. » Le faux marchand promit tout. Ils se levèrent tous deux, et ils reprirent le chemin de la ville. Le calife, pour engager davantage Abou Hassan : « Prenez confiance en moi, lui dit-il; je ne vous manquerai pas de parole, je vous le promets en homme d'honneur. Après cela vous ne devez point hésiter à mettre votre assurance en une personne comme moi, qui vous souhaite toute sorte de biens et de prospérités, et dont vous verrez les effets.

— Je ne vous demande pas cela, repartit Abou Hassan en s'arrêtant tout court; je me rends de bon cœur à vos importunités, mais je vous dispense de vos souhaits, et je vous supplie au nom de Dieu de ne m'en faire aucun.

Tout le mal qui m'est arrivé jusqu'à présent n'a pris sa source, avec la porte ouverte, que de ceux que vous m'avez déjà faits.

— Hé bien, répliqua le calife en riant en lui-même de l'imagination toujours blessée d'Abou Hassan, puisque vous le voulez ainsi, vous serez obéi, et je vous promets de ne vous en jamais faire.

— Vous me faites plaisir de me parler ainsi, lui dit Abou Hassan, et je ne vous demande pas autre chose; je serai trop content pourvu que vous teniez votre parole; je vous tiens quitte de tout le reste. »

Abou Hassan et le calife suivi de son esclave, en s'entretenant ainsi, approchaient insensiblement du rendez-vous : le jour commençait à finir lorsqu'ils arrivèrent à la maison d'Abou Hassan. Aussitôt il appela sa mère, et se fit apporter de la lumière. Il pria le calife de prendre place sur le sofa, et il se mit près de lui. En peu de temps le souper fut servi sur la table qu'on avait approchée près d'eux. Ils mangèrent sans cérémonie. Quand ils eurent achevé, la mère d'Abou Hassan vint desservir, mit le fruit sur la table et le vin avec les tasses près de son fils; ensuite elle se retira, et ne parut pas davantage.

Abou Hassan commença à se servir du vin le premier, et en versa ensuite au calife. Ils burent chacun cinq ou six coups, en s'entretenant de choses indifférentes. Quand le calife vit qu'Abou Hassan commençait à s'échauffer, il le mit sur le chapitre de ses amours, et il lui demanda s'il n'avait jamais aimé.

« Mon frère, répondit familièrement Abou Hassan, qui croyait parler à son hôte comme à son égal, je n'ai jamais regardé l'amour, ou le mariage, si vous voulez, que comme une servitude à laquelle j'ai toujours eu de la répugnance à me soumettre; et jusqu'à présent je vous avouerai que je n'ai aimé que la table, la bonne chère, et surtout le bon vin; en un mot, qu'à bien me divertir et à m'entretenir agréablement avec des amis. Je ne vous assure pourtant pas que je fusse indifférent pour le mariage ni incapable d'attachement, si je pouvais rencontrer une femme de la beauté et de la belle humeur de celle que je vis en songe cette nuit fatale que je vous reçus ici la première fois, et que, pour mon malheur, vous laissâtes la porte de ma chambre ouverte, qui voulût bien passer les soirées à boire avec moi, qui sût chanter, jouer des instruments et m'entretenir agréablement, qui ne s'étudiât enfin qu'à me plaire et à me divertir. Je crois au contraire que je changerais toute mon indifférence en un parfait attachement pour une telle personne, et que je croirais vivre très heureux avec elle. Mais où trouver une femme telle que je viens de vous la dépeindre ailleurs que dans le palais du Commandeur des croyants, chez le grand-vizir Giafar, ou chez les seigneurs de la cour les plus puissants, à qui l'or et l'argent ne manquent pas pour s'en pourvoir ? J'aime donc mieux m'en tenir à la bouteille; c'est un plaisir à peu de frais qui m'est commun avec eux. » En disant ces paroles, il prit sa tasse et il se versa du vin : « Prenez votre tasse, que je vous en verse aussi, dit-il au calife, et continuons de goûter un plaisir si charmant. »

Quand le calife et Abou Hassan eurent bu : « C'est grand dommage, reprit le calife, qu'un aussi galant homme que vous êtes, qui n'est pas indifférent pour l'amour, mène une vie si solitaire et si retirée.

— Je n'ai pas de peine, repartit Abou Hassan, à préférer la vie tranquille que vous voyez que je mène à la compagnie d'une femme qui ne serait peut-être pas d'une beauté à me plaire, et qui d'ailleurs me causerait mille chagrins par ses imperfections et par sa mauvaise humeur. »

Ils poussèrent entre eux la conversation assez loin sur ce sujet; et le calife, qui vit Abou Hassan au point où il le désirait : « Laissez-moi faire, lui dit-il; puisque vous avez le bon goût de tous les honnêtes gens, je veux vous trouver votre fait, et il ne vous en coûtera rien. » A l'instant il prit la bouteille et la tasse d'Abou Hassan, dans laquelle il jeta adroitement une pincée de la poudre dont il s'était déjà servi, lui versa une rasade, et, en lui présentant la tasse : « Prenez, continua-t-il, et buvez d'avance à la santé de cette belle qui doit faire le bonheur de votre vie; vous en serez content. »

Abou Hassan prit la tasse en riant, et, en branlant la tête : « Vaille que vaille, dit-il, puisque vous le voulez! Je ne saurais commettre une incivilité envers vous, ni désobliger un hôte de votre mérite pour une chose de si peu de conséquence. Je vais donc boire à la santé de cette belle que vous me promettez, quoique, content de mon sort, je ne fasse aucun fondement sur votre promesse. »

Abou Hassan n'eut pas plus tôt bu la rasade qu'un profond assoupissement s'empara de ses sens comme les deux autres fois, et le calife fut encore le maître de disposer de lui à sa volonté. Il dit aussitôt à l'esclave qu'il avait amené de prendre Abou Hassan et de l'emporter au palais. L'esclave l'enleva, et le calife, qui n'avait pas dessein de renvoyer Abou Hassan comme la première fois, ferma la porte de la chambre en sortant.

L'esclave suivit avec sa charge, et, quand le calife fut arrivé au palais, il fit coucher Abou Hassan sur un sofa dans le quatrième salon d'où il l'avait fait reporter chez lui assoupi et endormi il y avait un mois. Avant de le laisser dormir, il commanda qu'on lui mît le même habit dont il avait été revêtu par son ordre, pour lui faire faire le personnage de calife : ce qui fut fait en sa présence; ensuite il commanda à chacun de s'aller coucher, et ordonna au chef et aux autres officiers des eunuques, aux officiers de la chambre, aux musiciennes et aux mêmes dames qui s'étaient trouvées dans ce salon lorsqu'il avait bu le dernier verre de vin qui lui avait causé l'assoupissement, de se trouver, sans faute, le lendemain à la pointe du jour, à son réveil, et il enjoignit à chacun de bien faire son personnage.

Le calife alla se coucher, après avoir fait avertir Mesrour de venir l'éveiller avant qu'on entrât dans le salon, afin qu'il se plaçât dans le même cabinet où il s'était déjà caché.

Mesrour ne manqua pas d'éveiller le calife précisément à l'heure qu'il lui avait marquée. Il se fit habiller promptement, et sortit pour se rendre au salon, où Abou Hassan dormait encore. Il trouva les officiers des eunuques, ceux de la chambre, les dames et les musiciennes à la porte, qui attendaient son arrivée. Il leur dit en peu de mots quelle était son intention; puis il entra, et alla se placer dans le cabinet fermé de jalousies. Mesrour, tous les autres officiers, les dames et les musiciennes entrèrent après lui, et se rangèrent autour du sofa sur lequel Abou Hassan était couché, de manière qu'ils n'empêchaient pas le calife de le voir et de remarquer toutes ses actions.

Les choses ainsi disposées, dans le temps que la poudre du calife eut fait son effet, Abou Hassan s'éveilla sans ouvrir les yeux, et il jeta un peu de pituite qui fut reçue dans un petit bassin d'or comme la première fois. Dans ce moment, les sept chœurs de musiciennes mêlèrent leurs voix toutes charmantes au son des hautbois, des flûtes douces et des autres instruments, et firent entendre un concert très agréable.

La surprise d'Abou Hassan fut extrême quand il entendit une musique si harmonieuse; il ouvrit les yeux, et elle redoubla lorsqu'il aperçut les dames et les officiers qui l'environnaient, et qu'il crut reconnaître. Le salon où il se trouvait lui parut le même que celui qu'il avait vu dans son premier rêve : il y remarquait la même illumination, le même ameublement et les mêmes ornements.

Le concert cessa, afin de donner lieu au calife d'être attentif à la contenance de son nouvel hôte et à tout ce qu'il pourrait dire dans sa surprise. Les dames, Mesrour et tous les officiers de la chambre, en gardant un grand silence, demeurèrent chacun dans leur place avec un grand respect. « Hélas! s'écria Abou Hassan en se mordant les doigts, et si haut que le calife l'entendit avec joie, me voilà retombé dans le même songe et dans la même illusion qu'il y a un mois : je n'ai qu'à m'attendre encore une fois aux coups de nerf de bœuf, à l'hôpital des fous et à la cage de fer. Dieu tout-puissant, ajouta-t-il, je me remets entre les mains de votre divine providence! C'est un malhonnête homme que je reçus chez moi hier au soir qui est la cause de cette illusion et des peines que j'en pourrai souffrir. Le traître et le perfide qu'il est m'avait promis avec serment qu'il fermerait la porte de ma chambre en sortant de chez moi; mais il ne l'a pas fait, et le diable est entré, qui me bouleverse la cervelle par ce maudit songe de Commandeur des croyants et par tant d'autres fantômes dont il me fascine les yeux. Que Dieu te confonde, Satan, et puisses-tu être accablé sous une montagne de pierres! »

Après ces dernières paroles, Abou Hassan ferma les yeux et demeura recueilli en lui-même, l'esprit fort embarrassé. Un moment après, il les ouvrit, et, en les jetant de côté et d'autre sur tous les objets qui se présentaient à sa vue : « Grand Dieu! s'écria-t-il encore une fois avec moins d'étonnement et en souriant, je me remets entre les mains de votre providence, préservez-moi de la tentation de Satan! » Puis, en refermant les yeux : « Je sais, continua-t-il, ce que je ferai : je vais dormir jusqu'à ce que Satan me quitte et s'en retourne par où il est venu, quand je devrais attendre jusqu'à midi. »

On ne lui donna pas le temps de se rendormir comme il venait de se le proposer. Force des cœurs, une des dames qu'il avait vues la première fois, s'approcha de lui, et, en s'asseyant sur le bord du sofa : « Commandeur des croyants, lui dit-elle respectueusement, je supplie Votre Majesté de me pardonner si je prends la liberté de l'avertir de ne pas se rendormir, mais de faire des efforts pour se réveiller et se lever, parce que le jour commence à paraître. — Retire-toi, Satan », dit Abou Hassan en entendant cette voix. Puis, en regardant Force des cœurs : « Est-ce moi, lui dit-il, que vous appelez Commandeur des croyants ? Vous me prenez pour un autre certainement.

— C'est Votre Majesté, reprit Force des cœurs, à qui je donne ce titre, qui lui appartient comme au souverain de tout ce qu'il y a au monde de musulmans, dont je suis très humblement esclave, et à qui j'ai l'honneur de parler. Votre Majesté veut se divertir sans doute, ajouta-t-elle en faisant semblant de s'être oubliée elle-même, à moins que ce ne soit un reste de quelque songe fâcheux; mais, si elle veut bien ouvrir les yeux, les nuages qui peuvent lui troubler l'imagination se dissiperont, et elle verra qu'elle est dans son palais, environnée de ses officiers et de toutes tant que nous sommes de ses esclaves, prêtes à lui rendre nos services ordinaires. Au reste, Votre Majesté ne doit pas s'étonner de se voir dans ce salon, et non pas dans son lit; elle s'endormit hier si subitement que nous ne voulûmes pas l'éveiller pour la conduire jusqu'à sa chambre, et nous nous contentâmes de la coucher commodément sur ce sofa. »

Force des cœurs dit tant d'autres choses à Abou Hassan, qui lui parurent vraisemblables, qu'enfin il se mit sur son séant. Il ouvrit les yeux et il la reconnut, de même que Bouquet de perles et les autres dames qu'il avait déjà vues. Alors elles s'approchèrent toutes ensemble, et Force des cœurs, en reprenant la parole ; « Commandeur des croyants et vicaire du prophète en terre, dit-elle, Votre Majesté aura pour agréable que nous l'avertissions encore qu'il est temps qu'elle se lève; voilà le jour qui paraît.

— Vous êtes des fâcheuses et des importunes, reprit Abou Hassan en se frottant les yeux : je ne suis pas Commandeur des croyants, je suis Abou Hassan, je le sais bien, et vous ne me persuaderez pas le contraire. — Nous ne connaissons pas l'Abou Hassan dont Votre Majesté nous parle, reprit Force des cœurs; nous ne voulons pas même le connaître; nous connaissons Votre Majesté pour le Commandeur des croyants, et elle ne nous persuadera jamais qu'elle ne le soit pas. »

Abou Hassan jetait les yeux de tous côtés et se trouvait comme enchanté de se voir dans le même salon où il s'était déjà trouvé; mais il attribuait tout cela à un songe pareil à celui qu'il avait eu, et dont il craignait les suites fâcheuses. « Dieu me fasse miséricorde, s'écria-t-il en élevant les mains et les yeux, comme un homme qui ne sait où il en est; je me remets entre ses mains! Après ce que je vois, je ne puis douter que le diable qui est entré dans ma chambre ne m'obsède et ne trouble mon imagination de toutes ces visions. » Le calife, qui le voyait et qui venait d'entendre toutes ces exclamations, se mit à rire de si bon cœur qu'il eut bien de la peine à s'empêcher d'éclater.

Abou Hassan cependant s'était recouché, et il avait refermé les yeux. « Commandeur des croyants, lui dit aussitôt Force des cœurs, puisque Votre Majesté ne se lève pas après l'avoir avertie qu'il est jour, selon notre devoir, et qu'il est nécessaire qu'elle vaque aux affaires de l'empire, dont le gouvernement lui est confié, nous userons de la permission qu'elle nous a donnée en pareil cas. » En même temps elle le prit par un bras, et elle appela les autres dames, qui lui aidèrent à le faire sortir du lit et le portèrent, pour ainsi dire, jusqu'au milieu du salon, où elles le mirent sur son séant. Elles se prirent ensuite chacune par la main, et elles dansèrent et sautèrent autour de lui au son de tous les instruments et de tous les tambours de basque, que l'on faisait retentir sur sa tête et autour de ses oreilles.

Abou Hassan se trouva dans une perplexité d'esprit inexprimable. « Serais-je véritablement calife et Commandeur des croyants ? » se disait-il à lui-même. Enfin, dans l'incertitude où il était, il voulait dire quelque chose, mais le grand bruit de tous les instruments l'empêchait de se faire entendre. Il fit signe à Bouquet de perles et à Étoile du matin, qui se tenaient par la main en dansant autour de lui, qu'il voulait parler. Aussitôt elles firent cesser la danse et les instruments, et elles s'approchèrent de lui : « Ne mentez pas, leur dit-il fort ingénument, et dites-moi, dans la vérité, qui je suis.

— Commandeur des croyants, répondit Étoile du matin, Votre Majesté veut nous surprendre en nous faisant cette demande, comme si elle ne savait pas elle-même qu'elle est le Commandeur des croyants et le vicaire en terre du prophète, maître de l'un et de l'autre monde, de ce monde où nous sommes et du monde à venir après la mort. Si cela n'était pas, il faudrait qu'un songe extraordinaire lui eût fait oublier ce qu'elle est. Il pourrait bien en être quelque chose, si l'on considère que Votre Majesté a dormi cette nuit plus longtemps qu'à l'ordinaire; néanmoins, si Votre Majesté veut bien me le permettre, je la ferai ressouvenir de ce qu'elle fit hier dans toute la journée. » Elle lui raconta donc son entrée au conseil, le châtiment de l'iman et des quatre vieillards par le juge de police, le présent d'une bourse de pièces d'or envoyée par son vizir à la mère d'un nommé Abou Hassan, ce qu'il fit dans l'intérieur de son palais, et ce qui se passa aux trois repas qui lui furent servis dans les trois salons, jusqu'au dernier, « où Votre Majesté, continua-t-elle en s'adressant à lui, après nous avoir fait mettre à table à ses côtés, nous fit l'honneur d'entendre nos chansons et de recevoir du vin de nos mains, jusqu'au moment que Votre Majesté s'endormit de la manière que Force des cœurs vient de le raconter. Depuis ce temps, Votre Majesté, contre sa coutume, a toujours dormi d'un profond sommeil jusqu'à présent qu'il est jour. Bouquet de perles, toutes les autres esclaves et tous les officiers qui sont ici, certifieront la même chose. Ainsi, que Votre Majesté se mette donc en état de faire sa prière, car il en est temps.

— Bon, bon, reprit Abou Hassan en branlant la tête, vous m'en feriez bien accroire si je voulais vous écouter. Et moi, continua-t-il, je vous dis que vous êtes toutes des folles, et que vous avez perdu l'esprit. C'est cependant un grand dommage, car vous êtes de jolies personnes. Apprenez que, depuis que je ne vous ai vues, je suis allé chez moi; que j'y ai fort maltraité ma mère; qu'on m'a mené à l'hôpital des fous, où je suis resté malgré moi plus de trois semaines, pendant lesquelles le concierge n'a pas manqué de me régaler chaque jour de cinquante coups de nerf de bœuf. Et vous voudriez que tout cela ne fût qu'un songe ? Vous vous moquez.

— Commandeur des croyants, repartit Étoile du matin, nous sommes prêtes, toutes tant que nous sommes, de jurer par ce que Votre Majesté a de plus cher que tout ce qu'elle nous dit n'est qu'un songe. Elle n'est pas sortie de ce salon depuis hier, et elle n'a pas cessé de dormir toute la nuit jusqu'à présent. »

La confiance avec laquelle cette dame assurait à Abou Hassan que tout ce qu'elle lui disait était véritable, et qu'il n'était point sorti du salon depuis qu'il y était entré, le mit encore une fois dans un état à ne savoir que croire de ce qu'il était et de ce qu'il voyait. Il demeura un espace de temps abîmé dans ses pensées. « O Ciel! disait-il en lui-même, suis-je Abou Hassan ? suis-je Commandeur des croyants ? Dieu tout-puissant, éclairez mon entendement : faites-moi connaître la vérité, afin que je sache à quoi m'en tenir. » Il découvrit ensuite ses épaules encore toutes livides des coups qu'il avait reçus, et, en les montrant aux dames : « Voyez, leur dit-il, et jugez si de pareilles blessures peuvent venir en songe ou en dormant. A mon égard, je puis vous assurer qu'elles ont été très réelles; et la douleur que j'en ressens encore m'en est un sûr garant, qui ne me permet pas d'en douter. Si cela néanmoins m'est arrivé en dormant, c'est la chose du monde la plus extraordinaire et la plus étonnante, et je vous avoue qu'elle me passe. »

Dans l'incertitude où était Abou Hassan de son état, il appela un des officiers du calife, qui était près de lui : « Approchez-vous, dit-il, et mordez-moi le bout de l'oreille, que je juge si je dors ou si je veille. » L'officier s'approcha, lui prit le bout de l'oreille entre les dents, et le serra si fort qu'Abou Hassan fit un cri effroyable.

A ce cri, tous les instruments de musique jouèrent en même temps, et les dames et les officiers se mirent à danser, à chanter et à sauter autour d'Abou Hassan avec un si grand bruit qu'il entra dans une espèce d'enthousiasme qui lui fit faire mille folies. Il se mit à chanter comme les autres. Il déchira le bel habit de calife dont on l'avait revêtu. Il jeta par terre le bonnet qu'il avait sur la tête, et, nu en chemise et en caleçon, il se leva brusquement et se jeta entre deux dames, qu'il prit par la main, et se mit à danser et à sauter avec tant d'action, de mouvement et de contorsions bouffonnes et divertissantes, que le calife ne put plus se contenir dans l'endroit où il était. La plaisanterie subite d'Abou Hassan le fit rire avec tant d'éclat qu'il se laissa aller à la renverse, et se fit entendre par-dessus tout le bruit des instruments de musique et des tambours de basque. Il fut si longtemps sans pouvoir se retenir que peu s'en fallut qu'il ne s'en trouvât incommodé. Enfin il se releva, et il ouvrit la jalousie. Alors, en avançant la tête et en riant toujours : « Abou Hassan, Abou Hassan, s'écria-t-il, veux-tu donc me faire mourir à force de rire ? »

A la voix du calife, tout le monde se tut et le bruit cessa. Abou Hassan s'arrêta comme les autres, et tourna la tête du côté qu'elle s'était fait entendre. Il reconnut le calife et en même temps le marchand de Mossoul. Il ne se déconcerta pas pour cela; au contraire, il comprit dans ce moment qu'il était bien éveillé, et que tout ce qui lui était arrivé était très réel, et non pas un songe. Il entra dans la plaisanterie et dans l'intention du calife : « Ha! ha! s'écria-t-il en le regardant avec assurance, vous voilà donc, marchand de Mossoul! Quoi! vous vous plaignez que je vous fais mourir, vous qui êtes cause des mauvais traitements que j'ai faits à ma mère, et de ceux que j'ai reçus pendant un si long temps à l'hôpital des fous; vous qui avez si fort maltraité l'iman de la mosquée de mon quartier et les quatre scheiks mes voisins : car ce n'est pas moi, je m'en lave les mains; vous qui m'avez causé tant de peines d'esprit et tant de traverses. Enfin, n'est-ce pas vous qui êtes l'agresseur, et ne suis-je pas l'offensé ?

— Tu as raison, Abou Hassan, répondit le calife en continuant de rire; mais, pour te consoler et pour te dédommager de toutes tes peines, je suis prêt, et j'en prends Dieu à témoin, de te faire, à ton choix, telle réparation que tu voudras m'imposer. »

En achevant ces paroles, le calife descendit du cabinet, entra dans le salon. Il se fit apporter un de ses plus beaux habits et commanda aux dames de faire la fonction des officiers de la chambre et d'en revêtir Abou Hassan. Quand elles l'eurent habillé : « Tu es mon frère, lui dit le calife en l'embrassant; demande-moi tout ce qui peut te faire plaisir, je te l'accorderai.

— Commandeur des croyants, reprit Abou Hassan, je supplie Votre Majesté de me faire la grâce de m'apprendre ce qu'elle a fait pour me démonter ainsi le cerveau, et quel a été son dessein; cela m'importe présentement plus que toute autre chose, pour remettre entièrement mon esprit dans son assiette ordinaire. »

Le calife voulut bien donner cette satisfaction à Abou Hassan. « Tu dois savoir premièrement, lui dit-il, que je me déguise assez souvent, et particulièrement la nuit, pour connaître par moi-même si tout est dans l'ordre dans la ville de Bagdad; et, comme je suis bien aise de savoir aussi ce qui se passe aux environs, je me suis fixé un jour, qui est le premier de chaque mois, pour faire un grand tour au dehors, tantôt d'un côté, tantôt de l'autre, et je reviens toujours par le pont. Je revenais de faire ce tour le soir que tu m'invitas à souper chez toi. Dans notre entretien tu me marquas que la seule chose que tu désirais, c'était d'être calife et Commandeur des croyants l'espace de vingt-quatre heures seulement, pour mettre à la raison l'iman de la mosquée de ton quartier et les quatre scheiks ses conseillers. Ton désir me parut très propre pour m'en donner un sujet de divertissement, et dans cette vue j'imaginai sur-le-champ le moyen de te procurer la satisfaction que tu désirais. J'avais sur moi de la poudre qui fait dormir du moment qu'on l'a prise, à ne pouvoir se réveiller qu'au bout d'un certain temps. Sans que tu t'en aperçusses, j'en jetai une dose dans la dernière tasse que je te présentai, et tu bus. Le sommeil te prit dans le moment, et je te fis enlever et emporter à mon palais par mon esclave, après avoir laissé la porte de ta chambre ouverte en sortant. Il n'est pas nécessaire de te dire ce qui t'arriva dans mon palais à ton réveil et pendant la journée jusqu'au soir, où, après avoir été bien régalé par mon ordre, une de mes esclaves qui te servait jeta une autre dose de la même poudre dans le dernier verre qu'elle te présenta et que tu bus. Le grand assoupissement te prit aussitôt, et je te fis reporter chez toi par le même esclave qui t'avait apporté, avec ordre de laisser encore la porte de ta chambre ouverte en sortant. Tu m'as raconté toi-même tout ce qui t'est arrivé le lendemain et les jours suivants. Je ne m'étais pas imaginé que tu dusses souffrir autant que tu as souffert en cette occasion; mais, comme je m'y suis déjà engagé envers toi, je ferai toutes choses pour te consoler et te donner lieu d'oublier tous tes maux. Vois donc ce que je puis faire pour te faire plaisir, et demande-moi hardiment ce que tu souhaites.

— Commandeur des croyants, reprit Abou Hassan, quelque grands que soient les maux que j'ai soufferts, ils sont effacés de ma mémoire du moment que j'apprends qu'ils me sont venus de la part de mon souverain seigneur et maître. A l'égard de la générosité dont Votre Majesté s'offre de me faire sentir les effets avec tant de bonté, je ne doute nullement de sa parole irrévocable; mais, comme l'intérêt n'a jamais eu d'empire sur moi, puisqu'elle me donne cette liberté, la grâce que j'ose lui demander, c'est de me donner assez d'accès près de sa personne pour avoir le bonheur d'être toute ma vie l'admirateur de sa grandeur. »

Ce dernier témoignage de désintéressement d'Abou Hassan acheva de lui mériter toute l'estime du calife.

« Je te sais bon gré de ta demande, lui dit le calife; je te l'accorde, avec l'entrée libre dans mon palais à toute heure, en quelque endroit que je me trouve. » En même temps il lui assigna un logement dans le palais. A l'égard de ses appointements, il lui dit qu'il ne voulait pas qu'il eût affaire à ses trésoriers, mais à sa personne même, et sur-le-champ il lui fit donner par son trésorier particulier une bourse de mille pièces d'or. Abou Hassan fit de profonds remerciements au calife, qui le quitta pour aller tenir conseil selon sa coutume.

Abou Hassan prit ce temps-là pour aller au plus tôt informer sa mère de tout ce qui se passait, et lui apprendre sa bonne fortune.

Il lui fit connaître que tout ce qui lui était arrivé n'était point un songe; qu'il avait été calife, et qu'il en avait réellement fait les fonctions pendant un jour entier, et reçu véritablement les honneurs; qu'elle ne devait pas douter de ce qu'il lui disait, puisqu'il en avait eu la confirmation de la propre bouche du calife même.

La nouvelle de l'histoire d'Abou Hassan ne tarda guère à se répandre dans toute la ville de Bagdad; elle passa même dans les provinces voisines, et de là dans les plus éloignées, avec les circonstances toutes singulières et divertissantes dont elle avait été accompagnée.

La nouvelle faveur d'Abou Hassan le rendait extrêmement assidu auprès du calife. Comme il était naturellement de bonne humeur et qu'il faisait naître la joie partout où il se trouvait par ses bons mots et par ses plaisanteries, le calife ne pouvait guère se passer de lui, et il ne faisait aucune partie de divertissement sans l'y appeler; il le menait même quelquefois chez Zobéide, son épouse, à qui il avait raconté son histoire, qui l'avait extrêmement divertie. Zobéide le goûtait assez; mais elle remarqua que, toutes les fois qu'il accompagnait le calife chez elle, il avait toujours les yeux sur une de ses esclaves appelée Nouzhatoul-Aouadat; c'est pourquoi elle résolut d'en avertir le calife. « Commandeur des croyants, dit un jour la princesse au calife, vous ne remarquez peut-être pas comme moi que, toutes les fois qu'Abou Hassan vous accompagne ici, il ne cesse d'avoir les yeux sur Nouzhatoul-Aouadat, et qu'il ne manque jamais de la faire rougir. Vous ne doutez point que ce ne soit une marque certaine qu'elle ne le hait pas. C'est pourquoi, si vous m'en croyez, nous ferons un mariage de l'un et de l'autre.

— Madame, reprit le calife, vous me faites souvenir d'une chose que je devrais avoir déjà faite. Je sais le goût d'Abou Hassan sur le mariage par lui-même, et je lui avais toujours promis de lui donner une femme dont il aurait tout sujet d'être content. Je suis bien aise que vous m'en ayez parlé, et je ne sais comment la chose m'était échappée de la mémoire. Mais il vaut mieux qu'Abou Hassan ait suivi son inclination, par le choix qu'il a fait lui-même. D'ailleurs, puisque Nouzhatoul-Aouadat ne s'en éloigne pas, nous ne devons point hésiter sur ce mariage. Les voilà l'un et l'autre, ils n'ont qu'à déclarer s'ils y consentent. »

Abou Hassan se jeta aux pieds du calife et de Zobéide, pour leur marquer combien il était sensible aux bontés qu'ils avaient pour lui. « Je ne puis, dit-il en se relevant, recevoir une épouse de meilleures mains; mais je n'ose espérer que Nouzhatoul-Aouadat veuille me donner la sienne d'aussi bon cœur que je suis prêt de lui donner la mienne. » En achevant ces paroles, il regarda l'esclave de la princesse, qui témoigna assez de son côté, par son silence respectueux et par la rougeur qui lui montait au visage, qu'elle était toute disposée à suivre la volonté du calife et de Zobéide, sa maîtresse.

Le mariage se fit, et les noces furent célébrées dans le palais avec de grandes réjouissances qui durèrent plusieurs jours. Zobéide se fit un point d'honneur de faire de riches présents à son esclave, pour faire plaisir au calife; et le calife de son côté, en considération de Zobéide, en usa de même envers Abou Hassan.

La mariée fut conduite au logement que le calife avait assigné à Abou Hassan, son mari, qui l'attendait avec impatience. Il la reçut au bruit de tous les instruments de musique et des chœurs de musiciens et de musiciennes du palais, qui faisaient retentir l'air du concert de leurs voix et de leurs instruments.

Plusieurs jours se passèrent en fêtes et en réjouissances accoutumées dans ces sortes d'occasions, après lesquels on laissa les nouveaux mariés jouir paisiblement de leurs amours. Abou Hassan et sa nouvelle épouse étaient charmés l'un de l'autre. Ils vivaient dans une union si parfaite que, hors le temps qu'ils employaient à faire leur cour, l'un au calife, et l'autre à la princesse Zobéide, ils étaient toujours ensemble et ne se quittaient point. Il est vrai que Nouzhatoul-Aouadat avait toutes les qualités d'une femme capable de donner de l'amour et de l'attachement à Abou Hassan, puisqu'elle était selon ses souhaits, sur lesquels il s'était expliqué au calife, c'est-à-dire en état de lui tenir tête à la table. Avec ces dispositions, ils ne pouvaient manquer de passer ensemble leur temps très agréablement. Aussi leur table était-elle toujours mise, et couverte, à chaque repas, des mets les plus délicats et les plus friands qu'un traiteur avait soin de leur apprêter et de leur fournir. Le buffet était toujours chargé du vin le plus exquis et disposé de manière qu'il était à la portée de l'un et de l'autre lorsqu'ils étaient à table. Là, ils jouissaient d'un agréable tête-à-tête, et s'entretenaient de mille plaisanteries qui leur faisaient faire des éclats de rire plus ou moins grands, selon qu'ils avaient mieux ou moins bien rencontré à dire quelque chose capable de les réjouir. Le repas du soir était particulièrement consacré à la joie. Il ne s'y faisaient servir que des fruits excellents, des gâteaux et des pâtes d'amandes; et, à chaque coup de vin qu'ils buvaient, ils s'excitaient l'un l'autre par quelques chansons nouvelles, qui fort souvent étaient des impromptus faits à propos sur le sujet dont ils s'entretenaient. Ces chansons étaient aussi quelquefois accompagnées d'un luth, ou de quelque autre instrument dont ils savaient toucher l'un et l'autre.

Abou Hassan et Nouzhatoul-Aouadat passèrent ainsi un assez long espace de temps à faire bonne chère et à se bien divertir. Ils ne s'étaient jamais mis en peine de leur dépense de bouche, et le traiteur qu'ils avaient choisi pour cela avait fait toutes les avances. Il était juste qu'il reçût quelque argent : c'est pourquoi il leur présenta le mémoire de ce qu'il avait avancé. La somme se trouva très forte. On y ajouta celle à quoi pouvait monter la dépense déjà faite en habits de noces des plus riches étoffes pour l'un et pour l'autre, et en joyaux de très grand prix pour la mariée; et la somme se trouva si excessive qu'ils s'aperçurent, mais trop tard, que, de tout l'argent qu'ils avaient reçu des bienfaits du calife et de la princesse Zobéide en considération de leur mariage, il ne leur restait précisément que ce qu'il fallait pour y satisfaire. Cela leur fit faire de grandes réflexions sur le passé, qui ne remédiaient point au mal présent. Abou Hassan fut d'avis de payer le traiteur, et sa femme y consentit. Ils le firent venir et lui payèrent tout ce qu'ils lui devaient, sans rien témoigner de l'embarras où ils allaient se trouver sitôt qu'ils auraient fait ce payement.

Le traiteur se retira fort content d'avoir été payé en

belles pièces d'or à fleur de coin : on n'en voyait pas d'autres dans le palais du calife. Abou Hassan et Nouzhatoul-Aouadat ne le furent guère d'avoir vu le fond de leur bourse. Ils demeurèrent dans un grand silence, les yeux baissés, et fort embarrassés de l'état où ils se voyaient réduits dès la première année de leur mariage.

Abou Hassan se souvenait bien que le calife, en le retenant dans son palais, lui avait promis de ne le laisser manquer de rien. Mais, quand il considérait qu'il avait prodigué en si peu de temps les largesses de sa main libérale, outre qu'il n'était pas d'humeur à demander, il ne voulait pas aussi s'exposer à la honte de déclarer au calife le mauvais usage qu'il en avait fait, et le besoin où il était d'en recevoir de nouvelles. D'ailleurs, il avait abandonné son bien de patrimoine à sa mère sitôt que le calife l'avait retenu près de sa personne, et il était fort éloigné de recourir à la bourse de sa mère, à qui il aurait fait connaître, par ce procédé, qu'il était retombé dans le même désordre qu'après la mort de son père.

De son côté, Nouzhatoul-Aouadat, qui regardait les libéralités de Zobéide et la liberté qu'elle lui avait accordée en la mariant comme une récompense plus que suffisante de ses services et de son attachement, ne croyait pas être en droit de lui rien demander davantage.

Abou Hassan rompit enfin le silence, et, en regardant Nouzhatoul-Aouadat avec un visage ouvert : « Je vois bien, lui dit-il, que vous êtes dans le même embarras que moi, et que vous cherchez quel parti nous devons prendre dans une aussi fâcheuse conjoncture que celle-ci, où l'argent vient de nous manquer tout à coup sans que nous l'ayons prévu. Je ne sais quel peut être votre sentiment; pour moi, quoi qu'il puisse arriver, mon avis n'est pas de retrancher notre dépense ordinaire de la moindre chose, et je crois que de votre côté vous ne m'en dédirez pas. Le point est de trouver le moyen d'y fournir sans avoir la bassesse d'en demander, ni moi au calife, ni vous à Zobéide; et je crois l'avoir trouvé. Mais, pour cela, il faut que nous nous aidions l'un l'autre. »

Ce discours d'Abou Hassan plut beaucoup à Nouzhatoul-Aouadat et lui donna quelque espérance. « Je n'étais pas moins occupée que vous de cette pensée, lui dit-elle, et, si je ne m'en expliquais pas, c'est que je n'y voyais aucun remède. Je vous avoue que l'ouverture que vous venez de me faire me fait le plus grand plaisir du monde. Mais, puisque vous avez trouvé le moyen que vous dites, et que mon secours vous est nécessaire pour y réussir, vous n'avez qu'à me dire ce qu'il faut que je fasse, et vous verrez que je m'y emploierai de mon mieux.

— Je m'attendais bien, reprit Abou Hassan, que vous ne me manqueriez pas dans cette affaire qui vous touche autant que moi. Voici donc le moyen que j'ai imaginé pour faire en sorte que l'argent ne nous manque pas dans le besoin que nous en avons, au moins pour quelque temps. Il consiste dans une petite tromperie que nous ferons, moi au calife, et vous à Zobéide, et qui, j'en suis sûr, les divertira, et nous ne sera pas infructueuse. Je vais vous dire quelle est la tromperie que j'entends : c'est que nous mourions tous deux.

— Que nous mourions tous deux! interrompit Nouzhatoul-Aouadat. Mourez, si vous voulez, tout seul; pour moi, je ne suis pas lasse de vivre, et je ne prétends pas, ne vous en déplaise, mourir encore sitôt. Si vous n'avez pas d'autre moyen à me proposer que celui-là, vous pouvez l'exécuter vous-même, car je vous assure que je ne m'en mêlerai point.

— Vous êtes femme, repartit Abou Hassan, je veux dire d'une vivacité et d'une promptitude surprenantes : à peine me donnez-vous le temps de m'expliquer. Écoutez-moi donc un moment avec patience, et vous verrez après cela que vous voudrez bien mourir de la même mort dont je prétends mourir moi-même. Vous jugez bien que je n'entends pas parler d'une mort véritable, mais d'une mort feinte.

— Ah! bon pour cela, interrompit encore Nouzhatoul-Aouadat; dès qu'il ne s'agira que d'une mort feinte, je suis à vous. Vous pouvez compter sur moi; vous serez témoin du zèle avec lequel je vous seconderai à mourir de cette manière : car, pour vous le dire franchement, j'ai une répugnance invincible à vouloir mourir sitôt de la manière que je l'entendais tantôt.

— Eh bien, vous serez satisfaite, continua Abou Hassan : voici comme je l'entends, pour réussir en ce que je me propose. Je vais faire le mort; aussitôt vous prendrez un linceul, et vous m'ensevelirez comme si je l'étais effectivement. Vous me mettrez au milieu de la chambre à la manière accoutumée, avec le turban posé sur le visage et les pieds tournés du côté de la Mecque, tout prêt à être porté au lieu de la sépulture. Quand tout sera ainsi disposé, vous ferez les cris et verserez les larmes ordinaires en de pareilles occasions, en déchirant vos habits et vous arrachant les cheveux, ou du moins en feignant de vous les arracher, et vous irez tout en pleurs et les cheveux épars vous présenter à Zobéide. La princesse voudra savoir le sujet de vos larmes, et, dès que vous l'en aurez informée par vos paroles entrecoupées de sanglots, elle ne manquera pas de vous plaindre et de vous faire présent de quelque somme d'argent pour aider à faire les frais de mes funérailles, et d'une pièce de brocart pour me servir de drap mortuaire, afin de rendre mon enterrement plus magnifique, et pour vous faire un habit à la place de celui qu'elle verra déchiré. Aussitôt que vous serez de retour avec cet argent et cette pièce de brocart, je me lèverai du milieu de la chambre, et vous vous mettrez à ma place. Vous ferez la morte, et, après vous avoir ensevelie, j'irai de mon côté faire auprès du calife le même personnage que vous aurez fait chez Zobéide; et j'ose me promettre que le calife ne sera pas moins libéral à mon égard que Zobéide l'aura été envers vous. »

Quand Abou Hassan eut achevé d'expliquer sa pensée sur ce qu'il avait projeté : « Je crois que la tromperie sera fort divertissante, reprit aussitôt Nouzhatoul-Aouadat, et je serai fort trompée si le calife et Zobéide ne nous en savent bon gré. Il s'agit présentement de la bien conduire : à mon égard, vous pouvez me laisser faire, je m'acquitterai de mon rôle pour le moins aussi bien que je m'attends que vous vous acquitterez du vôtre, et avec d'autant plus de zèle et d'attention que j'aperçois comme vous le grand avantage que nous en devons remporter. Ne perdons point de temps. Pendant que je prendrai un linceul, mettez-vous en chemise et en caleçon; je sais ensevelir aussi bien que qui que ce soit : car, lorsque j'étais au service de Zobéide et que quelque esclave de mes compagnes venait à mourir, j'avais toujours la commission de l'ensevelir. »

Abou Hassan ne tarda guère à faire ce que Nouzhatoul-Aouadat lui avait dit. Il s'étendit sur le dos tout de son long sur le linceul qui avait été mis sur le tapis de pied au milieu de la chambre, croisa ses bras, et se laissa envelopper de manière qu'il semblait qu'il n'y avait qu'à le mettre dans une bière et l'emporter pour être enterré. Sa femme lui tourna les pieds du côté de la Mecque, lui couvrit le visage d'une mousseline des plus fines, et mit son turban par-dessus, de manière qu'il avait la respiration libre. Elle se décoiffa ensuite, et, les larmes aux yeux, les cheveux pendants et épars, en faisant semblant de se les arracher avec de grands cris, elle se frappait les joues et se donnait de grands coups sur la poitrine, avec toutes les autres marques d'une vive douleur. En cet équipage, elle sortit et traversa une cour fort spacieuse pour se rendre à l'appartement de la princesse Zobéide.

Nouzhatoul-Aouadat faisait des cris si perçants que Zobéide les entendit de son appartement. Elle commanda à ses femmes esclaves, qui étaient alors auprès d'elle, de voir d'où pouvaient venir ces plaintes et ces cris qu'elle entendait. Elles coururent vite aux jalousies, et revinrent avertir Zobéide que c'était Nouzhatoul-Aouadat qui s'avançait tout éplorée. Aussitôt la princesse, impatiente de savoir ce qui pouvait lui être arrivé, se leva et alla au-devant d'elle jusqu'à la porte de son antichambre.

Nouzhatoul-Aouadat joua ici son rôle en perfection. Dès qu'elle eut aperçu Zobéide, qui tenait elle-même la portière de son antichambre entrouverte et qui l'attendait, elle redoubla ses cris en s'avançant, s'arracha les cheveux à pleines mains, se frappa les joues et la poitrine plus fortement, et se jeta à ses pieds en les baignant de ses larmes.

Zobéide, étonnée de voir son esclave dans une affliction si extraordinaire, lui demanda ce qu'elle avait, et quelle disgrâce lui était arrivée.

Au lieu de répondre, la fausse affligée continua ses sanglots quelque temps en feignant de se faire violence pour les retenir. « Hélas ! ma très honorée dame et maîtresse, s'écria-t-elle enfin avec des paroles entrecoupées de sanglots, quel malheur plus grand et plus funeste pouvait-il m'arriver que celui qui m'oblige de venir me jeter aux pieds de Votre Majesté, dans la disgrâce extrême où je suis réduite ? Que Dieu prolonge vos jours dans une santé parfaite, ma très respectable princesse, et vous donne de longues et heureuses années ! Abou Hassan, le pauvre Abou Hassan, que vous avez honoré de vos bontés et que vous m'aviez donné pour époux, avec le Commandeur des croyants, ne vit plus ! »

En achevant ces dernières paroles, Nouzhatoul-Aouadat redoubla ses larmes et ses sanglots et se jeta encore aux pieds de la princesse. Zobéide fut extrêmement surprise de cette nouvelle. « Abou Hassan est mort, s'écria-t-elle, cet homme si plein de santé, si agréable et si divertissant ! En vérité, je ne m'attendais pas à apprendre sitôt la mort d'un homme comme celui-là, qui promettait une plus longue vie, et qui la méritait si bien. » Elle ne put s'empêcher d'en marquer sa douleur par ses larmes. Ses femmes esclaves qui l'accompagnaient, et qui avaient eu plusieurs fois leur part des plaisanteries d'Abou Hassan, quand il était admis aux entretiens familiers de Zobéide et du calife, témoignèrent aussi par leurs pleurs leurs regrets de sa perte et la part qu'elles y prenaient.

Zobéide, ses femmes esclaves et Nouzhatoul-Aouadat demeurèrent un temps considérable, le mouchoir devant les yeux, à pleurer et à jeter des soupirs de cette prétendue mort. Enfin la princesse Zobéide rompit le silence : « Méchante, s'écria-t-elle en s'adressant à la fausse veuve, c'est peut-être toi qui es cause de sa mort. Tu lui auras donné tant de sujets de chagrin par ton humeur fâcheuse qu'enfin tu seras venue à bout de le mettre au tombeau. »

Nouzhatoul-Aouadat témoigna recevoir une grande mortification du reproche que Zobéide lui faisait. « Ah! Madame! s'écria-t-elle, je ne crois pas avoir jamais donné à Votre Majesté, pendant tout le temps que j'ai eu le bonheur d'être son esclave, le moindre sujet d'avoir une opinion si désavantageuse de ma conduite envers un époux qui m'a été si cher. Je m'estimerais la plus malheureuse de toutes les femmes si vous en étiez persuadée. J'ai chéri Abou Hassan comme une femme doit chérir un mari qu'elle aime passionnément, et je puis dire sans vanité que j'ai eu toute la tendresse qu'il méritait que j'eusse pour lui, par toutes les complaisances raisonnables qu'il avait pour moi, et qui m'étaient un témoignage qu'il ne m'aimait pas moins tendrement. Je suis persuadée qu'il me justifierait pleinement là-dessus dans l'esprit de Votre Majesté, s'il était encore au monde. Mais, Madame, ajouta-t-elle en renouvelant ses larmes, son heure était venue, et c'est la cause unique de sa mort. »

Zobéide, en effet, avait toujours remarqué dans son esclave une même égalité d'humeur, une douceur qui ne se démentait jamais, une grande docilité, et un zèle, en tout ce qu'elle faisait pour son service, qui marquait qu'elle agissait plutôt par inclination que par devoir. Ainsi elle n'hésita point à l'en croire sur sa parole, et elle commanda à sa trésorière d'aller prendre dans son trésor une bourse de cent pièces de monnaie d'or et une pièce de brocart.

La trésorière revint bientôt avec la bourse et la pièce de brocart, qu'elle mit, par ordre de Zobéide, entre les mains de Nouzhatoul-Aouadat.

En recevant ce beau présent, elle se jeta aux pieds de la princesse, et lui en fit ses très humbles remerciements, avec une grande satisfaction dans l'âme d'avoir si bien réussi. « Va, lui dit Zobéide, fais servir la pièce de brocart de drap mortuaire sur la bière de ton mari, et emploie l'argent à lui faire des funérailles honorables et dignes de lui. Après cela, modère les transports de ton affliction, j'aurai soin de toi. »

Nouzhatoul-Aouadat ne fut pas plus tôt hors de la présence de Zobéide qu'elle essuya ses larmes avec une grande joie, et retourna au plus tôt rendre compte à Abou Hassan du succès de son rôle.

En rentrant, Nouzhatoul-Aouadat fit un grand éclat de rire en retrouvant Abou Hassan au même état qu'elle l'avait laissé, c'est-à-dire enseveli au milieu de la chambre. « Levez-vous, lui dit-elle toujours en riant, et venez voir le fruit de la tromperie que j'ai faite à Zobéide. Nous ne mourrons pas encore de faim aujourd'hui. »

Abou Hassan se leva promptement, et se réjouit fort avec sa femme en voyant la bourse et la pièce de brocart.

Nouzhatoul-Aouadat était si aise d'avoir si bien réussi dans la tromperie qu'elle venait de faire à la princesse qu'elle ne pouvait contenir sa joie. « Ce n'est pas assez, dit-elle à son mari en riant : je veux faire la morte à mon tour, et voir si vous serez assez habile pour en tirer autant du calife que j'ai fait de Zobéide.

— Voilà justement le génie des femmes, reprit Abou Hassan; on a bien raison de dire qu'elles ont toujours la vanité de croire qu'elles sont plus que les hommes, quoique le plus souvent elles ne fassent rien de bien que par leur conseil. Il ferait beau voir que je n'en fisse pas au moins autant que vous auprès du calife, moi qui suis l'inventeur de la fourberie! Mais ne perdons pas le temps en discours inutiles : faites la morte comme moi, et vous verrez si je n'aurai pas le même succès. »

Abou Hassan ensevelit sa femme, la mit au même endroit qu'il était, lui tourna les pieds du côté de la Mecque, et sortit de sa chambre tout en désordre, le turban mal accommodé, comme un homme qui est dans une grande affliction. En cet état, il alla chez le calife, qui tenait alors un conseil particulier avec le grand-vizir Giafar et d'autres vizirs en qui il avait le plus de confiance. Il se présenta à la porte, et l'huissier, qui savait qu'il avait les entrées libres, lui ouvrit. Il entra le mouchoir d'une main devant les yeux, pour cacher les larmes feintes qu'il laissait couler en abondance, en se frappant la poitrine de l'autre à grands coups, avec des exclamations qui exprimaient l'excès d'une grande douleur.

Le calife, qui était accoutumé à voir Abou Hassan avec un visage toujours gai et qui n'inspirait que la joie, fut fort surpris de le voir paraître devant lui en un si triste état. Il interrompit l'attention qu'il donnait à l'affaire dont on parlait dans son conseil, pour lui demander la cause de sa douleur.

« Commandeur des croyants, répondit Abou Hassan avec des sanglots et des soupirs réitérés, il ne pouvait m'arriver un plus grand malheur que celui qui fait le sujet de mon affliction. Que Dieu laisse vivre Votre Majesté sur le trône qu'elle remplit si glorieusement! Nouzhatoul-Aouadat, qu'elle m'avait donnée en mariage par sa bonté, pour passer le reste de mes jours avec elle, hélas!... »

A cette exclamation, Abou Hassan fit semblant d'avoir le cœur si pressé qu'il n'en dit pas davantage et fondit en larmes.

Le calife, qui comprit qu'Abou Hassan venait lui annoncer la mort de sa femme, en parut extrêmement touché. « Dieu lui fasse miséricorde! dit-il d'un air qui marquait combien il la regrettait. C'était une bonne esclave, et nous te l'avions donnée, Zobéide et moi, dans l'intention de te faire plaisir; elle méritait de vivre plus longtemps. » Alors les larmes lui coulèrent des yeux, et il fut obligé de prendre son mouchoir pour les essuyer.

La douleur d'Abou Hassan et les larmes du calife attirèrent celles du grand-vizir Giafar et des autres vizirs. Ils pleurèrent tous la mort de Nouzhatoul-Aouadat, qui, de son côté, était dans une grande impatience d'apprendre comment Abou Hassan aurait réussi.

Le calife eut la même pensée du mari que Zobéide avait eue de la femme, et il s'imagina qu'il était peut-être la cause de sa mort. « Malheureux, lui dit-il d'un ton d'indignation, n'est-ce pas toi qui as fait mourir ta femme par tes mauvais traitements? Ah! je n'en fais aucun doute. Tu devais au moins avoir quelque considération pour la princesse Zobéide, mon épouse, qui l'aimait plus que ses autres esclaves, et qui a bien voulu s'en priver pour te l'abandonner. Voilà une belle marque de ta reconnaissance!

— Commandeur des croyants, répondit Abou Hassan en faisant semblant de pleurer plus amèrement qu'auparavant, Votre Majesté peut-elle avoir un seul moment la pensée qu'Abou Hassan, qu'elle a comblé de ses grâces et de ses bienfaits, et à qui elle a fait des honneurs auxquels il n'eût jamais osé aspirer, ait pu être capable d'une si grande ingratitude ? J'aimais Nouzhatoul-Aouadat, mon épouse, autant par tous ces endroits-là que par tant d'autres belles qualités qu'elle avait, et qui étaient cause que j'ai toujours eu pour elle tout l'attachement, toute la tendresse et tout l'amour qu'elle méritait. Mais, Seigneur, ajouta-t-il, elle devait mourir, et Dieu n'a pas voulu me laisser jouir plus longtemps d'un bonheur que je tenais des bontés de Votre Majesté et de Zobéide, sa chère épouse. »

Enfin, Abou Hassan sut dissimuler si parfaitement sa douleur par toutes les marques d'une véritable affliction que le calife, qui d'ailleurs n'avait pas entendu dire qu'il eût fait mauvais ménage avec sa femme, ajouta foi à tout ce qu'il lui dit et ne douta plus de la sincérité de ses paroles. Le trésorier du palais était présent, et le calife lui commanda d'aller au trésor, et de donner à Abou Hassan une bourse de cent pièces de monnaie d'or avec une belle pièce de brocart. Abou Hassan se jeta aussitôt aux pieds du calife pour lui marquer sa reconnaissance et le remercier de son présent. « Suis le trésorier, lui dit le calife : la pièce de brocart est pour servir de drap mortuaire à ta défunte, et l'argent pour lui faire des obsèques dignes d'elle. Je m'attends bien que tu lui donneras ce dernier témoignage de ton amour. »

Abou Hassan ne répondit à ces paroles obligeantes du calife que par une profonde inclination en se retirant. Il suivit le trésorier ; et, aussitôt que la bourse et la pièce de brocart lui eurent été mises entre les mains, il retourna chez lui très content et bien satisfait en lui-même d'avoir trouvé si promptement et si facilement de quoi suppléer à la nécessité où il s'était trouvé et qui lui avait causé tant d'inquiétudes.

Nouzhatoul-Aouadat, lasse d'avoir été si longtemps dans une si grande contrainte, n'attendit pas qu'Abou Hassan lui dît de quitter la triste situation où elle était. Aussitôt qu'elle entendit ouvrir la porte, elle courut à lui. « Hé bien, lui dit-elle, le calife a-t-il été aussi facile à se laisser tromper que Zobéide ?

— Vous voyez, répondit Abou Hassan (en plaisantant et en lui montrant la bourse et la pièce de brocart), que je ne sais pas moins bien faire l'affligé pour la mort d'une femme qui se porte bien que vous la pleureuse pour celle d'un mari qui est plein de vie. »

Abou Hassan cependant se doutait bien que cette double tromperie ne manquerait pas d'avoir des suites : c'est pourquoi il prévint sa femme autant qu'il put sur tout ce qui pourrait en arriver, afin d'agir de concert. « Car, ajoutait-il, mieux nous réussirons à jeter le calife et Zobéide dans quelque sorte d'embarras, plus ils auront de plaisir à la fin; et peut-être nous en témoigneront-ils leur satisfaction par quelques nouvelles marques de leur libéralité. » Cette dernière considération fut celle qui les encouragea plus qu'aucune autre à porter la feinte aussi loin qu'il leur serait possible.

Quoiqu'il y eût encore beaucoup d'affaires à régler dans le conseil qui se tenait, le calife néanmoins, dans l'impatience d'aller chez la princesse Zobéide lui faire son compliment de condoléance sur la mort de son esclave, se leva peu de temps après le départ d'Abou Hassan, et remit le conseil à un autre jour. Le grand-vizir et les autres vizirs prirent congé et ils se retirèrent.

Dès qu'ils furent partis, le calife dit à Mesrour, chef des eunuques de son palais, qui était presque inséparable de sa personne, et qui d'ailleurs était de tous ses conseils : « Suis-moi, et viens prendre part comme moi à la douleur de la princesse sur la mort de Nouzhatoul-Aouadat, son esclave. »

Ils allèrent ensemble à l'appartement de Zobéide. Quand le calife fut à la porte, il entrouvrit la portière, et il aperçut la princesse assise sur le sofa, fort affligée et les yeux encore tout baignés de larmes.

Le calife entra, et, en avançant vers Zobéide : « Madame, lui dit-il, il n'est pas nécessaire de vous dire combien je prends part à votre affliction, puisque vous n'ignorez pas que je sois aussi sensible à ce qui vous fait de la peine que je le suis à tout ce qui vous fait plaisir; mais nous sommes tous mortels, et nous devons rendre à Dieu la vie qu'il nous a donnée, quand il nous la demande. Nouzhatoul-Aouadat, votre esclave fidèle, avait véritablement des qualités qui lui ont fait mériter votre estime, et j'approuve fort que vous lui en donniez encore des marques après sa mort. Considérez cependant que vos regrets ne lui redonneront pas la vie; ainsi, Madame, si vous voulez m'en croire, et si vous m'aimez, vous vous consolerez de cette perte, et prendrez plus de soin d'une vie que vous savez m'être très précieuse, et qui fait tout le bonheur de la mienne. »

Si la princesse fut charmée des tendres sentiments qui accompagnaient le compliment du calife, elle fut d'ailleurs très étonnée d'apprendre la mort de Nouzhatoul-Aouadat, à quoi elle ne s'attendait pas. Cette nouvelle la jeta dans une telle surprise qu'elle demeura quelque temps sans pouvoir répondre. Son étonnement redoublait d'entendre une nouvelle si opposée à celle qu'elle venait d'apprendre, et lui ôtait la parole. Elle se remit, et, en la reprenant enfin : « Commandeur des croyants, dit-elle d'un air et d'un ton qui marquaient encore son étonnement, je suis très sensible à tous les tendres sentiments que vous marquez avoir pour moi; mais permettez-moi de vous dire que je ne comprends rien à la nouvelle que vous m'apprenez de la mort de mon esclave : elle est en parfaite santé. Dieu nous conserve vous et moi, Seigneur! Si vous me voyez affligée, c'est de la mort d'Abou Hassan, son mari, votre favori, que j'estimais autant par la considération que vous aviez pour lui que parce que vous avez eu la bonté de me le faire connaître, et qu'il m'a quelquefois divertie assez agréablement. Mais, Seigneur, l'insensibilité où je vous vois de sa mort, et l'oubli que vous en témoignez en si peu de temps après les témoignages que vous m'avez donnés à moi-même du plaisir que vous aviez de l'avoir auprès de vous, m'étonnent et me surprennent; et cette insensiblité paraît davantage par le change que vous me voulez donner en m'annonçant la mort de mon esclave pour la sienne. »

Le calife, qui croyait être parfaitement bien informé de la mort de l'esclave, et qui avait sujet de le croire par ce qu'il avait vu et entendu, se mit à rire et à hausser les épaules d'entendre ainsi parler Zobéide. « Mesrour, dit-il en se tournant de son côté et lui adressant la parole, que dis-tu du discours de la princesse ? N'est-il pas vrai que les dames ont quelquefois des absences d'esprit qu'on ne peut que difficilement pardonner ? Car enfin tu as vu et entendu aussi bien que moi. » Et, en se retournant du côté de Zobéide : « Madame, lui dit-il, ne versez plus de larmes pour la mort d'Abou Hassan, il se porte bien. Pleurez plutôt la mort de votre chère esclave : il n'y a qu'un moment que son mari est venu dans mon appartement, tout en pleurs et dans une affliction qui m'a fait de la peine, m'annoncer la mort de sa femme.

Je lui ai fait donner une bourse de cent pièces d'or, avec une pièce de brocart, pour aider à le consoler et à faire les funérailles de la défunte. Mesrour, que voilà, a été témoin de tout, et il vous dira la même chose. »

Ce discours du calife ne parut pas à la princesse un discours sérieux; elle crut qu'il lui en voulait faire accroire. « Commandeur des croyants, reprit-elle, quoique ce soit votre coutume de railler, je vous dirai que ce n'est pas ici l'occasion de le faire : ce que je vous dis est très sérieux. Il ne s'agit plus de la mort de mon esclave, mais de la mort d'Abou Hassan, son mari, dont je plains le sort, que vous devriez plaindre avec moi.

— Et moi, Madame, repartit le calife en prenant son plus grand sérieux, je vous dis sans raillerie que vous vous trompez : c'est Nouzhatoul-Aouadat qui est morte, et Abou Hassan est vivant et plein de santé. »

Zobéide fut piquée de la repartie sèche du calife. « Commandeur des croyants, répliqua-t-elle d'un ton vif, Dieu vous préserve de demeurer plus longtemps en cette erreur! vous me feriez croire que votre esprit ne serait pas dans son assiette ordinaire. Permettez-moi de vous répéter encore que c'est Abou Hassan qui est mort, et que Nouzhatoul-Aouadat, mon esclave, veuve du défunt, est pleine de vie. Il n'y a pas plus d'une heure qu'elle est sortie d'ici. Elle y était venue toute désolée, et dans un état qui seul aurait été capable de me tirer les larmes, quand même elle ne m'aurait point appris, au milieu de mille sanglots, le juste sujet de son affliction. Toutes mes femmes en ont pleuré avec moi, et elles peuvent vous en rendre un témoignage assuré. Elles vous diront aussi que je lui ai fait présent d'une bourse de cent pièces d'or et d'une pièce de brocart; et la douleur que vous avez remarquée sur mon visage en entrant était autant causée par la mort de son mari que par la désolation où je la venais de voir. J'allais même envoyer vous faire mon compliment de condoléance dans le moment que vous êtes entré. »

A ces paroles de Zobéide : « Voilà, Madame, une obstination bien étrange, s'écria le calife avec un grand éclat de rire. Et moi, je vous dis, continua-t-il en reprenant son sérieux, que c'est Nouzhatoul-Aouadat qui est morte. — Non, vous dis-je, Seigneur, reprit Zobéide à l'instant, et aussi sérieusement, c'est Abou Hassan qui est mort. Vous ne me ferez pas accroire ce qui n'est pas. »

De colère, le feu monta au visage du calife; il s'assit

sur le sofa assez loin de la princesse; et, en s'adressant à Mesrour : « Va voir tout à l'heure, lui dit-il, qui est mort de l'un ou de l'autre, et viens me dire incessamment ce qui en est. Quoique je sois très certain que c'est Nouzhatoul-Aouadat qui est morte, j'aime mieux néanmoins prendre cette voie que de m'opiniâtrer davantage sur une chose qui m'est parfaitement connue. »

Le calife n'avait pas achevé que Mesrour était parti. « Vous verrez, continua-t-il en adressant la parole à Zobéide, dans un moment, qui a raison de vous ou de moi.

— Pour moi, reprit Zobéide, je sais bien que la raison est de mon côté; et vous verrez vous-même que c'est Abou Hassan qui est mort, comme je l'ai dit.

— Et moi, repartit le calife, je suis si certain que c'est Nouzhatoul-Aouadat que je suis prêt de gager contre vous ce que vous voudrez qu'elle n'est plus au monde, et qu'Abou Hassan se porte bien.

— Ne pensez pas le prendre par là, répliqua Zobéide; j'accepte la gageure. Je suis si persuadée de la mort d'Abou Hassan que je gage volontiers ce que je puis avoir de plus cher contre ce que vous voudrez, de quelque peu de valeur qu'il soit. Vous n'ignorez pas ce que j'ai en ma disposition, ni ce que j'aime le plus selon mon inclination; vous n'avez qu'à choisir et à proposer, je m'y tiendrai, de quelque conséquence que la chose soit pour moi.

— Puisque cela est ainsi, dit alors le calife, je gage donc mon jardin de Délices contre votre palais de Peintures : l'un vaut bien l'autre.

— Il ne s'agit pas de savoir, reprit Zobéide, si votre jardin vaut mieux que mon palais; nous n'en sommes pas là-dessus. Il s'agit que vous ayez choisi ce qui vous a plu de ce qui m'appartient pour équivalent de ce que vous gagez de votre côté : je m'y tiens, et la gageure est arrêtée. Je ne serai pas la première à m'en dédire, j'en prends Dieu à témoin. »

Le calife fit le même serment, et ils en demeurèrent là en attendant le retour de Mesrour.

Pendant que le calife et Zobéide contestaient si vivement et avec tant de chaleur sur la mort d'Abou Hassan ou de Nouzhatoul-Aouadat, Abou Hassan, qui avait prévu leur démêlé sur ce sujet, était fort attentif à tout ce qui pourrait en arriver. D'aussi loin qu'il aperçut Mesrour au travers de la jalousie contre laquelle il était assis en s'entretenant avec sa femme, et qu'il eut remarqué qu'il venait droit à leur logis, il comprit aussitôt à quel dessein il était envoyé. Il dit à sa femme de faire la morte encore une fois, comme ils en étaient convenus, et de ne pas perdre de temps.

En effet, le temps pressait, et c'est tout ce qu'Abou Hassan put faire avant l'arrivée de Mesrour que d'ensevelir sa femme, et d'étendre sur elle la pièce de brocart que le calife lui avait fait donner. Ensuite il ouvrit la porte de son logis, et, le visage triste et abattu, en tenant son mouchoir devant les yeux, il s'assit à la tête de la prétendue défunte.

A peine eut-il achevé que Mesrour se trouva dans sa chambre. Le spectacle funèbre qu'il aperçut d'abord lui donna une joie secrète par rapport à l'ordre dont le calife l'avait chargé. Sitôt qu'Abou Hassan l'aperçut, il s'avança au-devant de lui, et, en lui baisant la main par respect : « Seigneur, dit-il en soupirant et en gémissant, vous me voyez dans la plus grande affliction qui pouvait jamais m'arriver par la mort de Nouzhatoul-Aouadat, ma chère épouse, que vous honoriez de vos bontés. »

Mesrour fut attendri à ce discours, et il ne lui fut pas possible de refuser quelques larmes à la mémoire de la défunte. Il leva un peu le drap mortuaire du côté de la tête pour lui voir le visage, qui était à découvert, et, en le laissant aller après l'avoir seulement entrevue : « Il n'y a pas d'autre Dieu que Dieu, dit-il avec un soupir profond. Nous devons nous soumettre tous à sa volonté, et toute créature doit retourner à lui. Nouzhatoul-Aouadat, ma bonne sœur, ajouta-t-il en soupirant, ton destin a été de bien peu de durée! Dieu te fasse miséricorde! » Il se tourna ensuite du côté d'Abou Hassan qui fondait en larmes : « Ce n'est pas sans raison, lui dit-il, que l'on dit que les femmes sont quelquefois dans des absences d'esprit qu'on ne peut pardonner. Zobéide, toute ma bonne maîtresse qu'elle est, est dans ce cas-là. Elle a voulu soutenir au calife que c'était vous qui étiez mort, et non votre femme; et, quelque chose que le calife lui ait pu dire au contraire pour la persuader, en lui assurant même la chose très sérieusement, il n'a jamais pu y réussir. Il m'a même pris à témoin pour lui rendre témoignage de cette vérité et la lui confirmer, puisque, comme vous le savez, j'étais présent quand vous êtes venu lui apprendre cette nouvelle affligeante; mais tout cela n'a servi de rien. Ils en sont même venus à des obstinations l'un contre l'autre, qui n'auraient pas fini si le calife, pour convaincre Zobéide, ne s'était avisé de m'envoyer vers vous pour en savoir encore la vérité. Mais je crains fort de ne pas réussir : car, de quelque biais qu'on puisse prendre aujourd'hui les femmes pour leur faire entendre les choses, elles sont d'une opiniâtreté insurmontable quand une fois elles sont prévenues d'un sentiment contraire.

— Que Dieu conserve le Commandeur des croyants dans la possession et dans le bon usage de son rare esprit! reprit Abou Hassan, toujours les larmes aux yeux, et avec des paroles entrecoupées de sanglots. Vous voyez ce qui en est, et que je n'en ai pas imposé à Sa Majesté. Et plût à Dieu, s'écria-t-il pour mieux dissimuler, que je n'eusse pas eu l'occasion d'aller lui annoncer une nouvelle si triste et si affligeante! Hélas! ajouta-t-il, je ne puis assez exprimer la perte irréparable que je fais aujourd'hui! — Cela est vrai, reprit Mesrour; et je puis vous assurer que je prends beaucoup de part à votre affliction; mais enfin il faut vous en consoler, et ne vous point abandonner ainsi à votre douleur. Je vous quitte malgré moi pour m'en retourner vers le calife; mais je vous demande en grâce, poursuivit-il, de ne pas faire enlever le corps que je ne sois revenu : car je veux assister à son enterrement, et l'accompagner de mes prières. »

Mesrour était déjà sorti pour aller rendre compte de son message, quand Abou Hassan, qui le conduisait jusqu'à la porte, lui marqua qu'il ne méritait pas l'honneur qu'il voulait lui faire. De crainte que Mesrour ne revînt sur ses pas pour lui dire quelque autre chose, il le conduisit de l'œil pendant quelque temps, et, lorsqu'il le vit assez éloigné, il rentra chez lui, et, en débarrassant Nouzhatoul-Aouadat de tout ce qui l'enveloppait : « Voilà déjà, lui disait-il, une nouvelle scène de jouée; mais je m'imagine bien que ce ne sera pas la dernière; et certainement la princesse Zobéide ne s'en voudra pas tenir au rapport de Mesrour; au contraire, elle s'en moquera; elle a de trop fortes raisons pour y ajouter foi. Ainsi nous devons nous attendre à quelque nouvel événement. » Pendant ce discours d'Abou Hassan, Nouzhatoul-Aouadat eut le temps de reprendre ses habits; ils allèrent tous deux se remettre sur le sofa contre la jalousie, pour tâcher de découvrir ce qui se passait.

Cependant Mesrour arriva chez Zobéide : il entra dans son cabinet en riant et en frappant des mains, comme un homme qui avait quelque chose d'agréable à annoncer.

Le calife était naturellement impatient : il voulait être éclairci promptement de cette affaire; d'ailleurs il était vivement piqué au jeu par le défi de la princesse; c'est pourquoi, dès qu'il vit Mesrour : « Méchant esclave, s'écria-t-il, il n'est pas temps de rire. Tu ne dis mot! Parle hardiment : qui est mort, du mari ou de la femme ?

— Commandeur des croyants, répondit aussitôt Mesrour en prenant un air sérieux, c'est Nouzhatoul-Aouadat qui est morte, et Abou Hassan en est toujours aussi affligé qu'il l'a paru tantôt devant Votre Majesté. »

Sans donner le temps à Mesrour de poursuivre, le calife l'interrompit : « Bonne nouvelle, s'écria-t-il avec un grand éclat de rire; il n'y a qu'un moment que Zobéide, ta maîtresse, avait à elle le palais des Peintures; il est présentement à moi. Nous en avions fait la gageure contre mon jardin des Délices depuis que tu es parti : ainsi tu ne pouvais me faire un plus grand plaisir; j'aurai soin de t'en récompenser. Mais laissons cela : dis-moi de point en point ce que tu as vu.

— Commandeur des croyants, poursuivit Mesrour, en arrivant chez Abou Hassan, je suis entré dans sa chambre, qui était ouverte; je l'ai trouvé toujours très affligé, et pleurant la mort de Nouzhatoul-Aouadat sa femme. Il était assis près de la tête de la défunte, qui était ensevelie au milieu de la chambre, les pieds tournés du côté de La Mecque, et couverte de la pièce de brocart dont Votre Majesté a tantôt fait présent à Abou Hassan. Après lui avoir témoigné la part que je prenais à sa douleur, je me suis approché, et, en levant le drap mortuaire du côté de la tête, j'ai reconnu Nouzhatoul-Aouadat qui avait déjà le visage enflé et tout changé. J'ai exhorté du mieux que j'ai pu Abou Hassan à se consoler, et, en me retirant, je lui ai marqué que je voulais me trouver à l'enterrement de sa femme, et que je le priais d'attendre à faire enlever le corps que je fusse venu. Voilà tout ce que je puis dire à Votre Majesté sur l'ordre qu'elle m'a donné. »

Quand Mesrour eut achevé de faire son rapport : « Je ne t'en demandais pas davantage, lui dit le calife en riant de tout son cœur; et je suis très content de ton exactitude. » Et, en s'adressant à la princesse Zobéide : « Hé bien! Madame, lui dit le calife, avez-vous encore quelque chose à dire contre une vérité si constante ? Croyez-vous toujours que Nouzhatoul-Aouadat soit vivante, et qu'Abou Hassan soit mort; et n'avouez-vous pas que vous avez perdu la gageure ? »

Zobéide ne demeura nullement d'accord que Mesrour eût rapporté la vérité. « Comment! Seigneur, reprit-elle, vous imaginez-vous donc que je m'en rapporte à cet esclave ? C'est un impertinent qui ne sait ce qu'il dit. Je ne suis ni aveugle ni insensée; j'ai vu de mes propres yeux Nouzhatoul-Aouadat dans sa plus grande affliction. Je lui ai parlé moi-même, et j'ai bien entendu ce qu'elle m'a dit de la mort de son mari.

— Madame, reprit Mesrour, je vous jure par votre vie et par la vie du Commandeur des croyants, choses au monde qui me sont les plus chères, que Nouzhatoul-Aouadat est morte, et qu'Abou Hassan est vivant. — Tu mens, esclave vil et méprisable, lui répliqua Zobéide tout en colère; et je veux te confondre tout à l'heure. Aussitôt elle appela ses femmes en frappant des mains; elles entrèrent à l'instant en grand nombre : « Venez çà, leur dit la princesse; dites-moi la vérité. Qui est la personne qui est venue me parler, peu de temps avant que le Commandeur des croyants arrivât ici ? » Les femmes répondirent toutes que c'était la pauvre affligée Nouzhatoul-Aouadat. « Et vous, ajouta-t-elle en s'adressant à sa trésorière, que vous ai-je commandé de lui donner en se retirant ? — Madame, répondit la trésorière, j'ai donné à Nouzhatoul-Aouadat, par l'ordre de Votre Majesté, une bourse de cent pièces de monnaie d'or et une pièce de brocart qu'elle a emportée avec elle. — Hé bien! malheureux, esclave indigne, dit alors Zobéide à Mesrour dans une grande indignation, que dis-tu à tout ce que tu viens d'entendre ? Qui penses-tu présentement que je doive croire, ou de toi ou de ma trésorière, et de mes autres femmes, et de moi-même ? »

Mesrour ne manquait pas de raisons à opposer au discours de la princesse; mais, comme il craignait de l'irriter encore davantage, il prit le parti de la retenue, et demeura dans le silence, bien convaincu pourtant, par toutes les preuves qu'il en avait, que Nouzhatoul-Aouadat était morte, et non pas Abou Hassan.

Pendant cette contestation entre Zobéide et Mesrour, le calife, qui avait vu les témoignages apportés de part et d'autre, dont chacun se faisait fort, et toujours persuadé du contraire de ce que disait la princesse, tant par ce qu'il avait vu lui-même en parlant à Abou Hassan que par ce que Mesrour venait de lui rapporter, riait de tout son cœur de voir que Zobéide était si fort en colère contre Mesrour. « Madame, pour le dire encore une fois, dit-il à Zobéide, je ne sais pas qui est celui qui a dit que les femmes avaient quelquefois des absences d'esprit; mais vous voulez bien que je vous dise que vous faites voir qu'il ne pouvait rien dire de plus véritable. Mesrour vient tout fraîchement de chez Abou Hassan; il vous dit qu'il a vu de ses propres yeux Nouzhatoul-Aouadat morte au milieu de la chambre, et Abou-Hassan vivant, assis auprès de la défunte, et, nonobstant son témoignage, qu'on ne peut pas raisonnablement récuser, vous ne voulez pas le croire! C'est ce que je ne puis pas comprendre. »

Zobéide, sans vouloir entendre ce que le calife lui représentait : « Commandeur des croyants, reprit-elle, pardonnez-moi si je vous tiens pour suspect : je vois bien que vous êtes d'intelligence avec Mesrour pour me chagriner et pour pousser ma patience à bout, et, comme je m'aperçois que le rapport que Mesrour vous a fait est un rapport concerté avec vous, je vous prie de me laisser la liberté d'envoyer aussi quelque personne de ma part chez Abou Hassan pour savoir si je suis dans l'erreur. »

Le calife y consentit, et la princesse chargea sa nourrice de cette importante commission. C'était une femme fort âgée, qui était toujours restée près de Zobéide depuis son enfance, et qui était là présente parmi ses autres femmes. « Nourrice, lui dit-elle, écoute : va-t'en chez Abou Hassan, ou plutôt chez Nouzhatoul-Aouadat, puisque Abou Hassan est mort. Tu vois quelle est ma dispute avec le Commandeur des croyants et avec Mesrour; il n'est pas besoin de te rien dire davantage : éclaircis-toi de tout; et, si tu me rapportes une bonne nouvelle, il y aura un beau présent pour toi. Va vite, et reviens incessamment. »

La nourrice partit avec une grande joie du calife, qui était ravi de voir Zobéide dans cet embarras; mais Mesrour, extrêmement mortifié de voir la princesse dans une si grande colère contre lui, cherchait les moyens de l'apaiser et de faire en sorte que le calife et Zobéide fussent également contents de lui. C'est pourquoi il fut ravi dès qu'il vit que Zobéide prenait le parti d'envoyer sa nourrice chez Abou Hassan, parce qu'il était persuadé que le rapport qu'elle lui ferait ne manquerait pas de se trouver conforme au sien, et qu'il servirait à le justifier et à le remettre dans ses bonnes grâces.

Abou Hassan, cependant, qui était toujours en sentinelle à la jalousie, aperçut la nourrice d'assez loin : il comprit d'abord que c'était un message de la part de Zobéide. Il appela sa femme, et, sans hésiter un moment sur le parti qu'ils avaient à prendre : « Voilà, lui dit-il, la nourrice de la princesse qui vient pour s'informer de la vérité; c'est à moi à faire encore le mort à mon tour. »

Tout était préparé. Nouzhatoul-Aouadat ensevelit Abou Hassan promptement, jeta par-dessus lui la pièce de brocart que Zobéide lui avait donnée, et lui mit son turban sur le visage. La nourrice, dans l'empressement où elle était de s'acquitter de sa commission, était venue d'un assez bon pas. En entrant dans la chambre, elle aperçut Nouzhatoul-Aouadat assise à la tête d'Abou Hassan, tout échevelée et tout en pleurs, qui se frappait les joues et la poitrine en jetant de grands cris.

Elle s'approcha de la fausse veuve : « Ma chère Nouzhatoul-Aouadat, lui dit-elle d'un air fort triste, je ne viens pas ici pour troubler votre douleur, ni vous empêcher de répandre des larmes pour un mari qui vous aimait si tendrement. — Ah! bonne mère! interrompit pitoyablement la fausse veuve, vous voyez quelle est ma disgrâce et de quel malheur je me trouve accablée aujourd'hui par la perte de mon cher Abou Hassan, que Zobéide, ma chère maîtresse et la vôtre, et le Commandeur des croyants, m'avaient donné pour mari! Abou Hassan! mon cher époux! s'écria-t-elle encore, que vous ai-je fait pour m'avoir abandonnée si promptement ? N'ai-je pas toujours suivi vos volontés plutôt que les miennes ? Hélas! que deviendra la pauvre Nouzhatoul-Aouadat ? »

La nourrice était dans une surprise extrême de voir le contraire de ce que le chef des eunuques avait rapporté au calife. « Ce visage noir de Mesrour, s'écria-t-elle avec exclamation en élevant les mains, mériterait bien que Dieu le confondît d'avoir excité une si grande dissension entre ma bonne maîtresse et le Commandeur des croyants par un mensonge aussi insigne que celui qu'il leur a fait! Il faut, ma fille, dit-elle en s'adressant à Nouzhatoul-Aouadat, que je vous dise la méchanceté et l'imposture de ce vilain Mesrour, qui a soutenu à notre bonne maîtresse, avec une effronterie inconcevable, que vous étiez morte, et qu'Abou Hassan était vivant!

— Hélas ! ma bonne mère, s'écria alors Nouzhatoul-Aouadat, plût à Dieu qu'il eût dit vrai ! Je ne serais pas dans l'affliction où vous me voyez, et je ne pleurerais pas un époux qui m'était si cher. » En achevant ces dernières paroles, elle fondit en larmes, et elle marqua une plus grande désolation par le redoublement de ses pleurs et de ses cris.

La nourrice, attendrie par les larmes de Nouzhatoul-Aouadat, s'assit auprès d'elle, et, en les accompagnant des siennes, elle s'approcha insensiblement de la tête d'Abou Hassan, souleva un peu son turban, et lui découvrit le visage pour tâcher de le reconnaître. « Ah ! pauvre Abou Hassan ! dit-elle en le recouvrant aussitôt, je prie Dieu qu'il vous fasse miséricorde ! Adieu, ma fille, dit-elle à Nouzhatoul-Aouadat ; si je pouvais vous tenir compagnie plus longtemps, je le ferais de bon cœur ; mais je ne puis m'arrêter davantage : mon devoir me presse d'aller incessamment délivrer notre bonne maîtresse de l'inquiétude affligeante où ce vilain noir l'a plongée par son impudent mensonge, en lui assurant, même avec serment, que vous étiez morte. »

A peine la nourrice de Zobéide eut fermé la porte en sortant que Nouzhatoul-Aouadat, qui jugeait bien qu'elle ne reviendrait pas, tant elle avait hâte de rejoindre la princesse, essuya ses larmes, débarrassa au plus tôt Abou Hassan de tout ce qui était autour de lui, et ils allèrent tous deux reprendre leurs places sur le sofa contre la jalousie, en attendant tranquillement la fin de cette tromperie, et toujours prêts de se tirer d'affaire de quelque côté qu'on voulût les prendre.

La nourrice de Zobéide cependant, malgré sa grande vieillesse, avait pressé le pas en revenant encore plus qu'elle n'avait fait en allant. Le plaisir de porter à la princesse une bonne nouvelle, et plus encore l'espérance d'une bonne récompense, la firent arriver en peu de temps ; elle entra dans le cabinet de la princesse presque hors d'haleine, et, en lui rendant compte de sa commission, elle raconta naïvement à Zobéide tout ce qu'elle venait de voir.

Zobéide écouta le rapport de sa nourrice avec un plaisir des plus sensibles, et elle le fit bien voir : car, dès qu'elle eut achevé, elle dit à sa nourrice d'un ton qui marquait gain de cause : « Raconte donc la même chose au Commandeur des croyants, qui nous regarde comme dépourvues de bon sens, et qui, avec cela, voudrait nous faire accroire que nous n'avons aucun sentiment de religion et que nous n'avons pas la crainte de Dieu. Dis-le à ce méchant esclave noir, qui a l'insolence de me soutenir une chose qui n'est pas, et que je sais mieux que lui. »

Mesrour, qui s'était attendu que le voyage de la nourrice et le rapport qu'elle ferait lui seraient favorables, fut vivement mortifié de ce qu'il avait réussi tout au contraire. D'ailleurs, il se trouvait piqué au vif de l'excès de la colère que Zobéide avait contre lui pour un fait dont il se croyait plus certain qu'aucun autre. C'est pourquoi il fut ravi d'avoir occasion de s'en expliquer librement avec la nourrice plutôt qu'avec la princesse, à laquelle il n'osait répondre de crainte de perdre le respect. « Vieille sans dents, dit-il à la nourrice sans aucun ménagement, tu es une menteuse; il n'est rien de tout ce que tu dis : j'ai vu de mes propres yeux Nouzhatoul-Aouadat étendue morte au milieu de sa chambre.

— Tu es un menteur, et un insigne menteur toi-même, reprit la nourrice d'un ton insultant, d'oser soutenir une telle fausseté, à moi qui sors de chez Abou Hassan, que j'ai vu étendu mort, et qui viens de quitter sa femme pleine de vie!

— Je ne suis pas un imposteur, repartit Mesrour; c'est toi qui cherches à nous jeter dans l'erreur.

— Voilà une grande effronterie, répliqua la nourrice, d'oser me démentir ainsi en présence de Leurs Majestés, moi qui viens de voir de mes propres yeux la vérité de ce que j'ai l'honneur de leur avancer.

— Nourrice, repartit encore Mesrour, tu ferais mieux de ne point parler : tu radotes. »

Zobéide ne put supporter ce manquement de respect dans Mesrour, qui, sans aucun égard, traitait sa nourrice si injurieusement en sa présence. Ainsi, sans donner le temps à sa nourrice de répondre à cette injure atroce : « Commandeur des croyants, dit-elle au calife, je vous demande justice contre cette insolence qui ne vous regarde pas moins que moi. » Elle n'en put dire davantage, tant elle était outrée de dépit; le reste fut étouffé par ses larmes.

Le calife, qui avait entendu toute cette contestation, la trouva fort embarrassante : il avait beau rêver, il ne savait que penser de toutes ces contrariétés. La princesse, de son côté, aussi bien que Mesrour, la nourrice et les femmes esclaves qui étaient là présentes, ne savaient que croire de cette aventure et gardaient le silence. Le calife enfin prit la parole. « Madame, dit-il en s'adressant à

Zobéide, je vois bien que nous sommes tous des menteurs, moi, le premier, toi, Mesrour, et toi, nourrice : au moins il ne paraît pas que l'un soit plus croyable que l'autre; ainsi, levons-nous, et allons nous-mêmes sur les lieux reconnaître de quel côté est la vérité. Je ne vois pas un autre moyen de nous éclaircir de nos doutes et de nous mettre l'esprit en repos. »

En disant ces paroles, le calife se leva, la princesse le suivit, et Mesrour, en marchant devant pour ouvrir la portière : « Commandeur des croyants, dit-il, j'ai bien de la joie que Votre Majesté ait pris ce parti, et j'en aurai une bien plus grande quand j'aurai fait voir à la nourrice, non pas qu'elle radote, puisque cette expression a eu le malheur de déplaire à ma bonne maîtresse, mais que le rapport qu'elle lui a fait n'est pas véritable. »

La nourrice ne demeura pas sans réplique. « Tais-toi, visage noir, reprit-elle; il n'y a ici personne que toi qui puisse radoter. »

Zobéide, qui était extraordinairement outrée contre Mesrour, ne put souffrir qu'il vînt encore à la charge contre sa nourrice. Elle prit encore son parti. « Méchant esclave, lui dit-elle, quoi que tu puisses dire, je maintiens que ma nourrice a dit la vérité; pour toi, je ne te regarde que comme un menteur.

— Madame, reprit Mesrour, si la nourrice est si fortement assurée que Nouzhatoul-Aouadat est vivante et qu'Abou Hassan est mort, qu'elle gage donc quelque chose contre moi : elle n'oserait. »

La nourrice fut prompte à la repartie. « Je l'ose si bien, lui dit-elle, que je te prends au mot. Voyons si tu oseras t'en dédire. »

Mesrour ne se dédit pas de sa parole : ils gagèrent, la nourrice et lui, en présence du calife et de la princesse, une pièce de brocart d'or à fleurons d'argent au choix de l'un et de l'autre.

L'appartement d'où le calife et Zobéide sortirent, quoique assez éloigné, était néanmoins vis-à-vis du logement d'Abou Hassan et de Nouzhatoul-Aouadat. Abou Hassan, qui les aperçut venir, précédés de Mesrour et suivis de la nourrice et de la foule des femmes de Zobéide, en avertit aussitôt sa femme, en lui disant qu'il était le plus trompé du monde s'ils n'allaient être honorés de leur visite. Nouzhatoul-Aouadat regarda aussi par la jalousie, et elle vit la même chose. Quoique son mari l'eût avertie d'avance que cela pourrait arriver, elle en fut néanmoins fort surprise. « Que ferons-nous ? s'écria-t-elle. Nous sommes perdus !

— Point du tout, ne craignez rien, reprit Abou Hassan d'un sang froid; avez-vous déjà oublié ce que nous avons dit là-dessus ? Faisons seulement les morts, vous et moi, comme nous l'avons déjà fait séparément, et comme nous en sommes convenus, et vous verrez que tout ira bien. Du pas dont ils viennent, nous serons accommodés avant qu'ils soient à la porte. »

En effet, Abou Hassan et sa femme prirent le parti de s'envelopper du mieux qu'il leur fut possible, et, en cet état, après qu'ils se furent mis au milieu de la chambre, l'un près de l'autre, couverts chacun de leur pièce de brocart, ils attendirent en paix la belle compagnie qui leur venait rendre visite.

Cette illustre compagnie arriva enfin. Mesrour ouvrit la porte, et le calife et Zobéide entrèrent dans la chambre, suivis de tous leurs gens. Ils furent fort surpris, et ils demeurèrent comme immobiles à la vue de ce spectacle funèbre qui se présentait à leurs yeux. Chacun ne savait que penser d'un tel événement. Zobéide enfin rompit le silence. « Hélas ! dit-elle au calife, ils sont morts tous deux ! Vous avez tant fait, continua-t-elle en regardant le calife et Mesrour, à force de vous opiniâtrer à me faire accroire que ma chère esclave était morte, qu'elle l'est en effet, et sans doute ce sera de douleur d'avoir perdu son mari. — Dites plutôt, Madame, répondit le calife prévenu du contraire, que Nouzhatoul-Aouadat est morte la première, et que c'est le pauvre Abou Hassan qui a succombé à son affliction d'avoir vu mourir sa femme, votre chère esclave : ainsi vous devez convenir que vous avez perdu la gageure, et que votre palais des Peintures est à moi tout de bon.

— Et moi, repartit Zobéide animée par la contradiction du calife, je soutiens que vous avez perdu vous-même, et que votre jardin des Délices m'appartient. Abou Hassan est mort le premier, puisque ma nourrice vous a dit, comme à moi, qu'elle a vu sa femme vivante qui pleurait son mari mort. »

Cette contestation du calife et de Zobéide en attira une autre. Mesrour et la nourrice étaient dans le même cas : ils avaient aussi gagé, et chacun prétendait avoir gagné. La dispute s'échauffait violemment, et le chef des eunuques avec la nourrice étaient prêts d'en venir à de grosses injures.

Enfin le calife, en réfléchissant sur tout ce qui s'était passé, convenait tacitement que Zobéide n'avait pas moins de raison que lui de soutenir qu'elle avait gagné. Dans le chagrin où il était de ne pouvoir démêler la vérité de cette aventure, il s'avança près des deux corps morts et s'assit du côté de la tête, en cherchant lui-même quelque expédient qui lui pût donner la victoire sur Zobéide. « Oui, s'écria-t-il un moment après, je jure par le saint nom de Dieu que je donnerai mille pièces d'or de ma monnaie à celui qui me dira qui est mort le premier des deux. »

A peine le calife eut achevé ces dernières paroles qu'il entendit une voix de dessous le brocart qui couvrait Abou Hassan, qui lui cria : « Commandeur des croyants, c'est moi qui suis mort le premier; donnez-moi les mille pièces d'or. » Et en même temps il vit Abou Hassan qui se débarrassait de la pièce de brocart qui le couvrait et qui se prosterna à ses pieds. Sa femme se développa de même, et alla pour se jeter aux pieds de Zobéide, en se couvrant de sa pièce de brocart par bienséance; mais Zobéide fit un grand cri, qui augmenta la frayeur de tous ceux qui étaient là présents. La princesse, enfin revenue de sa peur, se trouva dans une joie inexprimable de voir sa chère esclave ressuscitée presque dans le moment qu'elle était inconsolable de l'avoir vue morte. « Ah! méchante! s'écria-t-elle, tu es cause que j'ai bien souffert pour l'amour de toi en plus d'une manière! Je te le pardonne cependant de bon cœur, puisqu'il est vrai que tu n'es pas morte. »

Le calife, de son côté, n'avait pas pris la chose si à cœur : loin de s'effrayer en entendant la voix d'Abou Hassan, il pensa au contraire étouffer de rire en les voyant tous deux se débarrasser de tout ce qui les entourait, et en entendant Abou Hassan demander très sérieusement les mille pièces d'or qu'il avait promises à celui qui lui dirait qui était mort le premier. « Quoi donc! Abou Hassan, lui dit le calife en éclatant encore de rire, as-tu donc conspiré à me faire mourir à force de rire ? Et d'où t'est venue la pensée de nous surprendre ainsi, Zobéide et moi, par un endroit sur lequel nous n'étions nullement en garde contre toi ?

— Commandeur des croyants, répondit Abou Hassan je vais le déclarer sans dissimulation. Votre Majesté sait bien que j'ai toujours été fort porté à la bonne chère. La femme qu'elle m'a donnée n'a point ralenti en moi cette passion; au contraire, j'ai trouvé en elle des inclinations toutes favorables à l'augmenter. Avec de telles dispositions, Votre Majesté jugera facilement que, quand nous aurions eu un trésor aussi grand que la mer, avec tous ceux de Votre Majesté, nous aurions bientôt trouvé le moyen d'en voir la fin; c'est aussi ce qui nous est arrivé. Depuis que nous sommes ensemble, nous n'avons rien épargné pour nous bien régaler sur les libéralités de Votre Majesté. Ce matin, après avoir compté avec notre traiteur, nous avons trouvé qu'en le satisfaisant et en payant d'ailleurs ce que nous pouvions devoir, il ne nous restait rien de tout l'argent que nous avions. Alors les réflexions sur le passé, et les résolutions de mieux faire à l'avenir, sont venues en foule occuper notre esprit et nos pensées; nous avons fait mille projets que nous avons abandonnés ensuite. Enfin, la honte de nous voir réduits à un si triste état, et de n'oser le déclarer à Votre Majesté, nous a fait imaginer ce moyen de suppléer à nos besoins, en vous divertissant par cette petite tromperie que nous prions Votre Majesté de vouloir bien nous pardonner. »

Le calife et Zobéide furent fort contents de la sincérité d'Abou Hassan; ils ne parurent point fâchés de tout ce qui s'était passé; au contraire, Zobéide, qui avait toujours pris la chose très sérieusement, ne put s'empêcher de rire à son tour en songeant à tout ce qu'Abou Hassan avait imaginé pour réussir dans son dessein. Le calife, qui n'avait presque pas cessé de rire, tant cette imagination lui paraissait singulière : « Suivez-moi l'un et l'autre, dit-il à Abou Hassan et à sa femme en se levant; je veux vous faire donner les mille pièces d'or que je vous ai promises pour la joie que j'ai de ce que vous n'êtes pas morts.

— Commandeur des croyants, reprit Zobéide, contentez-vous, je vous prie, de faire donner ces mille pièces d'or à Abou Hassan; vous les devez à lui seul. Pour ce qui regarde sa femme, j'en fais mon affaire. » En même temps elle commanda à sa trésorière, qui l'accompagnait, de faire donner aussi mille pièces d'or à Nouzhatoul-Aouadat, pour lui marquer, de son côté, la joie qu'elle avait aussi de ce qu'elle était encore en vie.

Par ce moyen, Abou Hassan et Nouzhatoul-Aouadat, sa chère femme, conservèrent longtemps les bonnes grâces du calife Haroun-al-Raschid et de Zobéide, son épouse, et acquirent de leurs libéralités de quoi pourvoir abondamment à tous leurs besoins pour le reste de leurs jours.

DOSSIER

1. La formation d'un écrivain

Antoine Galland a consacré l'essentiel de son œuvre à l'Orient, qui à son époque se limite encore au pourtour méditerranéen. Une partie en a été perdue, une autre a servi à l'apprentissage des langues et des faits, une autre est consacrée à une érudition devenue obsolète, mais le reste est encore considérable : Galland s'intéresse à tous les aspects de la civilisation orientale, à l'ensemble de ses textes, savants ou poétiques, aux spectacles offerts par les villes, aux mœurs, à l'histoire, il analyse et rapporte les propos et les pensées des acteurs eux-mêmes. Un des aspects les plus remarquables de cet exercice de connaissance et d'apprivoisement d'un monde méconnu ou rejeté à Paris est l'étendue des genres littéraires qu'il adopte pour transmettre ce qu'il découvre : à chaque objet ou à chaque discours dont il faut rendre compte correspond un mode d'écriture particulier. Chaque livre fixe la position de l'observateur et des sujets observés, détermine la langue propre à restituer une expérience. Galland semble vouloir renouveler ses angles d'attaque et les modalités de son travail d'écrivain. En faisant brièvement le tour de ses textes, on aura aussi une idée des différents points de vue que le lecteur occidental pouvait prendre sur le Levant comme de la variété des formes disponibles pour rendre compte du monde et des autres. Cette volonté de transmettre ce qu'il a découvert et compris en empruntant tous les canaux littéraires n'a atteint véritablement son public qu'avec *Les Mille et Une Nuits*, qui doivent aussi se lire comme le point d'aboutissement d'une œuvre à la fois protéiforme et unifiée dans sa visée.

Le Journal de voyage à Constantinople, 1672-1673

Des journaux tenus par Galland pendant ses voyages au Moyen-Orient ne subsistent plus que les deux années 1672 et 1673. Ce texte a été édité à la fin du XIXe siècle. Galland fait état de ses activités au service de l'ambassade, il juxtapose les nouvelles de la guerre victorieuse de Louis XIV en Hollande et de celle menée par les Ottomans en Pologne. Il rend compte des difficultés qu'éprouve son maître pour obtenir des avantages commerciaux ou des marques de respect de la Sublime Porte. Il tente d'arracher à l'oubli ce qu'il a vu, les cérémonies, les manières de vivre, les livres qu'on lui propose, mais aussi ce qu'on lui rapporte, anecdotes, contes, informations. Il note aussi soigneusement ses impressions personnelles, en particulier le froid et la neige, comme des sortes d'aide-mémoire pour retrouver le temps passé, il décrit son déguisement en femme grecque pour interpréter un rôle dans une pièce de Molière donnée par l'ambassade… Le *Journal* suit l'ordre des jours et enregistre un matériau immédiat disponible pour des usages futurs [1].

Vendredi 1er janvier 1672 : « La grande quantité de neige qui tomba toute la journée empêcha son Excellence d'aller à la messe aux Jésuites où il avait été invité d'aller à cause de la fête du nom de Jésus observée par ces Pères.

« On reconnut sur le soir aux minarets environnés de lumière que les Turcs commençaient ce jour leur Ramazan. »

Mardi 16 février : « Le vent, après avoir beaucoup balancé, se détermina au ponant Lebeccio qui fut d'abord assez violent, mais qui s'abaissa sur la fin du jour et reprit ensuite avant dans la nuit ; il donna quelque espérance que le vaisseau de guerre attendu depuis longtemps pourrait enfin, à sa faveur, aborder dans ce port avec les deux bâtiments marchands à savoir un vaisseau et une barque de Marseille.

« Mr l'Ambassadeur acheta le livre intitulé *Divan Giami*, dont il a été parlé ci-dessus huit piastres. Il offrit cinq piastres du livre dont il a été fait mention le jour précédent, mais un Turc en ayant offert une demi-piastre davantage, il l'emporta. Si ce journal tombant en d'autres mains que les miennes, on trouvait de pareilles remarques de peu de conséquence, je suis bien aise d'avertir ici qui que ce puisse être, tant pour celles-ci que pour tout autre, que, n'écrivant

1. *Journal d'Antoine Galland pendant son séjour à Constantinople (1672-1673),* éd. Charles Schefer, Paris, 1881.

pour la satisfaction de personne, mais pour la mienne seule, je n'en fais aucune que je n'aie de très fortes raisons pour les faire soit pour mon instruction particulière soit pour d'autres buts qui ne peuvent pas être connus à tout le monde ; et si on juge que le prix d'un livre, un changement de vent, un jour chaud, un jour froid, etc. ne sont pas des choses à avoir place dans un journal, et que cela ne sert qu'à le grossir de peu de choses, sans aucunement justifier mon procédé, je ne fais difficulté de publier que je l'ai fait ainsi parce que j'ai trouvé bon de le faire, "*Suum cuique pulchrum*". C'est bien la moindre chose qu'on puisse accorder aux hommes que de se satisfaire soi-même et de leur donner la liberté d'user de toute la licence qu'il leur plaît dans ce qu'ils entreprennent pour leur propre usage. »

Le 14 mars, devant décrire un campement du grand seigneur, Galland est confronté à une réalité sans nom et doit faire un effort de traduction : « Le fond du plat fond, quoique ce nom ne convienne pas trop bien, puisqu'il était en dos d'âne, comme j'ai déjà dit, (je ne laisse pourtant pas de m'en servir n'étant pas venu un meilleur et un plus propre à la mémoire) était à l'arabesque comme celui du dôme et d'une même bordure. Au reste le dessin des tapisseries était d'or postiche, soutenu de colonnes qui n'étaient d'aucun ordre. On aurait pu plutôt les appeler des pilastres si elles avoient été plus larges ; et les arcades étaient couvertes de branchages à fleurs, le tout de pièces de satin rapportées et brodées sur des fonds de différentes couleurs. »

Le 16 mars, dans une mosquée, Galland est sensible à la singularité d'une culture orale : « On voyait d'un côté un Turc qui avait plusieurs auditeurs auxquels il faisait leçon de l'Alcoran. Il en était écouté avec une attention modeste et respectueuse ; d'un autre côté, quelques-uns lisaient ce livre de leur loi, et d'un autre, un autre Turc enseignait à chanter à un jeune bostangi qui avait fort bonne voix et qui pour être plus attentif, suivant une coutume usitée parmi les Turcs, était dans un perpétuel mouvement d'équilibre de sa moitié du corps qui se mouvait sur le reste comme sur un pivot. Les Turcs n'enseignent pas la musique de la même manière que nous le faisons, par des règles écrites et des airs notés, tout cela s'apprend par mémoire et de la bouche du maître. Cet écolier suivant cette méthode répétait ce que son maître chantait auparavant lui. Notre humeur bouillante ne nous donnerait pas assez de patience pour nous soumettre à une aussi grande peine ; mais les Turcs ont du flegme suffisant pour ne pas s'en rebuter. »

Samedi 7 mai, Galland découvre la splendeur ottomane, qui dépasse tout ce que les romanciers ont imaginé : « Après le temps extraordinaire qu'il fit les deux jours précédents, il gela si fort que la glace était épaisse en certains endroits. Cette gelée amena un temps serein qui ne servit pas peu pour rendre la magnifique sortie du Grand Seigneur plus éclatante et plus illustre qu'elle n'aurait paru, si le temps avait continué d'être pluvieux. Ce qui me fit connaître et sentir l'effet de la gelée, c'est que je partis de bon matin de Bosna Kioi pour aller à Andrinople, pour être spectateur de ce qui s'y est passé.

« J'avais vu quelque échantillon de la magnificence de l'Empire ottoman dans les marches du Grand Seigneur à la mosquée, aux jours du grand et du petit Bayram, à l'audience qui fut donnée à S. E. et dans l'entrée triomphale des galères après la prise de Candie ; mais, je n'avais rien vu qui approchât de la beauté, de l'éclat et de l'apparence surprenante de la sortie hors d'Andrinople que sa Hautesse fit en ce jour pour se mettre en campagne. Toutes les descriptions d'entrées, de triomphes, de tournois, de carrousels, de mascarades et de jeux faites à plaisir, que je me souviens avoir lues dans les romans, n'ont rien qui doive les faire entrer en comparaison avec la pompe de celle effective que je considérai exactement avec tous les étrangers chrétiens qui s'y trouvèrent, lesquels pourraient tous, pour que ce fut dans un état de désintéressement et sans préoccupation, faire témoignage de cette vérité. Si Mademoiselle de Scudéry avait pu se forger dans l'imagination quelque chose de semblable, et qu'après l'y avoir représenté avec le crayon de son élégante plume, elle lui eût donné place dans quelque endroit de ses ouvrages, tous ceux qui y prennent plaisir à cause du vraisemblable qu'elle a toujours tâché d'y observer, n'en feraient plus la même estime après avoir lu ce morceau, qui bien loin de paraître vraisemblable à l'ordinaire, leur paraîtrait encore au-dessus des extravagances des paladins et de nos Amadis de Gaule. Cependant, il n'y a rien de si vrai que cette sortie était la plus belle chose que j'ai jamais vue en ma vie, et j'ai de la peine à croire que dans aucune autre cour de l'Europe, si on excepte celle de la France, on puisse rien entreprendre de plus beau. Nous voyons qu'on nous donne des descriptions assez exactes des réjouissances, des divertissements et des cérémonies pour lesquelles les princes chrétiens font quelque dépense, parce qu'elles sont bornées ; mais, je défierais bien tous ceux qui se piquent de remarquer les choses au juste, de pouvoir, par leur discours, donner une idée de ce qui se passa en ce jour à la Cour ottomane où il n'y eut rien à souhaiter davantage. Il n'y a point d'éloquence assez forte ni d'arrangement de paroles assez bien ordonné qui la puisse faire concevoir à l'esprit humain. »

Mercredi 22 juin : « Je remarquai que le *hogia* [professeur] des enfants de France [envoyés par Colbert pour devenir interprètes] en taillant des cannes pour écrire en turc en gardait soigneusement les coupures et empêchait qu'elles ne tombassent à terre de peur, disait-il, qu'une chose tirée d'un sujet destiné à former les caractères dans lesquels l'Alcoran est écrit ne fût souillée en tombant à terre. »

Mercredi 14 décembre : Galland présente un recueil fort répandu de contes et enchaîne sur le goût des Turcs pour ce genre : « L'histoire fabuleuse de Sandoval que les Juifs tiennent, est à peu près de même genre que celle des quarante vizirs que les Turcs ont en leur langue. Celle-ci a quarante journées et celle de Sandoval n'en a que quatorze. [Une des versions en est traduite et publiée en partie par Pétis de la Croix en 1707.]

« C'est une chose étonnante que la grande quantité de contes et de fables que les Turcs ont. On s'étonne de la longueur de nos romans, qui ont jusqu'à dix ou douze tomes. Les Turcs ont des romans d'Alexandre de cent vingts volumes ; ils en ont d'autres de cinquante, de soixante, etc. Il y a, dans le *bezenstein* [le marché], certains libraires qui ne font autre trafic que de prêter ces livres à lire pour quatre ou cinq aspres, et surtout ils ont grande foule, pendant l'hiver, que les nuits sont longues, parce que c'est là l'occupation que les Turcs prennent en ce temps-là, de s'assembler pour entendre lire ces fables pour lesquelles il ont un penchant tout à fait grand. »

Lundi 26 juin 1673 : « La clarté, dont l'on vit sur le soir reluire les minarets d'Andrinople par les lampes qui étaient illuminées à l'entour de leurs galeries, était pour annoncer que c'était le lendemain que se devait solenniser la fête de la naissance du faux prophète Mahomet. Les Turcs l'appellent Mevloud.

« Je me trouvai un peu indisposé pour avoir craché du sang le jour précédent. »

Mercredi 20 septembre : Galland semble amorcer la transformation du journal personnel en récit de voyage :

« À Mr Pétis, jeune. Monsieur,

« Je quitte le style ordinaire de mon journal pour vous adresser particulièrement celui que je dois écrire dans la suite. Je me persuade qu'il sera très digne de votre curiosité puisqu'il doit contenir le voyage de Scio, d'Athènes, de Naxis et de plusieurs autres îles de l'Archipel où l'on ne peut presque pas s'empêcher de toucher en allant dans ce lieu, et Smyrne, où se fait un des grands commerces de la France en Levant. Je me suis si bien trouvé de vous avoir envoyé celui que j'ai fait de mon dernier voyage à Andrinople, parce que je me suis exempté de la peine de vous en mander le contenu dans une lettre qui m'aurait fort embarrassé, s'il avait fallu que j'y renfermasse avec l'ordre qu'il était nécessaire tant de choses qui n'en ont du tout, que j'ai encore trouvé à propos de vous mander celui-ci de même. Il me semble que cette manière de vous écrire ne doit point vous déplaire, quand ce ne serait qu'à cause que circonstanciant chaque chose par heure et par jour comme je fais, vous avez plus de sujet de ne point douter de la vérité des choses que je vous mande. »

Smyrne ancienne et moderne (1678)

C'est cet effort de mise en ordre qu'au contraire Galland a fait dans cet ouvrage consacré à Smyrne et à son expédition de 1677-1678. Un différend avec le libraire en empêche l'impression, Galland revoit le texte et finalement le manuscrit s'était perdu. Il a été retrouvé récemment par des chercheurs belges, qui en ont fait deux éditions parallèles (Frédéric Bauden d'un côté pour Chandeigne, et Manuel Couvreur et Didier Viviers pour Champion). Le livre comporte quatre parties. La première est consacrée au voyage jusqu'à Smyrne. Galland décrit ainsi Mykonos : « Les maisons sont couvertes en terrasse, mais elles sont petites, étroites et malpropres, et si pressées les unes contre les autres qu'à peine peut-on passer deux hommes de front dans les rues, qui sont aussi rendues étroites par les escaliers qui avancent en dehors pour monter aux chambres hautes » ; et ses habitantes : « Les femmes méritent d'être vues pour la manière toute particulière qu'elles ont de s'habiller. Elles se chargent plutôt qu'elles ne se parent de la grande quantité de jupes, qu'elles portent les unes sur les autres, quoiqu'elles n'omettent ni les étoffes de soie, ni le brocart, ni la broderie d'or et de soie. Il y en a peu de la chasteté et de l'honneur desquelles je voudrais répondre [1]. »

1. *Voyage à Smyrne*, éd. F. Bauden, Chandeigne, 2000, p. 63 et 69.

Après les témoignages antiques sur Smyrne et la description de ce qu'il en reste, Galland esquisse une topographie de la ville, dépeint ses communautés, analyse son administration et son économie. Il conclut sur la faiblesse de l'Empire ottoman (déjà évoquée dans le *Journal*) : « On dira peut-être que ce que j'avance touchant les Turcs est bien contraire au bruit commun de leur bravoure. J'avoue que leur nom seul donne de la peur dans toute la chrétienté. Mais c'est sans sujet, et j'en prends à témoin tous les voyageurs qui les ont fréquentés depuis dix ans [...]. Ce n'est plus aussi présentement le temps qu'ils se rendaient à l'étendard, d'abord qu'on le faisait paraître lorsqu'il y avait quelque entreprise à faire ; au contraire, ils fuient, ils se cachent et font tout ce qu'ils peuvent pour éviter d'être contraints de le suivre. Les Turcs ne désavouent pas eux-mêmes leur peu d'expérience par mer, et pour ce qui est de la terre, leurs armées si nombreuses de 200 000, 300 000 hommes n'ont jamais que 60 000 ou 80 000 combattants [...]. Smyrne n'est pas la seule ville de Turquie qui soit si peu forte [1]. »

Dans la quatrième partie du *Voyage à Smyrne*, on lit : « Vous verrez les mœurs et les façons de faire de cette nation opposées aux nôtres, article par article, et vous serez étonnés comment les hommes peuvent avoir si peu de ressemblance les uns aux autres. Je pourrais les opposer à celles de tous les chrétiens qui sont dans l'Europe, mais j'ai trouvé plus à propos d'en user ainsi, étant plus certain de ce qui se pratique en France que dans les autres pays. » Galland s'essaie ainsi à présenter d'une façon plaisante ce qui oppose les deux civilisations [2] (ce qui nous sépare de Galland ajoute un piquant supplémentaire à l'exercice) :

« 1. Les Turcs rasent leur tête et laissent croître leur barbe ; les Français laissent croître leurs cheveux et font raser leurs barbes jusque-là même que si les cheveux leur manquent, ils en prennent d'étrangers, ce qui est fort odieux aux Turcs.

2. Les Turcs tiennent toujours leur tête couverte, même dans leurs mosquées et devant leurs maîtres ; les Français se découvrent dans leurs églises, devant leurs amis, et pour être dans le respect devant leurs supérieurs.

1. *Ibid.*, p. 184.
2. *Ibid.*, p. 187 *sq.* ; la numérotation et les rubriques sont le fait des éditeurs modernes.

4. Les Turcs ne crachent point, même en fumant du tabac ; les Français crachent fort souvent, et quelquefois plutôt par habitude que par nécessité.

9. On se plaît en France à faire paraître que l'on a la jambe menue, et à bien tirer les bas afin d'en faire mieux remarquer la beauté ; les Turcs ont un pantalon, qui est ordinairement de drap rouge, qu'ils laissent tomber jusqu'aux talons où il fait plusieurs gros plis qui font paraître grosse la jambe la plus menue du monde.

34. Lorsqu'en France on prépare du riz, on fait en sorte qu'il soit liquide ; les Turcs en veulent compter les grains.

38. Les Français ne sauraient être à table sans s'entretenir les uns avec les autres ; les Turcs au contraire ne disent mot et y gardent un grand silence.

47. On tapisse en France les murailles des chambres et on carrèle les planchers ; tout au rebours en Turquie, on tapisse le plancher et on carrèle les murailles.

48. On garnit en France les chambres de fauteuils et de chaises ; les Turcs garnissent les leurs de matelas et de coussins où ils sont à demi couchés.

54. Les femmes des Turcs laissent pendre leurs tétons ; celles de France les retiennent autant qu'elles peuvent.

55. On recherche dans les femmes de France qu'elles aient le corps menu et délicat ; c'est au contraire une bonne qualité à celles de Turquie de l'avoir gros et bien rempli.

57. Les femmes des Turcs vont au bain au moins une fois par semaine ; il n'y a que les plus délicates en France qui en savent l'usage, encore est-ce rarement.

63. Plusieurs femmes en Turquie se contentent d'un mari ; il y en a en France qui, quoiqu'elles soient mariées, veulent avoir encore des galants.

90. Nous prions Dieu ayant les mains jointes ; et les Turcs prient en les laissant tomber négligemment devant eux.

119. Les lieux communs des Turcs sont faits d'une manière qu'il faut s'accroupir ; et ceux de France de telle sorte que l'on est assis.

120. Dans cette occasion, les Turcs se lavent le derrière avec de l'eau ; et les Français le nettoient avec du papier, ce qui est un grand crime parmi les Turcs qui trouvent mauvais que l'on profane une chose où l'on peut écrire le nom de Dieu.

134. Les Français se masquent et se déguisent avec l'habit des Turcs ; et les Turcs avec celui des Français. »

La mort du sultan Osman, 1678

Galland a fait des traductions de nombreux livres d'histoire turcs et persans, qui sont restées inédites comme plusieurs de ses dictionnaires encyclopédiques. Ce court récit d'un historien turc écrit en 1622 est accompagné de remarques. Il paraît en 1678 sous le titre suivant : « La Mort du sultan Osman ou le rétablissement de Mustapha sur le trône. Traduit d'un manuscrit turc de la bibliothèque du Roi par Antoine Galland, Antiquaire et Interprète des Langues orientales ». Cet intitulé est le fait de Galland : « L'original sur lequel j'ai fait ma traduction ne porte aucun titre. Néanmoins en lisant les vers par lesquels l'auteur a commencé son ouvrage, il semble qu'il ait eu l'intention de lui donner le nom de *Musibet Nameh*, qui ne pouvait être mieux interprété en notre langue que par celui de *Relation tragique*. Mais comme il m'a semblé un peu trop général, j'ai cru que celui-ci ferait mieux entendre le sens de l'histoire » (p. 94). L'historien turc entend « laisser à la postérité une idée grossière de la plus cruelle aventure qui soit jamais arrivée à un sultan, et du plus prompt renversement dont jamais un État ait été menacé » (p. 4). Il explique le succès de la « sédition » par les erreurs du sultan et l'influence de mauvais conseillers et s'attarde sur les scènes d'horreur. Dans ses remarques (qui occupent un quart du volume), Galland apporte des informations sur les mots et les choses de l'Orient. Il décrit le marché couvert ou *bezestein* de Constantinople, explique que le *hogia* est un « maître qui enseigne », que les Turkmènes sont les ancêtres nomades des Turcs. Il apporte sur l'expression « frotter votre face » cet éclaircissement : « Le principal culte d'adoration de l'Orient est de prosterner sa face contre terre en la baisant, et s'y frotter le front, c'est ce que les Turcs appellent frotter son visage. Cette formule est fort usitée parmi eux, et particulièrement dans les lettres des inférieurs aux supérieurs, où pour marque d'un grand respect on ne fait pas une moindre protestation que de frotter son visage à la noble poussière des pieds de ceux à qui l'on écrit » (p. 109). Galland savait considérer avec humour le style oriental. Il décrit les minarets : « C'est ainsi que les Turcs appellent les petites tours qui sont à leurs Mosquées avec des galeries qui saillissent au-dehors, d'où des gens destinés pour cet office, qu'on nomme Muezzins, appellent à la prière cinq fois par jour » (p. 111).

Histoire de l'esclavage d'un marchand de la ville de Cassis, à Tunis [1]

Galland s'est aussi essayé à la littérature à la première personne en transcrivant le récit que lui a fait un marchand qui a connu l'esclavage à Tunis : « Si les aventures inventées seulement pour divertir, ont l'avantage de donner de la satisfaction à ceux qui en entendent le récit, ou qui les lisent, on doit avouer que celles qui n'ont rien que de véritable en donnent beaucoup davantage, lorsque les incidents en sont surprenants et extraordinaires. Il me semble que les aventures qui suivent sont du nombre de ces dernières, et j'espère que le lecteur prendra autant de plaisir à les lire que j'en eus à les entendre de la propre bouche de celui à qui elles sont arrivées. Cette personne était un honnête marchand de la famille des Bonnet de Cassis, petite ville de Provence à trois lieues de Marseille, et qui n'était autrefois qu'un simple village ; mais que le commerce pendant la guerre de Candie a agrandi de maisons si belles, qu'on peut le regarder comme une petite ville très agréable. Je n'ai contribué à autre chose qu'aux paroles de cette histoire ; et pour ne pas faire une préface plus longue, voici de quelle manière cette personne me raconta elle-même les événements de son esclavage, à la prière que je lui en fis. »

Ce récit a d'abord valeur de témoignage sur les conditions de l'esclavage de son héros. Il souffre particulièrement de son logement : « Imaginez-vous que cette prison est tellement enfoncée sous terre qu'on y descend par vingt ou trente degrés et qu'il n'y entre plus d'air ni de lumière que n'en peut recevoir un petit trou percé au milieu de la voûte. Il y règne deux étages à l'entour pour placer les esclaves, mais ces étages sont si bas, que les esclaves touchent le plancher avec leur tête, lors même qu'ils sont assis. Ce n'est pas assez d'être pressés de haut en bas, ils ne le sont pas moins par les côtés, et ils n'ont juste qu'autant de place qu'ils en peuvent occuper pour dormir. Ils comptent presque pour rien la persécution qu'ils souffrent de toute sorte de vermine qui les attaque de toutes parts. Mais la chaleur étouffante qui leur ôte presque l'usage de la respiration, est ce qui les met dans une gêne qu'on ne peut

1. Édité une première fois en 1809 par l'orientaliste Langlès, lié lui aussi à l'histoire des *Nuits*, il a été réédité conformément au manuscrit en 1993 par C. Guénot et N. Vasquez aux Éditions de La Bibliothèque. Voir nos extraits p. 13, 35 et 59.

exprimer. Jugez, je vous prie, combien cette incommodité doit être insupportable, puisqu'on porte envie à ceux qui sont placés près du lieu où l'on va uriner et faire les autres ordures, parce que l'air qui en sort, tout infecté qu'il est, leur donne quelque soulagement que les autres n'ont pas. » Le marchand décrit aussi son travail de maçon : « Mais de tous les travaux auxquels on m'occupa, il n'y en eut pas qui me parut plus rude, que celui de faire de ces murailles de terre qu'on élève par caisses, comme vous pouvez en avoir remarqué dans vos voyages du Levant. On en fait même aussi de semblables en notre Provence. Toute la peine que je souffrais, consistait à battre la terre dans les caisses avec un instrument semblable à celui dont les paveurs se servent pour mieux enfoncer le pavé et le faire de niveau. Je n'avais point les mains faites pour un exercice si pénible. Aussi il me vint un callus à la main, qui s'étant changé en apostume, me mit presque en danger de la perdre. » Le marchand est vite arraché à ses tâches subalternes et utilisé pour ses compétences maritimes ; il nous fait alors entrer dans le monde des expéditions prédatrices. Galland avait un moment pensé intituler son texte « nouvelle historique », et son centre aurait alors été le personnage du renégat dont le marchand est l'esclave. Toute la fin du récit est consacrée à une évasion audacieuse et bien menée : le narrateur y prend une posture héroïque, tout reposant sur son « projet », ses initiatives, ses capacités oratoires à rallier les indécis au dernier moment, l'intelligence avec laquelle il endort les soupçons des gardiens ou des passants.

Les éditeurs modernes notent que la première édition au XIXe siècle a estompé un des éléments importants du texte, et qui est particulièrement exploité par la littérature à la première personne de l'époque : la position douteuse du héros, son souci du profit quitte à mentir ou à escroquer. Il ne cherche ni à estomper ni à justifier cette attitude : elle est comme une évidence de sa vie de marchand impliquée volontairement dans les conflits et les trafics entre Européens et Barbaresques. Face à lui, le maître renégat qui l'emploie porte l'immoralité à son comble. À l'inverse, l'éventualité d'une scrupuleuse honnêteté n'est pas même évoquée. Le charme du texte de Galland tient à la combinaison, autorisée par son authenticité, de plusieurs intérêts : c'est à la fois un document, un récit d'aventures et un portrait moral.

Les Paroles remarquables, les Bons Mots et les Maximes des Orientaux, traduction de leurs ouvrages en arabe, en persan et en turc, avec des remarques [1]

Galland expose son projet dans l'*Avertissement* : « Le dessein de Plutarque dans ses apophtegmes, comme il le marque en les adressant à l'empereur Trajan, fut de faire voir quel était l'esprit de ces grands hommes. Mon dessein est aussi de faire connaître quel est l'esprit et le génie des Orientaux. Et comme les paroles remarquables représentent la droiture et l'équité de l'âme, et que les bons mots marquent la vivacité, la subtilité, ou même la naïveté de l'esprit, on aura lieu sous ce double titre, de connaître que les Orientaux n'ont pas l'esprit ni moins droit, ni moins vif que les peuples du Couchant. » Les anecdotes, bons mots et maximes témoignent du talent proprement littéraire des Orientaux et aussi de leurs intentions morales qui les conduisent à des pratiques assez voisines de celles que nous connaissons : ils constituent une sorte de trésor des faits et dits des grands hommes et des sages dans lequel puiser dans toutes les circonstances de la vie. Galland n'invite pas seulement son lecteur à reconnaître la valeur des peuples du Levant, il l'amène à leur ressembler en tirant lui aussi profit de toutes ces belles leçons. Les notes abondantes qui accompagnent les anecdotes apportent des explications linguistiques ou culturelles, elles montrent que la diversité des mœurs ne doit pas cacher une commune nature. Ainsi, un bon mot d'un mari excédé de la laideur de sa femme est l'occasion d'exposer le recours au voile qui fait qu'un homme ne sait pas à quoi ressemble sa future épouse. Une autre anecdote sur un avare permet de connaître le commerce pratiqué en Orient. Timour, maître de l'Anatolie, demande à un poète, alors qu'ils sont au bain, de dire à quel prix il achèterait ses émirs puis lui-même : le poète en offre des sommes minimes. Galland remarque que ce dialogue ne doit pas surprendre « parmi des personnes chez qui les hommes se vendaient et s'achetaient tous les jours, comme il se pratique encore aujourd'hui dans tout le Levant, et particulièrement dans un bain où il était facile de juger de l'embonpoint et des défauts du corps d'un chacun » (p. 99). Galland rapporte comment un maître

1. Paris, 1694, rééd. Maisonneuve et Larose, 1999.

d'école poursuit sa leçon sans rendre ce qu'il doit à celui qui était venu le solliciter. « Comme il vit que le maître d'école remuait la tête par une coutume qui lui était ordinaire en faisant la leçon à ses écoliers, il crut que faire la leçon n'était autre chose que de remuer la tête, et il lui dit : "De grâce, levez-vous, et laissez-moi à votre place, je remuerai la tête pendant que vous irez prendre ce que je vous demande, parce que je n'ai pas le temps d'attendre." Cela fit rire le maître d'école et les écoliers. » L'épisode pourrait figurer dans un conte de Voltaire, mais Galland, dans son commentaire, essaye au contraire de faire comprendre le sens du geste : « Il faut entendre que ce maître d'école était assis les jambes croisées ou sur les talons, sur un tapis ou sur une natte suivant la coutume du Levant. Les mahométans ont cette coutume dans tout le Levant de branler la tête en devant et en arrière lorsqu'ils lisent ; et comme les enfants qui lisaient sous ce maître d'école branlaient la tête, le maître d'école branlait aussi la sienne, quoiqu'il eût pu s'en abstenir, mais c'était sa coutume. Les juifs branlent aussi la tête dans leurs synagogues en priant Dieu, mais d'une épaule à l'autre, et non pas en devant et en arrière comme les mahométans. Les uns et les autres prétendent que cette agitation les rend plus attentifs à leurs prières » (p. 37).

Dans la seconde partie du livre consacrée à la maxime, Galland en saisit le style mis à la mode par La Rochefoucauld et La Bruyère : « D'abord que l'on prend plaisir à entendre médire on est du nombre des médisants » (p. 120) ; ou cette leçon conjugale : « En toute autre chose, le mari doit paraître un enfant à l'égard de sa femme ; mais il doit paraître homme lorsqu'elle demande ce qu'il a » (p. 123). À travers le choix des maximes, Galland esquisse une sorte d'autoportrait moral qui affirme sa confiance dans le travail et le savoir : « Les pauvres doivent apprendre les sciences pour devenir riches, et les riches, afin qu'elles leur servent d'ornement » ; et : « Il vaut mieux posséder un art dont on puisse gagner sa vie, que de tendre la main pour la demander » (p. 123) ; « On doit posséder la science d'une manière qu'on puisse la faire paraître quand on veut » ; « Il ne faut pas s'étonner que quelquefois l'ignorant par son babil l'emporte sur le savant. L'émeri use les pierres précieuses » (p. 135) ; « Mesurez vos paroles à la capacité de ceux à qui vous parlez » (p. 137) ; « Qui possède un art peut dire qu'il est grand seigneur » (p. 140) ; « Il ne s'agit pas de la naissance ni de la valeur pour arriver aux grandes charges, mais de la vivacité et de la force de l'esprit. Il n'y a rien à quoi on ne puisse aspirer quand on a de l'esprit » (p. 143) ; « Les savants sont les véritables nobles et les véritables seigneurs dans chaque nation » ; « L'opprobre de la science est d'être pourvu de peu de science » (p. 154).

La Bibliothèque orientale d'Herbelot, 1697

Galland avait commencé à collecter les matériaux pour réaliser un dictionnaire encyclopédique similaire. Il y renonce quand il est invité par le savant d'Herbelot à assurer le travail d'édition de son livre déjà presque achevé. À la mort du savant, Galland supervise l'impression et ajoute un *Discours pour servir de préface* qu'il signe de son nom. Le projet du livre apparaît dans son intitulé complet : « Bibliothèque orientale ou Dictionnaire universel contenant généralement tout ce qui regarde la connaissance des peuples de l'Orient, leurs histoires et traditions véritables ou fabuleuses ; leurs religions, sectes et politique, leurs gouvernements, lois, coutumes, mœurs, guerres et les révolutions de leur Empire ; leurs sciences et leurs arts, leurs théologie, mythologie, magie, physique, morale, médecine, mathématiques ; histoire naturelle, chronologie, géographie, observations astronomiques, grammaire et rhétorique ; les vies et actions remarquables de tous leurs saints, docteurs, philosophes, poètes, capitaines et de tous ceux qui se sont rendus illustres parmi eux, par leur vertu ou par leur savoir ; des jugements critiques et des extraits de tous leurs ouvrages, de leurs traités, traductions, commentaires, abrégés, recueils de fables, de sentences, de maximes, de proverbes, de contes, de bons mots, et de tous leurs livres écrits en arabe, en persan ou en turc, sur toutes sortes de sciences, d'arts et de professions. »

Comme le suggère cette énumération, « la *Bibliothèque orientale* est donc loin d'annoncer nos modernes encyclopédies. Elle est proche du travail des humanistes traduisant les auteurs anciens. Loin d'être exégèse et analyse conceptuelle ou historique du monde oriental, elle est illustration et traduction de sa littérature, d'où la prolifération des récits et anecdotes. Herbelot construit, avant Galland, un imaginaire oriental ; son œuvre est fort proche des *Mille et Une Nuits*. Comme lui, il fait primer la traduction sur le commentaire : d'ailleurs, plus que de la traduction, il fait de l'adaptation [1] ».

La préface de Galland s'apparente davantage à un prospectus. La *Bibliothèque* transmet les informations trouvées dans les livres que les Orientaux eux-mêmes ont consacrés à leurs grands hommes d'État, savants et écrivains, elle recense aussi les productions de tous ces hommes de lettres. Galland veut par là combattre les préjugés occidentaux à l'égard des Arabes et des Turcs : « Le lecteur pourra juger si les Orientaux sont si barbares et si ignorants qu'on les publie dans le monde. [...] On fait quelque grâce aux Arabes, et ils passent pour avoir autrefois cultivé les sciences avec grande application. Mais, par leur nom seul, les Turcs sont tellement décriés, qu'il suffit ordinairement de les nommer pour signifier une Nation barbare, grossière et d'une ignorance achevée, et sous leur nom, l'on entend parler de ceux qui sont sous la domination de l'Empire ottoman. Cependant on leur fait injustice de les charger d'une si grosse calomnie. [...] On peut dire à l'égard de l'ignorance, qu'ils ne cèdent ni aux Arabes ni aux Persans dans les sciences et dans les belles lettres communes à ces trois nations, et qu'il les cultivent presque depuis le commencement de leur Empire. »

La *Bibliothèque orientale* ouvre au lecteur occidental un nouveau monde de connaissances : « Les amateurs des livres et des compositions des savants n'auront-ils pas sujet d'admirer ici la fécondité des Orientaux dans leurs ouvrages sur une si grande diversité de matière, autant qu'elles peuvent tomber dans l'imagination ? [...] Peut-on soutenir qu'il est inutile de connaître ce que tant d'excellents écrivains ont pensé, ce qu'ils ont écrit de leur religion, de leurs histoires, de leur pays, de leurs coutumes, de leurs lois, des vertus qu'ils pratiquent, des vices qu'ils détestent, et par là, n'est-ce pas acquérir sans peine et sans sortir de chez soi ce que l'on devrait aller chercher chez eux en voyageant, pour se perfectionner et devenir un homme accompli, un homme qui juge sainement de toutes choses, qui en parle de même, et qui rende ses actions conformes à ses pensées et à ses paroles, choses que l'on ne peut exécuter qu'à proportion des connaissances que l'on a acquises, non seulement de ce qui se passe sous l'horizon où l'on respire l'air qui fait vivre mais encore dans tout l'univers. »

1. Henry Laurens, *Aux origines de l'orientalisme. La Bibliothèque orientale de Barthélemy d'Herbelot*, Paris, 1978, p. 70.

De l'origine et du progrès du café, extrait d'un manuscrit arabe de la Bibliothèque du roi [1]

Cet essai sous forme de lettres répond à la curiosité suscitée par une boisson nouvelle liée à des pratiques de sociabilité qui marquent le XVIIIe siècle. Galland écrit en amateur de café à un autre amateur et suit assez librement son manuscrit, ne retenant que ce qui peut intéresser son lecteur : « Je n'entreprendrai point de faire la traduction de ce manuscrit, parce qu'il y a plusieurs choses qui regardent uniquement les précautions scrupuleuses de la religion musulmane, qui seraient ennuyeuses à lire. Je me contenterai d'en tirer ce qui peut arrêter votre curiosité » (p. 24). Il joue tout au long de son texte de la propriété du café à susciter le commentaire et donc à nourrir l'entretien, comme l'annonce son *incipit* : « Je ne sais si je me trompe, et si vous avez remarqué, comme moi, que le Café sert d'entretien, et que l'on en prend rarement que l'on n'exprime le plaisir qu'il fait, en disant qu'il est bon, qu'il est excellent, d'une manière plus vive qu'à l'égard des autres boissons. Mais je sais, et vous le savez aussi bien que moi, que dans les visites réglées, les Turcs le présentent d'abord que la conversation devient languissante. Alors on ne manque pas de s'écrier que le café est admirable et que le maître de la maison a des gens qui s'entendent parfaitement à le préparer. Et comme si le café réveillait l'esprit, comme il est vrai en effet qu'il le réveille, l'on passe de cette matière à d'autres, pendant que l'on apporte le sorbet et le parfum, et l'on sort enfin très content de la visite que l'on a faite » (p. 11-12).

Le café est indissociable des conditions de sa consommation : c'est un phénomène social. Galland en reconstitue l'histoire et, à l'instar de Molière et des libertins, attaque le clergé qui veut censurer les plaisirs du monde ; il ridiculise les légendes ou les arguments inventés par des théologiens fanatiques. Il suffit au contraire qu'un religieux donne son accord pour que chacun se sente plus libre : son « exemple » et son « autorité » « donnèrent en peu de temps un grand crédit au café dans Aden, et bientôt lui et ses Derviches ne furent pas les seuls qui en usèrent. Ils furent suivis par les gens de loi qui aimaient la lecture, par les artisans qui avaient besoin de gagner du temps pour avancer leur

1. Caen, 1699, Paris, rééd. La Bibliothèque, 1992.

besogne, par les voyageurs qui étaient obligés de marcher la nuit pour éviter les grandes chaleurs du jour, et enfin par toute la ville d'Aden. Car ceux qui ne cherchaient pas à veiller ou qui n'en avaient pas besoin, se contentèrent d'en prendre pendant le jour, pour profiter des autres avantages qu'il procurait » (p. 27). Les cafés arabes du XVe siècle préfigurent ceux que la France du XVIIIe va aimer : « Plusieurs habitants de La Mecque suivirent l'exemple de ces dévots et prirent du Café comme eux, et insensiblement le café y devint si commun, qu'on le vendit publiquement dans les maisons de Café où l'on s'assemblait pour en prendre. Mais ce qui contribua beaucoup au trouble qu'il causa quelque temps après, c'est qu'au lieu de le prendre dans l'intention des dévots, ses premiers instituteurs, on ne le prenait que pour avoir un prétexte de passer le temps agréablement. L'on y jouait aux échecs ou au *mancalah*, jeux fort communs dans le Levant, même pour de l'argent, ce qui n'est pas ordinaire chez les Mahométans. L'on y chantait, l'on y jouait des instruments, et l'on y dansait ; toutes choses que les Mahométans n'approuvent pas dans leur religion » (p. 34). En 1554, deux Syriens ouvrent à Constantinople « une maison de café », et « commencèrent à en débiter publiquement, en recevant le monde sur des sophas, c'est-à-dire sur des estrades fort propres.

« Ces maisons que les Turcs ont appelées en leur langue *Cahveh Khanch*, maisons de café, furent d'abord fréquentées par des gens d'étude, lesquels y allaient passer quelques heures de temps avec leurs amis, et il s'y formait des cercles de vingt à trente personnes qui s'entretenaient agréablement en prenant le café. Quand la conversation venait à tomber, on lisait quelque livre, ou bien, comme les poètes qui s'y trouvaient aussi étaient en grand nombre en ce temps-là, l'on récitait les poésies les plus nouvelles que l'on examinait en les approuvant, ou en les critiquant quelquefois avec chaleur pendant que d'autres jouaient aux échecs et d'autres au trictrac à la manière du Levant, où l'on se contente d'abattre des dames et de faire des pleins.

« Cela fut trouvé très commode dans un pays où l'on n'était pas accoutumé à recevoir des visites fréquentes et où jusqu'alors l'on n'avait pas eu de rendez-vous dont l'entrée et la sortie fussent libres, sans contrainte et sans cérémonie. L'on avait aussi par ce moyen l'avantage de pouvoir régaler ses amis à peu de frais. [...] De plus, l'on avait lieu de faire amitié avec de fort honnêtes gens que l'on n'aurait peut-être jamais connus sans une pareille occasion.

« Ces assemblées se tinrent à petit bruit dans les commencements ; mais elles se firent connaître peu à peu, et la nouveauté, la curiosité, l'oisiveté y attirèrent insensiblement des jeunes gens prêts d'achever leurs études et d'entrer dans les charges de judicature, des Cadis hors de charge qui étaient à Constantinople pour solliciter leur rétablissement, ou pour demander de nouveaux emplois ; des Muderris, ou professeurs, qui venaient s'y délasser l'esprit, et plusieurs autres, lesquels, vivant de leur revenu, trouvaient beaucoup plus de plaisir dans ces compagnies qu'à demeurer seuls chez eux sans occupation. Enfin, elles furent dans une réputation si grande que l'on y vit non seulement les bas officiers, mais encore les Pachas et les principaux seigneurs de la Porte, et ce fut à cette occasion que les maisons de café se multiplièrent en grand nombre dans plusieurs quartiers de cette grande ville » (p. 58-61).

Galland termine par une note personnelle : « Ce qu'il y a d'admirable dans la quantité que l'on prend, c'est qu'il arrive très rarement que l'on s'en trouve incommodé, privilège que le café a par-dessus toutes les autres boissons, même les plus exquises. Je le trouve encore plus admirable en ce qu'il lie d'un lien plus étroit les hommes nés pour la société, que toute autre chose que l'on puisse s'imaginer, qu'il donne lieu à des protestations d'amitié d'autant plus sincères qu'elles sont faites avec un esprit qui n'est pas obscurci de fumées, mais clair et net, et qu'on ne les oublie pas aisément, ce qui n'arrive que trop souvent lorsqu'on les fait dans le vin » (p. 71).

Les Fables indiennes, politiques et morales de Bidpaï Bramin ou philosophe indien, traduction de la langue turque [1]

Le texte est précédé d'une importante préface dont l'érudition ne peut venir que de Galland. Il s'y montre particulièrement bien informé du destin de ce recueil dont l'origine lointaine est le *Pañcatantra* indien et qui a connu mille avatars par des traductions, amplifications et transformations successives dans les quatre langues alors reconnues du Moyen-Orient, l'arabe, le perse, le turc et l'hébreu,

1. Manuscrit de Galland édité et remanié par Gueulette sous le titre *Les Contes et fables indiennes de Bidpay et de Lokman, traduits d'Ali-Tchélébi-ben-Saleh*, auteur turc, Paris, 1724.

mais aussi dans les principales langues européennes, à commencer par le latin et le grec. Galland résume le noyau dû à Bidpaï : « Ce qu'il y a de merveilleux, c'est que sous ces fables égayées par un tissu d'autres fables, Bidpaï n'a pas seulement travaillé à l'instruction de son Roi, il a encore en vue celle de tous les autres rois, de leurs ministres, de leurs ambassadeurs et de tous ceux qui sont entrés dans le maniement de leurs affaires. » L'un des intérêts du récit est ainsi de montrer le mauvais usage qu'on peut faire de la fable : il appartient à l'auditeur d'en mesurer la pertinence.

Galland recense les diverses étapes de la dissémination du recueil, en particulier la rédaction, à partir du persan, d'un des grands classiques de la littérature arabe, *Kalila et Dimna*, au VIIIe siècle. Il établit le point de bifurcation entre deux lignées du texte : celle qui conduit au livre de la *Conduite des rois* (dont la traduction en français est due à Gaulmin et rééditée par Barbin à la fin du XVIIe siècle), et celle qui aboutit à sa propre traduction, l'original turc portant le titre *Livre impérial* (c'est sous ce nom turc que Galland le désigne dans son *Journal* : *Humayoun Nameh*). Galland conclut en exaltant les deux versions persane et turque dont son texte est issu. Avec ce livre et *Les Mille et Une Nuits*, Galland a traduit deux des principaux recueils de contes du Moyen-Orient ; il a parfaitement vu que ces textes se prêtaient à des réemplois et à des transformations successives et que chaque « traducteur » se voulait aussi un recréateur.

2. Galland et la littérature de son temps

Dès ses premiers contacts avec la Méditerranée et Constantinople, Galland a eu le sentiment qu'un monde s'offrait à lui et qu'il pouvait, par son intermédiaire, s'entrouvrir à ses contemporains. Son œuvre est consacrée à l'Orient, mais elle est écrite pour le public de France et au contact de ses savants et de ses écrivains. Galland est très ancré dans des communautés savantes ou lettrées organisées dans des institutions (le Collège royal, l'Académie des inscriptions, les assemblées, les bibliothèques) ou autour de figures éminentes. Les rares textes de lui où il ne cherche pas à transmettre son expérience des choses et des textes orientaux sont des témoignages sur ces grands hommes de lettres.

La grande famille des écrivains

L'étendue et la diversité de ses travaux, de sa correspondance, les notations de son *Journal* témoignent de ces liens multiples de l'écrivain. Ses intentions apparaissent plus nettement dans une série de tentatives ou de textes consacrés aux auteurs de son temps. Forme de reconnaissance ou d'allégeance, mais aussi marque d'appartenance à une grande famille : il est des leurs, il en partage les choix. Mohammed Abdel-Halim consacre le dernier chapitre de sa thèse aux *Matériaux pour l'histoire de la littérature* recueillis par Galland : il rédige d'abord une *Bibliothèque volante française* comprenant des « petits écrits » publiés entre 1550 et 1642, puis une *Nécrologie, ou la mort des savants, pour chaque jour de l'année, depuis le rétablissement des sciences et des arts en Europe*, sorte de « calendrier » littéraire qu'il ne cessera d'augmenter d'informations sur ses contemporains, et aussi les *Après-disnés de Paris de 1676 à 1677* occupés « d'entretiens libres et curieux ». Ces projets débouchent sur deux œuvres dans lesquelles la part de Galland n'a pas été justement reconnue, les *Menagiana* de 1693 et les *Segraisiana* de 1721-1723. Le premier lui est pourtant entièrement redevable et a donné son impulsion au genre des « ana » : il « contient les bons mots, les pensées judicieuses et morales et les observations recueillies de la bouche de feu M. Ménage ». La longue préface de Galland à ce volume rappelle l'importance de la transmission orale tout au long de l'histoire des civilisations. Cela vaut pour les « mahométans » qui recueillent les paroles du Prophète, de ses quatre successeurs ou de quelques grands sages. L'enseignement de Socrate a été conservé grâce à Xénophon et à Platon dont les livres pourraient s'appeler ses *Socratiana*. « Les sciences mêmes ont pris leur origine de ce principe de recueillir. » On apprenait alors au cours d'entretiens : « Il est certain que l'imagination et la mémoire excitées par la chaleur de l'entretien fournissent bien des choses qu'elles ne fournissent pas dans le cabinet la plume à la main. »

Galland décrit les conditions dans lesquelles ont été réalisées les *Menagiana*. M. Ménage « a été le plus accueillant, le plus affable, le plus honnête et le plus communicatif de tous les hommes ». Il tenait d'abord des assemblées hebdomadaires puis journalières. « Mais je ne m'avisai qu'un peu tard d'écrire ce que j'entendais de sa bouche, voyant bien que ma mémoire n'était pas assez fidèle pour tenir compte de tant de remarques curieuses. Ainsi j'écrivis jusqu'à sa mort ce que l'on peut voir de moi dans ce recueil. [...] Sur la réputation et le nom de M. Ménage, les sieurs Delaulne, libraires, en ont commencé l'impression, dans l'espérance que je n'aurais pas été le seul à profiter des entretiens de ce savant homme, et que ceux qui l'avaient écouté comme moi, voudraient bien aussi que le public en profitât par leur moyen. »

Les *Segraisiana* marquent la fin de l'engouement pour le genre des « ana ». Galland l'a écrit, mais il ne paraît qu'en 1721, subit la censure pour des attaques contre Mme de Maintenon et est enfin publié en Hollande en 1722. La préface de Galland en établit l'intérêt : « Le long séjour de M. de Segrais à Paris, ses habitudes à la Cour, ses liaisons avec les cavaliers et les dames, les beaux esprits et les savants, tout cela lui avait appris une infinité de faits curieux, qu'étant de retour en province, il débitait dans les conversations, et qui le faisaient écouter avec plaisir. De pareils faits, qui ne se puisent pas dans les livres, mais uniquement dans le commerce du monde, étaient en danger de périr, si [...] on ne les en avait adroitement préservés. » Voici un exemple de ces bons mots : « Madame de La Fayette disait qu'une période retranchée d'un ouvrage valait un louis d'or, et un mot vingt sols. »

Trois regards sur la fiction et le conte avant Les Mille et Une Nuits *: Huet, Chapelain, Perrault*

La recréation par Galland des *Mille et Une Nuits* s'explique par son amour pour l'Orient et aussi par l'attention que portaient ses contemporains aux contes et à la fiction en général. Les études récentes ont relevé les déclarations hostiles au roman, sans toujours considérer qu'elles visent souvent à le réformer (c'est l'attitude de Cervantès dans *Don Quichotte*), et son succès auprès des lecteurs rejoint le souci ambiant de dégager le sens et la valeur que peuvent prendre des récits imaginaires, faits « à plaisir ». Le conte s'apparente au roman traditionnel en ce qu'il ne dissimule pas son caractère fictif sous divers déguisements (comme l'histoire, les lettres ou les Mémoires) mais en fait son principe même : ce qu'il veut dire n'en est que plus problématique. Les réponses données ont en partie permis l'émergence du conte de fées puis l'accueil réservé aux *Mille et Une Nuits*, et l'intégration à la littérature reconnue de récits venus d'ailleurs, des campagnes françaises ou du monde oriental.

La réflexion la plus riche est due à Huet, un évêque homme de lettres. Galland l'a bien connu et il l'informe de sa découverte des *Mille et Une Nuits* et de son travail : il avait en lui un interlocuteur idéal qui avait fait du roman un mode naturel de la pensée et qui en avait attribué la fondation aux Orientaux dans sa lettre-traité *Sur l'origine des romans* placé en tête de la *Zaïde* de Mme de Lafayette (1670) [1] : « Après être convenu des ouvrages qui méritent proprement le nom de romans, je dis qu'il faut chercher leur première origine dans la nature de l'esprit de l'homme

1. Extraits p. 51, 52 et 60 de l'édition de Fabienne Gégou, Paris, Nizet, 1971.

inventif, amateur des nouveautés et des fictions, désireux d'apprendre et de communiquer ce qu'il a inventé et ce qu'il a appris, et que cette inclination est commune à tous les hommes de tous les temps et de tous les lieux, mais que les Orientaux en ont toujours paru plus fortement possédés que les autres, et que leur exemple a fait une telle impression sur les nations de l'Occident, les plus ingénieuses et les plus polies, qu'on peut avec justice leur en attribuer l'invention. Quand je dis les Orientaux, j'entends les Égyptiens, les Arabes, les Perses, les Indiens et les Syriens. » « Aussi à peine est-il croyable combien tous ces peuples ont l'esprit poétique, fertile en inventions et en fictions : tous leurs discours sont figurés ; il ne s'expliquent que par allégories ; leur théologie, leur philosophie et principalement leur politique et leur morale sont toutes enveloppées sous des fables et des paraboles. » « L'on dit que la grande place d'Ispahan ne manque jamais de bateleurs qui ne divertissent le peuple qui s'assemble en foule autour d'eux qu'en leur faisant des récits fabuleux et des contes romanesques. »

En 1646, le poète et critique Jean Chapelain rédige *De la lecture des vieux romans* [1], une œuvre qui circulera longtemps sous forme de manuscrit et qui ne sera publiée qu'en 1728. Elle a la forme de dialogues entre l'auteur et deux autres écrivains, Ménage et Sarasin. Chapelain estime le roman de *Lancelot* et veut amener ses deux interlocuteurs à en prendre une idée plus positive. Sa situation préfigure celle de Galland : son objet est étranger à la littérature de son temps et marqué par un recours sans limite au merveilleux. Dans ces deux caractéristiques justifiant le rejet de la fiction médiévale, Chapelain voit au contraire ce qui fait son intérêt pour le lecteur d'aujourd'hui, et même sa valeur. Il est ainsi amené à formuler des arguments assez voisins de ceux qu'invoque Galland un demi-siècle plus tard.

Il met d'abord sur le même plan Homère et l'auteur du *Lancelot* pour leur goût de la « fable », c'est-à-dire du merveilleux. Celui-ci vaut par la manière ingénieuse dont il est inventé : « Mais la principale différence que nous mettons entre lui et Homère n'est guère que dans le style et dans les

1. Ce texte a été édité conformément au manuscrit par Alfred C. Hunter en 1936 dans le volume des *Opuscules critiques* de Chapelain, Paris, Droz, p. 205-241. Nos extraits p. 214, 217, 218, 219, 222, 233 et 237.

expressions des sentiments. Nous voyons le premier tout noble et tout sublime en cette partie, et le second tout rustique et tout rampant ; pour les choses, elles ne sont guère plus vraies les unes que les autres, et fables pour fables, je ne sais, à les considérer de près, lesquelles sont le plus ingénieusement inventées, ou du moins auxquelles des deux la vraisemblance est le mieux observée. » Segrais a déclaré autrefois « que les poésies d'Homère étaient les fables des Grecs et des Romains, nos vieux romans sont aussi les fables des Français et des Anglais ».

Même un roman « fabuleux » dans son action ne trouvera des lecteurs que s'il est vrai dans sa représentation des manières de vivre et de penser. *Lancelot* ne vaut pas moins à cet égard que Tite-Live : « Si, toutefois, il ne lui est pas comparable par la vérité de l'histoire, n'étant composé que d'événements fabuleux, j'oserai dire qu'il lui pourrait être comparé par la vérité des mœurs et des coutumes dont l'un et l'autre fournissent des images parfaites : l'un, des temps dont il a écrit, l'autre, de ceux où il a été écrit. » L'intérêt d'un vieux roman réside dans ce qu'il raconte (le temps dont il parle), mais aussi dans ce qu'il révèle ainsi du moment auquel il appartient : la conception d'un personnage et d'une action est conforme aux idées de l'homme, de la morale, de la religion, du pouvoir politique adoptées à la fois par son auteur et par son public, sans quoi celui-ci ne le suivrait pas. Le principe de la vraisemblance sert à expliquer la pertinence historique des textes littéraires narratifs : « Je pose que tout écrivain qui invente une fable dont les actions humaines font le sujet ne doit représenter ses personnages, ni les faire agir que conformément aux mœurs et à la créance de son siècle, surtout s'il n'est éclairé que des lumières qu'il tire de son siècle, puisqu'il est constant que nos idées ne vont guère au-delà de ce que nous voyons ou de ce que nous entendons. » Chapelain tire les conséquences de ce principe : « Je crois vous pouvoir dire que *Lancelot* [...] est une relation fidèle, sinon de ce qui arrivait entre les rois et les chevaliers de ce temps-là, au moins de ce qu'on était persuadé qui pouvait arriver, soit par les vestiges de semblables choses qui avaient coutume de se pratiquer aux siècles précédents [...]. C'est une représentation naïve et, s'il faut ainsi dire, une histoire certaine et exacte des mœurs qui régnaient dans les cours d'alors. » Le roman, qui a pour matériau les discours et les pensées partagés par ses lecteurs, vaut comme témoignage pour accéder à une vérité intime du passé insaisissable *a posteriori*. C'est ce qui fait du romancier « l'historien des mœurs de son temps ». Tandis que les annales rapportent les comportements extérieurs des hommes, le roman « nous familiarise avec eux et nous montre le fond de leur âme » : « Il nous enseigne de quelle manière ils conversaient ensemble, il nous fait voir comment ils étaient imbus des maximes du véritable honneur, comment ils observaient religieusement leur parole, comment ils se prenaient à leurs galanteries. »

Les interlocuteurs de Chapelain sont prêts à accepter cette valeur historique du *Lancelot*, mais ils dénient à ces mœurs représentées la moindre valeur. Chapelain propose alors une leçon de méthode pour traiter l'écart qui nous éloigne des hommes du Moyen Âge : il faut les considérer au sein d'une situation globale (dans cette perspective le culte de l'amour a une valeur civilisatrice) et ne pas confondre les manières de s'exprimer avec la réalité des comportements. Sous le raffinement moderne pourrait se cacher la corruption des cœurs, sous la grossièreté médiévale une vertu authentique. Les « brutes » ne sont pas celles que l'on croit. « Vous voyez que ce n'est pas un livre fort piquant et où l'on puisse apprendre à être de fort bonne compagnie. En récompense, vous y pouvez voir la peinture de l'esprit de ce vieux siècle ; vous y pouvez voir jusqu'où sa barbarie s'avançait vers la raison [...]. On peut remarquer, outre cela, dans ces rustiques aventures, combien l'amour de l'équité et la haine de l'injustice avaient jeté de profondes racines dans le cœur des chevaliers errants. »

Galland n'a pas fait preuve de la moindre ironie envers ses contes, n'a jamais marqué de condescendance (au contraire des écrivains du XVIIIe siècle qui utilisent la matière orientale). Chapelain avait dénoncé un trop facile refus de comprendre toute différence : « Si je condamnais absolument la galanterie de Lancelot je craindrais de tomber dans l'inconvénient où est tombé l'auteur de *Don Quichotte* quand il a fait le plaisant aux dépens des chevaliers errants et de leurs aventures bizarres, faute de considérer, comme nous, le temps où ils agissaient et les mœurs qui y étaient reçues. Que s'il était permis de tourner en ridicule tout ce qui n'est pas en usage au siècle ou au lieu où nous vivons, il n'y a rien de sérieux ni de si vrai dans l'Antiquité, ni chez les étrangers, où une belle humeur ne pût trouver matière à se divertir [...]. Pour moi, je tiens qu'il en faut user équitablement, et regarder les choses dans toutes leurs circonstances, pour en faire un sain jugement. [...] Je ne dirai point que la galanterie de Lancelot est mauvaise ; je dirai seulement qu'elle est différente de la nôtre. » Ce qui vaut pour les anciens romans s'applique à merveille aux contes orientaux.

Les contes de fées des années 1695-1700 ont ouvert la voie aux *Mille et Une Nuits* en amenant le public à s'intéresser à des histoires « dépourvues de raison ». C'est Perrault qui est allé le plus loin en affirmant qu'elles étaient pourtant pleines de sens et que, pour contrevenir aux règles du récit vraisemblable, elles pouvaient, une fois réécrites par des écrivains modernes, s'intégrer à la haute littérature et plaire aux gens de goût, c'est-à-dire à ceux qui jugent les œuvres à partir de leur expérience intime, de leurs sentiments éclairés par la culture. Perrault donne une place limitée au premier argument de Chapelain en faveur de l'intérêt historique de la fiction d'autrefois. Les contes en effet ne nous représentent pas les hommes du passé, ils révèlent seulement les intentions de ceux qui les ont inventés et utilisés : « Il est vrai que ces Contes donnent une image de ce qui se passe dans les moindres familles, où la louable impatience d'instruire les enfants fait imaginer des Histoires dépourvues de Raison pour s'accommoder à ces mêmes enfants qui n'en ont pas encore [1]. » Ces contes témoignent d'un projet éducatif qui semble aujourd'hui bien lointain. Cela conduit Perrault à retrouver le dernier argument avancé par Chapelain pour défendre les vieux romans : comme *Lancelot* nous apprend à apprécier des qualités du cœur masquées par des manières « grossières », le conte de fées manifeste un souci affectueux de bonnes mœurs en partie voilé par un mode narratif étranger à nos attentes lettrées. C'est ce qui oppose le conte de fées aux récits analogues pratiqués dans l'Antiquité, comme celui de Psyché : « Tout ce que l'on peut dire, c'est que cette Fable, de même que la plupart de celles qui nous restent des Anciens n'ont été faites que pour plaire sans égards aux bonnes mœurs qu'ils négligeaient beaucoup. Il n'en est pas de même des contes que nos aïeux ont inventés pour leurs Enfants. Ils ne les ont pas contés avec l'élégance et les agréments dont les Grecs et les Romains ont orné leurs Fables ; mais ils ont toujours eu un très grand soin que leurs contes renfermassent une moralité louable et instructive. [....]

1. Épître dédicatoire des *Histoires ou Contes du temps passé*, 1697.

Quelques frivoles et bizarres que soient toutes ces Fables dans leurs aventures, il est certain qu'elles excitent dans les Enfants le désir de ressembler à ceux qu'ils voient devenir heureux, et en même temps la crainte des malheurs où les méchants sont tombés par leur méchanceté. N'est-il pas louable à des Pères et à des Mères, lorsque leurs Enfants ne sont pas encore capables de goûter les vérités solides et dénuées de tous agréments, de les leur faire aimer, et si cela se peut dire, les leur faire avaler, en les enveloppant dans des récits agréables et proportionnés à la faiblesse de leur âge » (*Grisélidis, Peau d'Âne, Souhaits Ridicules*, préface, dans *Contes en vers*, 1694).

Galland n'a pas osé dévoiler son travail de recréation, il a insisté sur l'authenticité des contes arabes et a voulu les mettre au crédit des seuls Orientaux. Perrault, lui, insiste au contraire sur ce qu'apporte l'écrivain moderne qui s'empare des contes du temps passé. À la fin de la préface de son premier recueil, il cite le témoignage d'une « jeune demoiselle » (Lhéritier de Villandon, sa nièce, auteur de contes de fées) : elle dit avoir retrouvé, grâce à la « naïveté » du récit de son oncle, le plaisir ressenti dans l'enfance à entendre ce conte. Perrault suggère ainsi que le comble du raffinement consiste à traduire dans la langue littéraire les qualités inhérentes à des contes venus d'un autre monde culturel. Aussi peut-il prétendre exercer « l'ingéniosité » des lecteurs. Dans l'épître dédicatoire de 1697, il affirme que ses contes « renferment tous une Morale très sensée, et qui se découvre plus ou moins, selon le degré de pénétration de ceux qui les lisent ». Il reformule ainsi ce qu'il avait déjà prétendu en 1694 : « Il est vrai que quelques personnes qui affectent de paraître graves, et qui ont assez d'esprit pour voir que ce sont des Contes faits à plaisir, et que la matière n'en est pas fort importante, les ont regardés avec mépris ; mais on a eu la satisfaction de voir que les gens de bon goût n'en ont pas jugé de la sorte. Ils ont été bien aise de remarquer que ces bagatelles n'étaient pas de pures bagatelles, qu'elles renfermaient une morale utile, et que le récit enjoué dont elles étaient enveloppées n'avait été choisi que pour les faire entrer plus agréablement dans l'esprit d'une manière qui instruisît et divertît tout ensemble. »

Cinq réactions d'écrivains aux Mille et Une Nuits *(1705-1715)*

Les jugements critiques sur le conte sont rares, peu favorables et maigres. On peut avoir une idée des lectures possibles des *Mille et Une Nuits* par les réécritures nombreuses qui accompagnent leur publication du vivant même d'Antoine Galland, qu'elles empruntent la voie de la parodie, de l'imitation ou du pastiche. Elles reprennent les éléments les plus reconnaissables de l'œuvre, le rôle imparti à l'histoire cadre et les emboîtements, la prolifération des récits suggérée par le titre, mais en simplifiant et en grossissant le trait, et surtout elles introduisent des éléments supposés propres à l'Orient et écartés par Galland parce qu'ils procèdent d'une attitude hostile, c'est-à-dire des préjugés qu'il veut combattre : l'allusion aux *Nuits* sert désormais à se moquer du Levant, que se soit de son langage fleuri, de son despotisme politique et sexuel ou de ses excès décoratifs. Toute réécriture se justifie par la transformation du modèle, mais le plus surprenant en l'occurrence est que, dans cette opération, a prévalu une orientation négative. *Les Mille et Une Nuits* sont ainsi entourées d'un halo un peu acide qui contribue à marquer leur originalité et leur charme : tous ces textes ou refusent d'entrer dans l'univers du conte et de le prendre au sérieux, ou se révèlent incapables de lui donner sa consistance concrète et sa vérité humaine et morale. Ils réduisent souvent le conte à un enchaînement d'événements et son origine pseudo-orientale à un lexique stéréotypé, celui des formules hyperboliques identifiées alors au peu recommandable « style oriental », celui des noms propres de lieux ou de titres, le plus souvent empruntés à la *Bibliothèque orientale* de d'Herbelot. Le travestissement du texte de Galland ne débouche que sur un Orient travesti.

Le premier travestissement subi par le texte est celui de la parodie, dès 1705. Mlle Lhéritier de Villandon, l'une des fondatrices du conte de fées en France, offre, dans ses *Œuvres mêlées* (1695), des échantillons variés du genre qu'elle soutient d'un discours théorique. Dix ans plus tard elle publie deux contes intégrés à un récit pseudo-médiéval évoqué dans le titre : *La Tour ténébreuse ou Histoire de Richard Cœur de Lion*. Mlle Lhéritier renforce le lien du conte au Moyen Âge par le recours à l'allégorie. Dans un perpétuel mouvement d'auto-ironie clairement assumé, elle se sert de ce mode d'expression archaïque pour dénoncer le genre qu'elle pratique ou du moins pour opérer un partage entre l'ivraie du passé et la bonne graine du présent. Elle introduit dans *Ricdin-Ricdon* un combat allégorique qui présente *Les Mille et Une Nuits* comme un rejeton malheureux de l'âge gothique [1] : « On songea donc à attaquer et à détruire les principales forteresses de Songecreux, et l'on se mit en campagne, sous la conduite du général Belles-Idées, qui avait triomphé tant de fois sous le règne du feu roi. Ce général fit d'abord des progrès assez considérables, et battit deux fois en batailles rangées les troupes de Songecreux ; mais le tyran du royaume de Fiction n'en fut pas abattu : car, non seulement il fit venir des secours des divers royaumes de l'Europe, mais encore il fit venir des troupes auxiliaires de chez les Arabes, qui se signalèrent par de tels exploits, qu'après avoir battu et blessé le général Belles-Idées, on crut, quelque temps, qu'elles détruiraient jusqu'au dernier des fidèles sujets du roi Planjoli et de la reine Riante-Image ; il est vrai aussi qu'elles promettaient, que si on les laissait fourrager le pays de Fiction jusqu'à mille et une nuits, elles assureraient à Songecreux un triomphe éternel. » Heureusement, arrive le général Bongoût avec des troupes du pays de Politesse, puis Disantpeu ; le royaume de Fiction est finalement laissé aux mains de Belles-Idées et de Bongoût. Mlle Lhéritier pousse jusqu'à la déchirure la tension à l'intérieur de son récit entre son origine passée et sa réécriture moderne : ce que Galland a voulu au contraire unifier.

Le propos de Hamilton, l'auteur des *Mémoires du comte de Gramont*, est plus ouvertement parodique. Comme Galland, il associe vers 1705 *Les Mille et Une Nuits* aux anciens romans : il y voit à l'œuvre le même esprit, qui suscite le même rejet. Comme Mlle Lhéritier, il ridiculise cet archaïsme par le recours à des formes allégoriques. Il ne fait ainsi qu'accentuer la dimension humoristique du conte de fées, et son attaque des *Nuits* ne porte guère que sur le récit cadre et les emboîtements des histoires. Il meurt en 1720 et ses contes sont publiés en 1730, au seuil d'un détournement libertin du conte merveilleux.

Dans *Le Bélier*, il imagine que son héroïne s'immerge en Don Quichotte dans la lecture des *Nuits* et se croit elle

1. Le conte est réédité dans l'anthologie de E. Lemirre chez Picquier, Arles, 2000, sous le titre *Le Cabinet des fées*. Notre extrait se trouve p. 603.

aussi obligée de « conter quelque histoire pour se garantir du trépas ». Il fait du conte *Fleur d'épine* une conclusion possible des *Mille et Une Nuits*. Après la 999e nuit, Dinarzade reproche à sa sœur sa conduite : « Vous avez beau dire, ma sœur, il faut que vous soyez la plus sotte bête de l'univers, sauf le respect de votre rang, de votre érudition et de votre belle mémoire, pour vous être avisée de rechercher en mariage un animal d'empereur qui, depuis deux ans que vous lui contez des fables, ne s'est avisé d'autre chose que de les écouter [...]. Cependant je vous vois à la fin de votre recueil, et par conséquent bientôt à la fin de vos jours. L'histoire que vous venez de lui conter est si misérable, qu'il n'a fait que bâiller, et moi aussi, pendant ce long récit. » Dinarzade conseille à sa sœur de dire le conte « de la pyramide et du cheval d'or », puis de lui laisser à son tour offrir un conte au monarque. C'est donc finalement elle qui sauve la vie de sa sœur. Libéré des contes qui l'endorment, le sultan pourrait enfin faire de Scheherazade son épouse, mais il est une nouvelle fois détourné par la curiosité et veut entendre le récit proposé par le mari de Dinarzade. Hamilton reprend donc le registre grivois du départ : les *Nuits* servent de support à un imaginaire érotique. Dans *Les Quatre Facardins*, Hamilton se sert de nouveau de Dinarzade pour ridiculiser la profusion des détails qui étouffent *Les Mille et Une Nuits* et, au début du conte, il leur applique un reproche fait traditionnellement à l'Orient, utilisé par exemple par Montesquieu ou Voltaire. Après les contes français, il évoque de cette façon *Les Mille et Une Nuits* : « Ensuite vinrent de Syrie/ Volumes de contes sans fin,/ Où l'on avait mis à dessein/ L'orientale allégorie,/ Les énigmes et le génie/ Du talmudiste et du rabbin,/ Et ce bon goût de leur patrie,/ Qui, loin de se perdre en chemin,/ Parut, sortant de chez Barbin,/ Plus arabe qu'en Arabie./ Mais enfin, grâces au bon sens,/ Cette inondation subite/ De califes et de sultans/ Qui formaient leur nombreuse suite,/ Désormais en tout lieu proscrite,/ N'endort que les petits enfants. [...] En vain je fais l'apologie/ Du conte de la nymphe Alie,/ Et de la dernière des Nuits,/ S'il faut me signaler par une autre folie,/ Et coudre un nouveau supplément/ Au dernier tome de Galland [1]. »

1. *Œuvres du comte Hamilton*, Paris, 1825, t. 2, p. 14, 121, 218.

Parmi les auteurs de contes orientaux au XVIIIe siècle, François Pétis de la Croix est le seul à connaître les langues turque, arabe et persane. C'est un collègue de Galland, et même un rival. Fils d'interprète, il remplit longtemps cette fonction et occupe en 1692 au Collège de France la chaire d'arabe que Galland a aussi sollicitée. Ce sont des contes traduits par Pétis que Barbin insère dans le tome VIII des *Mille et Une Nuits*, à la grande fureur de Galland. Pétis a traduit en 1701 *Les Voyages de Sindbad* (restés inédits), il publie en 1707 un autre recueil de contes orientaux encadrés, *L'Histoire de la sultane de Perse et des vizirs*, il présente comme traduits du persan ses contes turcs des *Mille et Un Jours* et se sert de l'un d'eux pour fabriquer un cadre imité de celui des *Mille et Une Nuits*. L'œuvre a eu un certain succès au XVIIIe siècle ; rééditée en 1980 et 2003 [1], elle est aujourd'hui peu connue. Les lecteurs des *Mille et Une Nuits* de Galland lisaient sans le savoir les deux contes turcs de Pétis, et pouvaient remarquer leur aspect héroïque et militaire. Les contes des *Mille et Un Jours* sont secs, réduits à un enchaînement d'actions et Pétis ne les a pas enrichis de son expérience orientale. La situation du cadre est fade : une jeune fille, à la suite d'un rêve, craint l'égoïsme des hommes et refuse le mariage ; sa nourrice, Sutlumemé, tente de la convaincre de son erreur en lui racontant les histoires d'hommes dignes d'éloge. Le conte est donc utilisé comme un argument, à la manière d'une fable, et Pétis dans sa préface revendique cette morale pour se distinguer des *Mille et Une Nuits.* Il reprend avec une telle insistance l'idée que la fiction orientale décrit les mœurs à l'instar d'un récit de voyage qu'elle en prend une dimension parodique, d'autant plus facilement que les manières de vivre sont beaucoup moins présentes dans son texte que dans celui de Galland. Cette lourdeur et cette incohérence ont fait supposer l'influence ironique de Lesage, venu peut-être en renfort pour corriger le style de Pétis, ce que confirmerait la fin de l'histoire cadre : les contes n'ont servi à rien, la jeune fille n'est pas convaincue et son aventure ne se termine bien que par l'artifice d'une ruse.

La préface reconnaît indirectement le subterfuge de Pétis de la Croix : « Il semble que les *Mille et Un Jours* ne soient rien autre chose qu'une imitation des *Mille et Une Nuits*. Effectivement ces deux livres ont la même forme. »

1. Ces deux éditions sont dues à Paul Sebag, et elles donnent de nombreuses informations.

Mais le pseudo-auteur perse imaginé par Pétis, Dervis Moclès, est plus sérieux : « Les lecteurs qui, dans les contes arabes, ont trouvé mauvais qu'on n'ait pas donné à Scheherazade une intention de persuader par ses fables à Schahriar qu'il y a des femmes fidèles, car véritablement elle paraît n'avoir pour but que de prolonger sa vie sans chercher à détromper le sultan des Indes ; ceux, dis-je, qui ont fait cette critique ne feront pas le même reproche à Dervis Moclès. Sutlumemé se propose de combattre la prévention de la princesse et va toujours à sa fin. Dans tous ses contes, il y a des époux ou des amants fidèles. » Comme pour réparer un oubli, un *Avertissement* du second volume signale au lecteur qu'il ne perdra pas plus son temps que son auteur : « En effet, on y marque exactement la géographie, on y peint les mœurs et les coutumes des différents peuples de l'Asie [...]. Les mets, les boissons, les habillements, tout caractérise les nations dont on y parle. Outre cela, toute la morale des musulmans y est répandue. On y apprend une partie de leur théologie ; de plus, le traducteur [...] y a pris toutes les précautions imaginables pour qu'on lui pardonne son amusement et pour sauver, s'il se peut, cet ouvrage du mépris de certains lecteurs sérieux, qui ne sauraient souffrir les fictions les plus ingénieuses et à qui le plus agréable livre ne saurait plaire si le crédit de la vérité ne le rend recommandable. »

Membre d'une famille puissante, Jean-Paul Bignon est un administrateur et un lettré. Il protège Galland et l'incite à poursuivre la rédaction des *Mille et Une Nuits*, qu'il apprécie beaucoup. Il va pourtant se servir de ce modèle pour ridiculiser la culture arabo-musulmane : il identifie la religion mahométane et les coutumes absurdes du Levant à l'extravagance du conte merveilleux. Comme lui, le XVIIIe siècle continuera à définir l'Orient par les détours et le verbiage de son style, par son despotisme et par la tyrannie contre nature de ses harems. Le titre complet de son livre, *Les Aventures d'Abdalla* (1712-1714), annonce cette intention critique : « Les aventures d'Abdalla, fils d'Hanif, envoyé par le sultan des Indes à la découverte de l'île de Borico, où est la fontaine merveilleuse dont l'eau fait rajeunir. Avec la relation du voyage de Rouschem, dame persane, dans *L'Île Détournée*, qui a été inconnue jusqu'à présent, Et plusieurs autres histoires curieuses. Traduites en français sur le manuscrit arabe trouvé à Batavia par M. de Sandisson. » Bignon donne à son texte une apparence ironique de sérieux pour attaquer l'invraisemblance et l'absurdité des inventions et des mœurs arabes. Il affiche ses pseudo-problèmes de traducteur : « J'ai été assez souvent fort embarrassé sur la manière de traduire les endroits de cet ouvrage qui sont tout à fait éloignés de nos mœurs, et il m'est arrivé plusieurs fois d'être tenté de mettre tout à la française. [...] Je me suis appliqué particulièrement à bien rendre ce qui regarde la religion des Indiens et les opinions des Mahométans touchant les Génies. Les Relations des célèbres voyageurs qui ont parcouru les Indes et traité des mœurs des Indous, nous ont depuis longtemps rendu assez familières les expressions qui servent à décrire les superstitions de ces peuples. [...] À l'égard des Génies, bons et mauvais, et des différentes choses dont ils se mêlent, ceux qui ont lu les traductions des livres orientaux de M. Vattier et qui lisent celles que Messieurs Pétis de la Croix et Galland donnent tous les jours au public avec tant de succès, y doivent être tout accoutumés. » M. de Sandisson, dans sa lettre au traducteur, feint également l'érudition philologique et soutient la véracité du voyage aérien de Rouschem par le fait qu'il a lui-même été enlevé dans les airs, qu'il a croisé Gabalis et a entendu une périse se plaindre de la manière dont les contes de fées la représentent elle et ses consœurs. Gabalis proteste à son tour contre son auteur, Montfaucon de Villars, qui a ridiculisé les cabalistes.

Les contes imbriqués jusqu'à l'extravagance sont marqués par le même esprit sarcastique. Ils recourent sans cesse aux hyperboles et aux amplifications propres au « style oriental », et laissent les personnages sceptiques ou fourbes ridiculiser les manifestations du surnaturel, qu'elles soient attribuées à Mahomet, au panthéon hindou ou aux contes de fées. Ils montrent une Indienne invitée à s'immoler par le feu avec son mari décédé, les prêtres tenter de profiter de la situation, avant qu'une trappe ne la fasse disparaître dans un tombeau où ses sauveurs se moquent « de la sotte crédulité du peuple ». Après le récit qu'a fait Rouschem de son voyage aérien, Abdalla et Almoraddin s'interrogent sur son authenticité. Abdalla soutient qu'une âme peut voyager pendant que le corps sommeille. C'est ce qui est arrivé à Mahomet couché avec sa femme : « Le Prophète n'alla-t-il pas de La Mecque à Jérusalem, et de Jérusalem au Ciel ? ne traversa-t-il pas le ciel de fer, le ciel d'airain, le ciel d'argent, le ciel d'or, le ciel de perles, le ciel d'émeraudes, le ciel de rubis, et le ciel d'opales, quoiqu'il y ait d'un ciel à l'autre le chemin que pourrait faire un homme ordinaire en mille ans ? » La religion n'est ainsi qu'un tissu de « rêveries ». Bignon imagine aussi la révolte des fées à l'égard des contes puérils qui les sollicitent : « On s'amuse à des bagatelles. J'appelle ainsi tous les prodiges que l'on fait sans nécessité. […] Croyez-vous que l'essentiel de notre état consiste à bâtir des palais, à faire de riches meubles et des habits somptueux, à donner de la beauté aux personnes que la nature a disgraciées, à remplir des coffres de perles et de diamants, à communiquer aux hommes l'intelligence des langues des oiseaux et d'autres animaux, à favoriser les amours de quelque jeune folâtre, et à métamorphoser les corps les uns dans les autres [1] ? »

Les Mille et Un Quarts d'heure. Contes tartares (1715), de Thomas Simon Gueulette, inaugurent une série abondante où l'auteur imagine diverses variantes des *Mille et Une Nuits*. Il en reprend le récit cadre sur un mode allégé : un roi, après des épreuves qui l'ont rendu aveugle, retrouve le trône et n'apparaît plus en public qu'une heure par jour, et il consacre le dernier quart d'heure à s'entretenir avec les savants. Lui est ainsi proposée une série de contes, le traducteur ayant décidé dès le deuxième quart d'heure de supprimer la « division » de l'original arabe. Gueulette garde des *Mille et Une Nuits* l'enchevêtrement narratif, et compense le caractère sommaire sinon désincarné de ses récits par des touches de style pseudo-oriental et des notes érudites empruntées à d'Herbelot. Il donne à l'ensemble un air enjoué et nourrit son œuvre d'un esprit de libertinage hérité du XVIIe siècle : il se moque de la crédulité et du merveilleux et affectionne les situations gaillardes traitées sur le mode plaisant. Gueulette invoque *Les Mille et Une Nuits* pour habiller à l'orientale un matériau sans surprise. L'attitude critique contribue à empêcher tout investissement dans l'histoire, mais ne mérite pas elle-même d'être prise au sérieux. Le travestissement est un jeu.

Les textes contemporains de leur publication (1705-1715) disent involontairement ce que ne sont pas *Les Mille et Une Nuits* et révèlent sans doute l'embarras qui accompagne une fascination pour des contes si évidemment favorables à l'Orient et à son imaginaire. Faute de partager la

1. Nous avons suivi l'édition originale, t. I, p. 5, 229 et 205.

science des textes et le sentiment des choses vécues qui viennent soutenir l'écriture de Galland, les contes pseudo-orientaux se réfugient dans le stéréotype. Le XVIIIe siècle va longtemps garder ces différentes attitudes à l'égard des *Mille et Une Nuits* : suite, pastiche sérieux ou humoristique, parodie, dénonciation critique, détournement licencieux. À la fin du siècle, le *Vathek* de Beckford marque un tournant dans l'appropriation des *Nuits* qui influencera le XIXe siècle : il s'en sert comme d'une caution donnée à l'immoralité débridée, au plaisir dans le mal, à la libération des pulsions sadiques.

TABLE

GF Flammarion

12/01/170550-I-2012 – Impr. MAURY Imprimeur, 45330 Malesherbes.
N° d'édition L.01EHPNFG1201.C005. – mai 2004. – Printed in France.